HEYNE ‹

AF203931

MIRIAM COVI

Träume in Meeresgrün

Roman

WILHELM HEYNE VERLAG
MÜNCHEN

Verlagsgruppe Random House FSC® N001967

4. Auflage
Originalausgabe 06/2020
Copyright © 2020 by Miriam Covi
Copyright © 2020 dieser Ausgabe
by Wilhelm Heyne Verlag, München,
in der Verlagsgruppe Random House GmbH,
Neumarker Str. 28, 81673 München
Redaktion: Diana Mantel
Printed in Germany
Umschlaggestaltung: Martina Eisele Design unter Verwendung
von Alamy Stock Photo (Vetre Antanaviciute-Meskauskiene)
Satz: Vornehm Mediengestaltung GmbH, München
Druck und Bindung: GGP Media GmbH, Pößneck
ISBN 978-3-453-42375-6

www.heyne.de

Für meine Töchter,
Emilia und Matilda.
Bitte hört niemals auf,
als Schwestern füreinander da zu sein –
und euren Träumen zu folgen.

We were born before the wind
Also younger than the sun
'Ere the bonnie boat was won
As we sailed into the mystic.

(aus »Into the Mystic« von Van Morrison)

Kapitel 1

E s war ein Fehler, in diesen Urlaub einzuwilligen, denke ich zum wiederholten Male, während unser Mietwagen in der Abenddämmerung einer gewundenen Landstraße folgt. Wir fahren an einer malerischen Farm vorbei, bevor unser Auto eine Kreuzung überquert, wo ein großes, geschnitztes Schild mit einem aufgemalten Segelschiff und der Aufschrift »Lunenburg« verkündet, dass wir unser Ziel erreicht haben.

Ich wünschte wirklich, ich könnte meine drei Mitreisenden aussteigen lassen, mich selbst ans Steuer setzen und wieder zurückfahren, zum Flughafen von Halifax, der Hauptstadt der kanadischen Atlantikprovinz Nova Scotia, wo wir heute am späten Nachmittag gelandet sind. Allerdings möchte ich nicht deshalb schon wieder abreisen, weil ich das, was ich bisher von Kanada gesehen habe, so schrecklich fände – ganz im Gegenteil. Die Landschaft, die an unserem Mietwagen vorbeizieht, hat mich mit jedem zurückgelegten Kilometer mehr verzaubert: Dichte Wälder, hier und da ein See, der in der Abendsonne glänzte, und dann dieses idyllische Farmland rings um das Städtchen Lunenburg. Aber auch die schönste Landschaft könnte mich nicht vergessen lassen, wie unangenehm die Begleitumstände dieser Reise sind.

Bis mich Papa vor ein paar Wochen gefragt hat, ob ich mit ihm Urlaub machen wolle, hatte ich noch nie von diesem Fleckchen Erde gehört. Nova Scotia, das sei der lateinische Name für

»Neu-Schottland«, hat mir Papa auf meinen ratlosen Blick hin erklärt und gleich hinzugefügt, dass ich doch immer schon nach Kanada habe reisen wollen. Was natürlich stimmt, auch wenn ich keine Ahnung von der Existenz dieser Ostküstenprovinz mit dem komplizierten Namen gehabt hatte. Aber Kanada, das klang nach endlosen Wäldern und unberührten Seen, nach viel Natur und wenigen Menschen. Ganz nach meinem Geschmack. Dass es darüber hinaus auch noch an den Atlantik gehen sollte, war mir mehr als recht, denn ich liebe das Meer, und als Bielefelderin habe ich leider selten das Vergnügen, salzige Seeluft einzuatmen. Deshalb sagte ich also Ja, als Papa mich fragte, ob ich Lust hätte, ihn nach Nova Scotia zu begleiten. Ich selbst könnte mir so einen Urlaub niemals leisten, dafür verdiene ich in meinem Job nicht genug. Mein Gehalt reicht ja nicht einmal für die Miete einer eigenen Wohnung – zumindest rede ich mir so die Tatsache schön, dass ich nach wie vor in der kleinen, ausgebauten Wohnung im Dachgeschoss meines Elternhauses lebe. Dass Papa, der endlich seinen wohlverdienten Ruhestand begonnen hat, mich nach Kanada einladen wollte, freute mich also wirklich sehr.

Aber natürlich hätte ich wissen müssen, dass es einen Haken gab. Den gibt es doch immer im Leben. Und besonders in meinem.

»So, fast geschafft«, höre ich Lars sagen, während ich nach wie vor aus dem hinteren Seitenfenster sehe und die farbenfrohen Holzhäuser betrachte, die im sanften Abendlicht an unserem Auto vorbeiziehen. Lars hat sich am Flughafen wie selbstverständlich ans Steuer unseres Mietwagens gesetzt, während ich mich rasch auf die Rückbank geschoben habe. Nachdem ich sieben Stunden lang im Flugzeug Schenkel an Schenkel und Ellbogen an Ellbogen in einer viel zu engen Dreierreihe neben ihm sitzen musste, bin ich wirklich dankbar für diesen Abstand zu ihm.

»Am Ende dieser Straße links abbiegen«, sagt mein Vater. Er ist der Beifahrer und hält eine Straßenkarte in der Hand, denn er traut unserem Navi nicht. »Das müsste die Falkland Street sein.«

»Ja, das ist sie«, antwortet Lars und setzt den Blinker. Nun wende ich meinen Blick doch vom Fenster ab, auch wenn mich die Häuser am Straßenrand wirklich faszinieren: Sie sind alle aus Holz gebaut und in den unterschiedlichsten Farben angestrichen, von schlichtem Weiß über helles Grau, dunkles Blau bis hin zu fröhlichem Gelb. Viele von ihnen haben verspielte Erker und Dachgauben, kunstvolle Schnitzereien über schönen Sprossenfenstern, und alle stehen auf gepflegten Rasenflächen, umgeben von blühenden Büschen und alten Bäumen.

Doch kein noch so malerisches Haus kann mich von meinem eigentlichen Problem ablenken.

Verstohlen mustere ich Lars. Von meinem Platz aus sehe ich ihn natürlich nur von schräg hinten, aber das reicht, um mein Herz schneller schlagen zu lassen. Sein dunkles Haar ist akkurat kurz geschnitten, und ich starre auf seinen sauber rasierten Nacken, bevor mein Blick über seine Wangenknochen wandert, über seine rechte Schulter und den Arm, bis hinab zu seiner Hand, seine schmalen, langen Finger, die das Lenkrad umfassen. Als er an einem Stoppschild hält, sehe ich kurz zum Rückspiegel hoch und begegne seinem Blick. Seine braunen Augen hinter den Gläsern seiner modischen Hornbrille blicken mich warm an, wie immer, und Lars lächelt mir flüchtig zu, bevor er wieder auf die Straße schaut und abbiegt.

Ich atme tief ein und aus. Warum nur muss ich immer noch so auf Lars reagieren? Nach all diesen Jahren, die ich ihn nun schon kenne? Zehn Jahre und drei Monate, um genau zu sein. Ja, zehn Jahre und drei Monate ist es her, seit Lars Berger seinen ersten Arbeitstag bei Peters & Hagemüller hatte. Er war

Student, ein Jahr jünger als ich mit meinen vierundzwanzig Jahren, und begann dort, genau wie ich, Kundendaten in einen PC einzugeben. In den PC, der neben meinem stand. Ich war zu dem Zeitpunkt bereits seit fast drei Jahren bei der Firma, die als Dienstleistungsunternehmen für diverse Kaufhäuser und Einzelhandelsketten die Daten von Kundenkartenanträgen in Datenbanken einpflegt. Eigentlich hatte es auch bei mir nur eine Aushilfstätigkeit sein sollen, ein vorübergehender Job. Zwar war ich keine Studentin, aber ich hatte mal vorgehabt, einen völlig anderen Beruf auszuüben.

Bevor der schlimmste Tag meines Lebens dazwischengekommen war und alles zunichtegemacht hatte.

Lars blieb fast drei Jahre lang bei Peters & Hagemüller, jobbte dort mal vor, mal nach seinen Vorlesungen an der Universität Bielefeld, wo er Ingenieurswissenschaften studierte. Und natürlich jobbte er in den Semesterferien – eine wunderbare Zeit, auf die ich mich ganz besonders freute, weil er dann nicht nur stundenweise neben mir saß, sondern den ganzen Tag.

Morgen für Morgen fieberte ich dem Moment entgegen, in dem er durch die Tür kommen, seine Messenger Bag über die Stuhllehne hängen und mich fragen würde: »Und, fabelhafte Amelie, wie geht's dir?« Fabelhafte Amelie, so nannte er mich immer, in Anspielung auf den berühmten Film »Die fabelhafte Welt der Amélie«. Morgen für Morgen wurde ich rot, bekam Hitzewallungen und antwortete meist etwas nicht sehr Intelligentes, weil ich in Lars' Gegenwart immer schrecklich gehemmt war.

Nun ja, streng genommen nicht nur in seiner Gegenwart, immerhin bin ich chronisch schüchtern und bekomme fremden Menschen gegenüber meist keinen Ton heraus, aber bei Lars war alles immer noch ein wenig schlimmer, auch wenn er mir bald überhaupt nicht mehr fremd war. Dafür war er wunderbar, ganz und gar fantastisch, nicht nur sehr attraktiv, sondern noch dazu witzig und intelligent, sensibel und ... aus all diesen Gründen auch fast immer vergeben. Ja, Lars befand sich eigentlich während der ganzen drei Jahre, die wir zusammengearbeitet haben, in Beziehungen: Zuerst war da die untreue Sabine, der Lars nach ihrer Trennung keine zwei Wochen hinterhertrauerte, bevor Anne, die Klammernde, sein Leben durcheinanderbrachte – und schließlich für Katharina Platz machen musste.

Trotz seiner Freundinnen freute ich mich jedes Mal wie eine Schneekönigin, wenn sich Lars morgens neben mich auf seinen Schreibtischstuhl fallen ließ, sein Passwort eintippte und mir entspannt zulächelte, während sein PC zum Leben erwachte. Sobald er da war, vergingen die Stunden bei »Peters & Hagemüller« wie im Fluge. Und als er nach fast drei Jahren zu meinem großen Kummer aufhörte, dort zu jobben, begannen die Arbeitstage, sich endlos in die Länge zu ziehen.

Und dennoch bin ich immer noch bei »Peters & Hagemüller« und gebe Kundendaten in den PC ein – sage und schreibe sieben Jahre, nachdem Lars die Firma verlassen hat, weil er, im Gegensatz zu mir, nun einem richtigen Beruf nachgeht.

Ich unterdrücke einen Seufzer, als ich die kleine Narbe betrachte, die Lars rechts an der Schläfe hat, weil er als Kind gegen eine Tischkante gelaufen ist. Warum nur muss Lars der Mann meiner Träume sein? Ausgerechnet er?

»Mensch, ich dachte, wir wären endlich da«, mault meine Schwester Nele neben mir und streckt sich mit einem Stöhnen. »Ich kann nicht mehr sitzen.«

»Wir sind auch sofort da, Kleines. Hier links abbiegen, Lars«, sagt mein Vater und versucht, die Karte so zu halten, dass er sie beim schwächer werdenden Licht noch lesen kann. »Da, das ist die Kaulback Street. Kaulback, lustig, oder? Wie das deutsche ›Kaulbach‹. Man merkt, dass die ersten Siedler hier unter anderem Deutsche waren.«

»Echt?«, fragt Nele und gähnt ausgiebig, während sie ihre Arme über ihren Kopf streckt und dann beginnt, ihr langes, dunkles Haar zu einem Pferdeschwanz zu binden. Das Haar meiner jüngeren Schwester ist glatt und seidig, so, wie ich mir meines immer gewünscht habe. Mit einem unterdrückten Seufzer fahre ich mir durch meine Locken, die nicht so schön dunkel sind, sondern rötlich-braun, und die sich wie immer wirr und widerspenstig zwischen meinen Fingern anfühlen. Eigentlich würde dieses Haar viel besser zu Neles Charakter passen und ihr glattes, pflegeleichtes zu meinem.

»Ja, Lunenburg wurde zwar 1753 von den Engländern gegründet, aber die ersten Siedler waren, neben Schweizern und Franzosen, viele deutsche Protestanten«, melde ich mich zu Wort.

»Lass mich raten«, sagt Nele. »Diese Protestanten kamen aus Lüneburg?«

Ich schüttele den Kopf. »Nein, die meisten kamen aus der Pfalz und Württemberg. Es ist nicht ganz sicher, woher der Name Lunenburg stammt – eine Theorie ist, dass die Stadt nach König Georg II. von England benannt wurde, der auch Kurfürst von Braunschweig-Lüneburg war.«

»Aha«, macht Nele und wirft mir einen amüsierten Seitenblick zu. »Hast du einen Reiseführer verschluckt?«

»Haha«, murmele ich und starre wieder nach draußen, auf die Häuser, die nun dichter nebeneinanderstehen, an beiden Seiten der Straße die Bürgersteige säumen, ohne große Gärten. Die Straße führt einen steilen Hügel hinauf, so steil, dass sich unser Mietwagen hörbar quält, als mein Vater ruft: »Da, das ist sie, die York Street! Hier rechts abbiegen. So, als Nächstes müssten wir die Cornwallis Street kreuzen – gut, dass hier alle Straßen im Schachbrettmuster angelegt wurden, das macht die Orientierung wirklich leicht …«

Edward Cornwallis war der Gouverneur von Nova Scotia, der die Hauptstadt Halifax gegründet hat – auch das weiß ich, seit ich im Flugzeug tatsächlich den halben Reiseführer gelesen habe. Zum einen, weil mich Nova Scotia und seine Geschichte wirklich interessieren. Zum anderen, weil der Liebesroman, den ich auch dabeihatte, keine Option war, weil ich ja Schenkel an Schenkel mit Lars saß.

Allerdings hüte ich mich davor, laut etwas zu Edward Cornwallis zu sagen, weil ich keine Lust auf eine weitere spitze Bemerkung meiner Schwester habe. In Momenten wie diesem sollte man kaum meinen, dass Nele von Beruf Lehrerin ist – sie benimmt sich eher wie eine gelangweilte Schülerin. Manchmal habe ich tatsächlich den Eindruck, dass meine jüngere Schwester immer noch ein rebellischer Teenager ist. Nele unterstreicht meine Gedanken, als sie erneut demonstrativ gähnt, ohne sich die Mühe zu machen, eine Hand vor ihren Mund zu halten. Irritiert mustere ich sie, bevor ich wieder stumm aus dem Fenster starre.

»So, jetzt langsam, Lars, hier muss es irgendwo sein, zwischen Prince und Hopson Street …«, höre ich Papa murmeln. »Blaugrün sah es im Internet aus, das Haus. Es muss irgendwo auf der linken Seite … Ach, da ist es ja!«

Ich recke meinen Kopf und versuche, im schwachen letzten Tageslicht etwas zu erkennen. Als Lars in die Einfahrt des besagten Hauses einbiegt, streifen die Lichtkegel der Scheinwerfer eine dunkelblaue Eingangstür, zu der drei Steinstufen hinaufführen. Im Erdgeschoss brennt hinter Sprossenfenstern mit weißen Spitzengardinen Licht. Richtig, die Verwalterin dieses Ferienhauses wollte uns ja hier treffen, um uns alles zu zeigen und uns den Schlüssel auszuhändigen. Neugierig schnalle ich mich ab und öffne die Wagentür, während Nele erleichtert »Na endlich!« seufzt und ebenfalls aussteigt.

Ich umrunde unseren Mietwagen und bleibe vor den Eingangsstufen stehen, lasse meinen Blick über die Schnitzereien am Dachvorsprung oberhalb der Haustür wandern, lege dann meinen Kopf in den Nacken und betrachte den verspielten Erker, der über den Fenstern des ersten Stocks seinen Kopf aus der Dachschräge zu schieben und mit seinen Sprossenfenstern zu drei Seiten die Lage auf der Straße im Blick zu behalten scheint. Schließlich betrachte ich die Holzschindeln der Außenwände, die in einem wunderschönen, sanften Blaugrün gestrichen sind, wie Papa angekündigt hatte.

Meeresgrün.

Mein Herz schlägt ein wenig schneller, und automatisch wandert meine Hand zu meinem Dekolleté, um nach einem kühlen, glatten Anhänger zu tasten, der dort längst nicht mehr hängt. Ich schlucke mühsam und lasse meine Hand sinken.

Die Haustür öffnet sich, und eine Frau tritt heraus, die etwa in Neles Alter sein dürfte, also Anfang dreißig. Sie trägt eine große, runde Brille, die mich an Harry Potter erinnert, ihr kinnlanges Haar ist fliederfarben gefärbt und steht ein wenig wirr in alle Richtungen, als habe sie keine Zeit gefunden, es zu kämmen. Ihre kurzen Shorts passen exakt zum Farbton der Haare, und auf ihrem mintfarbenen T-Shirt prangt der Spruch »*Stay calm and keep knitting*«. Bevor ich mich über diese Liebeserklärung ans Stricken wundern kann, fällt mein Blick auf die sonnengelbe Wolle und den offensichtlich fast fertig gestrickten Pullover, den die Frau in einer Hand hält. Die leuchtende Farbe strahlt mit der fröhlich lächelnden Fremden um die Wette. Wie immer sucht mein Blick sofort nach Schmuck, das kann ich einfach nicht abstellen: Die Frau mit dem fliederfar-

benen Haar trägt gelbe Emaille-Ohrstecker in Sonnenblumen-
form und einen auffälligen Silberring, der das Gehäuse einer
Meeresschnecke darstellt.

»Hallo!«, ruft sie jetzt und kommt die Eingangsstufen herab.
»Willkommen! Ich bin Bonnie! Und ihr müsst Familie Ludwig
sein!«

Aha, Bonnie scheint einer dieser Menschen zu sein, die nur
mit Ausrufezeichen sprechen. Obwohl mir derart überschwäng-
liche Zeitgenossen meist sehr suspekt sind – vermutlich weil ich
das genaue Gegenteil davon bin –, finde ich Bonnie auf Anhieb
sympathisch.

»Angenehm, Otto Ludwig«, stellt sich Papa höflich vor,
während er Bonnie die Hand schüttelt und sie anlächelt. Als
Bonnie stutzt und ihn so überrascht mustert, dass es auffällt,
fürchte ich sofort, dass Papas schiefes Lächeln sie irritiert: Wie
immer bewegt sich nur sein rechter Mundwinkel in die Höhe,
während der linke seinen Dienst verweigert. Auch Papas linkes
Augenlid hängt ein wenig und verpasst ihm so einen einseitigen
Schlafzimmerblick, obwohl das helle Blau seiner Augen nach
wie vor lebhaft und wach funkelt. Aber bevor ich dazu komme,
mich darüber zu ärgern, dass diese fröhliche Frau, die ich
gerade spontan in mein Herz schließen wollte, meinen Vater
so anstarrt, fragt Bonnie verwirrt: »Ähm – kennen wir uns?
Waren Sie schon einmal in Lunenburg, Otto?«

»Ich?«, hakt Papa nach und kratzt sich verlegen am Kopf,
als sich Nele einschaltet und wie immer eine Spur zu laut sagt:
»Quatsch, unser alter Herr hat seit Menschengedenken keinen
Urlaub gemacht, Bonnie. Nein, er war ganz sicher noch nie hier.
Hi, ich bin Nele.«

Ich bin wirklich erleichtert darüber, dass Bonnie gar nicht
wegen Papas leicht verrutschten Gesichtszügen gestarrt hat,
denn wenn ich mit etwas überhaupt nicht klarkomme, sind es

unsensible Menschen – vermutlich weil ich selbst so extrem sensibel bin.

Während Bonnie auch Lars begrüßt, mustere ich meinen Vater verstohlen und frage mich besorgt, ob er die lange Reise gut verkraftet hat. Seit seinem Schlaganfall mache ich mir permanent Sorgen um ihn, obwohl er stets stur behauptet, wieder fit wie ein Turnschuh zu sein. Das hängende Augenlid und sein schiefes Lächeln sind glücklicherweise tatsächlich die einzigen Erinnerungen daran, dass er vor einem Jahr vorübergehend weder sprechen noch seinen linken Arm bewegen konnte und ein paar Tage im Krankenhaus verbringen musste. Ein Gutes hatte der Schreck damals zumindest: Papa hat sich nach seinem Schlaganfall einen Ruck gegeben und eingesehen, dass er nicht mehr länger so hart arbeiten konnte, wie er es sein Leben lang getan hatte. Vor einem halben Jahr hat er die Geschäftsleitung der Schreinerei an seinen langjährigen Kompagnon übergeben und sich mehr und mehr aus dem Betrieb zurückgezogen. Und darum sind wir nun hier, denn, wie Nele schon gesagt hat: Unser Vater macht zum ersten Mal, seit wir denken können, Urlaub.

»Ähm, hallo, ich bin Amelie«, sage ich hastig, als ich merke, dass Bonnie nun mir erwartungsvoll die Hand entgegenhält.

»Freut mich, Amelie! So, dann kommt doch herein, ich zeige euch das Haus!« Bonnie hält die Haustür weit auf und winkt uns mit dem sonnengelben Knäuel heran. Wir lassen unser Gepäck zunächst im Auto und folgen der Verwalterin über die Schwelle. Ich bilde den Schluss unseres Grüppchens und versuche, möglichst viel Abstand zu Lars zu halten, indem ich langsam laufe und mich alle paar Schritte interessiert umsehe: In der Diele begrüßt uns ein Teppich in maritimen Blautönen auf glänzenden dunkelbraunen Holzdielen, und an den Wänden erinnert das Tapeten-Muster aus kleinen blauen Segelbooten und Möwen an den Atlantik, der ganz nah sein muss, denn in der Luft hängt eindeutig der Duft von Meer, selbst im Haus. Vermutlich liegt das daran, dass die Fenster hochgeschoben sind, sodass sich die Spitzenvorhänge in der sanften Abendbrise bewegen, überlege ich, als ich den anderen ins Wohnzimmer folge. Die Holzmöbel in diesem Raum haben einen ähnlich dunklen Farbton wie der Fußboden, aber das Zimmer wirkt trotzdem überhaupt nicht düster, weil die großen Sprossenfenster mit ihren weißen Rahmen und hellen Vorhängen sowie die ebenfalls weiß getünchten Steine des Kamins einen schönen Kontrast bilden. Das Sofa, das vor dem Kamin steht, hat einen hellen Cremeton, und die darauf verteilten Kissen sind kunterbunt, was mich verzückt näher treten lässt. Während mein Vater Bonnie in die Küche folgt und sich von ihr dies und das erklären lässt, gleiten meine Finger über die farbenfrohen Stickereien und aufgenähten Perlen, zupfen an den verspielten Quasten der Sofakissen.

Diese Quasten würden sich wunderbar als Anhänger an Ohrringen machen.

Hastig verdränge ich den Gedanken, erschrocken über das deutliche Bild der Schmuckstücke vor meinem inneren Auge. Das ist mir ewig nicht passiert! Entschlossen wende ich mich vom Sofa ab, trete näher an den Kamin heran und betrachte die Objekte, die auf dem Sims aufgereiht stehen: Es handelt sich um längliche Holzblöcke, manche etwa groß wie Ein-Liter-Flaschen, andere ein wenig kleiner, die nach oben spitz zulaufen. Alle sind mit breiten Querstreifen bemalt und ebenso kunterbunt wie die Sofakissen: Ein Holzblock ist dunkelblau mit Blockstreifen in leuchtendem Rot, ein anderer ist hellblau mit türkisfarbenen Streifen, ein weiterer sonnengelb wie Bonnies Wolle und hat weiße Kontraste.

»Ah, du hast die Bojen entdeckt!«, lässt mich Bonnies Stimme herumfahren.

»Ach, das sind Bojen?«, hake ich erstaunt nach und betrachte erneut die hölzernen Gegenstände auf dem Sims.

»Ja, mit diesen Holzbojen wurden früher die Hummerkörbe markiert! Sie schwammen an der Wasseroberfläche und zeigten den Fischern, wo sie ihre Körbe auf den Meeresgrund hinabgelassen hatten. Heutzutage nutzen die Jungs leider so runde orangefarbene Plastikbojen, total unsexy, aber diese Holzstücke sind immer noch gern gekaufte Antiquitäten!«

Sie grinst mich breit an und legt ihr Strickzeug auf das Sofa. »So, kommt mal mit, ich zeige euch die Zimmer im ersten Stock!«

Während sich Nele bei Papa unterhakt und mit ihm Bonnie folgt, bleibe ich noch am Kamin stehen, denn ich habe eine kleine Figur entdeckt, die ganz außen auf dem Sims steht: Ein aus Holz geschnitzter Fischermann in knallgelbem Ölzeug, der eine Miniaturversion der bunten Bojen an einem Seil baumelnd hält. Man merkt, dass Nova Scotia von der Fischerei lebt – beziehungsweise davon gelebt hat, denke ich, als mir wieder der Reiseführer in den Sinn kommt: Wie ich gelesen habe, ist aufgrund der Überfischung der Meere und gesetzlicher Fangquoten das goldene Zeitalter für die Fischer auch hier in Ostkanada vorbei.

»Na, gefällt es dir hier?«, fragt Lars plötzlich hinter mir, und ich sehe mich beinahe erschrocken nach ihm um.

Kapitel 2

Ich dachte, er wäre Nele und Papa längst nach oben gefolgt, aber er lehnt am Esstisch, der nahe dem Durchgang zur Küche steht. Mit verschränkten Armen und leicht schief gelegtem Kopf lächelt er mich an, und meine Knie werden in seiner Gegenwart weich, wie sie es seit zehn qualvollen Jahren tun, diese nichtsnutzigen Knie. Egal, wie oft ich sie darum bitte, damit aufzuhören: Sie ignorieren mich, ganz genau wie der Schwarm Schmetterlinge in meinem Magen, der auch jetzt mal wieder anfängt, aufgeregt mit den Flügeln zu flattern. Und obwohl ich mich nach Kräften bemühe, es zu verhindern, merke ich, wie die vertraute, verhasste Hitze beginnt, unbarmherzig von meinem Hals nach oben zu wandern, von meinen Wangen Besitz zu ergreifen, mein ganzes Gesicht rot zu färben, ein fleckiges Rot, das jedem zuzuschreien scheint: »Seht her, Amelie ist mal wieder etwas peinlich! Ja, sie schämt sich! Sie ist schon wieder verlegen!« Oder, noch schlimmer: »Sie ist in Lars verknallt! Seit zehn Jahren und drei Monaten!«

Ich würde jetzt wirklich gern in die glänzenden Dielenbretter versinken.

»Ähm, ja«, murmele ich. »Ein wunderschönes Haus.«

»Stimmt«, sagt Lars und löst sich vom Esstisch, als ich beginne, das Zimmer zu durchqueren und auf die Treppe zuzugehen, die in den ersten Stock hinaufführt. »Hat dein Vater gut ausgesucht.«

»Ja, finde ich auch.« Und das, obwohl Papa noch nie zuvor im Internet ein Ferienhaus gebucht hat. Ich hatte tatsächlich Sorge, dass wir in der letzten Absteige landen könnten. Zu Unrecht, muss ich erkennen.

Am liebsten würde ich Lars vorgehen lassen, aber da das zu albern wirken würde, haste ich die Treppe hinauf, darum bemüht, möglichst schnell wieder in der Gesellschaft von Nele und meinem Vater zu sein. Denn mit Lars allein bin ich seit Jahren nicht mehr gewesen.

Seit sieben Jahren, um genau zu sein. Seit meine Schwester und er ein Paar geworden sind.

Und genau deshalb habe ich noch versucht, unserem gemeinsamen Kanadaurlaub zu entgehen, nachdem ich erfahren hatte, dass Lars mit von der Partie sein würde. Denn mir war klar, dass meine Taktik, ihn zu meiden, zum Scheitern verurteilt sein würde, wenn wir erst einmal gemeinsam in einem Ferienhaus wohnten. Panisch überlegte ich, wie ich aus dieser Situation wieder herauskäme, aber mir fehlten plausible Argumente, warum ich doch nicht mit in den Urlaub fliegen konnte – denn das eine wahre Argument konnte ich meiner Familie gegenüber natürlich nicht anbringen. So rang ich eine ganze Weile im Stillen mit mir. Irgendwann merkte ich Papa gegenüber vorsichtig an, dass ich vielleicht doch nicht nach Nova Scotia würde mitkommen können, weil ich vermutlich gar keinen Urlaub bekäme. Aber dann sah ich die tiefe Enttäuschung in seinen Augen und erinnerte mich daran, dass ich ihn an den Schlaganfall hätte verlieren können, dass ich meine Zeit mit ihm voll auskosten musste, weil alles von Heute auf Morgen vorbei sein konnte – und verwarf meine Pläne, zu Hause zu bleiben, sofort wieder.

Die Stimme meiner Schwester reißt mich aus meinen Gedanken und erinnert mich einmal mehr daran, dass dieser Urlaub überhaupt keine gute Idee war: »Also, Lars und ich nehmen dieses Zimmer!« Nele streckt ihren Kopf aus einer Tür nahe dem Treppenabsatz, als ich den ersten Stock erreiche. Sie bläst in ihre Ponyfransen, die wie immer ein wenig zu lang sind und fast in ihre Augen hängen. »Das ist das größte, und es hat ein eigenes Bad. Sorry, Amelie, aber du brauchst wirklich kein Kingsize-Bed.«

Nein, denke ich und schlucke gegen die Frustration in meinem Hals an. Das brauche ich nicht.

»Natürlich, nehmt ihr das große Zimmer«, murmele ich und werfe einen flüchtigen Blick durch die geöffnete Tür auf ein breites Bett, auf dem eine wunderschöne Patchworkdecke in Blautönen ausgebreitet liegt. An der Wand erkenne ich eine Kommode und einen Einbauschrank, daneben eine weitere Tür, vermutlich zum Badezimmer.

»Amelie, komm mal her und sag mir, welches Zimmer dir lieber ist«, reißt mich Papas Stimme aus meinem verstohlenen Starren. Ich werfe einen letzten Blick auf das Bett, in dem Lars bald mit meiner Schwester liegen wird, und wende mich dann rasch meinem Vater zu. Er steht in der geöffneten Tür zum Nachbarzimmer, und ohne auch nur einen Blick hineingeworfen zu haben, sage ich hastig: »Nimm du dieses Zimmer, Paps. Ich schlafe da hinten.«

Ich deute auf die Tür zu einem dritten Zimmer, aus dem Bonnie gerade herauskommt.

Denn, egal, wie schön das Zimmer neben dem meiner Schwester sein mag: Auf gar keinen Fall schlafe ich Wand an Wand mit Lars. Auf gar keinen Fall will ich mitbekommen, wie die beiden nachts womöglich das tun, was ich so gern mit Lars tun würde.

Ich werde noch röter und eile den Flur entlang, auf Bonnie zu, die mich überrascht mustert.

»Ähm, Schatz, das da ist das Badezimmer«, bemerkt mein Vater hinter mir. Als ich ratlos stehen bleibe und ihn ansehe, erwidert er meinen Blick mit einem amüsierten Lächeln und meint: »Falls du nicht in diesem Zimmer hier schlafen willst ...«

»Nein, schon gut, nimm du das. Wo ... wo ist denn das dritte Schlafzimmer?« Ich wechsele vom Deutschen ins Englische, damit auch Bonnie mich versteht.

»Unter dem Dach«, erklärt diese sofort, und ich atme erleichtert auf. Unter dem Dach, das ist gut. Das bedeutet genügend Sicherheitsabstand zu Lars und Nele. Bonnie greift nach meiner Hand. »Komm mit, ich zeige es dir!«

»Das Haus ist wirklich schön«, bemerke ich, als ich ihr zu einer schmalen Holztreppe folge.

»Ja, nicht wahr?«, fragt Bonnie, während sie mir voran die knarzenden Stufen hinaufgeht und eine Tür öffnet, die von einem winzigen, dunklen Flur aus in ein Zimmer unter dem Dach führt.

»Gehört das Haus dir?«

»Nein«, erwidert Bonnie, und ich merke, dass ein leichter Schatten über ihr Gesicht huscht. »Es gehört einer befreundeten Familie. Ich verwalte es nur und sorge dafür, dass sich die Gäste wohlfühlen.« Ihr gut gelauntes Lächeln ist schnell zurück, und sie macht ein paar Schritte in das Zimmer hinein, das klein ist und an einer Seite Dachschrägen hat, sodass man nicht überall aufrecht stehen kann. Trotzdem bin ich sofort verzaubert – von den gerahmten Fotos eines schmucken Segelboots an der Wand, die keine Schräge hat, und von dem weißen Holzbett mit einer weiteren Patchworkdecke, diese mit einem wunderschönen Muster in Weiß und Meeresgrün, ausgerechnet. Aber vor allem verschlägt es mir den Atem, als ich den Erker entdecke, in dem ein kleiner Sekretär mit Schreibtischstuhl und herrlich altmodischer Tiffany-Lampe steht.

»Wow! Dieses Zimmer hat den Erker? Wie wunderschön!«, hauche ich, als ich ein paar Schritte auf den Sekretär zumache. Meine Hände fahren über das glatte Holz der Schreibtischoberfläche, und mein Herz setzt einen Schlag aus, als ich erkenne, dass in dem Schirm der Tiffany-Lampe nicht nur die üblichen glatten Scherben verarbeitet wurden, sondern auch ein paar dunkelblaue Glasstücke mit charakteristisch matter Oberfläche.

Meerglas.

Rasch löse ich meinen Blick von der Lampe und sehe aus den Sprossenfenstern, die links und rechts und hinter dem Sekretär zu drei Seiten den Blick aus dem Erker nach draußen zulassen. Ich erkenne unser in der Einfahrt geparktes Auto, die Straße – und wenn ich meinen Kopf recke – ich kann mein Glück kaum fassen! –, dann schimmert mir im letzten Tageslicht, durch eine Lücke zwischen den Häusern und Bäumen der Nachbargrundstücke hindurch, tatsächlich ein Fetzen tiefblauen Meeres entgegen. Zwar ein ganzes Stück weit weg, den steilen Hügel dieser Stadt hinab, aber dennoch so fabelhaft nah, wie mir das Meer ewig nicht mehr war.

Bonnie hat gerade eine Falte in der Patchworkdecke glatt gestrichen und tritt nun neben mich. Mit einem breiten Lächeln sagt sie: »Schön, dass es dir gefällt! Diese Art Erker an der Frontfassade über dem Hauseingang nennt man ›Lunenburg Bump‹, ein Vorsprung, der typisch ist für die hiesige Architektur. Diese Häuser in der Altstadt waren früher zum großen Teil Kapitänsvillen, und man sagt, dass die Alkoven gebaut wurden, damit die Frauen der Seefahrer hier oben sitzen und nach ihren Ehemännern Ausschau halten konnten. Manche behaupten allerdings, dass diese Ausgucke nur deshalb so wichtig waren, damit die Strohwitwen ihre Liebhaber hinausschmeißen konnten, bevor der Gatte von See zurückkam.« Bonnie grinst mich mit dramatisch aufgerissenen Augen hinter ihren runden Brillengläsern an, und ich muss kichern. »Die meisten dieser Kapitänsvillen wurden seit jeher traditionell in den kräftigsten Farben angestrichen – darum gilt Lunenburg auch heute noch als die farbenfroheste Stadt von Nordamerika. Unsere Häuser leuchten in Rot, Blau, ja sogar in Pink und Grasgrün, und so weiter und so fort – weil die Kapitäne, sparsam, wie sie waren, die Farbreste aufbrauchten, die sie für das Streichen ihrer Schiffe benutzt hatten. Ja, die Schiffe waren damals auch sehr farbenfroh, denn so konnten sie sofort einem bestimmten Kapitän zugeordnet werden, wenn sie in den Hafen einliefen. Ein positiver Nebeneffekt war, dass man sowohl die Schiffe als auch die Häuser der Stadt dank ihrer kräftigen Farben leicht erkennen konnte, wir haben hier nämlich oft ziemlich dichten Nebel.«

Interessiert habe ich Bonnie zugehört, und als nun Nele und Lars, gefolgt von Papa, das Zimmer betreten und sich ebenfalls neugierig umgucken, sehe ich wieder hinaus, betrachte das Stückchen Meer in der Ferne und beschließe, sofort morgen früh loszuziehen, um mir den Atlantik aus der Nähe anzusehen.

In einem beruhigend gleichmäßigen Rhythmus fliegen meine Füße über den Asphalt, der noch feucht ist von dem Regenschauer der letzten Nacht. Die Wolkendecke, die mich begrüßt hat, als ich – der Zeitverschiebung sei Dank – bereits um fünf Uhr aufgewacht bin, ist inzwischen aufgerissen und erlaubt einem strahlend blauen Morgenhimmel, sich über Lunenburg zu erstrecken. Ich drehe mein Gesicht Richtung Sonne, die meine Wangen angenehm wärmt, während meine geliebten türkisfarbenen Laufschuhe der steilen Prince Street hügelabwärts folgen. Bruce Springsteen singt aus meinen Kopfhörern und begleitet mich, wie immer, wenn ich laufe.

»*Baby, we were born to run*«, singt er, beruhigend vertraut, auch in dieser fremden Umgebung. Es ist noch früh am Freitagmorgen, kurz vor sieben Uhr, aber es sind schon einige Leute unterwegs: Ein Teenager auf einem Mountainbike, der Zeitungsrollen in Plastikhüllen aus einer Umhängetasche fischt und in die Einfahrten oder auf die Verandastufen von Häusern entlang der Straße wirft. Ein anderer Jogger, der mir schnaufend hügelaufwärts entgegenkommt und mich mit einem freundlichen Nicken grüßt, als würde ich in dieser fremden kleinen Stadt tatsächlich schon jemanden kennen. Eine Frau mittleren Alters, die mit ihrem Hund spazieren geht, die Leine in der einen Hand, einen Thermobecher in der anderen, vermutlich mit Kaffee gefüllt. Oh, ich beneide sie um diesen Kaffee! Wir haben nämlich gestern, als wir kurz nach dem Flughafen einen Stopp in einem Supermarkt gemacht und die nötigsten Lebensmittel für einen abendlichen Imbiss und unser erstes Frühstück gekauft haben, Kaffeepulver vergessen. Und in der Küche des Ferienhauses war leider nur eine Packung mit Pfefferminztee zu finden. Die Vormieter scheinen keine Kaffeetrinker gewesen zu sein, sehr zu meinem Leid. Daher hoffe ich, dass ich gleich, nach meiner Joggingrunde, irgendwo einen Coffee Shop entdecken werde.

Als Bruce Springsteen gerade beginnt, *Dancing in the dark* in meine Ohren zu singen, erreiche ich das Ende der Prince Street und biege nach rechts in die Cumberland Street ein. Papa hatte recht, dank des Schachbrettmusters der Straßen verirre selbst ich Orientierungs-Niete mich nicht. Ich konzentriere mich auf meine gleichmäßige Atmung und auf die Schritte meiner Laufschuhe, die im Rhythmus zu Springsteens Song über den Bürgersteig traben. Wie immer beruhigt mich das Laufen ungemein. Mein Gehirn schaltet auf Autopilot, lässt den Rest meines Körpers machen, meine Muskeln, meine Lunge, mein angestrengt pumpendes Herz. Alle Sorgen schwirren davon, lassen nur Raum für die Worte von Bruce, die in meinem Kopf widerhallen, mich stumm mitsingen lassen. Endlich muss ich nicht länger daran denken, dass ich einen großen Teil der Nacht wach gelegen und an die Dachschräge meines mir noch fremden Zimmers gestarrt habe, in Gedanken einen Stock tiefer, bei Lars. Und endlich muss ich nicht länger an die Träume denken, die mich dann, als der Schlaf endlich kam, heimsuchten. Ausnahmsweise keine Albträume, die von Autowracks handelten, aber dafür mindestens genauso verstörend waren, denn wer träumt schon gern von Sex mit dem Freund der Schwester?

Einfach ein- und ausatmen, nicht mehr denken, einen Fuß vor den anderen setzen, immer weiterlaufen, laufen, laufen.

So war es auch, als ich zum ersten Mal losgerannt bin, vor dreizehn Jahren. Taub vor Schmerz und Verzweiflung habe ich damals das Krankenhauszimmer verlassen, in dem meine Mutter kurz zuvor gestorben war, bin aus der Klinik gegangen – und losgelaufen. Ohne zu wissen, wohin ich wollte, habe ich angefangen zu rennen, in meinen Sandalen, meine Umhängetasche schräg über meine Schultern geschlungen, schwer und störend gegen meine Seite schlagend. Erst nach einer halben Ewigkeit bin ich bei uns zu Hause angekommen, schweißnass, mit blutenden Stellen an meinen Füßen, wo meine Sandalen die Haut aufgescheuert hatten. Am nächsten Tag bin ich mit schmerzenden Muskeln in ein Sportgeschäft gehumpelt und habe mir die ersten Laufschuhe meines bis dahin sehr unsportlichen Lebens gekauft. Meine Familie dachte, das sei der Schock, der mich merkwürdige Dinge tun ließ. Aber ich lief nicht nur in den ersten Tagen und Wochen nach Mamas Tod. Nein, ich lief auch dann noch, als ich meinen Job bei Peters & Hagemüller bekam. Als ich Lars kennenlernte. Als Lars und meine Schwester ein Paar wurden. Zwar nehme ich nicht an Marathons teil, stoppe weder meine Zeiten, noch habe ich Pulsmesser oder Schrittzähler. Nein, ich laufe ganz einfach. Ich laufe, um zu vergessen.

Auch jetzt noch, dreizehn Jahre später.

Nun, an diesem sonnigen Morgen in Lunenburg, sprinte ich an einem grasbewachsenen Hügel vorbei, wo ein hübscher Holz-Pavillon zu einer Pause einlädt – eine Pause, die ich nicht einlege. Jetzt noch nicht. Tap, tap, tap, machen meine Füße gleichmäßig auf dem Bürgersteig, als ich nach links in die King Street einbiege. Weiter geht es hügelabwärts, vorbei an dem Backsteingebäude einer Bank, vorbei an einem weiteren entzückenden viktorianischen Haus mit vielen Schnitzereien. Vor mir, am Ende dieser Straße, erkenne ich nun deutlich ein Stückchen blauen Meeres zwischen den Häusern. Erwartungsvoll beschleunige ich meinen Schritt, sorge dafür, dass die Entfernung zum Wasser rasch kleiner wird. Im Vorbeilaufen werfe ich einen Blick in die hübsch dekorierten Schaufenster eines Souvenirladens, wo ich neben Tassen mit Blaubeermuster und knallroten Stoff-Hummern weitere hölzerne Bojen entdecke, wie auf dem Kaminsims unseres Ferienhauses. Dann renne ich mit federnden Schritten auf den Bluenose Drive zu, auf die Straße, die parallel zum Hafen von Lunenburg entlangführt, wie ich aus meinem Reiseführer weiß. Mein Herz macht einen Hüpfer, als ich den tiefblauen Atlantik vor mir sehe – und im nächsten Augenblick setzt es vor Schreck einen Schlag aus. Wie aus dem Nichts taucht ein Ungeheuer auf, ein zotteliges schwarzes Monster, das mich von der Seite anfällt.

Kapitel 3

E in Bär! Ja, das muss ein Schwarzbär sein, denn Schwarz-bären gibt es in Nova Scotia, das weiß ich aus dem Reise-führer. Manchmal verirren sie sich auch in die Städte, durch-forsten Mülltonnen auf der Suche nach Fressbarem. O Gott, und schon an meinem allerersten Morgen in dieser Stadt werde ich von einem Bären angefallen! Mit einem lauten Kreischen taumele ich rückwärts, fuchtele in Panik mit meinen Armen, während ich zu spüren glaube, dass gigantische Tatzen nach mir ausholen. »Hilfe!«, schreie ich entsetzt und versuche, mich vor dem Biest in Sicherheit zu bringen.

Im nächsten Augenblick taucht ein Mann neben mir auf, und der Bär lässt von mir ab. Mit wild hämmerndem Herzen mache ich ein paar Schritte rückwärts, reiße mir meine Kopf-hörer aus den Ohren, höre statt Springsteen nun deutlich, wie der Mann energisch ruft: »Skipper, aus! Was ist denn in dich gefahren? Aus!«

Und dann merke ich, dass der Bär bellt. Und mit dem Schwanz wedelt. Mit einem langen, zotteligen Schwanz. Ich bin mir fast sicher, dass Bären kurze Schwänze haben. Und sie bellen eher selten.

»Sorry!«, höre ich den Mann sagen und blinzele verstört, als ich ihn ansehe. Er ist dabei, dem schwarzen, zotteligen Unge-heuer eine Leine anzulegen, was mir endgültig klarmacht, dass ich mich vor einem Hund zu Tode erschrocken habe. Ich mag keine Hunde. Nein, ich habe sogar Angst vor ihnen, wie gerade mal wieder mehr als deutlich geworden ist.

Wenn man dieses gigantische Biest von dem Ausmaß eines kleinen Ponys überhaupt als Hund bezeichnen kann. Der Mann richtet sich auf und geht zwei Schritte in meine Richtung, wobei sein immer noch aufgeregt mit dem Schwanz wedelnder Hund bellend um ihn herumtänzelt und ihn fast stürzen lässt.

»Skipper, jetzt reicht es aber! Sitz!«

Zu meinem Erstaunen sinkt das schwarze Monster tatsächlich auf seinen Allerwertesten, wobei sein Schwanz weiterhin rhythmisch und schnell auf den Bürgersteig schlägt, ungefähr im gleichen Tempo wie mein panischer Herzschlag.

»Sorry«, höre ich den Mann wiederholen. »Skipper ist manchmal etwas überschwänglich, wenn er Joggern begegnet. Er rennt nämlich selbst für sein Leben gern.«

Nur zögernd löse ich meinen Blick von dem Hund, der mich mit schief gelegtem Kopf und weit heraushängender Zunge hechelnd mustert, denn ich befürchte, dass er mich wieder anfallen könnte, sobald ich mich wegdrehe. Dann jedoch ringe ich mich doch dazu durch, sein Herrchen anzusehen, während ich noch hektisch nach Luft schnappe. Der Fremde lächelt mich entschuldigend an.

»Wir wollten dich wirklich nicht erschrecken«, sagt er und streckt mir die Hand entgegen. Er trägt ein zerschlissenes braunes Lederarmband mit einer einzelnen blauen Glasperle. »Hi, ich bin Callum MacKay.«

Nach Atem ringend starre ich den Fremden an. Er dürfte in meinem Alter sein, also ungefähr Mitte dreißig, und ist ein ganzes Stück größer als ich – was allerdings nicht viel heißt, schließlich bin ich mit meinen 1,62 Metern ein wahrer Zwerg. Sein Haar sieht ungefähr so zerzaust aus wie das Fell seines Hundes, allerdings ist es nicht schwarz, sondern dunkelblond. Als würde auch ihm gerade bewusst werden, dass er sich heute Morgen noch nicht gekämmt hat, fährt sich Callum hastig mit der linken Hand durch seine Strähnen, die länger sind, als ich es bei Männern mag – so lang, dass er sich vermutlich fast einen kurzen Pferdeschwanz binden könnte. Nein, es geht doch nichts über eine gepflegte Kurzhaarfrisur, wie bei Lars, denke ich. Dann wird mir bewusst, dass mir dieser Callum immer noch seine rechte Hand hinhält, und ich gebe mir einen Ruck und schüttele sie zögernd. Allerdings muss ich weiterhin so sehr nach Atem ringen, dass ich kein Wort herausbekomme.

Callums Blick wird besorgter. Er mustert mich eingehend, und mir fällt auf, dass seine Augen tiefblau sind. Sie haben die gleiche Farbe wie der Atlantik, der hinter ihm in der Morgensonne glänzt.

»Geht es dir gut? Du … du bist ziemlich rot im Gesicht«, meint er vorsichtig, während Skipper leise winselt und fast so klingt, als würde er seinem Herrchen recht geben und sich ebenfalls um mich sorgen. Hätte mich dieses Monstrum von einem Hund nicht gerade zu Tode erschreckt, könnte ich ihn fast niedlich finden. Wenn man einen Hund, der eher an einen Schwarzbären erinnert, überhaupt als niedlich bezeichnen kann.

Verlegen wische ich mir mit einer Hand über das Gesicht. Ich ahne, wie ich aussehe: Wie immer, wenn ich jogge, bin ich sicherlich krebsrot im Gesicht, und da ich obendrein Hunderte Sommersprossen auf Stirn, Wangen, Nase und Kinn habe, wirke ich vermutlich wie ein rot-braun gesprenkelter, nach Luft ringender Zwerg mit äußerst wirren Locken.

»Mir geht es gut, ja«, stoße ich endlich hervor. »Ich … ich habe mich nur sehr erschrocken vor … Skipper.«

»Tut mir ehrlich leid«, wiederholt der Mann und wirft seinem Hund einen tadelnden Blick zu. »Skipper ist leider ziemlich überschwänglich.«

Das Schwanzklopfen auf dem Asphalt wird stärker, und ich merke, dass Skipper nur zu gern wieder auf mich zuspringen würde, aber Callums strenger Blick scheint das gerade noch zu verhindern.

»Ich dachte, er wäre ein Bär«, gebe ich zu, bevor ich die Worte verhindern kann. Callums blaue Augen weiten sich, halb überrascht, halb amüsiert, merke ich. Nur mit Mühe scheint er ein Lachen unterdrücken zu können, als er wiederholt: »Ein Bär?«

»Es ist mein erster Morgen in Kanada!«, verteidige ich mich rasch und spüre noch mehr heiße Röte in meinen Kopf schießen. Diese verfluchte Schüchternheit, die ich einfach nicht abschütteln kann! Ich bin versucht, mir wieder meine Kopfhörer in die Ohren zu schieben, mich umzudrehen und weiterzujoggen – wäre da nicht die Sorge, dass Skipper mich verfolgen könnte.

»Du machst hier Urlaub?«, hakt Callum nach und mustert mich neugierig.

»Ja«, erwidere ich einsilbig.

»Woher kommst du?«

»Aus Deutschland.«

»Wow, ganz schön weit weg. Und verrätst du mir, wie du heißt?«

»Ich muss weiter.«

Callum lacht auf. »Merkwürdiger Name.«

»Haha«, murmele ich verlegen und nestele an meinen Kopfhörern herum, schiebe mir einen ins Ohr.

»Hey, hör mal, es tut mir echt leid, dass dir Skipper so einen Schrecken eingejagt hat«, beteuert Callum rasch. »Ich weiß, er kann furchterregend wirken, wenn man ihn nicht kennt – aber er ist einfach ein riesiger, gutmütiger, leider nicht besonders intelligenter, aber dafür extrem verspielter Kerl. Und er hat übrigens auch ein wenig deutsches Blut: Außer Neufundländern hat sich nämlich eine deutsche Dogge in seinen Genpool geschummelt, soweit ich seinen Stammbaum nachvollziehen konnte. Außerdem ganz sicher ein Stinktier. Und, wenn ich es mir recht überlege, vielleicht lagst du gar nicht falsch und es ist sogar etwas Schwarzbär in ihm.«

Als wolle er bestätigen, dass Callum recht hat, jault Skipper einmal laut auf und sieht mich erwartungsvoll hechelnd an. Gegen meinen Willen muss ich lächeln.

»Aha«, murmele ich. »Das erklärt einiges.«

»Ja, oder? Allerdings weiß ich immer noch nicht, wie du heißt«, grinst mich Callum an. Er wirkt völlig gelassen und selbstbewusst, und ich beneide ihn darum.

»Amelie«, erwidere ich knapp.

»Schöner Name.«

Ich ignoriere Callums Bemerkung und beginne, meinen zweiten Kopfhörerstöpsel in mein Ohr zu schieben.

»Hey, warte«, bittet mich der fremde Kanadier mit dem Ungetüm von einem Hund, und ich sehe ihn zögernd an. Ich möchte wirklich dringend weiterrennen und keinen Small Talk halten, schließlich hasse ich Small Talk schon unter normaleren Umständen als diesem: am frühen Morgen, verschwitzt und mit knallrotem Gesicht, noch dazu vor meinem ersten Kaffee.

»Was für Musik hörst du beim Laufen?«

Wie bitte? Ich brauche zwei Sekunden, bis ich seine Frage begreife, dann antworte ich überrascht: »Am liebsten Springsteen.«

Callum pfeift anerkennend. »Guter Geschmack«, bemerkt er, während ich an meinem i-Pod herumnestele. »Bleibst du länger hier in Lunenburg?«

»Vielleicht«, weiche ich aus und wende mich zum Gehen.

»Solltest du heute Abend noch nichts vorhaben …«, beginnt Callum, und mir ist klar, dass in meinem Blick geradezu Panik aufflackern muss, als ich ihn ungläubig anstarre. Callum scheint das auch zu registrieren, denn er macht einen halben Schritt rückwärts und meint beinahe beschwichtigend: »Also – ähm, es gibt da dieses Pub, The Singing Sailor, und da spielt heute Abend eine Band. Ich dachte, wenn du Springsteen magst, dann könnte die Musik dort was für dich sein.«

»Aha«, mache ich. Dann vergewissere ich mich mit einem raschen Blick, dass Callum die Hundeleine fest in der Hand hält, sehe Skipper ein letztes Mal an und wende mich ab. Ich glaube, dass Callum noch etwas sagt, aber ich höre ihn nicht mehr, denn ich habe mir entschlossen den zweiten Stöpsel ins Ohr geschoben, drehe Bruce laut auf und renne weiter, auf den tiefblauen Atlantik zu, ohne mich noch einmal zu dem Mann umzudrehen, dessen Augen die gleiche Farbe haben.

Ich merke erst, dass ich über eine Stunde am Hafen von Lunenburg gesessen habe, als sich mein Magen laut knurrend in Erinnerung bringt. Aber dieser Hafen ist auch einfach so schön, dass man leicht Zeit und Hunger, ja sogar Kaffeedurst vergessen kann: Das leuchtende Feuerrot eines hölzernen Gebäudekomplexes nahe dem Ufer, auf dessen Front in großen Lettern »Adams & Knickle Ltd.« zu lesen ist, bildet einen dramatischen Kontrast zum tiefblauen Wasser der Hafenbucht. Eine Weile habe ich neben diesem Gebäude auf einer Bank gesessen, die am Rande eines Kreises aus aufrecht stehenden schwarzen Granitplatten ein Plätzchen zum Verweilen bietet. Die Anordnung der Platten soll an eine Kompassrose erinnern, habe ich in meinem Reiseführer gelesen, und in den Granit sind in langen Spalten die Namen all der Seeleute aus Lunenburg eingraviert worden, die für immer auf dem Atlantik geblieben sind. Die ersten hier Verewigten sind im Jahr 1890 umgekommen, die letzten erst im vergangenen Jahr. Nachdenklich ist mein Blick eben über die zahlreichen Namen gewandert, von denen tatsächlich viele deutsch klangen und an die ersten Siedler erinnerten: Zwicker und Kraus waren dabei, viele Himmelmans und Knickles. Bevor mich die Traurigkeit dieser Granittafeln zu sehr in Beschlag nehmen und schmerzlich an meinen eigenen Verlust erinnern konnte, habe ich mich abgewandt und bin schnellen Schrittes auf die breite hölzerne Pier gelaufen, die in das dunkelblaue Hafenwasser hinausragt.

Und hier sitze ich nun, an einen Poller gelehnt, mein Gesicht der Morgensonne zugewandt, das Kreischen der Möwen in den Ohren, salzige Luft in den Lungen. Dieser Ort macht mich auf unerklärliche Weise glücklich, stelle ich zu meinem eigenen Erstaunen fest. In der Luft hängt das leise bimmelnde Geräusch der metallenen Ösen mehrerer Segel, die gegen Masten schlagen. Es liegen einige Segelboote und zig hölzerne Ruderboote angeleint an der Pier, auf der ich sitze, und auch draußen, in der Hafenbucht, schwimmen diverse Jachten, anscheinend mit Ankern festgemacht. An einer weiteren Pier zu meiner Linken liegen außerdem zwei größere Fischtrawler, die mir bewusst machen, dass es in Lunenburg nach wie vor Fischerei-Industrie gibt.

Eine Weile beobachte ich ein kleines Segelboot, das von der Pier ablegt und zunächst mithilfe eines Motors hinaus in die Bucht fährt, bis die Segel gehisst werden und sich geradezu begeistert im Wind blähen, sodass das Boot ohne maschinelle Hilfe still und elegant auf den Atlantik hinausgleiten kann. Ich war noch nie auf einem Segelboot, aber als ich dem weißen Segel hinterhersehe, bekomme ich eine unbestimmte Sehnsucht nach der Weite, die einen dort draußen, außerhalb der Bucht, erwarten muss.

Mit einem zufriedenen Seufzer lasse ich meinen Blick von dem Segelboot aus über das dunkelblaue Wasser gleiten, betrachte einen Vogel, der auf den Wellen schwimmt – ist das ein Kormoran? –, und beobachte gegenüber, auf der anderen Seite der Bucht, einen kleinen weißen Wagen, der über eine weitläufige, gepflegt wirkende Rasenfläche fährt. Aha, dort drüben scheint ein Golfplatz zu sein. Ich bin absolut kein Golf-Fan, aber von dort aus muss man einen wirklich fantastischen Blick auf Lunenburg haben. Ich drehe mich halb um, betrachte die Reihe aus kunterbunten Holzhäusern, die hinter dem Bluenose Drive auf den Hafen und das Meer hinabsehen. Die Fassaden leuchten in Lila und Rosa, Gelb, Grün und Blau in der Morgensonne und lassen mich verzückt an bunte Perlen an einer Halskette denken. Und da entdecke ich es, neben dem Restaurant mit der zweistöckigen Veranda, von wo aus man beim Essen sicherlich wunderbar auf den Hafen hinabsehen kann: Ein kleines, grau geschindeltes Haus, über dessen Sprossenfenstern ein großes Schild hängt: »Seaview Coffee Shop«. Okay, höchste Zeit für Kaffee!

In dem heimeligen Coffee Shop herrscht schon um kurz vor halb neun an diesem Morgen reger Betrieb. Neugierig sehe ich mich um, betrachte die große Schiefertafel hinter der Theke, an der mit Kreide in geschwungener Handschrift die Speisen und Getränke festgehalten sind, gekrönt von den Worten: »*Smell the sea, and feel the sky, let your soul and spirit fly, into the mystic …*«

Ahh, ich liebe das Lied von Van Morrison, aus dem die Zeilen stammen! Und nicht nur dieses Zitat erinnert daran, dass der Ozean lediglich ein paar Schritte entfernt ist, denn ich bemerke, dass der Tisch, der sich an der Fensterfront zur Straße entlangzieht und an dem einige Coffee-Shop-Besucher auf Barhockern nebeneinandersitzen, aus einem Surfbrett gefertigt wurde. Von der Decke hängen mehrere der bunten, hölzernen Bojen herab, die ich inzwischen gut kenne, die Wände werden von großen gerahmten Fotos diverser Segelschiffe verziert, und als Treppengeländer entlang der drei Stufen, die in den hinteren Teil des Coffee Shops hinabführen, dient ein hölzernes Paddel. In diesem tiefergelegenen Bereich des Cafés kann man wunderbar an kleinen Tischen entlang einer weiteren Fensterfront sitzen und auf den Atlantik hinabsehen.

Während ein junges Mädchen (bunte Hängeohrringe aus Holz im Ethno-Stil und mehrere geflochtene Freundschaftsarmbänder an beiden Handgelenken) hinter dem Tresen Milch aufschäumt, plaudert der bärtige Mann mit dem langen, geflochtenen Zopf in Silbergrau, der offensichtlich der Besitzer des Coffee Shops ist, gut gelaunt mit diversen Stammkunden. Er scheint jedem sein übliches Getränk zuordnen zu können, ohne dass die Gäste überhaupt etwas sagen müssen: Der rothaarige Mann mit dem ölbefleckten Overall bekommt einen großen Mocha Latte ohne Sahne, die zwei älteren Damen trinken jeweils einen mittelgroßen Karamell Macchiato, die eine (Perlenkette und goldene Ohrstecker) mit einem Extra-Schuss Sirup, die andere (Perlmuttarmreif und auffällige Ohrringe, die aus antiken Silbergabeln geformt worden sein müssen, faszinierend!) mit Sojamilch, beide am Ecktisch mit der tollen Aussicht über den Hafen. Und die junge Mutter (nur ein Ehering, sonst kein Schmuck) mit den Augenringen und dem Baby im Tragetuch, die vor mir dran ist, bekommt den entkoffeinierten Milchkaffee, obwohl sie ganz sicher ein wenig Koffein gebrauchen könnte – aber ihr Baby wohl eher nicht.

»Hallo!«, begrüßt mich der Besitzer des Ladens mit sonorer Stimme und lacht mich freundlich an. »Was *du* trinkst, weiß ich noch nicht. Also, was dürfen wir dir zaubern?«

»Einen kleinen Latte Macchiato to go, bitte«, sage ich und fühle überdeutlich die heiße Röte in meine Wangen steigen, wie immer, wenn ich mich mit Fremden unterhalten muss. Verlegen nestele ich ein paar Dollarscheine aus der seitlichen Eingrifftasche meiner Jogginghose und beobachte, wie der Mann fröhlich pfeifend eine blau geblümte Porzellantasse unter den Kaffeevollautomaten schiebt. Ich will schon etwas sagen, will wiederholen, dass ich meinen Kaffee zum Mitnehmen haben wollte, aber wie immer in solchen Momenten kommt mir kein Ton über die Lippen. Wie oft ich schon beim Bäcker das falsche belegte Brötchen entgegengenommen habe, wie oft ich im Restaurant das falsche Gericht klaglos akzeptiert habe, ich kann es nicht sagen. Ich bringe es einfach nicht über mich klarzustellen, dass ich etwas anderes wollte. Ja, das zu sagen, was ich will, fiel mir schon immer schwer.

Aber dieses Mal bekomme ich gar nicht das Verkehrte, merke ich plötzlich, als ich meinen Blick über die Holztheke wandern lasse und das Schild erblicke, das neben einem ganzen Tablett voll von solch blau geblümten Porzellantassen steht: »*Take away your coffee, return the mug*« lese ich, also: Nimm deinen Kaffee mit, bring die Tasse zurück. Da erkenne ich auch den gerahmten Zeitungsartikel an der Wand hinter der Theke, und ich trete einen Schritt näher an den Rahmen heran und überfliege den Text, in dem es um den Beschluss des Stadtrats von Lunenburg geht, Wegwerf-Plastik-Artikel zu verbieten: Plastiktüten im Supermarkt, Plastikteller in den Imbissstuben – und eben Pappbecher mit Plastikdeckeln in den Coffee Shops. Erstaunt lese ich, dass alle Ladenbesitzer des Ortes dafür waren, obwohl es für manche mehr Aufwand bedeutet, wie eben die Porzellantassen wieder zu spülen. Außerdem müssen sie darauf hoffen, dass alle Tassen zurückgebracht werden, aber darüber scheint sich in Lunenburg laut dem Artikel bisher niemand Sorgen zu machen.

»Die Leute spielen wunderbar mit, bisher sind kaum Tassen

abhandengekommen!«, wird der Besitzer des Seaview Coffee Shops zitiert. Der heißt laut Zeitungsartikel Jimmy und lacht von einem Schwarz-Weiß-Foto neben dem Text fröhlich in die Kamera, in jeder Hand eine der geblümten Tassen, sein grauer Zopf über einer Schulter hängend.

»Guten Morgen!«, höre ich in dem Augenblick eine Stimme hinter mir, begleitet vom Bimmeln der Glocke über der Ladentür. Merkwürdig, überlege ich ratlos. Diese Stimme erinnert mich stark an …

Ich drehe mich um und starre den Herrn an, der den Coffee Shop betreten hat und sich hinter mir anstellt. Fassungslos schnappe ich nach Luft.

Kapitel 4

P apa?«, frage ich ratlos. Der ältere Herr, der gerade gut gelaunt den beiden Damen am Ecktisch zugewinkt hat, starrt mich verblüfft an. Ich starre zurück – in die hellblauen Augen meines Vaters. Allerdings hängt das linke Lid nicht, und als er den zwei Frauen zugelächelt hat, gingen beide Mundwinkel in die Höhe. Und, was noch frappierender ist – der Mann vor mir trägt einen dichten grauen Vollbart, den mein Vater gestern Abend noch nicht hatte. Aber wer zum Teufel …?

»Ähm, ich denke, Sie verwechseln mich«, lacht der Mann nun auf, wirkt aber nicht wirklich amüsiert, sondern auf einmal fast verstört. Er spricht sehr gutes Englisch, fällt mir auf. Papa eher nicht.

»Ähm, Entschuldigung«, stammele ich, obwohl das gar nicht sein kann. Das ist keine Verwechslung. So viel Ähnlichkeit gibt es doch gar nicht!

»Ah, guten Morgen!«, höre ich Jimmy erfreut rufen, während er meinen Latte Macchiato über die Theke schiebt. »Dein Kaffee kommt gleich, altes Haus. Schwarz wie deine Seele, wie immer.«

Der Mann, der aussieht wie mein Vater, nickt mit einem gemurmelten »Danke dir, Jimmy«, dann sieht er wieder mich an, so ernst und gleichzeitig verwirrt, wie auch ich mich fühle.

Das ist heute wirklich alles zu viel für mich. Erst träume ich die halbe Nacht vom Freund meiner Schwester, dann werde ich von einem bärenähnlichen Hund angefallen und blamiere mich vor seinem Besitzer mit den meerblauen Augen, und schließlich laufe ich zu allem Überfluss einem Mann über den Weg, der aussieht wie mein Vater. Himmel noch mal, warum bin ich denn bloß nach Lunenburg gekommen? So zauberhaft schön dieses Städtchen auch sein mag, es tut meiner Seele, die sich einfach nur nach Ruhe sehnt, wirklich überhaupt nicht gut.

Hastig wende ich mich ab, spüre, wie mein Körper von Kopf bis Fuß vor Hitze brennt. Verlegen schiebe ich mein Geld über die Theke, stottere ein Dankeschön und flüchte auch schon aus dem Laden, meine Porzellantasse fest in einer Hand, dem fragenden Blick des Doppelgängers meines Vaters hartnäckig ausweichend.

Als ich das meergrüne Haus erreiche, bin ich völlig außer Atem. Von meinem Kaffee habe ich nur gerade so viel abgetrunken, dass beim Gehen nichts über den Rand schwappen konnte, so eilig hatte ich es, zurückzukommen und meinen Vater zu sprechen.

»Papa?«, frage ich atemlos, als ich das Wohnzimmer betrete. Doch hier ist niemand. »Papa?«, rufe ich, lauter diesmal. Da höre ich aus dem Garten Neles Stimme, wie immer eine Spur zu laut.

Ich durchquere die Küche, von der eine Hintertür in den Garten hinausführt. Unter den weit ausladenden Ästen eines großen Ahornbaums, der den halben Rasen in Schatten taucht, sitzen Papa, Lars und Nele an einem dieser amerikanischen Holz-Picknick-Tische, bei denen die Sitzbänke fest mit dem Tischteil verbunden sind.

»Ach, da ist sie ja!«, höre ich Nele sagen. Erwartungsvoll sehen mir die drei entgegen. »Wohin bist du denn schon so früh verschwunden?«

»Ich war joggen«, erkläre ich und stelle meine Tasse auf den Holztisch, während ich mich neben Papa auf die Bank sinken lasse.

»Du bist aber nicht über zwei Stunden lang gelaufen, oder?«, hakt mein Vater ein wenig besorgt nach und mustert mich eingehend. Vermutlich leuchtet mein Gesicht noch immer krebsrot, aber das ist gerade egal.

»Nein, ich … ich saß noch eine Weile am Hafen. Ist wunderschön da.«

»Ja, wir wollen auch gleich mal eine Erkundungstour machen«, sagt Lars. Er sieht verdammt gut aus, stelle ich fest, in dunkelblauem Poloshirt und beigen Shorts, ganz auf Urlaub eingestellt. Mein Herz stolpert kurz, bevor ich meinen Blick hastig von ihm abwende und versuche, nicht schon wieder die Bilder der letzten Nacht in mir hochsteigen zu lassen.

»Ist das etwa Kaffee?« Nele reckt ihren Hals und schielt geradezu gierig in meine Tasse. »Hast du Kaffeepulver besorgt?«

»Nein«, erwidere ich, ein wenig schuldbewusst. »Das ist ein Coffee to go aus einem ganz süßen Coffee Shop am Hafen.«

»Das ist ein Coffee to go?« Ratlos mustert Lars die blau geblümte Porzellan-Tasse.

»Ja, in Lunenburg sind Wegwerf-Plastik-Artikel verboten, darum gibt es diese Tassen, die man nach Gebrauch zurückbringen soll. Eine geniale Idee, finde ich.«

»Eine noch genialere Idee wäre es gewesen, mir auch einen Kaffee mitzubringen, Schwesterherz«, meldet sich Nele mit schneidender Stimme zu Wort.

Betroffen lasse ich die Tasse sinken, reiche sie dann meiner Schwester über den Picknicktisch hinweg. »Hier, trink ruhig.«

»Ist da Zucker drin?« Misstrauisch beäugt Nele mein Getränk. Ich schüttele den Kopf.

»Nee, danke«, sagt sie da und verschränkt die Arme vor der

Brust, starrt auf ihre Fingernägel hinab, die in einem hübschen Himbeerrosa lackiert sind. Überhaupt sieht sie mal wieder zum Anbeißen aus: Der üppige Volant am Carmen-Ausschnitt ihres weißen Oberteils betont ihre grazilen Schultern, und obwohl ich nichts für den meistens ziemlich kitschigen und viel zu üppigen Modeschmuck übrig habe, den Nele gern trägt, ist ihre heutige Kette mit den pastellfarbenen Plastikblüten ganz niedlich und beinahe dezent. Neles Haar ist zu einem französischen Zopf geflochten – eine Frisur, die ich liebend gern mal tragen würde, die aber dank meiner wilden Locken ein Ding der Unmöglichkeit ist.

»Zucker ist bestimmt in der Küche zu finden«, bemerke ich. »Soll ich welchen holen?«

»Nein, schon gut«, erwidert meine Schwester mit einem ungeduldigen Augenrollen, und ich stelle meine Tasse mit einem Seufzer vor mir ab. Es hat keinen Sinn, mit Nele zu diskutieren. Sie war noch nie ein Morgenmensch, aber heute scheint sie ganz besonders schlecht drauf zu sein.

Ich frage mich wirklich, wie Lars es mit ihr aushält.

»Hast du schon gegessen?«, fragt Papa und hält mir einen Brotkorb entgegen, in dem noch zwei verlorene Toastbrotscheiben liegen. »Wir haben Marmelade und Frischkäse. Später müssen wir noch einmal einkaufen gehen, gründlicher als gestern. Irgendwie haben wir die Hälfte vergessen. Nicht nur Kaffeepulver, sondern auch Butter und Eier. Ich hätte sonst Rührei gemacht.«

»Danke«, murmele ich und angele eine Brotscheibe heraus, lasse sie dann aber einfach nur achtlos auf meinen Teller fallen. Ich kann jetzt wirklich nicht an Essen denken.

»Ist alles okay, Amelie? Du siehst ein wenig … aufgewühlt aus«, meint Papa nachdenklich und tätschelt liebevoll meine Wange.

»Papa, ich … ich bin eben, im Coffee Shop, jemandem begegnet, der aussah wie du.«

Mein Vater starrt mich groß an, und ich höre Nele losprusten. Dann hustet sie, weil sie sich anscheinend an einem Toastkrümel verschluckt hat, und Lars klopft ihr pflichtschuldig auf den Rücken, während er mich ratlos über den Tisch hinweg ansieht.

»Du meinst, Papa hat einen Doppelgänger in Lunenburg?«, fragt Nele und holt keuchend Luft. Dann kichert sie albern los. »Das ist ja ein Ding! Hast du ein Foto gemacht?«

Ihr ausgelassenes Lachen versetzt mir ohne jede Vorwarnung einen wehmütigen Stich. Plötzlich scheint Nele überhaupt nicht mehr morgenmuffelig zu sein, und sie zickt auch nicht länger herum, weil ich ihr keinen Kaffee mitgebracht habe. In diesem Moment ist sie auch nicht die altkluge Lehrerin, die mich mit dieser gewissen Arroganz in der Stimme fragt, wie lange ich denn noch bei Peters & Hagemüller »jobben« wolle, wie sie es auf dem Hinflug mal wieder getan hat. Und sie ist für einen Augenblick nicht die Unsensible, die nicht zu realisieren scheint, dass ihre Bemerkung, ich brauche ja kein Kingsize-Bett, mich, den notorischen Single, verletzt.

Nein, in diesem kostbaren Moment im morgendlichen Garten ist sie für ein paar Sekunden wieder die Nele unserer Kindheit. Die zwar schon damals nicht unbedingt meine beste Freundin war, aber mit der ich doch hin und wieder viel Spaß haben konnte, auch wenn wir so verschieden waren. Damals war sie die heitere Nele, in deren Augen übermütiger Schalk aufblitzte, so wie jetzt. Sie war einer dieser Menschen, die meist unbekümmert durchs Leben springen, immer fröhlicher und ausgelassener als ich. Und so viel selbstbewusster. Ich sehe sie noch vom Judo-Unterricht nach Hause kommen, stolz wie Oskar, weil sie diesen oder jenen Gürtel bekommen hatte, während ich in der sicheren Geborgenheit des Ateliers meiner Mutter Schmuck gebastelt hatte. Mich hielten die meisten Leute damals für etwas mürrisch, dabei war ich nur schüchtern, meistens in mich gekehrt und meinen eigenen Gedanken nachhängend. Das hat sich nicht groß geändert. Aber Nele, sie hat sich geändert. Denn nach dem Unglück vor dreizehn Jahren konnte auch sie nicht mehr völlig unbekümmert durchs Leben springen. Damals mussten wir beide sehr schnell erwachsen werden.

»Nein«, murmele ich mit belegter Stimme und bemühe mich, ins Hier und Jetzt zurückzufinden. »Ich konnte kein Foto machen, ich hatte mein Telefon nicht dabei.« Ich räuspere mich, wende meinen Blick von meiner immer noch kichernden Schwester ab und schaue unseren Vater ernst an. »Papa … der Mann, der sah dir wirklich zum Verwechseln ähnlich, nur hatte er einen Vollbart.«

»Mhhm«, murmelt mein Vater, und dann erhebt er sich plötzlich abrupt vom Picknicktisch. »Komische Zufälle gibt es, oder? Ich werde mal einen kleinen Spaziergang machen. Wir … wir sehen uns später, ja?«

Er ist ganz blass um die Nase geworden, merke ich. Besorgt greife ich nach seiner Hand. »Ist alles okay?«, frage nun ich ihn.

»Jaja, alles gut.« Er ringt sich ein winziges Lächeln ab, das mich kein Stück beruhigt. »Ich bin bald wieder da.«

Und dann verschwindet er, die Hände in den Taschen seiner karierten Shorts vergraben, mit leicht hängendem Kopf durch den Garten, geht an den Büschen entlang, die die Hauswand säumen, und tritt auf die Straße hinaus.

»Was ist denn jetzt in ihn gefahren?«, höre ich Nele fragen.

»Keine Ahnung«, murmelt Lars nachdenklich, und als ich ihn ansehe, merke ich, dass sein Blick an mir hängt. Er lächelt mich an, und augenblicklich regen sich die Schmetterlingsflügel in meinem Magen. Hastig greife ich nach meiner Tasse und nehme einen großen Schluck Kaffee, nestele dann an einer meiner Locken, die sich aus meinem Pferdeschwanz gelöst hat. Nele tippt auf ihrem Smartphone herum, Lars hat nun den Kopf in den Nacken gelegt und starrt gedankenverloren in das dichte dunkelgrüne Laub des Ahornbaumes hinauf. Verstohlen mustere ich seinen glatt rasierten Hals und den leicht hervorstehenden Adamsapfel, bevor ich meinen Blick von ihm losreiße und nach dem Marmeladenglas greife. Himmel, heute ist unser erster Urlaubstag, und bereits jetzt fange ich an, in Lars' Gegenwart fast wahnsinnig zu werden. Es hat schon seinen Grund, warum ich ihm in Bielefeld nach Möglichkeit aus dem Weg gehe.

Lustlos bestreiche ich eine Toastbrotscheibe mit Marmelade – natürlich ist es Erdbeermarmelade, die ich hasse, aber die Nele liebt, und wie immer habe ich gestern im Supermarkt gar nicht erst versucht, meine Wünsche zu äußern.

Während ich ohne jeglichen Appetit einen Bissen nehme, flattern meine Gedanken aufgewühlt durcheinander. Sie streifen Callum MacKay mit seinem Ungetüm von schwarzem Hund, bleiben dann sehr lange bei dem merkwürdigen Doppelgänger meines Vaters hängen, und kehren schließlich, natürlich, unweigerlich zurück zu Lars. Zum ersten Mal seit langer Zeit lasse ich es wieder zu, dass ich an die wunderbaren Jahre denke, als er noch nicht der Freund meiner Schwester war. Als er noch neben mir bei Peters & Hagemüller saß, wir uns in den Pausen über Star Wars und Star Trek unterhielten, über Arminia Bielefeld und Jazz. Gut, streng genommen redete Lars, und ich hörte zu, schließlich war ich selbst überhaupt kein Fan von Science-Fiction, hatte keine Ahnung von Fußball und konnte Jazz nicht viel abgewinnen. Aber ich liebte es, Lars reden zu hören, und das war alles, was gezählt hat. Wegen ihm tat ich sogar so, als hätte ich eine Schwäche für Star Trek, sodass er mich wenige

Monate nach dem Beginn unserer Zusammenarbeit fragte, ob ich mit ihm ins Kino in *Star Trek – Die Zukunft hat begonnen* gehen wollte. Natürlich wollte ich, egal, in welchen Film – Hauptsache, mit Lars! Zwar stellte sich im Kino heraus, dass auch noch einige seiner Kommilitonen mit von der Partie und außer mir alle eingefleischte Trekkies waren, während ich vor Langeweile zwischendurch fast einschlief, aber immerhin: Lars hatte mich gefragt, ob ich mit ihm ins Kino gehen wollte! Leider erzählte er mir nur wenige Tage nach diesem wunderbaren Abend, dass er eine neue Freundin hätte, wieder eine Studentin, genau wie die untreue Sabine und die klammernde Anne, seine vorherigen Flammen. Ich müsse Katharina unbedingt kennenlernen, meinte er, und die Art, wie er das vorschlug, verletzte mich zutiefst, weil sie mir eindeutig klarmachte, dass ich für Lars nur eine platonische Freundin war.

Es kam nie zu dem Treffen mit Katharina, weil weder sie noch ich besonders wild darauf waren, und irgendwann hörte Lars auf, mich zu fragen, ob ich mit ihnen auf diese oder jene Uniparty kommen wollte.

Trotzdem ging mein Herz nach wie vor auf, wenn Lars das Großraumbüro betrat, sich neben mich setzte und fragte: »Na, fabelhafte Amelie, wie geht es dir heute?« Und immer wieder hatte ich zwischendurch das unbestimmte Gefühl, dass er doch mehr in mir sehen könnte als nur die gute Freundin. Mag sein, dass das Einbildung war, auch wenn ich normalerweise richtigliege mit meiner feinen Antenne für die Gefühle meiner Mitmenschen. Das ist seit Kindesbeinen so: Ich spüre, wenn jemand nicht so gut drauf ist, auch wenn derjenige lächelt und behauptet, alles sei okay. Während Nele sehr oft absolut nicht mitzubekommen scheint, wenn ihre Mitmenschen gute Laune nur vortäuschen, registriere ich das sehr wohl. Viele behaupten, ich sei zu empfindlich, übersensibel, würde zu viel in die Gesten und Blicke meiner Mitmenschen hineindeuten, mir deswegen zu viel zu Herzen nehmen. Aber ich glaube, dass ich in den meisten Fällen richtigliege mit meinen Stimmungsdeutungen.

Doch vielleicht habe ich bei Lars damals doch zu viel in jede seiner Gesten, in jedes seiner Worte, in jeden Blick und jedes Lächeln hineininterpretiert, einfach, weil ich mir so sehr gewünscht habe, dass er endlich mehr in mir sehen würde als nur eine Arbeitskollegin und gute Freundin. Aber aufhören konnte ich nicht mit diesem Deuten und Analysieren, genauso wenig wie ich die Schmetterlinge in meinem Magen unter Kontrolle zu bringen vermochte, oder die unbändige Hoffnung, die immer wieder neu in mir aufkeimte, wenn Lars mich anlächelte, all meinen Versuchen zum Trotz, endlich realistisch zu sein.

Und dann trennte sich Katharina eines wunderbaren Tages, als ich Lars seit fast drei Jahren kannte, von ihm. Eine Zeit lang war er sehr bedrückt, und ich tat mein Bestes, um ihn zu trösten, und hörte ihm geduldig zu, wenn er sich wütend über Katharina ausließ. Dann fragte er mich, ob ich ihn auf eine Uniparty begleiten wollte. Ja, natürlich wollte ich!

Ich ging extra zu H&M, um mir ein schickes Minikleid zu kaufen, und gab mir besonders viel Mühe damit, meine unbändigen Locken am Hinterkopf hochzustecken. Eigentlich war ich wirklich zufrieden mit meinem Aussehen, und Lars meinte mit einem breiten Lächeln, dass ich »echt hübsch« aussähe, als er mich abholte. Ich starb fast vor Aufregung.

Auf der Uniparty liefen wir in Nele hinein – meine Schwester war damals noch mitten im Studium, Deutsch und Mathe auf Lehramt, und eigentlich war klar gewesen, dass wir sie treffen würden, schließlich ließ sie kaum eine Party aus. Später fragte ich mich oft, warum ich eingewilligt hatte, mit Lars auf die Uniparty zu gehen. Wieso ich nicht stattdessen vorgeschlagen hatte, mit ihm essen zu gehen, oder wieder ins Kino – diesmal ohne seine Freunde. Vielleicht hätte ich dem Schicksal dann ins Handwerk pfuschen können.

Oder auch nicht, denn früher oder später hätte Lars meine Schwester doch kennengelernt. So also stellte ich ihm Nele bereits auf der Uniparty vor und merkte, meiner feinen Antenne sei Dank, sofort, dass er sie sehr attraktiv fand.

Es ist so eine Sache mit Nele. Sie ist eigentlich keine klassische Schönheit, dafür stehen ihre Augen ein wenig zu weit auseinander und sind ihre Schneidezähne eine Spur zu groß. Doch besonders diese winzigen Makel tragen zum besonderen Charme meiner Schwester bei, eben weil sie dennoch diesen sexy Augenaufschlag mit ihren endlos langen Wimpern draufhat und weil ihre Zähne sie nicht daran hindern, jeden strahlend und selbstbewusst anzulächeln. Die Art, wie sie keck in ihre überlangen Ponysträhnen pustet, wie sie schlagfertig kontert, wie sie kehlig lacht, immer eine Spur zu laut, diese Art hat Männer seit jeher fasziniert.

Und Lars bildete da keine Ausnahme. Als Nele uns fragte, ob wir mit zum Tanzen kämen, sagte er sofort Ja. Natürlich wusste meine Schwester, dass ich nicht gern tanzte, trotzdem warf sie mir einen unschuldigen Blick zu, als ob sie tatsächlich erwartete, dass ich auch mitkäme.

»Geht ihr ruhig«, versicherte ich und spürte, wie mir das Herz in die Hose rutschte. Lars zögerte nur kurz, aber als ich wiederholte, dass es okay sei, schob er sich nur zu gern mit Nele durch das Gewühl aus feiernden Studenten auf die Tanzfläche. Ich blieb an der Theke stehen, umklammerte verzweifelt meine Bierflasche und beobachtete Lars und meine Schwester, die ausgelassen zu »Sex Bomb« von Tom Jones tanzten. Zwischendurch kam Lars zurück zu mir, außer Atem und mit einem schlechten Gewissen, das war offensichtlich.

»Komm doch auch und tanz mit uns«, forderte er mich auf, doch ich schüttelte den Kopf.

»Nee, schon gut, macht ihr mal, ich schaue zu«, winkte ich ab. Ich tanzte generell nur ungern auf Partys, weil ich mich stets beobachtet und bloßgestellt fühlte, und es war mir erst recht zu blöd, gemeinsam mit meiner Schwester um Lars herumzutänzeln.

»Aber … ich will nicht, dass du hier so allein herumstehst.«

›Dann bleib doch einfach bei mir, du Idiot!‹, wollte ich am liebsten schreien, aber ich lachte betont unbekümmert auf und sagte stattdessen: »Mach dir keine Sorgen um mich. Die Musik ist nicht so mein Fall. Vielleicht komme ich später dazu.«

»Es macht dir also nichts aus, dass ich mit deiner Schwester tanze?«

»Ach was!«, meinte ich, so cool wie möglich.

»Okay.« Lars grinste mich schief an, klopfte mir freundschaftlich auf die Schulter und ging zurück zu Nele.

Und so blieb ich am Rande der Tanzfläche stehen und sah zu, wie Lars mit meiner Schwester tanzte. Und dann sah ich zu, wie meine Schwester Lars küsste. Mehr bekam ich nicht mehr mit an jenem Abend, denn ich flüchtete tränenblind nach draußen und fuhr mit dem Nachtbus nach Hause. Allein, wie immer.

Als ich Lars am nächsten Tag im Büro sah, konnte ich ihm nicht in die Augen schauen. Er merkte natürlich, dass ich geknickt war, denn ich war wirklich keine gute Schauspielerin, aber ich schob meine gedrückte Stimmung hartnäckig auf eine Migräne. Dabei hatte ich noch nie in meinem Leben Migräne gehabt, aber das schien Lars nicht zu wissen, obwohl er mich doch schon seit drei Jahren kannte. Als ich ihm versicherte, es sei okay, dass Nele und er sich abends wieder treffen würden, kamen mir fast die Tränen, aber ich tat rasch so, als hätte ich eine Wimper im Auge, und flüchtete auf die Toilette.

Ihr erstes Date war ein Star-Wars-Film-Marathon bei Nele im Studentenwohnheim. Im Gegensatz zu mir ist meine Schwester ein echter Star-Wars-Fan. Und sie hat Ahnung von Fußball, auch wenn sie ein Fan von Borussia Dortmund ist und nicht von Arminia Bielefeld. Inzwischen mag sie sogar Jazz.

Kurz darauf hörte Lars auf, bei Peters & Hagemüller zu arbeiten. Er war fast fertig mit seinem Studium und hatte neben seinen Prüfungen keine Zeit mehr fürs Jobben. Und mir war es recht, ihn nicht mehr jeden Tag sehen zu müssen, weil es mir das Herz zerriss. Nele hat mich einmal gefragt, ob es für mich okay sei, dass sie mit Lars zusammen sei. Er und ich, wir seien schließlich nur Kumpel gewesen? Ja, natürlich, alles sei bestens, log ich meine Schwester an. Was hätte ich auch sonst erwidern sollen? Und, wie gesagt: Nele ist nicht die Sensibelste, wenn es um die Gefühle ihrer Mitmenschen geht. Natürlich merkte sie nicht, dass ich log. Merkte nicht, wie sehr ich litt.

Selbstverständlich sehe ich Lars hin und wieder, zum Beispiel, wenn Nele ihn zu einem sonntäglichen Mittagessen bei Papa mitbringt oder wenn sie uns anlässlich ihres Geburtstages zum Brunchen in die schöne Altbauwohnung einlädt, die Lars und sie in Bielefeld angemietet haben, nachdem sie ihre ersten festen Stellen gefunden hatten: Lars als Ingenieur bei einem Automobilzulieferer, Nele als Lehrerin an einem Gymnasium.

Aber meistens habe ich es in den letzten Jahren ganz gut geschafft, dem Freund meiner Schwester aus dem Weg zu gehen. Bis jetzt.

Lars hat aufgehört, in den Ahorn hinaufzustarren, und lächelt mich mit schief gelegtem Kopf an. Nervös wische ich mir ein paar Toastbrotkrümel von den Lippen. Dann, um irgendetwas zu sagen, stoße ich spontan hervor: »Habt ihr Lust, heute Abend in ein Pub zu gehen, wo es Live-Musik gibt?«

Kapitel 5

E s ist nicht so, dass ich in dieses Pub gehe, weil Callum MacKay dort sein wird. Zumindest vermute ich, dass er vorhat, dorthin zu gehen, sonst hätte er den Singing Sailor mir gegenüber sicherlich nicht erwähnt.

Nein, ich bin einfach froh, aus dem Haus zu kommen. Einen ganzen Abend lang mit Papa, Lars und Nele im Wohnzimmer oder im Garten des Ferienhauses zu sitzen, das ist keine Option. Das Frühstück kam mir schon ewig vor, und das, obwohl ich nur eine halbe Toastbrotscheibe heruntergewürgt habe, während Lars und Nele anfingen zu diskutieren, was sie heute machen wollten. Sie konnten sich nicht einigen – Lars wollte eigentlich zuerst den Ort zu Fuß erkunden, während sich Nele in den Kopf gesetzt hatte, mit dem Auto an einen nahe gelegenen Strand zu fahren, um ein bisschen in der Sonne zu liegen und vielleicht im Atlantik zu baden. Schließlich gab Lars nach, und die beiden brachen mit dem Mietwagen auf, überließen mir den Abwasch und das stille Haus. Zwar hatten sie mich gefragt, ob ich mitkommen wollte, aber ich hatte rasch abgewinkt. Lars am Strand, nur mit Badeshorts bekleidet, das wäre zu viel gewesen für meine Nerven.

Also blieb ich im Haus, räumte ein wenig auf und legte mich dann in meinem Dachgeschosszimmer auf das Bett, um Musik zu hören und aus den Erkerfenstern hinaus auf die malerische Ortschaft zu träumen. Ich hoffte, dass Papa bald heimkehren würde, aber er kam erst nachmittags zurück in unser meergrünes Haus. Als ich ihn fragte, wo er gewesen sei, antwortete er ausweichend, er habe ein wenig die Stadt zu Fuß erkundet. Da er bei dieser Gelegenheit einen Supermarkt entdeckt hatte, zogen wir noch einmal gemeinsam los und gingen gründlich einkaufen. Zu Hause bereitete ich uns ein frühes Abendessen zu – Rührei mit Bratkartoffeln und Röstzwiebeln, Papas Lieblingsgericht –, und als Nele und Lars irgendwann heimkehrten und uns begeistert von ihrem Strandausflug vorschwärmten, setzten wir uns gemeinsam unter den Ahornbaum im Garten. So lange, bis es Zeit wurde, aufzubrechen und zum Pub The Singing Sailor zu gehen, das Papa auf seinem Rundgang ebenfalls schon entdeckt hatte.

Als ich jetzt das urige Pub mit seiner tief hängenden Decke betrete und eine Menschenmenge erblicke, die sich zwischen einer hölzernen Theke und einer kleinen Bühne drängt, bin ich wirklich froh. Und das, obwohl mir normalerweise jedes stille Zimmer mit einem Lesesessel und einem guten Buch lieber ist als eine volle Kneipe. Aber heute Abend muss ich mich ablenken. Ablenken von Lars, der seinen Arm um Neles sonnengeküsste Schultern gelegt hat, während die beiden hinter mir das Pub betreten. Nele sieht mal wieder umwerfend aus, mit ihrem offenen Haar, den kurzen Jeansshorts und einem Oberteil aus durchbrochener weißer Spitze, die ihren hellen BH neckisch durchschimmern lässt. Nur die riesigen Plastik-Kreolen mit Raubtiermuster sind mir persönlich zu viel des Guten, aber unsere Geschmäcker waren schon immer verschieden – zumindest in puncto Schmuck. Bei Männern leider nicht so sehr.

Unzufrieden zupfe ich an einer störrischen Locke, die sich schon wieder aus der Hochsteckfrisur gelöst hat, die mich vorhin im Badezimmer viel Zeit und noch mehr Nerven und

54

Haarnadeln gekostet hat. Was würde ich um Neles glattes Haar geben! Und um ihre Figur. Meine Schwester, die einen guten Kopf größer ist als ich, hat wohlgeformte Proportionen, ist nicht dick, aber auch nicht zu dünn. Ich hingegen – ich sehe nicht nur wegen meiner Größe eher nach Kind als nach Frau aus, sondern auch wegen meiner wenig ausgeprägten Rundungen. Zwar trage ich eines meiner liebsten Sommerkleider – das dunkelblaue mit dem Muster aus kleinen weißen Papierschiffchen –, aber selbst damit fühle ich mich mal wieder eher wie 14 als wie 34.

Papa blickt sich aufmerksam um und deutet dann auf einen kleinen Ecktisch nahe der Bühne, der noch frei zu sein scheint. Wir schieben uns durch die ausgelassenen Menschen, und ich sehe mich verstohlen nach Callum MacKay um, kann ihn jedoch nicht entdecken. Auf der Bühne warten schon die Instrumente auf ihren Einsatz – eine akustische Gitarre, eine E-Gitarre, eine Bassgitarre und in der Ecke ein Schlagzeug –, aber von den Bandmitgliedern fehlt noch jede Spur. Heute Abend spielen »The Seahawks«, zu Deutsch also die Fischadler, wie ein Poster an der Eingangstür zur Kneipe angekündigt hat. Ich rutsche in die Bank des kleinen Tisches, dessen Platte ein wenig klebrig ist, und atme erleichtert auf, als sich Papa neben mich schiebt. Wenigstens muss ich nun nicht Schenkel an Schenkel mit Lars sitzen, wie auf unserem Hinflug. Nele setzt sich neben Papa auf die Bank.

»Was wollt ihr denn trinken? Ich besorge uns etwas an der Theke.« Lars, der noch steht, sieht uns der Reihe nach fragend an. Wir bestellen alle Bier, und Lars kämpft sich noch einmal durch die Menge. Ich folge seinem dunklen Haarschopf verstohlen mit meinem Blick, werde aber im nächsten Moment abgelenkt, weil sich auf der Bühne etwas tut. Ein rot gelockter Mann geht die drei Stufen hinauf, nimmt am Schlagzeug

Platz und bekommt sofort Applaus von der Menge. Er grinst und nickt dankend in die Runde, bevor er nach einem Ordner greift und ein paar Blätter durchsieht, vermutlich die Songs, die gespielt werden sollen. Da tauchen zwei weitere Männer auf, springen lachend auf die Bühne, unterhalten sich, während sie auf die Instrumente zusteuern. Überrascht setze ich mich ein wenig aufrechter hin und starre auf die Bühne. Einer der beiden Männer ist Callum MacKay.

Ich hatte recht, sein dunkelblondes Haar ist so lang, dass er es sich im Nacken zu einem kurzen Pferdeschwanz zurückbinden kann – wie jetzt. Einige Strähnen haben sich gelöst und hängen ihm seitlich ins Gesicht, lassen ihn aussehen, als sei er gerade von einem windigen Strandspaziergang zurückgekommen. Vielleicht ist er das sogar, fährt es mir durch den Kopf, und sofort halte ich besorgt nach Skipper Ausschau. Aber kein schwarzes Ungetüm kommt auf meinen Ecktisch zugewetzt, und ich atme verstohlen auf. Als ich zurück zur Bühne sehe, merke ich, dass sich Callum gerade die E-Gitarre an einem Gurt um den Hals gelegt hat. Er zupft an den Saiten, während sein Blick über die Menge wandert – und an mir hängen bleibt. Ein breites Lächeln erhellt sein Gesicht, und er nickt mir zu, ohne aufzuhören, mich anzusehen. Verlegen nicke ich zurück und spüre mal wieder die vertraute Röte von meinem Gesicht Besitz ergreifen. Jetzt denkt er bestimmt, dass ich wegen ihm hier bin, fährt es mir durch den Kopf, und mir wird noch heißer. Ausnahmsweise bin ich froh, als Lars wieder auftaucht und vier Bierflaschen auf unseren Tisch stellt. Eilig löse ich meinen Blick von Callum und greife nach einer Flasche, um den anderen damit zuzuprosten. Lars schiebt sich auf die Bank neben Nele und sagt etwas zu Papa und ihr, was ich nicht verstehe, während ich mich nicht daran hindern kann, erneut zu Callum hinüberzuschielen – doch er sieht nicht länger mich an. Stattdessen starrt er auf jemanden neben mir und wirkt so, als habe er einen Geist gesehen. Erstaunt drehe ich den Kopf, versuche zu erkennen, wen er so fassungslos mustert – Lars? Nein, sein Blick hängt an … oh, bitte. Wenn sich jetzt auch Callum Knall auf Fall in meine jüngere Schwester verliebt, dann werde ich wirklich wütend auf das Universum. Nicht, dass ich irgendein Interesse an dem Kerl hätte. Wie gesagt, er ist überhaupt nicht mein Typ. Mein Typ ist Lars: Mit kurzen, gepflegten Haaren, intellektueller Brille, dunklen, sanften Augen. Ganz sicher nicht so ein blonder Kanadier mit zu langem Haar, verwaschenem T-Shirt und Loch in der Jeans. Und mit einem Lederarmband am Handgelenk. Wirklich, so sehr ich Schmuck liebe, für Männer mit Schmuck habe ich nichts übrig. Aber auch gar nichts.

Gerade will ich einen trotzigen Schluck Bier nehmen und Callum MacKay zur Hölle wünschen, als ein Mann meine Aufmerksamkeit erregt, der nun als Letzter die Bühne betritt, nach der akustischen Gitarre greift und ans Mikrofon neben Callum tritt.

Mein Herz setzt einen Schlag aus. Das ist Papa.

Beziehungsweise, nein, natürlich ist das nicht mein Vater, der sitzt schließlich dicht neben mir auf dieser Eckbank. Nein, das auf der Bühne, das ist Papas Doppelgänger, den ich heute im Coffee Shop gesehen habe. Er trägt ein kariertes Hemd und zupft sich gerade mit einem zufriedenen Schmunzeln den Vollbart, während er ein paar Worte mit dem Schlagzeuger wechselt. Mein Blick schießt zu Papa, der ganz bleich geworden ist. Er starrt regungslos auf die Bühne, und seine Hand hält die Bierflasche so fest umklammert, dass seine Knöchel weiß hervortreten. Nele und Lars haben noch nichts bemerkt, sie haben die Köpfe zusammengesteckt und scheinen leise über irgendetwas zu diskutieren.

Ich schaue zurück zur Bühne, merke, dass Callum immer

noch zu unserem Tisch starrt. Aber natürlich sieht er nicht meine Schwester an, sondern Papa, wird mir klar. Auch ihm ist aufgefallen, dass mein Vater dem Musiker auf der Bühne erstaunlich ähnelt. Jetzt wendet er sich ab, geht ein paar Schritte auf das Schlagzeug zu, wo der bärtige ältere Herr immer noch steht und prüfend an seinen Gitarrensaiten zupft. Callum beugt sich vor, sagt etwas zu ihm. Mein Herz hämmert schmerzhaft gegen meinen Brustkorb, als hätte ich gerade eine besonders lange Joggingrunde hinter mir. Ich merke, wie sich Papa neben mir versteift, als sich sein Doppelgänger auf der Bühne umdreht und zu uns herübersieht.

Nun weicht auch aus dem Gesicht des Fremden jegliche Farbe. Aschfahl starrt er uns an. Nein: Nicht uns, nur Papa. Inzwischen haben auch Nele und Lars mitbekommen, dass mein Vater kreideweiß vor Schock neben ihnen sitzt – und dass auf der Bühne sein Spiegelbild zu sehen ist, genauso bleich, nur mit Bart und Gitarre.

In dem Moment streift sich der Fremde das Instrument ab, drückt es Callum in die Hand – und verschwindet mit ein paar großen Schritten von der Bühne und durch eine Tür, die anscheinend nach draußen führt. Fassungslos sehe ich ihm nach, als ich Papas belegte Stimme neben mir höre: »Ähm, Amelie, lass mich bitte mal durch. Ich … ich muss kurz an die frische Luft.«

»Papa, wer …?«

»Später, Kind. Bitte, lass mich raus.«

Benommen rutsche ich aus der Bank, lasse meinen Vater aufstehen. Ich sehe ihm nach, wie er sich durch die Menschenmenge schiebt und auf die Tür zusteuert, durch die sein Doppelgänger verschwunden ist. Dann schaue ich wieder Callum an, der meinem Vater ebenfalls erstaunt nachsieht, bevor sein Blick zu mir wandert. Mit hochgezogenen Augenbrauen starrt er mich fragend an, und ich zucke leicht mit den Schultern und schüttele den Kopf, um ihm klarzumachen, dass ich wirklich keinen Schimmer habe, was zum Teufel hier los ist.

»Amelie? War das der Mann, den du heute im Coffee Shop gesehen hast?«, reißt mich Neles aufgeregte Stimme aus meinem Starren. Ich sehe sie an, nicke wortlos.

»Der sieht wirklich haargenau aus wie Otto!«, meint Lars verblüfft. »Wie kann das sein?«

»Keine Ahnung«, murmele ich, aber ich habe das Gefühl, dass mein Vater es sehr wohl weiß. Stumm sinke ich zurück auf die Bank, aber behalte die Tür im Blick, durch die beide Männer verschwunden sind, während Lars und Nele aufgeregt diskutieren, wer der Fremde sein könnte. Als einige Barbesucher anfangen, in die Hände zu klatschen und nach Musik zu rufen, scheint sich Callum einen Ruck zu geben. Er stellt die Gitarre des Doppelgängers meines Vaters zurück in den Ständer, sagt etwas zu den anderen beiden Musikern und tritt schließlich vor eines der Mikrofone.

»Guten Abend, Lunenburg!«, ruft er und erntet Applaus und begeistertes Johlen. »Für den Moment sind wir zu dritt, aber Knuth – ähm, der wird sicher gleich hier sein. Also, los geht es.«

Knuth, denke ich, und mein Mund wird staubtrocken. Ein deutscher Name.

Dann jedoch kann ich einige Herzschläge lang nicht mehr an meinen Vater und diesen bärtigen Fremden denken, denn Callum spielt die ersten Akkorde auf der E-Gitarre und sagt dazu ins Mikro: »Der erste Song ist für eine besondere Besucherin, die heute Abend zum ersten Mal hier und außerdem ein Springsteen-Fan ist.« Er zwinkert mir zu, und mir scheint alles Blut meines Körpers in den Kopf zu schießen – erst recht, als Callum beginnt, *Tougher than the rest* zu singen, eines meiner allerliebsten Lieder von Bruce. Callums Stimme ist wunderschön, nicht so rau wie die von Springsteen, sondern weicher und wärmer. Und noch wärmer wird auch mir, während ich verlegen auf meiner Bank hin und her rutsche und am Etikett meiner Bierflasche knibbele.

»Kennst du den etwa?«, höre ich Nele in mein Ohr rufen, und ich schüttele hastig den Kopf. »Nein, nicht wirklich. Ich habe ihn heute zufällig beim Joggen getroffen, und wir haben uns ganz kurz unterhalten.«

»Aber er weiß schon, dass du gern Springsteen hörst?«

»Ähm, ja«, erwidere ich, gehe aber nicht näher auf meine heutige Begegnung mit Callum und Skipper ein. Ich merke, dass auch Lars mich erstaunt mustert, sehe jedoch weder ihn an noch meine Schwester, sondern halte meinen Blick auf die Bühne gerichtet.

»*Well, if you're rough and ready for love, honey, I'm tougher than the rest*«, singt Callum, bevor er ein Gitarrensolo beginnt, das Bruce in keiner Weise nachsteht. Verzückt lausche ich und hätte beinahe meinen Vater und seinen Doppelgänger vergessen, wenn in diesem Moment nicht die Tür aufgegangen wäre und beide wieder die Kneipe betreten hätten.

Ohne sich noch einmal anzusehen oder etwas zueinander zu sagen, trennen sich vor der Bühne ihre Wege, als der Fremde die Stufen hinaufgeht und nach seiner Gitarre greift, während mein Vater zurück zu unserem Tisch kommt. Hastig rutsche ich zur Seite und mache Platz auf der Bank, während ich Papa gespannt entgegensehe. Im Publikum brandet Applaus auf, und mir wird bewusst, dass das Lied zu Ende ist. Pflichtschuldig klatsche auch ich und nehme am Rande wahr, dass mich Callum ansieht, doch ich kann mich jetzt nicht weiter mit ihm beschäftigen.

»Papa, wer ist das?«, frage ich drängend, als mein Vater neben mir Platz nimmt und nach seinem Bier greift. Er ist immer noch ziemlich blass, nimmt rasch ein paar große Schlucke.

»Kennst du den Mann?«, höre ich auch meine Schwester aufgeregt fragen, während sie sich näher zu uns herüberlehnt.

Der Mann, um den es geht, tritt auf der Bühne gerade ans Mikrofon und begrüßt die Kneipenbesucher. Seine Stimme klingt tatsächlich wie die meines Vaters, denke ich verblüfft, und mein Blick fliegt zwischen Papa und dem Musiker hin und her.

»Als Nächstes haben wir ein Stück von den Eagles für euch«, sagt der Doppelgänger ins Mikro, und als die ersten Gitarrenklänge von *Hotel California* das Pub erfüllen, sehe ich Papa ungeduldig an.

»Was ist hier los? Warum sieht der Mann so aus wie du, spricht wie du … wer ist das?«

»Das ist Knuth«, sagt mein Vater und nimmt einen weiteren Schluck Bier, bevor er hinzufügt: »Mein Zwillingsbruder.«

Nele, Lars und ich starren meinen Vater an, als wäre er von allen guten Geistern verlassen, während er uns über die Musik hinweg erklärt, dass Knuth und er eineiige Zwillinge seien, jedoch seit 1984 keinen Kontakt mehr gehabt hätten – also seit fünfunddreißig Jahren. Sie hätten sich damals zerstritten, höre ich meinen Vater erzählen, ohne wirklich zu begreifen, was er da sagt. Knuth sei nach Kanada ausgewandert, und von dem Tag an habe zwischen den Brüdern Funkstille geherrscht.

»Was denn für ein Streit?«, hake ich fassungslos nach.

»Wieso hast du uns nie erzählt, dass wir einen Onkel haben?«, will Nele vorwurfsvoll wissen.

»Das ist unfassbar, ihr seht euch so ähnlich!«, sagt Lars mit einem ungläubigen Kopfschütteln.

»Natürlich, wenn sie doch eineiige Zwillinge sind!«, bemerkt Nele ungeduldig.

»Kinder, ich bin wirklich müde«, murmelt mein Vater und reibt sich über das Gesicht. Er sieht immer noch ganz blass aus. »Ich … ich werde schon einmal nach Hause gehen. Morgen erkläre ich euch alles in Ruhe, okay?«

»Warte …«, rufe ich, als sich Papa aus der Bank schiebt. Gequält sieht er mich an. Man merkt deutlich, wie unangenehm ihm dieser ganze Zwischenfall heute Abend ist. Aber, hey, dann hätte er nicht nach Lunenburg kommen dürfen!

»Du wusstest, dass Knuth hier lebt? Darum wolltest du also ausgerechnet hier Urlaub machen?« Meine Stimme zittert vor Aufregung.

Langsam nickt mein Vater. »Ja«, antwortet er und kratzt sich am Kinn. »Zumindest habe ich vermutet, dass er noch hier wohnt. Wirklich gewusst habe ich es nicht. Wie gesagt, wir haben seit damals keinen Kontakt mehr gehabt.«

»Hättet ihr nicht einfach über Facebook Kontakt aufnehmen können, wie jeder normale Mensch heutzutage?« Nele sieht unseren Vater fassungslos an.

»Papa ist doch gar nicht bei Facebook«, bemerke ich mit einem Kopfschütteln.

»Noch schlimmer – vielleicht hätte Knuth ihn sonst längst gefunden! Oder wusste er, dass du inzwischen nicht mehr in deinem Heimatdorf in Ostwestfalen wohnst, Papa? Wusste er, dass du damals nach Bielefeld gezogen bist, nach der Hochzeit mit Mama?«

»Nein«, gibt Papa leise zu. »Von mir hat er das nie erfahren.« Er wirft einen flüchtigen Blick zur Bühne, und ich merke, dass auch Knuth zu uns herüberschaut. Die Brüder sehen sich an, bevor beide rasch in eine andere Richtung gucken. Ich kann es wirklich nicht fassen, dass da auf der Bühne der Zwillingsbruder meines Vaters steht. Mein Onkel!

»Warte, Papa, ich komme mit«, sage ich entschlossen und

will meinem Vater folgen, denn ich brauche dringend weitere Erklärungen. Aber er schüttelt entschieden den Kopf und bittet: »Nein, Amelie, lass mich allein nach Hause spazieren. Bitte. Ich … ich muss etwas Zeit für mich haben, um … um das alles zu verdauen.«

›Und was ist mit uns?‹, würde ich am liebsten schreien. Wie sollen Nele und ich es verdauen, dass wir plötzlich in Kanada unserem Onkel gegenüberstehen, von dem wir nicht einmal wussten, dass er existiert?

»Okay«, murmele ich stattdessen, ohne all das laut auszusprechen, was mir auf der Zunge und auf dem Herzen liegt. Mal wieder.

»Pass auf dich auf.«

»Mache ich.« Papa lächelt Nele, Lars und mich schief an. Dann schiebt er sich durch die Menschenmenge Richtung Ausgang. Ich merke, dass ihm Knuth von der Bühne aus hinterhersieht, bevor sein Blick flüchtig zu unserem Tisch wandert, an Nele und mir hängen bleibt. Eilig schaut er dann jedoch wieder auf einen anderen Punkt im Publikum, während er, gemeinsam mit Callum, die letzten Akkorde von *Hotel California* auf der Gitarre spielt. Applaus brandet auf, als der Song verklingt. Auch ich klatsche automatisch mit, obwohl ich kaum etwas von dem Stück mitbekommen habe. Fassungslos sehe ich Nele an, die meinen Blick mit einem Kopfschütteln erwidert.

Kapitel 6

N icht zu glauben, oder?«, fragt sie.
»Nein, wirklich nicht.«

Wir sitzen stumm nebeneinander auf der Bank, leeren unsere Bierflaschen und lauschen der Band, deren Musik ich wirklich genießen würde, weil sie tolle Stücke spielt – wenn, ja, wenn ich nicht permanent Knuth anstarren und über die Ähnlichkeit mit meinem Vater staunen müsste. Und wenn ich mich nicht pausenlos fragen würde, warum zum Teufel Papa einen Zwilling hat, von dem wir bisher nichts gewusst haben.

Wie kann es sein, dass er von niemandem jemals erwähnt worden ist? Meine Eltern sind noch vor meiner Geburt aus dem ländlichen Ostwestfalen ins größere Bielefeld gezogen, weil Papa dort in einer Möbeltischlerei eine interessante Stelle bekommen hatte. Kurz nach meinem zwölften Geburtstag starb der alte Besitzer dieser Schreinerei, und da die Erben kein Interesse daran hatten, in den Betrieb einzusteigen, bekam Papa die Chance, erst die Geschäftsführung zu übernehmen und die Schreinerei schließlich zu kaufen. Klar, in Bielefeld gab es wohl niemanden, der Papa und seinen Bruder von früher kannte, und unsere Großeltern haben Nele und ich leider viel zu früh verloren. Die Eltern meiner Mutter sind gestorben, als ich noch in der Grundschule war – Oma Hedi hatte Hautkrebs und Opa Helmut kurz nach ihrem Tod einen Herzinfarkt. Erwähnt haben beide meinen Onkel nie, soweit ich mich erinnern kann –

und wenn, dann nicht in der Gegenwart ihrer Enkel. Tja, und Papas Eltern habe ich leider gar nicht erst kennengelernt, beide sind schon vor meiner Geburt gestorben – bei Oma Annegret war es mit gerade mal vierzig Jahren eine Lungenembolie, bei Opa Hannes ein Schlaganfall, weshalb ich bei Papa vor einem Jahr so einen furchtbaren Schrecken bekommen habe. Opa Hannes muss kurz vor dem Streit mit Knuth gestorben sein, Anfang 1984, fährt es mir durch den Kopf, während ich versuche, mich an Details aus Papas Jugend zu erinnern. Doch da ist nicht viel, woran ich mich erinnern könnte, er hat nur selten über seine Kindheit in Ostwestfalen gesprochen. Und schon gar nicht über einen Zwillingsbruder.

Ich hoffe darauf, dass die Band eine Pause macht, obwohl ich mir gar nicht sicher bin, ob ich den Mut finden würde, zu dem Mann zu gehen, der so vertraut aussieht, jedoch ein völlig Fremder ist. Aber Nele würde sich bestimmt trauen, und zusammen mit ihr könnte ich es wagen.

Doch als die Seahawks nach ungefähr einer Stunde tatsächlich endlich eine Pause machen, sagt Knuth ins Mikro: »So, meine Lieben, ihr müsst mich für den Rest des Abends entschuldigen, ich bin heute nicht ganz fit. Callum, Joe und Will werden ab hier zu dritt übernehmen. Genießt es, und nicht vergessen: Wir sehen uns nächste Woche auf dem Lunenburg Folk Harbour Festival!«

Einige Kneipenbesucher jubeln, es brandet Applaus auf, während Knuth ein paar Worte mit Callum wechselt, sein Instrument in den Ständer stellt und die Bühne mit wenigen großen Schritten verlässt. Irgendwie hatte ich gehofft, dass er zu uns kommen und uns begrüßen würde … doch das tut er nicht. Im Gegenteil, ich habe das Gefühl, dass Knuth regelrecht flüchtet.

»Los, Amelie«, sagt Nele, und in ihren Augen blitzt wilde Entschlossenheit auf, als sie beginnt, mich vor sich her aus der

Eckbank zu schieben. Plötzlich erinnert sie mich stark an die achtjährige Nele, die einen Plan geschmiedet hatte, um den nervigen Schröder-Brüdern von nebenan einen Streich zu spielen. Und genau wie damals greift sie nun, als wir beide aufgestanden sind, nach meiner Hand und zieht mich mit sich, ohne meine Reaktion abzuwarten. Ich bin mal wieder hin- und hergerissen zwischen Dankbarkeit, weil sie wie üblich die Führung übernimmt, und dem Drang, mich zu verstecken und Nele allein machen zu lassen.

Bei den Schröder-Brüdern habe ich damals tatsächlich gekniffen und die Flucht ergriffen, fällt mir wieder ein. Und als die Jungs schließlich bemerkt haben, dass Nele ihnen die Luft aus den Fahrradreifen gelassen hatte, bekam sie ganz allein den Ärger, während ich mich in Mamas Atelier verschanzte und mich grämte, weil ich sie im Stich gelassen hatte. Und das, obwohl die Schröder-Brüder doch hauptsächlich immer mich piesackten, nicht Nele. Im Gegenteil: Während sie mich wegen meiner Sommersprossen und rötlichen Haare nur »Sams« nannten, fanden sie die mutige, fröhliche Nele irgendwie toll. Mit fünfzehn war Nele sogar kurz mit Hannes Schröder, dem Jüngeren der beiden, zusammen. Ja, im Nachhinein muss ich sagen, dass Nele den beiden wohl nur deshalb die Luft aus den Reifen gelassen hat, weil sie mich ständig geärgert hatten. Sie wollte mich rächen. Weshalb wird mir das eigentlich erst jetzt klar?

Nein, heute kann ich sie nicht allein gehen lassen. Das ist ja auch mein Onkel.

Dicht gefolgt von Lars eilen Nele und ich an der Bühne vorbei, und ich spüre deutlich Callums Blick auf mir, doch ich ignoriere ihn, denn ich habe jetzt wirklich andere Sorgen. Atemlos erreichen wir die Tür neben der Bühne, durch die Papa und sein Bruder vorhin bereits verschwunden sind. Als wir hindurchgehen, gelangen wir in einen schmalen Flur, an dessen Wänden sich Bierkisten stapeln, und nach wenigen Schritten durch eine weitere Tür nach draußen. Kühle, klare Abendluft schlägt uns entgegen, als wir auf der Rückseite des Pubs stehen bleiben und uns suchend umsehen. In dem Moment springt auf der Vorderseite der Kneipe ein Motor an, und als wir auf die Straße zueilen, sehen wir gerade noch, wie ein alter blauer Kombi aus einer Parklücke am Bürgersteig rangiert und losfährt. Im Vorbeifahren erkennen wir unseren Onkel.

»Verdammt«, murmelt Nele, und auch ich könnte vor Enttäuschung heulen.

»Das ist echt der Hammer«, meint Lars mit einem Kopfschütteln. »Dass euch euer Vater nie von seinem Bruder erzählt hat!«

»Und dass uns dieser Bruder anscheinend nicht einmal kennenlernen will«, meint Nele wütend.

Ich kann nichts sagen, sondern nur stumm den Rücklichtern des Kombis hinterherstarren.

»Gehen wir wieder rein?«, höre ich Lars fragen und setze bereits zu einem Nicken an, als Nele antwortet: »Nee, ich habe keine Lust mehr. Kommt, gehen wir nach Hause.«

Aber ich möchte noch nicht nach Hause. Papa hat doch deutlich gemacht, dass er ein wenig seine Ruhe haben möchte. Vermutlich will er über vieles nachdenken. Wie muss es sein, nach fünfunddreißig Jahren seinen Zwillingsbruder wieder zu sehen? Was haben die beiden besprochen, als sie vorhin kurz nach draußen verschwunden sind? Haben sie sich erneut gestritten, wie damals, vor all der Zeit, bevor Knuth ausgewandert und der Kontakt zu seinem Zwilling abgebrochen ist? Worum kann es in dem Streit damals gegangen sein?

Plötzlich wird mir klar, wer mir ein paar Antworten liefern könnte: Callum. Er kennt Knuth. Vielleicht weiß er, was damals passiert ist? In so einer Band vertraut man sich bei dem ein oder anderen Bier doch bestimmt vieles an.

»Ich würde gern noch bleiben«, höre ich mich zögernd sagen. Nele sieht mich überrascht an.

»Warum?«

»Ich … ich mag die Musik«, stammele ich, was nicht einmal gelogen ist. Ich mag die Musik sogar sehr.

»Und den Musiker, oder?«, neckt mich meine Schwester, und ich spüre, wie mein Kopf anfängt zu brennen.

»Stimmt gar nicht!«, verteidige ich mich verlegen.

»Welchen Musiker?«, fragt Lars. »Den blonden?«

»Ja, der das erste Lied für sie gespielt hat.« Nele grinst mich an. »Stimmt, du solltest wieder reingehen, Amelie. Wird wirklich höchste Zeit, dass du endlich wieder jemanden kennenlernst. Du endest sonst als verschrobene alte Einsiedlerin.«

Ja, da ist sie wieder. Nele, die Unsensible.

»Hey, Nele, mach mal halb lang«, mischt sich da Lars ein, bevor ich überhaupt weiß, wie ich reagieren soll. »Amelie wird niemals eine verschrobene alte Einsiedlerin werden.«

»Ist ja gut«, lacht Nele auf und wirft Lars einen genervten Blick zu. »Leg nicht immer all meine Worte auf die Goldwaage! Komm, wir gehen.«

»Aber …« Lars bleibt stehen und mustert mich. »Du kannst doch nicht ganz allein hierbleiben.«

»Mein Gott, Lars, meine Schwester ist vierunddreißig. Sie kann auf sich selbst aufpassen.« Ungeduldig greift Nele nach Lars' Arm.

»Nein, ich finde das nicht okay. Weißt du überhaupt, wie du von hier nach Hause kommst?« Prüfend sieht mich Lars an, und ich bin mir nicht sicher, ob ich gerührt oder verärgert sein soll. Ja, Lars weiß, dass mein Orientierungssinn ziemlich schlecht ist, seit ich mich damals in Bielefeld auf dem Weg zu dem Kino, in dem wir Star Trek gesehen haben, so sehr verfranzt habe, dass ich fast den Anfang des Films verpasst hätte. Dabei wohne ich schon mein ganzes Leben lang in Bielefeld, und Lunenburg kenne ich erst seit gestern Abend. Aber, fällt mir da ein, dafür sind die Straßen hier zum Glück im idiotensicheren Schachbrettmuster angelegt – natürlich werde ich zurück zu unserem Haus finden! Oder?

»Ähm, na klar«, beeile ich mich zu sagen, als mir bewusst wird, dass ich noch nicht reagiert habe. »Ich finde bestimmt zurück.«

»Auch im Dunkeln?« Zweifelnd legt Lars den Kopf schief und betrachtet mich eingehend. Meine Wangen beginnen noch stärker zu brennen.

»Lars! Meine Schwester ist kein Kleinkind mehr! Vielleicht bringt der nette Sänger sie ja nach Hause.« Nele grinst mich anzüglich an. »Oder sie geht mit zu ihm, wer weiß?«

»Nele!« Verlegen streiche ich mir eine Locke aus der Stirn. Während meine Schwester belustigt kichert und etwas von »Feuermelder« murmelt, was mich natürlich nur noch röter werden lässt, sieht Lars mich stirnrunzelnd an.

»Ich hole dich nachher einfach ab«, erklärt er dann resolut und überrascht mich damit so sehr, dass ich ihn beinahe geschockt ansehe.

»Wie bitte?«, fragt auch Nele ungläubig. »Geht es noch? Du und ich, wir gehen jetzt nach Hause, Lars. Meine Schwester braucht keinen Babysitter, sie ist ein erwachsener Mensch.«

»Ja, und der bin ich auch«, meint Lars und sieht Nele genervt an. »Und darum kann ich selbst entscheiden, ob ich noch einmal zur Kneipe zurückkommen und Amelie abholen werde. Wer weiß schon, was dieser Sänger für ein Kerl ist? Willst du wirklich riskieren, dass deine Schwester irgendwo in dieser fremden Stadt vergewaltigt wird?«

Nele lacht prustend los. »Jetzt mach mal halb lang. Wir sind hier in Lunenburg, nicht in New York. Meine Güte, Lars. Komm jetzt, mir wird kalt. Ich hätte mir was zum Überziehen mitnehmen sollen.« Fröstelnd schlingt sich Nele ihre nackten Arme um ihren Oberkörper. »Gibst du mir dein Hemd?«

Mit einem unterdrückten Seufzen schlüpft Lars aus seinem langärmeligen Hemd, das er offen über einem T-Shirt getragen hat, und reicht es meiner Schwester. Dann sieht er mich ernst an und sagt mit Nachdruck: »Warte auf mich, Amelie, ich komme wieder und bringe dich nach Hause.«

Ich kann nur nicken, während mein Herz heftig gegen meinen Brustkorb hämmert. Meine Handflächen sind feucht vor Aufregung, meine Wangen glühen trotz der kühlen Nachtluft, als hätte ich Fieber.

»Okay«, hauche ich schließlich und weiche Neles wütendem Blick aus. Ohne ein weiteres Wort dreht sie sich um und marschiert davon, den Bürgersteig entlang. Lars sieht mich mit einem schiefen Lächeln an, das meinen Herzschlag noch ein wenig mehr beschleunigt, bevor er sich umdreht und meiner Schwester folgt.

Zurück im Pub, stelle ich fest, dass unser Ecktisch inzwischen besetzt ist. Also suche ich mir einen Stehplatz an der Theke und will ein zweites Bier ordern. Als ich jedoch mitbekomme, wie der Barkeeper einer Frau mit auffälliger pinkfarbener Holzperlenkette einen Gin Tonic reicht und dazu erklärt, dass der Gin hier vor Ort, in der Lunenburger Saltwater Distillery am Hafen hergestellt werde, ändere ich meine Meinung, denn ich liebe Gin Tonic. Und wenn der Gin noch dazu eine lokale Spezialität ist, muss ich den ja probieren! Während ich auf mein Getränk warte, schaue ich aufmerksam zur Bühne hinüber, wo die drei verbliebenen Musiker ihre Pause gerade beenden und wieder an ihre Plätze zurückkehren. Ich merke, wie Callums Blick suchend über die Menge wandert und an dem Ecktisch hängen bleibt, wo ich eben noch gesessen habe. Kann es sein, dass er tatsächlich ein wenig enttäuscht wirkt, als er dort nicht mich, sondern die Gruppe junger Männer entdeckt? Nein, Quatsch, das bilde ich mir garantiert nur ein. Und das mit Lars ... deute ich da auch mal wieder zu viel hinein? Ja, okay, er will sichergehen, dass ich gut heimkomme ... aber das heißt rein gar nichts, das kann schlicht und einfach freundschaftlich gemeint sein. Er hat nun einmal einen ausgeprägten Beschützerinstinkt, was ich sehr anziehend finde. Und dass er ein wenig eifersüchtig auf Callum zu sein scheint ... also, auch das habe ich mir sicherlich bloß eingebildet. Er will einfach nicht, dass ich mit einem Wildfremden durch diese nächtliche Stadt laufe, weil er Angst um mein Wohlergehen hat. Aber ich kann trotzdem nicht verhindern, dass die nächste Überlegung durch meinen Kopf schießt: Oder weil er nicht will, dass ich etwas mit einem anderen Mann anfange.

Nein, nein, das kann nicht sein! Mein Herz hämmert immer noch heftig gegen meinen Brustkorb, während ich wieder und wieder an Lars' Worte, seine gerunzelte Stirn, seinen besorgten Blick denke. Er will zurückkommen und mich abholen – und das, obwohl meine Schwester alles andere als begeistert von seinem Vorschlag war! Ohne, dass ich es wirklich will, stiehlt sich ein verklärtes Grinsen auf mein Gesicht, während ich dankbar meinen Drink entgegennehme.

Schäm dich, Amelie, sagt mein Gewissen.

Halt die Klappe, sagt mein Herz.

»*We were born before the wind*«, singt Callum, und ich wende meine Aufmerksamkeit wieder der Band zu. Ah, wie ich diesen Song liebe! Callums Blick gleitet beim Singen über die Menge und bleibt schließlich an mir hängen. Und, nein, das

bilde ich mir diesmal ganz sicher nicht ein: Seine Gesichtszüge hellen sich merklich auf, und er wirft mir ein strahlendes
Lächeln zu, während er singt: »…*smell the sea and feel the sky,
let your soul and spirit fly, into the mystic* …«

Ein wenig verlegen nicke ich ihm zu und weiß nicht so recht,
wo ich hinschauen soll, weil Callum mich immer noch ansieht
und nicht aufhört, breit zu lächeln. Peinlich berührt nestele ich
an einer Locke herum und bin erleichtert, als er kurz auf die
Saiten der akustischen Gitarre hinabsieht, die er jetzt spielt, nur
um im nächsten Augenblick wieder mich anzusehen.

So geht das während der nächsten Stücke weiter, während
ich mich auf einen frei gewordenen Barhocker setze und wieder
und wieder von Callum angelächelt werde. Vor lauter Nervosität trinke ich meinen Gin Tonic viel zu schnell und bestelle
mir dann auch noch einen zweiten, wobei ich eigentlich nicht
so viel Alkohol vertrage – bei 1,62 Meter Körpergröße lässt
der Schwips erfahrungsgemäß nicht lange auf sich warten.
Aber der Alkohol tut meinen flatternden Nerven gut, merke
ich, während ich immer wieder zum Eingang hinübersehe und
auf Lars warte. Als die Band ihr letztes Stück beendet hat und
ich ebenso begeistert klatsche wie die anderen Kneipenbesucher, fühle ich mich ein wenig wie auf Watte. Ehe ich weiß, wie
mir geschieht, steht Callum vor meinem Barhocker und strahlt
mich an. Aus dieser Nähe wird mir erneut bewusst, wie tiefblau seine Augen sind. Er schiebt sich eine blonde Strähne hinter das Ohr und sagt: »Hallo, Amelie.«

Kapitel 7

Seine Stimme klingt ein wenig heiser vom vielen Singen, merke ich, während ich mich standhaft darum bemühe, nicht allzu rot anzulaufen. Natürlich mal wieder umsonst.

»Hallo, Callum«, sage ich und versuche mich an einem ungezwungenen Lächeln.

»Finde ich super, dass du gekommen bist.« Er grinst mich breit an.

»Ich … ich bin zufällig hier«, versichere ich eilig und merke, dass seine Augenbrauen amüsiert in die Höhe wandern. »Ich hatte ganz vergessen, dass du dieses Pub erwähnt hattest, bis … bis ich dich auf der Bühne gesehen habe.« Ich räuspere mich, während Callum wissend schmunzelt. Es ist völlig offensichtlich, dass er mir meine Lüge nicht abkauft. Aber, hey, ich wusste ja tatsächlich nicht, dass er hier Musik machen würde!

»Tja, wenn das so ist, dann bin ich dem Zufall wirklich dankbar.« Er grinst mich entwaffnend an. »Und ich freue mich, dass du nicht schon in der Pause verschwunden bist, wie die anderen aus deiner Gruppe. Sag mal …« Ich merke, dass auch ihm in diesem Moment wieder bewusst wird, was sich vorhin in diesem Pub abgespielt hat. »Warum zum Teufel sieht dein Vater aus wie Knuth?«

»Ähm … also, die beiden … sie sind Zwillinge«, erkläre ich zögernd und merke, dass mir diese Worte wirklich sehr schwer über die Lippen kommen. Was auch daran liegen könnte, dass sich mein zweiter Gin Tonic bereits auf meine Fähigkeit zu sprechen auszuwirken scheint.

»Aber – Knuth hat noch nie etwas von einem Zwillingsbruder erwähnt!« Callum sieht mich verblüfft an und reibt sich mit einem Kopfschütteln das Kinn.

Nein, denke ich enttäuscht – Callum weiß also auch nicht mehr über diese verrückte Geschichte als ich! –, nein, Papa hat das auch nicht. Aber mit einem Mal habe ich Hemmungen, das laut auszusprechen. Ich merke, dass ich zunächst Papas Version der ganzen Geschichte hören möchte, dass ich erfahren möchte, was genau damals vorgefallen ist, das so folgenschwer gewesen sein muss, dass die Zwillinge den Kontakt abgebrochen haben.

»Wo ist denn Skipper?«, frage ich daher ausweichend und merke deutlich, dass Callum angesichts des Themenwechsels ein wenig überrascht ist. Er greift dankbar nach einer Flasche Bier, die der Barkeeper ihm über den Tresen reicht, und prostet mir zu, bevor er einen Schluck nimmt und schließlich antwortet: »Zu Hause. Bären sind hier nicht erlaubt.« Neckend zwinkert er mir zu und nimmt einen weiteren Schluck Bier.

»Haha«, mache ich, muss aber ebenfalls grinsen, als ich an meine Begegnung mit diesem Monstrum von einem Hund heute Morgen denke.

»Hat dir unsere Musik gefallen?« Callum hat sich neben mich an die Theke gelehnt und sieht mich mit leicht schief gelegtem Kopf erwartungsvoll an.

»Nein, gar nicht«, sage ich und muss albern kichern, als er für den Bruchteil eines Augenblicks ehrlich erschrocken aussieht. Der Alkohol lässt mich eindeutig vorlauter sein als sonst. Und lockerer. »Nur ein Scherz«, schmunzele ich, während ich einen weiteren großen Schluck von meinem Gin Tonic nehme, obwohl mir klar ist, dass ich dringend auf Wasser umsteigen sollte. »Eure Musik war klasse. Besonders *Tougher than the rest*.«

»Freut mich.« Callum lächelt, merklich zufrieden, bevor er fragt: »Also, wie kommt es, dass ihr hier Urlaub macht und ich bisher keine Ahnung von Knuths Bruder hatte?«

Meine Gedanken überschlagen sich, während ich Zeit schinde und schon wieder an meinem Drink nippe. So langsam beginnt der Raum, sich leicht zu drehen. Verdammt, wo bleibt eigentlich Lars? Er müsste doch längst hier sein, um mich vor Small Talk mit fremden Musikern zu bewahren und heimzubringen!

»Ohhh, schönes Stück!«, höre ich mich im nächsten Moment zu meiner eigenen Überraschung rufen – viel zu laut, der Alkohol scheint von mir Besitz zu ergreifen, ohne dass ich es verhindern könnte. Inzwischen singt Amy Macdonald *Dream on* aus den Lautsprechern des Pubs, und ehe ich weiß, was ich da tue, rutsche ich ein wenig ungelenk vom Barhocker und schiebe mich an einem offensichtlich überraschten Callum vorbei. Das Pub hat sich schon ein wenig geleert, sodass ich ein paar Schritte weiter Platz finde, um hin und her zu hüpfen und aus vollem Halse mitzusingen: »*I'm on top of the world and I won't look back!*«

Normalerweise tanze ich nicht in der Öffentlichkeit, und ich singe schon gar nicht lauthals mit – aber irgendwie fühle ich mich gerade so wunderbar leicht, alles dreht sich ein wenig, und so drehe auch ich mich um meine eigene Achse, und das, obwohl ich heute Abend gefährlich hohe Absätze trage, um einmal nicht wie der Zwerg vom Dienst zu wirken. Ausgelassen singe ich im Duett mit Amy: »*The time is now, I cast my anchor down!*«

Meinen Anker fallen lassen, denke ich. Ja, das würde auch ich gern.

Wenn ich nur wüsste, wo mein Ankerplatz ist.

Und mit einem Mal werde ich schlagartig wieder traurig,

denn ich habe keinen Ankerplatz. Nein, ich bin wie ein Segelboot im Wind, das ziellos auf dem Ozean herumgetrieben wird. Mir fehlt der Anker.

Wie so oft stürzen ohne Vorwarnung die Bilder jenes Tages auf mich ein, der mich für immer verändert hat: Der silberne Ring mit den Blumenranken, der mich so viel Arbeit gekostet hat. Die Sektgläser. Der Gesichtsausdruck meiner Chefin, als der Anruf kam. Die Scheibenwischer, die wütend gegen den Regen anarbeiteten. Die langen Krankenhausflure, graues Linoleum überall, der Geruch von Desinfektionsmittel in der Luft. Das verweinte Gesicht meiner Schwester. Die Leere in Papas Augen.

Mama.

Nach Luft ringend bleibe ich stehen, aber um mich herum dreht sich der Raum trotz allem weiter. Zu meinem Entsetzen merke ich, dass mir Tränen über das Gesicht laufen – wie konnte das bloß wieder passieren, nach all diesen Jahren? –, und im nächsten Moment taumele ich, suche Halt, strecke meine Hand aus, um mich irgendwo abzustützen … und greife in ein T-Shirt hinein.

»Hey, alles in Ordnung?«, höre ich eine Männerstimme über die letzten Klänge des Liedes hinweg, und für den Bruchteil einer Sekunde glaube ich, dass Lars sein Versprechen gehalten hat und hergekommen ist, um mich, wie ein Ritter aus dem Märchen, nach Hause zu bringen. Doch es ist nicht Lars, wird mir klar, als sich der Raum endlich langsamer dreht – schließlich ähnelt mein Leben nun wirklich keinem Märchen. Zumindest keinem guten mit »… und sie lebten glücklich bis an ihr Lebensende«.

Ich blinzele die Tränen weg und erkenne Callum, der mich besorgt mustert. Verlegen will ich etwas sagen, aber gleichzeitig taumele ich ein wenig zur Seite, fürchte schon zu stürzen –

finde mich jedoch im nächsten Moment nicht auf dem Boden wieder, sondern in Callums Armen. Er hält mich fest, ich spüre seine Hand auf meinem Rücken und höre seine Stimme an meinem Ohr, die sagt: »Ganz langsam. Alles ist gut.«

Und obwohl mein Verstand versucht, sich irritiert Gehör zu verschaffen und mir klarzumachen, dass ich mich da von einem Wildfremden halten lasse, bin ich nicht in der Lage, mich aus Callums Armen zu lösen. Denn sie fühlen sich so gut an, diese Arme. Und seine Worte »Alles ist gut«, die gehen runter wie Öl. Ich möchte so gern daran glauben, dass alles gut ist. Beschämt wird mir klar, dass mir immer neue Tränen über die Wangen rinnen, aber ich kann es nicht verhindern. Ich presse mein heißes Gesicht in das T-Shirt dieses eigentlich völlig Fremden, spüre das beruhigende Streicheln seiner Hand auf meinem Rücken und das gleichmäßige Schlagen seines Herzens an meiner Stirn, höre die Klänge des Liedes, das inzwischen aus den Lautsprecherboxen dringt: *Stand by me* singt Ben E. King, und genau das tue ich. Anstatt davonzurennen, wie ich es sonst immer mache, bleibe ich, wo ich bin, während Callum beginnt, mich langsam zum Takt des Liedes durch die Ecke des Pubs zu wiegen, ohne aufzuhören, in beruhigenden Kreisen über meinen Rücken zu streicheln.

»*No I won't be afraid*«, klingt es aus den Boxen, und ich merke, dass Callum leise mitsingt. Himmel, er kann wirklich gut singen, denke ich und schließe erneut die Augen. »*So darling, darling, stand by me*«, dringt Callums warme Stimme an mein Ohr, vibriert unter meiner Stirn in seinem Brustkorb. Ich spüre seinen warmen Atem und den festen Griff seiner rechten Hand, die meine linke umfasst hält. Meine Füße haben begonnen, sich wie von selbst langsam über den unebenen Dielenboden des Pubs zu bewegen, und folgen Callums sanfter Führung. Der Raum dreht sich inzwischen langsamer, stelle ich fest, als ich die Augen wieder öffne. Ja, peu à peu kann ich sogar wieder einen klaren Gedanken fassen und … was mache ich hier überhaupt?

Mit einem Ruck reiße ich mich von Callum los, der mich überrascht ansieht.

»Ich kenne dich eigentlich gar nicht!«, höre ich mich sagen – nein, ganz ehrlich, es klingt leider eher nach einem Lallen –, und empört mache ich einen Schritt rückwärts und stoße dabei gegen einen Barhocker, auf dem zum Glück niemand sitzt. Callum sieht mich mit schief gelegtem Kopf prüfend an und stellt dann ruhig fest: »Ich glaube, es wird Zeit, nach Hause zu gehen. Komm, ich begleite dich.«

»Nein!«, erwidere ich und schüttele trotzig den Kopf, während ich versuche, auf den Barhocker zu klettern. Ich sage nur: 1,62 Meter. Da fallen einem manche Dinge nicht so leicht, schon gar nicht nach zu viel Alkohol und mit gefährlich hohen Absätzen. »Ich kenne dich gar nicht!«, wiederhole ich idiotischerweise.

»Hi, ich bin Callum MacKay«, sagt Callum und tritt mit einem Schmunzeln vor mich, hält mir die Hand entgegen. »Ich habe das Gefühl, dich schon einmal irgendwo gesehen zu haben.«

»Was bist du witzig«, schnaube ich und will mich resolut auf den Hocker schwingen, als ich das Gleichgewicht verliere und zur Seite kippe – mitsamt dem Hocker. Entsetzt kreische ich auf und werde im nächsten Moment von Callum aufgefangen. Mit einem leisen Lachen hievt er mich wieder in die Höhe, stellt den Hocker aufrecht und bedenkt mich dann mit einem strengen Blick.

»Okay, Amelie, es wird wirklich höchste Zeit, dich nach Hause zu bringen.«

»Du meinst wohl, mich ins Bett zu kriegen!«, höre ich mich

lallen, und mein Verstand versucht wie hinter Nebelschwaden peinlich berührt, mich vor Schlimmerem zu bewahren, aber irgendwie scheint meine Zunge seit dem zweiten Gin Tonic ein Eigenleben zu führen. Ich sehe, wie Callums Augenbrauen amüsiert in die Höhe wandern, während er die Arme vor der Brust verschränkt und mich kopfschüttelnd betrachtet. Mir fällt auf, dass er schöne Unterarme hat: Sehnig und braun gebrannt, als sei er oft draußen. Wenn er nur kein Armband tragen würde!

»Ob du es glaubst oder nicht: Nein, ich will dich einfach nur nach Hause begleiten«, höre ich Callum sagen und reiße meinen Blick von seinen Armen los. In seinen blauen Augen liegt ein Ausdruck, den ich nüchtern wohl deuten könnte, aber jetzt, in meinem Zustand, sehe ich da nur ein Funkeln, das alles heißen könnte. Was, wenn er mich doch nur ins Bett bekommen will? Warum sonst hat er gerade so eng mit mir getanzt? So Musiker schleppen doch vermutlich jeden Abend eine andere ab. Und er sieht ja auch gut aus. Nein, er ist zwar nicht mein Typ, aber attraktiv ist er schon, das kann man nicht leugnen. Ich habe genau gesehen, wie die zwei jungen Frauen in den viel zu kurzen Kleidern eben kichernd und tuschelnd zu ihm hinübergestarrt haben, offensichtlich in der Hoffnung, dass er sie bemerken würde. Hat er aber nicht, was mich irgendwie gefreut hat. Warum auch immer.

»Lars wird gleich hier sein«, sage ich und bemühe mich um einen würdevollen Tonfall, was schwierig ist, wenn man so schleppend spricht wie ich und das »L« von »Lars« unnötig in die Länge zieht. Ja, ich merke das sehr wohl, aber verhindern kann ich es leider nicht. Meine Zunge fühlt sich irgendwie sehr schwer an. Callum sieht mich fragend an.

»Wer ist Lars?«

»Der Freund meiner Schwester.« Ich schwanke ein wenig, will mich am Barhocker festhalten, greife aber stattdessen schon wieder in Callums T-Shirt hinein. Muss der eigentlich so dicht neben mir stehen?

»Der vorhin noch mit euch am Tisch gesessen hat?«

Ich nicke, während ich das T-Shirt loslasse und mich stattdessen seitlich an die Theke lehne.

»Darf es für euch noch etwas sein?«, höre ich den Barkeeper fragen, und Callum antwortet rasch: »Nein, danke dir, Tom, wir gehen jetzt.«

»Tun wir nicht!«, widerspreche ich trotzig. »Ich warte auf Llll-ars!«

»Wann wollte dich Lars denn abholen?«, fragt Callum, und ich sehe ihn genervt an. So genau hat das Lars nicht gesagt, aber das werde ich jetzt nicht erklären, so viel reden kann ich gerade auch gar nicht. Außerdem geht ihn das überhaupt nichts an!

»Er ist doch schon in der Pause verschwunden. Das war vor über zwei Stunden, Amelie.«

Erschrocken sehe ich auf meine Armbanduhr. Was, schon fast Mitternacht? Das kann doch gar nicht sein! Während ich noch die Augen ein wenig zusammenkneife und weiterhin auf die Zeiger starre, um sicherzugehen, dass ich die Zahlen richtig ablese, spüre ich, wie Callum nach meinem Arm greift.

»Komm«, sagt er entschlossen. »Lass uns gehen.«

Kapitel 8

U nd schon beginnt er, mich sanft, aber bestimmt aus der Kneipe zu bugsieren. Ich bin so verdattert, dass ich erst anfange, mich aus seinem Griff zu winden, als wir schon am Eingang stehen und er mir die Tür aufhält.

»Ich gehe nicht mit dir nach Hause!«

Ein Mann mit Hipster-Vollbart, der gerade von seiner Zigarettenpause in den Schankraum zurückzukehren scheint, wirft uns einen amüsierten Blick zu, bevor er sich an Callum vorbeischiebt und sagt: »Hey, super gespielt, Cal! Bis nächste Woche, beim Folk Harbour Festival!«

»Danke, Jake, bis dann.«

Kühle Nachtluft senkt sich erfrischend auf meine heißen Wangen, als die Tür hinter uns zufällt. Fröstelnd schlinge ich meine Arme um meinen Oberkörper. Ich muss an Nele in Lars' Hemd denken.

Wo zum Teufel steckt Lars?

»Du sollst auch gar nicht mit mir nach Hause gehen«, sagt Callum jetzt, und ich höre deutlich das Schmunzeln in seiner Stimme, sogar in meinem vernebelten Zustand. Wütend sehe ich ihn an.

»Hör auf, mich auszulachen!«

»Ich lache dich nicht aus.«

»Doch!« Bockig bleibe ich neben der Eingangstür stehen, verschränke die Arme vor der Brust und versuche, ein Zittern zu unterdrücken. Verdammt, warum bin ich nur in meinem leichten Sommerkleidchen losgezogen, ohne daran zu denken, dass die Nächte am Atlantik kühl werden?

»Ich bleibe hier und warte auf Lars. Du kannst ruhig gehen.«

»Amelie, mach keinen Blödsinn.« Callum tritt dicht vor mich und sieht ernst auf mich herab. »Du frierst, und ich habe leider keine Jacke dabei, die ich dir geben könnte, also lass uns zusehen, dass wir dich schleunigst zu deinem Hotel bringen. In welchem wohnt ihr?«

»Wir wohnen in keinem Hotel!«, antworte ich patzig. Ich sehe an Callum vorbei und hoffe darauf, dass Lars die dunkle Straße entlangkommt. Aber von Lars ist weit und breit nichts zu sehen.

»In einem Ferienhaus?«, hakt Callum geduldig nach, und ich nicke widerwillig.

»Welche Straße?« Als ich nicht gleich antworte, legen sich seine Hände auf meine nackten Arme und reiben über meine kühle Haut, was dazu führt, dass sich die Gänsehaut noch verstärkt. »Los, sag schon, bevor du mir hier erfrierst. Welche Straße, Amelie?«

»York Street, zwischen Hopson und Prince Street.«

Callums Hände lösen sich von meinen Armen, und er macht einen kleinen Schritt rückwärts. Überrascht sehe ich ihn an, aber er hat auf einmal seinen Blick abgewandt.

»Okay«, sagt er und räuspert sich, ohne mich anzusehen. »Dann komm, lass uns gehen. Vielleicht ... vielleicht kommt uns dieser Lars ja entgegen.«

»Ganz sicher tut er das!«, schnaube ich und marschiere los. Aber nach einem Bier und zwei Gin Tonic auf hohen Absätzen die Hügel dieser Stadt zu bezwingen – das ist so eine Sache, merke ich, als ich versuche, möglichst würdevoll – und mög- lichst gerade! – die Bürgersteige entlangzugehen.

»Ganz ehrlich, Amelie, wenn der Freund deiner Schwester

bis jetzt nicht wieder aufgetaucht ist, wird er auch nicht mehr kommen«, höre ich Callum brummen, der neben mir geht und mir hin und wieder seine Hand hinhält, die ich jedoch stur übersehe. »Ganz schön schwach, dir zu versprechen, dich nach Hause zu bringen, und dich dann zu versetzen. So etwas tut man nicht – schon gar nicht in einer fremden Stadt.« Er macht eine kurze Pause und fügt dann hinzu: »Und erst recht nicht bei einer Frau, die keinen Alkohol verträgt.«

Empört bleibe ich stehen und funkele ihn an. »Was fällt dir eigentlich ein? Erstens kennst du Lars überhaupt nicht, du weißt nicht, wie toll er ist, wie nett und klug und charmant, wie … ach, wie perfekt einfach!« Ich schwanke leicht, fange mich aber rasch wieder und fahre fort: »Er hat bestimmt einen guten Grund, warum er nicht zurückkommen konnte! Ganz sicher, denn er war um mich besorgt, als er gegangen ist, er wollte nicht, dass mich ein Fremder nach Hause bringt … ein Fremder, so wie du! Ja, er wollte mich selbst bringen, weil … weil ich ihm wichtig bin. Jawohl!«

Callum ist ebenfalls stehen geblieben und sieht mich prüfend an. »Aha«, macht er langsam. »Und dieser Freund deiner Schwester scheint dir auch sehr wichtig zu sein, oder?«

»Das geht dich nichts an!«, fauche ich und will an ihm vorbeistolzieren, als Callum mit einem offenbar mühsam unterdrückten Lachen fragt: »Und zweitens?«

»Wie bitte?«

»Du hast deine Tirade mit ›Erstens‹ angefangen, da muss doch noch ein ›Zweitens‹ kommen.«

Irritiert blinzele ich und durchforste mein vernebeltes Hirn nach einer Antwort. Verdammt, ich hätte den zweiten Gin Tonic wirklich nicht … aha! Genau!

»Zweitens«, sage ich würdevoll und wende mich ab, um die Straße zu überqueren: »Ich vertrage sehr wohl Alkohol!«

Ein Hupen lässt mich zusammenzucken, und im nächsten Augenblick spüre ich, wie mich Callum am Arm packt und nach hinten reißt. Ein Pick-Up hat eine Vollbremsung hingelegt, und ein Mann lässt die Scheibe hinunter und ruft besorgt: »O Gott, alles okay?«

»Ja!«, höre ich Callum hinter mir antworten und merke, dass sein Atem schnell geht, während seine Hände meine nackten Oberarme fest umklammert halten. »Alles in Ordnung. Sorry!«

»Kein Problem! Mann, bin ich froh, dass das noch mal gut gegangen ist!« Ich sehe, wie sich der Fremde mit einer Hand über das blasse Gesicht reibt, uns zunickt und dann weiterfährt, langsam und vorsichtig. Callums Griff um meine Arme lockert sich nicht, und ich höre seine Stimme hinter mir, die gepresst klingt, als er dicht an meinem Ohr sagt: »Verdammt noch mal, Amelie, überfahren lässt du dich heute Abend nicht, ist das klar? Nicht, solange du mit mir unterwegs bist.«

Und ehe ich weiß, wie mir geschieht, hebt mich Callum hoch, wie der Prinz in einem der Märchen, an die ich nicht glaube. Ich will protestieren, aber er wirft mir einen grimmigen Blick zu, der mich verstummen lässt. Mit mir auf dem Arm überquert Callum die Straße und beginnt, mich den Hügel hinaufzutragen, den ich in meinen Schuhen vermutlich ohnehin nicht unfallfrei hätte bewältigen können.

»Lass mich runter!«, sage ich dann doch, vollständigkeitshalber, wobei ich mich wenig überzeugend anhöre. Und Callum ignoriert mich einfach, läuft stur weiter, Richtung York Street. »Bitte, ich bin doch zu schwer«, werfe ich schließlich verlegen ein, woraufhin ein Schmunzeln um Callums Lippen zuckt.

»Schwer«, lacht er leise auf und biegt mit langen Schritten in die York Street ein. »Ich bitte dich. Du bist leichter als mein Hund.«

»Kunststück, bei dem Hund«, bemerke ich, und Callum

lächelt auf mich herab. Wir durchqueren gerade den Lichtkegel einer Straßenlaterne, und er hält plötzlich inne, mustert mich aufmerksam. Ich spüre überdeutlich seine kräftigen Hände, die meine Taille und meine Kniekehlen umfasst halten. Nachdenklich stellt Callum fest: »Deine Augenfarbe ist echt ungewöhnlich. Blaugrün?«

»Ja«, murmele ich und schlucke. »Meeresgrün.«

Ein langsames Lächeln erhellt seine Züge, und ich merke, dass mein Herz bei diesem Lächeln heftiger gegen meinen Brustkorb schlägt. Dieses dumme Herz.

»Meeresgrün. Genau. Und … sogar deine Augen haben Sommersprossen.«

»Quatsch«, murmele ich und senke meinen Blick, damit er mir nicht mehr in die Augen starren kann. »Das sind einfach goldene Sprenkel auf der Iris.«

»Einfach goldene Sprenkel auf der Iris«, wiederholt Callum mit einem heiseren Lachen und läuft langsam weiter. »Das klingt so, als hätte die jeder. Dabei habe ich noch nie jemanden mit so schönen Augen gesehen.«

»Wirklich abgedroschener Spruch«, murmele ich und ernte ein weiteres Lachen.

»Wir hatten doch schon längst geklärt, dass ich dich nicht ins Bett kriegen will«, antwortet Callum amüsiert. »Darum habe ich es auch nicht nötig, dir irgendwelche falschen Komplimente zu machen.«

»Mhhm«, murmele ich und spüre, wie die verhasste Röte meinen Kopf brennen lässt. Verlegen schlucke ich, sehe rasch weg und lasse mein Gesicht seitlich gegen Callums Schulter sinken. Verstohlen inhaliere ich den Geruch von Waschmittel, den sein T-Shirt verströmt und der sich mit einem anderen Duft mischt, irgendwie von … ich schnuppere aufmerksam … Meer?

»Alles okay?«, höre ich Callum fragen, und ich merke zum einen, dass er aufmerksam mein Gesicht betrachtet, das seinem T-Shirt näher ist, als es sein sollte – und zum anderen wird mir bewusst, dass er erneut stehen geblieben ist. Weil wir vor unserem Ferienhaus angekommen sind.

»Ja, ähm, alles okay. Du … du riechst gut.«

Himmel noch mal, Amelie! Mit einem unterdrückten Stöhnen schließe ich die Augen und tue so, als hätte ich das gerade nicht gesagt. Aber da ich Callum erneut heiser auflachen und »Danke« sagen höre, wird mir klar, dass ich mir – und ihm – nichts vormachen kann.

»Du riechst auch gut«, bemerkt er, und ich öffne die Augen wieder und starre zu ihm hoch. Er erwidert meinen Blick, ein leichtes Lächeln auf den Lippen, und ich kann mich nicht rühren, kann ihn nur ansehen. Erst, als Callum mit leicht belegter Stimme fragt: »Ist es das Haus?«, wird mir bewusst, dass er mich nach wie vor auf dem Arm hält und ich nun doch langsam sehr schwer werden dürfte, selbst wenn ich leichter bin als Skipper, der Bären-Hund – was ich nicht wirklich glaube. Eilig nicke ich und bewege mich in seinen Armen, sodass mich Callum langsam auf meine Füße sinken lässt. Ich schwanke leicht, suche Halt an Callums Schulter, und seine Hand greift erneut nach meinem Oberarm, wodurch er mich sanft stabilisiert.

»Danke«, murmele ich und sehe zu ihm hoch, merke, dass er ernst geworden ist. Er wirft einen langen Blick über meinen Kopf hinweg auf das Haus, sieht dann wieder mich an. Als er eine Hand auf meine Wange legt, zucke ich leicht zusammen, aber ich weiche nicht zurück, wie ich es unter normalen Umständen getan hätte. Nein, ich muss sogar den Impuls unterdrücken, mich erneut an ihn zu schmiegen, was mir wirklich unheimlich ist. Seine Handfläche fühlt sich rau und schwielig an, aber trotzdem so sanft, dass mir ganz anders wird. Callum mustert mich stumm, während sein Daumen sacht über meine Haut streichelt, was dazu führt, dass ich schon wieder Halt an ihm suchen muss – was ich nur zu gern tue.

Und ich merke zu meinem Erstaunen, dass ich nichts dagegen hätte, von ihm geküsst zu werden.

Mein Gott, ich bin wirklich betrunken!

Als könnte er meine Gedanken deutlich lesen, sagt Callum mit einem leichten Schmunzeln auf den Lippen: »Unter anderen Umständen würde ich dich wirklich gern küssen, Amelie.«

Überrascht schnellen meine Augenbrauen in die Höhe, ich höre mich stammeln: »Unter … unter anderen Umständen?«

Callum nickt und fährt mir ein letztes Mal mit dem Daumen über die Wange, bevor er seine Hand sinken lässt. »Ja. Wenn du nicht so betrunken wärst, dass du morgen früh vermutlich alles Mögliche bereuen wirst. Und … wenn du nicht in deinen Schwager verliebt wärst.« Er grinst mich neckend an und schiebt seine Hände in seine Hosentaschen. Beinahe erschrocken taumele ich rückwärts.

»Lars ist nicht mein Schwager«, stoße ich hervor. »Sie sind nicht verheiratet.«

»Darum machst du dir noch Hoffnung, ja?«

»Mache ich gar nicht!« Empört stemme ich meine Hände in die Hüften und funkele Callum wütend an. Ein süffisantes Grinsen ist seine Antwort.

»Klar. Ich hoffe, dass dieser Lars morgen früh eine gute Entschuldigung parat hat. Schaffst du es allein, die Haustür aufzuschließen?«

»Natürlich schaffe ich das!«, schnaube ich aufgebracht. »Und, nur um das klarzustellen: Von dir würde ich gar nicht geküsst werden wollen, Callum MacKay, auch nicht unter anderen Umständen!«

»Na, dann ist ja gut«, bemerkt er und besitzt die Frechheit, noch breiter zu grinsen. »Also, gute Nacht, Amelie.«

Er zwinkert mir zu und dreht sich um, geht mit langen Schritten davon, den Hügel hinab. Wütend starre ich ihm hinterher, bevor ich die Eingangsstufen hinaufwanke und zu meinem Ärger eine halbe Ewigkeit brauche, bis ich es schaffe, die verdammte Tür aufzuschließen. Ich schleiche durch das dunkle Haus, halte im ersten Stock vor dem Schlafzimmer meiner Schwester an, in dem es dunkel und still ist. Innerlich verfluche ich Lars, bevor ich die zweite Treppe erklimme und mich in mein Bett fallen lasse. Und da liege ich und starre durch die Erkerfenster an den mondhellen Himmel hinauf, und meine alkoholgetränkten Gedanken kreisen ruhelos um Callum, ein bisschen um Lars, aber dann immer wieder um Callum, bevor meine Augen endlich zufallen.

Kapitel 9

Ein Blick in den Spiegel des winzigen Badezimmers, das sich unter der Dachschräge an mein Zimmer schmiegt, lässt mich am nächsten Morgen aufstöhnen. Du meine Güte, Alkohol und Jetlag bekommen mir in Kombination wirklich überhaupt nicht. Es ist erst kurz nach sieben, aber trotzdem konnte ich nicht mehr schlafen – nicht nur wegen der Zeitverschiebung, sondern auch, weil sich mein Kopf anfühlt, als würde er jeden Moment in tausend Scherben zerbersten. Gequält krame ich eine Kopfschmerztablette aus meinem Kulturbeutel hervor, schlucke sie und starre dann unwillig mein Spiegelbild an. Mit einem Schlag fällt mir wieder Callums Bemerkung von gestern Abend ein: »Sogar deine Augen haben Sommersprossen.«

O Gott. Callum. Ernst mustere ich mich, betrachte erst die goldenen Sprenkel auf meiner blaugrünen Iris, dann die zahllosen Sommersprossen auf meiner blassen Haut.

»Du siehst aus, als hätte dich jemand mit Matsche bespritzt!«, hat Nele als Kind gern zu mir gesagt, wenn sie mich ärgern wollte. »Matsch-Gesicht, Matsch-Gesicht!«

Meine Hände zittern ein wenig, als ich beginne, mir meine Locken zu bürsten, die sich lang und unbändig über meinen Rücken ergießen und erst unterhalb meiner Schulterblätter enden. Natürlich sind sie arbeitsintensiv, diese widerspenstigen Locken. Und ich trage sie auch gar nicht so lang, weil ich das unbedingt schön finde – sondern einfach nur, weil diese Länge das kleinere Übel darstellt. Denn würde ich mein Haar kürzer schneiden, hätte ich Korkenzieherlocken, die in alle Richtungen von meinem Kopf abstehen würden wie beim Struwwelpeter. Genau so sah ich als Kind aus, und nie wieder, habe ich mir geschworen, werde ich daher den Fehler machen und mein Haar kürzer schneiden.

Mühsam zwirbele ich meine Locken zu einem dicken Dutt am Hinterkopf, den ich mit zahlreichen Haarklammern feststecke, bevor ich in die Dusche steige und versuche, unter dem warmen Wasserstrahl zurück zu den Lebenden zu finden. Als ich mich abtrockne, fühlt sich zwar mein Kopf ein klein wenig besser an, aber gut geht es mir deswegen noch lange nicht.

Mir ist nämlich während des Duschens nach und nach die gesamte Erinnerung an den gestrigen Abend zurückgekommen: Knuth, der Zwillingsbruder meines Vaters. Callum, der so gut singen kann. Der mich gehalten hat, mit mir getanzt hat – mich nach Hause getragen hat. Der gesagt hat, er würde mich gern küssen – unter anderen Umständen. Weil ich mich heute Morgen sonst für noch mehr hätte schämen müssen, was ich in meinem betrunkenen Zustand womöglich getan hätte. Womit er recht hat! Und – weil ich in Lars verliebt sei.

Lars. Lars, der nicht zurückgekommen ist, um mich abzuholen. Mit einem gequälten Seufzer schließe ich kurz die Augen, ehe ich beginne, Feuchtigkeitscreme mit hohem Lichtschutzfaktor auf meinem blassen Gesicht zu verteilen. Der Versuch, meine Augenringe mit Concealer zu überschminken, gelingt nur halbwegs, also tusche ich wenigstens meine hellen Wimpern, um nicht ganz so sehr nach Wasserleiche auszusehen. Trotzdem fühle ich mich mehr tot als lebendig, als ich wenig später auf leicht wackeligen Knien ins Erdgeschoss gehe, wo mich glücklicherweise der Duft von frisch aufgebrühtem Kaffee begrüßt.

Durch das Küchenfenster entdecke ich Papa, der unter dem Ahornbaum im Garten sitzt und gedankenverloren auf die blühenden Heckenrosenbüsche und orange leuchtenden Taglilien am Rande der Rasenfläche starrt. Eilig gieße ich mir eine Tasse Kaffee ein und gehe nach draußen, wo mich milde Morgenluft begrüßt. Ein Vogel zwitschert über Papa im Ahornbaum, irgendwo weiter weg kreischen ein paar Möwen, und der salzige Duft von Meer lässt meine verschlafenen Sinne wacher werden.

»Guten Morgen«, sage ich und gehe über das feuchte Gras auf den Tisch unter dem Ahorn zu.

»Ahh, guten Morgen, Amelie! Du wirst es nicht glauben, aber ich habe gerade einen Kolibri beobachtet – da vorn, bei den Lilien ist er herumgeschwirrt und hat Nektar getrunken, der kleine Kerl. Hättest du gedacht, dass es hier in Kanada Kolibris gibt?«

Ich schüttele den Kopf und denke: Nein, und ich hätte auch nicht gedacht, dass es hier in Kanada einen Zwillingsbruder meines Vaters gibt!

Prüfend sieht Papa mich an. »Wie geht es dir?«

»Hmpf«, mache ich und lasse mich neben meinen Vater auf die Holzbank sinken. »Ein wenig … verkatert. Ich hätte nach dem ersten Bier gestern nichts mehr trinken sollen.«

»Wann bist du denn nach Hause gekommen?« Ich merke, dass Papa sofort sorgenvoll wirkt, als wäre ich immer noch ein Teenager.

»Kurz nach Mitternacht«, erwidere ich und nippe an meinem Kaffee. Dann, um keine weiteren Fragen zu meinem restlichen Abend im Singing Sailor beantworten und schon gar nicht über Callum nachdenken zu müssen, bemerke ich hastig: »Papa, du schuldest mir eine Erklärung.«

»Und mir!«, höre ich da Nele und merke, dass meine Schwester aus der Küchentür auf die Stufen tritt, die zum Rasen hinabführen. Sie trägt noch ihr Nachthemd – kurz und sexy, aus schwarzem Satin –, über das sie eine offene Strickjacke gestreift hat. Ihr Haar ist ebenfalls am Hinterkopf zu einem Dutt hochgezwirbelt, so wie meines, aber sicherlich hat sie dafür keine zehn Sekunden gebraucht und sieht dennoch aus wie ein Model. Und das, obwohl sie sich noch nicht einmal geschminkt hat wie ich.

»Guten Morgen«, sagt Papa in Neles Richtung, und dann seufzt er leicht gequält. »Ja, ich weiß, ich schulde euch beiden eine Erklärung.«

Atemlos hängen Nele und ich an Papas Lippen, als er von seinem Zwillingsbruder Knuth erzählt. Sie hatten früher ein enges Verhältnis, meint Papa und wirkt sehr traurig, als er das sagt. Knuth hat nicht nur dieselbe Ausbildung zum Schreiner gemacht wie mein Vater, nein, sie waren sogar im selben Ausbildungsbetrieb: Beide Brüder sind in einer kleinen Schreinerei in dem ostwestfälischen Dorf ausgebildet worden, in dem sie aufgewachsen sind, und haben jahrelang dort gearbeitet.

»Und warum habt ihr euch zerstritten?«, hakt Nele ungeduldig nach. Papa seufzt tief auf.

»Der Streit, tja, der … der fand nach der Rückkehr von unserer Kanada-Reise statt.«

»Kanada-Reise?«, fragen Nele und ich im Chor und starren unseren Vater an, als sähen wir ihn gerade zum ersten Mal.

»Du warst schon einmal in Kanada?« Verblüfft und eine Spur vorwurfsvoll mustere ich Papa. Wie kann es sein, dass wir so viel aus seinem Leben nicht wissen?

»Ähm, ja. Ja, das war ich. Ich war sogar schon einmal hier, in Lunenburg.«

»Was?« Fassungslos stelle ich meine Kaffeetasse ab. »Wann?«

»Vor fünfunddreißig Jahren. Im Sommer 1984.«

»Bevor ihr euch zerstritten habt?« Ich weiß noch genau, dass Papa gestern Abend von 1984 gesprochen hat, als er seinen Bruder nach einem Streit zum letzten Mal gesehen hat.

»Genau«, seufzt Papa. »Knuth und ich, wir … wir hatten schon als Jungs von Kanada geträumt. Und 1984, da ist unser Vater plötzlich und viel zu früh gestorben. Nach dem ersten Schock hat mich Knuth davon überzeugt, dass wir unser Leben voll auskosten sollten, bevor es mit einem Schlag vorbei sein würde, wie bei Papa. Knuth wollte, dass wir unseren Traum endlich verwirklichen: eine Rucksackreise, von der Westküste bis zur Ostküste. Wir hatten ein wenig Geld gespart, und so zogen wir los, jung und unbedarft, mit unseren Rucksäcken und viel Abenteuerlust im Gepäck. Kanada, das war für uns Weite und Freiheit. Diese Reise war für uns ein Lebenstraum.«

»Wie lange wart ihr denn unterwegs?«, fragt Nele mit großen Augen. Sie sieht genauso ungläubig aus, wie ich mich fühle.

»Drei Monate«, erwidert Papa und starrt gedankenverloren in den Wipfel des Ahornbaums hinauf, durch dessen Blätter sacht der Wind streicht, der den Duft von Meer zu uns in den Garten trägt. »Wir sind Anfang Juli in Vancouver aufgebrochen, sind mit dem Zug und über lange Strecken als Anhalter in Etappen bis an die Ostküste gereist. Wir haben in den billigsten Motels übernachtet und hin und wieder auch auf Farmen, wo wir gegen ein wenig Arbeit umsonst einen Schlafplatz und ein Frühstück bekamen. Tja, und die letzte Etappe unserer Reise war hier im Osten, in Nova Scotia. Eigentlich wollten wir noch mit der Fähre nach Neufundland rüber, aber als wir hier in Lunenburg waren, da … da lernte Knuth Rose kennen.«

»Rose?«, hake ich überrascht nach. »Eine Kanadierin?«

Papa nickt, und mit einem Mal sieht er sehr traurig aus. Er starrt auf seine Hände hinab und schweigt ein paar Sekunden lang, bis ihn Nele ungeduldig auffordert: »Nun erzähl schon, Paps, was ist dann passiert? Wurden die beiden ein Paar?«

»Ist Knuth deshalb ausgewandert?«, frage ich aufgeregt.

»Ja«, murmelt Papa. »Mein Bruder hat sich Knall auf Fall in Rose Dubois verliebt. Wir hatten sie in einem Café unten am Hafen kennengelernt. Rose hat dort als Kellnerin gearbeitet. Knuth war sofort hin und weg von ihr. Sie war auch wirklich eine Schönheit, mit langem schwarzem Haar und hellblauen Augen.« Papa macht eine Pause und reibt sich mit einer Hand über das Gesicht. Er sieht plötzlich sehr müde aus, stelle ich fest.

»Und dann?« Nele rutscht unruhig auf der Bank hin und her. Mit einem Mal erinnert sie mich wieder an das kleine Mädchen, das sie mal war. Das kleine Mädchen, das an Heiligabend aufgeregt neben mir in der Kirchenbank saß und es nicht erwarten konnte, endlich heimzukehren und zu sehen, was das Christkind gebracht hatte.

»Tja. Dann wurde aus Knuth und Rose ein Paar, und wir ließen Neufundland sausen, blieben noch ein wenig länger hier in Nova Scotia. Zu dritt haben wir Tagesausflüge gemacht, und Rose zeigte uns die Sehenswürdigkeiten, zum Beispiel den Leuchtturm von Peggy's Cove. Wir fuhren nach Halifax und gingen dort tanzen. Wir machten Wanderungen durch wunderbare Wälder und fuhren auf einem See Kanu. Kurzum: Hier, in Nova Scotia, verbrachten Knuth und ich den besten Teil unseres Kanada-Abenteuers. Und dann … dann beschloss Knuth, dass Rose die Frau seines Lebens sei und er ganz nach Lunenburg ziehen wollte. Ich hielt das zunächst für ein Hirngespinst, für absolut lächerlich und unrealisierbar. Immerhin hatte er in Deutschland sogar eine Freundin, die auf ihn wartete! Aber

Knuth versprach Rose, die uns zum Flughafen von Halifax gebracht hatte, dass er wiederkommen und hierbleiben würde. Na ja, und das Versprechen hat er gehalten.«

»Guten Morgen«, reißt mich Lars' Stimme aus meinem gebannten Zuhören. Erschrocken fahre ich herum und sehe ihn über den Rasen kommen, barfuß, in karierter Schlafanzughose und leicht zerknittertem T-Shirt, eine Kaffeetasse in der Hand.

»Ah, guten Morgen, mein Lieber«, höre ich Papa sagen, während ich selbst keinen Ton herausbekomme. Stumm starre ich Lars entgegen und frage mich zum tausendsten Mal: Warum hat er mich gestern Abend einfach so versetzt? Als Lars mich ansieht, merke ich, dass er ein schlechtes Gewissen hat. Er nickt mir mit einem schiefen Lächeln zu, und ich nicke zurück, allerdings ohne Lächeln. Dann wende ich mich wieder Papa zu, denn ich habe jetzt gerade wirklich Wichtigeres zu tun, als über Lars nachzudenken – aber in dem Moment erhebt sich mein Vater leise ächzend von der Bank und reibt sich mit einer Hand den Rücken, während er mit der anderen nach seiner Kaffeetasse greift und einen letzten großen Schluck nimmt.

»Nichts für ungut, meine Lieben, aber ich brauche ein wenig Bewegung und muss meinen Kopf mal durchlüften. Darum werde ich einen langen Spaziergang am Meer entlang machen. Seeluft hilft immer.«

»Ich komme mit!«, verkünde ich spontan, aber Papas Blick hindert mich daran, von der Bank aufzuspringen. Liebevoll tätschelt er mein Haar, meint dann jedoch ein wenig zögerlich: »Mein Schatz, nimm es mir bitte nicht übel, aber ich würde wirklich gern ein wenig allein sein, um nachdenken zu können. Es war ein großer Schritt für mich, wieder nach Lunenburg zu kommen und Knuth zu treffen. Ich … ich muss das alles selbst erst einmal verarbeiten.«

»Aber … du hast uns noch gar nicht erzählt, was nun eigentlich zwischen euch vorgefallen ist!«, wirft Nele empört ein.

»Ja«, pflichte ich ihr bei. »Du kannst uns doch nicht mit so einer halben Erklärung hängen lassen.«

»Geduld, ihr zwei, Geduld«, brummt Papa und wendet sich zum Gehen. »Ihr bekommt eure Erklärung noch, keine Sorge. Jetzt genießt erst einmal diesen herrlichen Sommertag in diesem wunderschönen Ort, okay? Bis später!«

Und er geht davon, die Hände in den Taschen seiner knielangen Shorts vergraben, die Stirn in Falten gelegt. Aufgewühlt sehe ich ihm nach. Hoffentlich geht es ihm gut. Was ist bloß damals zwischen Knuth und ihm vorgefallen? Und gestern Abend, was haben sie da besprochen?

Ratlos schaue ich Nele über den Frühstückstisch hinweg an. Sie erwidert meinen Blick und zuckt geradezu genervt mit den Schultern. »Ich erkenne unseren alten Herrn gar nicht wieder«, mault sie und greift nach einer Scheibe Toast. »Was soll diese Geheimniskrämerei?«

»Hat er euch gar nichts erzählt?«, fragt Lars, der sich neben Nele auf die Bank gesetzt hat und mir einen beinahe unsicheren Blick zuwirft, dem ich stur ausweiche.

»Doch«, sagt Nele und beginnt eine knappe Zusammenfassung dessen, was uns Papa gerade offenbart hat. Während meine Schwester erzählt, bestreiche ich ein Toastbrot mit Marmelade – heute zum Glück Pfirsich, denn wir waren ja gestern noch einmal einkaufen – und nehme einen herzhaften Bissen.

»Das ist ja einfach unglaublich«, murmelt Lars und rührt kopfschüttelnd in seinem Kaffee. »Dass Otto schon einmal hier in diesem Ort war, und niemand wusste davon.«

»Ja«, murmele ich und starre auf mein Toastbrot.

»Und alles wegen einer Frau«, sinniert Nele. »Wegen dieser Rose. Hätte Knuth sie nicht kennengelernt, wäre er vermutlich nie ausgewandert und, wer weiß, vielleicht hätten sich Papa und er nicht zerstritten.«

»Meinst du denn, es ging bei dem Streit um diese Rose?« Ratlos sehe ich meine Schwester an und muss sofort an Mama denken. Kannte sie meinen Vater damals schon? Ich rechne im Kopf – ja, na klar, das war ein Jahr vor meiner Geburt. Ich weiß, dass sich Mama und Papa schon einige Zeit kannten, bevor aus ihnen schließlich ein Paar wurde, und dass Mama dann recht schnell schwanger mit mir war. Als sie geheiratet haben, hatte Mama schon einen sehr dicken Bauch. Beklommen schlucke ich, wie immer, wenn Erinnerungen an meine Mutter in mir aufsteigen.

»Wer weiß«, meint Nele mit einem Schulterzucken. »Geht es nicht bei den meisten großen Auseinandersetzungen um Frauen? Oder Männer?«

Sie sieht mich an, und für den Bruchteil einer Sekunde fürchte ich, dass sie mich meint. Dass sie weiß, was für unterdrückte Gefühle ich für Lars habe.

Weiß sie das wirklich?

Vor Schreck lasse ich mein Toastbrot fallen, aber in dem Moment grinst mich Nele keck an und fragt: »Wie war es gestern eigentlich noch mit deinem Musiker?«

»Musiker?«, frage ich und stehe einen Moment lang wirklich auf dem Schlauch, so sehr wühlt mich noch die Vorstellung auf, meine Schwester könnte mich damit konfrontieren, dass ich in Lars mehr sehe als den Schwager in spe. Dann fällt mir Callum ein, der mich, im Gegensatz zu anderen Anwesenden, nach Hause begleitet hat. Nein, sogar nach Hause getragen hat. Bei der Erinnerung werde ich augenblicklich rot.

Nele grinst süffisant. »Aha, so gut war es also, du Feuermelder?«

Natürlich werde ich daraufhin noch viel röter. So war es

immer schon: Nele hat mich zwar anderen gegenüber oft wütend verteidigt, wenn ich wegen meiner Schüchternheit gehänselt wurde – und das waren nicht nur die Schröder-Brüder von nebenan –, aber sie selbst hat sich trotzdem auch gern über meinen Hang, leuchtend rot anzulaufen, amüsiert und dadurch alles nur noch schlimmer gemacht. Ja, unser Verhältnis war immer schon ein recht kompliziertes, aus dem ich selbst nie wirklich schlau geworden bin. Ein Familientherapeut hätte seine helle Freude an uns.

»Nele!«, höre ich Lars murmeln, aber sowohl meine Schwester als auch ich ignorieren ihn, wobei ich ein kleines, aufgeregtes Flattern in meiner Herzregion registriere, weil er mir zur Seite steht – nun ja, zumindest ein wenig, denn mehr als dieses Murmeln kommt nicht von ihm, und das Flattern meines Herzens legt sich rasch wieder, um erneut Ernüchterung zu weichen.

»Wir haben uns sehr nett unterhalten, ja«, gebe ich würdevoll zurück und nehme einen großen Schluck Kaffee, während ich versuche, die peinlichen Erinnerungen an die Folgen der Gin Tonics auszublenden. »Wir haben sogar ein wenig getanzt.« Mit Genugtuung registriere ich, dass Lars mich geradezu verblüfft anstarrt. Auch Neles Augenbrauen wandern in die Höhe, sie mustert mich interessiert.

»Echt? DU hast getanzt?«

»Ja«, erwidere ich leicht genervt. »Ich bin durchaus in der Lage zu tanzen.«

Wenn auch nicht auf hohen Absätzen und nach einem Bier und zwei Gin Tonic, aber das tut jetzt nichts zur Sache.

»Und, war noch mehr?«

»Nein, nein«, winke ich rasch ab, während sich mein Gesicht plötzlich anfühlt, als stünde es in Flammen. Fast glaube ich, wieder Callums Hände in meinen Kniekehlen und an meiner

Taille zu spüren. Sein T-Shirt zu riechen. Sein leises Lachen zu hören. Mir wird noch wärmer.

»Aber … er hat mich nach Hause gebracht. Zu Fuß. Das … das war wirklich nett von ihm.«

Ich nehme all meinen Mut zusammen und sehe Lars an. Das schlechte Gewissen steht ihm deutlich ins Gesicht geschrieben.

»Na siehst du, dann hast du ja noch deinen Ritter gefunden, der dir bei deinem schlechten Orientierungssinn helfen konnte!«, spottet meine Schwester mit einem breiten Grinsen. »Und, kein Kuss vor der Haustür?«

»Nele«, murmele ich. »Wir sind doch keine Teenager mehr.«

»Haha«, macht sie, zu laut und zu herablassend. »Ich kann mich gar nicht daran erinnern, dass du als Teenager vor unserer Haustür geküsst wurdest.«

»Du weißt auch nicht alles über mich«, schnappe ich zurück und verwünsche mein glühendes Gesicht dafür, mir mein letztes bisschen Würde streitig machen zu wollen. Entschlossen stehe ich auf und greife nach meiner Kaffeetasse. »Ich gehe jetzt auch ein wenig in den Ort. Macht es gut, ihr zwei.«

Und ohne Nele oder gar Lars noch eines Blickes zu würdigen, marschiere ich durch den Garten und hinein in die Küche. Im Flur werfe ich noch einen prüfenden Blick in den Spiegel, nur um festzustellen, dass sich die ersten Locken schon wieder aus den Haarklammern zu lösen beginnen. Verdammte Locken! Frustriert schnappe ich mir meine Handtasche, hänge sie quer über meine Schultern und stapfe wütend aus unserem meeresgrünen Haus.

Kapitel 10

Wohin ich eigentlich will, weiß ich nicht so genau. Und zu spät fällt mir ein, dass es besser gewesen wäre, meine Laufschuhe anzuziehen statt der Riemchen-Sandalen, die ich nun trage. Dann hätte ich meinen Frust wenigstens zu Springsteens Stimme beim Laufen abreagieren können. Wobei mich Springsteen unweigerlich an einen gewissen Sänger von gestern Abend erinnert hätte, was mich wiederum zurück zu Lars und der Tatsache, dass er sein Versprechen gebrochen hat, gebracht hätte. Schlecht gelaunt marschiere ich die sonnendurchfluteten Straßenzüge hinab, Richtung Atlantik. Erst, als ich die Montague Street erreiche, die in zweiter Häuserreihe zum Wasser parallel zum Hafen verläuft, verlangsame ich meinen Schritt. Hier reihen sich einige hübsche Boutiquen, Cafés, Restaurants und Galerien aneinander, stelle ich fest, als ich aufmerksam an den Schaufenstern in den leuchtend bunt angestrichenen Häuserfronten vorbeigehe. Mein Atem beginnt, sich zu normalisieren, während ich die maritimen Deko-Artikel im Fenster eines Souvenirladens betrachte und ein paar Meter weiter in einem Weidenkorb mit heruntergesetzten Taschenbüchern stöbere, den eine kleine Buchhandlung neben der Ladentür platziert hat. Schließlich folge ich spontan einem Grüppchen chinesischer Touristen die Stufen zum Eingang einer Galerie hinauf, die im Erdgeschoss eines hübschen viktorianischen Hauses liegt.

Zu spät erkenne ich meinen Fehler. Ich habe bereits den

ersten Ausstellungsraum betreten, die alten Holzdielen knarzen unter meinen Füßen, der Geruch von Öl- und Acrylfarben steigt mir in die Nase. Mein Herz beginnt, schmerzhaft gegen meinen Brustkorb zu hämmern, ich höre nur noch wie durch Watte hindurch, dass der Galeriebesitzer – ein junger Mann mit knallroter Brille und braun gelocktem Pferdeschwanz – die Chinesen bittet, keine Selfies mit seinen Bildern zu machen. Stumm wandere ich an den Wänden entlang, betrachte die Gemälde, die allesamt Landschaftsmotive aus der Lunenburger Umgebung zeigen: farbenfroh gemalte Häuser vor tiefblauem Meer, Fischerboote auf schaumgekrönten Wellen, Berge von geringelten Holzbojen, in der Sonne vor einem Bootsschuppen liegend, die mich sofort an die Bojen auf dem Kamin unseres Ferienhauses erinnern. Kunterbunte Bettlaken flattern an eine Wäscheleine gemalt im Wind und wirken ebenso lebensecht wie die Möwen, die aufgereiht auf einem Dachfirst sitzen. Beim Anblick des tiefblauen Atlantiks, auf den kleine weiße Segelboote gemalt sind, und der schroffen Felsen entlang der Küste, zwischen denen sich windschiefe Kiefern mit letzter Kraft festzuhalten scheinen, versuche ich, mich auf die raue Schönheit der Landschaft in dieser Ecke Kanadas zu konzentrieren.

Nicht an Mama zu denken.

Aber ich kann nicht anders. Beim Anblick der Farben, der Bilder, der Staffelei in der Ecke eines Ausstellungsraumes sehe ich sie unweigerlich vor mir.

Meine Mutter war Künstlerin. Sie malte leidenschaftlich gern, vor allem mit Ölfarben, aber sie liebte auch die Bildhauerei. Die Wände meines Elternhauses sind immer noch gepflastert mit ihren Bildern – viele Stillleben aus ihrem geliebten Garten, aber auch Porträts von Nele, Papa und mir oder Motive vom ostwestfälischen Land, von Bauernhöfen wie der, auf dem Mama aufgewachsen ist. Unser Garten hingegen hat sich seit ihrem Tod in eine Ausstellungsfläche für Mamas Sandstein-Skulpturen verwandelt, die zwischen Rosen- und Ginsterbüschen stehen und von dem Talent ihrer viel zu früh verstorbenen Erschafferin zeugen.

»*The water is wide, I can't cross over*«, singt Eva Cassidy in meinem Kopf, und ich muss kurz die Augen schließen, als ich glaube, Mama im Duett mit ihrer Lieblingssängerin zu hören, die ebenfalls viel zu früh gestorben ist. Eva singt mit heller, engelsgleicher Stimme aus dem Lautsprecher des CD-Players, und Mama singt mit ihr, während sie an ihrer Staffelei im Dachgeschoss unseres Hauses steht und mit schwungvollen Pinselstrichen ihre Bilder zum Leben erweckt. Ich glaube zu sehen, wie sie den Kopf dreht und mich ansieht, mir strahlend zulächelt. Wie immer trägt sie einen farbverschmierten Overall und hat sich ein bunt gemustertes Tuch ins Haar gebunden, das von einem ähnlichen Kastanienbraun ist wie mein Haar, allerdings mehr braun als rot und weniger gelockt. Meine Mutter war wunderschön, und als Kind konnte ich nicht aufhören, sie andächtig zu beobachten, wenn ich nach der Schule kostbare Nachmittage bei ihr im Atelier verbringen durfte, Eva Cassidys Musik aus dem Lautsprecher drang und Mama malte und malte. Auch ich war damals stets kreativ, war entweder selbst in Zeichnungen vertieft oder fädelte bunte Perlen zu Kettenkreationen auf oder modellierte aus »Fimo« Schmuck, den ich später im Backofen fest werden ließ: Broschen und Ohrstecker und Kettenanhänger schuf ich, und alle schenkte ich Mama.

Mit einem Blinzeln versuche ich, die Tränen aus meinen Augen zu vertreiben und mich wieder auf das Gemälde vor mir zu konzentrieren. Die Chinesen haben die Galerie bereits wieder verlassen, und ich bin allein. Ich hätte nicht hier hereinkommen sollen, denke ich und atme tief durch, rieche die Ölfarben, die Acrylfarben, rieche wieder Mamas Parfüm. Die

Tränen lassen sich nicht mehr fortblinzeln, sie rinnen heiß über meine Wangen, und ich wische sie ärgerlich fort. ›Dreizehn Jahre, Amelie!‹, hämmert es in meinem Kopf. Es ist dreizehn Jahre her, und trotz allem verlierst du in einer Galerie einfach so die Fassung.

Ich will mich schon abwenden, will nach draußen flüchten, zurück in den hellen Sonnenschein, als mich der Anblick eines graublauen Buckelwals innehalten lässt: Der Meeressäuger taucht aus dem täuschend echt gemalten Atlantik auf, man sieht deutlich die typischen Rillen an seiner hellen Unterseite, silbrige Wassertropfen spritzen in alle Richtungen, und ganz ohne Vorwarnung habe ich plötzlich ein eigenes Bild vor Augen: Einen Kettenanhänger, hellblaues Meerglas in der stilisierten Form eines Wals, von feinen Silberdrähten eingefasst, deren Enden platt gedrückt, zu zarten Tropfen geformt wurden und so an Wasserspritzer erinnern. Ehe ich weiß, was ich da tue, greife ich nach einer Broschüre der Galerie, ziehe einen Stift aus meiner Handtasche und skizziere mit wenigen Strichen den Kettenanhänger. Stumm starre ich auf meine Zeichnung, merke, dass ich nichts verlernt habe in all diesen Jahren. Dann schließe ich beinahe erschrocken meine Augen und versuche, nicht noch mehr Tränen in mir hochsteigen zu lassen. Während ich eilig die Broschüre in meine Handtasche schiebe und auf den Ausgang der Galerie zusteuere, frage ich mich fassungslos, warum um alles in der Welt ich diese Räume mit ihren Bildern betreten musste. Diese Bilder, die mich so intensiv an Mama erinnert haben.

Und die dazu geführt haben, dass ich zum ersten Mal seit Jahren wieder die Idee für ein Schmuckstück hatte.

Noch während ich beim Verlassen des Gebäudes versuche, meine Gedanken zu ordnen und den Wal zu vergessen, laufe ich in Lars hinein.

Er ist am Fuß der Treppe vor der Galerie stehen geblieben und sieht mir ernst entgegen.

»Hi!«, stoße ich überrascht hervor und bleibe auf der vorletzten Stufe stehen. So bin ich zumindest einmal nicht zwei Köpfe kleiner als er. »Was … was machst du hier?«

»Ich bin hier vorbeigekommen und habe dich da drinnen gesehen«, erklärt er, während er auf das hohe Sprossenfenster deutet, durch das man vom Bürgersteig aus einen Teil des Inneren der Galerie erkennen kann. »Haben dir die Bilder gefallen?«

»Ja«, antworte ich knapp und sehe an ihm vorbei. »Wo ist denn Nele?«

»Im Atlantic Spa«, erwidert Lars, und bei seinem genervten Tonfall mustere ich ihn überrascht. »Sie war der Meinung, dass sie heute einen Tag mit Massagen und Fango-Packungen braucht. Angeblich fühlt sie sich sehr erschöpft.«

»Oh«, mache ich betroffen – mir ist auch schon aufgefallen, dass Nele derzeit sehr blass aussieht. Doch Lars scheint der Meinung zu sein, dass seine Freundin nur eine Begründung für ihren Spa-Tag gesucht hat – so zumindest interpretiere ich sein Augenrollen und das tiefe Aufseufzen. Dann legt er die Stirn in Falten, bevor er den Blick auf seine hellen Sneakers senkt und fortfährt: »Hör mal, Amelie, das mit gestern Abend … das tut mir total leid.«

Ich sage nichts, sondern schiebe nur meine Hände in die Taschen meines blau-weiß geringelten Sommerrocks und warte ab, was er sonst noch zu sagen hat.

»Ich … es ist nicht so, dass ich nicht zurückkommen wollte«, versichert mir Lars und sieht ehrlich zerknirscht aus, als er mich wieder ansieht. Innerlich schmelze ich schon jetzt wieder dahin, dabei hat er noch nicht einmal eine Erklärung geliefert. Wirklich, Amelie, dir ist nicht zu helfen.

»Aber Nele … sie hat einen riesigen Aufstand gemacht«,

gibt er schließlich kleinlaut zu. »Sie hat sich so darüber aufgeregt, dass ich noch einmal zurückgehen wollte, anstatt mit ihr zusammen den Abend zu Hause ausklingen zu lassen, dass wir einen heftigen Streit hatten. Und … na ja, sie hat betont, dass du erwachsen bist und dich um dich selbst kümmern kannst. Und … dass ich nicht deinen Beschützer spielen muss.«

Stumm starre ich Lars an, während meine Wangen vor Hitze pulsieren. Dann sehe auch ich auf meine Füße hinab, betrachte den dunkelblauen Nagellack mit dem Silber-Glitzer auf meinen Zehennägeln und frage mich im Stillen, warum ich a) diese Farbe gewählt habe, die meine blassen Füße im hellen Sonnenlicht wie die einer Wasserleiche mit bläulichen Nägeln erscheinen lässt, und b) warum meine Schwester so überreagiert hat. Und dann frage ich mich auch noch c) warum Lars Nele nicht Paroli geboten und mich trotzdem abgeholt hat, so wie er es versprochen hatte.

»Du hättest mich anrufen können«, fällt mir da ein, und ich sehe Lars wieder ins Gesicht. Beinahe hilflos zuckt er mit den Schultern und fährt sich mit einer Hand durch sein kurzes Haar.

»Ja, stimmt«, gibt er zögerlich zu. »Und das wollte ich auch. Aber dann … der ganze Streit … ich habe mich so über Nele geärgert … und am Ende bin ich wütend ins Bett gegangen und habe es völlig vergessen. Tut mir so leid, Amelie.«

»Hmm«, murmele ich und denke: Wie kann man denn vergessen, die Person wenigstens anzurufen, der man versprochen hat, sie abzuholen? Schweigend mache ich einen Schritt von der untersten Eingangsstufe der Galerie auf den Bürgersteig hinab und will langsam losgehen, als mich Lars am Arm festhält. Überrascht sehe ich ihn an.

»Darf ich dich zur Wiedergutmachung auf einen Kaffee einladen? Ich habe eben den Seaview Coffee Shop entdeckt, von dem du gestern erzählt hast. Sieht wirklich nett aus.«

Eigentlich habe ich keine Lust, jetzt mit Lars einen Kaffee zu trinken. Zu durcheinander bin ich wegen seines Verhaltens. Zu … enttäuscht, ja. Andererseits wirkt er tatsächlich ziemlich zerknirscht. Und er hat sich entschuldigt. Und meine Schwester hat ihm eh schon das Leben schwergemacht. Und er möchte mich einladen. Davon träume ich immerhin schon lange.

»Also gut«, sage ich.

Im Coffee Shop ist heute mehr los als gestern Morgen, aber da war ich ja auch früher dran. Jimmy, der Besitzer mit dem geflochtenen Zopf, erkennt mich sogar wieder, was mich sehr überrascht.

»Ah, die junge Dame von gestern. Das war … hmm, lass mich überlegen … Ein kleiner Latte Macchiato to go!«

»Wow«, sage ich ehrlich verdattert. »Wirklich gutes Gedächtnis! Allerdings trinke ich ihn heute hier.« Mein Gesicht leuchtet schon wieder, als hätte ich gerade etwas Unanständiges gesagt und nicht nur erklärt, was ich haben möchte. Mir ist wirklich nicht zu helfen.

»Aber gern«, lacht der Mann und zwinkert mir zu, was die Röte noch schlimmer macht, bevor er auch Lars' Bestellung aufnimmt und wir uns an den kleinen Tisch am Fenster setzen, wo gestern die zwei älteren Damen ihren Karamell Macchiato getrunken haben.

»Echt nett hier«, meint Lars und rückt seine langen Beine unter dem Tisch ein wenig zur Seite, sodass ich ihm mit meinen nicht in die Quere komme.

»Ja«, murmele ich, wobei ich ›nett‹ völlig untertrieben finde, aber das behalte ich für mich. Mein Blick gleitet erneut über die bunt bemalten Holzbojen, die von der Decke herabhängen. Ich muss an den geschnitzten Fischermann mit der kleinen Boje in der Hand auf dem Kaminsims unseres Ferienhauses denken, und daran, wie gut sich solche bunten Miniatur-Bojen als Anhänger an Ohrringen oder Ketten machen würden.

»Als Goldschmiedin muss man mit offenem Blick durch die Welt gehen«, hat meine Ausbilderin Frau Hagenbrecht mir immer gepredigt. »Überall im Alltag warten Gegenstände darauf, in Schmuck verwandelt zu werden.« Die Ringe fallen mir ein, die Frau Hagenbrecht aus Kronkorken geformt hat. Und die außergewöhnlichen Ohrringe, die eine der älteren Damen hier an diesem Tischchen gestern getragen hat, aus Silberbesteck gefertigt. Am liebsten würde ich erneut die Broschüre aus meiner Tasche ziehen und neben dem Walanhänger auch noch die Bojen-Anhänger skizzieren, doch ich unterdrücke diesen Drang energisch. Nein, das wird mir jetzt wirklich zu viel. Dreizehn Jahre lang habe ich keinen Schmuck skizziert! Ich bin keine Goldschmiedin mehr. Und das aus gutem Grund.

»So, hier ist euer Kaffee!«, reißt mich Jimmys sonore Stimme aus meinen Gedanken. Erleichtert über die Ablenkung, greife ich mit einem »Danke« nach meiner Tasse. Während ich einen Schluck nehme, sehe ich nach draußen, wo sich der Himmel wolkenlos über den farbenfrohen Fassaden der Nachbarhäuser und über dem tiefblauen Atlantik erstreckt.

»Wunderschön«, höre ich mich selbst murmeln, und ich merke, dass sich Lars ein wenig näher zu mir über den kleinen Tisch beugt und mich fragend ansieht. »Wunderschön!«, sage ich lauter und deute nach draußen. »Dieser Ort ist einfach hinreißend.«

»Ja, das stimmt«, nickt Lars, aber er sieht nicht nach draußen, sondern betrachtet mich nachdenklich, was mich unruhig meine Tasse zwischen meinen Händen hin und her drehen lässt. »Bist du noch sauer auf mich?«

Obwohl ich eigentlich sehr wohl noch sauer auf ihn bin,

muss ich lachen, weil mich Lars ansieht wie ein kleiner Junge, der etwas ausgefressen hat. »Nein, schon okay«, sage ich und seufze leise. »Ich bin ja heil nach Hause gekommen.«

»Mit diesem Musiker.« Lars klingt nicht wirklich begeistert, als er das sagt.

»Mit Callum, ja«, sage ich und wundere mich selbst über meinen scharfen Tonfall. Ich finde, dass Lars kein Recht hat, so herablassend zu klingen. Er hätte mich ja, verdammt noch mal, selbst abholen können! »Lass uns bitte das Thema wechseln, okay?«

»Gern«, brummt Lars und starrt in seinen Kaffee, während ich an meiner Tasse nippe ... und mich vor Schreck verschlucke. Denn in diesem Augenblick läuft Papa vor dem großen Fenster des Coffee Shops vorbei, das zum Bürgersteig hinaus zeigt. Nein, nicht Papa. Sein Zwillingsbruder. Knuth!

Hustend stelle ich meine Tasse ab und merke, dass Lars Anstalten macht, mir auf den Rücken zu klopfen, aber ich winke ab und deute aufgeregt zum Fenster. Überrascht dreht sich Lars um, aber es ist zu spät, Knuth ist bereits am Café vorbeigegangen. Zu blöd, ich hatte gehofft, dass er hereinkommen und sich seinen schwarzen Kaffee bestellen würde, wie gestern! Aber vermutlich hat er sich den schon früher geholt.

»Was ist denn?«, fragt Lars und sieht mich ratlos an.

»Knuth!«, huste ich und stehe auf. »Er ist gerade hier vorbeigelaufen!«

»Echt?« Auch Lars erhebt sich, tritt ans Fenster, versucht, noch etwas von meinem Onkel zu erkennen.

Ich habe einen Onkel. Nicht zu fassen!

»Wollen wir hinterhergehen? Vielleicht bekommen wir so heraus, wo er wohnt!« Lars sieht mich auffordernd an, Abenteuerlust blitzt in seinen braunen Augen auf, lässt ihn jünger wirken – fast wie damals, als er noch Student war und mir von den Streichen erzählt hat, die seine Kommilitonen und er einem unbeliebten Professor gespielt haben.

Kurz zögere ich, weil ich wirklich nicht der Typ für heimliche Verfolgungsjagden bin. Vermutlich hätte ich mich nicht einmal getraut, meinen Onkel tatsächlich anzusprechen, wenn er gerade hereingekommen wäre und sich seinen Kaffee bestellt hätte. Aber … Lars hat recht. Wer weiß, ob wir ihn so bald wiedersehen? Wenn wir wüssten, wo er wohnt, könnten wir ihn mal besuchen. Ihn kennenlernen.

Wenn wir das wirklich wollen.

Vor lauter Nervosität bekomme ich feuchte Handflächen.

»Na los!«, fordert mich Lars ungeduldig auf und leert mit zwei Zügen seine Kaffeetasse.

»Also gut«, sage ich aufgeregt und greife nach meiner Handtasche.

Kapitel 11

Als wir aus dem Coffee Shop auf den Bürgersteig hinaustreten, kann ich Knuth im ersten Moment nicht entdecken und bin gleichzeitig enttäuscht und erleichtert. Ratlos gehen Lars und ich die Montague Street entlang, gucken durch Schaufenster in Geschäfte, sehen uns suchend um. Da fragt Lars plötzlich: »Ist er das? Da vorn?«

Ja, das ist er tatsächlich. Knuth kommt aus dem einstöckigen Steingebäude einer Bankfiliale an der Kreuzung zur King Street.

»Los, schnell!«, raunt Lars und eilt bereits mit großen Schritten den Bürgersteig entlang. Ich folge ihm mit nervös hämmerndem Herzen, den Blick auf Knuth geheftet, der nun die steile King Street hinaufgeht. Zum Glück scheint er es nicht eilig zu haben, sodass wir problemlos aufholen.

»Nicht zu nah, halt Abstand«, wispere ich Lars zu, während wir an den gelb, grün und blau gestrichenen Fassaden dreier hübscher Holzhäuser entlangeilen, deren Ladenlokale eine Boutique, ein Souvenirgeschäft und eine Subway-Filiale beherbergen.

»Keine Sorge«, murmelt Lars, und gemeinsam überqueren wir die Straße und gehen nun ebenfalls die King Street hinauf, von deren Ende der grasbewachsene Hügel mit seinem weiß gestrichenen Pavillon auf uns herabblickt.

Knuth geht zwischen diesem Pavillon und einem großen

Backsteingebäude, in dem das Rathaus von Lunenburg untergebracht ist, eine Treppe hinauf, die zu einer weiteren Straße
oberhalb des grasbewachsenen Hügels hinaufführt. Wir folgen
ihm in sicherem Abstand, vorbei an einem Spielplatz und eine
weitere von Bäumen und pittoresken Häusern gesäumte Straße
entlang, bis wir schließlich erkennen, dass mein Onkel verlangsamt und die Eingangsstufen eines Hauses ansteuert, das
in einem zarten Lindgrün gestrichen ist. Über der Eingangstür
schiebt sich ein »Lunenburg Bump« aus der Holzverschalung
der Fassade, und links und rechts der Haustür wölben sich
zwei Erker mit hohen, weiß gestrichenen Sprossenfenstern, die
den Blick zu drei Seiten zulassen. Ich bin stehen geblieben und
starre das Haus an, durch dessen rote Eingangstür mein Onkel
gerade verschwunden ist.

»Willst du klingeln?«, fragt Lars, der ebenfalls stehen geblieben ist, die Hände in den Taschen seiner Shorts vergraben.

»Nein«, sage ich hastig.

Nein, das könnte ich wirklich nicht. Aber zumindest wissen
wir jetzt, wo Knuth wohnt. Vielleicht … vielleicht ergibt sich
eine Gelegenheit, ihn kennenzulernen. Aber nicht jetzt, wispert
mein feiges Ich eindringlich, während ich mich schon abwenden will.

Aber in diesem Moment geht die Haustür wieder auf, und
Knuth erscheint auf der obersten Treppenstufe. Er bleibt stehen und schirmt die Augen gegen die Sonne ab, sieht zu uns
herüber. Eilig will ich mich wegdrehen, aber da ruft er schon:
»He, ihr zwei, wollt ihr nicht reinkommen?«

»Ich habe euch vom Fenster aus gesehen. Hatte schon die ganze
Zeit das Gefühl, dass mir jemand folgt.« Knuth sieht uns
erwartungsvoll entgegen, als wir uns dem lindgrünen Haus
nähern. Lars geht vor mir die Stufen hinauf, ich folge ihm

scheu, obwohl es sich ja um meinen Onkel handelt und nicht um seinen.

»Hallo«, höre ich Lars sagen, während ich mir wünsche, wir wären Knuth nicht gefolgt. Wir hätten das hier zusammen mit Papa machen sollen. Er ist schließlich Knuths Zwilling.

»Ich bin Lars Berger.« Ich merke, wie sich die Männer die Hände schütteln, höre Knuths Stimme, die der meines Vaters so sehr ähnelt: »Freut mich, Lars. Ich bin Knuth Ludwig, aber das wisst ihr vermutlich schon.«

Lars macht einen Schritt zur Seite und gibt dadurch die Sicht auf mich frei. Mit einem verkrampften Lächeln reiche ich dem Mann die Hand. Seine hellblauen Augen mustern mich neugierig, und mir wird ganz anders, als ich seinen Blick erwidere und mir klarmachen muss, dass das nicht mein Vater mit Bart ist. Er sieht Papa so unfassbar ähnlich!

Knuths Händedruck ist fest, seine Finger fühlen sich schwielig und rau an, als seien sie an ebenso harte Arbeit gewöhnt wie die Hände meines Vaters. Stimmt, auch er ist ja Schreiner, wird mir klar.

»Ich bin Amelie«, stoße ich hervor, während Knuth meine Hand länger festhält als nötig. »Amelie Ludwig.«

Knuth nickt und mustert mich eingehend. Fast glaube ich, dass er Mühe hat, ein paar Tränen zu unterdrücken, denn er blinzelt einige Male konzentriert, bevor er mit belegter Stimme sagt: »Freut mich sehr, Amelie. Ich habe dich gestern Abend schon gesehen, im Pub. Und natürlich vorher, im Coffee Shop.«

Er betrachtet mich weiterhin aufmerksam, bis ich verlegen den Blick senke und stammele: »Ja, richtig. Ich … bitte entschuldige, dass wir dir einfach so gefolgt sind, aber …«

»Dafür musst du dich doch nicht entschuldigen.«

Unsicher sehe ich meinen Onkel an, widerspreche leise:

»Aber gestern Abend, im Pub, da hatte ich nicht das Gefühl, dass du uns kennenlernen willst.«

Knuth holt tief Luft, lässt sie langsam entweichen. »Es tut mir leid, dass ich gestern einfach verschwunden bin. Das … das war alles ein riesiger Schock für mich. Schon als ich dich im Coffee Shop gesehen habe und du mich mit ›Papa‹ angesprochen hast, habe ich geahnt, dass du Ottos Tochter sein musst, aber ich war zu erschrocken, um schnell genug zu reagieren und dich zu fragen, wer du bist.« Er lacht heiser auf. »Ihn dann gestern Abend so plötzlich zu sehen, nach all diesen Jahren … das war wirklich heftig. Und dann auch noch deine Schwester und dich zu entdecken, an dem Tisch im Pub …« Er unterbricht sich, zupft sich mit einer Hand den Bart und fügt leise hinzu: »Himmel, Kind, du siehst haargenau aus wie deine Mutter. Ich kann nicht glauben, dass sie tot ist.«

Ich starre mich im Badezimmerspiegel dieses fremden Hauses an und weiß nicht, wohin mit meinen Gefühlen. Meine Augen sind rot und verquollen, zum Glück habe ich wasserfeste Wimperntusche benutzt. Eingehend mustere ich mein Gesicht, so, wie mein Onkel es vor wenigen Minuten getan hat. Bevor mich seine Worte, sein wissender Blick, seine bloße Präsenz so sehr aufgewühlt haben, dass mir heiße Tränen in die Augen schossen und Knuth, dieser fremde und doch so vertraute Mann, mitfühlend meine Schulter getätschelt hat. Weil ich vor ihm nicht die Fassung verlieren wollte, habe ich meinen Onkel rasch nach dem Badezimmer gefragt, sobald Lars und ich sein Haus betreten hatten. Dankbar habe ich mich in der kleinen Gästetoilette neben der Treppe zum ersten Stock eingeschlossen und geheult. Wie lange, kann ich nicht sagen. Der Schock angesichts der Entdeckung, dass wir einen Onkel haben, meine qualvollen Gefühle für Lars, die Erinnerungen an Mama in der kleinen Galerie und zu allem Überfluss meine plötzlichen Schmuck-Ideen – all dies hat mich wohl weitaus mehr aufgewühlt, als mir bewusst war.

Und die Bemerkung meines Onkels, dass ich aussähe wie Mama, hat mir schlagartig etwas klargemacht, was ich bisher gar nicht richtig bedacht hatte: Dieser fremde Mann, der zwar aussieht wie mein Vater, den ich aber noch nie in meinem Leben gesehen habe, dieser Fremde hat meine Mutter gekannt. Meine wunderbare Mutter, von der ich nicht nur meine blaugrünen Augen geerbt habe, sondern auch meine Fantasie und Kreativität. Sie war wie ich, meine Mutter, und er hat sie gekannt, dieser fremde Mann da draußen im Wohnzimmer, dessen Stimme ich durch die Badezimmertür gedämpft hören kann, als er sich mit Lars unterhält.

Das zumindest hat Papa seinem Bruder bei ihrer einzigen Unterhaltung gestern Abend also anscheinend erzählt: dass seine Frau vor dreizehn Jahren gestorben ist.

Meine Fingerkuppen fahren über meine Wangen, gleiten über die nasse Haut, berühren sacht die Sommersprossen, wie Mama es immer gemacht hat.

»Mein Sternenhimmel-Mädchen«, so hat sie mich stets genannt.

Ich vermisse sie immer noch so sehr, dass es mir fast die Luft zum Atmen nimmt. Auch jetzt, dreizehn Jahre nach ihrem Autounfall. Dreizehn Jahre, nachdem ich meine praktische Prüfung zur Goldschmiedin gerade beendet hatte und stolz das Schmuckstück in den Händen hielt, das ich kreiert hatte. Der Anruf kam, während meine Chefin Sekt ausgeschenkt hat. Ich sollte schnell zum Krankenhaus kommen, Mama hatte einen Unfall. Meine Chefin fuhr mich zum Krankenhaus, während ich im Stillen betete, dass es nicht zu schlimm war. Umsonst.

Und ich war schuld. Ja, ich war schuld an Mamas Tod, und

diese Schuld schnürt mir auch jetzt, nach all diesen Jahren, die Brust zu, lässt mich keuchen.

»Amelie?«, höre ich Lars' besorgte Stimme durch die Badezimmertür. »Ist alles okay?«

»Ja«, sage ich heiser und drehe den Wasserhahn auf, um mir das Gesicht zu waschen. »Es geht schon.«

»Wir gehen in den Garten raus. Kommst du gleich nach?«

»Ja, klar.«

Erschöpft trockne ich mein Gesicht ab, zupfe ein paar Locken zurecht, die sich aus meiner Frisur gelöst haben, und sinke auf den Klodeckel. Ich warte noch ein paar Minuten, bis mein Atem wieder gleichmäßiger geht, und verlasse schließlich auf weichen Knien das Badezimmer. Neugierig sehe ich mich um, durchquere langsam das Wohnzimmer. Als ich ein paar Fotos in Holzrahmen entdecke, die auf einem Kaminsims aufgereiht stehen, trete ich näher und betrachte aufmerksam die Bilder. Knuth lächelt mir entgegen, jünger, ohne Bart, und ich frage mich einen Augenblick lang, ob das wirklich er ist oder doch mein Vater. Aber das geht ja nicht, Papa hatte schließlich seit fünfunddreißig Jahren keinen Kontakt mehr zu seinem Bruder. Neben Knuth steht eine zierliche Frau, deren dunkles Haar zu zwei langen Zöpfen geflochten ist, was sie wie eine Mischung aus Indianerin und Hippie wirken lässt, besonders in Kombination mit den vielen Ketten aus bunten Holzperlen, die über ihr T-Shirt herabhängen. Ihre hellblauen Augen lachen in die Kamera, und ich betrachte sie fasziniert. Das ist also Rose. Die Frau, wegen der mein Onkel damals Hals über Kopf nach Kanada ausgewandert ist.

Auch auf allen anderen Fotos ist Rose zu sehen, mal bei der Gartenarbeit, die Wangen erdverschmiert, mal an Deck eines Segelbootes, das Gesicht der Sonne zugewandt, ein seliges Lächeln auf den Lippen. Rose zwischen zwei anderen Frauen –

der Ähnlichkeit nach zu urteilen ihre Schwestern – und Rose an einem breiten Strand, in Anorak und Stiefeln, das dunkle Haar offen und vom Wind zerzaust. Dann entdecke ich ein Hochzeitsfoto, sehe Knuth, der aussieht wie mein Vater auf meinen Babybildern. Ja, das muss in den 80ern gewesen sein, kurz nachdem mein Onkel ausgewandert ist. Er trägt einen braunen Cordanzug und strahlt verliebt seine Braut an, deren Gesicht von einem zarten Spitzenschleier eingerahmt wird. Suchend gleitet mein Blick über die weiteren Fotos, aber nirgendwo kann ich Kinder entdecken – nur eine schwarz-weiß gefleckte Katze, und als mir ebendiese Katze mit einem Mal um die nackten Beine streicht, zucke ich erschrocken zusammen.

»Na, wer bist du denn?«, frage ich und bücke mich, um das schnurrende Tier zu streicheln. Da höre ich Stimmen aus dem Garten, und ich durchquere das Wohnzimmer, öffne die Fliegengittertür zu einer kleinen Veranda, auf der ein runder Tisch und zwei Stühle Platz haben. Als die Katze blitzschnell an mir vorbei aus der Tür schlüpft, zucke ich erneut vor Schreck zusammen. Verdammt, was, wenn das Tier nicht nach draußen durfte? Aber da höre ich zu meiner Erleichterung, wie mein Onkel sagt: »Na, June, Zeit für deinen Streifzug durch die Nachbarschaft? Lass bloß den Hund der Thomsetts in Ruhe, hörst du?«

Der Garten, in dem Knuth und Lars stehen, ist nicht sehr groß, bietet aber genug Platz für einen alten Ahornbaum und einige blühende Rosenbüsche. Ich will gerade die Stufen auf den Rasen hinabgehen, als ich beim Anblick des Baumes erstaunt innehalte. Um den dicken Stamm ist eine hölzerne Bank gezimmert worden.

»Alles okay, Amelie?«, höre ich Lars fragen und reiße meinen Blick von der Bank los.

»Ähm – ja«, erwidere ich und gehe zögernd die Stufen hinab.

»Es ist nur … diese Bank … Papa hat genau so eine Bank um die Buche bei uns zu Hause im Garten gezimmert.«

»Tatsächlich?« Knuth sieht erst mich nachdenklich an, dann die Bank. Ich gehe auf den Ahornbaum zu und strecke meine Hand aus, streichele sacht über das sonnenwarme, verwitterte Holz der Rückenlehne.

»Dein Vater und ich, wir haben dieselbe Ausbildung gemacht«, höre ich Knuths Stimme, und ich sehe ihn an. Er ist neben mich getreten und legt ebenfalls eine Hand auf das Holz.

»Wir sind beide Schreiner. Wusstest du das?«

»Ja, Papa hat es mir heute Morgen erzählt«, erkläre ich langsam. Dann scheint sich plötzlich ein Knoten in mir zu lösen, ein Knoten, der von den vielen Tränen eben im Badezimmer wohl bereits gelockert worden ist. Mit einem Mal sprudeln die Worte nur so aus mir heraus, all die Fragen, die mir auf der Seele brennen: »Aber das ist auch so gut wie alles, was ich weiß. Das größte Rätsel ist für mich immer noch: Warum um alles in der Welt hattet ihr so lange keinen Kontakt? Nur, weil du auswandern wolltest? Das ist doch kein Grund! Ihr hättet euch schreiben, euch anrufen, euch schon viel früher besuchen können!«

Knuth mustert mich nachdenklich. »Otto hat euch gar nichts zu den Gründen erzählt?«

»Nein«, seufze ich frustriert.

»Auch nicht von dem Unfall?«

»Von welchem Unfall?« Sofort muss ich an Mama denken, aber mir ist klar, dass er von einem anderen Unfall spricht.

»Hmm«, murmelt Knuth und streicht sich nachdenklich über den Bart. »Dann hat er euch ja wirklich nicht viel erzählt.« Er wirft einen raschen Blick auf seine Armbanduhr, und die Art, wie er das macht – er reißt seinen ganzen Arm in die Höhe, um den Ärmel seines karierten Hemdes dazu zu bewegen, ein

Stück nach unten zu rutschen und die Sicht auf das Ziffernblatt freizugeben –, erinnert mich erneut so sehr an Papa, dass ich nicht weiß, ob ich lachen oder ob mir das Ganze sehr unheimlich sein soll. »Hört zu, ihr beiden, ich plaudere gern noch ein bisschen mit euch, aber wir müssten dabei ein Stück spazieren – ich habe nämlich noch einen Termin. Wollt ihr mitkommen, und unterwegs erzähle ich euch von dem Unfall?«

»Na klar«, höre ich Lars sagen und sehe ihn an. Ich hatte tatsächlich kurz vergessen, dass er noch da ist, aber nun bin ich sehr froh über seine beruhigende Anwesenheit, als wir gemeinsam mit Knuth den Garten verlassen.

Kapitel 12

Sobald wir der hübschen Wohnstraße hügelaufwärts folgen, beginnt Knuth mit einem leisen Seufzen: »Als ich damals beschlossen habe, nach Kanada auszuwandern, war dein Vater sehr sauer, Amelie. Aus … diversen Gründen. Einer war sicherlich, dass er natürlich an mir hing und nicht wollte, dass ich auf einen anderen Kontinent zog. Immerhin sind wir eineiige Zwillinge, da lässt man den Bruder nicht einfach so gehen. Und ich … ich habe mir diese Entscheidung ja auch nicht leicht gemacht. Aber Rose … sie war meine große Liebe. Ist es immer noch.« Er macht eine Pause, und ich studiere von der Seite aufmerksam sein Gesicht. Mir entgeht nicht der leichte Schatten, der über seine Züge gleitet, und schlagartig wird mir bewusst, dass im Haus nichts von Rose zu sehen war … bis auf die vielen Fotos natürlich. Aber kein Paar Frauenschuhe stand neben den ordentlich aufgereihten Stiefeln und Turnschuhen meines Onkels in der Diele, und an den Garderobenhaken glaube ich nur ein paar grobe Jacken und Anoraks gesehen zu haben, die von der Größe her sehr nach Knuth und weniger nach der zierlichen Frau auf den Bildern aussahen.

Ist Rose womöglich verstorben? Genau … wie Mama? Aber Knuth geht nicht weiter auf Rose ein, sondern räuspert sich und fährt mit rauer Stimme fort: »Ich habe mich also nicht von meinen Plänen abbringen lassen, habe stur meine Auswanderung vorbereitet, habe Otto sogar zu überreden versucht, mit mir zu kommen. Aber er wollte partout nicht, wurde immer wütender, je enthusiastischer ich wurde. Eines Abends – wir waren seit ein paar Wochen zurück von unserer Kanada-Reise, und ich war damit beschäftigt, Pläne zu schmieden – waren wir mit dem Auto unterwegs, auf dem Rückweg von einem Gig. Das war noch so eine Sache: Dein Vater war außer sich, weil ohne mich die Hälfte der Rocking Twins fehlen würde.«

Knuth grinst mich schief an, und Lars hakt erstaunt nach: »Der was?«

»Ach, davon wisst ihr natürlich auch nichts – Otto und ich hatten eine Zwei-Mann-Band, wir spielten beide Gitarre und sangen, traten bei Firmenfeiern und auf runden Geburtstagen auf, einmal sogar auf einer Hochzeit.«

Ich bin wie angewurzelt stehen geblieben und starre Knuth fassungslos an. »Aber ... Papa kann gar nicht Gitarre spielen.«

»Doch«, sagt Knuth leise. »Er konnte es.«

»Nein, er ...« Ich breche ab, runzele die Stirn. »Er hat an der linken Hand zwei steife Finger. Seit ... seit einem Autounfall, bevor ich geboren wurde. Warte ... war das etwa der Unfall, den du gemeint hast?«

Knuth nickt und starrt ernst auf die Spitzen seiner zerschlissenen Segelschuhe hinab. »Ja«, murmelt er, während er sich langsam wieder zum Gehen wendet und ich ihm wie betäubt folge. »Wie gesagt, wir kamen damals von einem Gig zurück, dein Vater und ich. Es war schon weit nach Mitternacht, es regnete, und Otto machte mir Vorwürfe, dass ich das alles – unsere Gigs, unser gemeinsames Leben in Ostwestfalen – einfach so aufgeben wollte, ohne Rücksicht auf Verluste. Er hatte ein paar Bier getrunken, und ich ... na ja, ich hatte auch zwei intus, obwohl ich der Fahrer war.« Offensichtlich beschämt fährt sich Knuth mit einer Hand über das Gesicht, während wir auf die Kuppe eines Hügels zusteuern, von der aus man einen wunderbaren Blick auf die umliegenden Häuser und sogar auf das Meer hinab hat. Aber ich habe jetzt keine Augen für die Schönheit dieses Ortes, denn ich bin viel zu begierig, mehr von Knuth zu erfahren.

»Ottos Vorwürfe wurden immer heftiger, ich wurde wütend, und wir begannen, uns anzuschreien. Dabei … dabei kam ich mit dem Wagen von der nassen Fahrbahn ab, und wir landeten im Graben.«

Ein Schauer läuft mir über den Rücken, als ich an eine andere regennasse Fahrbahn denken muss. Ich schließe für eine Sekunde die Augen, spüre, wie Lars seine Hand auf meinen unteren Rücken legt, als wisse er genau, was gerade in mir vor sich geht. Dankbar sehe ich ihn an. Als er mich warm anlächelt, vergesse ich jeglichen Groll, den ich wegen gestern gegen ihn gehegt habe, und bin einfach nur froh, dass er jetzt hier ist, bei mir.

»Wir hatten Glück im Unglück«, fährt Knuth fort und seufzt tief auf. »Wir haben beide nur leichte Verletzungen davongetragen. Das Schlimmste waren Ottos steife Finger an der linken Hand, und im Vergleich dazu, was hätte passieren können, war das noch recht harmlos – allerdings nicht für einen passionierten Gitarristen. Als der Arzt ihm sagte, dass Nerven durchtrennt worden seien und es keine Hoffnung gäbe, dass er die Finger wieder würde bewegen können, war er so unglücklich und zornig, dass er mir gesagt hat, er wolle mich nie wiedersehen.« Knuth stockt, fährt dann zögernd fort: »Na ja, und so hat es sich ergeben, dass ich bald darauf abgereist bin, ohne mich von deinem Vater zu verabschieden. Und bis zum gestrigen Tag hatten wir tatsächlich keinerlei Kontakt.«

»Das ist absolut verrückt«, murmele ich. Zwar kann ich verstehen, dass Papa getroffen war wegen seiner Verletzung, dass er unglücklich war, weil er nicht mehr Gitarre spielen konnte –

wer hätte gedacht, dass Papa Gitarre spielte? –, aber deswegen den Kontakt zum einzigen Bruder – noch dazu zum Zwillingsbruder – völlig abreißen zu lassen? Das ist doch irre!

»So, hier sind wir«, höre ich Knuth sagen und sehe überrascht auf. Die letzten Meter bin ich stumm hinter ihm hergetrottet, den Blick auf den sonnenbeschienenen Asphalt der Straße gerichtet, in meine Gedanken versunken. Nun betrachte ich ratlos ein sandfarbenes flaches Gebäude, erkenne über dem Eingang den Schriftzug »Sea Haven Residence«.

Knuth sieht erst mich an, dann Lars und kratzt sich beinahe verlegen am Kopf, bevor er fragt: »Wie sieht es aus, wollt ihr beide den Grund kennenlernen, warum ich damals hierher wollte, nach Lunenburg?«

Lars und ich folgen Knuth einen Flur entlang, dessen Wände in einem sonnigen Gelb gestrichen sind. Es riecht nach Kräutertee und Kampferöl, und aus einer angelehnten Zimmertür dringen die Klänge des Elvis-Presley-Klassikers *Love me tender*.

»Hallo Knuth, wie geht's dir heute?«, fragt eine füllige Blondine mit auffälliger Lapislazuli-Kette, die uns mit einem alten Herrn im Rollstuhl entgegenkommt.

»Gut, Shirley, danke dir. Hey, Bruce, du siehst schon viel besser aus! Hast du die Lungenentzündung gut überstanden?«

Der alte Herr lächelt schwach und nickt. Shirley bedenkt Knuth mit einem fröhlichen Zwinkern und schiebt Bruce weiter, nickt auch Lars und mir im Vorbeigehen freundlich zu.

»So, hier ist es«, sagt Knuth, und ich betrachte neugierig die Zimmertür mit der Nummer 5, vor der er stehen bleibt. Er wirft uns einen beinahe unsicheren Blick zu und meint zögerlich: »Wisst ihr …«

In dem Moment ertönt hinter der Tür, die nur angelehnt ist, Geschrei, und ich zucke erschrocken zusammen.

»Lassen Sie mich in Ruhe!«, kreischt eine Frau. »Hilfe! Hilfe, warum hilft mir denn niemand?«

Entsetzt reiße ich meine Augen weit auf und sehe Knuth alarmiert an, aber er seufzt nur leise und schiebt die Tür weiter auf. »Wartet hier auf mich«, murmelt er, bevor er das Zimmer betritt und die Tür erneut anlehnt. Das Kreischen der Frau wird lauter.

»Wer ist das? Was wollen Sie hier? Raus! Das ist Hausfriedensbruch!«

Eine weitere Frauenstimme ist zu hören, ein besänftigendes Murmeln, und dann erklingt auf einmal Gitarrenmusik. Lars, der die Tür genauso besorgt fixiert hat wie ich, wirft mir einen erstaunten Blick zu.

Als sich die Tür schließlich wieder öffnet, ist das Geschrei verstummt, dafür hören wir Knuths warme, volle Stimme, die *I walk the line* von Johnny Cash singt. Eine Pflegerin (kleine Perlen-Ohrstecker und zartes goldenes Armkettchen) tritt auf den Flur heraus und sieht uns mit einem leicht erschöpften Lächeln an.

»Es ist keiner von Roses guten Tagen, aber jetzt, da Knuth Musik für sie macht, wird es schon gehen. Er hat gesagt, dass ihr Familie seid? Na los, geht ruhig rein zu ihr.«

Sie berührt mich im Vorbeigehen sanft am Arm, als wolle sie mir Mut machen. Ratlos sehe ich der Pflegerin nach, werfe dann Lars einen unschlüssigen Blick zu. Er zuckt mit den Schultern und macht mit dem Kopf eine Bewegung Richtung Zimmertür, zieht fragend die Augenbrauen hoch. Ich nicke, und gemeinsam betreten wir das Zimmer.

Knuth sitzt auf einem Stuhl in der Mitte des sonnendurchfluteten Raums, dessen Fenster den Blick auf die farbenfrohen Häuser von Lunenburg und in der Ferne auf den Atlantik zulassen. Als wir hereinkommen, sieht er kurz auf und nickt uns zu, ohne seinen Song zu unterbrechen.

In einem Ohrensessel in einer Zimmerecke sitzt eine kleine, zierliche Frau. Sie trägt ein Nachthemd und darüber eine Strickjacke, an den Fingern stecken ein paar goldene Ringe, ihr graues Haar sieht unfrisiert aus. Dennoch erkenne ich sofort die Frau wieder, die ich auf den Fotos in Knuths Wohnzimmer gesehen habe. Das ist Rose. Und es ist offensichtlich, dass sie sich nicht an Knuth erinnern kann, denn auf ihrem Gesicht liegt ehrliches Misstrauen, als sie ihn mustert, während sie dem Lied lauscht. Aber seine Musik scheint ihr dennoch zu gefallen, denn sie wippt mit einem Fuß im Takt, und auch ihre Finger trommeln rhythmisch auf die Armlehnen des Sessels. Ihr Blick huscht kurz fragend zu uns, aber bevor ich befürchten kann, dass sie erneut anfangen wird zu schreien, sieht sie wieder Knuth an. Der hat das erste Stück gerade beendet, beginnt jedoch ohne große Pause, das nächste Lied zu spielen. Ich erkenne schnell *Jackson*, ebenfalls von Johnny Cash, und zu meinem Erstaunen gleitet ein leichtes Lächeln über Roses Züge, als würde auch sie dieses Stück erkennen. Aber ist das möglich? Es ist offensichtlich, dass sie Demenz hat und ihren eigenen Ehemann als Fremden zu betrachten scheint, aber nun wiegt sie ihren Kopf sacht im Takt der Musik hin und her, schließt die Augen und lächelt versonnen. Lars und ich stehen wie erstarrt in der offenen Tür, wagen es kaum, uns zu rühren, um diesen Moment nicht zu stören. Ich habe das Gefühl, dass es besser wäre, wenn Knuth und Rose allein wären, aber mein Onkel wollte ja, dass wir sie sehen. Dass wir verstehen, warum er damals nach Kanada auswandern wollte. Und, ja, ich kann in dieser zierlichen Frau mit den zarten Gesichtszügen durchaus erkennen, wer sie einst gewesen sein muss. In wen sich mein Onkel damals Hals über Kopf verliebt hat.

Als auch das dritte Lied, das Knuth zu spielen beginnt, ein Johnny-Cash-Stück ist, begreife ich, dass Rose ein großer Fan gewesen sein muss. Und Knuth selbst vielleicht auch. Papa mag Cash ebenfalls sehr gern, er hat viele Schallplatten und CDs von ihm. Und, wird mir jetzt klar, darum auch der Name der schwarz-weiß gefleckten Katze im Haus meines Onkels: June, nach June Carter Cash.

»*You are my sunshine, my only sunshine, you make me happy, when skies are gray*«, singt meint Onkel nun, und ohne Vorwarnung schießen schon wieder heiße Tränen in meine Augen, zum dritten Mal an diesem aufwühlenden Tag. Knuth wirkt so einsam, dort, auf seinem Stuhl in der Zimmermitte, während er diese Zeilen singt, die tief aus seinem Herzen zu kommen scheinen. Und die Frau, für die er sie singt, ist eigentlich nur ein paar Schritte von ihm entfernt, aber dennoch unerreichbar, eingeschlossen in ihrer eigenen Welt.

»*Please don't take my sunshine away.*«

Ich muss mich abwenden, damit ich nicht laut dazwischen schluchze und womöglich Rose aufrege. »Ich gehe kurz zur Toilette«, wispere ich Lars erstickt zu, bevor ich eilig aus dem Zimmer schlüpfe und tränenblind den Flur entlanghaste. In der Hoffnung, irgendwo eine Toilette zu entdecken, biege ich um die Flurecke und stoße mit einem Mann zusammen, der aus der entgegengesetzten Richtung kommt.

»Hey, Vorsicht, nicht so schnell«, höre ich eine Stimme, die mir leider sehr vertraut vorkommt, und als ich erschrocken den Blick hebe, sehe ich Callum vor mir stehen, einen Gitarrenkoffer in der Hand.

Verblüfft mustert er mich.

»Amelie? Was machst du hier?«

Doch noch während er die Frage stellt, scheint ihm selbst klar zu werden, wer mich hierhergebracht hat.

»Du hast Rose kennengelernt?« Er klingt sehr ernst, als er das fragt, und gleichzeitig ist seine Stimme sanft und mitfühlend. Er wirkt gar nicht mehr wie der fröhliche, neckende Callum von gestern Abend. Kurz muss ich daran denken, wie es sich angefühlt hat, von ihm nach Hause getragen zu werden, aber dann schiebt sich rasch wieder das Bild von Knuth und seiner Gitarre, einsam in der Mitte des Zimmers, vor mein inneres Auge, und zu meinem Entsetzen höre ich mich selbst laut aufschluchzen. Verlegen presse ich eine Hand vor meinen Mund, aber ich kann meine Augen nicht daran hindern, weiter überzuquellen.

So ist es immer, seit ich meine Mutter verloren habe. Sobald ich mitbekomme, dass jemand einen schweren Verlust erleben musste, fühle ich erneut die ganze Wucht des Schmerzes, den ich damals durchgemacht habe. Und den ich immer noch durchmache, wieder und wieder. Allerdings habe ich mich normalerweise besser unter Kontrolle und verliere nicht ständig die Fassung. Doch das hat sich anscheinend geändert, seit wir in Lunenburg sind.

Ich spüre Callums Hand auf meiner Schulter, merke, dass er mich sanft vorwärts schiebt. »Komm mal mit, wir schnappen ein bisschen frische Luft.«

Die Sonne scheint mir warm ins Gesicht und lässt mich blinzeln, als wir die Sea Haven Residence verlassen. Callum führt mich zu einem Picknicktisch, der im Schatten einer Kiefer vor dem Gebäude steht. Ein Eichhörnchen springt über den Rasen davon, als wir uns nähern und auf eine der hölzernen Bänke sinken lassen. Wir sitzen nebeneinander, und Callums Hand ist nach wie vor auf meiner Schulter, gleitet nun hinab und umfasst meine Hand, die auf dem rauen Holz liegt. Seine Berührung fühlt sich so gut an, und das, obwohl dieser Mann nach wie vor ein Fremder für mich ist. Ich weiß selbst nicht, warum ich seine Hand nicht abschüttele. Und warum ich es zulasse, dass er mir eine Locke aus dem Gesicht streicht, die an meiner tränennassen Haut geklebt hat.

»Ja, das mit Rose ist ganz schön traurig«, höre ich seine Stimme, während ich konzentriert auf meine Knie starre und versuche, meine aufgewühlten Emotionen in den Griff zu bekommen. Ein weiterer Schluchzer bricht aus mir heraus, und ich presse meine Lippen fest zusammen, wütend auf mich selbst. Was bin ich bloß für eine sentimentale Tante!

»Hey«, sagt Callum leise und drückt sacht meine Finger. »Was genau hat dich denn gerade so aufgewühlt? Hat Rose ... etwas getan oder gesagt? Sie wird manchmal ganz schön ausfallend, aber dafür kann sie nichts. Sie erinnert sich an so gut wie nichts und niemanden, jeder Mensch ist für sie ein Fremder, eine Bedrohung.«

»Ja, sie hat geschrien, als wir ankamen«, flüstere ich, und Callum beugt sich weiter zu mir, damit er mich über das Krächzen einer Möwe hinweg, die auf dem Dach des Hauses sitzen muss, überhaupt verstehen kann. »Aber das war es nicht, was ... was ich so traurig fand. Natürlich ist das auch traurig«, schiebe ich rasch hinterher, »aber ... was mich wirklich erschüttert hat, war Knuth. Seine ... Traurigkeit. Und Einsamkeit. Seiner Frau all die Lieder vorzusingen, die sie mal mochte, und dabei zu wissen, dass sie ihn nicht mehr erkennt ... Sie ist noch da, aber eigentlich ... eigentlich ist sie schon gegangen, weil sie nicht mehr die ist, die sie war.«

Mir kommen schon wieder neue Tränen, und ehe ich noch die Chance habe, mich peinlich berührt abzuwenden, hat mich Callum ganz selbstverständlich in seine Arme gezogen. Mein Verstand will noch protestieren und mir zu verstehen geben, dass ich diesem Fremden nicht ständig so nahekommen kann, aber ich habe gerade keine Kraft, um auf meinen Verstand zu hören. Die Tränen sprudeln heiß und heftig aus mir hervor, und ich presse mein Gesicht in Callums T-Shirt, spüre seine Hand auf meinem Rücken, seinen warmen Atem, der seinen

Weg durch meine wirren Locken bis auf meine Kopfhaut findet. Er riecht schon wieder so gut wie gestern Abend, denke ich, und da wird mir bewusst, dass ich gestern, auf der Tanzfläche, auch schon in sein T-Shirt geweint habe. Was ist eigentlich los mit mir?

Zögernd löse ich mich von Callum, wühle in meiner Handtasche herum und ziehe ein Taschentuch heraus. Ich spüre seinen prüfenden Blick auf mir, aber ich kann ihn jetzt nicht ansehen. Zum einen, weil ich mich für meinen emotionalen Ausbruch schäme.

Und zum anderen, weil mir gerade bewusst geworden ist, was meine letzten Worte gestern Abend waren, an die ich mich, trotz meines Alkoholpegels, leider sehr deutlich erinnern kann: »Von dir würde ich gar nicht geküsst werden wollen!«

Kapitel 13

Ich muss ein gequältes Stöhnen unterdrücken, während ich mir die Tränen von den Wangen tupfe. Callum mustert mich nach wie vor ernst, merke ich, als ich mich schließlich doch dazu überwinde, ihn anzusehen.

»Du hast recht«, sagt er, und seine Stimme klingt rau, was mir sagt, dass ihn das Ganze mit Knuth und Rose auch nicht kaltlässt. »Das ist eine wirklich traurige Sache. Rose war die Liebe seines Lebens. Ist es immer noch, auch wenn nicht mehr viel von ihrem ursprünglichen Charakter, von ihrem Wesen übrig ist. Die Rose, die du gesehen hast, ist ein ganz anderer Mensch als die Rose, in die sich Knuth vor so vielen Jahren verliebt hat. Aber wenn er ihr Musik vorspielt, die Lieder, die sie so gern gehört und mit ihm gesungen hat, dann ändert sich etwas. Dann ist sie nicht mehr verärgert oder verängstigt oder verwirrt, wie sonst die meiste Zeit. Nein, wenn Knuth ihr vorsingt, dann scheint sich eine Art Vorhang zu lüften, der sonst ihr altes Ich verhüllt. Dann entspannt sie sich merklich und wirkt so, als fände sie ein Stückchen ihres inneren Friedens wieder. Rose scheint richtig glücklich zu sein, wenn sie Knuths Musik hört.«

Ich starre Callum an, hake mit belegter Stimme nach: »Wann hat das angefangen mit ihrer … Demenz?«

»Alzheimer. Sie hatte vor fünf Jahren die ersten Anzeichen. Am Anfang ging es noch ganz gut, sie musste sich zwar ständig Notizen machen, weil sie immer mehr Kleinigkeiten vergaß, und sie verlegte permanent Dinge wie ihre Lesebrille oder die Haustürschlüssel. Aber dann wurde es schlimmer, sie vergaß, den Herd nach dem Kochen auszumachen oder den Rückweg vom Supermarkt nach Hause. Knuth hat damals aufgehört, in der Werft zu arbeiten, um den ganzen Tag bei ihr sein zu können. Aber irgendwann ging es nicht mehr. Sie wurde wütend, wenn sie sich an etwas nicht erinnern konnte, oder sie beschuldigte ihn, absichtlich Sachen wegzunehmen, damit sie sie nicht fand. Es … es war eine harte Zeit für Knuth. Sich einzugestehen, dass die eigene Frau nicht mehr gesund werden wird, dass man Hilfe braucht, das … das hat ihn sehr mitgenommen.« Callum starrt auf das Gebäude der Sea Haven Residence, und ich merke, dass auch seine Augen feucht sind. Ihn so emotional zu erleben geht mir durch und durch. Am liebsten würde nun ich nach seiner Hand greifen, aber ich mache es nicht.

»Und dann kam Rose nach Sea Haven. Das war vor zwei Jahren. Eine Zeit lang hat sie Knuth noch erkannt. Aber seit einem halben Jahr hat sie keinerlei Erinnerungen mehr. Weder an ihn noch an ihre Schwestern, an ihre Kindheit, an so gut wie gar nichts.«

»Nur an die Musik.«

»Ja. In gewisser Weise hat sie das wohl.« Callum sieht mich an und lächelt schief. Sein Haar ist diesmal nicht im Nacken zurückgebunden, es wirkt mal wieder windzerzaust und fällt ihm seitlich ins Gesicht, was ihn auf charmante Weise jungenhaft aussehen lässt. Dabei ist er mit Sicherheit in meinem Alter, also ungefähr Mitte dreißig, was mir die feinen Falten um seine Augen verraten. Ich muss das Bedürfnis unterdrücken, meine Hand auszustrecken und eine seiner Strähnen zur Seite zu schieben, so, wie er es eben bei mir getan hat. Mein Blick fällt auf seinen Gitarrenkoffer.

»Und du, für wen machst du hier Musik?«

Callum lächelt verschmitzt. »Nicht für meine Frau.«

Automatisch frage ich mich, ob er verheiratet ist, doch ein flüchtiger Blick auf seine Hände bestätigt mir, dass dort kein Ring ist. Das wäre mir auch aufgefallen. Andererseits trägt ja nicht jeder verheiratete Mann einen Ehering. Aber – nein, er hätte bestimmt nicht gesagt, dass er mich gern küssen würde, wenn er verheiratet wäre. Oder eine Freundin hätte. Es sei denn, er wäre ein Arschloch. Aber Callum MacKay wirkt irgendwie nicht wie ein Arschloch. Andererseits sollte man bei Männern in seinem Alter, die so gut aussehen und trotzdem alleinstehend sind, vorsichtig sein, denn die sind meist entweder beziehungsunfähige Womanizer oder haben einen anderen Knacks.

Als ob ich den nicht selbst hätte!

Und überhaupt: Warum finde ich a) plötzlich, dass Callum MacKay gut aussieht, wobei ich mir eigentlich im Klaren darüber war, dass er überhaupt nicht mein Typ ist, und warum interessiert es mich b) ob er Single ist oder nicht?

»Nein, ich habe keine Frau«, reißt mich Callums Stimme aus meinen wirren Gedanken, und zu meinem Entsetzen merke ich, dass er mich amüsiert beobachtet. Ich muss ziemlich auffällig auf seinen Ringfinger gestarrt haben.

»Das … das wollte ich gar nicht wissen«, beeile ich mich zu sagen, während meine Gesichtsfarbe mal wieder verhindert, dass ich auch nur ansatzweise cool wirke.

»Natürlich nicht«, meint Callum betont ernst, doch um seine Mundwinkel zuckt es, und in seinen Augen blitzt es neckend auf. »Schließlich ist dein Herz an deinen Schwager vergeben.«

»Lars ist nicht mein Schwager!«, fauche ich, augenblicklich wieder wütend auf ihn. Wie schafft er das, mich wie auf Knopfdruck aus der Reserve zu locken?

Ein herzliches Lachen von Callum ist die Antwort. »Was hatte er eigentlich für eine Ausrede parat?«

»Ausrede?« Ich sehe ihn streng an und weiß einen Augenblick lang wirklich nicht, wovon er spricht.

»Ja. Ausrede. Warum er dich gestern Abend hat sitzen lassen.« Callum ist plötzlich wieder ernst geworden, während er mich mustert und auf meine Antwort wartet.

»Er … er …« Ich weiß beim besten Willen nicht, was ich zu Lars' Verteidigung sagen soll.

»Dachte ich mir.« Callum steht auf und greift nach seinem Gitarrenkoffer. »So, ich muss meine Gitarre drinnen abstellen und dann schleunigst zurück zur Werft. Kommst du wieder mit rein?«

Ich bin so verblüfft, dass ich vergesse, Lars zu verteidigen, und stattdessen Callum folge. »Was denn für eine Werft?«

»Die Knaus & Webber Werft, unten am Hafen. Wir bauen Segeljachten.« Als er meinen erstaunten Blick sieht, fügt er erklärend hinzu: »Ich bin Bootsbauer.«

»Bootsbauer?« Überrascht mustere ich ihn, während mir Callum die Eingangstür aufhält und ich erneut die Sea Haven Residence betrete. Mir wird bewusst, dass Callum eben, im Zusammenhang mit meinem Onkel, auch eine Werft erwähnt hat. »Hat Knuth für dieselbe Werft gearbeitet wie du?«

»Nein, Knuth war bei Zwicker & Sons, die bauen die typischen Lunenburg *Dorys*. Das sind hölzerne Ruderboote, die immer noch auf traditionelle Art und Weise gefertigt und inzwischen von Sammlern und Liebhabern in der ganzen Welt bestellt werden. Aber, wie gesagt, seit es Rose so schlechtgeht, hat er den Job an den Nagel gehängt und ist jetzt jeden Tag hier, im Heim. Wenn er nicht für sie Musik macht, repariert er ständig irgendwelche Sachen, die ums Haus herum kaputtgehen.«

Wir gehen nebeneinander her den Flur entlang, und ich folge

Callum in einen großen, lichtdurchfluteten Raum, in dem viele Stühle in einem Halbkreis aufgestellt sind. Er platziert seinen Gitarrenkoffer neben einer Zimmerpalme, bevor er zu mir sagt: »So, ich werde dann mal zurückgehen, die Arbeit ruft.«

»Aber … wieso stellst du deine Gitarre hier ab?«

»Ich mache heute am späten Nachmittag Musik für die alten Herrschaften. Donnerstags und samstags ist immer Liederzirkel. Den Donnerstag übernehme ich, den Samstag Knuth.«

Erstaunt lasse ich meinen Blick über den Halbkreis aus Stühlen und den Gitarrenkoffer wandern, sehe dann wieder Callum an.

»Im Ernst?«, frage ich verdattert, weil es mich auf merkwürdige Weise rührt, dass er in seiner Freizeit so etwas macht.

Callum streicht sich eine Haarsträhne hinter das Ohr und erwidert schmunzelnd: »Ja, im Ernst. Den Leutchen hier gefällt meine Musik.« Er grinst mich so entwaffnend an, dass ich zurücklächeln muss.

»Mir hat deine Musik gestern auch gefallen«, erkläre ich wahrheitsgemäß. Callum sieht mich mit schief gelegtem Kopf an, und sein Lächeln wird breiter. »Freut mich, das zu hören, Amelie.«

»Wo ist eigentlich dein Hund?«, erkundige ich mich rasch, weil mir nicht geheuer ist, wie meine Innereien auf dieses Lächeln reagieren. »Ist er den ganzen Tag allein, wenn du arbeitest?«

»Nein«, erwidert Callum. »Darum bin ich eben hergekommen. Vormittags ist Skipper immer bei mir in der Werft, dann machen wir in der Mittagspause einen Spaziergang, und ich liefere ihn manchmal hier im Heim ab, damit er den alten Leuten Gesellschaft leisten kann. Thomas Zwicker und Bob O'Donell gehen gern mit ihm spazieren, bei der blinden Trisha Watson bekommt er ausgiebige Streicheleinheiten, und eben, bevor du in mich hineingelaufen bist, habe ich ihn bei Mizzi Goldmann, seiner besten Freundin, abgeliefert. Sie ist bettlägerig, aber sie liebt es, wenn Skipper neben ihrem Bett liegt und mit ihr zusammen fernsieht.«

»Und das ist erlaubt?«, hake ich verblüfft nach.

»Natürlich, warum nicht? Hunde tun alten Menschen gut. Außerdem ist Skipper gut erzogen und hat keine Flöhe.«

»Mhhm, er fällt nur arglose Jogger an«, murmele ich. Callum mustert mich mit einem belustigten Schmunzeln.

»Amelie, wenn er dich angefallen hätte, wärst du gestern Abend nicht mehr tanzen gegangen, glaub mir. Skipper hat dich freudig begrüßt, das ist etwas anderes.«

»Zu Tode erschreckt hat er mich«, brumme ich und versuche, die peinliche Erinnerung an mich auf der Tanzfläche zu verdrängen.

»Tut mir leid«, erwidert Callum. In seinen Augen blitzt noch ein Hauch Spott auf, aber er wirkt erstaunlich ernst, als er fragt: »Darf ich das wiedergutmachen, indem ich dich zu einem Ausflug einlade?«

Überrascht starre ich ihn an und bin zu keiner Reaktion fähig.

»Hey, Amelie, da bist du ja!«

Lars kommt mit langen Schritten den Flur entlang, und selten habe ich mich mehr gefreut, ihn zu sehen. So muss ich wenigstens nicht auf Callums Frage antworten. Einen Ausflug will er mit mir machen? Wohin denn, um Himmels willen?

»Hi! Ich ... ich war kurz draußen, an der frischen Luft.«

»Aha.« Lars bleibt vor uns stehen und mustert erst mich, dann Callum. Jetzt, da ich die beiden nebeneinander sehe, wird mir bewusst, wie unterschiedlich sie sind: Lars ist mit seinen 1,90 Meter einen guten Kopf größer als Callum, und sein glatt rasiertes Gesicht ist feiner geschnitten. Mit seiner Brille und den ordentlich kurzen Haaren ist er in der Tat ein völlig anderer Typ als Callum, dem die Strähnen unbändig ins Gesicht fallen und auf dessen Wangen und Kinn ein Schimmer von dunkelblonden Bartstoppeln zu sehen ist. Außerdem würde Lars nie an den Knien abgeschnittene und völlig ausgefranste Jeans sowie ein Lederarmband tragen, schon gar nicht mit blauer Glasperle.

»Hi«, sagt Callum jetzt und reicht Lars die Hand. »Ich bin Callum. Und du bist bestimmt Lars.«

»Ähm, ja«, erwidert Lars und wirkt nicht wirklich erfreut, als er Callums Hand schüttelt. »Du bist der Musiker aus Knuths Band.«

»Richtig.« Callum mustert Lars eingehend, und ich hoffe inständig, dass er keine Bemerkung wegen gestern Abend macht. Doch das tut er zum Glück nicht, sondern wendet seinen Blick lediglich mit einem knappen »Freut mich, Lars« ab und sieht wieder mich an. Seine Augenbrauen wandern eine Spur in die Höhe, als wolle er mich stumm fragen: »Und was genau findest du an dem jetzt so toll?«

Ich ignoriere seinen Blick und sage hastig zu Lars: »Callum wollte gerade gehen. Er … er muss zurück zur Arbeit.«

»Genau«, murmelt Callum und will sich schon abwenden, als Knuth den Aufenthaltsraum betritt. Er wirkt müde, aber lächelt mich warm an.

»Hallo, ihr drei. Amelie, ich hoffe, dir hat die Begegnung mit Rose nicht allzu sehr zugesetzt. Ich … ich hätte euch vorwarnen sollen. Aber irgendwie gab es so viel anderes zu erzählen, und dann waren wir schon hier und … Ach, die Wahrheit ist, ich bin wirklich schlecht darin, anderen Leuten von Roses Krankheit zu erzählen. Wenn ich es laut ausspreche, dann … dann trifft mich das Ganze jedes Mal wieder wie ein Faustschlag in den Magen.«

Das kenne ich, denke ich mitfühlend und greife spontan nach der Hand meines Onkels. »Mach dir keine Gedanken. Tut mir leid, dass ich so emotional geworden bin. Aber ... deine Musik ... das alles war einfach sehr schön und ... rührend.«

Knuth nickt, und ich merke, dass auch seine hellblauen Augen feucht glänzen. Er räuspert sich und sagt, mit einem Blick auf Callum: »Ah, schön, du hast also auch Amelie und Lars kennengelernt.«

»Ja«, sagt Callum und sieht mich an. Ich warte darauf, dass er süffisant anmerkt, mich schon gestern Abend kennengelernt zu haben, aber das tut er nicht.

»Hör mal«, sagt Knuth jetzt und legt Callum väterlich eine Hand auf die Schulter. »Lars und ich haben vorhin, bei mir im Garten, übers Segeln gesprochen, und ich habe ihm von deinem Job erzählt.« Überrascht sehe ich Lars an, denn ich hatte keine Ahnung, dass er mit Knuth über Segeln und sogar über Callum gesprochen hat. Lars weicht meinem Blick aus, er starrt stumm meinen Onkel an.

»Lars würde wirklich gern mal mit einem Boot raus aufs Meer fahren, stimmt's?« Knuth lächelt Lars freundlich an, und dieser nickt. »Du hast nicht zufällig eine fertige Jacht in der Werft liegen, die noch Probe gesegelt werden muss, bevor sie an den Besitzer geht?« Mein Onkel mustert Callum fragend.

Ich merke, dass Callum Lars abschätzend mustert, und auch Lars beäugt ihn skeptisch. Dass die beiden sich nicht grün sind, ist nicht schwer zu erraten, trotzdem nickt Callum zu meinem Erstaunen und meint: »Ja, klar, da ist eine Jacht, mit der wir einen Törn machen können.« Er sieht mich an und fragt: »Passt euch morgen Nachmittag?«

»Ähm, also ...«, mache ich verdattert. »Ich war noch nie auf einem Segelboot.«

»Dann wird es aber höchste Zeit.« Callums Lächeln ist so entwaffnend, dass ich verlegen zurückgrinse.

»Ich weiß nicht«, winde ich mich, und Lars wirft ein: »Du musst ja nicht mitkommen, Amelie.«

Gekränkt sehe ich ihn an. Wie nett, dass es ihm so egal zu sein scheint, ob ich dabei bin oder nicht! Callums Augenbrauen sind schon wieder minimal in die Höhe gewandert, während er mich abwartend mustert.

»Ich würde mich freuen, wenn du dabei wärst«, raunt er mir leise zu, und mir wird sehr warm.

»Na gut«, höre ich mich sagen, und Callums Antwort ist ein Zwinkern, das mich noch röter werden lässt, als ich ohnehin schon bin.

»Schön, dann könnt ihr Lunenburg mal vom Wasser aus bewundern«, höre ich Knuth sagen. »Den Blickwinkel sollte man sich nicht entgehen lassen. So, ihr Lieben, ich gehe zurück zu Rose. Amelie, Lars, ich fand es wirklich schön, dass ihr heute vorbeigekommen seid. Vielleicht …« Er zögert, und ich muss unwillkürlich an Papa denken und frage mich erneut, was gestern Abend zwischen ihm und Knuth vorgefallen ist, was sie besprochen haben – ob sie ein Treffen verabredet haben. Ich würde ihn gern fragen, doch meine Antenne für Zwischenmenschliches sagt mir ganz klar, dass jetzt kein günstiger Zeitpunkt ist. Mein Onkel scheint es wirklich eilig zu haben, zu seiner Frau zurückzukommen.

»Vielleicht sehen wir uns ja bald wieder«, sagt er nun. »Wie lange bleibt ihr eigentlich hier?«

»Wir haben noch zehn Tage«, antwortet Lars, während wir gemeinsam auf den Flur hinaustreten.

»Okay, das sollten wir hinbekommen«, murmelt mein Onkel, und ich merke, dass sich in seinem Kopf die Gedanken an seinen Bruder überschlagen. Er grinst mich an und, als fürchte er, dass ich ihn nun erneut auf das Thema »Zwilling« ansprechen könnte, verabschiedet er sich hastig von uns und geht davon, zurück zu Zimmer Nr. 5.

»Also, wir treffen uns morgen an der Knaus & Webber Werft am Hafen, okay?«, sagt Callum und wendet sich ebenfalls zum Gehen. »Ich kann freitags gegen 14 Uhr Feierabend machen.«

»Okay«, antworte ich und grinse schief, als er sich verabschiedet.

Noch während ich Callum hinterherstarre, wie er mit langen Schritten den Flur des Pflegeheims entlangeilt, höre ich mit einem Ohr, wie eine der Pflegerinnen in unserer Nähe beruhigend auf eine ältere Frau im Rollstuhl einredet.

»Ja, Heather, ich weiß, dass Sie sich immer die ganze Woche auf das Basteln freuen, aber die arme Karen kann doch nichts dafür, dass sie sich das Handgelenk gebrochen hat. Dafür gibt es ja nachher den Musikzirkel mit Callum, und vielleicht organisieren wir bis nächste Woche Ersatz für den Bastelkreis. Jetzt gucken Sie mal nicht so unglücklich, vielleicht ...«

»Brauchen Sie jemanden, der mit den Herrschaften bastelt?« Ich merke, dass mich Lars verdutzt anstarrt, und genauso fühle ich mich selbst. Habe ich das gerade wirklich laut gefragt?

Die Pflegerin mit den Silber-Kreolen sieht mich über den Rand ihrer violetten Brille hinweg erstaunt an, dann überzieht ein Lächeln ihr Gesicht. »Jetzt sagen Sie nicht, dass Sie ein Händchen für Basteln und anspruchsvolle ältere Leutchen haben, meine Liebe.«

»Anspruchsvoll? Also bitte!«, schnaubt die Frau im Rollstuhl, die eine mehrreihige Perlenkette trägt, als ginge sie auf einen Gala-Abend. »Wir sind völlig pflegeleicht und sehr genügsam!«

Die Pflegerin grinst mit einem Augenrollen und mustert mich fragend. »Hätten Sie wirklich Zeit und Lust? Sie würden mir tatsächlich das Leben erleichtern – und Heather hier einen riesigen Gefallen tun, stimmt's? Der Bastelkreis ist das Highlight ihrer Woche.«

»Ich helfe wirklich gern«, erwidere ich rasch, bevor ich mal wieder kneifen und einen Rückzieher machen kann.

Kapitel 14

D a vor dem Bastelkreis das Mittagessen ansteht, werde ich kurzerhand aufgefordert, mich zu den Seniorinnen und Senioren ins Esszimmer zu gesellen und auch etwas zu essen. Lars hat sich mit einem ratlosen Blick von mir verabschiedet, der mir deutlich gesagt hat, dass ich mich mehr als merkwürdig benehme, seit wir in Lunenburg sind. Und das stimmt, ich erkenne mich selbst kaum wieder, als ich nun zwischen dem schwerhörigen und dennoch redefreudigen Matt Young und der stillen Patty Kuschowsky mit der von kleinen Rubinen verzierten Goldbrosche sitze und eine wirklich köstliche Fischsuppe esse. Dass das Essen in einem Seniorenheim so gut schmecken kann, finde ich erstaunlich. Als ich zum Mittag eingeladen wurde, habe ich fades Krankenhausessen befürchtet, aber diese Suppe, in der Kartoffelstückchen neben Jakobsmuscheln, Shrimps und Kabeljau schwimmen, schmeckt einfach hervorragend.

»Das ist Nova Scotia Seafood Chowder!«, erklärt Patty mit unüberhörbarem Stolz in der Stimme, als ich die Suppe lobe. »Unsere Köchin macht die besonders gut. Ist ihr Geheimrezept. Aber ich ...«, sie senkt ihre Stimme zu einem verschwörerischen Wispern, und ich muss mich ein wenig näher zu ihr beugen, um sie zu verstehen, »ich habe ein noch besseres Rezept. Seafood Chowder war das Lieblingsessen meines Mannes, Gott hab ihn selig. Harry ist 1995 mit seinem Fischkutter draußen auf See geblieben.« Sie seufzt schwer auf bei der Erinnerung, und ich muss mit einem Schaudern an die Granitplatten mit den Namen der verstorbenen Seeleute unten am Hafen denken. »Wenn du möchtest, Kindchen, gebe ich dir mein Rezept.«

»Oh«, mache ich und weiß einen Moment lang nicht, ob ich mich freuen soll. Eigentlich koche ich nicht gern. Und ich esse auch nicht gern. Seit Mamas Tod mein Leben verändert hat, schmeckt mir nichts mehr richtig, was dazu führt, dass ich selten genug esse. So wird das nie etwas mit den weiblichen Rundungen, das ist mir klar. Aber diese Suppe, die scheint meine Geschmacksnerven gerade aus ihrem Tiefschlaf zu reißen, und ich habe große Lust auf eine zweite Portion.

»Gern«, höre ich mich daher sagen und schiebe mir den nächsten Löffel voll cremiger Suppe in den Mund, während ich genüsslich die Augen schließe.

Wenig später sitzt Patty erneut neben mir, als sich eine Gruppe erwartungsvoll aussehender Senioren um einen langen Tisch in einem weiteren Aufenthaltsraum versammelt hat. Vor mir steht eine Kiste mit einem wirren Sammelsurium aus Bastelmaterialien, und ein wenig hilflos wühle ich darin herum, auf der Suche nach Inspiration.

»Keine Sorge, improvisier einfach, die Leutchen wissen ja, dass du kurzerhand einspringst«, hat mich die Pflegerin mit den Silber-Kreolen beruhigt, als sie mich nach dem Mittagessen in dieses Zimmer gebracht hat. »Für die meisten der Leutchen ist es einfach wichtig, etwas in der Gemeinschaft zu machen und dabei ihre Feinmotorik ein wenig zu üben. Viele von ihnen hatten Schlaganfälle, sie können ihre Hände nicht mehr so bewegen wie früher. Da hilft es einfach, regelmäßig zu üben. Darum ist das Basteln so wichtig.«

Nervös befeuchte ich meine Lippen und verfluche mich schon innerlich für mein spontanes Angebot, einzuspringen, als ich einige Bögen Pergamentpapier entdecke. Nachdenklich greife ich nach einem Bogen in einem schönen Hellblau, suche dann den silberfarbenen Lackstift heraus, der mir eben zwischen die Finger geraten ist.

Ja, das ist es. Du kannst das, Amelie. Nur Mut!

»Okay«, sage ich und lächele befangen in die Runde. »Mein Name ist Amelie, und ich springe für Karen ein, die sich das Handgelenk gebrochen hat. Wir basteln heute maritime Fensterbilder.«

»Bitte entschuldigt die Verspätung!«

Ich bin gerade dabei, dem 88-jährigen John Cleveland beim Ausschneiden eines hellblauen Wals zu helfen, als eine weitere ältere Dame den Raum betritt. Ihr hellgraues Haar ist zu einem kinnlangen Bob geschnitten, und zu gelben Shorts trägt sie eine kurzärmelige Bluse mit einem kunterbunten Hawaii-Muster.

»Hallo, Eloise«, sagt John und sieht von dem Wal auf, den ich gerade fertig ausgeschnitten auf den Tisch gelegt habe. »Das hier ist die bezaubernde Amelie, die heute eingesprungen ist. Karen hat sich das Handgelenk gebrochen.«

»Was? O nein, die Arme!«, sagt Eloise und tritt neben John, legt eine Hand auf seine Schulter. »Wie ist das denn passiert?«

»Ihr Enkel wollte mit ihr Rollschuhlaufen gehen«, bemerkt Elizabeth O'Hare, die uns gegenübersitzt und ein Auge auf John geworfen zu haben scheint, zumindest bedenkt sie ihn immer mit langen Blicken, die er jedoch ignoriert. Jetzt starrt sie nicht gerade erfreut auf Eloises Hand, die Johns Schulter massiert.

»O nein!«, ruft Eloise erneut und scheint nichts von den giftigen Blicken mitzubekommen. »Das sollte man nicht mehr tun, wenn man über sechzig ist!«

»Das heißt gar nicht mehr Rollschuhlaufen«, belehrt eine

alte Dame die Runde, die ganz am Ende des Tisches sitzt und die ich bisher nicht namentlich kennengelernt habe. »Das heißt Lineskating.«

»Nee, so heißt das nicht«, empört sich ihr Sitznachbar mit dem gewaltigen Bauch. »Lineskating? Du meinst wohl Linedance? Das ist was ganz anderes, Emmeline!«

»Inlineskating«, melde ich mich vorsichtig zu Wort.

»Genau!« Triumphierend sieht Emmeline ihren Sitznachbarn an.

»Ach, Mist, jetzt habe ich dem Wal den Schwanz abgeschnitten!« Frustriert hält eine weitere alte Dame auf der anderen Tischseite ihren hellblauen Meeressäuger in die Höhe. Mir ist schon aufgefallen, dass ihre Hände stark zittern und sie Schwierigkeiten mit der Schere hat.

»Ich komme sofort und helfe Ihnen«, beeile ich mich zu sagen und stehe auf. »John, Sie kleben Ihren Wal schon einmal auf den Hintergrund aus dunkelblauem Pergamentpapier, ja?« Ich drehe mich zu Eloise um, die immer noch neben Johns Stuhl steht. Sie betrachtet mich mit einem interessierten Lächeln und streckt mir ihre Hand entgegen.

»Hallo, ich bin Eloise Simms. Es ist wirklich bemerkenswert, dass Sie einfach so hier einspringen, Amelie. Sind Sie im Urlaub hier?«

»Ja«, erwidere ich und will Eloise erklären, dass ich mit meiner Familie ein Ferienhaus gemietet habe, als mein Blick zu dem Ausschnitt ihrer bunt gemusterten Bluse wandert, wo eine Kette zu sehen ist. Sprachlos starre ich den Kettenanhänger an. Das gibt es nicht!

»Habe ich da etwas?«, fragt Eloise, und ich merke, dass mein Starren sie verwirrt. »Sitzt etwa eine Zecke auf meinem Dekolleté? Ich war eben im Garten, und erst vorgestern habe ich mir da eine Zecke zugezogen. Saß auf meiner Wade, das Biest.«

»Nein, nein«, beeile ich mich zu sagen, als Eloise versucht, ihr Dekolleté zu beäugen. Erleichtert seufzt sie auf und lächelt mich an. »Na, Gott sei Dank. Zecken kann doch wirklich niemand gebrauchen, genauso wenig wie Mücken.«

»Mücken gibt es diesen Sommer viel zu viele!«, meldet sich John Cleveland mit Nachdruck zu Wort.

Eloise greift nach ihrem Kettenanhänger und hält ihn ein wenig höher, sieht mich mit schief gelegtem Kopf an. »Gefällt Ihnen meine Kette?«

»Ich … ja«, murmele ich und beuge mich ein wenig näher zu der Frau, die so groß – beziehungsweise klein – ist wie ich. »Woher haben Sie sie?«

»Meine Tochter hat sie gemacht«, erklärt Eloise, und ihr Finger fährt sacht über die dunkelblaue Glasscherbe. »Das ist …«

»Meerglas, in 935er Silber eingefasst«, vollende ich ihren Satz.

»Genau. Sie kennen sich aus.« Lächelnd mustert mich die ältere Dame und lässt den Anhänger zurück auf ihre Haut sinken. »Meine Tochter ist Goldschmiedin.«

Ein schmerzhafter Stich durchzuckt mich.

»Sie hat hier in Lunenburg ein Geschäft, das Out of the Blue. Wenn Ihnen diese Kette gefällt, werden Sie dort auf jeden Fall fündig werden, Amelie.«

»Mhhm«, murmele ich und wende mich mit einem flüchtigen Lächeln ab. Mein Herz schlägt mir bis zum Hals, während ich den langen Tisch umrunde und zu der alten Dame mit den zittrigen Händen und dem abgeschnittenen Walschwanz gehe. Geduldig schneide ich weiterhin Wale aus, helfe dabei, sie auf dunkelblaues Pergamentpapier zu kleben, dann mit schwarzem Tonpapier einzurahmen und schließlich mit dem silberfarbenen Lackstift feine Tropfen aufzumalen, wie Wasser, das schimmernd in alle Richtungen spritzt. Aber in Gedanken bin ich unablässig bei der Frage, warum um alles in der Welt die fröhliche alte Dame namens Eloise Simms, die mich von der anderen Tischseite aus immer wieder warm anlächelt, eine Kette trägt, die – bis auf die Farbe der Scherbe – fast genauso aussieht wie das Schmuckstück, das meine Mutter am meisten geliebt hat. Das Schmuckstück, das vor vielen Jahren verloren gegangen ist und das der Grund dafür war, warum ich Goldschmiedin geworden bin.

»Das war eine wunderbare Bastelstunde! Dieser Wal wird sich hervorragend vor meinem Zimmerfenster machen!« Patty, die schon beim Mittagessen neben mir gesessen hat, strahlt mich glücklich an, während ich die Bastelsachen zusammenräume.

»Das freut mich sehr«, lächele ich. »Ihr Fensterbild ist aber auch wirklich besonders schön geworden.«

»Danke! Warten Sie noch kurz, ich bitte gleich eine der Pflegerinnen, mein Fischsuppen-Rezept zu kopieren, dann gebe ich es Ihnen mit!«

»Das ist lieb«, sage ich und will schon einwerfen, dass es damit keine Eile hat, denn ich werde im Ferienhaus sicherlich nicht zum Kochen kommen, aber sie hat sich schon abgewandt und geht mit ihrem Fensterbild auf den Ausgang zu. Als ich sehe, wer dort im Türrahmen steht und mich beobachtet, erstarre ich. Callum nickt mir zu und grinst breit, die Hände in den Hosentaschen vergraben.

»Ach, da bist du ja!«, höre ich Eloise rufen, die noch mit einer anderen Heimbewohnerin in ein Gespräch vertieft war. Zu meiner Überraschung steht sie auf und geht auf Callum zu. »Komm mal her, Junge, ich möchte dir jemanden vorstellen.«

Geduldig folgt Callum der alten Dame in den Raum hinein, auf mich zu. »Amelie, darf ich dir meinen Enkel Callum vorstellen? Callum, das ist Amelie. Sie hatte die Engelsgüte, heute den Bastelkreis zu übernehmen, weil sich Karen beim Inline-skating das Handgelenk gebrochen hat.«

»Engelsgüte, soso«, bemerkt Callum und sieht mich mit einem verschmitzten Lächeln an. An seine Großmutter gewandt sagt er: »Wir kennen uns schon, Gran. Ich habe Amelie gestern Abend im Singing Sailor getroffen.«

»Ach? Wie nett!« Eloise sieht begeistert von mir zu Callum und zurück zu mir. In ihren Augen, die das gleiche Blau haben wie die ihres Enkels, wie ich nun erkenne, blitzt etwas Unbestimmtes auf, das mich unruhig werden lässt. Kurz frage ich mich, ob Callum nun erzählen wird, dass ich Knuths Nichte bin, und ich gezwungen sein werde, eine mühevolle Erläuterung meiner verrückten Familiengeschichte abzuliefern, aber er lächelt mich nur weiterhin an. Verlegen sehe ich weg, räume die letzten Bastelsachen in den Karton.

»Ah, Callum, schön, dich zu sehen!«, zwitschert die alte Dame mit den zitternden Händen und umrundet den Tisch. »Du musst unbedingt zum Liederzirkel bleiben, Herzchen, Callums Stimme darfst du dir nicht entgehen lassen.«

Entsetzt merke ich, dass sie mit mir spricht.

»Ähm, ich muss eigentlich zurück zu unserem Ferienhaus«, werfe ich halbherzig ein, und Callums amüsiertes Schmunzeln entgeht mir nicht.

»Ach, wie süß, sie wird ganz rot«, raunt eine weitere Seniorin Eloise zu. Leider handelt es sich um eine weitere schwerhörige Seniorin, weshalb das Raunen lauter ausfällt als angebracht. Natürlich werde ich nun noch röter. Vor allem als die Frau auch noch zu laut hinzufügt: »Wäre Amelie nicht etwas für Callum?«

Geradezu panisch knalle ich den Deckel auf den Bastelkarton und will ihn hochhieven, um damit aus dem Raum zu flüchten, aber Callum tritt neben mich und nimmt mir den Karton entschlossen ab.

»Ich mache das schon.« Sein Schmunzeln macht nichts besser, im Gegenteil. »Keine Panik, die gute Liz will mich alle Nase lang mit jemandem verkuppeln.«

Er sagt diese Worte ebenfalls laut und wirft besagter Liz und seiner Gran dabei einen verschmitzten Blick zu.

»Ach, Callum, aber auch nur, weil meine eigene Tochter längst verheiratet ist – und zwar mit einem nicht einmal halb so attraktiven Mann, das muss ich leider sagen –, und weil ich selbst vierzig Jahre zu alt für dich bin.«

Die schwerhörige Seniorin zwinkert Callum allen Ernstes zu, und Eloise bricht in ein kehliges Lachen aus. »Vierzig? Fünfzig, meine Liebe! Und nicht nur deine Tochter ist verheiratet, sondern deine Enkelin auch schon beinahe, zumindest wirkt das mit diesem Trevor ziemlich ernst, oder?«

Liz schnaubt und murmelt etwas von »Bloß nicht!«, während Eloise resolut erklärt: »So, und jetzt lass bitte meinen Enkel in Ruhe, sonst kommt er bald nicht mehr her, um hier alle mit seiner Musik zu beglücken.«

Callum grinst seine Großmutter an und bleibt kurz bei ihr stehen, um ihr einen Kuss auf die runzelige Wange zu drücken. Gerührt folge ich ihm auf den Flur hinaus, darum bemüht, die Blicke und das Tuscheln von Eloise, Liz und der Seniorin mit den zitternden Händen zu ignorieren. Hoffentlich finden sie bald jemand anderen, mit dem sie Callum verkuppeln können!

»Jetzt kennst du also meine Großmutter«, bemerkt Callum, als er den Karton in einen Abstellraum neben der Küche gebracht hat. »Gran wohnt eigentlich gar nicht hier im Heim, sondern teilt sich mit meiner Tante ein Haus, aber weil ihr immer langweilig ist, wenn Tante Fiona in ihrem Laden arbeitet, verbringt sie gern Zeit in Sea Haven. Auch, weil viele ihrer Freundinnen inzwischen hier wohnen – und weil ich Musik mache.« Er grinst mich entwaffnend an. »Wie sieht es aus, bleibst du noch und hörst zu?«

Zögernd starre ich auf meine Hände hinab und weiß nicht, was ich sagen soll. Ihn jetzt singen zu hören wäre zu viel für mich.

»Ich muss wirklich zurück«, wende ich mit einem Blick auf meine Armbanduhr ein. »Mein Vater fragt sich vermutlich schon, ob ich verschollen bin.«

»Es gibt bestimmt einige Leute hier im Heim, die sich sehr freuen würden, wenn du noch bleiben würdest«, bemerkt Callum mit einem wissenden Grinsen. »Ich habe genau gesehen, wie dich John Cleveland angesehen hat. Nimm dich bloß vor dem alten Schwerenöter in Acht, sonst wirst du Ehefrau Nr. 4, bevor du ›Ich muss es mir überlegen‹ sagen kannst.«

Amüsiert pruste ich los. »Nee, John ist ein lieber Kerl, aber wirklich nicht mein Typ«, lache ich auf.

»Nee, stimmt. Dein Typ ist Lars, der Unzuverlässige.«

»Callum, könnten wir das Thema ›Lars‹ bitte meiden?«, frage ich mit einem genervten Augenrollen.

»Sehr gern«, kontert Callum süffisant.

In dem Moment kommt ein schwarzes Ungetüm um die Flurecke und stürmt bellend auf mich zu, sodass ich erschrocken zurückweiche – wobei ich rücklings in Callum hineinlaufe. Skipper springt an mir hoch, und seine Zunge verfehlt mein Kinn nur um Haaresbreite.

»Keine Panik«, sagt Callum hörbar amüsiert, dicht an meinem Ohr, und seine Hände umfassen meine Oberarme, um mich zu stabilisieren. Im nächsten Augenblick schiebt er sich rasch vor mich und greift nach dem Halsband seines Hundes. Skipper ist nämlich sogar auf die Hinterbeine gegangen und hat versucht, seine Pfoten auf meine Schultern zu legen, denn stehend ist er genauso groß wie ich. Wirklich, dieser Hund ist ein Koloss!

»Skipper, aus, lass Amelie in Ruhe«, befiehlt Callum streng. Mit einem heftigen Schwanzwedeln sinkt Skipper auf den Boden und schaut mit schief gelegtem Kopf zu mir hoch. Er winselt geradezu sehnsüchtig, als würde er nichts lieber machen, als wieder an mir hochzuspringen und doch noch über mein Gesicht zu lecken.

»Auch mein Hund hat einen Narren an dir gefressen«, bemerkt Callum trocken und sieht mich prüfend an. »Alles okay?«

»Mhhm«, mache ich und bewege mich zögernd einen Schritt rückwärts, wobei ich mich im Stillen frage: ›Auch?‹ Meint er John Cleveland?

»Du musst wirklich keine Angst vor ihm haben, er tut keiner Fliege etwas zuleide.« Callum klopft an sein Bein und sagt: »Komm, Junge«, und Skipper springt gehorsam auf und trottet neben ihm her, wobei er mir einen letzten sehnsüchtigen Blick zuwirft. Ich grinse schief und bleibe dann in sicherem Abstand im Flur stehen, während Callum und sein Hund zur Mitte des Aufenthaltsraums gehen, wo ein Stuhl steht. Die Stuhlreihen, die im Halbkreis gruppiert wurden, sind bereits gut gefüllt, und immer noch kommen Seniorinnen und Senioren herein, teils an Rollatoren, manche werden von Pflegerinnen im Rollstuhl geschoben. Callum packt seine Gitarre aus und setzt sich, während eine Mitarbeiterin des Heims einen Mikrofonständer hereinträgt. Eine Weile nesteln die beiden an Kabeln herum, und Callum testet das Mikro. Skipper liegt währenddessen friedlich neben ihm auf dem Boden, nur hin und wieder wirft er einen aufmerksamen Blick in meine Richtung, wobei sein Schwanz jedes Mal beginnt, auf den Boden zu trommeln. Gerührt erwidere ich seinen Blick, aber nur kurz, weil ich nicht will, dass er sich animiert fühlt, aufzuspringen und auf mich zuzustürmen.

Schließlich begrüßt Callum die versammelten älteren Herrschaften und die Pflegekräfte freundlich und charmant, bevor er anfängt, die ersten Akkorde auf der Gitarre zu spielen. Ich versuche noch, die vertraut klingende Melodie einzuordnen, als Callum mich über die Köpfe der Heimbewohner hinweg ansieht und ein Lächeln um seine Mundwinkel zuckt, während er die ersten Worte singt: »*When the night has come, and the land is dark, and the moon is the only light we'll see* …«

Sofort muss ich an gestern Abend denken, als wir zu diesem Lied getanzt haben, Callums Arme um mich, mein Gesicht in seinem T-Shirt vergraben. Sein Blick sagt mir, dass er dasselbe denkt, während er singt: »*So stand by me* …«

Als ich merke, dass Liz und Eloise auf ihren Stühlen die Köpfe gedreht haben und mich tuschelnd mustern, wende ich mich mit glühendem Kopf ab. Ohne Callum – oder Skipper – noch einmal anzusehen, eile ich aus dem Seniorenheim und zurück zu unserem Ferienhaus.

Kapitel 15

Die Stimmung ist angespannt, als wir am nächsten Nachmittag vor der Knaus & Webber Werft am Hafen von Lunenburg ankommen. Nele und Lars haben sich heute Morgen, als ich von meiner Jogging-Runde zurückgekommen bin, in der Küche gestritten – worum es ging, konnte ich nicht mehr aufschnappen, weil sie in den Garten verschwunden sind, sobald ich das Haus betreten habe. Beim Frühstück haben sie sich ignoriert, sind danach getrennt voneinander in den Ort verschwunden und reden nach wie vor kein Wort miteinander. Auch Papa war heute Morgen sehr schweigsam, nachdem ich ihm am Vorabend von Rose und ihrer Erkrankung erzählt hatte. Knuth scheint ihm gegenüber bei ihrer bisher einzigen Unterredung hinter dem Pub nichts von Roses Gesundheitszustand erzählt zu haben, und als er das alles von mir erfahren hatte, war er merklich aufgewühlt und schockiert.

Nachdem Lars und Nele schlecht gelaunt verschwunden waren, haben Papa und ich noch bei einer Tasse Kaffee im Garten zusammengesessen, und ich habe ihn gelöchert, wie es denn nun mit Knuth und ihm weitergehen solle.

»Du bist doch wohl nicht den ganzen Weg bis nach Ostkanada gekommen, um hier deinen Bruder weiterhin zu ignorieren, wie ihr es all die Jahre schon gemacht habt, oder?« Herausfordernd habe ich Papa über den Rand meiner Tasse hinweg angesehen. Mit einem Seufzer hat er den Kopf geschüttelt und ausweichend gemeint: »Amelie, ich weiß, all das ist schwer für dich zu verstehen. Aber ...«

»Ja, das ist wirklich schwer«, habe ich ihn unterbrochen, und Papa hat mich unglücklich gemustert. »Ich habe nämlich auch eine Schwester, Paps, und ich kann mir nicht vorstellen, wie schlimm es wäre, einfach den Kontakt abzubrechen und sie nicht mehr in meinem Leben zu haben!«

Und dabei sind Nele und ich uns nun wirklich nicht sehr nah. Wir haben keine besonders innige schwesterliche Beziehung, teilen keine Geheimnisse miteinander, wissen erschreckend wenig voneinander. Ganz anders, als es damals bei Otto und Knuth gewesen sein muss.

Und trotzdem fände ich es furchtbar, gar keinen Kontakt mehr zu Nele zu haben – vielleicht, weil sie eine Verbindung zu unserer Vergangenheit darstellt. Zu Mama. Ja, mit Nele teile ich Erinnerungen an unsere Mutter, die niemand sonst kennt. Wie Mama Nele und mir an verregneten Ferientagen auf dem Sofa *Ronja Räubertochter* vorgelesen hat. Unser gemeinsames Weihnachtsplätzchenbacken und die berüchtigte Engel-ausstechform, in der immer der Teig in den Flügeln hängen geblieben ist, bis wir irgendwann Engel ohne Flügel gebacken haben. Mamas tolle Karnevalskostüme, die sie immer für Nele und mich kreiert hat. Wenn ich Nele nicht mehr hätte, mit wem würde ich dann über den Tag lachen, an dem wir Mamas Lippenstift stibitzt und uns damit »geschminkt« haben, bis wir aussahen, als wären wir in eine Messerstecherei geraten?

Na gut, um ehrlich zu sein, reden wir nie über diese Erinnerungen und lachen schon gar nicht über Anekdoten aus unserer Kindheit. Wir erwähnen Mama überhaupt nicht. Aber ... wir könnten es irgendwann tun. Und deshalb mag ich mir nicht vorstellen, wie es wäre, Nele zu verlieren, sosehr sie mich oft auch nervt.

Wie schlimm muss es erst für Papa gewesen sein, den Kontakt zu seinem Bruder abreißen zu lassen, dem er so nahestand – der denselben Beruf erlernt hatte wie er, mit dem er gereist ist und Musik gemacht hat!

»Himmel, Paps, ihr seid eineiige Zwillinge!«, habe ich heute Morgen am Frühstückstisch aufgebracht hinzugefügt. »Es muss euch doch körperlich wehgetan haben, einfach so getrennte Wege zu gehen und so zu tun, als gäbe es den anderen nicht mehr! Ich verstehe das einfach nicht. Und noch viel weniger begreife ich, wie du hier im Garten sitzen und den Kolibris zusehen kannst, während dein Bruder ein paar Straßen weiter für seine kranke Frau Musik macht. Okay, es mag sein, dass er schuld daran ist, dass du selbst keine Musik mehr machen kannst – zumindest keine Gitarrenmusik. Und ich fange jetzt gar nicht erst davon an, wie schockiert ich immer noch bin, weil ich nicht wusste, dass du überhaupt Gitarre gespielt hast! Es mag also sein, dass wegen Knuths Unachtsamkeit am Steuer deine Leidenschaft zerstört wurde. Aber, Paps, das ist so lange her, und du hattest trotzdem ein gutes Leben, auch ohne Gitarre. Oder?«

Mein Vater sah mich ernst an, und in seinem Blick lag so viel Ungesagtes, dass ich es regelrecht mit der Angst zu tun bekam.

Was, wenn er sein Leben nicht gut fand? Was, wenn da noch mehr Geheimnisse waren, Geheimnisse, von denen ich keinen blassen Schimmer hatte?

»Ich gehe spazieren«, sagte mein Vater, und er stand auf und ließ mich allein im Garten zurück, mit den Kolibris und vielen wirren Gedanken.

Daher bin ich jetzt, mit drei schweigsamen Begleitern im Schlepptau, wirklich froh, als ich Callums fröhliches Lächeln sehe, sobald ich vor dem geöffneten Tor der Knaus & Webber Werft am Hafen ankomme. Die Werft ist in einem für Lunenburg typischen großen Holzgebäude untergebracht, mit leuchtend roter Fassade und hohen weißen Sprossenfenstern, durch die nun die gleißende Nachmittagssonne in die Werkstatt fällt, die aus einem einzigen riesigen Raum mit offenem Giebel besteht. Beim Näherkommen merke ich, dass der hintere Teil der Werft kurz vor der Wasserlinie endet und ein weiteres riesiges Tor anscheinend dazu dient, die Boote, die hier drinnen gebaut werden, nach Fertigstellung direkt auf den Atlantik hinausgleiten zu lassen.

Callum steht neben einem großen hölzernen Gerüst in der Mitte dieses Raumes. Das Gerüst wird wohl mal ein Segelboot werden, erinnert aber noch an das Skelett eines gewaltigen Wals: Halbrund ragen gebogene Hölzer in die Luft, lassen erahnen, wie der Schiffsrumpf aussehen wird, sobald die Längsverschalung angebracht worden ist. Der Duft von Holz hüllt mich ein, als ich zögernd die Werkstatt betrete und über weiche Sägespäne gehe, die den gesamten Boden zu bedecken scheinen. Neugierig betrachte ich die gewaltige gusseiserne Maschine, die unweit des Eingangs steht, erkenne das Sägeblatt und begreife, dass hier die langen Bretter zugeschnitten werden, die aufgestapelt an der Wand unterhalb der Sprossenfenster liegen. Dank meiner Ausbildung habe ich durchaus Ahnung von Maschinen, allerdings nicht von welchen in diesem Ausmaß. Die Männer, die hier arbeiten, scheinen schon Feierabend gemacht zu haben – zwei packen gerade im hinteren Teil der Werkstatt ihre Sachen zusammen und unterhalten sich lachend dabei, und Callum verabschiedet sich in diesem Moment mit einer herzlichen Umarmung von einem älteren Herrn mit weiß gelocktem Haar, bevor er auf mich zukommt. Gerade will ich sein breites Lächeln erwidern, als ein schwarzes Ungetüm bellend an Callum vorbeifegt, dass die Sägespäne nur so aufgewirbelt werden, und geradewegs auf mich zustürmt.

»Aus, Skipper!«, höre ich Callum noch rufen, doch da hat mich der Hund bereits erreicht. Panisch lasse ich meine Korbtasche fallen und weiche einige Schritte zurück, wobei ich über ein paar Bretter stolpere und rücklings auf den Werkstattboden falle. Als ich eine feuchte, raue Zunge spüre, die ein paarmal quer über mein Gesicht leckt, quietsche ich auf, drehe mich zur Seite und versuche, Skippers Liebesattacke abzuwehren, doch da wird er bereits rigoros von mir fortgezogen. »Skipper! Was ist denn bloß in dich gefahren?«

Callum steht über mir und hält seinen Hund am Halsband fest. Benommen wische ich mit meinem Unterarm über mein feuchtes Gesicht, aber als ich mitbekomme, wie Callum mit seinem Hund schimpft, bekomme ich Mitleid mit Skipper.

»Hey, ist schon gut, er hat es doch nett gemeint«, melde ich mich zu Wort und merke, dass Papa, Lars und Nele besorgt näher kommen. Ich hatte sie abgehängt, weil mir ihre Laune auf den Keks ging, doch nun haben auch sie die Werkstatt erreicht.

»Ist alles in Ordnung, Amelie?«, höre ich Lars rufen, aber da beugt sich Callum bereits zu mir herab und reicht mir die Hand. Während er mich in die Höhe zieht, mustert er mich besorgt.

»Hast du dir wehgetan?«

»Nein, nein«, beeile ich mich zu sagen und wische mir erneut über das Gesicht. »Aber ich muss wohl meine Sonnencreme neu auftragen, nach der Gesichtswäsche.«

Callum rollt mit den Augen und wirft seinem Hund einen strafenden Blick zu. »Skipper, was habe ich dir schon tausendmal gesagt? Du darfst nicht jede Frau ablecken, die dir gefällt. Ich tue das auch nicht.« Er sieht wieder mich an und zwinkert mir verschmitzt zu. Sein verwaschenes blaues T-Shirt lässt seine blauen Augen leuchten, und heute hat er sein dunkelblondes Haar im Nacken zu einem kurzen Pferdeschwanz zurückgebunden.

In diesem Moment taucht Lars neben mir auf und sieht mich besorgt an.

»Hast du dich verletzt?«, fragt er und streicht über meinen Unterarm. Normalerweise schicken Lars' Berührungen Gänsehautschauer über meine Haut, aber jetzt bin ich irgendwie zu abgelenkt, um auf seine Nähe zu reagieren.

»Nein, nein, mir geht es gut«, versichere ich hastig, und um zu unterstreichen, dass ich Skipper seine stürmische Begrüßung nicht verübele, strecke ich tapfer meine Hand aus und kraule ihn vorsichtig am Rücken. Sein dichtes Fell fühlt sich gut an zwischen meinen Fingern, stelle ich zu meiner Überraschung fest, doch im nächsten Moment dreht sich Skipper schon aufgeregt bellend um seine eigene Achse, stupst meine Hand mit seiner Schnauze an und winselt.

»Er wird am liebsten am Kopf gestreichelt, zwischen den Ohren«, erklärt Callum, und ich merke, dass er mich lächelnd mustert, bevor er sich an Papa, Lars und Nele wendet. »Hi, schön, dass ihr hier seid! Ah, dich kenne ich noch nicht, du musst Amelies Schwester sein. Ich bin Callum. Und, nein, dich kenne ich eigentlich auch nicht, obwohl du genauso aussiehst wie Knuth. Du bist Otto, richtig? Ich fasse es immer noch nicht, dass Knuth nichts von dir erzählt hat!«

Während ich Skipper vorsichtig zwischen den Ohren kraule und ein verzücktes Winseln als Dank ernte, schüttelt Callum Papa und Nele die Hände.

»Freut mich sehr!«, höre ich Nele überschwänglich sagen und wundere mich für den Bruchteil einer Sekunde darüber, dass ihre muffelige Stimmung wie weggeblasen zu sein scheint. Doch schon im nächsten Moment wird mir klar, was hier vor sich geht, denn Nele stellt sich dicht neben Callum und fragt mit einem Blick in die Werkstatt hinein, in geradezu entzücktem Tonfall: »Wow, wird das ein Boot?«

»Nein, das wird ein Hubschrauber«, brummt Lars mit einem Kopfschütteln, und ich mustere ihn überrascht. Die beiden scheinen sich momentan wirklich auf die Nerven zu gehen. Will Nele Lars etwa eifersüchtig machen? Ich schlucke. Bitte nicht, indem sie Callum schöne Augen macht! Mit einem Mal graut es mir nicht mehr nur vor dem schwankenden Segelboot. Wieso bloß machen wir diesen Ausflug?

»Ähm, ja, das wird ein Boot«, lächelt Callum höflich. »Ein 20 Meter langer Schoner, um genau zu sein. Das ist ein ziemlich großer Auftrag, normalerweise bauen wir eher 12-Meter-Jachten. Diese Schönheit wurde von einem reichen US-Amerikaner in Auftrag gegeben. Im nächsten Frühjahr will er das Mädchen abholen, bis dahin gibt es noch reichlich zu tun. Der Bau so eines Holzbootes braucht seine Zeit.«

Ich merke, wie Papa mit großen Augen geradezu andächtig den Schiffsrumpf betrachtet. »Fantastisch!«, murmelt er. »Was für Holz verwendet ihr?«

»Bob Knaus, der Besitzer – dort drüben steht er, mit den weißen Locken –, benutzt grundsätzlich nur einheimische Hölzer. Dafür sind wir bekannt, das gehört zum hervorragenden Ruf der Knaus & Webber Werft.«

Der Stolz, der unüberhörbar in Callums Stimme mitschwingt, lässt mich schmunzeln und meine sorgenvollen Gedanken für einen Moment vergessen. Verstohlen mustere ich ihn, wie er in dieser Werkstatt steht, gelassen und selbstbewusst, offensichtlich ganz in seinem Element. Er klingt, als würde er ständig Touren für Touristen anbieten, als er ruhig erklärt: »Wir verwenden hauptsächlich Weißeiche, Lärche und Fichte, so, wie schon die früheren Bootsbauer in Lunenburg. Der Holzbootbau hat eine lange Tradition hier in der Stadt, er hat Lunenburg im 18. und 19. Jahrhundert reich gemacht, bis Stahl und Kunststoff ein neues Zeitalter in der Schifffahrt eingeläutet haben. Aber Lunenburg hat sich mit dem traditionellen Bau von Holzbooten trotzdem eine Nische bewahrt, und unsere Boote sind heute weltweit bekannt. In den 1960er-Jahren wurde hier ein originalgetreuer Nachbau der berühmten *Bounty* für den Film *Meuterei auf der Bounty* gebaut. Auch die berühmtesten Segelschiffe Kanadas sind beide in einer Lunenburger Werft entstanden – die *Bluenose* und ihre Nachfolgerin, die *Bluenose II*, ein wunderschöner Zwei-Mast-Schoner, der unter anderem auf den kanadischen 10-Cent-Stücken verewigt wurde.«

Ich muss schlucken, weil ich es verdammt sexy finde, wie Callum mit dieser ehrlichen Begeisterung von seiner Arbeit und den Booten spricht.

»Fantastisch«, murmelt Papa erneut ergriffen. Alles, was mit Holz zu tun hat, bedeutet für ihn pures Glück.

»Und die Spanten biegt ihr, indem ihr sie erhitzt?« Diese Frage kommt von Lars, der sich eindeutig besser mit Booten auskennt als ich. Er deutet auf die halbrunden Hölzer, die den Rumpf formen und wie ein Wal-Gerippe aussehen. Mir wird klar, dass sie korrekterweise als Spanten bezeichnet werden. Ich habe tatsächlich keinerlei Ahnung von Schiffen.

»Ja, genau«, nickt Callum und zeigt auf eine Art Rohr, das draußen auf dem Hof der Werkstatt aufgestellt ist. »Das da hinten ist unser Ofen, dort wird das Eichenholz erhitzt, bevor wir die Spanten so biegen können, dass sie sich in den Rumpf fügen. Das ist eine ganz schöne Knochenarbeit.« Callum lacht auf, und mein Blick wandert unwillkürlich zu seinen sehnigen Armen und den starken Händen. »Aber die schönste Arbeit der Welt«, fügt er breit lächelnd hinzu, und als er mich ansieht, trifft mich dieses Lächeln ohne Vorbereitung und lässt mich tiefrot anlaufen.

»Und der beste Teil ist: Wir dürfen – nein, wir müssen sogar die Boote zur Probe segeln, bis alle kleinen und großen Fehler ausgemerzt wurden, sodass sie an die Kunden übergeben werden können«, erklärt Callum und zwinkert mir zu. »Darum gehen wir jetzt mal an der Pier, wo die *Mermaid* auf uns wartet.«

»Oh, was für ein traumhaft schönes Boot! Und das hast wirklich du gebaut, Callum?«

Meine Schwester will tatsächlich Lars eifersüchtig machen, wird mir klar, als wir die sonnenbeschienene Pier betreten und auf ein Boot zugehen, das dort auf uns wartet.

»Meine Kollegen und ich, ja«, erwidert Callum, und ich merke, dass er ein wenig überrascht ist, weil Nele ziemlich nah neben ihm geht und so tut, als habe sie noch nie etwas Tolleres gesehen als diese Segeljacht. Zugegeben, die *Mermaid* ist ein wahres Schmuckstück, aber Nele hat sich noch nie groß für Boote interessiert. Bis jetzt, wie es scheint. Verstohlen mustere ich Lars, der mit versteinerter Miene neben mir hergeht.

»Ein wirkliches Prachtboot!«, schaltet sich da Papa ein. »Zehn Meter lang?«

»Neun Meter«, erwidert Callum. »Sie ist eine sogenannte Slup, das bedeutet, dass sie zwei Hauptsegel hat, und zwar das Groß- und das Vorsegel.« Er bringt ein wenig Abstand zwischen Nele und sich, indem er seine Sneakers von den Füßen kickt und dann mit einem großen Schritt über die Reling an Deck klettert. »Eine Sache noch, bevor ihr an Bord kommt: bitte die Schuhe ausziehen. Der Einzige, der mit Schuhen an Deck darf, ist Skipper.«

Grinsend hält Callum einige Stoffteile in die Höhe, und als der Hund mit einem Satz an Deck springt, macht sich sein Herrchen zu meiner Verwunderung daran, ihm diese Stoffstücke über die Pfoten zu stülpen und mit Gummibändern vorsichtig zu fixieren.

»Skipper liebt Segeltörns, aber bei seinem Gewicht hinterlassen seine Pfoten manchmal Kratzspuren im Holz. Daher diese Puschen – wir wollen das Boot ja in makellosem Zustand an seinen Besitzer übergeben«, lächelt Callum und streckt mir seine Hand entgegen, als ich aus meinen Sandalen geschlüpft bin. Doch in dem Moment schiebt sich Nele an mir vorbei und lässt sich zuerst an Bord helfen. Ich höre Lars leise schnauben, als er hinter mich tritt und sagt: »Bitte, Amelie, nach dir.«

Ich greife nach Callums Hand und lasse mir über die Reling helfen. Seine Finger umfassen meine warm und fest, und ich genieße diese wenigen Sekunden, in denen ich mich plötzlich unerklärlich geborgen fühle.

Kapitel 16

Diese Geborgenheit löst sich allerdings schnell in Luft auf, als ich das Schaukeln des Bootes wahrnehme. Nach Halt suchend taumele ich vorwärts, stolpere dabei fast über Skipper, der hechelnd und jaulend um mich herumtänzelt, offensichtlich extrem aufgeregt, weil ich an Bord bin. Wenig elegant plumpse ich schließlich auf die hölzerne Sitzbank, die sich im Heck des Bootes an drei Seiten entlangzieht. Auch Nele hat sich bereits gesetzt und ihre langen Beine übereinandergeschlagen. Mit ihren kurzen Jeansshorts und dem maritim geringelten T-Shirt mit dem ziemlich tiefen Ausschnitt sieht sie mal wieder zum Anbeißen aus. Ihr dunkelbraunes Haar hat sie zu einem hohen Pferdeschwanz gebunden, und mit ihrer riesigen schwarzen Sonnenbrille erinnert sie ein wenig an Audrey Hepburn. Ich hingegen erinnere eher an ein Kuckucksei, mit meinen tausenden Sommersprossen, die meine Arme, Beine und auch mein Dekolleté bevölkern. Da ich so leicht verbrenne, habe ich eine langärmelige Bluse aus dünnem weißem Stoff über mein hellblaues Tanktop gezogen, und meine Beine habe ich extra dick mit Sonnenmilch eingeschmiert, weshalb sie nicht nur gesprenkelt, sondern obendrein extrem käsig wirken. Meinen breitkrempigen Strohhut ziehe ich mir tiefer ins Gesicht, um zu verhindern, dass ich am Ende dieses Tages krebsrot herumlaufen werde.

»Der Hut wird vermutlich wegfliegen«, höre ich da Callum neben mir sagen und hebe den Blick, um zu ihm hochzusehen.

»Aber ohne Hut werde ich einen Sonnenbrand bekommen«, werfe ich missmutig ein.

»Hier, probier die«, meldet sich da Lars zu Wort und nimmt seine dunkelblaue Baseballmütze mit dem eingestickten »NY«-Logo der New York Yankees vom Kopf. Lars hat zwar keine Ahnung von Baseball, aber er liebt New York.

»Aber die wird doch auch wegfliegen«, brumme ich und ziehe meinen Hut vom Kopf.

»Nicht, wenn du sie so einstellst, dass sie richtig festsitzt«, murmelt Lars und beugt sich zu mir herab, um mir zu helfen. Er setzt mir die Mütze auf den Kopf und stellt den Riemen so ein, dass sie eng anliegt. Dann zupft er ein paar meiner Locken zurecht, die sich seitlich aus meinem Pferdeschwanz gelöst haben, und ich hebe den Blick. Sein Lächeln trifft mich unvorbereitet. Er ist mir so nah, dass ich seine Sonnenmilch und sein Aftershave riechen kann und jedes der feinen Lachfältchen um seine Lippen erkenne. Es fällt mir wirklich sehr schwer, nicht wie hypnotisiert auf diese Lippen zu starren. Ich will etwas sagen, aber mir fehlen die Worte.

»Ähm, Lars, könntest du dich bitte da drüben hinsetzen?«, reißt mich Callums Stimme aus meinem Starren. »Ich brauche hier ein wenig Platz, um die Leinen lösen zu können.«

»Sorry«, murmelt Lars und richtet sich auf. »Kann ich dir helfen?«

»Gern«, kommt Callums Antwort, die allerdings nicht wirklich begeistert klingt, und als ich ihn fragend ansehe, merke ich, dass er mit grimmigem Gesichtsausdruck zurück auf der Pier klettert, um eines der Taue zu lösen, die um einen Poller geschlungen sind. Ich sehe zu Nele hinüber, doch die starrt stur auf das tiefblaue Wasser des Hafens von Lunenburg hinaus und ignoriert mich. Warum auch immer, ich habe ihr schließlich überhaupt nichts getan. Wenigstens Skipper bleibt treu an meiner Seite, rollt sich auf meinen Füßen zusammen und klopft hin und wieder mit dem Schwanz auf die glänzenden Holzdielen. Meine Füße werden wohl absterben, wenn er mit seinem Gewicht während des ganzen Segeltörns dort liegen bleibt, aber eine Weile werde ich das aushalten. Ich bringe es einfach nicht über mein Herz, diesen Hund, der mich anscheinend so sehr mag, wegzuschieben.

Auch Papa hilft mit, die Leinen zu lösen, und so gleitet die *Mermaid* bald mit einem leisen Tuckern des Dieselmotors von der Pier fort und in die Bucht des Hafens von Lunenburg hinaus. Callum erklärt uns knapp und präzise, wo wir Trinkwasser und im Notfall die Schwimmwesten finden, wo die Toilette ist und dass wir, wenn wir uns seitlich an die Reling setzen wollen, auf seine Warnung hören müssen, wenn das Segel umschlägt. »Ich brülle in so einem Fall ›Kopf runter!‹, und ihr macht dann besser genau das, und zwar ziemlich flott, sonst werdet ihr vom herumschwenkenden Baum umgehauen und landet im Wasser.«

Eingeschüchtert betrachte ich den Mast und den Baum und die noch eingerollten Segel.

»Keine Sorge«, fügt Callum hinzu und lächelt mich wissend an, als sei ihm nicht entgangen, dass ich ziemlichen Respekt davor habe, mit diesem Holzboot aufs Meer hinaus zu segeln. »Ich habe schon zig Törns hinter mir, sogar eine Atlantiküberquerung, und bei mir ist noch nie jemand über Bord gegangen.«

»Du hast eine Atlantiküberquerung gemacht?«, frage ich und starre ihn mit offenem Mund an. Er steht neben mir im Heck, beide Hände am Steuerrad aus honigfarben glänzendem Holz. »In einer Nussschale wie dieser hier?«

»Nussschale?«, fragt Callum und sieht mich mit einem amüsierten Grinsen an. »Das hier ist ein Neun-Meter-Boot! Ich glaube, du warst noch nie in einer Jolle unterwegs. DAS ist eine Nussschale.«

»Ich war bisher noch nie in irgendeinem Segelboot unterwegs«, erwidere ich und halte mein Gesicht in die salzige Brise, die uns entgegenschlägt. Da die Sonne heute ziemlich heiß vom Himmel herabbrennt, bietet der Wind hier draußen auf dem offenen Wasser eine willkommene Abkühlung. »Warum tut man sich so etwas an – eine Atlantiküberquerung in einem Segelboot?«, hake ich nach, ehrlich ratlos.

»Warum tut man sich das an?« Callum sieht mich mit hochgezogenen Augenbrauen an und fügt leidenschaftlich hinzu: »Glaub mir, so eine Atlantiküberquerung ist eine fantastische Erfahrung! Für mich das Großartigste überhaupt. Die Weite des Ozeans zu erleben, die Stille zu hören, nur das Boot, die Mannschaft und das Meer … Keine anderen Menschen, keine Autos, kein Lärm, nur hin und wieder ein Containerpott. Ansonsten ein paar Delfine, die das Boot begleiten, vielleicht ein Oktopus oder sogar mal ein Wal, und nachts der genialste Sternenhimmel, den man sich vorstellen kann.«

Er lächelt mich an, und ich schüttele verblüfft den Kopf. »Aber … ist das nicht gefährlich? Was, wenn man in einen Sturm hineingerät?«

»Man muss sich schon richtig vorbereiten, den Wetterbericht beachten, die Etappen gut planen. Das letzte Mal hat es wunderbar geklappt, auch ohne Sturm. Ich hoffe, dass das nächste Mal genauso glattläuft.«

»Das nächste Mal?«

Callum nickt, den Blick nun auf einen Punkt in der Ferne geheftet, am Horizont, während er antwortet: »Ja. Ich werde im September mit einer kleinen Crew ein Segelboot von Portugal bis nach Florida segeln. Die *Atlantic Queen* ist ein 14-Meter-Boot, das meine Kollegen und ich vor zwei Jahren hier in unserer Werft für Ernie Monroe, einen Millionär aus Ontario, gebaut haben. Im vergangenen Frühsommer habe ich die Queen mit drei anderen Jungs für Ernie von Lunenburg aus nach Europa gesegelt – die sogenannte Nordroute, mit einem Stopp in Irland, dann gen Süden bis nach Frankreich runter. Ernie ist nach Marseille geflogen und hat das Boot dort übernommen. Seit dem letzten Sommer hat er viel Zeit mit seiner Queen im Mittelmeer verbracht, aber jetzt möchte er das Boot zusammen mit seinem Sohn bis nach Key West in Florida segeln, denn dort gehört ihm ein Ferienhaus. Eines von vielen, um genau zu sein.« Callum lacht auf.

»Wow«, meldet sich Nele zu Wort, die bisher damit beschäftigt war, Sonnenmilch auf ihren Beinen zu verteilen. »Ein Ferienhaus in Florida hätte ich auch gern!«

»Ja, es ist schön da unten«, bemerkt Callum höflich, bevor er zu meiner Freude wieder mich ansieht und hinzufügt: »Allerdings traut sich weder Ernies Sohn noch er selbst die Atlantiküberquerung ohne Unterstützung einer erfahrenen Segler-Crew zu. Darum haben sie Scott – einen Kumpel von mir, der inzwischen in Halifax wohnt, aber auch mal für die Werft hier in Lunenburg gearbeitet hat – und mich gefragt, ob wir ihnen helfen. Sie bezahlen gut, und ich mache nichts lieber, als Boote über den großen Teich zu schippern.« Callum zwinkert mir zu, und ich starre ihn sprachlos an.

»Aber ... seid ihr die ganze Zeit auf dem offenen Wasser unterwegs?« Fassungslos versuche ich, mir die Weltkarte vor Augen zu rufen, mir vorzustellen, wie eine solche Atlantiküberquerung in einem Boot wie diesem hier funktionieren kann.

»Nein, in einem Rutsch geht das natürlich nicht«, sagt Callum mit einem Kopfschütteln.

»Natürlich nicht«, bemerkt Nele und bedenkt mich mit einem Augenrollen. Ich frage mich wirklich, was heute mit ihr los ist.

»Also, es geht theoretisch schon, aber das wäre Wahnsinn«,

wirft Callum ein. »Wir machen das in Etappen. Von Portugal aus steuern wir zunächst Gran Canaria an, bis dahin brauchen wir etwa fünf Tage. Dann folgt die nächste Etappe, bis zu den Kapverdischen Inseln vor Westafrika, wiederum fünf Tage. Da heißt es dann Vorräte auffüllen und die Großwetterlage gründlich checken, denn dann geht es für circa sechzehn Tage raus auf den großen Teich, bis rüber in die Karibik. St. Lucia soll vermutlich unser erster Stopp dort werden, von da aus arbeiten wir uns nach Norden vor, Richtung Florida.«

Sichtlich gut gelaunt grinst mich Callum an, der Gedanke an das Abenteuer, das vor ihm liegt, scheint ihm zu gefallen. Der Wind spielt mit seinen blonden Strähnen, und ich kann ihn mir nur zu gut vorstellen, wie er mitten auf dem weiten Atlantik am Steuerrad eines Segelbootes steht und den Elementen trotzt, gelassen und selbstbewusst, genau wie jetzt. Gänsehaut kriecht meinen Rücken hinab, und ich kann einen kleinen Schauer nicht unterdrücken.

»Für mich wäre das nichts«, murmele ich mit einem Kopfschütteln und höre Callum heiser auflachen.

»Glaub mir, es ist wunderschön«, sagt er, geradezu verträumt.

»Also, ich würde das total gern mal machen!«, verkündet Nele, lächelt Callum breit an und steht dann von der Bank auf, um mit ihrem Smartphone ein paar Selfies von sich an der Reling zu knipsen. Callum beobachtet sie kurz, bevor er wieder an mich gewandt sagt: »Vermutlich werde ich nach der Ankunft in Florida noch den restlichen Winter in der Karibik verbringen und als Skipper auf ein paar Jachten arbeiten.«

Als sein Hund den Kopf hebt und ihn aufmerksam mustert, lacht Callum auf. »Nein, du warst nicht gemeint, Junge.« Er sieht mich an, fährt fort: »Im nächsten Frühjahr wollen Ernie, sein Sohn, mein Kumpel Scott und ich die *Atlantic Queen* dann die amerikanische Ostküste hinauf bis zurück nach Lunenburg segeln.«

»Aber«, werfe ich erstaunt ein, »wirst du nicht deinen Job hier in der Werft verlieren, wenn du so lange weg bist?«

»Nein, mein Chef hat sich zum Glück bereit erklärt, mich freizustellen. Er sieht das Ganze als Teil der Kundenbindung – Ernie ist so dankbar, dass Scott und ich uns um sein Boot kümmern, dass er schon angekündigt hat, im kommenden Jahr eine weitere Jacht in der Knaus & Webber Werft bauen zu lassen.«

»Wow, netter Chef«, murmele ich und muss an den weiß gelockten Mann eben in der Werkstatt denken, der Callum beinahe väterlich umarmt hat. Ich würde Callum gern fragen, was seine Familie zu seinem Vorhaben sagt, ob sich seine Eltern nicht schreckliche Sorgen um ihn machen – ebenso wie seine Großmutter Eloise, die ich nun ja auch kenne –, aber in diesem Moment greift er nach meiner rechten Hand und legt sie auf das glatte Holz des Steuerrades. »Kannst du das Boot bitte steuern, während ich die Segel hisse?«

»Was?«, frage ich entsetzt und erhebe mich so zügig von der Bank, dass Skipper überrascht von meinen Füßen aufspringt und mich hechelnd mustert. »Ich habe keine Ahnung, was ich machen muss!«

»Gar nichts, Amelie, du musst nur das Steuerrad in den Händen halten!«, gibt Nele neunmalklug von sich, bevor sie fragt: »Callum, darf ich dir beim Segel hissen helfen?«

»Klar«, sagt Callum und wendet sich ab, allerdings nicht, ohne mir flüchtig zugezwinkert zu haben. »Du machst das super«, wispert er mir zu, bevor er sich an seinem Hund vorbeischiebt und mit Nele im Schlepptau nach vorn klettert.

Mit vor Nervosität schweißnassen Händen halte ich das Steuerrad umfasst, während auch Papa und Lars beim Entrollen der Segel helfen. Ich spüre die Kraft der Wellen unter uns, die das Ruder hin und her schlagen lassen würde, wenn ich es nicht im Zaum halten würde. Der Wind zerrt an meinen Locken, die teilweise den Weg unter der Mütze hervorgefunden haben, und mit meiner freien Hand ziehe ich den Schirm tiefer in mein Gesicht, damit die Kappe nicht doch von meinem Kopf gerissen wird. Es ist jetzt ziemlich still hier draußen auf dem Wasser, denn der Motor tuckert nicht länger, während das Boot regelrecht darauf zu warten scheint, dass die Segel gehisst werden. Und dann ist es so weit, das weiße Segeltuch entfaltet sich peu à peu, und schließlich bläht es sich geradezu majestätisch auf, als der erste Windstoß hineinfährt. Sobald sowohl Vor- als auch Großsegel gehisst sind, kommt Callum zurück ins Heck und stellt sich wieder neben mich.

»Gut gemacht«, grinst er mich an, und ich lächele geschmeichelt zurück. Nele und Papa sind am Bug geblieben, sie sitzen auf dem sonnenbeschienenen Holz und sehen begeistert zum Ufer hinüber.

»Seht mal, wie schön!«, ruft Papa, und ich drehe den Kopf. Mir stockt der Atem: Der Anblick der bunten Holzhäuser Lunenburgs, die sich am Wasser entlang und über die Hügel der Stadt hinaufziehen, ist fantastisch. Feuerrot und marineblau, mintgrün und sonnengelb leuchten die unterschiedlichen Gebäude mit ihren Ladenfronten, ihren mit Schnitzereien verzierten Eingängen, den Erkerfenstern und »Lunenburg Bumps«. Papa schießt voller Begeisterung ein Foto nach dem nächsten, während ich mit offenem Mund einfach nur dorthin starre.

»Schön, oder?«, höre ich Callums Stimme dicht neben mir.

»Ja«, nicke ich andächtig. »Wunderschön.«

Doch auch als wir den Hafen von Lunenburg verlassen und auf den offenen Atlantik hinaussegeln, gibt es so viel zu sehen, dass ich aus dem Staunen kaum herauskomme. Dicht bewaldetes Ufer zieht an unserem Boot vorbei, ich erkenne Eichhörn-

chen, die über Felsen springen, und einmal sogar eine Hirsch-
kuh mit ihrem Jungen, die zwischen den Bäumen stehen und
unser Boot betrachten. Callum zeigt uns einen Weißkopfsee-
adler, der in der Krone einer Kiefer auf einer kleinen Insel sitzt.
Als unser Boot die Insel passiert, erhebt er sich mit majestäti-
schem Flügelschlag in die Luft und fliegt davon, dem Horizont
entgegen, den auch wir ansteuern.

Kapitel 17

Irgendwann überwinde ich meine Furcht und wage mich zum Bug des Bootes vor, dicht gefolgt von Lars, der mir das Gefühl gibt, dem Atlantik nicht schutzlos ausgeliefert zu sein. Sobald wir am Bug ankommen und uns auf die sonnenwarmen Holzplanken setzen, verkündet Nele, einen Schluck Wasser trinken zu wollen, und verschwindet ins Heck. Ich sehe, dass sie sich neben Callum setzt und mit ihm plaudert. Warum mich das stört, kann ich selbst nicht sagen – schließlich bin ich nun mit Lars allein hier vorn, während Papa an der Seite des Bootes sitzt, die Kamera im Anschlag.

»Schön?«, fragt mich Lars mit einem Lächeln, das eine Spur bemüht wirkt, während er sich offensichtlich dazu zwingen muss, nicht in Neles und Callums Richtung zu sehen.

»Wunderschön«, seufze ich ehrlich begeistert und drehe mein Gesicht der Sonne entgegen. Die salzige Luft füllt meine Lungen, ich spüre die feuchte Gischt auf meiner Haut, schmecke das Salz auf meinen Lippen. Ich könnte ewig so weitersegeln, die dicht bewaldete Küste mit ihren schroffen Felsen betrachten. Hier und da öffnet sich der Wald, gibt den Blick auf Häuser frei, die eine grandiose Aussicht auf den Atlantik haben müssen. Kanada-Flaggen wehen an Fahnenmästen im Wind, Bootsstege ragen auf algenbewachsenen Pfählen in die Brandung hinaus, gelber Seetang treibt in kleinen Teppichen auf dem tiefblauen Wasser. Hin und wieder begegnen wir anderen Segelbooten und einmal auch zwei roten Kajaks, die von ihren Insassen mit gleichmäßigem Paddelschlag parallel zur Küste vorangetrieben werden. Lars und ich reden wenig, nur ab und zu machen wir uns gegenseitig auf etwas aufmerksam, was uns ins Auge sticht: Ich deute auf die riesige Fensterfront eines üppigen Blockhauses auf einer Anhöhe über dem Meer, Lars zeigt mir einen Reiher, der im flachen Wasser nahe des Ufers steht und auf Fische wartet. Ich frage ihn, was für Kisten das sein könnten, die neben ein paar Bootsschuppen aufgestapelt stehen, und Lars hat die Antwort parat: »Das sind Hummerkörbe. Die werden draußen im Atlantik versenkt, und die Hummer kriechen mittels Köder hinein. Habe ich gestern im Reiseführer gelesen.«

Ich merke kaum, wie die Zeit vergeht, bis Callum das Boot in eine geschützte Bucht steuert, mit der Hilfe von Papa, Lars und Nele die Segel einholt und schließlich den Anker wirft.

»Wenn ihr schwimmen gehen wollt, nur zu«, sagt er. »Das Wasser ist zwar recht kühl, aber hier in der Bucht nicht so eisig wie weiter draußen. Hier sind übrigens ein paar Kräcker und Weintrauben, falls ihr Hunger habt.«

»Kommst du auch mit schwimmen?«, höre ich Nele fragen und denke im ersten Moment, dass sie Lars meint, aber natürlich sieht sie Callum erwartungsvoll an, während sie sich ihr T-Shirt über den Kopf zieht. Darunter kommt ihr dunkelblaues Bikini-Oberteil zum Vorschein, und ich merke, dass Callum rasch den Blick senkt und zögernd antwortet: »Vielleicht etwas später.«

»Was ist mit dir, Amelie?«, fragt meine Schwester und lässt ihre Jeansshorts auf ihre Knöchel hinabrutschen.

»Nee«, sage ich und schüttele mit Nachdruck den Kopf. »Lieber nicht.«

Zwar trage auch ich meinen Bikini unter meinen Klamotten, doch es ist eine Sache, in diesem Boot über den Atlantik zu gleiten, aber eine ganz andere, einfach so ins tiefe Wasser zu springen.

»Angsthase!«, ruft Nele mit einem frechen Grinsen, und dann tut sie genau das: Sie springt mit einem übermütigen Kreischen ins Wasser. »Kalt!«, quietscht sie, als sie wieder auftaucht. Callum und Papa lachen, während Lars entschlossen sein T-Shirt über seinen Kopf zieht. Ich bemühe mich darum, seinen nackten Oberkörper nicht allzu auffällig anzustarren, aber dass mir das nicht gelingt, wird mir klar, als ich Callums Blick auffange. Er bedenkt mich mit einem kaum wahrnehmbaren Kopfschütteln, das eine Spur irritiert wirkt. Ich tue so, als wüsste ich nicht, was er meint, und drehe mich mit einem unschuldigen Schulterzucken weg. Lars trägt bereits Badeshorts, und so wendet er sich nun ab und macht einen Köpper ins kalte Wasser.

»Ich glaube, eine kleine Abkühlung wird mir auch guttun«, bemerkt Papa nachdenklich.

»Bist du dir sicher?«, frage ich besorgt, als auch er beginnt, sich aus seinen Anziehsachen zu schälen, bis er in Badehose an Deck steht. »Ist das nicht zu kalt für dich?«

»Für mich?« Papa prustet entrüstet, und dann macht auch er einen Köpper ins Wasser. Ich unterdrücke einen besorgten Aufschrei. Papa ist immerhin 63, da sollte man wirklich nicht mehr einfach so ins kalte Meer springen! Was, wenn er einen Herzinfarkt bekommt? Aber mein Vater taucht prustend auf und lacht fröhlich zu mir herauf: »Wirklich, Amelie, du solltest auch schwimmen gehen, das Wasser ist herrlich!«

Mit einem Kopfschütteln lasse ich mich auf die Bank im Heck plumpsen und verschränke die Arme vor der Brust. Ich weiß selbst, dass ich mir oft zu viele Sorgen mache und bei Weitem nicht so mutig und draufgängerisch bin wie meine jüngere Schwester. Aber das kann ich nicht einfach so ändern.

»Alles okay?«, erkundigt sich Callum. Er setzt sich neben

mich, streckt seine langen Beine aus und legt seine Arme auf die Rückenlehne der Bank, sodass seine Hand dicht hinter meinen Schultern ruht. Als ich ihn von der Seite ansehe, entdecke ich drei dunkle Flecken auf seinem Oberarm, wo sein T-Shirt-Ärmel in die Höhe gerutscht ist. Das sind drei tätowierte Sterne, erkenne ich bei genauerem Hinsehen, bevor mir bewusst wird, dass mich Callum fragend mustert. Natürlich wartet er auf eine Antwort, und ich nicke eilig.

»Ja, alles okay. Vielen Dank, dass du uns mit auf diesen Segeltörn genommen hast«, sage ich und sehe ihn an. Sein Lächeln lässt meine Innereien ein wenig durcheinanderpurzeln, aber vielleicht liegt das auch nur am leichten Schaukeln des Bootes. Skipper kommt mit einem begeisterten Hecheln an und versucht, auf meinen Schoß zu klettern.

»Aus, Junge«, lacht Callum. »Wirklich, dass du immer noch denkst, du könntest bei jemandem auf dem Schoß sitzen! Das kannst du schon seit ewigen Zeiten nicht mehr.«

Er tätschelt seinem Hund den Kopf, und Skipper winselt traurig, bevor er sein Kinn auf mein Knie legt und mich hoffnungsvoll ansieht, bis ich mit einem Lachen nachgebe und ihn zwischen den Ohren kraule.

»Er hat sich wirklich hoffnungslos in dich verliebt«, bemerkt Callum amüsiert, und als er seine Hand bewegt, streifen seine Finger leicht mein Schulterblatt.

»Vermutlich tut er das alle naselang, wenn sein Herrchen mit einer Frau ankommt, oder?«, erkundige ich mich trocken und werfe Callum einen Seitenblick zu. Ein heiseres Lachen ist die Antwort.

»Also, erstens kommt sein Herrchen nicht alle naselang mit Frauen nach Hause«, erwidert er schmunzelnd. »Und zweitens verliebt sich Skipper eher selten in Fremde. Du bist die Ausnahme.«

Ich merke, dass Callums Blick ernst wird, als er mich betrachtet, und ich betrachte meinerseits konzentriert Skippers dunkles Fell, um nicht allzu rot anzulaufen. Vergeblich, klar.

»Hat schon mal jemand deine Sommersprossen gezählt?« Callums Frage lässt mich nun doch aufsehen, und ich pruste amüsiert los.

»Nein«, erwidere ich und mustere ihn mit hochgezogenen Augenbrauen. »Wer, bitte schön, sollte das tun?«

Noch während ich das frage, wird mir klar, welche Antwort auf der Hand liegt, und nun schießt mir die Röte erst recht ins Gesicht, heiß und unbarmherzig.

»Jemand, der viel Zeit mit dir verbringt«, antwortet Callum, und trotz der Lachfältchen um seine Augen wirkt er nach wie vor so ernst, dass ich wirklich nervös werde. »Nackt, natürlich.«

Nun schmunzelt er doch, und ich schüttele mit einem Augenrollen den Kopf und sehe hinaus aufs Meer, darum bemüht, meinen Herzschlag unter Kontrolle zu bringen. »Nein, das hat noch niemand gemacht«, erkläre ich mit Nachdruck. »Und, falls du es genauer wissen willst: Ich war überhaupt seit einer Ewigkeit nicht nackt mit einem Mann zusammen, auch ohne Sommersprossen zu zählen. Zufrieden? Oder willst du noch mehr wissen?«

Warum ich so erschreckend ehrlich bin, weiß ich selbst nicht – diese Offenheit sieht mir eigentlich überhaupt nicht ähnlich. Aber hier draußen, auf dem Atlantik, die salzige Brise im Gesicht, scheinen die Worte wie von selbst aus mir herauszufinden.

Gut, dass ich sonst in Bielefeld wohne.

Ich rechne mit einer spöttischen Antwort oder einer anzüglichen Bemerkung, aber stattdessen fragt Callum ernst: »Wie lang ist bei dir eine Ewigkeit?«

Aus schmalen Augen starre ich ihn an. Will er mich provozieren, oder interessiert ihn das wirklich? Kurz angebunden antworte ich: »Ich hatte seit dreizehn Jahren keine Beziehung mehr, Callum. Und das hat seine Gründe. Los, jetzt kannst du dich über mich lustig machen. Nur zu.«

»Warum sollte ich mich über dich lustig machen?« Callum sieht mich ruhig an, und die Ernsthaftigkeit in seinen blauen Augen lässt mein Herz noch schneller schlagen. Nervös befeuchte ich meine Lippen, schmecke das Salz darauf.

»Weil das die meisten Leute nicht normal finden«, erwidere ich heiser. »Vermutlich bin ich nicht normal.«

»Du hast keine Beziehung mehr gehabt, seit deine Mutter gestorben ist«, stellt Callum fest, und ich starre ihn überrascht an. Woher weiß er das?

»Nele hat mir eben von ihrem Tod erzählt.« Ich muss daran denken, wie Nele neben Callum im Heck gesessen hat, während das Segelboot über das tiefblaue Wasser geglitten ist. Sie hat ihm von Mamas Unfall erzählt? Ich schlucke und bemühe mich darum, ruhig zu atmen.

»Das hat nichts mit dem Tod meiner Mutter zu tun«, erwidere ich heftig.

»Meinst du?«, fragt Callum leise. »Könnte es nicht sein, dass du Angst davor hast, wieder einen Menschen zu verlieren, der dir nahesteht?« Er macht eine Pause, in der ich nach Luft schnappe, mit der Fassung ringe. Nachdenklich legt Callum die Stirn in Falten und betrachtet mich aufmerksam, bevor er langsam sagt: »Vielleicht … Also, ich kann mir vorstellen, dass du dich deshalb in jemanden verliebt hast, der unerreichbar ist.«

Verwirrt starre ich ihn an, brauche zwei Sekunden, bis ich begreife, wen er meint. Dann jedoch fällt der Groschen, und ich hake mit bebender Stimme nach: »Du redest jetzt hoffentlich nicht von Lars?«

»Natürlich rede ich von Lars«, erwidert er ruhig. »Bei ihm gehst du von vornherein kein Risiko ein, ihn wieder zu verlieren. Denn du kannst ihn ja gar nicht erst haben.«

»Du spinnst!«, zische ich, plötzlich von unbändiger Wut übermannt. »Wie kannst du bloß glauben, zu wissen, was ich aus welchem Grund empfinde? Du hast keine Ahnung von mir und meinen Gefühlen! Ich hatte einen Freund, als Mama gestorben ist, und er ... Ich ...«

Als ich an Tobias denke und daran, wie alles geendet hat, schießen mir schon wieder Tränen in die Augen. Wütend auf mich selbst und auf Callum und auf Tobias und auf das miese Schicksal, wische ich mir mit dem Handrücken unter den Augen entlang. »Als Nächstes wirst du mir sicherlich sagen, dass ich nach vorn gucken soll, dass dreizehn Jahre lang genug sind, dass ich darüber hinwegkommen muss, oder?«

Callum sieht mich an und schüttelt kaum merklich den Kopf. Seine Lippen sind zu einer schmalen Linie geworden, und er wirkt ein wenig blasser um die Nase. »Nein«, sagt er heiser. »Nein, das würde ich niemals sagen.«

»Ach komm, dann denkst du es halt!«, fahre ich ihn an, wütend auf alles und jeden. Mit einer heftigen Handbewegung streife ich meine Bluse von den Schultern und ziehe mir mein Tanktop über den Kopf. Ich merke, dass Callums Blick flüchtig über meinen Körper huscht, bevor er mir erneut ernst in die Augen sieht. »Du hast keine Ahnung, was ich denke«, murmelt er mit rauer Stimme.

»Ist wohl auch besser so«, gebe ich patzig zurück, und dann steige ich aus meinen Shorts, pfeffere sie auf die Sitzbank. Ehe mich der Mut, den die Wut mit sich bringt, wieder verlässt, stelle ich mich an die Reling und springe ins Wasser hinab. Während ich tief ins kalte Blau eintauche, hämmert nur ein Gedanke in meinem Kopf: Callum hat recht.

Als ich über eine Leiter am Heck des Boots wieder an Bord klettere, hat sich Nele bereits in der kleinen Kabine unter Deck umgezogen. Auch ich habe zum Glück Unterwäsche zum Wechseln dabei, und so schnappe ich mir meine Tasche und verschwinde die drei Stufen hinab in die Kabine. Hier, unter Deck, merkt man das Schwanken des Bootes deutlicher, also beeile ich mich, in die trockenen Klamotten zu schlüpfen, um nicht seekrank zu werden. Als ich gerade fertig bin, klopft es an die Kabinentür. In der Erwartung, dass sich Papa oder Lars auch umziehen wollen, öffne ich die Tür – und stehe Callum gegenüber. Er sieht mich ernst an, doch ich weiche seinem Blick aus und will mich wortlos an ihm vorbeischieben. Allerdings geht Callum nicht zur Seite, sondern bleibt vor der untersten Treppenstufe stehen und versperrt mir den Weg nach oben. Ungeduldig sehe ich ihn an.

»Lässt du mich bitte vorbei?«

»Amelie, bitte entschuldige. Ich wollte dich nicht ärgern oder … aufwühlen. Wirklich nicht. Es tut mir leid.«

Ich schlucke und starre auf meine blau lackierten Zehennägel hinab, um meine Tränen vor Callum zu verbergen. Dass das nicht funktioniert, wird mir klar, als er seine Hände auf meine Schultern legt und mich sanft, aber bestimmt nach hinten schiebt, sodass wir nicht länger im Treppenaufgang stehen, sondern erneut in der winzigen Kabine. Die Tür fällt durch das Schaukeln der Wellen hinter Callum zu, wir sind allein.

»Hey«, murmelt er leise, legt einen Finger unter mein Kinn und hebt es an, sodass ich ihm in die Augen sehen muss. »Es ist okay, Amelie. Es ist okay, wenn du traurig bist. Es ist okay, wenn du sie vermisst. Du darfst weinen. Und wenn dir jemand sagt, dass du darüber hinwegkommen sollst, weil es dreizehn Jahre her ist, dann hat dieser jemand noch nie einen so großen Verlust erlitten.«

Ich starre zu ihm hoch, lasse einen zitternden Schluchzer zu. Callums Hand legt sich auf meine Wange, sein Daumen streichelt eine Träne fort. Dieses Gefühl der Nähe reißt mich mit einem Mal mit sich wie eine starke Meeresströmung. Ohne es wirklich zu wollen, schmiege ich mein Gesicht in seinen Handteller, spüre die Schwielen an seinen Fingern, werde vom Duft von Salzwasser und Callums Haut überwältigt. Im nächsten Moment wird mir bewusst, was ich da tue. Geradezu erschrocken löse ich mein Gesicht von seiner Hand und sehe Callum verlegen an. Allerdings habe ich nicht das Gefühl, dass er etwas dagegen hatte.

Im Gegenteil.

Callum macht noch einen Schritt auf mich zu, sodass sich unsere Körper fast berühren, und legt auch seine zweite Hand um mein Gesicht, während sein Blick von meinen Augen zu meinem Mund wandert. Mir stockt der Atem, mein Herz scheint kurz auszusetzen, nur, um dann umso schneller loszugaloppieren. Ich weiß nicht, ob ich mich ihm entgegenwerfen oder davonrennen soll. Beide Impulse sind gleich stark, was mich wirklich verwirrt – doch als sich Callum langsam zu mir herabbeugt, gewinnt mein Fluchtinstinkt die Oberhand.

Und Skipper kommt mir zur Hilfe, denn gerade, als ich mich entschließe, schleunigst das Weite zu suchen, springt der Hund von draußen bellend gegen die Kabinentür.

»Amelie?«, höre ich Papas Stimme von oben. »Ist alles okay da unten?«

»Ja!«, rufe ich hastig und weiche Callums Blick aus, als ich mich an ihm vorbeischiebe und die Tür aufreiße. Ich will gerade die kleine Kabine verlassen, doch er greift nach meiner Hand und hält mich fest. Fragend sehe ich ihn an.

»Machst du morgen noch einmal einen Ausflug mit mir? Ohne die anderen?« Er sieht mich ernst an, und dieser Blick lässt mich fast in die Knie gehen. Verlegen entwinde ich meine Hand Callums Griff und suche stattdessen Halt am Treppengeländer hinter mir.

»Ich weiß noch nicht, was für Pläne wir haben«, weiche ich aus, als Lars die Treppe herab kommt und fragt: »Bist du fertig? Ich wollte mich auch umziehen.«

»Klar«, sage ich und werfe ihm einen möglichst unbeschwerten Blick zu, damit er nicht merkt, wie aufgewühlt ich gerade bin. Dass ich mal wieder versage, was das Coolsein angeht, begreife ich, als Lars neben mir auf der untersten Stufe stehen bleibt und mich prüfend ansieht.

»Ist alles okay? Du bist rot wie ein gekochter Hummer.«

»Ähm, ja, alles okay«, versichere ich, während Lars' Blick nachdenklich zu Callum und zurück zu mir wandert. »Ich muss jetzt schleunigst an Deck, hier unten werde ich seekrank«, stoße ich hervor, und dann fliehe ich hinauf in die Sonne und in die herrliche Atlantikbrise, die es vorhin geschafft hat, mir eine Zeit lang alle Sorgen aus dem Kopf zu pusten.

Jetzt gelingt ihr das nicht mehr, denn ich sitze im Heck, und Callum stellt sich neben mich ans Steuerrad, nachdem er den Anker gelichtet hat. Er unterhält sich mit Papa und Nele, lacht und scherzt mit ihnen, als wäre alles normal, aber ich merke genau, dass er mich immer wieder von der Seite ansieht. Ich aber habe mich hinter meinen Sonnenbrillengläsern versteckt und ignoriere ihn stur.

So lange, bis wir wieder an der Pier der Werft anlegen und Callum mir von Bord hilft.

»Bitte«, raunt er mir zu, sodass die anderen es nicht hören können. »Lass uns morgen gemeinsam raus aus der Stadt fahren, Amelie. Nur du und ich und der verrückte Hund.«

Mein Herz schlägt mir bis zum Halse, und ich kann ihn nicht ansehen. »Das ist keine so gute Idee«, wispere ich.

»Weil ich recht hatte, oder?« Callum sieht mich ernst an.

»Recht?«, frage ich leise, wobei ich natürlich genau weiß, dass er auf seine Behauptung anspielt, ich hätte mich nur in Lars verliebt, weil er unerreichbar sei und keinen Verlust mit sich bringe. Schließlich kann man nichts verlieren, was man nie hatte.

Aber hat Callum recht? Eben, im kalten Atlantikwasser, lautete meine innere Antwort auf diese entsetzte Frage: Ja! Aber jetzt, hier, auf den Planken der Pier, die Abendsonne im Gesicht, schiebe ich meine Sonnenbrille zurecht und straffe meine Schultern. Nein, denke ich trotzig, natürlich hat er nicht recht! Immerhin kannte ich Lars schon, bevor er mit Nele zusammengekommen ist. Er war also gar nicht unerreichbar, als ich mein Herz an ihn verloren habe – wenn man mal von seinen anderen Freundinnen absieht. Wie also passt das zu Callums schräger Theorie? Aber diese Details aus meiner und Lars' Vergangenheit kennt er natürlich nicht. Und das ist gut so, der Kerl soll gar nicht so viel von mir wissen! Doch Callum redet unbeirrt weiter, wispert mir mit Nachdruck zu: »Bleibst du wirklich lieber in deiner Traumwelt, statt in der Realität etwas zu wagen? Nur, weil du nicht riskieren willst, dass dir dein Herz gebrochen wird?«

»Bilde dir nur nicht zu viel ein«, erwidere ich, spöttisch jetzt, um meine Unsicherheit zu überspielen. »Du müsstest erst einmal mein Herz gewinnen, um es zu brechen.«

Callum sagt nichts, sondern mustert mich nur mit diesem intensiven Blick aus seinen meeresblauen Augen, sodass ich mich abwenden muss. Denn mein Herz demonstriert mir gerade mehr als deutlich, dass es sich bereits ungefragt auf den Weg gemacht hat, um gewonnen zu werden. Wieso um alles in der Welt habe ich das nicht rechtzeitig gemerkt?

Kapitel 18

Callums Worte verfolgen mich nach wie vor, als ich am nächsten Morgen schwer atmend den Seaview Coffee Shop betrete. Während ich mich in die Schlange vor dem Tresen einreihe, ziehe ich mir die Kopfhörer aus den Ohren, sodass ich nicht länger Springsteens *Born to run* höre, sondern das fröhliche Stimmengewirr der Menschen um mich herum. Aber leider höre ich auch immer wieder Callums Worte von gestern, denn die konnte selbst Bruce nicht ausblenden: »Bleibst du wirklich lieber in deiner Traumwelt, statt in der Realität etwas zu wagen? Nur, weil du nicht riskieren willst, dass dir dein Herz gebrochen wird?«

Genervt reibe ich mir mit einer Hand über mein erhitztes Gesicht und schiebe eine Locke hinter mein Ohr. Normalerweise kann ich beim Joggen alles um mich herum ausblenden, alle Gedanken, die mich quälen, vergessen. Darum habe ich damals überhaupt mit dem Laufen angefangen. Um zu vergessen.

Aber Callums Bemerkung kann ich nicht vergessen.

Und ihn auch nicht, was mich irgendwie noch mehr beunruhigt. Was, wenn wir uns gestern unter Deck wirklich geküsst hätten? Es wäre mein erster Kuss seit fast dreizehn Jahren gewesen.

Unfassbar. Manchmal fürchte ich wirklich, dass ich nie wieder normal werden kann. Dass es die Amelie, die ich mal war, nie wieder geben wird. Die zwar schüchterne, aber dennoch lebensfrohe Amelie, die voll Zuversicht ihre Ausbildung zur Goldschmiedin gemacht hat und mit Tobias glücklich war. Die sich in ihren rosaroten Zukunftsträumen mit einem eigenen kleinen Schmuckgeschäft in Bielefeld sah, mit Tobias verheiratet, zwei bis drei Kinder und vielleicht eine gemütliche Altbauwohnung, im Idealfall direkt über dem Laden.

Aber Mamas Tod hat all diese Träume vernichtet. Ich war nicht mehr in der Lage, als Goldschmiedin zu arbeiten, ganz zu schweigen davon, etwas so Großes in Angriff zu nehmen wie ein eigenes Schmuckgeschäft. Und Tobias, von dem ich mal geglaubt hatte, er sei die Liebe meines Lebens, verlor nach ein paar Monaten die Geduld mit mir. Zugegeben, ich war schwer zu ertragen in diesen Monaten nach Mamas Tod. Rückblickend kann ich mich kaum daran erinnern, viel mehr gemacht zu haben, als zu heulen und zu schlafen. Trotzdem hatte ich gehofft, dass Tobias Verständnis zeigen würde. Und das hatte er zu Beginn auch. Aber mit jedem Monat, der ins Land zog und in dem ich mich nach wie vor nicht imstande sah, aus dem tiefen Brunnen meiner Trauer aufzutauchen, wurde er ungeduldiger mit mir. Und schließlich eröffnete er mir sanft, aber bestimmt, dass es besser für uns beide wäre, wenn wir getrennte Wege gingen. Wir hatten noch nicht zusammengewohnt, aber ich hatte so manche Nacht bei ihm in seiner Studentenbude verbracht. Nun zog ich also ganz zurück zu Papa und trauerte dort weiter. Und bis heute wohne ich immer noch dort, unter dem Dach meines Elternhauses. Manchmal sehe ich mich als alte Frau nach wie vor dort sitzen. Allein.

Als ich ein vertrautes Gesicht vor der Fensterfront des Seaview Coffee Shops entdecke, denke ich im ersten Moment, dass Knuth wieder auf dem Weg in sein Stamm-Café ist, um sich einen schwarzen Kaffee zu holen. Aber, nein, das ist nicht mein Onkel, sondern tatsächlich mein Vater, erkenne ich und winke Papa zu. Er steht draußen auf dem Bürgersteig und hat mich anscheinend im Vorbeigehen hier drinnen entdeckt. Mit einem flüchtigen Lächeln nickt er mir zu, und ich befürchte schon, dass er nun einfach weitergehen wird, schließlich benimmt er sich wie ein verschrobener Einsiedler, seit wir in Lunenburg angekommen sind. Ständig geht er allein spazieren oder sitzt, in Gedanken versunken, allein im Garten herum, nur um unter irgendeinem Vorwand zu flüchten, sobald man versucht, ihn in eine Unterhaltung zu verwickeln, die mit seinem Zwillingsbruder zu tun hat. Ich hätte gestern, auf dem Boot, die Chance nutzen und ihn zur Rede stellen sollen, fährt es mir durch den Kopf. Denn da hätte er nicht flüchten können. Aber ich war viel zu beschäftigt mit Callums Gegenwart und mit meinen verwirrenden Gefühlen, um mich auch noch um meinen Vater und seine verrückte Familien-Story zu sorgen.

Zum Glück scheint Papa heute nicht davonzulaufen, merke ich, denn er zögert zwar kurz, öffnet dann aber die Tür zum Coffee Shop und kommt herein.

»Guten Morgen, Amelie«, sagt er und stellt sich neben mich. »Du warst laufen?«

»Ja«, erwidere ich und drücke ihm einen Kuss auf die Wange. »Tat gut. Als ich aus dem Haus gegangen bin, war es noch richtig kühl. Jetzt wird es langsam wieder ziemlich heiß, oder?«

Papa nickt. »Ja. Da glauben die Leute immer, in Kanada sei es kalt. Die waren noch nie in Nova Scotia.« Er grinst mich an, und ich nicke mit einem Lächeln. Natürlich drängen sich mir sofort wieder Fragen zu Papas erstem Urlaub in Kanada, vor so vielen Jahren, auf, aber ich verkneife sie mir mühsam, weil mir klar ist, dass er mich sonst vermutlich allein hier stehen lassen würde.

»Guten Morgen!«, reißt mich die Stimme von Jimmy mit

dem grauen Zopf aus meinen Gedanken, und ich drehe mich zum Tresen um. »Einmal Latte Macchiato, richtig?« Ich nicke, als der Laden-Besitzer verblüfft Papa mustert und dann fragt: »Himmel, Knuth, was ist denn in dich gefahren? Warum hast du deinen Bart abrasiert? Ich hätte dich fast nicht erkannt!«

»Ähm«, sagt Papa und kratzt sich verlegen am Kinn. »Ich …«

»Nee, wirklich, mit Bart steht dir besser, nimm es mir nicht übel, altes Haus. Na ja, wächst ja wieder, stimmt's? Warte, dein schwarzer Kaffee kommt gleich.«

»Hmm«, murmelt mein Vater und starrt aus dem Fenster neben der Theke, während sich Jimmy am Milchaufschäumer zu schaffen macht und dabei Mark Cohens *Silver Thunderbird* mitsummt, das aus den Lautsprechern dringt. Ich starre Papa von der Seite an und bin mal wieder platt, wie ähnlich er seinem Zwillingsbruder tatsächlich sieht.

»Ist schwarzer Kaffee okay für dich?«, wispere ich ihm zu, da er ja anscheinend nicht vorhat, die Verwechslung aufzuklären. Natürlich weiß ich, dass Papa seinen Kaffee nur schwarz trinkt, genau wie Knuth. Aber es könnte ja sein, dass er gerade gar keinen haben möchte.

»Ja, sicher«, brummt Papa und wendet sich ab. »Ähm, ich warte draußen auf dich, ja? Hier, geht auf mich.« Er drückt mir einen Geldschein in die Hand, und ehe ich ihn zurückhalten kann, ist er auch schon durch die bimmelnde Ladentür geflüchtet.

»Was ist denn mit Knuth bloß los?«, fragt Jimmy mit einem Kopfschütteln, als er unsere zwei vollen Kaffeetassen auf den Tresen stellt. Einen Augenblick lang bin ich wirklich sauer auf Papa, weil er es mir überlässt, diese merkwürdige Situation aufzuklären, aber da werde ich zum Glück von einer attraktiven Frau um die fünfzig gerettet, die schwungvoll den Coffee Shop betritt und Jimmys Augen zum Leuchten bringt.

»Ah, die Sonne geht auf! Guten Morgen! Dein Cappuccino mit Sojamilch steht schon in den Startlöchern!«

Verstohlen mustere ich die Blondine und verstehe, warum Jimmy aussieht wie ein Kind an Weihnachten: Die Frau hat eine üppige Sanduhrfigur, die sie durch ein Wickelkleid in leuchtendem Türkis betont. Ihre Beine werden optisch durch hochhackige Pumps verlängert, und ihr blondes Haar trägt sie zu zwei kurzen Zöpfen geflochten, die ihr einen jugendlichen Touch verleihen. Mein Blick bleibt an ihrem Dekolleté hängen, denn dort ist eine eindrucksvolle Kette zu sehen, die aus silbernen Quadraten in Kombination mit türkisfarbenen Glasperlen und einzelnen Meerglasstücken in zartem Blau besteht. Sehr extravagant und handwerklich hervorragend gemacht, soweit ich das aus dieser Entfernung einschätzen kann. Als ich dem Blick der Blondine begegne, lächelt sie mich freundlich an, bevor sie beginnt, gut gelaunt mit Jimmy über das heiße Sommerwetter und den erschreckend niedrigen Grundwasserspiegel zu plaudern. Ich nutze die Chance und schiebe das Geld über den Tresen, murmele »Stimmt so« und »Bye!«, bevor ich mir die Tassen schnappe und nach draußen eile.

Papa lehnt um die Ecke des Coffee Shops an der grau geschindelten Hauswand und blickt mit gefurchter Stirn zwischen den Häusern auf den Atlantik hinab, der sich leuchtend blau in der Vormittagssonne erstreckt. Sofort muss ich wieder an gestern denken: an den endlosen Himmel, die Schaumkronen auf den Wellen, das rhythmische Schaukeln des Bootes, den Wind in meinem Haar. An Callums braun gebrannte Beine. An seine kräftigen Hände, die das Steuerrad hielten, die Segel hissten, die Taue verknoteten. An sein Lächeln. An seinen Mund, der meinem plötzlich so nah war.

Energisch verdränge ich die Erinnerung an das, was sich gestern unter Deck abgespielt hat – beziehungsweise die Gedanken an das, was sich außerdem hätte abspielen können. Nein, Callum ist mir völlig egal. Mehr noch: Ich finde ihn extrem nervig. Ja. Extrem.

»Danke«, sagt Papa, als ich ihm seine Tasse in die Hand drücke.

»Ich danke dir für die Einladung«, erwidere ich und nippe an meinem Latte Macchiato. Während ich noch überlege, ob ich Papa darauf ansprechen soll, dass mir sein Verhalten langsam, aber sicher auf den Keks geht, löst er sich schon von der Hauswand und fragt: »Gehen wir ein Stück?«

»Klar«, murmele ich und folge ihm den Bürgersteig entlang, der uns an den schmucken Ladenfronten vorbeiführt, die langsam zum Leben erwachen. Papa und ich schweigen, während wir von einer Straße in die nächste schlendern, unseren Kaffee trinken, die übrigen Touristen beobachten, die an diesem sonnigen Morgen auf Erkundungstour durch das malerische Städtchen aufbrechen. Als wir in der Lincoln Street an einem lilafarbenen Haus mit sonnengelben Fensterrahmen vorbeikommen, stellt eine junge Frau mit fliederfarbenem Haar gerade einen Weidenkorb mit Wollknäueln neben den Eingang. Da in Lunenburg nicht viele Frauen mit dieser Haarfarbe herumlaufen, erkenne ich die Verwalterin unseres Ferienhauses sogar von schräg hinten.

»Guten Morgen, Bonnie!«, sage ich, und Bonnie dreht sich zu uns um.

»Hey, guten Morgen! Wie geht es euch?« Fröhlich strahlt sie Papa und mich an und fragt, ohne eine Antwort abzuwarten: »Ist im Haus alles in Ordnung? Kommt ihr zurecht und, noch wichtiger: Fühlt ihr euch wohl?«

»Es ist alles bestens«, versichere ich, und Papa stimmt mir zu. Mein Blick fällt auf das Schild, das im rechten Winkel zur Hauswand über dem Eingang des Ladens hängt: »Bonnie's

Wool & Tea Shop« ist dort in verschnörkelter lila Schrift zu lesen, umrahmt werden diese Worte von gemalten Wollfäden in Kanariengelb.

»Das ist dein Laden?«, erkundige ich mich verblüfft und werfe einen Blick durch die offene Tür in das kleine Geschäft.

»Aber ja!«, erwidert Bonnie gut gelaunt und geht die Stufen zum Eingang hinauf. »Kommt rein, ich zeige ihn euch!«

Ich merke, dass Papa am liebsten weitergehen würde, weil er vermutlich keine Lust auf Small Talk hat, aber ich greife unbarmherzig nach seinem Hemdsärmel und ziehe ihn hinter mir her in den Laden. Er hat mich heute schon im Coffee Shop im Stich gelassen, jetzt bleibt er gefälligst mal hier, anstatt sich den ganzen Urlaub über immer wieder zu verdünnisieren!

Bonnies Laden empfängt uns mit dem Duft von Kräutertee und etwas frisch Gebackenem. Neugierig sehe ich mich um. An den Wänden des Geschäfts ziehen sich Holzregale entlang, und in den quadratischen Fächern dieser Regale stapeln sich Wollknäuel in allen erdenklichen Farben. In der Mitte des Ladens stehen auf, unter und vor einem rustikalen Holztisch weitere Weidenkörbe, so wie der, den Bonnie gerade vor dem Geschäft auf dem Bürgersteig platziert hat. Auch in diesen Körben ist Wolle ohne Ende zu sehen, allerdings gibt es zusätzlich diverse fertige Produkte: An einem Ende des Tisches stapeln sich offensichtlich handgestrickte Wollpullover mit maritimen Mustern wie Walen, Leuchttürmen und Segelbooten. In einem Korb daneben tummeln sich Handschuhe, in einem weiteren Mützen und Schals mit ähnlichen Mustern. Staunend lasse ich meinen Blick über die verschiedenen Wollprodukte gleiten und frage mich im Stillen, wie dieser Laden bei den heißen Sommertemperaturen überleben kann, als ich in der Ecke neben dem Kassentresen drei Tische mit kunterbunten, nicht zusammenpassenden Holzstühlen sowie ein fast antik wirkendes geblümtes Sofa entdecke. An der Wand steht ein altmodischer Buffetschrank, der ebenso sonnengelb leuchtet wie die Fensterrahmen, und auf der Abstellfläche wurden mehrere Kuchenglocken und Körbe mit Köstlichkeiten aufgereiht. Daher der Duft von frisch Gebackenem! Auf handbeschrifteten Kärtchen ist zu lesen, was das für Leckerbissen sind: »Weiße Schokolade, Macadamia, Cranberry«, lese ich auf dem Kärtchen vor einem Korb voll goldbrauner Muffins, und vor den zwei Nachbar-Körben mit Muffins ist zu lesen: »Kürbis, Zwiebel, Koriander« und daneben »Spinat, Ziegenkäse, Speck«. Die Kuchen sind laut Beschriftung ein »Apple Pie« und ein »Blueberry Pie«, während der Teller voll Törtchen mit »Lemon Meringue« beschriftet ist. Dass es nach Kräutertee riecht, ist auch nicht verwunderlich, denke ich, als ich die diversen Teebeutel in einer Holzschale entdecke, die neben einem Wasserkocher und mehreren bunten Tassen steht, die ebenso wenig zusammenpassen wie die Stühle.

»Das ist ja gemütlich bei dir«, sage ich staunend, als mir auch noch das Regal mit den gebrauchten Taschenbüchern neben dem Sofa auffällt, das zum Schmökern einlädt.

»Danke«, strahlt Bonnie. »Darf ich euch einen Tee anbieten? Ich habe zwanzig Sorten im Angebot!« Ihr Blick fällt auf unsere Tassen, und sie lacht. »Ach, ihr wart bei Jimmy. Kaffee verkaufe ich leider nicht, aber falls ihr Hunger habt, kann ich euch versorgen.« Sie deutet auf den Buffetschrank und ruft dann: »Oh, und gerade sind die Zimtschnecken fertig geworden, nach einem Rezept meiner Oma!« Sie verschwindet kurz in einem Hinterzimmer, in dem sich anscheinend eine Küche verbirgt, und taucht im nächsten Augenblick mit einem weiteren Korb auf, in dem sich köstlich duftende Zimtschnecken türmen.

»Die sind der Verkaufsschlager schlechthin«, sagt sie stolz. »Und sie passen nicht nur zu Tee, sondern auch wunderbar zu

Kaffee.« Bonnie zwinkert mir zu, und ich kann nicht widerstehen.

»Okay, ich nehme gern eine«, sage ich und sehe Papa fragend an, aber mein Vater winkt entschuldigend ab. »Die riechen köstlich, aber ich habe keinen Hunger, danke.«

Er setzt sich auf das Sofa und greift nach einem Buch aus dem Regal, während ich mir eine Zimtschnecke servieren lasse. Und Bonnie hat nicht übertrieben: Sie ist köstlich und zu Recht ein Verkaufsschlager.

»Hast du denn im Sommer genügend Kunden, die Wolle und Pullover oder Handschuhe kaufen?«, erkundige ich mich vorsichtig, bevor ich erneut genüsslich in das Gebäck beiße.

»Du wirst es nicht glauben, aber die Lunenburger stricken das ganze Jahr über«, erwidert Bonnie lachend und setzt sich auf den Tresen, neben die Kasse. Gut gelaunt nippt sie an ihrer Tasse und fügt hinzu: »Und das aus gutem Grund, schließlich ist unser Winter lang genug, da kann man gar nicht zu viele Wollsachen haben und auch nicht zu früh mit dem Stricken beginnen! Aber sogar die Touristen kaufen hier im Sommer gern ein, viele besorgen schon Weihnachtsgeschenke für die Lieben daheim. Die Handschuhe mit dem Hummer-Muster sind zum Beispiel der Renner, die passen in jeden noch so vollen Koffer und sind zur Abwechslung mal ein Mitbringsel, auf dem nicht ›Made in China‹ steht.«

Bonnie grinst mich fröhlich an, und ich kann nur zurückgrinsen, so viel gute Laune versprüht sie. Jetzt verstehe ich auch, warum ich sie bei unserer Ankunft am Haus mit Strickzeug gesehen habe.

»Mein zweites Standbein ist diese kleine Kuchen- und Tee-Stube, dadurch kommen sogar Leute herein, die sich nicht für Wolle interessieren. Und für die, die das doch tun, gebe ich zweimal die Woche Strickkurse.« Sie deutet auf ein Poster, das hinter der Kasse hängt und zum »Knitting Circle« am Dienstag- und Donnerstagabend einlädt. Ich kann mir bildlich vorstellen, wie gemütlich es sein muss, auf Bonnies geblümtem Sofa zu sitzen, eine Tasse Kräutertee zu trinken und mit anderen Strickbegeisterten zu plaudern, während die Nadeln klappern. Zwar hatte ich bisher kein sonderliches Interesse an Wolle, aber plötzlich verspüre ich tatsächlich Lust auf so einen Kurs. Schade, dass ich dafür nicht lange genug in Lunenburg bleiben werde.

Als eine Frau mit Baby im Tragetuch vor der Brust den Laden betritt und herzlich von Bonnie begrüßt wird, schiebe ich mir den Rest meiner Zimtschnecke in den Mund und frage Papa, ob wir gehen wollen. Sofort nickt er, erhebt sich und legt das Buch zurück ins Regal. Er wird immer schweigsamer, je länger wir in Lunenburg sind, denke ich besorgt. Ob ihm dieser Urlaub überhaupt guttut?

»Ich muss noch die Zimtschnecke bezahlen«, sage ich, nachdem Bonnie der jungen Mutter erklärt hat, in welchem Regalfach sie die Angorawolle findet.

»Ach was, die geht aufs Haus«, widerspricht Bonnie, und ich bedanke mich herzlich, während ich mich im Stillen frage, wie viel Wolle sie verkaufen muss, um bei ihrer Großzügigkeit finanziell überleben zu können.

»Bis bald, ihr zwei!«, ruft sie uns hinterher, und ich winke Bonnie zu, die gerade der jungen Mutter ein paar leuchtend pinke Wollknäuel abnimmt. Die Frau mit dem rötlichen Pferdeschwanz und dem Grübchenlächeln sieht kurz neugierig zu mir herüber, und mir fällt auf, dass ich sie an meinem ersten Morgen hier in Lunenburg bereits im Seaview Coffee Shop gesehen habe. Ich nicke ihr freundlich zu, weil ich gemerkt habe, dass man das hier in Lunenburg einfach so macht, egal, ob man die Leute nun kennt oder nicht. Dann folge ich Papa auf den Bürgersteig hinaus. Weit komme ich allerdings nicht, denn er ist vor dem Schaufenster des Nachbargeschäfts stehen geblieben und starrt in die Auslage. Als ich erkenne, was er betrachtet, bleibe auch ich wie angewurzelt stehen: Auf dunkelblauem Samt, der so drapiert ist, dass er an die wellige Meeresoberfläche erinnert, sind Dutzende Schmuckstücke aus Silber angeordnet, die alle eine Gemeinsamkeit haben: Sie sind mit glatt geschliffenen Meerglasstücken in Blau, Türkis und Weiß versehen. Doch ganz besonders fasziniert mich eine Kette, die in der Mitte der Auslage platziert ist und die nicht nur frappierend der Kette ähnelt, die die alte Dame Eloise in der Sea Haven Residence getragen hat, sondern auch der Kette meiner Mutter.

Kapitel 19

Die sieht aus wie Mamas Kette«, sage ich leise, während ich wie benommen auf den Kettenanhänger aus glänzendem Silber und das darin eingefasste Stück grünblaue Meerglas starre. Neben mir räuspert sich Papa, und ich sehe ihn fragend an. Zu meiner Bestürzung merke ich, dass er sich rasch über die Augen wischt.

»Ich habe die Kette für deine Mutter damals hier in Lunenburg gekauft.«

Diese Worte, von Papa heiser hervorgestoßen, lassen mich ungläubig nach Luft schnappen.

»Hier? In diesem Laden?« Ich starre ihn groß an.

»Nein.« Papa schüttelt den Kopf. »Damals gab es hier noch gar nicht so viele kleine Geschäfte und Boutiquen wie heutzutage, der Ort war noch viel verschlafener und längst nicht so ein Besuchermagnet. Nein, die Kette habe ich auf dem Wochenmarkt gekauft, da waren ein paar Stände mit Schmuck und Souvenirs.« Nachdenklich starrt er auf die Meerglasstücke, während ich ihn sprachlos von der Seite mustere.

»Mamas Lieblingskette war also aus … Lunenburg?«, flüstere ich bewegt. »Und … bis vor Kurzem wusste ich noch nicht einmal, dass es diese Stadt überhaupt gibt.«

»Hmm«, brummt Papa und kratzt sich am Kopf. »Tja. Ich … ich werde mal weitergehen, Amelie. Muss ein wenig nachdenken.«

»Aber ...« Ich will ihn aufhalten, will endlich mehr Antworten bekommen, endlich verstehen, was damals genau passiert ist. Denn irgendwie habe ich das vage Gefühl, dass da noch etwas ist, etwas, das Papa mir verschweigt. Doch mein Vater wendet sich ab und geht bereits mit langen Schritten davon. Mal wieder.

Kurz überlege ich frustriert, ob ich ihm hinterherlaufen soll, aber irgendwie kann ich mich noch nicht von den wunderschönen Schmuckstücken lösen. Ich starre weiterhin in die Auslage des Geschäfts und lasse dann meinen Blick über die Fassade des Hauses gleiten, dessen Holzschindeln in einem zarten Mintgrün gestrichen sind und einen hübschen Kontrast zum leuchtenden Lila des Nachbarhauses mit Bonnies Woll-Laden bilden. Als ich das Schild über der hellblauen Eingangstür entdecke, reiße ich überrascht meine Augen auf – aber eigentlich war es ja logisch, dass das hier der Laden von Eloises Tochter ist. Die alte Dame hat mir schließlich erzählt, dass ihre Tochter ihre Schmuckstücke hier in Lunenburg verkauft. »Out of the Blue« steht in geschwungenen blauen Lettern über dem Eingang, und ich frage mich, wie Eloises Tochter aussieht – doch der Laden ist noch geschlossen. Die Öffnungszeiten sagen mir, dass ich mich bis zehn Uhr gedulden muss, und so mache ich zögerlich ein paar Schritte vom Schaufenster fort, sehe an der Seite des Hauses hinauf und betrachte neugierig die Einfahrt, in der ein alter Pick-up-Truck steht und ... was ist das? Ich recke meinen Kopf und erkenne hinter dem Pick-up ein aufgebocktes Boot in der Einfahrt. Die Plane, die das Boot bedeckt, ist an der Seite ein wenig hochgerutscht, und ich erkenne den Namen, der in blauen Lettern am Bug steht: »Gilly«.

Ein Bellen lässt mich herumfahren, und ehe ich begreife, was geschieht, werde ich von einem mir inzwischen wohl vertrauten schwarzen Monster angefallen. Wobei mich Skipper eigentlich nur mit extrem enthusiastischem Schwanzwedeln begrüßt, an mir hochspringt und versucht, mein Gesicht abzulecken, was ihm auch gelingt. Erst in diesem Augenblick wird mir bewusst, dass dies nicht nur der Laden von Eloises Tochter ist, sondern somit gleichzeitig der Laden von Callums Tante.

»Aus, Skipper!«, ruft Callum über das ekstatische Bellen und Winseln seines Hundes hinweg, und wenn ich mich in seiner Gegenwart nicht wieder augenblicklich sehr befangen fühlen würde, müsste ich vermutlich lachen. So aber werfe ich ihm nur einen flüchtigen Blick zu, während er Skipper am Halsband zu fassen bekommt und ihn von mir fortzieht.

»Entschuldige«, sagt er, und ich höre ihm an, dass es ihm wirklich unangenehm ist, wie sein Hund immer wieder über mich herfällt.

»Ach was«, winke ich ab und muss nun doch lächeln, aber ich halte meinen Blick stur auf Skipper gerichtet, dessen Antwort ein geradezu verliebtes Jaulen ist. Nun lache ich leise auf und kraule ihn am Kopf.

»Wartest du darauf, dass der Laden meiner Tante aufmacht?«, höre ich Callum fragen und überwinde mich, ihn anzusehen. Sein Haar wirkt windzerzaust wie eh und je, als wäre er heute Morgen schon segeln gewesen. Für einen Moment verspüre ich den Impuls, hineinzufassen und die Strähnen noch mehr zu verwuscheln. Ich merke, dass ein Lächeln um Callums Mund zuckt, während er mich seinerseits eingehend mustert. Sofort muss ich wieder daran denken, wie nah ich gestern daran vorbeigeschlittert bin, von ihm geküsst zu werden, und mein ganzer Körper wird von prickelnder Hitze geflutet. Hastig wende ich meinen Blick ab und zeige mit einem Nicken auf das Schaufenster. »Ich … hm, ja, ich würde gern mal in den Laden schauen. Werde wohl später wiederkommen. Was machst du hier?«

»Ich wohne hier.«

Ich rolle mit den Augen. »Ich meinte nicht in Lunenburg, sondern hier, diese Straße. Gehst du mit Skipper Gassi?«

»Ich wohne hier«, wiederholt Callum mit einem amüsierten Grinsen. Dann macht er mit dem Kopf eine Bewegung schräg nach oben, zum ersten Stock des Hauses. »Das da ist meine Wohnung, über dem Laden.«

Erstaunt sehe ich in die obere Etage hinauf, betrachte die weißen Sprossenfenster und die Schnitzereien im Giebel darüber. Wirklich hübsch.

»Möchtest du mit hochkommen? Auf einen Kaffee?«

»Nein, danke, ich hatte schon Kaffee«, murmele ich und deute auf meine leere Tasse, die ich gleich zurück zum Coffee Shop bringen werde. Ich will mich zum Gehen wenden, als mein Blick erneut auf das Boot in der Einfahrt fällt. »Hey, ist das dein Segelboot?«

Callum sieht ebenfalls zu dem Boot hinüber, und er nickt. Allerdings merke ich genau, wie sein Lächeln ein wenig nachlässt, wie ein flüchtiger Schatten über sein Gesicht gleitet. Da ich weiß, dass sich auf meinem Gesicht oft Ähnliches abspielt, frage ich mich sofort: Wer ist Gilly? Und warum hat ein passionierter Segler wie Callum so ein Boot in der Einfahrt aufgebockt, anstatt es zu segeln?

Doch ich komme nicht mehr dazu, diese Fragen loszuwerden, weil sich in dem Moment jemand auf dem Bürgersteig nähert.

»Hi, Cal«, höre ich eine Frauenstimme, und als ich mich umdrehe, sehe ich die rotblonde Frau mit dem Baby im Tragetuch, die eben noch pinkfarbene Angorawolle gekauft hat, auf uns zukommen.

»Hi, Morgan«, sagt Callum, und im nächsten Moment begrüßen sich die beiden mit einer Umarmung und einem Küsschen auf die Wange. Noch während ich überlege, ob das vielleicht Callums Schwester ist, von der ich noch nichts weiß, sieht die Frau mich neugierig an und streckt mir mit einem freundlichen Grübchenlächeln die Hand entgegen. »Hi, ich bin Morgan. Wir haben uns ja schon ein-, zweimal zufällig im Ort gesehen.«

»Stimmt. Hallo«, sage ich und schüttele ihr die Hand, bemühe mich um ein entspanntes Lächeln, obwohl ich bei Fremden wirklich selten entspannt bin.

Kaum zu glauben, dass Callum vor drei Tagen auch noch ein Fremder für mich war. Nicht, dass ich in seiner Gegenwart jetzt sonderlich entspannt wäre, aber … fremd ist er mir auch nicht mehr.

»Das ist Amelie, sie macht hier in Lunenburg Urlaub«, reißt mich seine Stimme aus meiner Grübelei, und mir wird mit Schrecken bewusst, dass ich mich gar nicht vorgestellt habe.

»Freut mich, Amelie«, sagt Morgan unbekümmert, während ihr Baby einen empörten Schrei von sich gibt. »Oh, da hat jemand Hunger! Höchste Zeit, den Heimweg anzutreten. Also, mach es gut, Cal. Hat mich gefreut, Amelie.«

»Mich auch«, beeile ich mich zu sagen, während Callum dem Baby liebevoll über die rosige Wange streichelt. Flüchtig sieht die Kleine ihn aus großen blauen Augen an, bevor sie den Kopf abwendet und erneut einen Protestschrei loslässt.

»Ja, Summer, ist ja gut«, lacht ihre Mutter, und dann eilt sie auch schon auf mintgrünen Flip-Flops davon. Ich starre ihr hinterher und spüre Callums Blick auf mich gerichtet. Zögernd sehe ich ihn an und frage: »Schwester oder Schulfreundin?«

In seinem Blick flackert etwas auf, als er antwortet: »Sie war mal meine Schulfreundin, ja. Und sie ist meine Ex-Frau.«

Ich merke erst, dass ich Callum ungläubig anstarre, als er mich mit hochgezogenen Augenbrauen fragt: »Ist das so unfassbar?«

»Ähm«, mache ich und blinzele überrascht. »Also … Nein,

natürlich nicht ... Oder: Doch, eigentlich schon. Irgendwie hätte ich nicht gedacht, dass du ...«

»Dass ich was? Eine Frau heiraten würde?«

»Also ...«, stottere ich. »Nein, so war das nicht gemeint. Aber ...«

»Weißt du was?« Callum verschränkt die Arme vor der Brust, und ich kann mir den Gedanken mal wieder nicht verkneifen, dass er wirklich schöne Unterarme hat. »Wir machen morgen einen Ausflug, und ich erzähle dir von Morgan und warum ich nicht der Vater ihres Babys bin.«

Verblüfft starre ich ihn an. »Ausflug?«, wiederhole ich lahm.

»Ja.« Callum lächelt mich breit an, und in seinen Augen blitzt es herausfordernd auf. »Dann erzähle ich dir sogar, was es mit dem Boot auf sich hat.« Er macht eine kleine Bewegung mit seinem Kopf in die Richtung der Einfahrt schräg hinter ihm. Ich zögere. Es interessiert mich wirklich, warum da ein Boot steht, anstatt im Wasser auf Callum zu warten. Und wer Gilly ist. Noch eine Ex-Frau? Und warum zum Teufel hat er überhaupt eine Ex-Frau? War er lang verheiratet?

Und wieso interessiert mich das so brennend?

»Was ist? Sagst du Ja?«

Zögernd sehe ich Callum an. »Einen Ausflug wohin denn?«

»Überraschung«, sagt Callum geheimnisvoll.

»Wieder mit dem Boot?«

»Nein, mit meinem Wagen.« Er deutet auf den Pick-up, der schon recht rostig und ein wenig verbeult aussieht. Fast bin ich enttäuscht, stelle ich zu meiner Überraschung fest. Das Segeln hat Spaß gemacht. Und Callum so in seinem Element zu sehen war irgendwie ... beeindruckend.

Und sexy.

Amelie, es reicht jetzt wirklich. Noch röter kannst du gar nicht werden!

»Aber du musst Schwimmsachen mitbringen«, fügt Callum hinzu, und sein Schmunzeln bringt mich noch mehr aus dem Konzept, als ich eh schon bin.

O nein, das geht nicht. Das geht gar nicht. Callum und ich, nur wir zwei, mit Schwimmsachen – ich muss erneut an gestern denken, an seinen Mund, der unter Deck meinem so nah gekommen ist. Aber das darf er nicht, dieser Mund – und sein Herz, es darf meinem auch nicht noch näherkommen, als es sich ohnehin schon ungefragt herangepirscht hat. Denn Callum wird bald mit einem Segelboot den Atlantik überqueren, schreit mein Verstand aufgebracht. Dabei kann so viel passieren, das ist doch quasi Selbstmord, ganz egal, was Callum behauptet! Ganz egal, wie gut er segeln kann – ein Sturm reicht aus, und sein Boot wird im Meer versinken und ihn mit sich in die Tiefe reißen. Ich darf mich nicht in ihn verlieben, auf gar keinen Fall, denn er hatte doch recht: Mein Herz würde es nicht überstehen, schon wieder so einen Verlust zu erleiden wie vor dreizehn Jahren. Darum kann und will ich keinen Mann hereinlassen, in mein vernarbtes Herz, und schon gar keinen, der verrückt genug ist, in einem Boot über den Atlantik zu segeln. Mal ganz abgesehen davon, dass ich in einigen Tagen sowieso abreisen werde. Wir hätten niemals eine Zukunft, Callum und ich, sogar ohne Atlantiküberquerung in einem Segelboot.

Noch bevor ich weiß, wie ich mich herausreden soll, sehe ich auf der anderen Straßenseite ein Pärchen den Bürgersteig entlanggehen. Ein streitendes Pärchen.

Es sind Lars und Nele. Als ich zu ihnen hinübersehe, scheinen auch sie mich gerade bemerkt zu haben, denn beide bleiben stehen und starren Callum und mich an.

»Hi!«, rufe ich und versuche, so zu tun, als hätte ich nichts von ihrer Auseinandersetzung mitbekommen. Aber Nele rollt nur mit den Augen und wendet sich wütend von Lars ab, zischt ihm etwas zu und marschiert dann mit zornigen Schritten davon. Lars bleibt stehen, reibt sich mit einer Hand über das Gesicht und sieht zu Callum und mir herüber.

»Amelie«, höre ich Callum leise sagen, während ich Lars beobachte und mich frage, worum es in dem Streit bloß ging. »Bitte. Mach einmal etwas ohne Lars. Meinst du, du schaffst das?«

Ich atme tief ein und erwidere dann so würdevoll wie möglich: »Weißt du was? Ich habe keine Lust, mit dir einen Ausflug zu machen.«

»Weil du dem unerreichbaren Lars hinterherträumst.« Da Lars gerade den gegenüberliegenden Bürgersteig verlässt, um die Straße zu überqueren, und somit langsam in Hörweite kommt, werde ich wirklich wütend auf Callum und seine nervigen Frotzeleien.

»Nein, Lars ist nicht der Grund, warum ich keinen Ausflug machen will!«, zische ich aufgebracht, woraufhin Callum amüsiert die Augenbrauen hochzieht.

»Sondern?«, fragt er gedehnt.

Sondern du bist der Grund! Du und dein verdammtes Lächeln und deine verdammt blauen Augen und schönen Unterarme, schreie ich innerlich.

»Ich … ich habe kein Interesse an dir, hast du das noch nicht begriffen? Aber nicht wegen … du weißt schon …« Nervös sehe ich Lars entgegen, der uns fast erreicht hat. Ich senke meine Stimme zu einem Wispern, als ich Callum leise entgegenschleudere: »Ich stehe nicht auf Männer mit ungekämmten langen Haaren! Kapiert?«

Callum reißt gespielt schockiert die Augen weit auf und fährt sich mit beiden Händen über den Kopf. »Was meinst du mit ungekämmt? Skipper, habe ich mich heute Morgen nicht gekämmt? Doch, oder? Erst mich und dann dich. Aber klar, ich erinnere mich deutlich.«

Ich rolle meine Augen und wende mich ab, mein Gesicht rot pulsierend. »Hi«, sage ich betont cool zu Lars, der mit fragendem Blick neben uns stehen bleibt.

»Hi. Alles okay?« Lars mustert erst mich, dann Callum.

»Ja, alles bestens. Callum wollte gerade gehen. Stimmt's?«

Ich sehe Callum streng an. Wenn er jetzt eine süffisante Bemerkung wegen Lars macht, erwürge ich ihn vor den Augen seines Hundes. Aber Callum lächelt mich nur spöttisch an, was meinem verdammten Herzen überhaupt nicht gut bekommt. Dann nickt er Lars kurz zu und wendet sich zum Gehen. Er wirft mir einen letzten Blick zu und bemerkt: »Falls du es dir wegen morgen anders überlegst, sag Bescheid, Amelie. Du weißt ja jetzt, wo ich wohne.«

Lars starrt sichtlich irritiert Callum hinterher, bevor er mich ansieht und fragt: »Was sollst du dir anders überlegen? Und warum weißt du, wo Callum wohnt?«

Wenn ich nicht so überfordert von diesem ganzen verwirrenden Lunenburg-Urlaub mit seinen zahlreichen unerwarteten Wendungen wäre, würde ich mich vermutlich darüber freuen, dass Lars wegen Callum irritiert zu sein scheint. So aber bin ich immer noch damit beschäftigt, Callum hinterher zu starren, der gemeinsam mit Skipper die Straße entlanggeht und jetzt um eine Ecke verschwindet.

Habe ich ihm gerade wirklich gesagt, dass ich wegen seiner Haare nicht auf ihn stehe? Was für eine arrogante Kuh bin ich eigentlich? Noch dazu eine Lügnerin, denn ich mag seine Haare. Callum ist der erste Mann mit längerem Haar, der mir gefällt, und das verwirrt mich noch mehr. Bisher hatte ich einen genauen Typ Mann, von dem ich geträumt habe. Typ Lars. Und Tobias sah auch ähnlich aus: ebenfalls dunkles kurzes Haar und Brille, keinen Bart, ebenfalls keinen Dreitagebart. Nicht so wie Callum.

»Amelie?« Beinahe erschrocken sehe ich Lars an. Mir wird bewusst, dass ich schon wieder in Gedanken versunken war, die nur um eine Person kreisten.

»Entschuldige«, murmele ich. »Wegen morgen – ach, Callum will unbedingt einen Ausflug mit mir machen«, erkläre ich wahrheitsgemäß. »Aber ich habe Nein gesagt. Und ich weiß nur, wo er wohnt, weil er es mir gerade gezeigt hat – nämlich da oben.«

Ich zeige auf die Wohnung über dem Schmuckgeschäft in dem mintgrünen Haus. Lars starrt kurz zu den Fenstern im ersten Stock hinauf, dann wieder in die Richtung, in die Callum und Skipper verschwunden sind. Endlich sieht er mich an und meint: »Weißt du was? Ich habe keinen Bock mehr, hier die Zeit totzuschlagen, nur, weil Nele mal wieder wutentbrannt irgendwohin verschwunden ist und dein Vater auch nur ständig allein herumwandert und uns alle im Dunkeln lässt, was diese ganze Sache hier eigentlich soll. Komm, lass uns den Mietwagen nehmen und einfach ein bisschen rausfahren. Raus aus Lunenburg. Ich brauche dringend einen Tapetenwechsel, so nett es hier auch ist. Kommst du mit?«

Zwar habe ich selbst gar nicht das Bedürfnis, diesen Ort zu verlassen, weil ich es hier bei Weitem nicht nur »nett« finde – aber bei der Aussicht, gemeinsam mit Lars eine Spritztour im Mietwagen zu unternehmen, schlägt mein Herz schneller. Und so muss ich gar nicht weiter nachdenken, bevor ich schon nicke und sage: »Ja, gern!«

Kapitel 20

Während Lars den Mietwagen eine kurvige Küstenstraße entlanglenkt, dringt sanfter Jazz aus den Lautsprechern des Autoradios. Lars war begeistert, als er einen Jazz-Sender gefunden hatte, und ich habe so getan, als wäre mir die Musikwahl auch recht. Und, ganz ehrlich, es könnte ja wirklich schlimmer sein. Lars könnte Heavy Metal lieben, oder Rap.

Da es inzwischen fast Mittag ist, holen wir uns an einem Imbisswagen außerhalb des Ortes Fish & Chips, die wir an einem Picknicktisch mit Blick auf den Atlantik essen. Keiner von uns redet viel, was mir sehr recht ist. Sobald wir aufgegessen haben, fahren wir weiter, folgen der malerischen Küste, die mich mit jeder Straßenbiegung, mit jeder neuen Bucht mehr verzaubert.

Gedankenverloren sehe ich aus dem Beifahrerfenster. Während auf der linken Straßenseite in großen Abständen pittoreske Häuser in blühenden Gärten stehen, erstreckt sich zu unserer Rechten der raue Atlantik, der heute viel aufgewühlter wirkt als gestern.

Genauso aufgewühlt wie ich es bin, als ich schon wieder an Callum und mich gestern unter Deck denken muss, an seine Lippen, die meinen so gefährlich nah gekommen sind.

Nein, ich bin jetzt mit Lars unterwegs und werde mir keine Gedanken über Callum machen!

Entschlossen, diesen Ausflug in vollen Zügen zu genießen,

lasse ich meinen Blick über die von gelbem Seetang bedeckten Felsen entlang der Küste wandern, über knorrige Kiefern, die sich schief im felsigen Untergrund festkrallen und allem Anschein nach schon mehr als einem Sturm getrotzt haben. Über ein Segelboot, das am Horizont zwischen zwei dicht bewaldeten Inseln hindurchgleitet, das weiße Segel ein starker Kontrast zum tiefen Blau des Ozeans.

Callum auf seinem Segelboot. Nein, Amelie, nicht daran denken. Auch nicht an das Meeresblau seiner Augen.

Genervt über mich selbst, hole ich tief Luft und merke, dass mich Lars fragend von der Seite mustert. Er dreht das Autoradio leiser, wofür ich dankbar bin, weil mich das Saxofon ein wenig irritiert.

»Alles in Ordnung?«, fragt er, seinen Blick wieder auf die Straße geheftet, was auch besser ist, denn wir passieren gerade eine scharfe Kurve.

»Ja«, lüge ich. »Und bei dir?«

Nun ist es an Lars, tief Luft zu holen. Ein paar Sekunden lang schweigt er, bevor er plötzlich den Blinker setzt und am rechten Straßenrand hält. Wir sind auf der Höhe eines kleinen Strands angekommen, der hauptsächlich aus rund gewaschenen Steinen in allen möglichen Grauschattierungen besteht.

»Wollen wir ein bisschen spazieren gehen?«, fragt Lars, aber er wartet meine Reaktion gar nicht erst ab, sondern schaltet schon den Motor aus und öffnet die Fahrertür.

»Klar«, beeile ich mich zu sagen und verlasse ebenfalls den Wagen.

Es ist heute schwülwarm, aber der Wind, der vom Meer her weht, sorgt für ein wenig Abkühlung. Genüsslich inhaliere ich den Duft von Salzwasser und Seetang und habe Mühe, nicht schon wieder an Callum zu denken. Irgendwie sehe ich plötzlich immer ihn vor mir, sobald ich das Meer erblicke.

Wir ziehen uns die Schuhe aus, und Lars geht voran, über die von den Wellen rund gewaschenen Steine auf die Brandungslinie zu. Ein breiter Streifen aus Seetang ist hier angeschwemmt worden, wir müssen über ihn hinwegsteigen, um das Meer zu erreichen. Die Kühle des Atlantiks überrascht mich mal wieder, als meine Füße vom Wasser umspült werden, und ich weiß einen Augenblick lang wirklich nicht, wie ich es gestern überlebt habe, vom Boot aus in das kalte Meer zu springen.

Nicht an Callum denken. Nicht. An. Callum. Denken.

Eine Weile stehen Lars und ich schweigend nebeneinander und sehen den Wellen zu, die heranrollen und weißen Schaum um unsere Knöchel spülen. Hin und wieder kracht eine größere Woge an den Strand, und das Wasser erreicht meine Waden, lässt mich quietschen und Lars leise lachen. Ich mag sein Lachen. Es schickt kleine Schauer über meinen Rücken und erweckt die Schmetterlinge in meinem Bauch erneut zum Leben. Ich sehe Lars von der Seite an. Er hat seine Yankees-Baseballmütze auf dem Kopf, und die dunklen Gläser seiner geschliffenen Ray-Ban-Sonnenbrille lassen mich seine Augen nicht erkennen. »Nein, so richtig okay ist gar nichts«, seufzt er da ohne Einleitung, und ich merke zu meiner Überraschung, dass er erst jetzt auf die Frage antwortet, die ich im Auto gestellt habe.

»Du hast ja sicherlich schon gemerkt, dass Nele und ich momentan häufig streiten.«

»Ja«, murmele ich und starre auf meine nackten Zehen, die im feuchten Sand zwischen fein geschliffenen Muschelteilchen graben, bevor die nächste Welle heranrollt und meine Füße in weiß schäumender Gischt verschwinden lässt.

»Es ist so«, sagt Lars und starrt zum Horizont, sucht offenbar nach den richtigen Worten. Verstohlen mustere ich ihn, merke, dass sich sein Unterkiefer angespannt hat, als würde er die

Zähne fest zusammenbeißen. Schließlich reibt er sich mit einer Hand über den Nacken und fährt fort: »Nele will unbedingt heiraten und Kinder bekommen. Und ich ... ich will das nicht.«

Entgeistert starre ich Lars an, und als er seinen Kopf dreht und meinen Blick erwidert, spüre ich die vertraute Röte in meine Wangen kriechen, hinterhältig und verräterisch.

»Warum?«, höre ich mich fragen und merke, dass meine Stimme atemlos klingt.

»Weil ich mir nicht sicher bin, ob sie die Frau fürs Leben ist«, erwidert Lars und sieht mich weiterhin ernst an – zumindest glaube ich, dass er das tut, denn ich erkenne seine Augen hinter den dunklen Brillengläsern ja nicht.

»Was?«, frage ich verwirrt. »Aber ... seid ihr nicht mehr glücklich miteinander?«

Eine überflüssige Frage, denn sonst würde er ja nicht sagen, dass sie vielleicht nicht die Frau fürs Leben sei. Aber ich weiß sonst nicht, was ich sagen soll, weil mich Lars' Worte einfach so überrumpeln. Ich war immer überzeugt davon, dass Nele und er eine Bilderbuchbeziehung führen – denn so hat mir Nele das Ganze stets verkauft. Mit Lars habe ich eigentlich nie über ihre Beziehung geredet, wird mir jetzt bewusst.

»Nein«, sagt er, wobei er mich immer noch mustert. »Nein, sind wir nicht. Also ... ich bin es nicht. Nele ... keine Ahnung, ob sie glücklich ist. Bei ihr habe ich immer das Gefühl, dass sie sich einredet, dass alles bestens ist. Du kennst ja deine Schwester: Wenn sie beschlossen hat, dass etwas so oder so laufen soll, dann tut es das auch. Und darum steht für sie fest, dass wir heiraten und Kinder bekommen. Ob ich das wirklich will ... darüber denkt sie nicht weiter nach. Nele ist daran gewöhnt, das zu bekommen, was sie haben möchte.«

Ja, denke ich bedrückt. Das ist leider wahr.

»Und eine Zeit lang war ja zwischen uns auch alles in

Ordnung«, fährt Lars fort, und nun wendet er seinen Blick doch von mir ab und starrt wieder aufs Meer hinaus. Stumm betrachte auch ich den Horizont, während ich angespannt zuhöre. »Mit Nele zusammen zu sein bedeutet, dass jeder Tag eine Achterbahnfahrt ist, was mir am Anfang Spaß gemacht hat. Sie hat so viel Abwechslung und Spannung in mein Leben gebracht, und ich hatte kaum Zeit, darüber nachzudenken, ob ich das alles so wollte, weil … nun ja, weil sie einfach wie ein Wirbelwind durch meinen Alltag gebraust ist und mich auf Trab gehalten hat. Aber … man kann nicht dauernd mit Sturmböen leben. Irgendwann braucht man friedliche Gewässer. Und ruhiger Alltag ist nichts für deine Schwester. Sie braucht Spannung. Mir allerdings ist ständige Spannung auf Dauer einfach zu viel.«

Lars seufzt tief auf. Beklommen hake ich nach: »Aber … liebst du sie denn noch?«

Lars sieht mich ernst an, und mir wird ganz schummerig vor Nervosität. Schließlich sagt er: »Ich weiß es nicht, Amelie. Irgendwie schon, denke ich. Aber … ich denke immer öfter, dass wir einfach nicht gut genug zusammenpassen. Schon gar nicht, um zu heiraten und eine Familie zu gründen.«

Es ist merkwürdig: So lange habe ich mir genau diese Offenbarung von Lars gewünscht. Habe mir vorgestellt, er würde mir sagen, dass Nele doch nicht die Richtige für ihn sei. Und natürlich folgte in meiner Fantasie immer sein Geständnis, dass er stattdessen in mich verliebt sei. Aber jetzt, da er mir tatsächlich seine Zweifel an seiner Beziehung anvertraut, da regen sich die Schmetterlinge in meinem Bauch plötzlich nicht mehr. Zwar bin ich immer noch knallrot im Gesicht, das spüre ich leider genau, und mein Herz hämmert auch nervös gegen meinen Brustkorb – aber ich habe nicht das dringende Bedürfnis, Lars zu küssen, wie ich es in der Vergangenheit so oft hatte.

»Weißt du, ich denke, Nele hat es auch deshalb so eilig damit, zu heiraten und schwanger zu werden, weil sie in ihrem Beruf als Lehrerin unglücklich ist.«

»Was?«, frage ich und sehe Lars überrascht an. »Wieso unglücklich?«

»Sie würde das nie offen zugeben«, meint Lars zögerlich und reibt sich erneut den Nacken. »Aber … sie ist nicht gern Lehrerin. Sie hat gern studiert, war immer eine der Besten, hat alles mit Bravour gemeistert. Aber sie kommt mit den Schülern nicht gut zurecht. Die Jugendlichen tanzen ihr oft auf der Nase herum, Amelie. Und deine Schwester ist es nicht gewohnt, etwas nicht zu können. Bisher ist ihr alles im Leben zugeflogen und, wie gesagt, bisher hat es funktioniert, dass sie alles geschafft hat, solange sie es sich fest vorgenommen hatte. Aber mit dem Unterrichten ist das anders. Als Lehrerin stößt sie täglich an ihre Grenzen. Sie hatte sogar schon eine Magenschleimhautentzündung. Ich denke, dass sie das Muttersein als eine Art Ausweg sieht: Sie müsste sich nicht eingestehen, den falschen Beruf gewählt zu haben, sondern könnte sich eine Weile hinter der Elternzeit verstecken und bräuchte fürs Erste nicht weiter über ihre Karriere nachzudenken.«

Erschüttert starre ich Lars an. Ich hatte absolut keine Ahnung, dass Nele unglücklich in ihrem Job ist. Es stimmt, was Lars sagt: Sie war bisher immer so gut in allem. Eine fleißige Schülerin, Abi-Schnitt von 1,2, ehrgeizige Studentin. Wie oft hat sie betont, dass eine handwerkliche Ausbildung, wie ich sie gemacht habe, nichts für sie sei, dass sie auf jeden Fall Akademikerin werden wolle.

Und jetzt das. Eine Magenschleimhautentzündung? Meine selbstbewusste Schwester?

Während mein Blick langsam über die rauen Felsen wandert, um die das weiß schäumende Meer tost, wandern meine

Gedanken zurück zu unserer Kindheit, zu der Nele, mit der ich aufgewachsen bin. Sie war schon immer die Selbstbewusstere von uns beiden, solange ich denken kann. Drei Jahre jünger als ich, aber um so viel taffer, als ich es je war. Ich, schüchtern und Fremden gegenüber misstrauisch und zurückhaltend, habe immer meine kleine Schwester vorgeschickt, wenn ich mich etwas nicht getraut habe. Und das war ständig der Fall, weil ich vor allem Möglichen Angst hatte, ja sogar vorm Friseur, wo Nele jedes Mal als Erste auf dem Stuhl Platz nahm, um die Haarspitzen geschnitten zu bekommen. Dass Frau Meyerhoff dabei immer Neles schönes, glattes Haar gelobt hat und dann, wenn ich an der Reihe war, über meine störrischen Locken den Kopf schüttelte – verstohlen, aber dennoch auffällig genug, dass sogar ich als Sechsjährige kapiert habe, was los war –, machte meine Furcht vorm Friseur nicht besser. Beim Zahnarzt musste Nele meine Hand halten, wenn ich mich endlich dazu bewegen ließ, den Mund zu öffnen und den Arzt nachsehen zu lassen, ob ich gut genug geputzt hatte (was ich immer tat, im Gegensatz zu Nele, die aber trotzdem stets weniger Probleme mit ihren Zähnen hatte – eine weitere Ungerechtigkeit der Natur). Als wir mit Ballettunterricht begannen, ich mit sieben, Nele mit vier, drückte ich mich scheu an der Wand der Turnhalle herum, während meine Schwester mit wippendem Tutu zur Ballett-lehrerin marschierte. Eigentlich sollten wir im Unterricht kein Tutu tragen, sondern nur bei Auftritten, aber Nele hatte sich durchgesetzt – sie trug Tutu, basta. So ging sie zu Frau Clement und verkündete: »Hallo, ich bin Nele – und das da hinten ist meine große Schwester Meli.«

Meli, so hat sie mich früher genannt, als sie noch am Dau-men lutschte und lispelte. Wie lange das her ist.

Das mit der Schüchternheit wurde bei mir nicht besser, im Gegenteil. Als ich in die Pubertät kam, meine Gliedmaßen unkontrolliert in die Länge schossen, nichts mehr so richtig zusammenzugehören schien, da begann ich rot anzulaufen, sobald mir jemand Aufmerksamkeit schenkte. Bald war ich in meiner Klasse als »Tomate« bekannt. Wenn ich im Unterricht aufgerufen wurde, sahen mich alle gespannt an – einige mitleidig, andere feixend –, weil sie genau wussten, dass sich mein Gesicht nun tiefrot verfärben würde. Kein Wunder also, dass ich mich bald gar nicht mehr meldete, obwohl ich viel wusste und zum Unterricht hätte beitragen können. Aber ich ertrug es nicht, ständig ausgelacht zu werden, denn dadurch wurde ich noch viel röter und das Gespött meiner Mitschüler noch schlimmer. Während also meine mündlichen Noten immer schlechter wurden und dadurch auch die Zeugnisnoten, trotz guter schriftlicher Zensuren, mit sich in den Keller rissen, brillierte Nele schulisch mehr und mehr. Sie war aufgeweckt und wissbegierig, hatte zu allem was zu sagen, traute sich nachzufragen, wenn sie etwas nicht verstand. Sie war der Liebling der Lehrer – und bald auch der Liebling der Jungs. Mit dreizehn hatte Nele ihren ersten Freund, was zu Hause niemand wissen durfte. Deshalb drohte sie mir, in der Schule herumzuerzählen, dass ich mit meinen sechzehn noch immer zum Einschlafen meine alten Hanni-und-Nanni-Kassetten hörte, wenn ich es wagen sollte, meinen Eltern von Moritz zu erzählen. Nach Moritz kam Jan, dann Arne, schließlich Matthias, noch bevor Nele fünfzehn war. Sie war wahrlich kein Kind von Traurigkeit. Und ich schwieg – weil ich zum einen Schiss hatte, dass mich alle wegen Hanni und Nanni auslachen würden, und weil ich außerdem nicht die miesepeterige ältere Schwester sein wollte, die der jüngeren das Leben schwer machte. Schlimm genug, dass ich noch nie geküsst worden war, während Nele einen Freund nach dem anderen hatte.

Irgendwann wurde ich dann geküsst, und zwar von Tobias Lehmann. Wir waren beide achtzehn, er war in meinem Kunst-Leistungskurs. Wie so oft frage ich mich, ob wir zusammengeblieben wären, wenn ... ja, wenn mich Mamas Unfalltod nicht in diese trauernde, unglückliche, zurückgezogene Amelie verwandelt hätte. Und wenn Tobias ein wenig mehr Geduld und Verständnis mit mir gehabt hätte. Nicht nach einigen Monaten aufgegeben hätte und aus meinem Leben verschwunden wäre, weil ich nicht aufhören konnte, nachts zu weinen. Und tagsüber auch.

Als eine Brise vom Meer über uns hinwegstreicht, fröstele ich und schlinge meine nackten Arme um meinen Oberkörper. Lars sieht mich von der Seite an und fragt: »Kalt?«

Ich nicke, und ehe ich weiß, wie mir geschieht, hat er einen Arm um mich gelegt und zieht mich seitlich an sich. Sofort halte ich den Atem an und versuche, mich zu entspannen, versuche, mir einzureden, dass das rein freundschaftlich ist. Er ist der Freund meiner Schwester. Und obwohl ich von genau diesem Körperkontakt so lange heimlich geträumt und mich mit jeder Zelle schmerzlich danach gesehnt habe, bin ich jetzt nicht in der Lage, mich ohne Gewissensbisse gegen ihn sinken zu lassen. Ich kann meinen Kopf nicht an seine Brust lehnen, wie ich es noch vor Kurzem gern getan hätte, weil ... ja, weil ich Nele vor mir sehe, ausnahmsweise nicht selbstbewusst und lachend, sondern mit großen, ernsten Augen, die von Problemen erzählen, die mir bisher nicht bekannt waren.

Wie kann es sein, dass mir diese Probleme entgangen sind? Mir, die sonst so feinfühlig und hellhörig ist, wenn es um die Sorgen und Nöte anderer geht? Wie ist es möglich, dass ich meine Schwester so wenig wahrgenommen habe?

Lars entgeht natürlich nicht, dass ich steif wie ein Zaunpfahl neben ihm stehe, und so löst er seinen Arm wieder von mir und mustert mich fragend. »Alles okay?«

»Hmm«, murmele ich. »Wollen wir langsam zurückfahren?«

Lars nimmt seine Sonnenbrille ab und reibt sich mit zwei Fingerkuppen über die Nasenwurzel, wie er es auch im Büro, vor dem Computerbildschirm oft getan hat. Dann sieht er mich an, und nun, da ich seine Augen deutlich erkennen kann, haut mich sein Blick beinahe um. Himmel, ich habe so lange von diesen Augen geträumt, und gerade habe ich dicht neben Lars gestanden und hätte mich an ihn schmiegen können, und was mache ich? Das, was ich am besten kann. Ich haue mal wieder ab.

»*Baby, we were born to run*«, singt Springsteen in meinem Kopf, während ich rasch meinen Blick von Lars abwende und erneut auf den Atlantik hinausstarre.

»Okay, dann lass uns fahren«, höre ich seine Stimme, doch ich sehe ihn nicht an, bis ich merke, dass er sich zum Gehen wendet.

Denn was ich gerade in seinem Blick erkannt habe, das lässt mein Herz rasen und meinen Atem schneller gehen. Und es macht mir Angst.

Die ersten farbenfrohen Häuser Lunenburgs ziehen wieder an unserem Mietwagen vorbei, während meine Gedanken immer noch unruhig um Lars' Worte kreisen. Ich denke über Nele und ihre Probleme nach, ich denke über die Beziehung meiner Schwester zu Lars nach, ich denke über das nach, was ich eben auf seinem Gesicht abgelesen habe. Ja, ich bin mir sicher, in Lars' klugen braunen Augen erkannt zu haben, dass er ... dass er in mir mehr sieht als eine platonische Freundin.

Aber wann ist das passiert? Er hat mich nicht immer so angesehen, dessen bin ich mir fast sicher. Denn wenn er das getan hätte, wäre damals vielleicht doch etwas aus uns geworden. Bevor Nele ihn sich auf der Uniparty gekrallt und nicht mehr losgelassen hat.

Und nun? Ich halte meinen Blick fest auf die bunten Häuser gerichtet, die an unserem Auto vorbeigleiten, denn ich kann Lars jetzt nicht ansehen. In meinem Kopf herrscht absolutes Chaos, und in meinem Herzen auch. Mit einem Mal graut es mir regelrecht davor, dass er mir tatsächlich gestehen könnte, in mir mehr zu sehen als die ältere Schwester seiner Freundin. Warum ist das so?

Weil ich Nele vor mir sehe, wie sie verzweifelt vor einer Klasse voller Pubertierender steht und nicht weiterweiß. Wie sie Tabletten gegen Magenschmerzen schluckt. Wie sie sich abends bei Lars ausheult, weil ihr Tag in der Schule wieder so schlimm war. Ja, meine Fantasie geht mit mir durch, wie so oft, aber seit ich weiß, dass Nele nicht glücklich in ihrem Job ist, stelle ich mir ihren Alltag zum ersten Mal nicht ganz so rosig vor, wie ich es vorher getan habe. Zum ersten Mal begreife ich, dass auch meine Schwester nicht perfekt ist. Dass auch sie verletzlich ist.

Dass sie Lars braucht. Selbst wenn es kriselt – sie braucht ihn, das wird mir klar. Und wenn ich jetzt daran schuld wäre, dass er sich von ihr trennt – nicht auszudenken. Mit dieser Last könnte ich nicht leben. Nicht nach allem, was ich meiner Familie schon damals angetan habe, vor dreizehn Jahren. Noch mehr Schuld kann ich nicht auf mich nehmen.

»Kann ich bitte aussteigen?«, höre ich mich mit gepresster Stimme fragen, bevor mir überhaupt klar ist, dass ich diese Entscheidung getroffen habe. Ich merke, dass mich Lars überrascht von der Seite ansieht, während er verlangsamt.

»Warum?«

»Ich … ich muss noch etwas erledigen. Bitte.«

»Was erledigen?«

»Lars, bitte lass mich aussteigen«, erwidere ich eine Spur ungeduldig. Ich will jetzt nicht diskutieren, wohin ich gehen möchte. »Keine Sorge, ich werde bald zu Hause sein. Bitte.«

Schweigend setzt Lars den Blinker und hält am rechten Straßenrand, vor dem Schaufenster einer weiteren Galerie, von denen es in Lunenburg einige zu geben scheint. »Amelie, ich …«, beginnt er, aber ich habe mich schon abgeschnallt und die Beifahrertür aufgestoßen.

»Bis später, danke für den Ausflug!«, rufe ich betont fröhlich, und dann mache ich mal wieder das, was ich am besten kann: Ich renne los.

Kapitel 21

Mein Atem geht stoßweise, als ich vor dem mintgrünen Haus ankomme. Eigentlich bin ich wirklich gut trainiert, meinen ewigen Joggingrunden sei Dank, doch die Hügel von Lunenburg bringen selbst mich an den Rand meiner Leistungsfähigkeit. Eine Sekunde lang verharre ich vor dem Schaufenster mit den wunderschönen Meerglas-Schmuckstücken, aber bevor mich mein Mut wieder verlassen kann, nehme ich rasch die Stufen der Holztreppe, die außen am Gebäude in den ersten Stock hinaufführt. Nach Atem ringend bleibe ich auf einer winzigen Veranda am Ende der Treppe vor einer blau gestrichenen Tür stehen und höre von drinnen ein Bellen, noch bevor ich klopfen kann. Trotz meines aufgewühlten Zustands muss ich gerührt lächeln, als mir kratzende Pfoten auf der anderen Seite der Tür verraten, dass Skipper genau weiß, wer draußen wartet.

»Callum?«, rufe ich, obwohl er mich über das Bellen seines Hundes hinweg kaum hören dürfte. Aber ihm scheint klar zu sein, dass Skipper nicht nur wegen eines Eichhörnchens im Baum hinter dem Haus so einen Aufstand machen dürfte, denn im nächsten Moment geht die Tür auf … und Skippers stürmische Begrüßung lässt mich beinahe das Gleichgewicht verlieren und rücklings die Treppe hinabtaumeln. Im letzten Moment bekomme ich das Holzgeländer zu fassen, während Skippers Zunge über mein Gesicht schleckt.

»Skipper, aus!«, ruft Callum über das verzückte Winseln seines Hundes hinweg, und eine Sekunde später packt mich seine Hand am Oberarm. »Vorsicht, Alter, sonst stürzt Amelie noch die Treppe runter! Es reicht, Skipper, wirklich!«

»Ach, ist schon gut«, grinse ich verlegen und kraule Skipper am Kopf, was den Hund so enthusiastisch mit dem Schwanz wedeln lässt, dass sein gesamter Körper hin und her wackelt.

»Alles okay?«, höre ich Callum fragen und merke, dass er immer noch meinen Arm festhält. Als ich ihn endlich ansehe, bleibt mir einen Moment lang die Antwort im Halse stecken, denn er trägt nur Boxershorts und sonst nichts.

»Äh«, mache ich wenig intelligent und versuche, nicht Callums nackten Oberkörper anzustarren, was mir nicht wirklich gelingt. Zum Glück lässt er wenigstens meinen Arm los, aber ich höre das amüsierte Grinsen in seiner Stimme, als er sagt: »Sorry, ich hatte nicht mit Besuch gerechnet.«

Sobald mir klar wird, dass er das sagt, weil ich wie eine verlegene Klosterschülerin seine Bauchmuskeln anstarre, werde ich, natürlich, mal wieder rot und schenke Skipper ein wenig extra Aufmerksamkeit. Der Hund weiß kaum noch, wohin mit seinen Glücksgefühlen, und schleckt mir spontan noch einmal über das Gesicht.

»Skipper!«, schimpft Callum, aber ich winke ab.

»Ist kein Problem, wirklich«, beteuere ich und bin froh, mich auf etwas anderes als auf Callums fehlende Klamotten konzentrieren zu dürfen.

»Möchtest du reinkommen?«

Zögernd sehe ich Callum an und werfe dann einen Blick an ihm vorbei, durch die offene Tür, in das Zimmer dahinter. Es scheint sein Wohnzimmer zu sein, denn ich erkenne ein dunkelblaues Sofa, auf dem sich ein Durcheinander aus Büchern, Zeitschriften, Socken, T-Shirts und einer Gitarre türmt. An der Wand gegenüber der Eingangstür hängen zwei weitere Gitarren, und ein Stück daneben ist ein Surfbrett quer über dem Durchgang zum nächsten Zimmer montiert worden. Auf einem Esstisch vor der Fensterfront, die zum Hafen hinauszeigt, stapeln sich Papiere neben einem geöffneten Laptop, dahinter erkenne ich einen leeren Teller und eine Flasche Bier. Auf dem Boden liegt ein zerbissener Gummistiefel, vermutlich Skippers Spielzeug. Callum entgeht mein Blick nicht, er kratzt sich verlegen am Kopf und meint: »Sehr aufgeräumt ist es heute nicht, tut mir leid – wie gesagt, ich hatte ja keine Ahnung, dass ich Besuch bekommen würde. Und dann auch noch so netten.« Er lächelt mich entwaffnend an, und ich bin wirklich nahe dran, die Treppe hinunter zu fliehen, um einfach weiterzujoggen und nicht mehr über Callum MacKay und sein verdammtes Lächeln nachdenken zu müssen.

»Ich … ähm, ich will gar nicht stören«, stammele ich eilig. »Du … arbeitest vermutlich.« Ich deute auf den Laptop.

Callum folgt meinem Blick und schüttelt den Kopf. »Ach was, ich habe nur ein paar E-Mails geschrieben. Du störst nicht, Amelie.« Er macht schon einen Schritt über die Schwelle, aber ich bleibe stehen, wo ich bin, meine Hand in Skippers Fell vergraben.

»Ich ziehe mir auch mehr an«, bemerkt Callum, und ich rolle mit den Augen, als ich das spöttische Schmunzeln um seine Lippen zucken sehe. Flüchtig gleitet mein Blick zu den drei tätowierten Sternen auf seinem Oberarm.

»Du kannst gern weiter halb nackt in deiner Wohnung sitzen«, erwidere ich betont cool, obwohl ich mich selten so uncool wie in diesem Moment gefühlt habe. »Ich habe leider keine Zeit, um reinzukommen.«

Callum lehnt sich seitlich gegen den Türrahmen und verschränkt die Arme vor der Brust. Fragend zieht er seine Augenbrauen in die Höhe und sieht mich abwartend an. Als ich nichts weiter sage, sondern nur seinen Hund kraule, bemerkt er: »Nichts für ungut, Amelie, aber die Mücken fliegen gerade in Scharen durch meine Wohnungstür herein, um Skipper und mich heute Nacht zu quälen. Wenn du nicht reinkommen möchtest, was kann ich dann für dich tun?«

»Ich …ich wollte nur sagen, dass ich morgen doch einen Ausflug machen könnte. Also, mit dir. Falls das Angebot noch steht.«

Als ob Skipper meine Worte genau verstünde, jault er auf und betrachtet mich heftig hechelnd, mit weit heraushängender Zunge und wild wedelndem Schwanz. Callum lacht heiser auf.

»Skipper sagt, dass das Angebot noch steht«, erklärt er amüsiert.

»Und du?« Mit schief gelegtem Kopf sehe ich ihn an, nur um noch röter anzulaufen, als Callum mit einem langsamen Lächeln antwortet: »Was glaubst du denn? Ich hole dich um neun Uhr ab.«

»Okay«, erwidere ich atemlos und tätschele Skipper ein letztes Mal den Kopf, bevor ich mich abwende.

Callum muss seinen Hund energisch am Halsband festhalten, um ihn davon abzuhalten, mir hinterher die Holzstufen hinabzuspringen. »Vergiss deine Schwimmsachen nicht«, ruft er mir noch nach, und ich nicke und winke, bevor ich mit brennenden Wangen die Lincoln Street hinabjogge und um die nächste Straßenecke verschwinde.

Als ich nach einem ausgedehnten Spaziergang durch Lunenburg unser Ferienhaus betrete, sehe ich Nele und Lars im Garten unter dem Ahornbaum sitzen. Ich will schon diskret nach oben verschwinden, um den beiden die Chance für eine Aussprache zu geben (und um mich vor Lars' Blick zu drücken, vor dem ich mich plötzlich fürchte), als mich Nele an der Küchentür entdeckt.

»Amelie! Komm raus, wir müssen reden!«

Mein Herz schlägt mir bis zum Hals, als ich beklommen in den Garten hinaustrete. »Ja, was ist denn?«

»Komm her, setz dich zu uns«, drängt Nele, während mich Lars nur stumm mustert. Ich weiche seinem forschenden Blick aus, gehe auf den Tisch zu, auf dem ein Teller mit Kräckern, Käse und Weintrauben sowie eine geöffnete Flasche Rotwein in der Gesellschaft zweier halb voller Weingläser stehen. Mein Magen knurrt, seit den Fish & Chips von heute Mittag sind einige Stunden vergangen. Es ist schon halb sechs, stelle ich mit einem überraschten Blick auf meine Armbanduhr fest. Ich habe gar nicht gemerkt, wie der Nachmittag verflogen ist, so sehr war ich gedanklich mit den heutigen Erkenntnissen beschäftigt.

»Wo ist Papa?«, erkundige ich mich, während ich mich auf eine der Holzbänke sinken lasse und nach einer Weintraube greife.

»Keine Ahnung, wo sich unser Vater, das Enigma von Lunenburg, gerade mal wieder aufhält«, spottet Nele und nimmt einen Schluck Wein. Im nächsten Augenblick verzieht sie demonstrativ das Gesicht und meint: »Nein, ehrlich – die Kanadier können sicher viel, aber Wein gehört nicht zu ihren Spezialitäten. Lars musste ja unbedingt einen lokalen Rotwein ausprobieren.« Sie schüttelt sich.

»Der Wein schmeckt ganz hervorragend!«, widerspricht Lars entrüstet und fragt mich: »Möchtest du mal probieren, Amelie? Ich hole dir ein Glas.«

Ich will schon ablehnen, aber dann wird mir klar, dass Rotwein jetzt gar nicht verkehrt wäre, egal, ob kanadischer oder sonst irgendeiner. So eine große Weinkennerin bin ich eh nicht.

Außerdem könnte ich mir vorstellen, dass Nele den Wein nur schlechtmacht, weil Lars ihn unbedingt kaufen wollte.

»Gern«, antworte ich daher und bin erleichtert, als Lars mit langen Schritten im Haus verschwindet, sodass zwei Minuten lang nur meine Schwester und ich im Garten sitzen und dem Zirpen der Grillen lauschen.

»Ist alles in Ordnung?«, frage ich sie leise. Nele zögert einen winzigen Moment lang, dann sieht sie mich an und fragt: »Hat Lars dir erzählt, dass wir uns gestritten haben?«

»Ähm – ich habe ja selbst mitbekommen, dass vorhin dicke Luft bei euch herrschte«, weiche ich aus. Ich möchte nicht, dass Nele sauer auf Lars wird, weil er mir ihre Probleme offenbart hat. Meine Schwester mustert mich eingehend, und ich frage mich, warum sie mir nie von ihren Schwierigkeiten mit den Schülern erzählt hat. Von ihren Schwierigkeiten mit Lars. Von ihrem dringenden Kinderwunsch. Warum vertraut sie mir nichts an – und warum vertraue ich ihr ebenso wenig an? Wann haben wir aufgehört, als Schwestern füreinander da zu sein? Lange vor Mamas Tod, so viel steht fest. Wirklich gut verstanden haben Nele und ich uns nur als Kinder. Sobald wir in die Pubertät gekommen sind, war es vorbei mit jeglicher Harmonie, mit jeglicher Nähe. Wir wurden immer unterschiedlicher, die Lücke zwischen uns immer größer.

Eigentlich hätte Mamas Tod diese Lücke wieder kleiner werden lassen müssen, denke ich traurig. Eigentlich hätten wir uns wieder annähern, uns Halt und Trost bieten müssen, so wie Nele es getan hat, wenn sie bei den Zahnarztbesuchen unserer Kindheit meine Hand gehalten hat.

Aber nach Mamas Tod, da haben wir uns nicht gehalten.

Einen winzigen Moment lang habe ich das Gefühl, dass Nele etwas sagen will. Sie sieht mich ernst an, öffnet ihre Lippen, schließt sie wieder, zieht ihre Stirn kraus, als sei sie sich unsicher, wie sie die Worte, die ganz sicher auf ihrer Zunge liegen, genau formulieren soll. Aber bevor diese Worte tatsächlich herausfinden, kommt bereits Lars zurück in den Garten, und der Zauber dieses Moments, der so viel Möglichkeit versprochen hat, verpufft. Enttäuscht atme ich tief durch.

»So, hier ist dein Wein.« Lars schenkt mir schwungvoll ein und reicht mir das Glas, wobei seine Finger meine leicht streifen. Ich weiche seinem Blick aus, danke ihm rasch und nehme einen zu großen Schluck. Und dann noch einen. Ich merke, dass Neles Augenbrauen in die Höhe wandern, während sie mich weiterhin mustert.

»Und?«, fragt Lars erwartungsvoll, und ich brauche einen Moment, bevor ich begreife, was er meint.

»Hervorragend«, erwidere ich wahrheitsgemäß und betrachte eingehend das tiefe Rot in meinem Glas, als wäre ich doch eine Weinkennerin. Lars lächelt triumphierend, während Nele leise schnaubt. Dann verkündet sie plötzlich: »Ich habe heute Knuth besucht.«

Überrascht sehe ich meine Schwester an. Erst jetzt wird mir bewusst, dass sie die Einzige war, die unseren Onkel bisher nicht kennengelernt hatte.

»Und?«, hake ich interessiert nach.

»Und ich habe ihn eingeladen. Er kommt morgen Abend zu uns zum Abendessen.«

Verblüfft reiße ich meine Augen weit auf. »Was? Und ... was sagt Papa dazu?«

Nele grinst geradezu diabolisch. »Der weiß nichts von seinem Glück. Ehrlich, dieses ganze Versteckspiel und Herumgedrucke geht mir wirklich auf den Keks. Knuth glaubt, dass Papa von der Einladung weiß, und Papa hat keine Ahnung, wer morgen Abend mit an unserem Tisch sitzen wird. Und das ist gut so, denn sonst würde Knuth nicht kommen oder Papa würde abhauen oder beides. So. Jetzt müssen wir nur noch klären, was wir kochen.«

Sprachlos starre ich Nele an. »Ich … ich weiß nicht, ob das so eine gute Idee ist«, wende ich zögernd ein.

»Nee, war klar.« Nele schnaubt und nimmt einen Schluck Wein. Lars betrachtet mich ruhig über seine gefalteten Hände hinweg. Schließlich meint er leise: »Ich finde, dass Nele recht hat. Euer Vater scheint sich nicht wirklich dazu durchringen zu können, euren Onkel zu treffen, sich auszusprechen und reinen Tisch zu machen. Die Urlaubstage hier in Lunenburg verrinnen, und wenn das so weitergeht und wir tatenlos zusehen, werden wir in einer knappen Woche abreisen und zwischen Knuth und Otto ist alles wie seit 35 Jahren.«

»Was hat Knuth denn zu der Einladung gesagt?«, will ich wissen. »Musstest du ihn überreden?«

»Ein bisschen«, gibt Nele zögernd zu, doch dann grinst sie selbstbewusst und kichert: »Aber als ich behauptet habe, dass sich Papa wirklich freuen würde, ihn zum Abendessen da zu haben, hat er sich einen Ruck gegeben und zugesagt.«

»Nele«, sage ich schockiert. »Aber das war doch glatt gelogen!«

»Nein!«, ahmt Nele meine schockierte Art nach, schlägt sich noch dazu eine Hand vor den Mund. »Was du nicht sagst! Aber das war eine klitzekleine Notlüge, Amelie! Ich weiß, du lügst vermutlich nie, aber hin und wieder sind kleine Lügen ganz praktisch, weißt du?«

Es stimmt nicht, dass ich nie lüge, denke ich und muss meinen Blick von meiner Schwester und erst recht von Lars abwenden.

»Okay«, murmele ich. »Hoffen wir mal, dass das alles gut geht.«

»Klar wird es das.« Nele lacht unbekümmert auf. »So, irgendwelche Ideen, was wir kochen könnten?« Sie sieht Lars und mich abwechselnd erwartungsvoll an. Ich frage mich, ob die beiden sich ausgesprochen haben, während ich bei Callum war, oder ob sie ihren Streit einfach totschweigen.

»Nova Scotia Seafood Chowder«, sage ich spontan, als mir das Rezept von Patty aus der Sea Haven Residence einfällt. »Ich habe ein Rezept. Und frischen Fisch und Muscheln bekommen wir hier ja leicht.«

»Super Idee!« Nele klatscht vergnügt in die Hände. »Dann wäre das geklärt. Amelie, du besorgst morgen die Sachen und dann …«

»Geht nicht«, unterbreche ich meine Schwester und streiche mir unbehaglich eine Locke aus dem Gesicht. Fragend sehen mich Nele und Lars an.

»Ich … ich mache morgen einen Ausflug mit Callum.« Da ich deutlich spüre, wie Lars mich ungläubig anstarrt, halte ich meinen Blick sorgfältig auf Nele gerichtet. Meine Schwester mustert mich kritisch.

»Den ganzen Tag?«

»Er holt mich um neun Uhr ab. Aber ich kann ihm sagen, dass wir abends etwas vorhaben, keine Sorge«, beeile ich mich zu versichern. Eigentlich könnte ich auch erwähnen, dass ich schließlich nicht vorher gefragt wurde, ob ich morgen Abend Zeit für ein Essen mit unserem Onkel habe, aber ich spare mir den Kommentar.

»Das wäre schon nett, wenn du wenigstens beim Kochen dabei sein könntest«, bemerkt Nele und pustet genervt in ihre Ponyfransen.

»Mhmm«, murmele ich nur und trinke noch einen Schluck Wein.

»Wohin fahrt ihr denn?« Lars' Stimme klingt kühl.

»Keine Ahnung«, sage ich wahrheitsgemäß. »Ist eine Überraschung.«

»Oho«, macht Nele süffisant. »Gut für dich, Schwesterherz. Ist ja lang genug her, seit du mal einen Kerl an dich herangelassen hast.«

»Nele«, sage ich und stelle mein Weinglas abrupt ab, sodass ein wenig rote Flüssigkeit auf den Holztisch schwappt. »Lass das, okay? Callum ist nur ein Bekannter.«

»Klar«, grinst Nele. »Darum reagierst du auch so überempfindlich. Bleib mal locker, Amelie. Bring ihn doch morgen Abend mit. Und kommt bitte nicht zu spät, Knuth wird um sieben hier sein, und wir müssen ja noch kochen.«

»Klar«, murmele ich und stehe auf, Lars' Blick weiterhin ausweichend. »Ich gebe euch morgen früh das Rezept, wegen der Einkäufe. Also, ich werde schon nach oben gehen und ein wenig lesen. Gute Nacht.«

»Gute Nacht«, sagt Nele. Lars sagt nichts.

Kapitel 22

Eigentlich will ich absagen. Und das, obwohl die Sonne auch heute von einem wolkenlosen Himmel lacht und ich über meinem Bikini mein liebstes Sommerkleid trage – das hellblaue mit dem aufgestickten Muster aus kleinen pinkfarbenen Flamingos. Meine Strandtasche enthält alles, was ich für diesen Ausflug brauchen könnte – alles, außer Kondomen, worauf mich Nele eben süffisant angesprochen hat, bevor ich den Garten verließ, um an der Straße auf Callum zu warten.

»Na, hast du auch Kondome eingepackt, um für alle Fälle gewappnet zu sein?«, fragte Nele, laut und frech, wie es leider ihre Art ist, weshalb ich ja nie geglaubt hätte, dass ausgerechnet sie mit Schülern Probleme haben könnte. Meinem Vater fiel vor Schreck fast die Kaffeetasse aus der Hand. Ich warf meiner Schwester einen vernichtenden Blick über den Gartentisch hinweg zu, bevor ich mich von Papa verabschiedete – und von Lars, dessen Miene sich bei Neles Bemerkung unübersehbar verfinstert hatte.

»Viel Spaß!«, zwitscherte Nele fröhlich, und ich schenkte ihr ein Augenrollen, bevor ich eilig um das Haus herum verschwand. Auf keinen Fall wollte ich, dass mich Callum vor meiner versammelten Familie im Garten abholte und ebenfalls Ziel von süffisanten Bemerkungen werden könnte.

Callum ist überpünktlich. Kaum stehe ich in unserer Einfahrt, als auch schon sein alter Pick-up die Straße herabkommt.

Seit Nele die Kondome erwähnt hat, glüht mein Gesicht, und mein Herz wummert heftig gegen meinen Brustkorb. Will Callum mich nur ins Bett bekommen? Ist das der einzige Grund für unseren Ausflug? Immerhin weiß er, dass ich bald wieder nach Deutschland fliegen werde. Aber … ist das nicht Sinn und Zweck eines Urlaubsflirts? Einfach Spaß haben und dann zurück in den Alltag? Ohne Reue? Ohne Erwartungen und Verpflichtungen?

Allerdings habe ich so etwas noch nie getan. Und ich will das auch nicht tun. Für mich gehören Gefühle dazu, wenn ich mit jemandem ins Bett gehe. Nicht, dass ich in meinen vierunddreißig Lebensjahren mit mehr Männern als meinem ersten Freund Tobias Lehmann im Bett gewesen wäre – aber immerhin, für Tobias habe ich viel empfunden.

Während sich Callums Pick-up nähert, spiele ich geradezu panisch mit dem Gedanken, doch noch abzusagen. Irgendeinen Grund zu erfinden – Kopfschmerzen? –, um zurück in mein Zimmer unter der Dachschräge fliehen und mich dort weiterhin vor dem Leben verstecken zu dürfen.

Dann jedoch werde ich für einen Moment abgelenkt von meiner Grübelei rund um Kondome, denn ich erkenne, wer auf dem Beifahrersitz thront: Skipper sieht mir mit weit heraushängender Zunge aufgeregt entgegen, und ich muss breit grinsen, weil dieses Bild einfach zu schön ist.

»Hi!«, ruft Callum, der das Fahrerfenster heruntergelassen hat, und im nächsten Moment quetscht sich sein Hund an ihm vorbei, tritt dabei versehentlich auf die Hupe und springt mit einem Satz aus dem offenen Fenster, um mich mal wieder so stürmisch zu begrüßen, dass ich meine Korbtasche verliere.

»Skipper!«, höre ich Callum fassungslos rufen, während ich lachend versuche, Skippers Zunge auszuweichen.

»Ganz ruhig, Süßer, ganz ruhig«, rede ich beruhigend auf ihn ein, bis der Hund seinen Begeisterungsausbruch so weit in den Griff bekommt, dass er nur noch schwanzwedelnd und hechelnd neben mir steht, mit seinen Vorderpfoten auf meinen Füßen, und sich den Kopf kraulen lässt.

»Ehrlich, Junge, ich glaube, ich muss dich zu Hause lassen, wenn das so weitergeht.« Callum ist aus dem Pick-up gestiegen und kommt auf uns zu, die Hände in die Hüften gestemmt. Er trägt ein verwaschenes T-Shirt zu Badeshorts mit Hawaii-Muster und hat sein Haar im Nacken zurückgebunden. Mit schief gelegtem Kopf lächelt er mich an und sagt: »Aber ich kann Skipper schon verstehen.«

»Ach, wärst du auch fast aus dem Autofenster gesprungen, als du mich gesehen hast?«, gebe ich ironisch zurück. Callum nickt mit einem Schmunzeln.

»Und ob. Wenn ich nur so leicht durch Autofenster springen könnte wie mein Hund.«

Ich muss lachen, aber als Callum sich bückt und nach meiner auf dem Boden liegenden Tasche greift, fallen mir wieder die fehlenden Kondome ein, und all meine wirren Gedanken sind mit einem Schlag zurück.

»Warte«, sage ich, ein wenig atemlos, und nehme Callum die Tasche ab. Fragend sieht er mich an, als ich zögernd stehen bleibe.

»Hast du etwas vergessen?«

»Ja. Ähm, quatsch, nein! Also ... es ist so. Skipper, bitte halte dir kurz die Ohren zu.«

Callums Augenbrauen zucken amüsiert in die Höhe, während ich verlegen seinen Hund ansehe, der meinen Blick treuherzig hechelnd erwidert. »Ernsthaft, dieses Gespräch ist nicht für unschuldige Hunde gedacht.«

»Lass mal, so unschuldig ist Skipper nicht«, brummt Callum und verschränkt die Arme vor der Brust. »Schieß los, was hast du auf dem Herzen?«

»Dieser Ausflug …« Ich zögere, während mir Schweißperlen den Rücken hinabrinnen. Aber, du meine Güte, ich bin vierunddreißig Jahre alt und wirklich längst kein Teenager mehr! Gewisse Dinge sollte sogar ich inzwischen offen ansprechen können. »Du machst hoffentlich nicht nur einen Ausflug mit mir, um mich irgendwo da draußen, in der wunderschönen kanadischen Landschaft, ins Bett zu bekommen, oder?«

Callum sieht mich drei Sekunden lang so fassungslos an, dass ich wohl lachen müsste, wäre ich nicht so verdammt verlegen. Schließlich sagt er mit einem langsamen Kopfschütteln: »Amelie – da draußen, in der wunderschönen kanadischen Landschaft, da gibt es gar keine Betten.«

»Sehr witzig«, schnaube ich und stelle meine Korbtasche auf den Boden, um ihm klarzumachen, dass ich nicht vorhabe, mich in seinen Pick-up zu setzen, bevor ich eine ernsthafte Antwort bekommen habe.

»Okay«, sagt Callum und atmet betont tief durch, bevor er mich ernst ansieht und sagt: »Amelie, ich mache keinen Ausflug mit dir, um dich ins Bett zu bekommen.« Einen Moment lang bin ich fast enttäuscht, was natürlich absurd ist. Und ich bin überrascht, dass er meine direkte Frage so ernsthaft beantwortet und sich nicht über mich lustig macht. Bis sich die feinen Lachfältchen um seine Augen bilden und er hinterherschiebt: »Im Gegensatz zu meinem Hund finde ich dich nämlich absolut abstoßend und werde diesen Ausflug nur überleben, wenn ich dich möglichst wenig anschaue.« Mit diesen Worten wendet er sich gespielt gequält ab und gestikuliert mir, ohne mich anzusehen: »Los, komm schon, steig ein, bringen wir es so schnell wie möglich hinter uns.«

»Haha«, mache ich, muss aber gegen meinen Willen lachen.

»Und komm mir bloß nicht zu nah, du riechst furchtbar«, fügt Callum noch hinzu und hält sich demonstrativ die Nase zu, während er einsteigt und es mir überlässt, allein zur Beifahrerseite zu gehen und mich ebenfalls in den Wagen zu setzen.

»Ja, genau, ich müffele nach Hund«, knurre ich, woraufhin Callum kehlig auflacht, was mein Herz zum Flattern bringt.

»Willkommen im Club«, bemerkt er und wirft mir einen verschmitzten Seitenblick zu, bevor sich Skipper hechelnd zwischen uns drängt und sichtlich zufrieden seinen Ehrenplatz in der Mitte der Sitzbank einnimmt.

»Ist das erlaubt, dass er hier vorne sitzt?«, frage ich erstaunt, während sich Callum anschnallt und den Motor anlässt.

»Keine Ahnung«, meint er mit einem Schulterzucken. »Bisher hat Jack nichts gesagt.«

»Wer ist Jack?«

»Unser Sheriff. Okay, los geht's.«

Während der Autofahrt unterhalten wir uns angenehm ungezwungen, und ich beginne, mich mit jedem zurückgelegten Kilometer mehr zu entspannen. Callum ist sehr an Deutschland interessiert und lässt sich von mir erklären, wie es in Bielefeld aussieht, sodass ich ein wenig von unseren »Highlights« – der Sparrenburg, Dr. Oetker und dem Teutoburger Wald mit seiner römischen Geschichte – erzähle, bevor ich wiederum ihn über seine Arbeit in der Werft und die Atlantiküberquerung ausquetsche. Callum hat seinen i-Pod eingeschaltet, und ich liebe sämtliche Lieder, die wir während der Fahrt hören. Und es gefällt mir, wie er zwischendurch zu Billy Joels *The Downeaster Alexa*, zu *Nightshift* von den Commodores, zu *The Boys of Summer* von Don Henley und einmal mehr zu *Into the Mystic* von Van Morrison mitsingt. Skipper jault gelegentlich gut gelaunt auf, und auch ich summe hier und da mit, während meine Hände im Takt auf meine nackten Knie trommeln und ich fasziniert meinen Blick über die Landschaft links und rechts des Highways gleiten lasse. Zunächst sind wir noch von dichtem Wald umgeben, doch die Bäume werden weniger und weniger. Schließlich schlängelt sich die Straße durch eine hügelige Graslandschaft, wo nur hier und da noch Büsche und windschiefe, kurze Kiefern stehen, und wo die weit verteilt stehenden Häuser einen freien und wirklich atemberaubenden Blick auf den Atlantik haben, der sich dunkelblau bis zum Horizont erstreckt. Mich erinnert diese Landschaft an die schottischen Highlands, selbst wenn ich noch nie dort war. Aber ungefähr so stelle ich sie mir vor, denke ich, als ich das sich im Wind wiegende Gras betrachte, über dem sich der weite Himmel spannt. Wie passend, dass Nova Scotia auf Latein »Neuschottland« bedeutet.

Je näher wir dem Meer kommen, umso sandiger werden die Straßenränder. Callum hat die Fenster heruntergelassen und die Musik ausgemacht, sodass uns eine salzige Brise umweht und das Donnern der Brandung gegen die Küste zu uns in den Pick-up dringt, begleitet vom Kreischen der Möwen. Ohne Vorwarnung werde ich von einem Glücksgefühl überrollt wie von einer gewaltigen Welle. Skipper scheint das zu spüren, denn er leckt mir über das Gesicht und sieht mich freudig hechelnd an. Lachend kraule ich ihm den Kopf und sage: »Ja, ich finde es hier auch sehr schön.«

Ich merke, dass Callum kurz zu mir herübergrinst, doch dann sieht er wieder auf die kurvige Straße und biegt kurz darauf in eine schmale, sandige Einfahrt. Neugierig sehe ich nach draußen, während wir über einen holperigen Weg einen grasbewachsenen Hügel hinauffahren. Als sich zu unserer Linken ein paar Büsche lichten und den Blick auf die steil zum Atlantik abfallende Küste freigeben, stockt mir der Atem. Unter uns erstreckt sich ein langgezogener, halbmondförmiger Sandstrand, der an einer Seite von einer dicht bewaldeten

Landzunge begrenzt wird, während an der anderen Seite ein paar vereinzelte Häuser hoch auf den Klippen über dem Meer stehen. Ich recke meinen Kopf, erkenne einen See, der sich bis kurz vor den Strand erstreckt, sodass der Gürtel aus Sand und Steinen wie ein Damm wirkt, der den See vom Atlantik trennt.

»Das ist einfach unfassbar schön hier!«, entfährt es mir, und ich sehe Callum begeistert an. Er erwidert meinen Blick mit einem zufriedenen Lächeln und nickt.

»Ich weiß, darum wollte ich es dir zeigen. Das ist Hirtle's Beach. Und das hier ...« Er deutet durch die Windschutzscheibe nach vorn, und erst jetzt, als ich meinen Blick fast widerwillig vom Strand unter uns losreiße, merke ich, dass wir langsam auf ein Haus zurollen. »Das ist das Haus meiner Oma.«

Verdutzt betrachte ich das kleine, grau geschindelte Haus mit den weißen Fensterrahmen, das beinahe trotzig hoch oben auf dieser Anhöhe thront, vom Wind umtost, ohne einen einzigen Baum weit und breit, nur von ein paar Büschen umgeben, die sich nah an die Hauswand schmiegen, vermutlich, um Schutz vor dem Wetter zu finden.

»Das ist Eloises Haus?«, hake ich nach, aber Callum schüttelt den Kopf, während er den Pick-up zur Seite des Hauses lenkt und anhält. Er wartet, bis der Motor mit einem leichten Gluckern verstummt ist, bevor er erklärt: »Nein, das ist das Haus meiner Großmutter väterlicherseits. Oma Beth ist leider vor ein paar Jahren gestorben, und sie hat mir dieses Haus hinterlassen. Ich war als Kind oft bei ihr und habe hier, am Hirtle's Beach, schwimmen und später surfen gelernt.«

Sofort muss ich an das Surfbrett denken, das in seiner Wohnung hängt.

»Und warum wohnst du nicht hier draußen?«, frage ich, denn der Ausblick auf die wilde, wunderschöne Bucht hält mich noch immer gefangen. Wie könnte man nicht hier wohnen und vom Tosen der Brandung in den Schlaf gewiegt und morgens geweckt werden wollen?

»Nee, um hier richtig zu wohnen, ist es mir etwas zu weit weg von der Stadt«, wirft Callum ein. »Ich bin kein Morgenmensch und schaffe es so schon selten pünktlich zur Arbeit, dabei muss ich nur fünf Minuten die Straße runterlaufen. Jeden Morgen eine halbe Stunde im Auto zu sitzen, das wäre mir zu viel. Außerdem ist es hier im Sommer zwar traumhaft, aber im Winter pfeift der Wind ordentlich ums Haus, ganz zu schweigen von der Weltuntergangsstimmung, wenn es Unwetter gibt. Versteh mich nicht falsch, ich liebe es hier, egal bei welchem Wetter, aber an 365 Tagen im Jahr ist es dann doch etwas viel. Und … auf Dauer etwas einsam.« Er lächelt mich schief an und wirkt einen Moment lang so merkwürdig verletzlich, dass ich das Bedürfnis verspüre, nach seiner Hand zu greifen, die nach wie vor auf dem Lenkrad ruht. Mir fällt ein, dass ich immer noch wenig von seiner Familie weiß – wenn man mal von seiner Tante, den zwei Großmüttern und einer attraktiven Ex-Frau absieht. Doch bevor ich dazu komme, ihn darauf anzusprechen, bemerkt Callum gut gelaunt: »Aber Oma Beths Haus ist super für die Wochenenden, wenn ich mal wieder surfen gehen will.«

»Ähm – wir gehen heute aber nicht surfen, oder?«, frage ich alarmiert.

»So ähnlich«, lächelt Callum.

Kapitel 23

N ein. Nein, nein, nein«, sage ich mit Nachdruck, als Callum die Tür zu einem windschiefen Schuppen neben dem Haus öffnet und zwei Bretter herausträgt, die er als »Bodyboards« bezeichnet.

»Das sind keine Surfbretter, und wir surfen auch nicht«, beteuert er und lacht über meinen entsetzten Gesichtsausdruck.

»Egal, wie die Dinger heißen: Ich mache das nicht.«

»O doch.« Callum zwinkert mir amüsiert zu, und in seinen blauen Augen blitzt es auf. »Ich habe dir versprochen, dich nicht ins Bett kriegen zu wollen, aber auf so ein Bodyboard kriege ich dich.«

»Nein«, wiederhole ich lahm und vergesse vor lauter Entsetzen, rot zu werden. »Ich kann das nicht.«

»Und ob du das kannst.«

»Mir ist das Meer viel zu kalt!«

»Darum tragen wir ja die hier.« Ungerührt holt er zwei schwarze Neoprenanzüge aus dem Schuppen.

»Nie im Leben. Ich … ich werde ertrinken!«

»Ich lasse dich nicht ertrinken«, erklärt Callum seelenruhig.

»Aber … ich könnte von einem Hai gefressen werden.«

Callum lacht laut und kehlig auf. »Klar. Hier, in Nova Scotia. Wenn du Glück hast, sehen wir Delphine. Aber keine Haie. Glaub mir, als ich in Australien gewohnt habe, musste man beim Surfen wirklich aufpassen, dass man nicht als Fischfutter endete. Aber doch nicht hier.«

»Du hast in Australien gewohnt?« Fassungslos sehe ich Callum an und bin so verdattert, dass ich mir widerstandslos einen der Neoprenanzüge in die Hände drücken lasse.

»Ja, vor ewigen Zeiten. Erzähle ich dir, sobald wir mit den Brettern unten am Strand sind.«

Aber dann kommen wir irgendwie gar nicht mehr zum Thema Australien, denn sobald ich mich habe überreden lassen, in dem Haus von Oma Beth in den Neoprenanzug zu schlüpfen und Callum einen steilen Fußweg zum Strand hinab zu folgen, kreisen meine Gedanken vorerst nur noch um das, was er mit mir vorhat. Als ich die Wellen sehe, die an den breiten Strand rollen, wird mir schlecht vor Nervosität.

»Ich kann das nicht«, wiederhole ich, mehr zu mir selbst als zu Callum, sobald wir einen breiten Gürtel aus glatt gewaschenen runden Steinen überquert haben und über weichen Sand auf die Wasserlinie zu stapfen. Callum trägt beide Bodyboards – die Bretter sind kürzer als Surfbretter und aus türkisblauem, dickem Schaumstoff hergestellt. An jedem Board baumelt eine Schnur mit einem runden Gurt am Ende, und ich habe keine Ahnung, warum das so ist.

»Ich kann das nicht«, wiederhole ich zum x-ten Mal und lasse mich in den Sand sinken. Sofort ist Skipper an meiner Seite, stupst mich freundlich mit seiner Schnauze an. Geistesabwesend tätschele ich ihm den Kopf, und er jault einmal kurz auf, bevor er davonrast, zum Wasser, und fröhlich bellend hineinspringt. Erstaunt sehe ich ihm nach, wie er in die Brandung eintaucht, dann zurück ans Ufer kommt und erneut auf mich zu rast. Kurz fürchte ich, dass er sich nun neben mir schütteln und mich in einen Regenschauer hüllen wird, aber stattdessen macht er wieder kehrt und flitzt wie ein Verrückter abermals zum Meer, springt übermütig in die Wellen.

»Skipper liebt den Atlantik«, erklärt Callum mit einem Schmunzeln, während er mir eines der Bretter reicht. »Und du wirst bald das *Bodyboarding* lieben, glaub mir. Das macht wirklich Spaß. Und ich bin bei dir und passe auf, dass du nicht absäufst.«

Er grinst entwaffnend auf mich herab, und ich muss ebenfalls lächeln, obwohl ich weiche Knie habe vor Nervosität. Und wegen seines Lächelns, aber das ist gerade eher nebensächlich. Was, wenn ich wirklich ertrinke?

Zögernd greife ich nach Callums ausgestreckter Hand, lasse mich von ihm in die Höhe ziehen. Ehe ich fragen kann, was er da macht, hat er einen der Gurte, die am Ende der Schnüre an den Boards baumeln, um meinen Oberarm geschnallt. Ah, jetzt begreife ich, wozu das Ganze gut ist.

»Damit du dein Board in der Brandung nicht verlierst«, bestätigt Callum meine Vermutung. Er ist mir so nah, dass ich jedes seiner Lachfältchen aus der Nähe sehen kann, und auf seiner Nase und den Wangenknochen sind ein paar sehr kleine, helle Sommersprossen zu erkennen. Das Blau seiner Augen löst in meinem Magen ein Flattern aus. Mal ganz abgesehen von der Tatsache, dass Neoprenanzüge ja ziemlich figurbetont sitzen, sodass ich immer wieder verstohlen auf Callums Körper in diesem schwarzen Anzug starren muss. Mir wird sehr warm, und mein eigener Anzug fühlt sich irgendwie beklemmend an. Schweiß rinnt meinen Rücken hinab. Unruhig nestele ich an dem Riemen herum, der um meinen Arm geschnallt ist, und ertappe mich erneut beim Starren.

Verdammt, Callum sieht in dieser Surfer-Montur aber auch wirklich verboten sexy aus!

Mit heiß pulsierendem Gesicht wende ich meinen Blick ab

und sehe auf das Bodyboard hinab, das nun mit mir verbunden ist wie mit einer Nabelschnur. O Gott, ich werde mich gleich furchtbar blamieren, so viel steht fest.

»Okay, dann komm mal mit«, sagt Callum und geht voraus, das Brett unter einen Arm geklemmt. Beklommen wate ich hinterher, stöhne leise auf, als das kalte Meereswasser meine nackten Füße und Waden umspült.

»Am besten schaust du einmal zu, wie ich es mache, okay?«, fragt Callum, und ich kann kaum nicken, bevor er sich schon mit seinem Brett in das flache Wasser stürzt und hinausschwimmt, einer Welle entgegen. Skipper springt bellend neben ihm her, bis ihm das Wasser bis zum Hals reicht. Callum richtet sich ein wenig auf, als eine Welle vor ihm bricht – er kann also noch stehen. Sobald die Welle weiß schäumend an ihm vorbeigerauscht ist, legt er sich wieder mit dem Oberkörper auf sein Board und paddelt weiter hinaus, bis die nächste Welle angerollt kommt. Jetzt dreht er sich blitzschnell um 180 Grad, sodass das Brett Richtung Küste zeigt und gleitet, mit beiden Händen die Spitze des Boards umfassend, bäuchlings liegend mit der Welle zurück zum Strand.

Fasziniert beobachte ich das Ganze, und als Callum in meiner Nähe angekommen ist und aufsteht, grinse ich ihn an, erleichtert, dass ich also nicht auf dem Board stehen muss. »Okay«, sage ich und wate los. »Ich glaube, das kann ich.«

»Und ob du das kannst«, bestätigt Callum.

Aber bevor ich es wirklich kann, dauert es doch ein wenig. Zum Glück ist an diesem Sonntagvormittag noch wenig los am Hirtle's Beach, nur ein paar Jogger und Leute mit ihren Hunden sind unterwegs, außerdem ein paar vereinzelte Familien mit Kindern, die im seichten Wasser planschen oder Sandburgen bauen. Und natürlich andere Bodyboarder – aber der

Strand ist so lang, dass niemand in unserer direkten Nähe ist, sodass ich mich bei meinen ersten missglückten Versuchen relativ unbeobachtet fühlen darf. Wieder und wieder rauschen die Wellen erbarmungslos über mich hinweg, reißen mich unter Wasser. Wieder und wieder tauche ich hustend und spuckend auf, Salzwasser in Mund und Augen. Zum Glück ist das Board durch die Schnur mit mir verbunden, sonst müsste ich ständig hinterherschwimmen. Callum bleibt immer dicht bei mir, gibt mir Tipps und taucht mir einmal sogar besorgt nach, als ich von einer besonders großen Welle so weit unter Wasser gedrückt werde, dass ich tatsächlich ein paar panische Sekunden lang nicht mehr weiß, wo oben und unten ist. Als ich Callums Hände fühle, die meine Arme packen und mich in die Höhe ziehen, bin ich unendlich erleichtert und klammere mich, als unsere Köpfe über Wasser sind und wir wieder Boden unter den Füßen haben, noch einen Augenblick lang an ihn.

»Ist alles in Ordnung?«, keucht Callum und sieht mich besorgt an. Ich blinzele Salzwasser aus meinen Augen und ringe nach Luft, während ich nicke. Dann sehe ich Callum an, der mich eng an sich gepresst hält, und für den Bruchteil einer Sekunde bin ich versucht, ihn zu küssen. Aber da uns im nächsten Moment eine Welle umwirft und wir erneut unter Wasser tauchen, kommt es nicht so weit.

Zum Glück.

Wir waten immer wieder ins Wasser, den Wellen entgegen, drehen uns immer wieder um 180 Grad, um uns, mit dem Oberkörper auf den Bodyboards liegend, zurück zum Strand tragen zu lassen. Irgendwann habe ich den Dreh raus und werde mit jeder Welle besser. Das Ganze macht so viel Spaß, dass ich kaum merke, wie die Zeit vergeht. Irgendwann sagt Callum, dass wir eine Pause machen sollten, und erst, als ich ihm aus dem Wasser und auf den trockenen Sand folge, merke ich, dass meine Beine vor Erschöpfung zittern. Während ich Skipper streichele, der bellend an mir hochspringt und mich zu meinen ersten Bodyboard-Versuchen zu beglückwünschen scheint, breitet Callum eine Decke aus, die er in einem Rucksack dabeihatte. Mit einem Ächzen lasse ich mich darauf sinken und nehme dankbar den Becher mit heißem Tee entgegen, den er mir aus einer Thermoskanne eingießt. Außerdem hat er eine Papiertüte mit Muffins aus Bonnie's Wool & Tea Shop dabei, was mich vor Begeisterung juchzen lässt, denn ich habe jetzt wirklich einen Bärenhunger. Ich weiß nicht, ob es an der frischen Seeluft liegt oder daran, dass hier alles so toll schmeckt, aber seit ich in Nova Scotia bin, habe ich einen Appetit wie seit dreizehn Jahren nicht mehr.

Während ich meinen zweiten Muffin verputze (nach dem ersten Apfel-Zimt-Muffin ist es nun einer mit Cheddar-Käse, Speckstückchen und Preiselbeeren – ein Traum!), streckt sich Callum der Länge nach auf der Decke aus und beobachtet mich amüsiert mit hinter dem Kopf verschränkten Armen. Ich muss mich sehr auf meinen Muffin konzentrieren, denn mit seinem nassen Haar und im feucht glänzenden Neoprenanzug sieht er noch besser aus. Verdammt.

»Ich wusste, dass du ein Naturtalent auf dem Bodyboard bist«, bemerkt Callum und krault Skipper hinter den Ohren. Der Hund hat sich zwischen uns geschoben und seinen Kopf auf mein Knie gelegt, in der Hoffnung, etwas von meinem Muffin abzubekommen.

»Da hast du aber Glück gehabt, dass du recht behalten hast«, lache ich auf. »Sonst hättest du mich am Ende aus dem Wasser fischen und wiederbeleben müssen.«

Sobald ich die Worte ausgesprochen habe, stelle ich mir vor, wie sich Callum über mich beugt, um Mund-zu-Mund-Beatmung zu machen, und mal wieder spüre ich die Röte in meine vom Wasser abgekühlte Haut schießen, als wäre ich ein Teenager. Dabei ist Wiederbelebung nun wirklich meilenweit von jeder Prise Romantik entfernt. Dennoch könnte ich schwören, dass Callum denselben Gedankengang hatte wie ich, denn er lächelt mich langsam an und hält meinen Blick fest. Doch statt einer anzüglichen Bemerkung erwidert er nur: »Ja, da habe ich natürlich wirklich Glück gehabt.«

Einen Moment lang habe ich das Gefühl, dass er noch etwas sagen will, doch dann legt er den Kopf in den Nacken und sieht kritisch zum Himmel hinauf. Erst jetzt, als ich endlich satt bin und zufrieden an meinem Tee nippe, wird auch mir bewusst, dass sich der Himmel zugezogen hat. Die Sonne, die mich in meinem nassen Neoprenanzug eben noch angenehm gewärmt hat, ist hinter dicken Wolkenbergen verschwunden.

»Sieht nach Regen aus«, bemerkt Callum. »Wir sollten zusehen, dass wir zurück in Omas Haus kommen, bevor es losgeht.«

»Ach, schade«, murmele ich und nehme einen weiteren Schluck von dem heißen Tee, der mich herrlich von innen wärmt. »Eigentlich wäre ich gern noch einmal ins Wasser gegangen.«

Callum sieht mich mit schief gelegtem Kopf an und grinst breit. »Habe ich es geschafft, dich süchtig zu machen?«

»Und ob«, grinse auch ich, aber im nächsten Moment vergeht mir das Lachen, denn beim Blick in Callums Augen durchzuckt mich der Gedanke, dass ich nicht nur süchtig nach dem Bodyboard geworden bin. Auch Callum wird ernst und mustert mich stumm. Augenblicklich werde ich an den Moment unter Deck der *Mermaid* erinnert, als er mich genauso angesehen hat. Und ganz so wie auf dem schwankenden Boot wandert sein Blick von meinen Augen zu meinen Lippen, und mein Herz setzt vor Schreck einen Schlag aus. Ich bin regelrecht erleichtert, dass sich Skipper genau diesen Moment aussucht, um aufzuspringen und einer Möwe hinterherzujagen.

»Skipper, komm zurück!«, ruft Callum seinem Hund nach, der über den Strand davonflitzt.

»Ich hole ihn«, erkläre ich eilig und stehe auf, froh darüber, etwas Abstand zwischen Callum und mich zu bringen. Ich renne über den weichen Sand hinter Skipper her und rufe seinen Namen, und da er glücklicherweise nach wie vor so verrückt nach mir ist, lässt er tatsächlich von der Möwenjagd ab und kommt hechelnd zu mir zurückgeflitzt. Lachend greife ich nach einem Stück Treibholz zu meinen Füßen und werfe es in einem hohen Bogen fort. Der Hund jagt mit einem begeisterten Bellen dem Holzstück hinterher, um es zu mir zurückzubringen. Aus den Augenwinkeln heraus sehe ich, dass Callum aufgestanden ist und anfängt, die Decke zusammenzufalten, denn der Himmel verdunkelt sich zusehends. Trotzdem werfe ich noch ein paarmal das Treibholz-Stück für Skipper, der unermüdlich über den weichen Sand jagt und das Holz mit ansteckender Begeisterung zu mir trägt.

»Guter Junge!«, lobe ich ihn lachend, als er mir das Treibholz zum x-ten Mal vor die Füße fallen lässt, und kraule ihn am Nacken, bevor ich mich erneut nach dem Holz bücke – und erstarre. Ich habe mich weiter in die Richtung bewegt, wo der breite Gürtel aus rund gewaschenen Steinen den Sandstrand vom dahintergelegenen See abschirmt, und als ich nun barfuß auf einem dieser Steine stehe und das Stück Treibholz aufheben will, fällt mein Blick auf etwas Blaugrünes. Meeresgrün. Ich vergesse das Holz und Skipper und strecke meine Hand nach dem rund geschliffenen Stück Meerglas aus, das zwischen den Steinen klemmt.

Es sieht genauso aus wie das Stück Meerglas der Kette, die Papa einst für meine Mutter hier in Lunenburg gekauft hat. Die Kette, die ich mir als Kind und als junges Mädchen so gern ausgeliehen habe, um damit Prinzessin zu spielen. Ich habe mich mit dem Schmuckstück, das so wunderbar kühl und glatt auf meiner Haut lag, wohl über tausendmal vor den Badezimmerspiegel gestellt und darüber gestaunt, wie ähnlich die Farbe des Anhängers meinen und auch Mamas Augen war. Papa hatte mir erzählt, wie Meerglas entsteht: dass es von zerbrochenen Flaschen oder anderen Glasgegenständen stammt, die über Jahre oder sogar Jahrzehnte hinweg von der Brandung hin und her geworfen werden. So lange, bis ihre Kanten vom Sand und Salzwasser rund geschliffen worden sind und sie nicht mehr glatt und klar sind, sondern diese typische satinierte Oberfläche bekommen, die sich so einmalig unter den Fingerkuppen anfühlt. Besonders häufig sind Meerglasstücke in Grün, Braun und Weiß, denn die meisten Flaschen, die im Meer landen, haben eine dieser Farben. Seltener sind Blautöne – so wie dieses wunderschöne Blaugrün. Meeresgrün.

Wenn ich mir Mamas Kette umgelegt habe, glaubte ich fast, das Meeresrauschen hören zu können, den Geruch von Salzwasser in der Nase zu haben, diesen Duft, der mich faszinierte, seit wir im Urlaub einmal an der Nordsee gewesen waren.

Und dann war die Kette eines Tages verschwunden, als ich achtzehn war. Mama suchte verzweifelt danach, und sie fragte mich, ob ich sie mir wieder ausgeliehen hätte. Doch das hatte ich nicht, und das versicherte ich ihr mit Nachdruck. Die Kette tauchte nie wieder auf, und bis zum heutigen Tag verfolgt mich das schlechte Gewissen deswegen, weil ich mir das Schmuckstück zuvor tatsächlich so oft ausgeliehen hatte und weil ich die eine Befürchtung nie losgeworden bin: Was, wenn Mama mir nicht geglaubt hat, dass ich ihre Lieblingskette nicht verloren hatte?

Auch deswegen beschloss ich, Goldschmiedin zu werden. Um Mama erneut so eine wunderschöne Kette machen zu können. Doch während meiner Ausbildung bekam ich nicht die

Gelegenheit dazu, weil ich in Bielefeld natürlich nicht so einfach an Meerglas herankam.

Aber jetzt liegt es mit einem Mal vor mir, das perfekte Stück Meerglas, in einem seltenen Blaugrün, ganz so wie damals in Mamas Kette. Und es ist zu spät, denn ich kann keine Kette mehr für meine Mutter machen.

Kapitel 24

H ey, Amelie. Was ist los?«
Ich sehe Callums nackte Füße neben mir auftauchen,
aber ich hebe den Blick nicht, sondern starre weiterhin auf das
Stück Meerglas in meiner hohlen Hand. Seit ich mich auf einen
der Steine habe sinken lassen, hockt Skipper neben mir und
leckt immer wieder mit einem besorgten Winseln die Tränen
von meinen Wangen. Aber dass ich lautlos weine, wird mir erst
jetzt richtig bewusst, als ich Callums Stimme über mir höre
und verlegen meinen Blick gesenkt halte. Er muss mich für
völlig verrückt halten. Dreizehn Jahre, und ein kleines Stück
Meerglas reicht aus, um mich mal wieder in Kummer zerfließen
zu lassen.

Ohne weiter nachzubohren, setzt sich Callum neben meinen Stein in den Sand. Schweigend greift er nach meiner freien
Hand und drückt sie leicht.

»Ist es wegen deiner Mutter?«, fragt er schließlich, und seine
Stimme klingt ein wenig belegt.

Ich nicke und versuche, meine Emotionen in den Griff zu
bekommen, aber seit Callum meine Hand hält, wollen die
Tränen erst recht aus mir raus. Und ich merke, dass ich mich
danach sehne, in den Arm genommen und gehalten zu werden.
Also tue ich etwas, das sehr untypisch für mich ist: Ich rutsche
von meinem Stein hinab in den Sand, sodass ich dicht neben
Callum sitze, und er macht genau das, was ich mir erhofft

hatte: Ohne Umschweife legt er einen Arm um mich und zieht mich eng an sich. Ich drehe mein Gesicht so, dass ich es gegen seine Brust pressen kann, spüre das feuchte Material des Neoprenanzugs an meiner Haut, rieche Kunststoff und Salzwasser und Callum. Die Tränen schießen ungehindert aus mir hervor – und ich lasse sie, ich halte sie nicht zurück. Callums Hand streichelt gleichmäßig über meinen Rücken, fühlt sich kräftig und beruhigend an. Skipper scheint völlig aufgelöst zu sein, weil ich weine, und versucht immer wieder, mit seiner Schnauze mein Gesicht anzustupsen und meine Tränen wegzulecken. Wieder und wieder schiebt Callum ihn sanft, aber bestimmt fort, bis ich wegen Skippers herzzerreißenden Winselns meine eigenen Tränen vergesse, mich von Callum löse und seinen Hund streichele, mein Gesicht in seinem Fell vergrabe, bis ich ihn und mich selbst beruhigt habe. Dann öffne ich meine Hand und zeige Callum das Stück Meerglas in Meeresgrün.

»Meine Mutter hatte eine absolute Lieblingskette, mit einem Anhänger aus Meerglas. Das Glas hatte exakt diesen Farbton. Und … mein Vater hat die Kette damals hier in Lunenburg auf einem Markt gekauft und sie Mama nach seiner Rückkehr aus Kanada geschenkt.«

Erstaunt sieht mich Callum an. »Dein Vater war schon einmal hier?«

»Ja. Zusammen mit Knuth.« Als mir klar wird, dass Callum diese Geschichte bisher gar nicht kennt – na ja, die ganze Story kenne ich selbst nicht, aber zumindest den Teil mit der Rucksackreise und Rose und dem schlimmen Streit zwischen den Brüdern, bevor Knuth abgereist ist –, erzähle ich ihm alles, froh darüber, eine Weile nicht weiter über Mama nachdenken zu müssen.

Als ich fertig bin, meint Callum gedankenverloren: »Ich kenne Knuth schon so lange, und auch wenn wir meistens nur

Zeit während der Bandproben miteinander verbracht haben, dachte ich trotzdem, ich wüsste so ziemlich alles über ihn. Aber da habe ich mich wohl gründlich getäuscht. Über sein Leben in Deutschland wusste ich so gut wie nichts. Zwar hat er mal erzählt, dass er als junger Mann auf einer Reise durch Lunenburg gekommen ist und sich hier in Rose verliebt hat, aber seinen Zwillingsbruder hat er nie erwähnt.«

»Ja, verrückt, oder?«, murmele ich und scharre mit meinen nackten Zehen im Sand. Dann füge ich hinzu, ohne Callum anzusehen: »Apropos verrückt: Für genau das musst du mich inzwischen auch halten. Ich bin fast Mitte dreißig, habe meine Mutter vor dreizehn Jahren verloren und heule immer noch los wie ein Schlosshund, wenn mich etwas an sie erinnert.« Ich grinse ihn flüchtig an, und Callum erwidert meinen Blick, bleibt aber ernst.

»Ich halte dich ganz und gar nicht für verrückt«, sagt er leise. »Weil ich genau weiß, was du durchmachst.« Er hält kurz inne und streicht sich eine Haarsträhne hinter das Ohr, bevor er tief Luft holt und fortfährt: »Meine Eltern und meine jüngere Schwester sind bei einem Autounfall ums Leben gekommen, als ich neunzehn war.«

Fassungslos starre ich Callum an. Was hat er da gesagt? Er lächelt bemüht, ein Lächeln, das seine Augen nicht erreicht. Ich kenne diese Art Lächeln, habe es selbst schon oft aufgesetzt, wenn ich innerlich aufgewühlt war, aber nach außen hin gefasst wirken wollte. Jetzt bin ich es, die nach seiner Hand greift. Meine Finger schließen sich um seine, die sich so warm und stark anfühlen, aber mir wird klar, dass Callum vielleicht gar nicht so stark ist, wie er erscheint. Er drückt meine Hand, und seine Mundwinkel zittern leicht, als er verlegen auflacht und sich räuspert. Dann starrt er auf den Atlantik hinaus und sagt: »Ich hatte ja vorhin schon Australien erwähnt. Als Teenager, da war ich absolut verrückt nach Surfen. Jeden Tag nach der Schule bin ich hierhergefahren, habe mich bei Oma Beth umgezogen und bin surfen gegangen. Ich hatte deswegen ständig Stress mit meinen Eltern, weil ich nie genug für die Schule gelernt habe. Australien, das war mein großer Traum, und schließlich boten mir meine Eltern einen Kompromiss an: Wenn ich genügend lernen würde, um den Highschool-Abschluss zu schaffen, würden sie mir einen Flug nach Australien bezahlen, damit ich dort nach der Schule Urlaub machen und surfen konnte. Also büffelte ich tatsächlich und schaffte meinen Schulabschluss mit einigermaßen annehmbaren Noten.« Bei der Erinnerung lacht er heiser auf, starrt dann gedankenverloren aufs Meer hinaus. »Ich besorgte mir eines dieser ›Work-and-Travel‹-Visa, flog nach Sydney, fuhr mit dem Bus die Ostküste hoch bis nach Byron Bay, suchte mir einen Job in einer Strandkneipe und surfte, was das Zeug hielt. Ich verliebte mich in Australien – und in Carrie, die in derselben Bar kellnerte wie ich.«

Ein flüchtiges Lächeln gleitet über sein Gesicht, und sofort frage ich mich, wie diese Carrie wohl aussah. Callum sieht wieder mich an und drückt erneut meine Hand, bevor er ernst fortfährt: »Na ja, es gefiel mir insgesamt so gut, dass ich begann, mich mit dem Gedanken zu beschäftigen, einfach dort zu bleiben. Ich erkundigte mich nach den Visa-Bestimmungen, und Carrie und ich spielten sogar mit dem Gedanken zu heiraten, damit ich leichter bleiben könnte. Das College hier in Nova Scotia, das meine Eltern für mich ins Auge gefasst hatten, interessierte mich überhaupt nicht mehr. Ich wollte nicht studieren, ich wollte einfach weiter jobben und surfen. Natürlich waren meine Eltern nicht wirklich angetan von diesen Plänen, und sie versuchten zig-mal, mir über die Distanz hinweg ins Gewissen zu reden. Die Kommunikation war schon rein technisch schwierig, denn damals gab es noch kein Skype oder Ähnliches. Ich stand immer in einer Telefonzelle und versuchte, meinen Eltern über die knackende Leitung hinweg klarzumachen, warum ich nicht nach Lunenburg zurückkommen wollte.«

Er macht eine Pause und reibt sich mit einem tiefen Seufzer die Stirn. »Eines Tages hatten wir einen besonders heftigen Streit wegen meiner Pläne. Mein Vater warf mir vor, meine Zukunft wegzuschmeißen, mir zwischen diesen ganzen Surfern das Hirn wegzukiffen und so weiter. Leider hatte er damit gar nicht so unrecht.« Callum lacht bitter auf. »Aber damals habe ich das natürlich anders gesehen, wusste alles besser, warf meinen Eltern vor, die letzten Spießer zu sein, sagte meinem Dad, dass ich niemals so enden wollte wie er, als Bootsbauer in einer Werft, Tag ein, Tag aus denselben öden Job machen.« Mit einem tiefen Seufzer hält Callum inne und starrt auf seine und meine Füße im Sand. Dann holt er zitternd Luft, und ich merke, dass er sich bemüht, die Tränen zurückzuhalten. Am liebsten würde ich meine Arme um ihn schlingen, aber in diesem Moment erzählt er weiter, und ich höre stumm zu.

»Das war das letzte Mal, dass ich meine Eltern gesprochen habe. Nach dem Telefonat sind die beiden mit meiner jüngeren Schwester Lauren losgefahren, zur Schule. Meine Mom arbeitete als Bibliothekarin in derselben Schule, auf die Lauren und vorher auch ich gegangen sind. Wir nahmen meistens trotzdem den Schulbus, weil das einfach cooler war, aber es war Februar und arschkalt, und Lauren hatte offenbar keine Lust, an der Haltestelle zu stehen und Frostbeulen zu bekommen. Und Dad hatte an dem Morgen einen Arzttermin in der Nähe der Schule und fuhr mit. Bei mir war es wegen der Zeitverschiebung schon nach Mitternacht, ich hatte meine Familie nach Ende meiner Schicht in der Kneipe angerufen und ging dann noch zu einer Privatparty bei einem Surferkumpel. Während ich in dem versifften Wohnzimmer von Shaun Miller Joints rauchte, Bier soff, für die anderen Musik auf der Gitarre spielte und mit meiner Freundin knutschte, kam hier in Lunenburg unser Familienvan in einer vereisten Kurve von der Straße ab und krachte gegen einen Baum.«

Callum bricht ab und fährt sich mit seiner freien Hand über die Augen, während er mit der anderen Hand meine Finger so fest drückt, dass es mir fast wehtut. Aber ich halte seine Hand unbeirrt fest und streichele mit meinem Daumen sanft über seinen Handrücken. Geduldig warte ich ab, bis er weiterspre-chen kann, und seine Stimme klingt belegt und rau, als er das schließlich tut.

»Mom und Dad waren sofort tot, habe ich später erfahren. Aber Lauren … Lauren lebte noch. Sie wurde ins Krankenhaus gebracht, und … man hat mir hinterher erzählt, dass sie nach mir gefragt hat. Immer wieder. ›Ruft Cal an‹, hat sie gesagt, ›ich will Cal sprechen.‹ Aber niemand konnte mich erreichen.«

Jetzt brechen die Tränen aus Callum hervor, und ich knie mich neben ihn in den Sand und schlinge beide Arme fest um seinen Oberkörper. Sein Schluchzen schüttelt nicht nur ihn durch, sondern auch mich, und aus Solidarität weine ich eben-falls wieder. Skipper weiß gar nicht mehr, wohin mit sich und seiner Sorge um sein Herrchen und mich, und er drückt sich winselnd um uns herum und versucht immer wieder, mit seiner Zunge unsere Gesichter zu erreichen. Ich lasse Callum weinen, bis er sich mit gesenktem Kopf von mir löst und mit beiden Händen über seine Augen reibt.

»Himmel, ich habe ewig nicht mehr wegen ihnen geheult«, murmelt er verlegen, bevor er von seinem Hund umgeworfen wird und rücklings in den Sand fällt. »Skipper!«, ächzt er, und dann müssen wir beide lachen, trotz der vielen Tränen.

»Du wolltest mich nur nicht als größte Heulsuse von Lunen-burg dastehen lassen«, versuche ich einen Witz und ernte ein kleines Lächeln von Callum, während er sich aufrappelt und versucht, die Liebesattacken seines Hundes abzuwehren. Schließlich wird er wieder ernst und fährt heiser fort: »Tja, das Problem war damals, dass ich so schwer zu erreichen war. Ich hatte kein Handy und habe mich, wie gesagt, nur über Münzsprecher bei meiner Familie gemeldet. Meine Eltern hatten lediglich die Nummer der Kneipe, in der ich gearbeitet habe, für Notfälle, weil ich bei der Arbeit eigentlich nicht telefonieren durfte.« Er seufzt tief auf, und ich höre in diesem Seufzer all die Reue, die er bei der Erinnerung an die damalige Zeit empfinden muss. »Aber obwohl das nun wirklich ein Notfall war, nützte niemandem diese Kneipen-Nummer, denn die Kneipe war ja schon geschlossen und ich auf dieser Privatparty versumpft. Erst am nächsten Morgen schaffte es meine Tante Fiona, den Kneipenbesitzer zu erreichen, der daraufhin zu meiner Bude gefahren ist und mich aus dem Bett geklingelt hat. Ich habe sofort im Krankenhaus angerufen, aber da … da sagte man mir, dass Lauren ein paar Stunden zuvor gestorben war.«

Ich schließe kurz meine Augen, weil mir dieser Teil der Geschichte so schmerzlich vertraut vorkommt.

»Noch am selben Abend saß ich im Flieger zurück nach Kanada und habe meine Eltern und Lauren ein paar Tage später beerdigt. Ich habe sie vorher noch sehen dürfen, beim Bestatter. Und ich …« Er unterdrückt einen weiteren Schluchzer und würgt hervor: »Ich war vor allem so erschrocken darüber, wie anders Lauren aussah. Nicht weil sie tot war. Sondern … ich hatte sie seit acht Monaten nicht gesehen, und sie war sechzehn, und mit sechzehn verändert man sich so verdammt schnell … ich erkannte meine Schwester gar nicht mehr, und ich … ich konnte nicht aufhören, darüber nachzudenken, dass ich so viel kostbare Zeit mit ihr versäumt hatte! Während ich in Australien gesurft bin, hat Lauren hier für die Schule gepaukt, hatte Liebeskummer und hat sich wegen ihrer Zahnspange gegrämt – und ich, ihr älterer Bruder, der für sie hätte da sein sollen, ich habe mich einmal pro Woche aus reinem Pflichtgefühl vom Münzsprecher aus gemeldet und ansonsten kaum einen Gedanken an sie und Mom und Dad verschwendet!«

Erschüttert strecke ich meine Hand aus und streiche über Callums Wange. »Du warst ein ganz gewöhnlicher Teenager«, sage ich leise. »Du wolltest die Welt sehen und Abenteuer erleben. Das ist doch normal.«

»Mag sein«, murmelt Callum und starrt wieder aufs Meer hinaus. »Aber trotzdem war da dieses gigantische Schuldgefühl, das mich regelrecht erdrückt hat: Ich konnte nicht aufhören, darüber nachzudenken, ob ich der Grund für den Unfall meiner Familie war. Mein Dad saß am Steuer, und er war ein guter und vorsichtiger Fahrer. Bei Glatteis zu schnell in eine Kurve zu fahren, das sah ihm nicht ähnlich. Keine halbe Stunde vor dem Unfall haben wir uns so sehr angeschrien, dass die Passanten in Byron Bay die Straßenseite gewechselt haben, weil ich an dem Münzsprecher ihnen solche Angst eingejagt habe. Vielleicht war Dad deshalb noch so aufgewühlt, dass er einfach zu schnell in diese verdammte Kurve gefahren ist!«

»Vielleicht aber auch nicht«, murmele ich betroffen, weil ich genau weiß, was Callum empfindet. Ich weiß es nur zu gut.

»Genau«, seufzt er leise. »Vielleicht aber auch nicht. Ich werde es nie erfahren. Und ich konnte nie die letzten Worte zurücknehmen, die ich Dad an den Kopf geworfen habe. Dass ich nicht so leben wollte wie er, als Bootsbauer, in einer langweiligen kanadischen Kleinstadt.«

Er lacht heiser auf. »Und jetzt bin ich genau das. Nach der Beerdigung wusste ich nicht, wohin mit mir und meinem Kummer. Ich bin bei Tante Fiona eingezogen, die damals noch mit

Ben, dem Arschloch, das sie irgendwann betrogen hat, verheiratet war. Wochenlang habe ich das Bett kaum verlassen … bis ich dann doch rausgegangen und schließlich am Hafen gelandet bin, bei der Knaus & Webber Werft, für die Papa Segelboote gebaut hatte. Seine Kollegen und sein Chef – Bob Knaus, den du vorgestern in der Werkstatt gesehen hast – haben mich in den Arm genommen, und wir haben zusammen geheult und dann zusammen Bier getrunken, und irgendwann meinte Bob, ich solle doch bei ihnen anfangen zu arbeiten. Dieser Vorschlag hat mich nicht mehr losgelassen, und so habe ich wenige Wochen später tatsächlich begonnen, bei Bob zu lernen, wie man Segelboote baut. Na ja, und heute arbeite ich immer noch dort, mache genau den Job, den mein Dad vorher hatte, den er über alles geliebt hat. Und, was soll ich sagen? Es macht mir verdammt viel Spaß. Und aus Lunenburg fort möchte ich auch nicht mehr. Nur hin und wieder, wenn eine Atlantiküberquerung in einem hübschen Boot lockt.« Er lächelt mich schief an, und ich lache leise auf. Dann aber werde ich wieder ernst und starre auf unsere Hände hinab, die sich fest umschlungen halten.

»Ich verstehe das sehr gut, das mit deinen Schuldgefühlen«, sage ich nach einer Weile heiser. »Mir geht es nämlich genauso.«

Kapitel 25

Und während sich der Himmel über uns weiter verdüstert und wir uns die Picknickdecke um unsere Schultern schlingen, eng nebeneinander im weichen Sand sitzend, Skipper auf unseren Füßen, kann ich zum ersten Mal seit dreizehn Jahren über das reden, was damals passiert ist. Damals, als ich im Begriff war, das zu werden, was ich immer sein wollte: Goldschmiedin.

Ich war sehr nervös gewesen vor meiner praktischen Abschlussprüfung, aber während ich in der kleinen Werkstatt von Gold & Blatt stand, dem Schmuckgeschäft, in dem ich meine Ausbildung gemacht habe, da wusste ich, dass es gut lief. Die Idee für den Ring, den ich anfertigen sollte, war mir augenblicklich gekommen, die Skizze war regelrecht aufs Papier geflossen. Und als ich Stunden später das fertige Stück meiner Ausbilderin und dem Prüfer präsentierte, flüsterte Frau Hagenbrecht mir begeistert ins Ohr, dass das der schönste Ring sei, den sie seit Langem zu Gesicht bekommen hätte. Vor lauter Freude und Erleichterung hätte ich die ganze Welt umarmen können, und als wir schließlich eine Flasche Sekt geöffnet haben, um darauf anzustoßen, dass ich meine praktische Prüfung mit Bravour bestanden hatte, da glaubte ich mich am Ziel meiner Träume.

Bis der Anruf kam. Nicht mein Handy klingelte, sondern das Telefon im Büro von Frau Hagenbrecht. Sie war kreidebleich, als sie zurück in die Werkstatt kam, wo ich noch ein wenig mit dem Prüfer plauderte. Ich war ungewohnt locker, dem Sekt sei Dank. Wegen des Alkohols dauerte es auch ein paar Sekunden länger, als es sonst wohl der Fall gewesen wäre, um zu begreifen, was mir meine Chefin mitteilte: dass mein Vater angerufen hätte, wissen wollte, ob ich schon mit der Prüfung durch sei. Dass ich so schnell wie möglich ins Krankenhaus kommen müsse. Meine Mutter hatte einen Autounfall gehabt.

An die nächsten Stunden kann ich mich nur verschwommen erinnern. Ich sehe noch die Scheibenwischer im Wagen meiner Chefin vor mir, die unermüdlich die Regentropfen von der Scheibe schoben. Ich habe noch den Geruch von Krankenhaus in der Nase, als wir den langen Flur entlanghasteten, Frau Hagenbrecht an meiner Seite, bis wir die Intensivstation erreichten und sie nicht weiter mitgehen durfte. Danach weiß ich nur noch, dass ich mich beim Anblick meiner Schwester fragte, warum sie so schwarze Schlieren auf dem Gesicht hatte, bis ich begriff, dass das die Spuren ihrer zerflossenen Wimperntusche waren. Meinen Vater hätte ich beinahe nicht erkannt, er schien seit unserer Verabschiedung am Morgen, als er mich in den Arm genommen und mir »toi, toi, toi« gewünscht hatte, um Jahre gealtert. Ich weiß nicht mehr, was man mir gesagt hat und wer es aussprach, dass meine Mutter gestorben war. Woran ich mich erinnern kann, ist der harte Plastikstuhl, auf dem ich sehr lange regungslos saß, unfähig zu begreifen, was geschehen war.

Die Details erfuhr ich erst später, nach und nach, weil Papa ahnte, dass ich außer mir sein würde vor Kummer.

Eine Fahranfängerin war mit ihrem Opel Corsa auf der regennassen Fahrbahn in den Gegenverkehr geraten und frontal in den Wagen meiner Mutter gekracht. Carina Bormann, neunzehn Jahre jung, starb noch an der Unfallstelle. Mama nicht. Sie lebte noch mehrere Stunden, aber bestand mit letzter Kraft darauf, dass man mich nicht benachrichtigen sollte.

»Lasst Amelie ihre Prüfung zu Ende machen, sie ist fast fertig«, soll sie gesagt haben. Sie dachte, sie würde es schaffen. Sie dachte, sie würde mich später sehen können. Aber bevor ich endlich beim Krankenhaus ankam, starb sie an einer Hirnblutung.

Das allein hätte ausreichen können, um mich für den Rest meines Lebens zu quälen, weil ich sie nicht mehr lebend gesehen hatte. Aber dann erfuhr ich auch noch, dass meine Mutter mit dem Auto auf dem Weg zu Gold & Blatt gewesen war, um mich, nach bestandener Prüfung, dort zu überraschen. Sie hatte einen Blumenstrauß besorgt – Pfingstrosen, meine Lieblingsblumen –, weil sie sich anscheinend hundertprozentig sicher war, dass ich bestehen würde.

Als Papa mir das erzählt hat, war es, als würde auch in mir etwas sterben. Die Erkenntnis, dass sie auf dem Weg zu mir gewesen war, als sie verunglückte, riss mir den Boden unter den Füßen fort. Denn das bedeutete, dass ich schuld an ihrem Tod war.

»Das ist doch Quatsch, Amelie«, stieß Papa heiser hervor, als ich so heftig schluchzte, dass ich glaubte, es würde mich zerreißen. »Niemand ist schuld, schon gar nicht du.«

Aber er kannte nicht die Wahrheit. Er wusste nicht, was ich zu Mama gesagt hatte, an dem Abend vor meiner Prüfung. Als wir uns gestritten hatten. Ausgerechnet an ihrem letzten Abend auf dieser Erde hatte ich mich mit ihr gestritten! Ich, die sonst die einfachere ihrer zwei Töchter war. Die nicht ständig darauf bestand, ihren Willen zu bekommen. Die meistens nachgab, um des lieben Friedens willen.

Aber nicht so am Abend vor Mamas Unfall. Damals war ich aufgebracht, meine Nerven wegen der bevorstehenden Prüfung ohnehin dünn wie Papier und kaum belastbar. Ich regte mich darüber auf, dass Mama wegen Nele mal wieder ihre eigenen Pläne über den Haufen geworfen hatte. Denn eigentlich hätte unsere Mutter am Tag vor meiner Prüfung zu einer kleinen Galerie in Münster fahren sollen, um mit der Leiterin über die Möglichkeit einer Ausstellung einiger ihrer Bilder zu sprechen. Aber in Neles Schule stand das Theaterstück zum Ende des Schuljahres an – Romeo und Julia –, und Nele spielte natürlich die Julia. Die Generalprobe fand am Tag vor meiner Prüfung statt, die Aufführung am Abend des Prüfungstages.

Am Morgen des Vortages stand Nele völlig verzweifelt vor dem Flurspiegel und riss an ihrem Kostüm herum, wurde geradezu hysterisch, weil das Kleid aus dem Kostümfundus der Theater-AG angeblich so unvorteilhaft saß. Sie war in einer Phase, in der sie sich viel zu dick fand, obwohl sie das natürlich überhaupt nicht war. Um jedoch einen Nervenzusammenbruch ihrer jüngeren Tochter abzuwenden, sagte Mama kurzerhand ihren Termin in Münster ab und blieb zu Hause, um in einer Hau-Ruck-Aktion das Kleid umzunähen. Sie konnte so etwas mit links, und bis zur Generalprobe am späten Vormittag saß das Julia-Kleid wie angegossen, und Nele war glücklich.

Ich aber war sauer, denn ich wusste, dass für Mama dieser Termin in Münster wichtig gewesen war. Als ich sie abends fragte, wann sie denn nun dorthin fahren würde, gab sie mit einem kleinen Seufzer zu, dass die Leiterin der Galerie erst wieder im kommenden Monat Zeit für sie haben würde. Daraufhin schrie ich Mama an, dass sie aufhören solle, immer ihr Leben für Nele auf den Kopf zu stellen, dass meine Schwester mit ihren achtzehn Jahren kein kleines Kind mehr sei, dem man ständig jeden Wunsch von den Augen ablesen müsse. Mama versuchte mich zu beruhigen, vielleicht ahnte sie, dass mich die Prüfungsangst viel aggressiver machte, als ich es normalerweise war.

»Nele ist immer die wichtigste Person dieser Familie!«, fuhr ich sie an. »Ich habe morgen meine Prüfung, aber wegen mir reißt sich niemand ein Bein aus! Und anstatt morgen Abend zu feiern – falls ich nicht ohnehin durchfalle! –, muss ich auch noch zum Theaterstück meiner Schwester fahren, um mal wieder zu sehen, wie Nele Superstar bejubelt wird!«

Mama sagte noch, dass Nele nicht wichtiger sei als ich, sie wollte mich in den Arm nehmen und mir versichern, dass ich am nächsten Tag alles wunderbar meistern würde, dass wir abends, vor Neles Aufführung, mit Sekt anstoßen und hinterher schön essen gehen würden. Aber ich hörte kaum hin, war zu aufgewühlt, ging in mein Zimmer und verkroch mich im Bett. Dass ich zu der Zeit auch noch Stress mit Tobias hatte – weshalb, weiß ich gar nicht mehr –, machte alles noch dramatischer für mich.

War ich naiv. Ich hatte keinen Schimmer davon, wie dramatisch das Leben wirklich sein kann.

Und als ich am nächsten Nachmittag erfuhr, dass Mama auf dem Weg zu mir gewesen war, als sie verunglückt ist, da begann die quälende Frage in meinem Kopf zu hämmern: Hatte sie mich schon vor unserem Streit überraschen wollen – oder hatte sie sich entschlossen, mit den Blumen zu Gold & Blatt zu kommen, weil ich am Abend zuvor so eine Szene gemacht und behauptet hatte, Nele sei ihr wichtiger?

Diese Frage quälte mich für den Rest jenes schrecklichen Tages, an dessen Abend das Julia-Kleid in der Aula der Friedrich-Ebert-Schule von einer anderen Schülerin getragen werden musste. Sie quälte mich, als Mama vier Tage später beerdigt wurde und ich einen Strauß Pfingstrosen auf ihren Sarg warf.

Und sie quält mich auch heute noch, dreizehn Jahre später. Aber ich habe weder Papa noch Nele je davon erzählt, dass ich tatsächlich der Meinung bin, direkt schuld an Mamas Unfall zu sein.

Heute jedoch, als ich neben Callum im Sand sitze und erste dicke Tropfen beginnen, auf uns herabzufallen, spreche ich diese schreckliche Vermutung zum ersten Mal in meinem Leben laut aus. Weil ich weiß, dass er mich versteht, schließlich hat er eine ganz ähnliche Tragödie erlebt.

Callum sieht mich ernst an, während ich mir über die Augen wische und tief Luft hole, zitternd ausatme. Ich erwidere seinen Blick, und als er erneut nach meiner Hand greift, schluchze ich trocken auf.

»Glaub mir, ich kenne diese quälenden Gedanken«, sagt Callum mit rauer Stimme. »›Was wäre gewesen, wenn?‹ Hätten wir uns nicht gestritten, wäre mein Dad dann womöglich nicht von der Straße abgekommen? Hättest du deiner Mutter keine Vorwürfe gemacht, wäre sie dann nicht zu deiner Ausbildungsstätte gefahren?«

Ich schluchze erneut auf und nicke mit Nachdruck.

»Aber diese Fragen bringen nichts, Amelie«, sagt Callum sanft und rückt eine Spur näher an mich heran, sodass wir nun wirklich eng Seite an Seite sitzen, die Decke zum Schutz gegen den kühlen Wind um unsere Schultern geschlungen. »Denn sie können nicht beantwortet werden. Vielleicht war mein Dad an jenem Morgen einfach abgelenkt, hat sich womöglich sogar mit Lauren gestritten, denn ihr Verhältnis war auch nicht einfach, der Pubertät sei Dank. Vielleicht lag es nicht daran, dass er sich vorher so über mich aufgeregt hatte.« Callums Finger umschlingen meine fest. »Und vielleicht hatte deine Mutter schon lange vorgehabt, dich nach deiner Prüfung zu überraschen. Vielleicht lag es nicht an deinen Vorwürfen.«

Erneut brechen heiße Tränen aus mir hervor, vermengen sich auf meinem Gesicht mit den kalten Regentropfen. »Aber ich kann nicht aufhören, darüber nachzudenken! Dass vielleicht wegen mir mein Vater Witwer ist, meine Schwester mit achtzehn Jahren ihre Mutter verloren hat, dass …«

»Hey.« Callum hat sich mir zugewandt, nimmt mein Gesicht in beide Hände, und ich erstarre einen Moment lang, weil ich mich frage, ob er mich tatsächlich ausgerechnet jetzt, während meine Nase vom ganzen Heulen läuft, küssen will. Doch er sieht mich nur ernst an und sagt ruhig, aber mit Nachdruck: »Amelie, du musst aufhören, dich deswegen zu quälen. Ja, es ist furchtbar, was damals passiert ist. Du hast deine Mutter unter schrecklichen Umständen verloren, aber du bist nicht schuld daran. Denn selbst wenn sie sich erst nach eurem Streit dazu entschieden haben sollte, dich zu überraschen – du warst nicht diejenige, die frontal in ihren Wagen gefahren ist. Du bist nicht schuld. Und du hast es verdient, ein glückliches Leben zu leben. Du musst dich nicht selbst für etwas bestrafen, wofür du gar nichts kannst.«

Überrascht blinzele ich und sehe ihn groß an. »Was meinst du? Ich bestrafe mich für gar nichts.«

Callum lässt seine Hände sinken, und ich wische mir rasch mit dem Handrücken unter der Nase entlang. »Doch«, sagt er leise. »Das Gefühl habe ich schon. Du verhältst dich, als hättest du kein Recht auf die Erfüllung deiner Träume.«

»Wie bitte?« Ich rücke ein wenig von ihm ab, starre ihn fast entrüstet an. »Woher willst du das wissen? Du kennst mich kaum!«

»Mittlerweile aber schon ein bisschen.« Callum betrachtet mich ernst. »Und ich werde bei dir einfach das Gefühl nicht los, dass du wie unter einer Schutzfolie lebst. So bist du vor Verletzungen geschützt – aber es kommen auch keine anderen Berührungen zu dir durch.«

Um seine Worte zu unterstreichen, will er erneut nach meiner Hand greifen, aber ich entziehe sie ihm ruckartig. »Jetzt fang bloß nicht wieder davon an, dass ich mich in Lars verliebt habe, weil er unerreichbar ist!«, stoße ich wütend hervor, und Callum senkt den Blick und lacht leise auf, schüttelt den Kopf.

»Das muss ich nicht mehr sagen, denn das weißt du ja schon.«

»Zwar geht es dich nichts an, aber, vollständigkeitshalber: Als ich Lars kennengelernt habe, war er noch gar nicht mit Nele zusammen! Wie passt das bitte schön zu deiner verqueren Theorie? Und außerdem: Vielleicht ist Lars gar nicht so unerreichbar!« Abrupt erhebe ich mich aus dem Sand, ignoriere Skipper, der schwanzwedelnd aufspringt. »Vielleicht hat Lars mehr Interesse an mir, als du glaubst!«

Callum ist wieder ernst geworden. Er steht ebenfalls auf, zieht die Decke von seinen Schultern, knüllt sie zwischen seinen Händen zusammen. Inzwischen regnet es stärker, und ich blinzle Tropfen fort, während ich ihn wütend fixiere.

»Ja, vielleicht hat er das«, erwidert Callum ruhig und kommt einen Schritt auf mich zu, was mich rückwärts weichen lässt. »Aber, mal ganz abgesehen von Lars – du kannst doch nicht leugnen, dass du dein Leben auf Eis gelegt hast, oder? Du arbeitest nicht mehr als Goldschmiedin, und ich vermute stark, dass der Unfall deiner Mutter der Grund dafür ist. Dass du jedes Mal, wenn du mit einem Schmuckstück beschäftigt warst, wieder an deine Abschlussprüfung und den schrecklichen Unfall denken musstest. Dass du wieder von Schuldgefühlen überrollt wurdest. Oder?«

Gequält ringe ich nach Luft, als ich an die grauenvollen Wochen nach Mamas Tod denke, als ich, offiziell fertige Goldschmiedin, in der Werkstatt von Gold & Blatt wieder und wieder Panikattacken bekommen habe, vom Arzt wieder und wieder krankgeschrieben werden musste, bis Frau Hagenbrecht mir nach ein paar Monaten mit tränenerstickter

Stimme klarmachte, dass sich ihr kleiner Drei-Mann-Betrieb meine Krankheitstage nicht mehr leisten könne und sie mich entlassen müsse, so leid es ihr auch tue. Eine Zeit lang blieb ich einfach zu Hause, schloss all meine Schmuckstücke fort, die ich während meiner Ausbildung gefertigt hatte, trug selbst lediglich schlichte Ohrstecker und nichts sonst und fand nur mühsam meinen Weg zurück in ein geordnetes Leben … auch, weil Papa mir irgendwann besorgt klargemacht hatte, dass ich mir wirklich einen Job suchen müsse und nicht nur untätig in der kleinen Wohnung unter seinem Dach herumsitzen könne. Wenn ich nicht als Goldschmiedin arbeiten könne, dann solle ich etwas anderes versuchen, zumindest übergangsweise, sagte er, und ich konnte ihm die tiefen Sorgen um mich deutlich ansehen. Und so hatte ich mich ohne Elan bei Peters & Hagemüller beworben, nur, um irgendeinen Brotjob zu finden. Mühsam hielt ich mich in den folgenden Monaten über Wasser, obwohl sich wenig später auch noch Tobias von mir trennte. Aber dann habe ich schließlich Lars kennengelernt. Lars war es, der meinem Leben endlich neuen Sinn gegeben hat.

Doch obwohl Callum mit seiner Vermutung voll ins Schwarze getroffen hat, sehe ich ihn jetzt wutentbrannt an und zische: »Glaubst du vielleicht, dass ich das absichtlich gemacht hätte? Glaubst du, es fiel mir leicht, meinen geliebten Beruf an den Nagel zu hängen, mir mein Scheitern einzugestehen?«

»Nein, das glaube ich natürlich nicht.« Erneut will Callum nach meiner Hand greifen, aber ich ziehe sie einmal mehr fort, mache noch einen Schritt rückwärts, um mehr Abstand zwischen uns zu bringen. »Außerdem bist du nicht gescheitert, Amelie. Du hast lediglich Zeit gebraucht, um alles zu verkraften. Du scheiterst nur dann wirklich, wenn du gar nicht mehr versuchst, als Goldschmiedin zu arbeiten.«

»Hör auf, mir zu sagen, was ich tun sollte!«, herrsche ich

ihn aufgebracht an. »Ich will gar nicht mehr als Goldschmiedin arbeiten!«

»Das glaube ich dir nicht«, erwidert Callum ruhig. »Du hast nur Angst davor, es wieder zu versuchen. Dabei sollst du so viel Talent haben, hat dein Vater gesagt.«

»Hat er das?« Nun werde ich noch viel wütender, balle meine Hände zu Fäusten. »Wann hast du mit meinem Vater über mich geredet?«

»Auf dem Segelboot. Als du noch im Wasser warst.« Er macht eine kleine Pause, sieht mich dann ernst an und fragt: »Hast du schon mal darüber nachgedacht, dass deine Mutter nicht gewollt hätte, dass alles so endet? Immerhin hat sie deinen Vater im Krankenhaus daran gehindert, dich früher anzurufen. Weil sie anscheinend unbedingt wollte, dass du die Prüfung zu Ende machst. Und danach als Goldschmiedin arbeitest. Aber jetzt … Hey, Amelie, warte!«

Kapitel 26

Als ich mich umdrehe und zornig über den nassen Sand davonmarschieren will, schafft es Callum doch, meine Hand zu ergreifen und energisch festzuhalten. Ich wende mich halb zu ihm um, versuche, mich aus seinem Griff zu befreien, aber vergeblich.

»Lass mich sofort los!«

»Nein. Hör mir bitte zu.« Callum tritt dicht vor mich und sieht mich durch den immer heftiger auf uns prasselnden Regen hindurch eindringlich an. »Ich verstehe, warum du nicht mehr als Goldschmiedin arbeitest. Glaub mir, wenn das jemand nachvollziehen kann, dann wohl ich. Und ich verstehe auch, warum du einen Schutzpanzer um dich errichtet hast, warum du dich vor Gefühlen verschließt und lieber den Freund deiner Schwester anhimmelst, anstatt dich in jemanden zu verlieben, der erreichbar ist.«

»Lass! Mich! Sofort! Los!«

»Amelie.« Callum lässt meine Hand los, aber packt mich stattdessen an beiden Schultern und schüttelt mich leicht. Seine Stimme wird lauter und klingt jetzt auch beinahe wütend. »Mir ging es nach dem Tod meiner Familie genauso wie dir. Vor lauter Gewissensbissen und Schuldgefühlen und Trauer war ich nicht mehr in der Lage, wirklich zu leben. Ich habe ... ich habe Entscheidungen getroffen, von denen ich dachte, sie wären in der Situation richtig, aber rückblickend weiß ich, dass ich mich selbst belogen habe, dass ich mir meine wahren Wünsche und Träume nicht mehr eingestehen konnte, weil ich dachte, ich hätte sie nicht verdient. Immerhin war meine Familie tot, und ich hatte ihren Unfall vielleicht mitverursacht, warum sollte ich also jemals wirklich wieder glücklich sein dürfen?« Callum holt tief Luft, während ich ihn stumm anstarre, erstaunt darüber, dass ein anderer Mensch tatsächlich so ähnliche Gedankengänge hatte, wie ich sie immer noch habe.

»Aber irgendwann habe ich dann begriffen, dass es so nicht weiterging«, erklärt Callum heiser. »Es war unter anderem dein Onkel Knuth, der mir klargemacht hat, dass ich verdammt noch mal glücklich sein solle, selbst am Leben zu sein. Dass das Leben ein Geschenk sei und dass ich aufhören müsse, dieses Leben auf Sparflamme zu leben. Im Gegenteil, ich sollte es erst recht in vollen Zügen genießen, meinte Knuth, eben weil ich so viel mehr Glück gehabt hatte als meine jüngere Schwester, die nur sechzehn werden durfte.« Callum sieht mich an und legt eine Hand auf meine Wange, sein Daumen streicht sacht über meine regennasse Haut. »›Such dir einen Job, der dir Spaß macht, erfüll dir deine Wünsche, reise – und verliebe dich von ganzem Herzen‹, das hat mir dein Onkel damals geraten.« Bei der Erinnerung lächelt Callum leicht, und auch sein zweiter Daumen beginnt, mein Gesicht zu streicheln, schickt einen Schauer nach dem anderen meinen Rücken hinab bis in meine Zehenspitzen, die im feuchten Sand vergraben sind.

»Also bin ich tatsächlich zurück in die Werft gegangen, habe Bob Knaus gesagt, dass ich sein Angebot annehmen und lernen wollte, Boote zu bauen. Weil ich ahnte, dass mir das Spaß machen würde, obwohl ich meinem Vater gegenüber immer das Gegenteil behauptet hatte. Ich begann wieder zu segeln, wie ich es in meiner Kindheit mit Dad und Lauren getan hatte, bevor ich mit dem Surfen begann und für nichts anderes mehr einen Kopf hatte. Und schließlich habe ich mir sogar den Traum von einer Atlantiküberquerung erfüllt.«

Mir fällt auf, dass er den Teil mit dem Verlieben auslässt, und frage mich spontan, wann er seine Ex-Frau Morgan eigentlich geheiratet hat, aber ich vergesse diese Frage gleich wieder, als Callum noch einen Schritt näher kommt, mich eindringlich ansieht.

»Himmel, Amelie, das Leben kann so schön sein! Ja, deine Mutter ist tot, und meine Eltern und Schwester sind es auch. Aber du lebst, und ich lebe. Und ich habe vor Jahren beschlossen, dass ich mich nicht länger hinter meiner Trauer vor der Welt verstecken werde, sondern dass ich genau das tun werde, was Knuth mir geraten hat: Das Leben jeden Tag als Geschenk betrachten, denn auch mein Leben kann schnell genug vorbei sein. Darum freue ich mich jeden Morgen, wenn ich die Sonne über Lunenburg sehe, wenn ich die Seeluft einatme, wenn ich hinter meinem irren Hund herrenne, der mal wieder ein Eichhörnchen oder eine Möwe jagt.« Er lacht heiser auf, und sogar meine Mundwinkel verziehen sich zu einem winzigen Schmunzeln. Callums Blick wandert flüchtig dorthin, zu meinen Lippen, aber dann sieht er mir wieder in die Augen und fügt leidenschaftlich hinzu: »Und selbst wenn ich im verdammten Nova-Scotia-Regen stehe, danke ich dem Himmel dafür, dass ich das erleben darf. Eben gerade, weil meine Schwester diesen Regen nie mehr auf ihrem Gesicht spüren darf, und meine Eltern auch nicht.«

Zitternd atme ich ein und aus und nicke leicht, unfähig, etwas zu erwidern. Schweigend starre ich Callum an, und er erwidert meinen Blick, während seine Daumen weiterhin mein Gesicht streicheln. Aber als einer dieser Daumen leicht über meine Unterlippe fährt, zucke ich zurück, als hätte ich mich verbrannt. Langsam lässt Callum seine Hände sinken.

»Mir ist kalt«, murmele ich und senke den Blick, vergrabe eine Hand in Skippers nassem Fell. Der Hund ist uns nicht von der Seite gewichen und schmiegt sich an meine Beine.

»Ja. Sorry«, erwidert Callum, und seine Stimme klingt kratzig. Der Zauber dieses Augenblicks ist gebrochen, dank mir. Mal wieder.

Mit einem Räuspern bückt sich Callum nach den Bodyboards, die im Sand liegen. »Komm, lass uns schnell ins Haus gehen.«

Schweigend marschieren wir durch den Regen über den inzwischen menschenleeren Strand, folgen dem steilen Pfad den Hügel hinauf, zum Haus von Callums Großmutter. Während Callum die Bodyboards in den Schuppen bringt, betrete ich den Eingangsbereich, der mich dunkel und still begrüßt, nur eine Wanduhr tickt irgendwo. Es riecht ein wenig nach Staub hier drinnen, man merkt, dass Callum nur gelegentlich am Wochenende in diesem Haus ist, dass die Fenster schon länger nicht mehr geöffnet worden sind. Flüchtig werfe ich einen Blick ins Wohnzimmer, dessen Mobiliar ein wenig nach Museum aussieht. Callums Großeltern haben das geblümte Sofa, den Tisch und die Stühle aus dunklem, glänzendem Holz, den verschnörkelten Geschirrschrank und die schweren Vorhänge vermutlich irgendwann in den 50er-Jahren gekauft. Auch die winzige Toilette im Erdgeschoss, in der ich vorhin in den Neoprenanzug geschlüpft bin, strahlt den Charme vergangener Jahrzehnte aus, mit einem alten Waschbecken, dessen Armaturen beinahe antik wirken.

Als Callum das Haus betritt und die Tür hinter ihm ins Schloss fällt, sehe ich ihn befangen an. Mit ihm allein in diesem dunklen Flur zu stehen, während draußen der Regen gegen die Hauswand peitscht und an die Fensterscheiben prasselt, das wirkt noch viel intimer als unser ehrliches Gespräch gerade am Strand.

Mein Blick wandert zu dem gemalten Porträt eines bärtigen Mannes in Kapitänsuniform, der mich von der Flurwand aus ernst zu beobachten scheint.

»Einer deiner Vorfahren?«, erkundige ich mich zaghaft, um von der Intimität dieser Situation abzulenken, und deute auf das goldgerahmte Bild.

Callum sieht das Porträt an und nickt. »Ja. Captain William MacKay, mein Ur-Ur-Ur-Großvater. Er ist in der ersten Hälfte des 19. Jahrhunderts regelmäßig von Lunenburg aus mit seiner Crew in die Karibik gesegelt, hat getrockneten Fisch, Fischöl und Holzprodukte von Nova Scotia aus dorthin transportiert. Von der Karibik aus kam sein Schoner mit Molasse, Kaffee und Rum beladen zurück. Später hat Williams Schiff auch den Atlantik überquert und ist einige Male nach England gesegelt, um Holz dorthin zu bringen.«

»Die Atlantiküberquerung liegt dir also quasi im Blut«, bemerke ich mit einem schwachen Lächeln, und Callum nickt, während er nachdenklich seinen Vorfahren anstarrt. »Und, ist er …?« Ich weiß nicht so recht, wie ich die Frage formulieren soll. Callum sieht mich an und scheint zu ahnen, was ich wissen will, denn er schüttelt den Kopf und erklärt: »Nein, sein Schiff ist nie untergegangen. William ist als alter Mann hier in Lunenburg gestorben.«

Ein paar Herzschläge lang sehen wir uns schweigend an, bevor Callum schließlich eine steile Treppe hinaufdeutet. »Komm, ich zeige dir oben das Badezimmer. Eine heiße Dusche wird dir guttun.«

Ich murmele eine Zustimmung, während ich ihm die knarzenden, in der Mitte ausgetretenen Holzstufen hinauffolge, darum bemüht, nicht über Skipper zu stolpern, der mir nach wie vor nicht von der Seite weicht.

»In diesem Haus ist alles ziemlich in die Jahre gekommen,

wie du siehst«, meint Callum beinahe verlegen und geht voran in ein verwinkeltes Badezimmer unter der Dachschräge, in dem eine altmodische Badewanne steht. Er reicht mir ein Handtuch, das er aus einem Einbauschrank im Flur geholt hat und das nach Mottenkugeln riecht. »Du musst hier oben ziemlich lang auf die Toilettenspülung drücken, damit etwas passiert, und auch in der Dusche ist der Wasserdruck nicht konstant. Ach, und pass mit dem Warmwasser-Hahn auf – das Wasser bleibt erst ewig kalt und wird dann ganz plötzlich sehr heiß. So, komm mit, Skipper, lass Amelie in Ruhe duschen, okay?«

Ich bin nicht in der Lage, viel zu sagen, darum nicke ich Callum nur zu und bin froh, als sich die Badezimmertür hinter Skipper und ihm schließt. Erschöpft reibe ich mir mit beiden Händen über das Gesicht und schäle mich dann aus meinem Neoprenanzug. Der Spiegel über dem Waschbecken ist halb blind, aber der klare Fleck in der Mitte reicht aus, um mich erkennen zu lassen, wie bescheiden ich aussehe: Meine Locken haben sich zum großen Teil aus dem Dutt an meinem Hinterkopf gelöst, der wilden Atlantikbrandung sei Dank, und hängen mir nun feucht und wirr um mein blasses Gesicht.

Einfach unfassbar, denke ich, während ich die verbliebenen Haarnadeln herausziehe und meine Locken lang über Schultern und Rücken herabfallen. Dass Callum seine Familie auf dieselbe Weise verloren hat wie ich meine Mutter – bei einem Autounfall. Seine Worte hämmern in meinem Kopf, als ich auf wackeligen Beinen in die altmodische Wanne steige: »Himmel, Amelie, das Leben kann so schön sein!«

Und, zu meinem eigenen Erstaunen, muss ich mir mit einem Mal eingestehen, dass Callum recht haben könnte. Dass ich mein Leben bisher auf Sparflamme gelebt habe, von ewigen Schuldgefühlen verfolgt. Dass ich mir in meinem Unterbewusstsein wohl eingeredet habe, kein Recht auf Glück zu haben, weil ich womöglich den Tod meiner Mutter verursacht hatte. Dass ich es vermieden habe, überhaupt noch über meinen eigentlichen Beruf, meine wahre Passion nachzudenken – weil ich den Gedanken nicht ertrug, erneut als Goldschmiedin zu arbeiten. Als das, was mich tatsächlich glücklich machen könnte.

»Du lebst, und ich lebe auch«, höre ich Callum sagen und sehe seinen Blick, der zu meinem Mund wandert. Mein Finger fährt über meine Lippen, und die Erinnerung an den Ausdruck in Callums dunkelblauen Augen lässt mich erschaudern.

Rasch bücke ich mich nach den Wasserhähnen und muss lange an ihnen drehen, bis nicht nur ein dünnes Rinnsal, sondern ein kräftiger Strahl herauskommt. Und auch in dieser Hinsicht hatte Callum recht: Erst passiert auf der Warmwasser-Seite nicht viel, aber ganz plötzlich wird der kalte Wasserstrahl heiß. Und zwar so heiß, dass ich mir regelrecht die Füße verbrenne. Leider habe ich den Hahn wegen des schwachen Wasserdrucks so weit aufgedreht, dass ich ihn nun nicht mehr schnell genug zudrehen kann, und so weiche ich instinktiv rückwärts, fort vom Wasserstrahl. Dabei gerate ich in der nassen Wanne jedoch ins Straucheln, rudere mit den Armen und suche Halt am erstbesten Gegenstand. Dummerweise ist das ausgerechnet der cremefarbene Duschvorhang mit den Stockflecken. Ehe ich mich's versehe, rummst es laut, und ich falle rückwärts der Länge nach in die Wanne. Und etwas Hartes fällt auf mich drauf – die Duschstange, vermute ich. Sehen kann ich gerade nichts, denn der Plastikvorhang hat mich unter sich begraben. Zu allem Überfluss läuft immer noch der Heißwasserhahn, und da sich der Boden der Wanne mit Wasser zu füllen beginnt, werden mein Hintern und meine Oberschenkel regelrecht gekocht. Ich fühle mich wie ein Hummer im Suppentopf.

»Aua, verdammt!«, fluche ich und kämpfe mich unter dem

Duschvorhang hervor, um den Wasserhahn zu erreichen. In diesem Moment fliegt die Badezimmertür auf, und Skipper stürmt bellend herein, bleibt winselnd neben der Wanne stehen. Er hat vermutlich den Krach der herunterfallenden Stange und mein Fluchen gehört – und Callum natürlich auch, denn er schaut jetzt ebenfalls um die Ecke ins Bad und ruft: »Skipper, komm da raus! Amelie, ist alles in … Oh!«

Ich kann gerade noch den Duschvorhang um mich wickeln, während ich eilig aufstehe und mich nach dem Wasserhahn recke, um endlich das Heißwasser auszustellen. Aber da sich der Hahn immer noch dreht und dreht, ohne dass der verdammte Wasserstrahl nachlässt, öffne ich kurzerhand die Seite mit dem kalten Wasser weiter, was zum Glück rasch dafür sorgt, dass es nur noch warm in die Wanne prasselt.

»Hast du dir wehgetan?« Sobald Callum gemerkt hat, dass ich in den Duschvorhang eingehüllt bin, ist er eilig näher gekommen, steht jetzt ebenfalls neben der Wanne, genau wie sein Hund.

»Nein«, versichere ich rasch, weil mir das Ganze so peinlich ist. Dann jedoch füge ich wahrheitsgemäß hinzu: »Doch, ein bisschen. Du hattest recht: Das Wasser wird wirklich schlagartig sehr heiß. Frieren tue ich auf jeden Fall nicht mehr.«

»Oje«, murmelt Callum, während ich den Plastikvorhang enger um mich wickele und versuche, die Stange so zu platzieren, dass ich nicht auch noch darüber falle. Als ich ihn ansehe, merke ich, dass er anscheinend sehr darum bemüht ist, nicht zu lachen. Um seine Mundwinkel zuckt es leicht, aber er fährt sich geradezu schuldbewusst mit einer Hand über die Lippen, um das zu verbergen. Ernst sagt er: »Tut mir wirklich leid, ich wollte nicht, dass du heute auch noch von einer Duschstange erschlagen wirst.«

Er sieht mich mit Grabesmiene an, und dann prusten wir

gleichzeitig los. Ich muss plötzlich so sehr lachen, dass mir schon wieder Tränen über die Wangen laufen und ich fast den Duschvorhang verliere. Auch Callum wird regelrecht durchgeschüttelt von seinem eigenen Lachen, er wischt sich ebenfalls über die Augen und meint kopfschüttelnd: »O Mann, du musst echt was mitmachen. Erst zwinge ich dich quasi in den kalten Atlantik auf ein Bodyboard, dann wirst du in einer antiken Dusche gekocht und bekommst zur Krönung den Vorhang auf den Kopf. Warte, ich hänge die Stange wieder auf.«

Während ich mir noch mit einer Hand Lachtränen von der Wange wische, kralle ich die andere Hand fest in den Plastikvorhang.

»Ich schaue weg«, versichert Callum, als ich ernst werde und ihn zögernd ansehe. Mit einem vagen Schmunzeln streckt er seine Hand nach der Duschstange aus und zieht sie in die Höhe, wodurch sich der Vorhang von meinem Körper löst. Aber Callum starrt tatsächlich gentlemanlike auf einen Punkt hinter mir an der weiß-blau gekachelten Wand, während er den Vorhang ausschüttelt und dann die Stange über seinen Kopf stemmt, um sie zurück in die Halterungen zu heben. Sobald der Vorhang zwischen ihm und mir hängt, atme ich tief durch und schlinge meine Arme um meinen nackten Oberkörper. Ich höre Skipper hecheln und sehe dem Plastikmaterial zu, das leicht hin und her schwingt. Die Luft hat begonnen, sich mit Wasserdampf zu füllen.

»So«, höre ich Callums raue Stimme, sehr dicht hinter dem Vorhang. »Das hätten wir. Schaffst du den Rest allein?«

Vermutlich hätte ich an dieser Stelle erneut loskichern müssen, wenn … ja, wenn Callum nicht mit einem Schlag so ernst klingen würde. Und wenn ich nicht durch den Vorhang hindurch seinen schemenhaften Umriss direkt dahinter erkennen könnte. Wenn ich nicht spüren würde, dass er nicht gehen will.

»Ich denke schon«, erwidere ich, aber noch während ich diese Worte ausspreche, lege ich meine Hand flach gegen den dünnen Stoff des Duschvorhangs. Zwei Herzschläge lang starre ich auf meine Finger und frage mich fassungslos, warum ich das mache, als sich Callums Hand von der anderen Seite flach dagegen legt. Durch das Material hindurch spüre ich die Kontur seiner Finger, glaube beinahe, sogar die Wärme seiner Haut zu fühlen. Mein Atem geht schneller, während ich auch meine zweite Hand gegen den Duschvorhang presse und Callum es mir von der anderen Seite gleichtut. So stehen wir ein paar Herzschläge lang schweigend da, bis ich Callum leise fragen höre: »Soll ich gehen?«

»Nein«, stoße ich atemlos hervor, ehe ich mich selbst daran hindern kann. Kurz schließe ich die Augen, aber bei seiner nächsten Frage reiße ich sie wieder auf: »Darf ich in die Dusche kommen?«

Kapitel 27

Ich ... ja«, wispere ich. Fast fürchte ich, dass mich Callum über das nach wie vor aus dem Hahn rauschende Wasser hinweg gar nicht verstehen kann, aber doch, er muss begriffen haben, was ich gesagt habe, denn seine Hände lösen sich von meinen und ziehen langsam den Duschvorhang zur Seite.

Im ersten Moment will ich instinktiv die Flucht ergreifen oder mich zumindest in ein Handtuch oder erneut in den Duschvorhang einwickeln. Aber Callum sieht mir nur ins Gesicht und hält meinen Blick fest, sodass ich mich bei Weitem nicht so splitternackt fühle, wie ich es tatsächlich bin. Er steigt in die Wanne, immer noch in seinem Neoprenanzug, und tritt dicht an mich heran. Mit einer Hand greift er sacht nach meinem Oberarm, als wolle er verhindern, dass ich erneut ausrutsche und stürze. Die andere Hand umfasst meine Wange, vorsichtig, als fürchte er, ich könne mich unter seinen Fingern in Luft auflösen. Mir entfährt ein leiser Seufzer, während ich die Augen schließe und meine Wange in seinen warmen Handteller schmiege, wie ich es schon unter Deck der *Mermaid* getan habe. Als ich meine Augen wieder öffne, hat sich Callum weiter zu mir heruntergebeugt, seine Hand wandert von meinem Arm zu meinem Rücken, er schiebt mich dichter an sich heran, bis sich mein nackter Körper ganz gegen seinen schmiegt. Ich spüre das kühle, glatte Material des Neoprenanzugs und dort, wo der Anzug endet – nämlich an Ellbogen und Knien –, Callums warme Haut.

»Du bist aber immer noch kalt«, flüstert er, während seine Hand sacht über meinen Rücken fährt und überall eine Gänsehaut auslöst.

»Nicht meine Füße«, murmele ich und deute nach unten, in das knöcheltiefe Wasser. Zur Unterstreichung meiner Worte schiebe ich meinen rechten Fuß nah an seinen heran, reibe ihn leicht gegen seine Zehen. Um Callums Mundwinkel zuckt es.

»Das ist gut«, bemerkt er. »Warme Füße sind wichtig, hat Oma Beth immer gesagt.«

»Ja, wahrscheinlich hat sie sich ihre Füße auch immer in dieser Dusche verbrüht«, gebe ich zurück und muss schon wieder loskichern, obwohl mir mein Herz vor Nervosität bis zum Hals schlägt. Auch Callum lacht heiser auf und nickt.

»Vermutlich«, brummt er, und dann bückt er sich und greift hinter mich. Noch bevor ich verstehe, was er da macht, hört das Wasser auf, aus dem Hahn in die Wanne zu rauschen – um dafür drei Sekunden später nach einigem Röcheln aus der Duschbrause auf meinen Rücken herabzuprasseln. Mir entfährt ein wohliger Seufzer. Callum hat sich wieder aufgerichtet und mustert mich eingehend.

»Wir wollen ja nicht nur deine Füße warm bekommen«, sagt er schließlich, bevor er seine Arme langsam um meinen Oberkörper schlingt und mich weiter nach hinten schiebt, bis wir gemeinsam unter der Duschbrause stehen. Ich lege den Kopf in den Nacken und schließe die Augen, lasse das warme Wasser genüsslich auf mein Gesicht prasseln. Callums Finger fahren sacht an meiner Wirbelsäule hinab, gleiten über die Nässe auf meiner Haut, und ehe ich meine Lippen aufeinanderpressen kann, entfährt mir ein Stöhnen. Verlegen öffne ich die Augen und blinzele ein paar Wassertropfen weg, aber bevor ich irgendetwas sagen oder tun kann, beugt sich Callum zu mir herab und küsst mich.

Und, mein Gott, wer hätte gedacht, dass Callum MacKay so küssen kann. Und dass ich das Küssen so vermisst habe! Wobei man eigentlich nichts vermissen kann, was man noch nicht erlebt hat, denn so geküsst worden bin ich definitiv noch nie. Callum küsst mich langsam und intensiv, als gäbe es nichts Wichtigeres auf dieser Welt als unsere Lippen und Zungen, ohne jede Eile, aber dennoch mit einer Leidenschaft, die mich zwischendurch hilflos nach Luft schnappen lässt. Ich weiß nicht, wie lange wir uns küssen, aber er lässt sich Zeit, viel Zeit, als wolle er dafür sorgen, dass ich all die traurigen, kusslosen letzten Jahre nachholen kann. Callums Hände fahren durch meine tropfnassen Locken, streicheln über meinen Rücken und meinen Po, und meine Hände krallen sich in seinen nassen Neoprenanzug. Dann übernehmen meine Finger das Kommando, ohne dass ich bewusst den Befehl gegeben hätte, und beginnen, ungeduldig am Reißverschluss des Anzugs zu zerren. Callum lässt kurz von meinen Lippen ab, hört allerdings nicht auf, mich anzusehen, während er sich aus seinem Anzug schält und diesen auf den Badezimmerboden pfeffert, was Skipper auf der anderen Seite des Duschvorhangs zu einem aufgeregten Bellen veranlasst. Callum grinst flüchtig, wird dann aber schnell wieder ernst, als er mich erneut an sich zieht und wir diesmal wirklich Haut an Haut sind, was unseren Atem noch schneller als zuvor gehen lässt. Erneut greift Callum nach etwas hinter meinem Kopf, und ich frage mich noch, was er diesmal macht, als der Duft von Kokosnuss in meine Nase steigt und ich die Duschgelflasche in seiner Hand erkenne. Sobald er beginnt, mich langsam und gründlich einzuseifen, während er mich gleichzeitig unablässig küsst, verabschiedet sich der letzte klare Gedanke aus meinem Kopf. Zum Glück sieht sich zumindest Callum noch in der Lage, einen rationalen Entschluss zu fassen, und das, obwohl auch ich mir die Flasche mit dem Duschgel geschnappt habe. Geradezu gierig fahren meine Hände über seinen Körper, über seine sehnigen Arme und die behaarte Brust, über seine Bauchmuskeln hinweg weiter nach unten, was nun auch Callum aufstöhnen lässt, bevor er mit einer abrupten Bewegung das Wasser abstellt. Er steigt aus der Wanne und fällt dabei fast über Skipper, der uns mit schief gelegtem Kopf aufmerksam mustert, was mich erneut sehr verlegen werden lässt. Aber ich habe jetzt keine Zeit, mich dem Hund gegenüber zu schämen, denn Callum hebt mich aus der Wanne und trägt mich aus dem Bad und in ein kleines Schlafzimmer auf der anderen Flurseite, wo unter einer Patchworkdecke in Grüntönen erfreulich frisch wirkende Bettwäsche auf uns wartet. Entschlossen schließt er die Tür hinter sich ab, was Skipper winselnd und am Holz kratzend im Flur zurücklässt.

»Er muss nicht alles mitbekommen«, bemerkt Callum und wirft mir einen langen Blick zu, während er eine Packung Kondome aus einer Nachttischschublade angelt.

»Stimmt«, gebe ich ihm atemlos recht, und dann schlinge ich meine Arme um seinen Hals und ziehe ihn ungeduldig zu mir herab, um ihn eine Weile ganz für mich allein zu haben.

Einige Zeit später liege ich in Callums Armen, wohlig erschöpft und sehr … ja, man könnte es fast glücklich nennen, denke ich. Mein Kopf ruht neben seinem Schlüsselbein, meine Hand auf seiner Brust, sodass ich unter meinen Fingern seinen Herzschlag spüre, der sich peu à peu einem normalen Tempo annähert, genau wie meiner.

»Das war also dein Plan«, murmelt Callum in mein Haar hinein, und ich höre das Lächeln in seiner Stimme.

»Was denn für ein Plan?«, frage ich ratlos, noch ziemlich benommen von der Ekstase, die ich gerade erlebt habe. Ganz ehrlich, ich kann mich nicht daran erinnern, jemals so erregt gewesen zu sein, jemals so laut geworden zu sein, jemals all diese Dinge getan zu haben. Ich bin ziemlich überrascht über mich selbst – und ziemlich befriedigt noch dazu.

»Mich ins Bett zu kriegen. Deshalb das Drama mit dem Duschvorhang.«

»Haha«, gebe ich zurück und weiche verlegen seinem Blick aus, als er den Kopf hebt und mich mit einem Schmunzeln mustert. »Stimmt gar nicht. Das war ein Unfall.«

»Quatsch, du hast es darauf angelegt, mich zu verführen, gib es zu«, lacht Callum auf, und obwohl das natürlich nicht so war, schießt mal wieder diese verdammte heiße Röte in mein Gesicht. Dabei war ich noch vor fünf Minuten für meine Verhältnisse wirklich hemmungslos. Die Erinnerung daran trägt leider nicht dazu bei, eine normale Gesichtsfarbe wiederzuerlangen, im Gegenteil. Ich versuche mich wegzudrehen, um meine brennenden Wangen vor Callum zu verbergen, aber er richtet sich auf und beugt sich im nächsten Moment über mich, sieht mich an, ein amüsiertes Lächeln im Mundwinkel.

»Hey, Amelie«, murmelt er und fährt mit einer Hand durch mein Haar, das immer noch nass ist, weshalb auch das zerwühlte Laken unter uns etliche feuchte Stellen aufweist. Seine Finger weben sich langsam durch meine langen Locken, und sein Blick folgt ihrem Weg, bevor er mir wieder in die Augen sieht, mich ernst und intensiv mustert. Mein Herz schlägt schneller, als ich versuche, seinem Blick standzuhalten, ohne noch röter zu werden. »Du bist wunderschön, weißt du das?«

Nun kann ich mir ein kleines Prusten nicht verkneifen, bevor ich den Kopf schüttele und murmele: »Nee, das wusste ich nicht.«

Bevor er mir womöglich ein weiteres Kompliment und mich dadurch noch verlegener machen kann, fahre ich mit meinem Zeigefinger über die drei kleinen Sterne, die auf seinen Oberarm tätowiert sind.

»Die stehen für deine Eltern und Lauren, oder?«, erkundige ich mich leise. Das ist mir vorhin, in der Wanne, als ich Duschgel auf seiner Haut verteilt habe, plötzlich klar geworden – der letzte klare Gedanke, den ich in der Dusche hatte.

Er nickt, ohne seinen Blick von mir zu lösen. »Ja«, sagt er heiser. »Ich habe sie mir am Tag der Beerdigung stechen lassen, um die drei immer bei mir zu tragen. Genau wie die Perle hier.« Er deutet auf das zerschlissene Lederarmband an seinem Handgelenk, auf die blaue Glasperle. »Lauren hat mir das Armband geschenkt, bevor ich nach Australien gegangen bin. Und die Perle ... die hatte sie an einer Kette um den Hals, als sie gestorben ist.« Er dreht die Perle zwischen Daumen und Zeigefinger hin und her, sieht mich dann wieder an und lächelt leicht. Sacht lehne ich meine Stirn gegen seine Brust, atme tief den Duft seiner Haut und den von Kokosnuss ein, versuche, nicht schon wieder vor Rührung zu weinen. Als ich meiner Stimme wieder trauen kann, frage ich betont leichthin: »Und, Mr. MacKay, bringen Sie regelmäßig Touristinnen hier in das Haus Ihrer Großmutter und verführen sie, nachdem Sie sie vorher im kalten Atlantik halb wehrlos gemacht haben?«

Callums Augenbrauen wandern langsam in die Höhe, während er mich mit einem lasziven Schmunzeln mustert, das in mir den Wunsch weckt, noch ein Kondom aus der Packung im Nachttisch zu nutzen. Ich muss ebenfalls grinsen, als er antwortet: »Halb wehrlos? Du? Gerade eben, hier, in diesem Bett?«

Kichernd schlage ich ihm vor die Brust und sage dann mit Nachdruck: »Im Ernst, Callum. Die Kondome in deinem Nachttisch erzählen mir zumindest, dass das hier nicht zum ersten Mal passiert ist ... und da sie hoffentlich noch haltbar waren, ist es sicherlich auch keine Jahre her, seit du mit einer anderen Frau Sex hattest. Oder?«

»Richtig«, murmelt Callum, und ich glaube schon, dass er

nun ernsthaft auf meine Frage eingehen wird, aber als sich erneut tiefe Lachfältchen um seine Augen bilden, werde ich eines Besseren belehrt. »Ich mache das hier ständig«, erklärt er, bemüht ernst, was die Lachfältchen vermasseln. »Darum muss ich jetzt auch dringend los, die nächste Touristin abschleppen, sonst ruiniere ich meine tägliche Quote.«

»Haha.« Erneut schlage ich ihn gegen die Brust, härter diesmal, aber er hält meine Hand fest und sieht mich an. Jetzt ohne Lachfältchen.

»Es ist kein Jahrzehnt her, seit ich vor dir mit jemandem im Bett war, falls du das meinst«, sagt er ruhig, und mein Gesicht wird heiß, als ich an mein eigenes sexloses Jahrzehnt zurückdenke. »Aber … ich habe auch nicht ständig Sex mit irgendwelchen Frauen. Schon gar nicht hier, im Haus von Oma Beth.«

»Und warum dann die Kondome, hier, im Haus von Oma Beth?«, hake ich stur nach.

Callum seufzt fast leidend auf. »Ganz ehrlich – ich glaube nicht, dass du mir abnimmst, wie die Kondome hierhergekommen sind.«

Amüsiert mustere ich ihn. »Lass mich raten: Skipper hat sie besorgt und hier deponiert?«

Grinsend schüttelt Callum den Kopf. »Nicht ganz. Gran war es.«

Verblüfft reiße ich meine Augen weit auf. »Deine Oma Beth?«

»Nein. Meine andere Großmutter.«

»Eloise? Sie hat ernsthaft für dich Kondome gekauft?«

Callum lacht. »Ich habe nie behauptet, eine normale Familie zu haben. Ja, im Frühjahr war ich mit Gran nach einem Strandspaziergang hier im Haus. Als wir auf dem Rückweg nach Lunenburg waren, hat sie mir gesagt, sie habe im Schlafzimmer ein paar Dinge deponiert.« Bei der Erinnerung wird Callums Grinsen breiter. »Außer den Kondomen verdanke ich ihr die Vanilleduftkerzen da drüben auf dem Fensterbrett und den CD-Player auf der Kommode, inklusive der besten Hits von Céline Dion und Andrew Lloyd Webber.« Ich muss laut losprusten, als er mich mit einem verzweifelten Augenrollen ansieht. »Im Ernst, den guten Musikgeschmack habe ich eindeutig nicht von Mamas Seite der Familie geerbt!«

»Soso, mein Lieber, du wolltest mir also sowohl den Duft von Vanille als auch *My heart will go on* vorenthalten?«, hake ich kichernd nach.

»Ich hatte eben gar keine Zeit mehr für aufwendige Vorbereitungen«, meint Callum mit diesem sexy Schmunzeln, das mir erneut Hitze in den Kopf steigen lässt. Dann wird er wieder ernst und sagt: »Gran meinte damals, ich solle doch nicht immer ganz allein ins Haus von Oma Beth fahren. Meine Antwort, ich könne mit einem verrückten Hund wie Skipper gar nicht allein sein, hat sie nicht gelten lassen. Na ja, bisher bin ich ihrem Wunsch trotzdem nicht nachgekommen. Aber … dann bist du in mein Leben gejoggt.« Er lächelt mich so entwaffnend an, dass mein Herz einen Salto schlägt. »Zufrieden mit dieser Erklärung?«

»Hmm«, murmele ich und fahre mit meinem Zeigefinger gedankenverloren durch sein dunkelblondes Brusthaar. »Wer ist eigentlich Gilly?« Die Frage hat mich beschäftigt, seit ich das Boot in Callums Einfahrt entdeckt habe.

»Meine Mutter«, erwidert Callum leise, und augenblicklich frage ich mich fassungslos, warum ich nicht selbst auf diese Möglichkeit gekommen bin. »Gillian Elizabeth MacKay. Mein Dad hat das Boot selbst gebaut und ihr zum ersten Jahrestag ihrer Beziehung geschenkt. Er hat an Deck um ihre Hand angehalten, und angeblich wurde ich später auch dort gezeugt, wie Dad gern augenzwinkernd erzählt hat, wenn er Mom in Verlegenheit bringen wollte.« Bei der Erinnerung lächelt Callum wehmütig. »Lauren und ich, wir haben beide auf der *Gilly* Segeln gelernt.« Er macht eine kurze Pause und fügt heiser hinzu: »Ich habe sie nicht mehr zu Wasser gelassen, seit ... seit ich damals aus Australien zurückgekommen bin. Allein der Gedanke, ohne Dad auf dem Boot zu sein ... Ich konnte es nicht.«

Langsam nicke ich. »Das verstehe ich«, erwidere ich sanft und streiche mit einer Hand über seine Wange, die wie üblich von blonden Bartstoppeln bedeckt wird, als hätte Callum einfach zu selten Zeit zum Rasieren – worüber ich froh bin, denn ich mag sie sehr, diese Bartstoppeln.

»Du siehst, ich habe durchaus selbst noch meine ... tja, meine Macken, was das Verarbeiten der Trauer angeht. Trotz aller guter Vorsätze.« Beinahe verlegen sieht er mich an und zuckt mit den Schultern.

»Da bin ich aber erleichtert, dass ich nicht die Einzige bin«, murmele ich, während sich Callum plötzlich ein wenig aufrichtet und nach etwas greift, das auf seiner Seite des Betts neben dem Nachttisch lehnen muss. Als ich den Kopf hebe, erkenne ich eine Gitarre und lache überrascht auf.

»Hast du an allen strategisch wichtigen Punkten Gitarren deponiert?«, frage ich neckend und beobachte, wie sich Callum mit dem Instrument im Schoß aufrecht neben mich setzt und beginnt, die Saiten zu stimmen.

»Klar«, grinst er mich entwaffnend an. »Gitarren – und Kondome.«

»Ach komm, die Kondome verdanken wir Eloise und nicht dir! Gib es zu, wahrscheinlich hat sie auch die Gitarre hierhergebracht, für den Fall, dass Céline und Andrew nicht den gewünschten Effekt auf die Frauen haben?«

Callum mustert mich mit einem amüsierten Kopfschütteln, aber anstatt mir zu antworten, beginnen seine Finger, über die

Saiten zu streichen, und als ich das Lied erkenne, werde ich ernst. Callums Blick hält meinen fest, während er die Textzeilen singt, die mich in Gedanken sofort zurück in das Singing Sailor Pub katapultieren, zu uns beiden auf der Tanzfläche, mein Gesicht in seinem T-Shirt.

»*When the night has come, and the land is dark, and the moon is the only light we'll see …*«

Atemlos hänge ich an seinen Lippen, höre verzückt seiner warmen Stimme zu, bis das letzte »*Stand by me*« verklingt und Callum die Gitarre zur Seite legt.

»Gute Methode, Frauen ins Bett zu bekommen«, bemerke ich, um meine aufgewühlten Gefühle zu überspielen, denn die Heftigkeit dieser Gefühle macht mir Angst.

»Ich hatte dich doch schon vorher im Bett«, lacht Callum heiser auf. »Und ich habe nicht vor, dich bald wieder gehen zu lassen.« Er greift nach meinem Arm und zieht mich näher an sich heran. Und ich lasse mich nur zu gern ziehen, umschlinge ihn mit Armen und Beinen, presse mein heißes Gesicht in die Kuhle zwischen seinem Hals und seinem Schlüsselbein.

»Wenn das mit der Gitarre so hervorragend funktioniert, musst du morgen natürlich zum Auftakt des Lunenburg Folk Harbour Festival kommen«, schmunzelt Callum gegen meine Haut, während sich seine Finger ihren Weg über meinen Rücken hinabbahnen. »Am frühen Abend habe ich im Festzelt einen Auftritt mit den Seahawks.«

Richtig, das Lunenburg Folk Harbour Festival, das Onkel Knuth schon beim Auftritt der Seahawks neulich im Pub erwähnt hat.

»Klar komme ich«, bestätige ich, und bei dem Gedanken, Callum wieder auf einer Bühne zu sehen und seiner Stimme zu lauschen, schlägt mein Herz schneller. »Muss man vorher Tickets kaufen?«

»Ich besorge dir eins. Und natürlich welche für deine Familie.«

»Apropos Familie«, murmele ich, während ich beginne,
schon wieder die Konzentration zu verlieren, denn Callums
Hände bewegen sich zu Stellen meines Körpers, die sich gut an
seine Finger erinnern können und überhaupt nicht abgeneigt
sind, ihnen erneut zu begegnen. Aber da mir nach wie vor eine
wichtige Frage auf der Seele brennt, halte ich seine Hände fest
und atme tief durch, bevor ich mich erkundige: »Seit wann bist
du eigentlich von Morgan geschieden?«

Kapitel 28

Callum atmet ebenfalls tief ein und aus, lässt sich langsam auf die Seite sinken, stützt sich auf einem Ellbogen ab und betrachtet mich nachdenklich. »Willst du lieber nicht darüber reden?«, hake ich vorsichtig nach. Er lächelt leicht und erwidert: »Doch, schon, auch wenn ich mir gerade andere Themen vorstellen könnte, die … angenehmer wären.« Sein Zeigefinger wandert langsam über mein Schlüsselbein hinab Richtung Brust, aber ich stupse ihn spielerisch zur Seite.

»Bitte, Callum. Das interessiert mich wirklich.«

»Das da interessiert mich auch«, schmunzelt Callum. Hartnäckig versucht er, seinen Finger näher zu meiner Brustwarze zu bewegen, aber ich halte ihn energisch fest, darum bemüht, mich nicht von der nächsten Welle Lust überrollen zu lassen, bevor ich etwas mehr über diesen Mann neben mir in Erfahrung gebracht habe.

»Na gut«, seufzt Callum ergeben auf und lässt seine Hand sinken. »Morgan und ich, wir kennen uns seit der ersten Klasse. Sie hat mir eine Valentinskarte geschrieben, als wir sieben waren, und ich habe sie zum ersten Mal geküsst, als wir zehn waren. Das war natürlich noch ein ziemlich unschuldiger Kuss, aber immerhin.«

Bei der Erinnerung lächelt er und seufzt dann auf. »Ein richtiges Paar ist aus uns geworden, als wir vierzehn waren. Morgan war meine erste Freundin, und ich war überzeugt davon, dass wir heiraten würden. Womit ich dann sogar recht behalten habe.« Er grinst schief, fährt dann aber ernst fort: »Allerdings kam zunächst Australien dazwischen. Wie gesagt, ich wollte nach unserem Highschool-Abschluss unbedingt zum Surfen dorthin, und erst wollte Morgan mich sogar begleiten. Aber dann hat sie einen Rückzieher gemacht. Sie war extrem heimatverbunden – ist es immer noch –, sie hatte Kanada bis dahin noch nie verlassen, ach, noch nicht einmal Nova Scotia. Die Vorstellung, einmal um die halbe Welt zu fliegen, hat ihr wahnsinnige Angst gemacht. Aber ich wollte trotzdem unbedingt nach Down Under, ich fühlte mich zu jung, um so einen Traum wegen einer Beziehung aufzugeben. Und Morgan war reif und großzügig genug, um mich ziehen zu lassen. Wir einigten uns darauf, dass wir eine Beziehungspause einlegen würden, während ich weg war. Sie wollte hier in Halifax aufs College gehen, um Krankenschwester zu werden, und ich wollte nach meiner Auszeit in Australien zurückkommen und dann … tja, ausgesprochen hat es niemand von uns, aber rückblickend bin ich mir fast sicher, dass Morgan davon ausgegangen ist, dass wir dann heiraten würden.« Ein paar Sekunden lang starrt er stumm auf die zerwühlte Bettdecke, bevor er leise sagt: »Es dauerte nur ein paar Wochen, bis ich in Australien Carrie kennengelernt habe. Zwar hatten Morgan und ich, wie gesagt, eine offizielle Pause eingelegt, aber als ich ihr am Münzsprecher die Sache mit Carrie gestand, brach für sie trotzdem eine Welt zusammen. Wir beendeten also über Tausende Kilometer hinweg unsere fünfjährige Beziehung am Telefon, und mir gelang es ziemlich gut, rasch über Morgan hinwegzukommen. Carrie lenkte mich ab, und ich dachte kaum noch an Morgan, an meine Familie, an Lunenburg.«

Gequält seufzt er auf. »Na ja, dann passierte der Unfall, und ich war schneller zurück in meiner Heimat, als ich geglaubt hatte. Als Morgan nicht auf der Beerdigung meiner Familie aufgetaucht war, war ich ganz schön geschockt, aber dann erfuhr ich, dass sie ein Praktikum in einer Klinik in Montreal machte und nicht einfach wegkonnte. Erst ein paar Wochen später kam sie zurück nach Nova Scotia, und sie fuhr auf direktem Wege vom Flughafen nach Lunenburg und sorgte dafür, dass ich endlich das Bett verließ. Sie schleppte mich an den Strand, wo wir lange spazieren gingen und redeten. Sie hat mich heulen lassen, hat mir zugehört und war einfach für mich da. Von dem Tag an waren wir wieder ein Paar. Obwohl ...« Callum zögert und fährt sich mit einer Hand durch sein zerzaustes blondes Haar, bevor er mit rauer Stimme fortfährt: »Obwohl mir schon an dem Tag irgendwie klar war, dass ... dass Morgan nicht die Liebe meines Lebens war. Ich mochte sie wahnsinnig gern, sie war mitfühlend, intelligent, liebenswert. Und verdammt hübsch. Ich war gern mit ihr zusammen, sie war die beste Freundin, die ich je gehabt hatte. Aber ... ich liebte sie nicht. Nicht mehr. Das habe ich damals allerdings versucht zu verdrängen. Ich war Morgan einfach so dankbar dafür, dass sie überhaupt noch etwas von mir wissen wollte, nachdem ich sie so schnell durch Carrie ersetzt hatte, dass ich es nicht wagte, ihr noch einmal wehzutun. Und ich war einsam. Ich brauchte Morgan, sie war mein Rettungsanker. Ohne sie hätte ich die ersten Monate nach dem Unfall kaum überlebt. Wahrscheinlich wäre ich so ein alkoholabhängiger Junkie geworden, der sein Leben nicht auf die Reihe bekommt.«

Er lacht kurz auf, wird dann aber schnell wieder ernst, als er leise erklärt: »Morgan hat mich wirklich gerettet. Sie ist nach dem College als fertige Krankenschwester zurück nach Lunenburg gezogen, weil sie eine Stelle hier in der Klinik bekam. Wir haben geheiratet, als wir vierundzwanzig waren. Und wir haben uns scheiden lassen, als wir siebenundzwanzig waren.

Einvernehmlich. Wir wollten das beide. Morgan hat mir später gestanden, dass es ihr ähnlich ergangen war wie mir: Sie war sich auch nicht mehr sicher gewesen, ob ich wirklich der Mann fürs Leben war, aber ich tat ihr so leid, nachdem ich meine Familie verloren hatte. Sie wollte mich nicht im Stich lassen. Tja, Morgan hat das klassische Helfer-Syndrom. Darum ist sie auch eine 1-A-Krankenschwester.«

Er lächelt mich schief an. »Immerhin hatten wir beide denselben Fehler gemacht, das hat vieles vereinfacht. Niemand machte dem anderen Vorwürfe. Aus unserem Freundeskreis konnte keiner glauben, wie harmonisch unsere Trennung und Scheidung abliefen. Wäre Morgans zweiter Ehemann nicht so eifersüchtig auf mich, würden wir uns bestimmt sogar hin und wieder in aller Freundschaft treffen. Morgan und Rick sind vor ein paar Monaten Eltern geworden – ach ja, Baby Summer hast du ja neulich selbst getroffen. So, das ist meine Scheidungs-Story.« Er sieht mich mit einem jungenhaften Lächeln an und beugt sich dann über mich, fährt mit seinem Zeigefinger über mein Dekolleté. »Darf ich jetzt in Ruhe deine Sommersprossen zählen, oder willst du noch mehr aus meinem Leben erfahren?«

Mit einem Kichern winde ich mich unter ihm, als er sich daran macht, leise murmelnd über die zahlreichen hellbraunen Pünktchen unterhalb meiner linken Schulter zu streichen. »Elf, zwölf, dreizehn …«

»Ein wenig erinnert mich deine Story an die von Onkel Knuth«, murmele ich, während mein logisches Denken langsam zu schwinden beginnt und ich meine Finger lustvoll über Callums nackten Rücken bis zu seinem Hintern hinabwandern lasse.

»Vierzehn, fünfzehn, sechszehn …«

»Du weißt schon, weil er sich doch damals hier in Lunenburg in Rose verliebt und sich nach seiner Rückkehr aus Kanada in

Deutschland von seiner Freundin getrennt hat. Na ja, bei dir war es umgekehrt. Du …« Ich schnappe nach Luft, als Callum bei »zwanzig« eine Pause einlegt, um mit seinen Lippen über meine linke Brust zu fahren, zu der er sich wenig subtil vorgearbeitet hat.

»Du bist dann doch zunächst zu deiner Freundin zurückgekehrt, die du wegen deiner Reise zurückgelassen hattest. Onkel Knuth … hat sich gegen die Freundin in der Heimat und für die in der Ferne entschieden.«

»Ja«, murmelt Callum gegen meine Brustwarze, und ich stöhne leise auf, kralle meine Hand in sein Haar. Er sieht kurz auf, mustert mich mit einem weiteren lasziven Lächeln und meint: »Und Knuth war es dann auch, der mir ins Gewissen geredet hat, als ich ihm nach einer Bandprobe von meinen Zweifeln an der Ehe mit Morgan erzählt habe. Er hat mir gesagt, dass es niemandem hilft, wenn ich mir Gefühle einrede, die ich nicht habe. Dass man keine Beziehung auf Lügen aufbauen kann. Er hat gesagt, dass er immer wusste, die richtige Entscheidung getroffen zu haben – gegen seine Betty in Deutschland, für seine Rose in Kanada.«

Ernst sieht er mich an und beugt sich dann herab, um mich auf die Lippen zu küssen … und ich lasse mich küssen, allerdings ohne dass mein Mund so auf ihn reagieren würde, wie er es eben noch getan hat. Schockstarr liege ich unter Callum und versuche, meine durcheinandergaloppierenden Gedanken einzufangen.

»Hey, Amelie.« Callum löst sich ein wenig von mir und sieht mich besorgt an. »Ist alles okay? Soll ich … eine Duftkerze anzünden?«

Sein Witz entlockt mir nur ein bemühtes Lächeln. »Ich …«, murmele ich und setze mich auf, ziehe mir das Bettlaken um den Oberkörper, reibe über meine Stirn, um einen klaren Kopf zu bekommen. Vergeblich. Mein Blick fällt auf meine Armbanduhr, und ich halte erschrocken den Atem an. Verdammt! Das Abendessen mit Onkel Knuth! Das hätte ich um ein Haar vergessen. Es ist schon Viertel vor fünf – um sieben Uhr wird er bei uns sein, und ich sollte beim Kochen helfen!

»Tut mir leid, aber ich muss los«, sage ich hektisch und schwinge meine Beine über die Bettkante.

»Hey, warte mal«, bittet Callum und greift nach meinem Arm. »Du willst jetzt wirklich gehen? Was ist denn plötzlich los?«

»Ich … ich habe völlig vergessen, dass Onkel Knuth heute Abend zum Essen zu uns kommt«, erkläre ich entschuldigend und überlege fieberhaft, wo ich vorhin, bevor wir zum Strand gegangen sind, meine Klamotten gelassen habe. »Ich habe Nele und Lars versprochen, dass ich ihnen beim Kochen helfen würde.«

»Aha, okay«, erwidert Callum ruhig, und ich höre ihm die Enttäuschung deutlich an. Aber er steht ebenfalls auf, allerdings ohne sich um ein Laken zu scheren, weshalb mein Blick sehnsüchtig an ihm hängen bleibt, bevor ich mich dazu zwinge, wegzusehen.

Es wird wirklich höchste Zeit zu gehen.

Eilig suchen wir beide unsere Anziehsachen zusammen, tätscheln nebenher immer wieder Skipper, der vor der geschlossenen Schlafzimmertür gewartet und uns beinahe beleidigt angesehen hat, weil wir ihn ausgesperrt hatten. Während der Rückfahrt reden wir kaum, hören dafür wieder Musik und starren in den Regen hinaus, der inzwischen zu einem leichten Nieseln geworden ist. Meine Gedanken bringen mich fast um, aber ich versuche, mir nichts anmerken zu lassen. Ich kann nicht mit Callum darüber reden, was in mir vorgeht. Noch nicht. Zuerst muss ich mit Papa sprechen.

Als wir vor unserem Ferienhaus halten, starre ich nervös auf die erleuchteten Fenster im Erdgeschoss, bevor ich Callum ansehe. Er erwidert meinen Blick ernst und beinahe traurig. So wollte ich diesen Tag nicht ausklingen lassen. Spontan beuge ich mich vor, nehme sein Gesicht zwischen meine Hände und küsse ihn. Er erwidert meinen Kuss mit einer Leidenschaft, die mich fast vergessen lässt, dass ich dringend aus seinem Wagen steigen und in unserem Ferienhaus ein paar wichtige Fragen klären muss.

Aber Callum jetzt gehen zu lassen fällt mir überhaupt nicht leicht.

Schwer atmend löse ich mich von ihm und stoße hervor: »Möchtest du … mit reinkommen? Du könntest zum Essen bleiben.«

Denn während Knuth da ist, kann ich Papa sowieso nicht zur Rede stellen, ist mir gerade bewusst geworden. Und Callum dabeizuhaben würde mich wenigstens auf andere Gedanken bringen.

Oder auch nicht.

»Sorry, ich kann leider nicht«, erwidert Callum und schüttelt mit Nachdruck den Kopf.

»Hast du noch etwas vor?«, kann ich mir nicht verkneifen.

Er nickt. »Ja. Aber wir sehen uns morgen Abend, beim Folk Harbour Festival?«

»Auf jeden Fall.« Auch ich ringe mir ein Lächeln ab, hoffe, dass es nicht zu gezwungen wirkt. Ein letztes Mal beugt sich Callum vor und küsst mich, dann streiche ich Skipper liebevoll über den Kopf und steige rasch aus dem Pick-up.

»Danke für diesen Tag«, sage ich noch, und Callum zwinkert mir zu, als er »Ich danke dir« erwidert. Dann schlage ich die Wagentür zu und stapfe durch den Nieselregen zum Haus, wo ich ein paar Sekunden lang unter dem Vordach der Eingangstür stehen bleibe und Mut sammele. Mut, um hineinzugehen und meinem Vater gegenüberzutreten, in dem Wissen, dass er Nele und mir einen wesentlichen Teil seiner Story verschwiegen hat. Denn als Callum eben von Knuths Ex-Freundin Betty gesprochen hat, ist mir eines klar geworden: Die Frau, die mein Onkel damals für Rose verlassen hat, war niemand anderes als meine Mutter, Bettina »Betty« Ludwig.

Kapitel 29

N a endlich!« Vorwurfsvoll kommt mir Nele aus der Küche entgegen. Sie trägt eine karierte Schürze und hält ein Glas Weißwein in der Hand. »Es ist halb sechs vorbei! Wo warst du denn?« Sie wirft einen raschen Blick aus dem Fenster und fügt hinzu: »Vor allem bei dem bescheidenen Wetter? Es regnet doch seit Stunden!«

»Ich ... Callum hat mir das Haus seiner Großmutter gezeigt«, gebe ich zurück und frage mich irritiert, warum ich mich eigentlich genötigt fühle, mich für irgendetwas zu rechtfertigen. Mein Blick fällt auf Papa, der im Ohrensessel sitzt und mich über einen Krimi hinweg ansieht.

»Hallo, Schatz«, sagt er mit einem Lächeln. »Wie war es mit Callum?«

»Nett«, erwidere ich und verfluche mein Gesicht dafür, dass es nicht ein einziges Mal seine normale Farbe beibehalten kann. Ich starre Papa über das Buchcover hinweg an und muss mich sehr zusammenreißen, um ihn nicht am Schlafittchen zu packen und ins Nebenzimmer zu zerren, um ihn zur Rede zu stellen.

Aber Nele drängt mich ungeduldig, endlich in die Küche zu kommen, und so wende ich mich rasch ab. Als ich auf die Küchentür zugehe, höre ich Papa noch sagen: »Ich finde es ja schön, dass ihr heute mal gemeinsam kochen wollt, aber so einen Stress müsst ihr euch doch wirklich nicht machen, Nele«, dann stehe ich mit meiner Schwester vor dem Herd und flüstere: »Er hat bisher keinen Verdacht geschöpft?«

»Nein«, brummt Nele und nippt an ihrem Weinglas. »Soll ich dir auch was einschenken?«

»O ja, bitte, auf jeden Fall«, seufze ich und wende mich der Anrichte zu, wo sich ein Durcheinander aus Lebensmitteln türmt.

»Allerdings schmeckt auch der kanadische Weißwein nicht besonders, finde ich«, warnt mich Nele, und ich murmele zerstreut: »Macht nichts.«

»Wie war es denn mit Callum?« Neugierig mustert sie mich, während sie ein Glas aus dem Geschirrschrank holt und mir Weißwein eingießt. »Und jetzt speise mich bloß nicht mit ›nett‹ ab, wie du es gerade mit Papa getan hast!«

Mit einem schwachen Lächeln greife ich nach dem Weinglas, bedanke mich geistesabwesend und nehme einen großen Schluck. Und dann noch einen, denn ich muss wieder und wieder darüber nachdenken, wie um alles in der Welt es sein kann, dass meine Mutter erst mit Onkel Knuth zusammen war … und danach mit meinem Vater. Das ist … ich schüttle mich leicht. Ich fasse das einfach nicht!

»Hey, erzähl bloß nicht zu viel«, reißt mich Neles spöttische Stimme aus meinen Gedanken.

»Also, ich finde, der Wein schmeckt wunderbar«, erwidere ich, aber Nele lässt sich jetzt nicht mit dem Thema Wein abspeisen.

»Los, komm schon, zier dich doch nicht so. Hattet ihr Sex?«

Als genau in diesem Moment Lars in der Küchentür auftaucht, verschlucke ich mich vor Schreck an meinem Wein. Geradezu grimmig starrt er mich an, seine Lippen bilden eine schmale Linie, zwischen seinen Augenbrauen hat sich eine tiefe Furche gebildet. Die Hände in den Taschen seiner hellen Hose vergraben, lehnt er sich schweigend in den Türrahmen und mustert mich abwartend.

»Ähm«, murmele ich und wende mich ab, stelle mein Glas neben den Herd. »Sollten wir uns nicht etwas mit dem Kochen beeilen?«

»Ha, ich wusste es! Du bist rot wie eine Tomate! Du hattest Sex! Endlich!«

Genervt sehe ich meine Schwester an, die grinsend an ihrem Wein nippt, bevor sie ihr Gesicht verzieht und ihr Glas wegstellt. »Nele, ich bin ständig rot wie eine Tomate, das müsstest du doch inzwischen wirklich wissen«, gebe ich gereizt zurück, aber Nele lässt sich nicht beirren.

»Wie war es? Komm schon, ich will alles wissen!«

»Nele«, murrt Lars ungeduldig. »Wolltet ihr nicht kochen?«

»Was meinst du mit ›ihr‹?«, kontert Nele aufgebracht. »›Wir‹ wollten kochen, mein Lieber, du auch! Also los, schnapp dir ein Messer, die Zwiebeln da vorn müssen klein geschnitten werden.«

»Super«, brummt Lars schlecht gelaunt, geht aber gehorsam zu der Stelle der Anrichte, wo ein Netz mit Zwiebeln liegt.

»Ah, sehr gut, ihr habt die Miesmuscheln bekommen«, murmele ich, als ich einen Blick in den Kühlschrank werfe. »Und die Garnelen und den Kabeljau. Super. So, ich werde dann mal …«

»… erzählen, wie es mit Callum war!« Nele sieht mich erwartungsvoll an, und ich merke, dass es ihr großen Spaß macht, mich so in Verlegenheit zu bringen.

»Nett«, wiederhole ich hilflos und ernte ein spöttisches Lachen meiner Schwester.

»Nett? NETT? Komm schon, Amelie, jetzt stell dich nicht wie eine Ordensschwester an. Wo hattet ihr Sex? Wie oft? Hattest du einen Orgasmus?«

Als Lars das Netz mit den Zwiebeln zurück auf die Anrichte

pfeffert, zucken Nele und ich synchron zusammen. »Ganz ehrlich, wenn ihr solche Dinge bequatschen wollt, dann bin ich weg!« Aufgebracht sieht er erst Nele an, dann mich. Ich bin so überrascht über seine heftige Reaktion, dass ich gar nicht dazu komme, wegen Neles Fragen peinlich berührt im Boden zu versinken, wie es sonst der Fall gewesen wäre.

»Was ist denn mit dir los?«, fragt Nele ratlos, aber da hat sich Lars schon an ihr vorbeigeschoben und verlässt mit einem Schnauben die Küche. Erstaunt schauen wir ihm nach. Als Nele mich ansieht und resigniert mit den Schultern zuckt, überkommt mich Mitleid mit ihr. Mit einem Mal sind die Erinnerungen an mein Gespräch mit Lars wieder da, seine ehrlichen Worte zu Neles Problemen.

»Ist alles okay bei euch?«, frage ich vorsichtig, während sich meine Schwester daranmacht, eine Zwiebel aus dem Netz zu befreien.

»Ja, klar«, kommt ihre rasche Antwort – zu rasch. Sie weicht meinem Blick aus, starrt stur auf das Schneidebrett und beginnt verbissen, die Zwiebel zu schälen und klein zu schneiden. Also wende auch ich mich resigniert dem Gemüse zu, das darauf wartet, für die Suppe in mundgerechte Stücke geschnitten zu werden. Während ich mich mit Karotten und Lauch beschäftige, werfe ich immer wieder verstohlene Blicke zu Nele hinüber. Aber meine Schwester ignoriert mich, und sie fragt auch nicht weiter, wie es mit Callum war. Fast wünschte ich mir nun, sie würde immer noch darauf bestehen, schmutzige Details zu erfahren, denn so, in der Stille der Küche, habe ich zu viel Zeit zum Nachdenken: über Nele und Lars und die Tatsache, dass es Lars so wütend zu machen scheint, dass ich mit Callum geschlafen habe. Über Callum und die Art, wie unser Abschied eben im Auto irgendwie überschattet zu sein schien – wovon genau, kann ich nicht sagen. Und, natürlich, über Onkel Knuth und meine Mutter. Ständig hallen Callums Worte in meinem Kopf wider: »Er hat gesagt, dass er immer wusste, die richtige Entscheidung getroffen zu haben – gegen seine Betty in Deutschland, für seine Rose in Kanada.«

Und dann beginne ich mit einem Mal zu rechnen. Im Herbst 1984 ist Onkel Knuth nach Kanada gezogen. Im Frühsommer 1985 wurde ich geboren.

Vor Schreck schneide ich mir in den Finger.

»Hmm, das riecht köstlich«, höre ich Papas Stimme hinter mir, aber ich kann mich nicht dazu überwinden, mich umzudrehen. Schweigend rühre ich in dem großen Suppentopf, unfähig, meinen Vater anzusehen.

Ist er überhaupt mein Vater?

Mit einer heftigen Handbewegung lege ich den Holzlöffel zur Seite und greife nach der Pfeffermühle.

»Was ist denn mit deinem Finger passiert?« Papa deutet auf das Pflaster, das ich mir eben im Badezimmer über die Schnittwunde geklebt habe, während ich mich immer wieder fassungslos im Spiegel über dem Waschbecken angesehen und gefragt habe, warum mein Leben einem schlechten Fernseh-Drama gleichen muss.

»Hab mich geschnitten«, gebe ich kurz angebunden zurück. »Als du oben in deinem Zimmer warst. Ist der Tisch gedeckt? Die Suppe ist fast fertig.«

Und es ist kurz nach sieben, sagt mir ein Blick auf die Wanduhr über dem Kühlschrank. Genau in diesem Moment klopft es laut an der Haustür.

»Oh, wer könnte das sein?« Papa sieht so ehrlich erstaunt aus, dass er mir für den Bruchteil einer Sekunde leidtut. Dann aber kehrt die Wut zurück, die während der letzten Stunde, als ich wie benommen neben Nele gestanden und versucht habe, den einzelnen Schritten des Rezepts zu folgen, immer wieder in Wellen in mir hochgeschwappt ist.

Wie konnte Papa uns verschweigen, dass Knuth mit Mama liiert war? Und wie jedes einzelne Mal, wenn ich mir fassungslos diese Frage gestellt habe, drängt sich automatisch der nächste qualvolle Gedanke auf, die logische Schlussfolgerung, die ich mir nicht eingestehen mag: Vielleicht hat er es uns deshalb nie erzählt, weil er weiß, dass Knuth mein biologischer Vater ist. Vielleicht fällt es ihm deshalb so schwer, sich seinem Bruder wirklich anzunähern. Vielleicht ... vielleicht wäre es besser gewesen, Knuth heute Abend nicht einzuladen.

Aber für diese Erkenntnis ist es nun zu spät. Gut gelaunt pfeffert Nele ihre Schürze auf die Anrichte und verkündet: »Ich werde mal nachsehen!«

Und schon verschwindet sie Richtung Haustür, lässt mich mit Papa und der blubbernd vor sich hin köchelnden Suppe zurück.

»Erwartest du Callum?«, erkundigt sich Papa unschuldig, und für einen flüchtigen Moment hege ich die Hoffnung, dass dem tatsächlich so ist: dass Callum vor der Haustür steht, nicht Knuth. Dass er es sich anders überlegt hat und doch mit uns zu Abend essen will. Dass Knuth im letzten Moment einen Rückzieher gemacht hat, nicht kommt.

Aber dann höre ich schon seine Stimme im Wohnzimmer. »Hallo, meine Liebe. Vielen Dank für die Einladung!«

Ich merke, wie Papa neben mir erstarrt. Aus weit aufgerissenen Augen sieht er mich an, seine Lippen formen lautlos eine Frage: »Knuth?«

Das schlechte Gewissen überrollt mich, als ich nicke. Dann jedoch wird mir wieder bewusst, wie viel Papa uns nach wie vor verschweigt, und ich antworte kühl: »Ja. Es wird wohl Zeit, dass euer Versteckspiel ein Ende findet, oder?«

Es ist das merkwürdigste Abendessen, das ich je hatte. Wir sitzen zu fünft um den großen Esstisch im Wohnzimmer herum, den wir bisher kaum genutzt haben, weil das Wetter uns sonst immer in den Garten hinausgelockt hat. Aber heute hängt der Abend nass und grau über Lunenburg, und ähnlich fröhlich ist die Stimmung in unserem Wohnzimmer. Dabei schmeckt der Nova Scotia Seafood Chowder erstaunlich gut, was ich gar nicht gewagt hatte zu hoffen, nachdem ich beim Kochen so unkonzentriert gewesen war. Doch da sich immer wieder peinliche Stille über den Tisch senkt, während alle ihre Suppe löffeln, könnte auch das weltbeste Essen nicht darüber hinwegtäuschen, dass sich hier eine Gruppe von Leuten versammelt hat, die sich alles andere als grün sind. Papa und Knuth ignorieren sich mehr oder weniger, obwohl wir sie sogar gegenüber voneinander platziert haben. Papa nimmt es Nele, Lars und mir allem Anschein nach sehr übel, dass wir ihn einfach so ins offene Messer haben laufen lassen, und redet mit niemandem. Knuth, der natürlich ahnt, dass sein Bruder nichts von der Einladung wusste, ist uns gegenüber auch nicht unbedingt gut gestimmt, zumindest beantwortet er die Fragen, die Nele ihm ungerührt stellt (wie gesagt, sie ist für die Stimmung anderer Leute nicht sehr empfänglich), äußerst einsilbig. Lars redet ebenfalls mit niemandem, sondern wirft mir nur hin und wieder ernste Blicke zu, denen ich gekonnt ausweiche, indem ich mich voll und ganz auf die köstlichen Jakobsmuscheln in meiner Suppe konzentriere. Gleichzeitig hämmert immer wieder derselbe quälende Gedanke in meinem Kopf: Welcher von beiden ist mein Vater?

Und dann kann ich mich nicht länger zurückhalten. Es ist, als ob all meine angestauten Gefühle nach dem Jahrzehnt voller Trauer endgültig entschieden haben, sich nicht mehr wegschließen zu lassen. Gerade hat Nele Knuth gefragt, ob seine

Band beim Lunenburg Folk Harbour Festival auftreten wird, und Knuth setzt an, von dem morgigen Gig zu erzählen, als ich meinen Löffel so heftig in meinem halb leeren Suppenteller ablege, dass es klirrt und Suppe nach allen Seiten spritzt. Erstaunt sehen mich alle an, und für einen Moment bin ich versucht, einfach aufzustehen und den Raum zu verlassen, mal wieder abzuhauen – besonders, als ich dem Blick meines Onkels begegne, aus Augen, die meinem Vater so sehr ähneln.

Will ich die Wahrheit überhaupt wissen? Mein Herz hämmert laut in meinen Ohren, und ich spüre das Blut in meinen Kopf schießen. Doch bevor ich es mir anders überlegen kann, bevor ich einmal mehr davonlaufen kann, drängen die Worte wie von selbst aus mir hervor: »Wie lange wollt ihr eigentlich noch so tun, als wäre nichts?«

Vorwurfsvoll sehe ich Papa an und dann Knuth. Beide haben ihre Löffel ebenfalls zur Seite gelegt, Knuth wischt sich mit einer Serviette über seinen Vollbart, Papa räuspert sich unbehaglich. »Wie lange wollt ihr noch hier sitzen, an einem Tisch, einen halben Meter voneinander entfernt, und so tun, als wärt ihr flüchtige Bekannte, die nur ein paar höfliche Worte Small Talk austauschen? Ihr seid Zwillinge, verdammt noch mal! Habt ihr euch nichts zu sagen? Gibt es nicht viel, sehr viel, über das ihr endlich mal reden solltet?«

Stille senkt sich über das Wohnzimmer, als ich die letzten Worte ausgesprochen habe. Nun räuspert sich auch Knuth, sagt aber nichts. Es ist schließlich Papa, der mit leicht zitternder Stimme fragt: »Glaubt ihr denn wirklich, dass es Knuth und mir hilft, unsere … Differenzen zu überwinden, indem ihr ihn einladet, ohne dass ich davon weiß? Indem wir hier an einem Tisch sitzen und essen? Habt ihr gedacht, dass wir hier, vor euch, darüber reden, was damals passiert ist?«

Ich habe Papa noch nie so vorwurfsvoll reden hören. Zwar

spricht er ruhig und gefasst, schreit nicht, erhebt seine Stimme kein bisschen, aber man spürt bei jedem seiner Worte, wie sehr er sich zusammenreißen muss, um nicht die Beherrschung zu verlieren. Normalerweise wäre mir das Warnung genug gewesen, um mich erschrocken zurückzuziehen, mich zu entschuldigen, ihn und auch Knuth in Ruhe zu lassen.

Aber heute kann ich nicht. Plötzlich ist es mir egal, dass ich den beiden zu nahe treten könnte, dass ich sie verletzen oder in Verlegenheit bringen könnte. In mir toben so viele Gedanken und Gefühle, dass mir schwindelig wird, und ich möchte einfach nur Antworten haben. Endlich alles wissen.

»Na ja, immerhin geht uns das Ganze auch etwas an«, sage ich daher mit Nachdruck und merke an Papas überraschtem Gesichtsausdruck, dass er nicht damit gerechnet hat, dass ich auf meiner Meinung beharren würde. Weil ich das nie getan habe. Bis heute.

»Und vor allem mich geht es doch wohl etwas an.« Jetzt zittert meine Stimme, vor Aufregung und Nervosität. »Immerhin muss ich davon ausgehen, dass nicht du mein Vater bist ...«, ich sehe Papa an, der seine Augen erschrocken aufreißt, »... sondern du, Knuth.«

Kapitel 30

W as?« Ich spüre Neles entgeisterten Blick auf mich gerichtet, aber ich sehe weder sie an noch Lars. Stattdessen
schaue ich schweigend, mit wild hämmerndem Herzen zwischen Knuth und meinem Vater ... oder zumindest dem Bruder,
von dem ich lange Zeit geglaubt habe, dass er mein Vater ist ...
hin und her, warte auf eine Reaktion. Beide sind sehr blass
geworden, wechseln einen fassungslosen Blick. Knuth reibt
sich die Stirn und murmelt erschüttert: »Was zum Teufel ...?«,
während Papa nach meiner Hand greift, die sich neben meinem Suppenteller zur Faust geballt hat, und heiser fragt: »Wie
kommst du denn auf so eine Idee, Amelie?«

»Callum hat heute erwähnt, dass deine Ex-Freundin in
Deutschland, die du damals wegen Rose verlassen hast, Betty
hieß«, sage ich leise zu Knuth. Ich höre, wie Nele entgeistert
Luft holt, wie Lars »Ach du Schande« murmelt und wie Papa
mit einem leisen Stöhnen in seinem Stuhl zusammensackt. Aber
ich halte meinen Blick fest auf Knuth gerichtet, frage mich, was
gerade in ihm vorgeht. Mein Onkel – ist er das überhaupt? –
hält meinem Blick gefasst stand. Schließlich nickt er langsam,
mit einem tiefen Seufzen.

»Ja, das ist wahr«, sagt er mit erstaunlich fester Stimme.
»Ich war mit eurer Mutter zusammen. Und ich habe sie für
Rose verlassen.«

Knuth und Papa erzählen abwechselnd, während Nele, Lars und ich wie vom Donner gerührt zuhören. Knuth schildert, wie er Bettina Hellweg damals kennengelernt hat – als Otto und er mit ihrer Band The Rocking Twins auf der Geburtstagsparty einer Bekannten in einem Nachbardorf aufgetreten sind. Betty, unsere Mutter, war die beste Schulfreundin dieser Bekannten.

»Sie hatte an dem Abend nur Augen für Knuth«, erinnert sich Papa, und ich merke, dass er den Blick gesenkt hält, seinen Bruder nicht ansieht. Erschüttert wühle ich in meiner Erinnerung, frage mich, was unsere Eltern uns erzählt haben, wie sie sich kennengelernt haben. Richtig, es war immer von einer Party die Rede ... aber sie haben nie erwähnt, dass Papa in einer Band gespielt hat. Und natürlich erst recht nicht, dass sich Mama an jenem Abend zunächst gar nicht in Papa verliebt hat, sondern in seinen Zwilling.

Knuth erzählt, wie er unsere Mutter bald darauf ins Kino eingeladen hat, wie aus ihnen ein Paar wurde. Papa schweigt dazu, knetet seine Hände, und ich frage mich, ob er damals auch schon in Mama verliebt war. Als Knuth bei ihrer Kanada-Reise angekommen ist, zögernd erwähnt, wie er Rose gesehen habe und wie vom Blitz getroffen gewesen sei, merke ich, dass mein Vater seinen Bruder ernst mustert, und da wird mir klar: Ja, Papa war zu dem Zeitpunkt längst in Mama verliebt. Darum hat er wohl die Kette aus Meerglas für sie gekauft, obwohl Mama offiziell noch mit seinem Bruder zusammen war. Ahnte er hier in Lunenburg schon, dass sich Knuth wirklich von Betty trennen würde?

»Euer Vater hat mir Vorwürfe wegen meiner Pläne gemacht, nach Kanada auszuwandern«, sagt Knuth leise und sieht Papa an. »Den Teil der Story kennt ihr ja. Unser Streit. Der Unfall. Die Verletzungen an Ottos Hand.« Sein Blick gleitet schuldbewusst über Papas Finger, die sich jetzt um sein Weinglas klammern, als müssten sie sich an etwas festhalten.

»Ja, verdammt, und ob ich dir Vorwürfe gemacht habe!«, bricht es da plötzlich aus Papa heraus, und seine Stimme zittert aufgebracht. »Hast du überhaupt je begriffen, warum? Jahrelang war ich heimlich in Betty verliebt, aber konnte es nicht zeigen, weil du schneller gewesen warst, weil du sie an jenem Abend auf der Party als Erstes angesprochen hattest! Jahrelang habe ich mir gewünscht, ich hätte sie damals sofort gefragt, ob sie mit mir ausgehen will, nicht du! Aber nein, du warst der Schnellere, du warst der Glückspilz, und ich durfte vom Rand aus zusehen – und dann hast du hier in Lunenburg Rose kennengelernt, und plötzlich war von Betty keine Rede mehr. ›Ich war mir schon seit einiger Zeit nicht mehr sicher, ob sie die Richtige ist‹, das hast du gesagt, als wir zurück nach Deutschland geflogen sind.« Papa holt tief Luft. »Dabei wäre sie schon jahrelang für mich die Richtige gewesen, verdammt! Aber du, du hast so getan, als wäre das alles gottgegeben und du würdest nun einmal deinem Herzen folgen, und bist nach Kanada verschwunden. Ohne Rücksicht auf Verluste. Du hast Betty zurückgelassen, und mich mit meinen verkrüppelten Fingern, unfähig, wieder Gitarre zu spielen. Es war dir alles egal!«

»Das stimmt nicht!«, ruft Knuth und schlägt mit der flachen Hand auf den Tisch, dass die Gläser nur so zittern und wir alle erschrocken zusammenzucken. »Das stimmt nicht, verdammt noch mal! Betty war mir kein Stück egal, und du schon gar nicht, du sturer Bock! Immerhin bist du mein Zwilling! Willst du wissen, warum es mir so leichtfiel zu gehen? Weil ich schon lange wusste, dass du in Betty verliebt warst – und sie in dich!«

Fassungslose Stille senkt sich über das Wohnzimmer, als wir Knuth anstarren. Tonlos wispert Papa: »Du … du wusstest, dass ich …?«

»Natürlich, du Idiot! Glaubst du wirklich, das hättest du vor deinem Zwillingsbruder verheimlichen können? Und Betty habe ich es auch mehr als einmal deutlich angesehen, dass sie sich damals, bei der Party, lieber für dich entschieden hätte als für mich. In ihren Augen habe ich diese Sehnsucht erkannt, wenn du den Raum betreten hast.« Er lacht voll Bitterkeit auf. »Da dachten alle immer, wir zwei, wir seien uns so verdammt ähnlich, und wir waren uns auch vom Charakter und von den Interessen her extrem ähnlich, machten dieselbe Art Musik, lasen dieselben Bücher, machten gemeinsam eine Rucksack-Reise durch Kanada. Aber trotzdem hat sich meine Freundin nach meinem Zwillingsbruder gesehnt. Verrückt, oder?«

Papa macht ein merkwürdig ersticktes Geräusch, und als ich ihn erschrocken ansehe, merke ich, dass ihm Tränen über das Gesicht rinnen. Da entfährt auch Knuth ein beinahe wütender Schluchzer, als er hinzufügt: »Und sag nicht noch einmal, dass ich leichten Herzens gegangen sei, Otto! Ich habe es mir wirklich alles andere als leichtgemacht, denn ich habe Betty sehr wohl geliebt, und dich noch viel mehr, du Sturkopf. Aber ich wusste, dass ich euch im Weg war. Und ich habe mich wirklich in Rose verliebt … und in Lunenburg. Ich wusste, dass das mein Ausweg war. Meine Chance auf einen Neuanfang. Und indem ich so weit weg wäre, würde ich euch nicht daran hindern, eure Gefühle füreinander zuzulassen. Denn wenn ich mich einfach in Bielefeld von Betty getrennt hätte und dort geblieben wäre, wir beide weiterhin in der Band Musik gemacht hätten und gemeinsam zum Fußballtraining gegangen wären … dann hättest du vermutlich nicht den Mut gefunden, Betty deine Gefühle zu gestehen. Habe ich recht?«

Papa wischt sich mit beiden Händen über die Wangen und nickt stumm, während er fassungslos seinen Bruder mustert.

»Doch ich wollte nicht … Himmel, ich hatte mir nie vorstellen können, so lange keinen Kontakt mehr zu dir zu haben«, fügt Knuth heiser hinzu und blinzelt Tränen fort. »Aber … dann war da der Unfall … und du warst so voller Hass und Vorwurf, als du aus dem Krankenhaus kamst. Es fielen so schlimme Worte zwischen uns, und ich war schließlich einfach nur noch froh, fortzukommen, ins Flugzeug zu steigen, hierher zu fliegen. Zu Rose. Und … ich habe in den letzten Jahren mehr als einmal daran gedacht, Kontakt zu dir aufzunehmen, aber … immer wieder habe ich es vor mir hergeschoben. Ich war zu feige, Otto.« Er macht eine Pause, holt zitternd Luft und fügt hinzu: »Aber ich danke dem Himmel dafür, dass du es nicht warst, du alter Sturkopf.«

Ein schiefes Lächeln erhellt seine Züge, und da lacht zu meiner Verblüffung auch Papa neben mir heiser auf, während ihm gleichzeitig ein weiterer Schluchzer entfährt. »Selber Sturkopf!«, brummt er auf, und im nächsten Moment hat Knuth seinen Stuhl so schwungvoll zurückgeschoben, dass er nach hinten umkippt, die Lehne hart auf den Dielenboden knallt. Aber niemand kümmert sich darum, denn Knuth umrundet mit langen Schritten den Esstisch, während Papa ebenfalls aufsteht, und im nächsten Moment liegen sich die Brüder in den Armen und weinen wie kleine Kinder. Auch Nele und Lars stehen Tränen in den Augen, erkenne ich, während ich aufstehe und leise Richtung Küche gehe. Als ich dort ankomme, merke ich, dass Lars und Nele mir folgen. Wir schließen die Tür zum Wohnzimmer hinter uns und sehen uns an. Ehe ich begreife, was geschieht, zieht mich Nele in ihre Arme, und wir halten uns einige Sekunden lang fest. Länger als wir uns seit sehr, sehr langer Zeit gehalten haben. Gerührt streiche ich meiner jüngeren Schwester über das Haar und murmele: »Gut gemacht, Nele. Wirklich. Das war eine geniale Idee.«

»Danke«, schnieft Nele und löst sich von mir, fummelt ein

Taschentuch aus ihrer Jeanstasche und putzt sich die Nase. Dann sieht sie mich groß an und fragt: »Glaubst du etwa wirklich, dass Knuth dein Vater sein könnte?«

Mein Herz setzt an, wieder schneller zu pochen. Vor lauter Rührung habe ich diesen Punkt vorübergehend völlig verdrängt. »Keine Ahnung«, murmele ich.

»Du musst noch einmal nachhaken«, drängt Nele. »Das will ich auch wissen!«

»Du meinst, ob wir nur Halbschwestern sind oder nicht?« Ich grinse sie schief an, obwohl ich das gar nicht witzig finde.

»Immerhin haben Knuth und Otto identisches Erbgut«, wirft Lars nachdenklich ein. »Das bedeutet, dass ihr euch genetisch gesehen ähnlicher wärt, als es Halbschwestern normalerweise sind.«

»Normal ist bei uns wirklich nichts«, brumme ich.

»Warte mal … das bedeutet aber auch, dass man bei einem Vaterschaftstest nicht einmal feststellen könnte, wer der Vater ist, oder nicht?« Nele sieht Lars und mich aus weit aufgerissenen Augen an, und ich stöhne leise auf.

»Ich will da gar nicht zu genau drüber nachdenken«, seufze ich gequält. »Hatten wir eigentlich Nachtisch eingeplant? Mir ist jetzt wirklich nach etwas sehr Süßem, sehr Ungesundem.«

»Ich könnte schnell zu Katie's Icecream Shoppe in der Montague Street gehen«, schlägt Lars vor. »Da habe ich gestern sehr ungesund gegessen. Es war hervorragend.«

»Klingt fantastisch!« Ich bin so erleichtert darüber, dass sich Papa und Knuth eben in den Armen gelegen haben und zumindest der Teil unseres Dramas ein gutes Ende zu finden scheint, dass ich Lars anstrahle. Er erwidert mein Lächeln, wird dann aber ernst und hält meinen Blick zu lange fest. Augenblicklich werde ich wieder von flatternden Nerven übermannt und drehe mich schnell weg.

»Soll ich mitkommen und dir tragen helfen?«, höre ich Nele fragen und merke, wie Lars zu einer Antwort ansetzen will, als aus dem Wohnzimmer erneut das Krachen eines Möbelstücks ertönt. Hat Knuth wieder versehentlich einen Stuhl umgeworfen? Wir wechseln einen ratlosen Blick, und ich hoffe noch im Stillen, dass Papa und sein Bruder nicht am Ende ein Handgemenge begonnen haben – neuerdings scheint mir alles möglich –, als wir Papa besorgt rufen hören: »Knuth!«

Im nächsten Moment hat Lars schon die Tür aufgestoßen, und wir eilen ins Wohnzimmer, wo Papa am Boden kniet, über seinem Bruder. Onkel Knuth liegt auf dem Teppich vor dem Kamin, neben einem umgekippten Beistelltisch, in den er anscheinend gefallen ist.

»Was ist denn passiert?«, frage ich alarmiert und bleibe neben den beiden stehen. Zu meiner Erleichterung sind Knuths Augen geöffnet, er sieht beinahe erstaunt zu uns hoch und setzt sich langsam auf, reibt sich mit einem leisen Stöhnen seinen linken Arm, tastet dann nach seinem Bein.

»Keine Ahnung«, sagt er langsam, und ich merke sofort, dass seine Stimme ein wenig schleppender klingt als sonst. »Ganz plötzlich war mein Bein taub, und ich bin einfach weggeknickt.«

»Und dein Arm, der ist auch taub?«, hakt Papa alarmiert nach und betrachtet den Arm seines Bruders, den Knuth nach wie vor ratlos reibt.

»Hmm, ja, aber jetzt wird es wieder besser, kribbelt nur noch ein bisschen.« Knuth grinst leicht, und als ich erkenne, dass sich nur der rechte Teil seines Mundes hebt, muss man mir nicht sagen, was zu tun ist. Ich bin schon durch das halbe Wohnzimmer gehastet, auf der Suche nach meiner Handtasche mit dem Telefon, um den Krankenwagen zu rufen, noch bevor Papa sagen kann: »Knuth, du hattest gerade einen Schlaganfall.«

Kapitel 31

M ein Onkel regt sich schrecklich über uns auf. »Dass ihr gleich alles so dramatisieren müsst! Das sind nur Durchblutungsstörungen, ich bin topfit!«

»Nein, das bist du nicht«, widerspreche ich so energisch, dass mich Knuth überrascht ansieht.

»Sie hat recht«, sagt Papa und legt eine Hand auf die Schulter seines Bruders, sieht ihn ernst an. »Ich hatte vor einem Jahr dieselben Symptome, mein Lieber. Bin morgens im Badezimmer umgekippt, weil ich plötzlich mein linkes Bein nicht mehr richtig gefühlt habe. Mein Arm war taub, und ich konnte kurzzeitig nicht vernünftig sprechen.«

»Aber ich spreche doch ganz normal!«, murrt Knuth mit einem Kopfschütteln und erinnert mich so stark an Papa und sein eigenes Verhalten, als er damals ins Krankenhaus gebracht wurde, dass ich lachen müsste, wenn diese Situation nicht so ernst wäre.

»Jetzt ja. Aber vor zwei Minuten hast du noch genuschelt. Und dein linker Mundwinkel ging nicht nach oben, als du gelächelt hast.«

»Sollte auch nur ein halbes Lächeln sein«, schnaubt Knuth, aber ich merke, dass er sich ein wenig irritiert über seine Lippen reibt, dann seine linke Hand betrachtet, die Finger hin und her bewegt. »Alles wieder normal«, murmelt er, klingt aber nicht mehr ganz so überzeugt. Er sieht Papa an und fragt: »Wie schlimm war es denn bei dir?«

»Ich musste zwei Nächte im Krankenhaus bleiben, zur Beobachtung. Es war ein leichter Schlaganfall, und ich habe keine bleibenden Schäden zurückbehalten. Aber die Ärzte haben mir damals gesagt, dass ich Glück hatte. Glück, weil ich zwei sture Töchter habe, die darauf bestanden haben, mich ins Krankenhaus zu fahren, obwohl auch ich das Ganze mit Kreislaufproblemen und Durchblutungsstörungen abtun wollte, denn nach wenigen Minuten ging es mir schließlich schon wieder gut. Aber der Arzt hat mir erklärt, dass genau das das Problem sei: Oft kommt ein stärkerer Schlaganfall hinterher, wenn man nicht sofort behandelt wird. Ich habe Blutverdünner bekommen, die das bisher verhindert haben. Und du, alter Sturkopf, wirst die vermutlich auch bekommen.«

Es kostet mich große Überwindung, mit Papa, Nele und Lars in unserem Mietauto dem Krankenwagen bis zur Klinik zu folgen. Krankenhäuser sind Orte der Angst für mich, Orte, die unweigerlich Kummer mit sich bringen. Seit ich auf einem nüchternen Krankenhausflur von Mamas Tod erfahren, seit ich mich nach dem Schlaganfall vor einem Jahr schrecklich um Papa gesorgt habe, reicht der Anblick eines weißen Kittels, einer vorbeirollenden Liege, eines rot blinkenden Lichts über einer Zimmertür, um mich in Angstschweiß ausbrechen zu lassen. Und so hämmert mein Herz schmerzhaft gegen meine Brust, als Papa, Lars, Nele und ich nebeneinander auf unbequeme Plastikstühle im Wartezimmer der Lunenburger Notaufnahme sinken. Diese Stühle erinnern mich auf qualvolle Art und Weise an den Stuhl, auf dem ich damals saß, nachdem ich von Mamas Tod erfahren hatte. Aber diesmal ist etwas anders: Nele und Papa sitzen links und rechts von mir, halten beide meine Hände.

Heute sind wir füreinander da, anders als damals, als jeder

von uns zunächst zu sehr mit seinem eigenen Schmerz beschäftigt war. Als wir unfähig waren, aufeinander zuzugehen, uns zu stützen. Besonders Nele und ich. Rückblickend muss ich allerdings sagen, dass es wohl hauptsächlich ich war, die sich von meiner Familie abgekapselt hat, in meiner Trauer vergraben – und in meinen Schuldgefühlen. Denn ich hatte ja geglaubt, mit niemandem über die schwere Schuld sprechen zu können, die auf mir lastete. Und so zog ich mich mehr und mehr zurück, ließ Nele und auch Papa immer weniger an mich heran. Aber heute, heute geben wir uns Halt.

Und wir behalten recht: Auch der kanadische Arzt bestätigt, dass Onkel Knuth Glück hatte, sofort ins Krankenhaus gekommen zu sein, denn er hatte tatsächlich einen leichten Schlaganfall, und durch die schnelle Behandlung kann hoffentlich einem weiteren, schwereren Anfall vorgebeugt werden. Nachdem alle möglichen Untersuchungen gemacht worden sind, dürfen wir zwei Stunden später endlich zu meinem Onkel ins Krankenzimmer. Knuth sieht uns erschöpft an.

»Okay, ich gebe zu, es ist gut, dass ihr mich genötigt habt, ins Krankenhaus zu fahren«, brummt er. »Danke euch.«

Ich merke, dass Papa ein paar Tränen wegblinzeln muss, als er sich auf die Bettkante setzt und nach Knuths Hand greift. »Dafür sind nervige ältere Brüder da«, sagt er.

»Älter?«, fragt Nele überrascht.

»Ja. Um drei Minuten. Das hat er mir schon immer aufs Brot geschmiert«, knurrt Knuth, und wir müssen lachen. Dann wandert sein Blick zu mir, und er winkt mich zu sich. »Komm mal her, Amelie.«

Zögernd trete ich näher ans Bett heran. Ich bin mir nicht sicher, ob ich wirklich hören will, was er mir zu sagen hat. Natürlich hätte ich Papa eben, als wir gewartet haben, zu diesem Thema löchern können, um endlich Antworten zu bekommen. Doch von sich aus hat er meine Frage vom Abendessen nicht mehr angesprochen, und ich war mir nicht sicher, ob er es nicht über das Herz gebracht hat, mir die Wahrheit zu offenbaren, oder ob er über die ganzen Sorgen um seinen Bruder schlicht und einfach vergessen hatte, dass ich mich frage, wer mein Erzeuger ist. Ja, mein Vater wirkte im Wartezimmer extrem aufgewühlt, ich spürte förmlich, wie er sich wegen Knuth grämte, sich sicherlich Vorwürfe machte, nicht früher nach Lunenburg gekommen zu sein, seinem Bruder nicht eher verziehen zu haben. Was, wenn es jetzt zu spät wäre?

Aber das ist es nicht, erkenne ich voller Hoffnung, als Knuth nun nach meiner Hand greift und sie drückt, erstaunlich fest für jemanden, der in einem Krankenhausbett liegt und unter seiner wettergegerbten, braun gebrannten Haut recht käsig aussieht. »Amelie«, sagt er und muss sich räuspern, weil seine Stimme plötzlich sehr heiser klingt. »Du musst dir keine Sorgen darüber machen, wer dein Vater ist. Denn das ist eindeutig dieser Kerl hier.« Ohne Vorwarnung boxt er Papa in die Seite, und der fällt vor Überraschung fast von der Bettkante.

»Hey«, beschwert er sich und reibt über seine Rippen, aber dann sieht er mich an und schüttelt den Kopf. »Dass du überhaupt auf so eine bescheuerte Idee gekommen bist, Amelie. Natürlich bin ich dein Vater!«

»Und ... ihr seid euch da ganz sicher? Es ist ja nicht so, dass man optisch einen Unterschied sehen würde, wenn Knuth mein Vater wäre«, sage ich und grinse schief, obwohl mir gar nicht nach Grinsen zumute ist.

»Amelie.« Nun nimmt Knuth meine Hand in seine beiden Hände, wobei er ein wenig zu sehr an dem Schlauch zieht, der in einer Kanüle in seinem linken Handrücken endet. »Au, verdammt«, flucht er leise, bevor er mir ernst in die Augen sieht.

»Deine Mutter und ich ... wir waren ... also, als Otto und ich aus Kanada zurückgekommen sind und ich schon in Rose verliebt war, da ... sie und ich ...«

»Sie waren nicht mehr intim zusammen«, beendet Papa den gestammelten Satz seines Bruders, der ihn mit hochgezogenen Augenbrauen ansieht.

»Du weißt aber auch wirklich immer alles besser.«

»Na ja, das weiß ich zufällig wirklich, weil ich ... Also, als Betty mit dir schwanger wurde, Amelie, da ... da hatte ich kurz dieselbe Befürchtung wie du. ›Was, wenn es das Baby meines Bruders ist?‹ Aber deine Mutter hat mir deutlich klargemacht, dass nach unserer Rückkehr aus Kanada nichts mehr gelaufen ist zwischen ihr und Knuth.«

»War auch besser so«, seufzt Knuth, und ich merke, dass er ein wenig rot geworden ist, was mich schmunzeln lässt. »Stell sich sonst bloß einer dieses Schlamassel vor. Es reicht ja auch so schon für mehr als eine Seifenoper.« Dann sieht er mich ernst an und meint: »Dabei habe ich mir immer eine Tochter wie dich gewünscht. Und wie dich, Nele«, schiebt er rasch hinterher, als ihm klar wird, dass meine Schwester auch noch da ist. Sie steht neben Lars am Fußende des Bettes und hat die Unterhaltung mit großen Augen verfolgt. »Aber Rose konnte leider keine Kinder bekommen.« Knuth sieht wieder mich an, drückt erneut meine Hände, lächelt wehmütig. Dann scheint ihm etwas einzufallen, denn er stöhnt leise auf und lässt seinen Kopf weiter zurück ins Kissen sinken.

»Verdammt. Rose.« Er seufzt tief auf. »Ich besuche sie jeden Tag. Wenn ich bis übermorgen hier im Krankenhaus vor mich hinvegetieren muss, wer spielt ihr dann Musik vor?«

»Also, erstens vegetierst du nicht, du Sturkopf, weil wir dich hoffentlich vor einem stärkeren Schlaganfall bewahrt haben. Glaub mir, vegetieren ist etwas anderes.« Papa sieht seinen Bruder streng an, und Knuth brummt mit einem halb unterdrückten Lächeln: »Ich sage es ja: Besserwisser.«

»Und zweitens«, fährt mein Vater ungerührt fort, »hast du einen Bruder, der rein zufällig auch singen kann, wenn auch nicht mehr Gitarre spielen, den schlechten Fahrkünsten seines Zwillings sei Dank.« Zu meiner Überraschung grinst Papa, als er demonstrativ seine zwei versteiften Finger in die Höhe hält. Knuth rollt mit den Augen, aber dann tätschelt er Papas Wange, was wohl liebevoll sein soll.

»Sorry, Bruderherz«, brummt er. »Das war einer der Tiefpunkte meines Lebens, das sage ich dir.«

»Ja, meines Lebens auch.« Papa lacht heiser auf. »Wie gesagt, Gitarre spielen geht nicht, singen allerdings schon, obwohl mein Gesang etwas eingerostet sein dürfte. Aber wenn du möchtest, gehe ich morgen zu deiner Rose. Wird ja auch höchste Zeit, dass ich sie endlich wiedersehe.«

Knuth starrt meinen Vater an. Sagen kann er offensichtlich nichts, also nickt er nur, und dann richtet er sich ein wenig auf, um Papa in seine Arme zu ziehen. Mit feuchten Augen wende ich mich ab, sehe Nele und Lars an, die mir zunicken, und gemeinsam verlassen wir diskret das Krankenzimmer, um die Brüder allein zu lassen.

»Callum hat es also geschafft, dich ins Bett zu kriegen, ja?«

Es ist schon nach Mitternacht, als ich Lars' Stimme im fast dunklen Wohnzimmer höre. Erschrocken halte ich inne, sehe mich um. Es brennt keine einzige Lampe, nur aus dem Flur fällt schwacher Lichtschein herein.

Vor einer Stunde sind Nele, Lars und ich mit dem Mietwagen aus dem Krankenhaus zurückgekommen. Papa ist noch geblieben. Er würde zu Fuß heimkehren, ein wenig frische Nachtluft täte ihm gut, meinte er, als wir uns verabschiedeten.

Bisher ist er nicht aufgetaucht. Nachdem er ihm tagelang aus dem Weg gegangen ist, scheint er seinem Zwillingsbruder nun nicht mehr von der Seite weichen zu wollen.

Ich bin schon im Nachthemd, wollte mir nur noch ein Glas Wasser aus der Küche holen, um dann ins Bett zu gehen, denn ich bin völlig erschöpft. Das ist ja auch kein Wunder, nach all dem emotionalen Auf und Ab dieses Tages.

»Was machst du hier im Dunkeln?«, erkundige ich mich zögernd, weiche Lars' Frage aus. Meine Hand tastet nach dem Schalter der kleinen Lampe auf dem Sekretär, der nahe der Küchentür an der Wand steht. Als der Lichtschein das Wohnzimmer schwach erhellt, erkenne ich Lars, der im Ohrensessel sitzt, eine Bierflasche in der Hand. Dass das nicht sein erstes Bier sein kann, hört man dem schleppenden Klang seiner Stimme deutlich an.

»Du weichst meiner Frage aus.« Lars mustert mich finster, bevor er erneut die Flasche ansetzt und einen großen Schluck nimmt.

»Du meiner auch.«

Er lacht spöttisch auf, wischt sich mit dem Handrücken über den Mund. »Was ich hier mache? Ist das nicht offensichtlich? Ich sitze hier und trinke ein Bier. Muss ich mich etwa dafür rechtfertigen?«

»Nein, das musst du nicht.« Ich verschränke die Arme vor meiner Brust, denn mir wird bewusst, dass ich nur das dünne Nachthemd anhabe, ohne BH darunter. Und Lars' Blick ist gerade genau dort hängen geblieben, wo sich meine Brustwarzen deutlich abzeichnen müssen. »Aber ich muss mich auch nicht dafür rechtfertigen, dass ich mit Callum geschlafen habe.«

Ein paar Sekunden lang starrt mich Lars stumm an, dann stellt er seine Flasche auf den Beistelltisch. Es ist der kleine Tisch, der vorhin umgefallen ist, als Onkel Knuth ins Straucheln geraten ist. Kaum zu glauben, dass das erst knapp vier Stunden her ist. Heute ist so viel passiert, dass es mir fast erscheint, als wären Tage und nicht bloß Stunden vergangen, seit ich in Callums Armen gelegen habe. In mir regt sich heftige Sehnsucht nach ihm. Ich wäre jetzt wirklich gern bei ihm und nicht hier, um Lars' alkoholisierte Fragen zu ertragen. Wo ist eigentlich Nele?

»Das sieht dir gar nicht ähnlich«, sagt Lars und erhebt sich ein wenig schwerfällig aus dem Sessel, muss kurz Halt an der Lehne suchen. Himmel, wie viel hat er denn bloß getrunken, seit wir zurück sind?

»Was sieht mir nicht ähnlich?«, hake ich ungeduldig nach. Ich möchte mich jetzt nicht mit ihm unterhalten, sondern mich einfach in die Stille meines Zimmers zurückziehen und über diesen Tag nachdenken dürfen.

»Mit einem Typen ins Bett zu springen, den du vermutlich nie wiedersehen wirst.«

Seine Worte bohren sich ohne Vorwarnung mitten durch mein Herz, lassen mich nach Luft schnappen. »Woher willst du wissen, ob ich Callum wiedersehe oder nicht?«

Also, morgen Abend sehe ich ihn spätestens, und ich habe mir fest vorgenommen, nach dem Auftritt seiner Band mit zu ihm in seine Wohnung zu gehen. Ich kann es kaum erwarten, ihm zu erzählen, dass Knuth mit meiner Mutter zusammen war! Ob er schon gehört hat, dass mein Onkel im Krankenhaus ist? Hier in Lunenburg verbreiten sich solche Neuigkeiten sicherlich rasch.

Lars' spöttisches Lachen reißt mich aus meinen Gedanken. »Na, du glaubst doch nicht etwa, dass das mit ihm hält, wenn du in ein paar Tagen nach Deutschland zurückfliegst, oder?«

Kühl mustere ich ihn und frage mich unwillkürlich, warum ich Lars so lange heimlich angehimmelt habe. Jetzt, da er unsicheren Schritts auf mich zukommt, eine Bierfahne im Schlepptau, da schwinden die restlichen Gefühle, die ich für ihn hatte, erschreckend schnell und machen reiner Ernüchterung Platz.

»Wer weiß«, erwidere ich ruhig, entschlossen, mich nicht provozieren zu lassen. »So etwas soll vorkommen. Aber es ist wohl zu früh, sich darüber Gedanken zu machen – vor allem du brauchst das nicht zu tun, Lars. Es reicht, wenn ich mir den Kopf darüber zerbreche.«

»Wie auch immer«, murmelt Lars, der plötzlich unangenehm nah bei mir angekommen ist. Er streckt seine Hand aus und streicht mir sacht über die Wange, was mich zurückweichen lässt. Ich spüre den Sekretär in meinem Rücken und mache einen Schritt zur Seite, starre Lars stumm an. Als seine Hand sich erneut meiner Wange nähert, greife ich danach, halte sie entschlossen fest.

»Wo ist eigentlich Nele?«

»Schläft«, erwidert Lars heiser, und seine Finger umschlingen meine.

»Aha. Ich … ich muss auch ins Bett. Bin hundemüde.« Eilig will ich mich an Lars vorbeischieben, aber er hält mich fest.

»Warte, Amelie.«

»Lars, bitte.« Alarmiert sehe ich ihn an, als ich den drängenden Ausdruck in seinen braunen Augen erkenne. Mein Herz beginnt zu rasen.

Habe ich mir das hier nicht jahrelang gewünscht? Wohin ist es verschwunden, dieses brennende Verlangen nach Lars? Alles, was ich jetzt spüre, sind Abneigung … und Mitleid. Mitleid mit ihm und mit Nele. Ich wünsche mir plötzlich von ganzem Herzen, dass die beiden glücklich miteinander wären.

Und ich wünsche mir Callum herbei. Die Sehnsucht nach ihm droht, mir den Boden unter den Füßen fortzureißen. Wie lange habe ich Lars als das Idealbild eines Mannes gesehen, mit seinen akkurat kurz geschnittenen Haaren, der trendigen Brille, den schicken Klamotten, dem charmanten Lächeln. Aber alles, was ich jetzt will, ist, meine Hände in Callums zerzausten blonden Haaren vergraben zu dürfen, den Geruch von Salzwasser zu inhalieren, der immer an ihm zu haften scheint, meine Finger über die drei tätowierten Sterne auf seinem Bizeps und über das zerschlissene Lederarmband mit der blauen Perle gleiten zu lassen, in seine Augen zu sehen, die mich meistens so fröhlich, aber neuerdings, seit er sich mir gegenüber geöffnet hat, auch so traurig ansehen können.

»Lars, du hast zu viel getrunken«, warne ich den Freund meiner Schwester sanft, aber bestimmt und schiebe ihn von mir.

»Nein, ich kann noch sehr klar denken«, widerspricht Lars ruhig und klingt auf einmal tatsächlich wesentlich vernünftiger als noch vor wenigen Minuten. Er atmet tief durch und fügt mit drängender Stimme hinzu: »Amelie, du musst mir jetzt zuhören. Bitte. Vorhin, als Knuth davon erzählt hat, wie eure Mutter damals erkannt hat, dass sie sich für den falschen Bruder entschieden hatte, da ist mir etwas klar geworden.«

»Nein!« Entsetzt mache ich zwei große Schritte fort von Lars, der mich wie ein begossener Hund ansieht. »Hör auf damit!«

»Amelie …«

Aber in diesem Moment hören wir die Haustür aufgehen. Ich bin so erleichtert, dass ich ohne ein weiteres Wort an Lars vorbeihaste.

»Papa! Schön, dass du hier bist!« Verdutzt sieht mein Vater mich an, als ich ihm im Flur um den Hals falle. Ich drücke einen Kuss auf seine Wange und füge hinzu: »Und schön, dass du mein Vater bist. So gern ich Onkel Knuth auch habe – ich möchte keinen anderen Papa haben als dich.«

Gerührt nimmt er mein Gesicht zwischen seine Hände und betrachtet mich mit einem zärtlichen Lächeln. »Dann ist ja gut, mein Schatz. Ich will nämlich auch keine andere ältere Tochter haben als dich.«

Kapitel 32

Baby, we were born to run!«, singt der Boss in meine Ohren, während ich genau das mal wieder tue. Mein Atem geht stoßweise, als ich eine weitere Anhöhe Lunenburgs erklimme und kurz stoppen muss. Diese hügelige Stadt hat es wirklich in sich, überlege ich schnaufend und halte mir die Seite, während ich meinen Blick über den Himmel wandern lasse, der sich heute wieder blitzblau und wolkenlos über den farbenfrohen Häusern zu beiden Seiten der Straße erstreckt, als wäre nie ein Tropfen Regen gefallen. Unwillkürlich muss ich an den Regen auf Callums und meinem Gesicht denken, und dann an das warme Wasser der Dusche, das auf unsere nackten Körper geprasselt ist. Ich erschaudere leicht und sehe mich verstohlen um, von der vagen Hoffnung geleitet, dass ich irgendwo Skipper und sein Herrchen erblicke, bei einer morgendlichen Gassirunde. Doch ich sehe zwar das ein oder andere Gesicht, das mir inzwischen vertraut ist, aber nicht Callum. Zögernd bleibe ich am Fuß des hölzernen Pavillons stehen, wo emsige Aufbauarbeiten im Gange sind: Auch hier wird es ab dem heutigen Nachmittag im Rahmen des Lunenburg Folk Harbour Festivals Konzerte geben. Die ganze Stadt scheint sich auf dieses Ereignis vorzubereiten: In einem der Souvenirläden, an denen ich eben vorbeigejoggt bin, hingen T-Shirts mit dem Logo des Festivals im Schaufenster, der Seaview Coffee Shop warb mit CDs der Künstler, die während der nächsten Tage in der Stadt auftreten werden, und ich bin auf meiner Laufstrecke an zig Dixie-Toiletten vorbeigekommen, die quasi über Nacht überall in den Straßen aufgestellt worden sind. Ein paar Männer tragen schnaufend einen Verstärker an mir vorbei, gefolgt von einer jungen Frau mit Kabelrolle in der Hand. Ein paar Sekunden lang sehe ich noch dabei zu, wie der Verstärker am Rande des weißen Pavillons aufgestellt wird, dann fasse ich einen Entschluss.

Meine Füße fliegen gleichmäßig und fest über den Bürgersteig, bis ich vor dem mintgrünen Haus angekommen bin. »Closed« ist im Schaufenster des Out of the Blue zu lesen, aber es ist auch noch zu früh, um dort nach Schmuck zu stöbern. Hoffentlich habe ich bei Callum mehr Glück, überlege ich, während ich die Stufen zu seiner Wohnung hinaufeile und an die Tür klopfe. Aber ich weiß schon, dass er nicht da ist, als mich kein Hundegebell begrüßt. Enttäuscht wende ich mich schließlich ab und ärgere mich im Stillen darüber, dass ich nicht einmal eine Telefonnummer von ihm habe. Langsam steige ich die Treppe wieder hinab, halte mein Gesicht in die frische Meeresbrise, die vom nahe gelegenen Hafen herüberweht. Ob ich zur Werft gehen soll?

»Suchst du Cal?« Die Stimme von Bonnie lässt mich aufblicken. Sie steht vor ihrem Woll- und Teeladen, eine große Gießkanne in der Hand, und hat sich gerade den leuchtend gelben Rudbeckien in dem ebenfalls gelb gestrichenen Blumenkasten neben der Eingangstür gewidmet.

»Ähm, ja«, gebe ich zögernd zu. »Er ist vermutlich bei der Arbeit. Ich komme später wieder.«

»Nee, bei der Arbeit ist er diese Woche nicht mehr«, bemerkt Bonnie. »Vermutlich macht er vor seiner Abreise noch irgendwelche Besorgungen.«

»Abreise?« Verdutzt trete ich näher und sehe Bonnie fragend an.

»Ja, er fliegt doch in die Karibik, wegen der Atlantiküberquerung.«

»Aber …« Ratlos starre ich Bonnie an, mein Herz hämmert laut in meinen Ohren. »Er … er hat mir gesagt, dass er Mitte September eine Jacht für diesen Millionär von Portugal nach Florida segelt. Wieso … wieso fliegt er dann in die Karibik?«

»Hmm, ja, der zweite Törn ist schon lange geplant, also die Strecke Europa-Florida.« Bonnie sieht mich nachdenklich an, fügt dann hinzu: »Aber er hat vor ein paar Tagen noch eine Anfrage von einem anderen ehemaligen Werft-Kunden bekommen, ob er bereit wäre, eine weitere Jacht von den Bahamas nach Portugal zu segeln. Und weil diese erste Atlantiküberquerung Richtung Europa terminlich so wunderbar passt, da er ja sowieso im September in Portugal die andere Jacht in Empfang nehmen soll, und weil Callum nun einmal Callum ist – verrückt nach Meer und Abenteuer und so weiter –, hat er, soweit ich weiß, spontan beschlossen, auch schon diesen ersten Törn zu machen. Er segelt also ein Boot rüber nach Europa und dann ein anderes Boot zurück nach Amerika. Ich sage dir, könnte ich segeln, wäre ich auch mit von der Partie. Karibik! Azoren! Gran Canaria! Kein grauer Lunenburg-Winter! Okay, ich weiß, das klingt jetzt doof von der Inhaberin eines Woll-Ladens, die sich ja eigentlich nach der kalten Jahreszeit sehnen müsste, nicht wahr?« Bonnie grinst mich gut gelaunt an, aber als ich nicht zurückgrinse, wird sie schlagartig ernst. »Ähm … du hast ihn gesucht, weil …?«

»Ich … schon gut«, stammele ich, aber ich merke, dass es bei Bonnie in diesem Augenblick »klick« macht. Sie stellt die Gießkanne ab und mustert mich mit schief gelegtem Kopf eingehend.

»Wann genau soll er fliegen?«, hake ich vorsichtig nach, darum bemüht, das Zittern in meiner Stimme zu unterdrücken.

»Also, ganz genau weiß ich es auch nicht ... Aber ich glaube, am Mittwoch.«

Mittwoch. Heute ist Montag. Übermorgen. Übermorgen! Fassungslos starre ich auf die gelben Blumen, deren Blüten von der leichten Brise vom Meer hin und her bewegt werden. Mir fällt wieder ein, wie Bob Knaus, Callums Chef, ihn am Freitag umarmt hat. Zum Abschied, wird mir klar – weil er wusste, dass Callum diese Woche nicht mehr zur Arbeit kommen würde!

Aber wieso hat Callum mir diese nicht ganz unwesentliche Information vorenthalten? Weil ... weil ich für ihn doch nur eine kurze Affäre bin? Ja. Ja, bestimmt bin ich das! Du meine Güte, habe ich ernsthaft geglaubt, dass ich ihm etwas bedeute? Dass ich mehr sein könnte als nur eine Sommer-Bekanntschaft, mit der man ein-, zweimal ins Bett geht?

Nein, bisher nur einmal. Zum zweiten Mal haben wir es noch nicht einmal geschafft.

»Hey, Amelie.« Erst jetzt merke ich, dass Bonnie ein paar Schritte auf mich zugekommen ist, mich besorgt mustert. »Komm doch rein, bitte. Ich mache dir einen Tee. Und ich habe frisch gebackene Zimtschnecken da. Zimtschnecken sind das Geheimrezept für alles, was einem auf der Seele liegt, hat meine Oma immer gesagt.«

Bonnies Zimtschnecken schaffen es tatsächlich, mich für ein paar Sekunden von den bohrenden Fragen abzulenken, die mich quälen.

»Du ... magst Callum sehr, oder?«, fragt Bonnie vorsichtig, als sie neben mir auf dem geblümten Sofa in der Tee- und Lese-Ecke ihres Geschäfts Platz genommen hat.

Ich warte darauf, dass die Röte in meine Wangen schießt, aber erstaunlicherweise tut sie das nicht. Nachdenklich schiebe ich mir ein weiteres Stück der Zimtschnecke in den Mund und zögere meine Antwort hinaus, während mich Bonnies hellbraune Augen hinter den runden Gläsern ihrer Harry-Potter-Brille aufmerksam mustern. Schließlich nicke ich und antworte wahrheitsgemäß: »Ja. Ich … ich mag ihn. Sehr.«

Als Bonnie nichts sagt, sondern nur stumm an ihrem Tee nippt und mich in ihrer freundlichen Art ansieht, sprudeln die Worte mit einem Mal wie von selbst aus mir heraus: Ich erzähle ihr von unserem gestrigen Ausflug, und als ich das blaugrüne Stück Meerglas erwähne, berichte ich auch von Mamas Unfall und davon, dass Callum mir ebenfalls sein Schicksal anvertraut hat. Und als ich schließlich zugebe, dass wir im Haus seiner Großmutter im Bett gelandet sind, spüre ich doch noch die vertraute Röte in meine Wangen kriechen – ganz ohne wäre es auch fast unheimlich gewesen. Ein zufriedenes Lächeln gleitet über Bonnies Gesicht, und sie greift nach meiner Hand und drückt sie fest, während sie aufgeregt sagt: »Oh, das ist so süß! Callum und du … ihr würdet ein so schönes Paar abgeben!«

»Na ja«, wende ich ein und stelle seufzend meine Teetasse ab. »Leider hat er es allerdings versäumt, mir zu erzählen, dass er Mittwoch abfliegt.«

»Oh.« Betroffen mustert mich Bonnie. »Na ja, soweit ich das mitbekommen habe, hat er auch wirklich erst vor wenigen Tagen von diesem ersten Törn Richtung Europa erfahren. Wenn ich es richtig verstanden habe, ist jemand von der Crew plötzlich wegen einer Blinddarmentzündung ausgefallen, und darum hat Cal einen Anruf bekommen, ob er kurzfristig einspringen könne. Vielleicht … vielleicht hat er das selbst noch nicht richtig verdaut, dass er schon so bald aufbrechen muss. Vielleicht hat er gestern einfach versucht, diese Tatsache zu verdrängen, als ihr zusammen wart. Eben weil du ihm wichtig bist.«

»Hmm«, brumme ich und schiebe mir das letzte Stück Zimtschnecke in den Mund. »Aber vor allem wenn ich ihm wirklich wichtig wäre, hätte er es mir sagen sollen! Vielleicht ...« Ich hole tief Luft, weil mir die Vorstellung einfach so schwerfällt. »Vielleicht war ich nur eine Bettgeschichte für ihn.«

»Nein, das glaube ich nicht.« Energisch schiebt Bonnie ihre Brille höher auf ihren Nasenrücken und betrachtet mich fast entrüstet. »Bestimmt nicht, dafür bist du viel zu bezaubernd. Eine wie dich, die würde Callum nicht einfach so wieder ziehen lassen.«

Bei Bonnies erfrischend klaren Worten muss ich schmunzeln. »Danke dir.«

»Im Ernst.« Erneut greift Bonnie nach meiner Hand, hält sie fest, während sie mich ansieht. »Zwar bin ich wirklich keine Beziehungsexpertin, schließlich ist es drei Jahre her, seit ich meinen Ex mit einer anderen im Bett erwischt und zum Teufel gejagt habe, und seitdem bin ich leider Gottes Dauer-Single.« Sie holt kurz Luft, und ich weiß nicht, ob ich betroffen reagieren soll, als Bonnie auflacht und rasch versichert: »Nein, nein, kein Mitleid, bitte, ich bin glücklich zwischen meinen Wollbergen! Ehrlich! Was ich eigentlich sagen wollte: Ich bin zwar keine Beziehungsexpertin, und Callum hat bestimmt seine Macken, gerade, was Emotionen angeht. Kann man ihm kaum verübeln, oder? Aber wenn er dich in das Haus seiner Oma Beth mitgenommen hat, dann bedeutet das viel, das kannst du mir wirklich glauben! Mit den anderen Frauen war er nur in der Wohnung über dem Laden.«

Mit den anderen Frauen. Aha. Ein einsames Leben scheint Callum nicht wirklich geführt zu haben.

Anders als ich.

Ich muss ziemlich skeptisch aussehen, denn Bonnie schiebt rasch hinterher: »Ach, das hört sich jetzt irgendwie falsch an!

Es ist nämlich wirklich nicht so, dass Callum ständig irgendwelche Frauen abschleppt! Glaub mir, er war seit seiner Scheidung die meiste Zeit allein. Zu allein. Wenn er zum Haus seiner Oma rausgefahren ist, dann meistens nur mit Skipper oder mal mit Eloise. Er ist dort surfen und mit dem Bodyboard ins Wasser gegangen und hat lange Spaziergänge gemacht.«

»Woher weißt du das alles? Kennt ihr euch so gut?«

Fragend mustere ich Bonnie, und mir wird bewusst, dass ich wirklich keine Ahnung habe, woher sie Callum kennt. War sie auch in seiner Klasse, so wie Morgan?

»Lauren war meine beste Freundin.«

Kapitel 33

Als sie dies wispert, füllen sich Bonnies Augen hinter den runden Brillengläsern mit Tränen. Betroffen mustere ich sie, dann nehme ich sie spontan in den Arm, und sie lehnt ihren Kopf an meine Schulter und atmet tief durch. Ihr fliederfarbenes Haar duftet nach einem fruchtigen Shampoo, ich rieche Mango heraus. Mit einem heiseren Lachen löst sie sich schließlich wieder von mir und putzt sich lautstark die Nase.

»Du siehst, auch ich habe ihren Tod immer noch nicht ganz verkraftet, genau wie Cal. Er ist wie ein älterer Bruder für mich. Ich war früher ständig bei seiner Familie zu Besuch, habe oft bei Lauren übernachtet, war zweimal mit den MacKays zum Campen auf Prince Edward Island. Eine Weile war ich heimlich in Cal verliebt, aber das hat sich irgendwann gelegt, und jetzt ist er nur noch der Bruder der besten Freundin, die ich je hatte.«

»Wow«, murmele ich. »Das muss hart für dich gewesen sein, deine beste Freundin auf so schlimme Art zu verlieren.«

»Ja.« Gedankenverloren streicht Bonnie eine Falte in ihrem bunt getupften Rock glatt. »Das war es. Viele verstehen nicht, warum ich mich trotzdem um ihr Haus kümmere, aber ich mache das gern. Und Cal ... er selbst kann das nicht.«

Verständnislos starre ich sie an. »Ihr Haus? Welches Haus ...?«

Aber da wird mir schon klar, welches Haus sie nur meinen kann. Ungläubig reiße ich meine Augen weit auf. »Unser Ferienhaus? Das war …?«

Bonnie nickt betroffen und schiebt ihre Brille erneut höher auf ihren Nasenrücken. »Ja. Ihr wohnt in dem Elternhaus von Callum und Lauren. Sorry, ich dachte, das wüsstest du.«

»Nein«, stoße ich verdattert hervor, während sich in meinem Kopf Erinnerungen überschlagen: Callums Gesichtsausdruck, als ich ihm an unserem Abend im Pub erzählt habe, in welcher Straße unser angemietetes Haus liegt. Sein ernster Blick über meinen Kopf hinweg, als wir wenig später vor dem meeresgrünen Haus angekommen sind, ich betrunken in seinen Armen. Seine Worte gestern Abend, als ich ihn gefragt habe, ob er mit rein zum Essen kommen wolle: »Sorry, ich kann leider nicht.«

Ich hatte geglaubt, dass er womöglich etwas anderes vorhatte.

Dabei wollte … konnte er das Haus aus anderen Gründen nicht betreten.

Bonnie bestätigt diese Erkenntnis, als sie nun leise sagt: »Cal hat das Haus seit seiner Rückkehr aus Australien nicht mehr betreten. Er ist damals zunächst bei seiner Tante und ihrem untreuen Ex-Mann eingezogen – inzwischen ist Fiona übrigens glücklich geschieden und wohnt mit ihrer Mutter Eloise zusammen. Aber das tut jetzt nichts zur Sache. Also, damals wohnte Cal eine Weile bei seiner Tante, bis ein paar Monate später der Mieter über Fionas Schmuckladen auszog und Cal dort einziehen konnte.« Sie deutet in die Richtung, in der das mintgrüne Haus nur wenige Meter von ihrem Wollädchen entfernt liegt.

Sprachlos folge ich Bonnies Ausführungen. Sie lächelt mich an, bevor sie fortfährt: »Callum hat es einfach nicht ertragen, weiterhin in seinem Elternhaus zu wohnen, wo ihn alles an seine tote Familie erinnerte. Aber … verkaufen wollte er das

Haus auch nicht, sein Vater hatte so viel eigenhändig daran ausgebessert und renoviert, es stecken jede Menge Herzblut und Erinnerungen darin. Einige Jahre lang stand das Haus also leer, bis Fiona Cal überredet hat, es an Touristen zu vermieten. Ich habe ihr und Eloise damals geholfen, Sachen auszusortieren, die persönlichen Gegenstände wegzuräumen, alles für Feriengäste herzurichten. Darum haben die beiden mir auch gleich den Job als Verwalterin angeboten. Damit Cal mit dem Haus möglichst wenig zu tun hat.« Bonnie zuckt mit den Schultern und meint nachdenklich: »Zwar tut es auch mir immer noch weh, wenn ich durch die Räume gehe und daran denke, wie Lauren und ich verbotenerweise das Treppengeländer hinuntergerutscht sind oder wie uns zwei gekochte Eier in der Mikrowelle explodiert sind oder wir im ersten Stock das Badezimmer unter Wasser gesetzt haben, weil wir vergessen haben, den Hahn der Wanne zuzudrehen, während wir in Laurens Zimmer darüber diskutierten, welche Barbiepuppe mit uns baden sollte.« Bei der Erinnerung lacht sie auf, und selbst ich muss grinsen, obwohl ich plötzlich sehr traurig bin. »Aber irgendwie fühle ich mich Lauren auch immer noch sehr nah, wenn ich die Bettwäsche abziehe, nachdem die Besucher weg sind, wenn ich staubsauge und die Bäder putze. Dann habe ich jedes Mal wieder das Gefühl, sechzehn zu sein und Lauren würde gleich um die Ecke kommen und verkünden, dass sie von jetzt an keinen Gedanken mehr an Miles O'Connell verschwenden wird.«

Bonnie nimmt ihre Brille ab und wischt sich eine Träne aus dem Augenwinkel, fügt dann heiser hinzu: »Wenn Lauren hätte sehen können, wie Miles O'Connell an ihrem Grab geheult hat!« Mit einem verrutschten Lächeln setzt sie ihre Brille wieder auf und wirft einen Blick an die Zimmerdecke. »Andererseits bin ich fest davon überzeugt, dass sie es gesehen hat. Das, und alles andere auch. Sie ist immer da, das spüre ich.«

Wie benommen nippe ich an meinem Tee, während ich all diese Informationen sacken lasse. »Wow«, flüstere ich schließlich.

»Und weißt du was? Das Zimmer unter dem Dach, in dem du schläfst, das war früher Callums Zimmer.«

Ungläubig starre ich Bonnie an. »Im Ernst?«

Sie nickt. »Ja. Es ist sogar noch sein Bett. Aber keine Sorge, die Matratze wurde zwischenzeitlich erneuert, die ist nicht so schrecklich alt.«

Das Bimmeln der Glocke über der Ladentür reißt mich aus meinem sprachlosen Staunen.

»Guten Morgen, Mrs. Keane – warten Sie, ich helfe Ihnen!«, ruft Bonnie und eilt auf eine gebeugt gehende alte Frau zu, die ihren Rollator über die Türschwelle zu bugsieren versucht. »Na, haben Sie die rote Wolle von letzter Woche etwa schon verstrickt und brauchen Nachschub?«

Das faltige Gesicht der Frau wird von einem Strahlen überzogen, als sie mit einer erstaunlich jung gebliebenen Stimme antwortet: »Aber ja, meine Liebe, ich habe schließlich fünf Enkel, die alle Winterpullover brauchen!«

»Na, dann schauen wir doch mal, was wir heute Schönes für Sie finden«, verkündet Bonnie vergnügt und zwinkert mir durch den Laden zu. Ich erwidere ihr Lächeln und nehme einen weiteren Schluck Tee, während ich nicht aufhören kann, über Callum und sein Elternhaus nachzudenken. Als mein Blick auf die Wanduhr hinter der Ladentheke fällt, zucke ich erschrocken zusammen. Himmel, habe ich tatsächlich länger als eine Stunde mit Bonnie geplaudert? Dabei wollte ich doch Papa zu Rose bringen, damit er ihr vorsingen kann!

Eilig stehe ich auf und ziehe einen Geldschein aus der Tasche meiner Jogginghose hervor, aber Bonnie ruft mir energisch zu: »Untersteh dich!«

»Papperlapapp«, gebe ich zurück, klemme den Schein unter die Teetasse und werfe Bonnie quer durch ihr Ladenlokal einen Luftkuss zu. »Danke für alles. Bis später!«

Und schon bin ich an der Ladentür, trete hinaus in den warmen Morgen und jogge los, einen weiteren Lunenburger Hügel hinauf.

»Du warst also jahrelang heimlich in Mama verliebt?«, frage ich meinen Vater, als wir wenig später Seite an Seite zur Sea Haven Residence spazieren. Papa räuspert sich, und ich merke, dass es ihm nach wie vor ein wenig unangenehm ist, dieses Thema mit mir zu diskutieren – was ich ihm nicht verdenken kann. Aber es ist ein zu wichtiges Thema, um es totzuschweigen.

»Ja«, gibt er schließlich zu und vergräbt seine Hände in den Taschen seiner Cordhose. »Deine Mutter war vom ersten Moment an die Frau meiner Träume. Ich weiß noch ganz genau, wie ich sie damals entdeckt habe, auf der Geburtstagsparty. Knuth und ich, wir standen auf der kleinen, provisorischen Bühne in dem Partykeller, es war viel zu warm und roch überall nach Bier. Ich wünschte mich weit weg, hatte überhaupt keine Lust auf diesen Auftritt, aber ich wusste, dass wir das Geld gut gebrauchen konnten. Schließlich sparten Knuth und ich schon damals für die Rucksackreise durch Kanada, die wir machen wollten.«

Als ich Papa von der Seite mustere, erkenne ich das versonnene Lächeln, das flüchtig über seine Züge gleitet. »Betty betrat den Raum, als wir gerade *Can't help falling in love with you* von Elvis spielten, und genau so war es. Ich sah sie, und es war um mich geschehen.«

Gerührt greife ich nach seiner Hand und drücke sie. Dabei kenne ich diesen Teil der Geschichte bereits, Papa hat sie Nele und mir oft erzählt – nun ja, in einer leicht abgewandelten Version: Er hat erzählt, dass die Band auf der Party gerade diesen Song von Elvis spielte, als er unsere Mutter zum ersten Mal sah, und dass es seitdem ihr Song gewesen sei.

Was er nie erwähnt hat, war, dass er selbst Teil der Band war. Und dass sein Zwillingsbruder neben ihm auf der kleinen Bühne stand – und Betty ebenfalls erblickt hat.

»Ich merkte sofort, dass es Knuth genauso ging wie mir«, erinnert sich Papa jetzt und starrt nachdenklich in den blauen Himmel über Lunenburg hinauf. »Er und ich, wir waren uns so nah, dass wir oft dieselben Gedankengänge hatten. Es kam ständig vor, dass wir eine Straße entlanggingen, einen Imbiss sahen und gleichzeitig gefragt haben: ›Essen wir eine Bratwurst?‹ Oder wir haben zeitgleich unsere Zimmer verlassen, um im Flur beinahe ineinanderzulaufen, weil wir just im selben Moment auf die Idee gekommen waren, zum anderen hinüberzugehen und ihn etwas zu fragen.«

Papa seufzt leise auf und sagt: »Tja, und an jenem Abend, da haben wir beide Bettina Hellweg gesehen und uns gleichzeitig in sie verliebt.« Er macht eine kurze Pause, sieht mich mit schief gelegtem Kopf an und fügt hinzu: »Allerdings war Knuth dann schneller als ich. Sobald wir eine Pause eingelegt haben, stellte er seine Gitarre in den Ständer, sprang von der Bühne und ging auf direktem Weg zu Betty, während ich noch überlegt habe, was ich zu ihr sagen könnte. Also musste ich von der Bühne mitansehen, wie mein Bruder mit dieser wunderschönen Frau sprach – und wie sie ihn anlächelte. Ich ging dann erst einmal auf die Toilette, und danach drückte ich mich an der Bar herum, trank ein Bier, das mir nicht schmeckte, und versuchte, nicht ständig zu Knuth und seiner Begleitung hinüberzustarren. Ich würde abwarten, sagte ich mir. Vielleicht stellte Knuth ja fest, dass sie zwar hübsch war, ihn aber nicht weiter interessierte. Vielleicht lernte er auf der Party wie durch ein Wunder noch eine andere Frau kennen. Vielleicht …« Papa schüttelt lachend den Kopf. »Ja, ich machte mir die wildesten Hoffnungen, aber leider vergeblich. Als wir zurück auf die Bühne gingen, wisperte er mir zu, dass er die Frau seiner Träume getroffen habe, und in der nächsten Pause stellte er mir Betty vor, und mir wurde endgültig klar, dass sie auch die Frau meiner Träume und ich somit verloren war.«

»Du Armer«, sage ich mitfühlend, und Papa grinst verlegen.

»Ja, das war keine leichte Zeit für mich. Knuth und Betty zusammen zu sehen, das … das tat sehr weh. Ich versuchte, ihr möglichst aus dem Weg zu gehen, aber wir wohnten damals ja noch bei unserem Vater, weil wir kein Geld für Miete ausgeben, sondern lieber alles für Kanada sparen wollten. Betty war also oft bei uns zu Besuch, aß mit uns zu Abend, kochte sogar manchmal für uns – seit Mamas Tod waren wir ein chaotischer Männerhaushalt, in dem es viel zu oft Dosen-Ravioli oder einfach nur Spiegeleier gab. Nicht nur wegen ihrer Kochkünste und weil sie endlich ein wenig weiblichen Charme in die Bude brachte, verfiel ihr sogar unser alter Herr, und das, obwohl er sonst oft so griesgrämig war. Selbst die Katze hat Betty geliebt.«

Bei der Erinnerung lacht Papa auf. »Hin und wieder war ich dann sogar mit von der Partie, wenn Knuth und Betty ins Kino oder zum Essen gingen. Zwar habe ich mich oft herausgeredet, aber weil ich selbst keine Freundin hatte, haben die beiden mich immer öfter überzeugt, mitzukommen. Erst sehr viel später hat mir Betty dann gestanden, dass sie zu der Zeit schon ihre Zweifel daran hatte, ob Knuth derjenige von uns beiden war, der der Richtige für sie war. Wir haben uns wirklich gut verstanden, konnten uns wunderbar unterhalten, und ich habe gemerkt, dass Betty mir gern zuhörte und besonders laut über meine schlechten Witze lachte. Erst habe ich mir eingeredet, dass sie das tat, weil sie mich einfach gernhatte. Aber langsam habe ich bemerkt, dass sie mich auf diese nachdenkliche Art angesehen hat, beinahe … ähm … sehnsüchtig.« Verlegen kratzt sich Papa am Kopf. »Na ja, wie auch immer, ich will dich nicht mit den alten Geschichten langweilen. Auf jeden Fall haben Knuth und ich nach dem Tod unseres alten Herrn beschlossen, dass wir endlich unsere Kanada-Reise machen wollten, und ich war erleichtert, eine Weile Abstand zu Betty zu bekommen. Ich hoffte sogar, dass ich in Kanada jemanden kennenlernen würde, eine Frau, die mich die Freundin meines Bruders vergessen lassen würde.« Wir sind vor der Tür der Sea Haven Residence angekommen, und Papa hält inne.

»Aber stattdessen hat Knuth Rose kennengelernt«, vollende ich die Geschichte.

Papa nickt und hält mir die Tür auf. »Ja, so war es. Während es mir überhaupt nichts gebracht hat, hier in Kanada unterwegs zu sein, weil ich jeden Tag an deine Mutter denken musste, hat sich Knuth Knall auf Fall in Rose verliebt. Und ich … ich fühlte mich verraten. Da trug ich jahrelang heimlich meinen Liebeskummer mit mir herum, konnte mit niemandem darüber reden … und Knuth schwärmte mir plötzlich von dieser Kellnerin hier in Lunenburg vor!«

Bei der Erinnerung lacht Papa heiser auf. »Während er mit Rose an einem Samstagmorgen einen Ausflug an einen Strand gemacht hat, bin ich über den Wochenmarkt gegangen und habe den blaugrünen Meerglas-Anhänger entdeckt. Die Farbe hat mich gleich an Bettys Augen erinnert, und ich habe die Kette gekauft, ohne genau zu wissen, wann und unter welchem Vorwand ich sie ihr schenken würde. Vielleicht zu Weihnachten, sagte ich mir. Es war beinahe eine Trotz-Handlung, und ich verriet Knuth natürlich nichts von dem Schmuckstück.«

Nachdenklich starrt er auf das Gemälde mit einem Leuchtturm, das an der Flurwand hängt. »Ein paar Wochen später habe ich deiner Mutter die Kette dann geschenkt. Nachdem Knuth abgereist war und ich mit ihr bei einem Bier zusammensaß. Wir sahen uns über den Tisch hinweg an, und irgendwie konnte keiner von uns zugeben, was eigentlich so deutlich auf der Hand lag: dass sie und ich das bessere Paar abgeben würden. Anstatt etwas zu sagen, zog ich die Kette heraus und gab sie ihr. Deine Mutter betrachtete den Anhänger und sagte: ›Du hast mich schon immer verstanden, Otto.‹ Tja, und von dem Tag an waren dann sie und ich ein Paar.«

»Seid ihr deshalb aus eurem Dorf weggezogen?« Dieser Gedanke kommt mir ganz plötzlich, und ich sehe Papa fragend an. »Nicht wegen deines Jobs, sondern damit die Leute nicht über euch lästern konnten?«

Erstaunt sieht mein Vater mich an. »Weder noch!«, erwidert er mit Nachdruck.

»Wie, weder noch?«, hake ich verdutzt nach. »Ich dachte, du hättest eine Stelle in Bielefeld gefunden, in dieser Möbeltischlerei, und deshalb wärt ihr umgezogen.«

»Ich habe eine Stelle dort gefunden, ja.« Papa sieht mich ernst an. »Aber das war nicht der Grund für unseren Wegzug vom Land. Und wir sind auch nicht aus Angst, dass die Leute reden könnten, umgezogen. Natürlich haben sie sich über uns im Dorf das Maul zerrissen, aber mit der Zeit wäre bestimmt Gras über die Sache gewachsen. Nein, der Grund, warum wir nach Bielefeld gezogen sind, war, dass sich deine Mutter nach einer größeren Stadt gesehnt hat, mit Galerien und Museen. Die Kunsthalle in Bielefeld mit ihren wechselnden Ausstellungen hat sie sehr gelockt, und sie war es leid, auf dem Land zu leben. Darum habe ich mich um eine Stelle in der Möbeltischlerei beworben. Ihr zuliebe.«

»Wärst du denn lieber auf dem Land geblieben?«, hake ich erstaunt nach.

Papa nickt mit einem schiefen Lächeln. »Schon, ja. Ich war ein echtes Landei, mich zog nichts in die Stadt. Aber Betty … sie ist in Bielefeld richtig aufgeblüht. Und wenn man jemanden wirklich liebt, dann steckt man zurück. Mich hat es glücklich gemacht, deine Mutter glücklich zu sehen. Das war alles, was gezählt hat.« Nachdenklich starrt Papa auf einen Punkt über meinem Kopf, wischt sich über die Augen, und ich lege ihm einen Arm um die Schultern.

»Es tut mir so leid«, stoße ich hervor, und er sieht mich überrascht an.

»Was tut dir leid, Amelie?«

Kapitel 34

D ass ich schuld bin am Tod deiner großen Liebe, will ich sagen, doch meine Stimme funktioniert nicht richtig. Aber wenigstens einen Teil von all dem seelischen Ballast, den ich schon zu lange mit mir herumschleppe, will ich unbedingt loswerden. »Ich glaube, ich bin schuld daran, dass Mamas Kette damals verschwunden ist«, sage ich mit bebender Stimme.

Überrascht zieht Papa die Augenbrauen hoch. »Aber ... du hast sie doch damals gar nicht an dich genommen, Kind. Und das hast du immer wieder beteuert, das weiß ich noch ganz genau.«

»Vielleicht ... vielleicht habe ich es doch getan«, sage ich und wische mir ungeduldig über die Augen, wütend auf mich selbst und meine Gefühle, die ich einfach nicht mehr unter Kontrolle zu bekommen scheine, seit wir in Kanada sind. »Du kennst mich doch, ich bin so oft unkonzentriert, mit meinen Gedanken woanders ... Es könnte sein, dass ich die Kette damals ausgeliehen habe, wie so oft, und dass ich es einfach vergessen habe. Und ... es tut mir so leid, Papa! Es tut mir so leid, dass dieses Schmuckstück damals verloren gegangen ist, denn ich weiß, wie wichtig es Mama war. Und dir.«

Papa sieht mich ernst an, dann legt er eine Hand auf meine Wange und sagt sanft: »Amelie, du bist vielleicht manchmal etwas verträumt und schwebst in deiner eigenen kreativen Welt, wie es deine Mutter auch immer getan hat. Aber ... du bist ganz sicher nicht nachlässig. Und daher sieht es dir einfach kein bisschen ähnlich, dir etwas auszuleihen, zu verlieren und dann nicht mehr sicher zu sein, ob du es warst. Eben weil du wusstest, wie wichtig Mama die Kette war, wäre dir das nicht passiert.«

»Aber ... ich habe bis heute nicht begriffen, wie die Kette verschwinden konnte!«, wende ich ein, erleichtert über Papas liebevolle Worte, aber immer noch aufgewühlt.

»Ich weiß es aber«, sagt Papa ruhig. »Und deine Mutter wusste es auch.«

Ungläubig starre ich ihn an. »Was? Aber ...? Wer ...?«

Ich erkenne die Antwort in Papas traurigem Blick. »Nele?«

Als er nickt, schnappe ich nach Luft. »Aber sie hat doch auch immer beteuert, dass sie es nicht war!«

»Ja. Das hat sie. Aber ihr habe ich das nicht abgenommen, und Betty auch nicht. Wir waren sehr bestürzt deswegen, dass uns unser Kind belogen hat. Aber Nele war zu ... nun ja, zu stolz, aber wohl auch ein wenig zu feige, um die Wahrheit zu sagen.«

»Aber woher wisst ihr es dann?«

»Sie hat es Mama im Krankenhaus gestanden, nach dem Unfall.« Papas Augen füllen sich erneut mit Tränen, und er lacht bitter auf. »Als ob es da noch so wichtig gewesen wäre. Mein Gott, so ein Schmuckstück ist ersetzbar. Aber eure Mutter ...« Er wischt sich über die Augen und sieht auf seine Hände hinab, murmelt dann: »Aber sie wollte es loswerden. Es war deutlich, wie sehr diese Lüge deine Schwester belastet hatte, und als wir realisiert haben, dass Betty es womöglich nicht schaffen würde, da ... Da brach die Story aus ihr heraus, wie sie die Kette heimlich ausgeliehen und dann verloren hatte.«

»Ah, Knuth, da bist du ja!«, hören wir in dem Moment eine der Pflegerinnen sagen, die neben uns stehen bleibt und Papa anstrahlt. »Oh, der Bart ist ab!«

Mein Vater reibt sich verlegen das Kinn, und fast fürchte ich, dass er nun wieder ausweichen und es versäumen wird, für Aufklärung zu sorgen. Aber die Zeiten des Versteckspiels scheinen wirklich vorbei zu sein, stelle ich zu meiner Erleichterung fest, als er den Kopf schüttelt und freundlich richtigstellt: »Nein, Knuth hat seinen Bart noch. Ich bin sein Zwillingsbruder, Otto. Freut mich, Sie kennenzulernen.« Und er schüttelt der verblüfften Pflegerin die Hand, die sich als Dorothy vorstellt, laut über die Ähnlichkeit der Brüder staunt und dann, als sie von dem Schlaganfall meines Onkels erfährt, besorgt nachhakt, wie es ihm geht.

»Er kann schon wieder meckern, also steht es nicht zu schlecht um ihn«, antwortet Papa in liebevollem Tonfall, und ich merke deutlich, wie nah ihm Knuth mal war. Hoffentlich wird es wieder so wie früher, denke ich, während mein Vater Dorothy erklärt, dass er den Auftrag bekommen hat, für Rose zu singen.

»Was für eine schöne Idee«, sagt die Pflegerin sichtlich gerührt. »Knuth ist ein fantastischer Ehemann, wirklich. Dass er seiner Rose nicht von der Seite weicht, obwohl sie ihn längst nicht mehr erkennt ... Also, das ist einfach ganz großes Kino!« Ich merke, wie sie schlucken muss, bevor sie sich mit einem betont resoluten: »So, dann mal mir nach, ich bringe euch zu Rose!«, umdreht und vorausgeht, den langen Flur entlang.

Als wir an Roses Zimmertür angekommen sind, zögere ich verunsichert. Noch zu deutlich kann ich mich an den Wutausbruch der zierlichen Frau erinnern, an ihre Beschimpfungen, weil sie keine Ahnung hatte, wer der Mann war, der plötzlich in ihrem Zimmer aufgetaucht ist. Ein wenig besorgt mustere ich Papa und sage: »Es kann sein, dass sie ausfallend wird.«

»Ich weiß«, nickt Papa und lächelt mich beruhigend an.

»Knuth hat mich vorgewarnt. Keine Sorge, mir ist klar, worauf ich mich hier einlasse.«

Und tatsächlich regt sich Rose auch dieses Mal furchtbar über den »fremden Eindringling« auf, als Dorothy meinen Vater zu ihr hineinbringt. Ich bleibe vorsichtshalber im Flur stehen, damit es nicht zu viel für Knuths Frau wird. Atemlos lausche ich auf Dorothys beruhigende Stimme, höre Rose zetern, und dann erklingt mit einem Mal die Stimme von Onkel Knuth: *»You are my sunshine, my only sunshine …«*

Aber, halt, nein, natürlich ist das nicht mein Onkel. Er kann es nicht sein, denn er liegt im Krankenhaus. Ich weiß das, aber dennoch bin ich für ein paar Sekunden fast davon überzeugt, dass es doch Knuth ist oder dass Papa eine Aufnahme seines Bruders ablaufen lässt. Hat er ihn womöglich mit seinem Telefon beim Singen gefilmt und spielt das jetzt ab? Erstaunt linse ich um den Türrahmen herum, in das sonnendurchflutete Zimmer hinein. Rose sitzt wieder in dem Ohrensessel in der Zimmerecke, wie beim letzten Mal, als ich sie gesehen habe. Aber auf dem Stuhl in der Mitte des Raums sitzt natürlich nicht Knuth, sondern mein Vater. Und singt. Er singt, wie ich ihn noch nie habe singen hören, und er klingt dabei haargenau wie sein Bruder. Wieso hatte ich keine Ahnung, dass Papa so singen kann? Mein Blick wandert zu seinen Händen, zu den steifen zwei Fingern an seiner linken Hand, und zum ersten Mal begreife ich wirklich, was es damals für ihn bedeutet haben muss, keine Musik mehr machen zu können. Denn dass mein Vater wahnsinnig talentiert ist, das wird mir mit einem Schlag so klar, als habe sich gerade eine dicke Wolkendecke geöffnet und würde die Sonne auf uns herabstrahlen lassen. Mein Vater, der höchstens mal *Alle meine Entchen* für Nele und mich gesungen hat, als wir klein waren, ist ein Vollblutmusiker! Ein Vollblutmusiker, der sein Talent anscheinend jahrelang in sich vergraben hat, nicht daran erinnert werden wollte, was mal war, was er mal konnte. Ich denke an Onkel Knuths virtuoses Gitarrenspiel, und ich verstehe, was für ein bedeutsamer Traum damals nach dem Unfall für Papa zerplatzt sein muss.

Nur mühsam kann ich mich davon abhalten, begeistert zu klatschen, als Papa das Lied beendet hat und sich räuspert, offensichtlich mit dem nächsten Stück beginnen will. Ich wage es, mich verstohlen in den Türrahmen zu stellen, und sehe neugierig zu Rose hinüber. Dorothy steht neben ihrem Sessel und lächelt Papa mit einem zufriedenen Nicken zu, das ihm wohl bedeuten soll, weiterzumachen. Und Rose ... sie ist ganz still geworden, betrachtet Papa ernst. Gerade, als mein Vater Luft holt, um das nächste Lied zu beginnen, fragt sie mit völlig klarer Stimme: »Wo ist denn deine Gitarre?«

In der milden Abendluft hängt der Duft von frisch gemähtem Gras und mischt sich auf wunderbare Weise mit dem Geruch von Meer, den der Wind hier heraufträgt. Als ich am Eingang zum Konzertgelände angekommen bin, bleibe ich stehen und werfe einen Blick zurück. Da wir uns auch hier mal wieder auf einem Hügel befinden, kann ich über die Dächer der Häuser in den Nachbarstraßen hinwegsehen, bis auf den Atlantik hinab, der dahinter in der tief stehenden Abendsonne schimmert. Gedankenverloren betrachte ich das Gebäude ganz in meiner Nähe, das an einen Leuchtturm erinnert und das Touristen-Informations-Büro beherbergt. Dahinter beginnt ein kleiner Campingplatz, der heute voll belegt zu sein scheint, dem Lunenburg Folk Harbour Festival sei Dank.

»Darf ich dein Ticket sehen, Herzchen?«, höre ich eine beleibte Dame fragen, die am Eingang steht und mich erwartungsvoll ansieht.

»Natürlich«, erwidere ich rasch, zücke meine Eintrittskarte und strecke sie ihr entgegen.

Callum hat sein Versprechen gehalten und heute vier Karten für das Folk Harbour Festival auf der Fußmatte unseres Ferienhauses hinterlassen, zusammen mit einer Notiz: »Bis später, freue mich! Callum«.

Ich fand diese Notiz enttäuschend nüchtern, auch wenn mir klar war, dass er sich nicht sicher sein konnte, wer sie finden würde. Deshalb hatte er nicht »Kuss« oder sonst etwas hinzugefügt. Ja, bestimmt nur deshalb. Leider war niemand zu Hause, als er die Tickets vorbeigebracht hat – Papa und ich waren im Altenheim bei Rose und danach noch bei Knuth im Krankenhaus, während Nele und Lars einen Ausflug mit dem Mietwagen in ein Nachbarstädtchen namens Mahone Bay gemacht haben.

Bei der Vorstellung, wie Callum die Eintrittskarten auf die Fußmatte seines Elternhauses gelegt hat, obwohl er dieses Haus und die damit verknüpften Erinnerungen Bonnie zufolge so gut es geht meidet, schnürt sich mir das Herz zusammen.

Als mich die freundliche Dame hat passieren lassen, gehe ich langsam über das Gras, das noch die Sonnenwärme des Tages hält, und betrachte die Stände vor dem Eingang zum Konzertzelt. Es werden T-Shirts und Baseballmützen mit dem Festival-Logo verkauft, es gibt Buden mit Fish & Chips, Pizza, Eiscreme und Donuts, und an einem Stand sind die CDs einiger der Bands, die auf dem mehrtägigen Festival auftreten, erhältlich. Neugierig stöbere ich durch die CD-Hüllen, stelle aber zu meiner Enttäuschung fest, dass die Seahawks nicht dabei sind. Bei der Vorstellung, Callums Stimme auf CD hören zu können, bekomme ich unvermittelt weiche Knie.

O Mann, ich vermisse ihn! Den ganzen Tag über musste ich ständig an ihn denken und habe mich wieder und wieder gefragt, wann ich ihn endlich sehen werde. Nachdem ich vergeblich bei seiner Wohnung war und ihn dann auch noch verpasst habe, als er die Tickets vorbeigebracht hat, habe ich unruhig die Stunden bis zum Beginn des Konzerts gezählt. Jetzt ist es kurz nach sechs Uhr, und ich bin viel zu früh dran, denn das Konzert beginnt erst um sieben. Aber im Ferienhaus ausgehalten habe ich es einfach nicht mehr, und ich habe die vage Hoffnung, hier in Callum hineinzulaufen. Ihn in einer Ecke ungestört sprechen zu dürfen. Ihn zu fragen, warum er mir nichts von seiner baldigen Abreise erzählt hat. Ihn auf sein Elternhaus anzusprechen. Darauf, dass ich in seinem alten Bett schlafe.

Ihn küssen zu dürfen.

Bei der Erinnerung an Callums Küsse wird mir heiß, und ich fächele mir mit dem Programmheft Luft zu. Ja, ich habe mir den ganzen Tag über tausend Gedanken gemacht, warum er mir seine Abreise verschwiegen hat. Aber auch wenn mich das ziemlich quälte, so war ich ein wenig beruhigt, als ich die Konzerttickets auf der Fußmatte fand. Vielleicht war ich doch nicht nur eine Bettgeschichte für ihn. Vielleicht war ich doch mehr als eine belanglose Sommer-Affäre. Wenn ich an den Ausdruck in seinen Augen denke, als er gestern in die Dusche gestiegen ist und mein Gesicht zwischen seine Hände genommen hat, um mich zu küssen, bin ich mir fast sicher, dass ich mehr für ihn bin als irgendeine Frau, die er ins Bett kriegen wollte.

Andererseits – was weiß ich schon? Ich, die in den letzten dreizehn Jahren niemanden an sich herangelassen hat. Die geglaubt hat, in den Freund ihrer Schwester verliebt zu sein, nur um gestern Abend festzustellen, dass da keinerlei Gefühle sind. Zumindest nicht mehr.

Bei der Erinnerung an Lars' Worte im halbdunklen Wohnzimmer, an den Ausdruck in seinen Augen, an seine Hand auf meiner Wange stöhne ich leise auf. Ich fühle mich so dämlich!

Hat er womöglich gemerkt, dass ich ihn jahrelang heimlich angehimmelt habe? Fühlt er sich deshalb plötzlich ermutigt, sich mir anzunähern – jetzt, da es bei Nele und ihm kriselt? Was habe ich da bloß angezettelt?

Aufgewühlt fahre ich mir mit einer Hand durch meine Locken, die ich heute Abend ausnahmsweise offen trage. Sie fallen lang über meinen Rücken hinab, und ich muss daran denken, wie Callum gestern, als wir erschöpft im Bett lagen, zärtlich mit meinen feuchten Strähnen gespielt hat.

Ich würde ihn jetzt so gern sehen! Sehnsüchtig blicke ich mich um, aber nirgendwo in dem bunten Treiben zwischen den Verkaufsständen kann ich ihn entdecken. Auch, als ich das Festzelt betrete, in dem lange Reihen aus Klappstühlen auf dem Rasen aufgebaut worden sind, ist Callum nirgends zu sehen. Auf der Bühne sind zwei Techniker dabei, irgendwelche Kabel zu checken, in der Ecke des Zelts steht eine junge Frau, die ihre Gitarre stimmt und nervös nach jemandem Ausschau hält. Die ersten Stuhlreihen sind schon besetzt. Einige Leute haben sich Kissen mitgebracht, die sie auf die Stühle legen, und als ich mich auf einen recht harten Klappstuhl setze, wird mir klar, warum. Die meisten Konzertbesucher scheinen erfahrene Folk-Harbour-Festival-Fans zu sein, was mir nicht nur das kluge Mitbringen von Kissen und Mückenspray, sondern auch die vielen um mich herum getragenen T-Shirts mit dem Festival-Logo und vergangenen Jahreszahlen verraten. Während mein Blick immer wieder unruhig durchs Zelt wandert, blättere ich durch das Programmheft ... und halte mit wild klopfendem Herzen inne, als ich ein Schwarz-Weiß-Foto von Onkel Knuth, Callum und den anderen zwei Mitgliedern der Seahawks entdecke. Atemlos überfliege ich eine Kurzbeschreibung der Band, bevor ich sehr lang auf die inzwischen so vertrauten Gesichtszüge des Mannes starre, den ich so sehr in mein Herz geschlossen habe, dass mir die Vorstellung, mich schon übermorgen von ihm verabschieden zu müssen, fast zerreißt.

Wieso bin ich bloß mit nach Lunenburg gekommen? Ich wende meinen Blick von dem Foto ab und wische wütend eine kleine Träne fort, blinzele aufgebracht. Wieso bin ich nicht einfach zu Hause geblieben, bin weiterhin zur Arbeit gegangen, habe die Monotonie meines Alltags genossen, ohne emotionale Höhen und Tiefen, wunderbar vorhersehbar und einfach? Wieso?

»Hallo, meine Liebe!«, lässt mich eine Frauenstimme aufsehen. Eloise Simms steht am Rande meiner Stuhlreihe und lächelt mich freundlich an. Leider scheint mein Gesichtsausdruck nach wie vor meine quälenden Gedanken widerzuspiegeln, denn Eloises Lächeln weicht einem besorgten Stirnrunzeln. »Ist alles in Ordnung, Herzchen?«

Kapitel 35

Ich … ja«, beeile ich mich, Callums Großmutter zu versichern, während ich aufstehe und zwei Schritte auf sie zu mache.

»Das mit deinem Onkel war vermutlich ein ziemlicher Schock für euch, nicht wahr? Wie geht es ihm denn jetzt?«

»Dafür, dass er gestern einen Schlaganfall hatte, erstaunlich gut«, erwidere ich, froh darüber, dass sie meine sicherlich geröteten Augen auf Knuth schiebt und nicht auf ihren Enkel. »Wir waren heute Nachmittag bei ihm, und er hat sich ausgiebig über das Krankenhausessen beschwert und sich darüber aufgeregt, dass er den Auftritt der Band heute Abend verpasst.«

»Aha, dann ist er tatsächlich ganz der Alte.« Eloise zwinkert mir zu, und ich muss grinsen, allen Emotionen zum Trotz – auch, weil ich wieder daran denken muss, wie überwältigt Knuth war, als wir ihm erzählt haben, dass Rose nach seiner Gitarre gefragt hatte. Niemand konnte es begreifen, dass sie sich an das Instrument erinnert hat – sie, die in den letzten Monaten immer weniger klare Momente gehabt hatte!

»Ich kann es übrigens nach wie vor nicht fassen, dass Knuth einen Zwillingsbruder hat. Das ist wirklich unglaublich«, meint Eloise nun.

»Ja, ich weiß«, sage ich mit einem schwachen Lächeln. »Wir sind auch aus allen Wolken gefallen.«

»Und ihr hattet wirklich keine Ahnung?« Ungläubig mustert die alte Dame mich, als ich den Kopf schüttele.

»Nein. Meine Schwester und ich dachten immer, wir hätten weder Onkel noch Tanten. Meine Mutter war tatsächlich Einzelkind – also, zumindest gehe ich davon aus, sicher sein kann man sich bei meiner verrückten Familie anscheinend nicht! –, und von Onkel Knuth gab es weder Fotos, noch wurde je über ihn geredet.«

Und seit gestern Abend ist mir klar, warum, denke ich, aber das behalte ich für mich. Immerhin habe ich bisher selbst kaum verdaut, dass Mama eine Beziehung mit meinem Onkel hatte, bevor er nach Lunenburg ausgewandert ist.

»Ah, hallo Mama, da bist du ja.« Als eine Frau neben Eloise tritt und ihr einen Kuss auf die Wange drückt, halte ich überrascht den Atem an. Es ist die Blondine mit den geflochtenen Zöpfen und dem auffallend schönen Schmuck, die ich neulich Morgen im Seaview Coffee Shop gesehen habe.

»Hallo Fiona«, sagt Eloise zu ihrer Tochter, bevor sie mich mustert und fragt: »Kennt ihr euch eigentlich schon?«

»Nein«, erwidere ich und strecke Callums Tante meine Hand entgegen. Mit einem breiten Lächeln greift sie danach und schüttelt sie, während sie sagt: »Aha, du bist also Amelie. Ich habe schon von dir gehört.«

Überrascht schnellen meine Augenbrauen in die Höhe, und Fiona lacht auf. »Verliebte Männer sind so leicht zu durchschauen. Als Callum gestern Abend mit diesem verträumten Gesichtsausdruck nach Hause kam, war ich noch im Laden und habe ihn sofort ausgequetscht.« Mir muss die Röte regelrecht ins Gesicht schießen, denn sie fügt mit einem herzlichen Lachen hinzu: »Keine Sorge, Liebes, Details hat er nicht preisgegeben.« Sie zwinkert mir zu, und ich weiß nicht so recht, wie ich reagieren soll. Zu allem Überfluss spüre ich auch Eloises neugierigen Blick überdeutlich auf mir, und in diesem Moment fällt mir wieder siedend heiß ein, dass es Callums Großmutter war, die für Duftkerzen, Kondome und romantische Musik im Haus am Meer gesorgt hat. In meinem Gesicht pulsiert die Röte, und ich kann der alten Dame nicht mehr in die Augen sehen. Um irgendwie vom Thema Callum und auch von meinen ziemlich offensichtlichen Gefühlen für ihn abzulenken, sage ich rasch: »Übrigens haben Sie einen wunderschönen Schmuckladen, Fiona. Bisher habe ich zwar nur das Schaufenster gesehen, aber die Stücke dort haben mir sehr gut gefallen.«

Callums Tante mustert mich nachdenklich. »Cal hat erzählt, dass du auch Goldschmiedin bist.«

Ich schlucke und starre kurz auf den Kettenanhänger, der heute auf Fionas üppigem Dekolleté ruht – ein filigraner Baum mit weitverzweigten Ästen aus glänzendem Silber –, sehe ihr dann in die blauen Augen, die mich fast schmerzlich an Callum erinnern, und erwidere ruhig: »Ja, das bin ich.«

Eloise und Fiona nehmen neben mir in der Stuhlreihe Platz, und nachdem Fiona ein wenig von ihrem Laden und ihrer Schmuckwerkstatt erzählt hat, rede irgendwann auch ich. Noch gestern Morgen, bevor ich Callum am Strand mein Herz ausgeschüttet habe, hätte ich mir lieber die Zunge abgebissen, als über all meine verkorksten Gefühle und zahlreichen Ängste zu reden. Aber jetzt erzähle ich sogar seiner Tante und seiner Großmutter, wie es dazu kam, dass ich nicht mehr als Goldschmiedin arbeiten kann. Und es fühlt sich einfach nur gut an, diesen seelischen Ballast loszuwerden. Ja, nach dreizehn Jahren bin ich ungeheuer erleichtert, diese quälenden Erinnerungen nicht mehr in mir vergraben zu müssen.

»Hier, in Lunenburg, habe ich zum ersten Mal seit Jahren wieder Ideen für Schmuckstücke gehabt«, gestehe ich beinahe verlegen und merke, dass Fiona wohlwollend nickt. Zögernd öffne ich meine Handtasche und ziehe die zusammengefaltete

Broschüre heraus, die ich in den letzten Tagen mit mir herumgetragen habe. Zu der Skizze mit der Wal-Kette, die ich am ersten Tag in der Galerie angefertigt habe, sind noch ein paar Zeichnungen hinzugekommen: Zwischendurch, wenn ich im Coffee Shop auf meinen Latte gewartet habe oder wenn ich abends in meinem Zimmer saß und auf Lunenburg hinausgeträumt habe, ist mein Stift wie von selbst über freie Ecken des Pamphlets geglitten, hat die Schmuckstücke skizziert, die mir bei meinen Streifzügen durch Lunenburg in den Sinn gekommen sind: die hölzernen Bojen-Ohrringe. Eine Silberbrosche, die an die Schnitzerei über einem Hauseingang in der Montague Street erinnert. Eine Kette aus verschlungenen Silberelementen, die ein bisschen wie der Seetang am Strand aussehen.

Sosehr ich mich in den vergangenen Tagen auch immer wieder dagegen gewehrt habe, diese Ideen für Schmuckstücke zuzulassen, sie kamen einfach von allein, und sie wollten auf Papier festgehalten werden. Dagegen war ich fast machtlos.

Aufmerksam betrachtet Fiona meine Skizzen. »Du hast wirklich Talent«, murmelt sie und fährt mit ihrem Zeigefinger über die Zeichnung eines Silber-Ohrrings in Muschelform. »Amelie, du bist wirklich gut.«

»Danke«, sage ich verlegen, und mein Blick fällt auf den Kettenanhänger, den Eloise trägt. Es ist wieder der Anhänger aus dunkelblauem Meerglas, der mich an meinem ersten Tag in der Sea Haven Residence so sehr an Mamas Kette erinnert hat.

»Übrigens hatte meine Mutter einen Kettenanhänger, der ganz ähnlich aussah wie dieser«, sage ich und deute auf Eloises Kette. »Streng genommen war dieser Anhänger sogar der Grund, warum ich überhaupt Goldschmiedin werden wollte. Ich habe den Anhänger von klein auf geliebt, habe ihn oft andächtig in der Hand gehalten, durfte mir die Kette manchmal zum Spielen ausleihen, wenn ich versprach, ganz vorsichtig damit zu sein.« Bei der Erinnerung schwirrt mir Papas Offenbarung von heute Vormittag durch den Kopf: dass Nele die Kette damals genommen und verloren hat. Wie konnte sie nur? Flüchtig muss ich meine Augen schließen, bevor ich sie rasch wieder öffne und fortfahre: »Mein Vater hat mir neulich erst erzählt, dass er die Kette damals hier in Lunenburg für meine Mutter gekauft hat. An einem Schmuckstand auf dem Wochenmarkt.«

»Und es war ein Kettenanhänger aus Meeresglas?«, hakt Fiona erstaunt nach. Ich nicke.

»Ja, aber er war blaugrün. Meeresgrün.« Sofort muss ich an das wunderschöne Stück Meerglas denken, das ich gestern zwischen den Steinen am Strand gefunden habe und das ich seitdem in meiner Handtasche bei mir trage.

»Wann war das?«, erkundigt sich Fiona.

»Im Sommer 1984«, erwidere ich wie aus der Pistole geschossen, denn an diese Geschichte von Papa kann ich mich sehr gut erinnern. Erneut wird mir schummerig vor Erleichterung, als ich an Knuths Beteuerung gestern Abend denke, dass nur Papa als mein Vater infrage kommt. Alles andere wäre wirklich zu absurd gewesen!

»Das war mein Stand!«, ruft Fiona, und ich starre sie fassungslos an.

»Wie bitte?«

»Ja, 1984 hatte nur ich einen Schmuckstand auf dem Lunenburger Wochenmarkt! Und überhaupt gab es bis in die späten 90er-Jahre außer mir niemanden hier in der Gegend, der Schmuck aus Meerglas verkaufte. Das kann also nur ich gewesen sein, die damals die Kette deiner Mutter hergestellt hat.«

Noch während ich dabei bin, diese Information zu verdauen, tauchen Nele und Lars neben unserer Stuhlreihe auf, Papa im Schlepptau.

»Hi! Ist hier noch Platz für uns?«, fragt meine Schwester und sieht erst mich an, dann Eloise und Fiona.

»Aber klar«, antworte ich und erhebe mich, damit meine Familie vorbeigehen kann. »Ach, ihr kennt euch noch gar nicht, oder?« Ich stelle Callums Großmutter und Tante meiner Schwester, meinem Vater und Lars vor und merke, dass Fiona Papa verblüfft von Kopf bis Fuß mustert.

»Die Ähnlichkeit mit Knuth ist aber wirklich ungeheuerlich«, sagt sie mit einem Kopfschütteln. »Einer so attraktiv wie der andere!« Sie lächelt Papa breit an, und ich merke, dass er ein wenig rot wird, was ich sehr rührend finde. »Gut, dass man euch wenigstens anhand des Barts auseinanderhalten kann«, fügt Callums Tante mit einem Zwinkern hinzu, und zu meiner Überraschung erwidert Papa geradezu neckisch: »Ja, allerdings spiele ich mit dem Gedanken, mir auch einen wachsen zu lassen, denn ich habe mich so an den Anblick gewöhnt. Und ich finde, der Bart steht uns.«

»Oh, absolut!«, lacht Fiona, bevor sie hinzufügt: »Otto, deine Tochter hat mir gerade erzählt, dass du 1984 eine Kette aus Meerglas für deine Frau gekauft hast. Das kann nur an meinem Schmuckstand gewesen sein. Auf dem Wochenmarkt hinter der Kirche, richtig?«

Verdutzt sieht Papa die lebensfrohe Blondine an und nickt zögernd. »Ähm, ja, das stimmt. Aber … das kann doch gar nicht sein, oder? Ist die Welt wirklich so klein?«

»Die Welt nicht, aber Lunenburg!«, erwidert Fiona.

»Hmm …« Papa kratzt sich nachdenklich am Kopf, während er Fiona aufmerksam mustert. »Richtig, ich kann mich dunkel an eine blonde junge Frau am Stand erinnern.«

»Nur dunkel, na, schönen Dank auch!«, meint Fiona keck. »Tja, genau, jung und blond, das war ich mal. Jetzt bin ich alt und blond, und Letzteres auch nur dank der Künste von Lorena, unserer hiesigen Friseurin.« Sie grinst entwaffnend, und Papa grinst ungewohnt locker zurück. Dann legt er die Stirn in Falten und sinniert: »Aber ... da war doch noch jemand hinter dem Stand ... Richtig, eine hochschwangere Frau, die sich in den Schatten unter einen Baum setzen musste, weil ihr plötzlich nicht gut war!«

Nun wird Fiona ernst und starrt meinen Vater verblüfft an, bevor ihr Blick zu mir wandert, dann wieder zu Papa. Schließlich nickt sie und sagt mit plötzlich belegter Stimme: »Ja, das stimmt. Dann kann ich dir sogar ganz genau sagen, an welchem Tag du bei mir am Stand warst, Otto. Nämlich am 25. August 1984. Die schwangere Frau, das war meine ältere Schwester Gilly. Und an dem Tag auf dem Wochenmarkt, da hat sie Wehen bekommen, und einige Stunden später wurde Callum geboren.«

Ungläubig starre ich sie an, bin wie benommen, als sich Nele interessiert einmischt: »Und was hast du an dem Stand gekauft, Papa?«

»Die Meerglas-Kette deiner Mutter«, erwidert mein Vater, und Nele hakt erstaunt nach: »Was? Die Kette, die ... später verloren gegangen ist?«

»Ganz genau die«, sage ich und schaue meine Schwester ernst an. So ernst, dass sogar Nele merkt, dass etwas nicht stimmt, und mich groß ansieht. Ein paar Sekunden lang starren wir uns schweigend in die Augen, dann senkt sie den Blick, und selbst sie, die sonst nie rot anläuft, bekommt rosige Wangen.

»Du wusstest es?«, murmelt sie, so leise, dass nur ich es hören kann, während Papa und Fiona weiterplaudern und Eloise beginnt, Lars, der noch steht, in eine Unterhaltung zu verwickeln. Nele hat inzwischen auf meiner anderen Seite Platz genommen, sodass ich zwischen Fiona und ihr sitze.

»Nein, ich wusste es jahrelang nicht«, erwidere ich heiser.

»Papa hat es mir erst heute gesagt. Hätte ich das eher gewusst, dann … Dann hätte ich mir jahrelange Selbstvorwürfe sparen können.«

Verdutzt sieht Nele mich an. »Wie meinst du das?«

»Ich habe mir die ganze Zeit über heimlich Vorwürfe gemacht, weil ich mir eingeredet habe, dass vielleicht doch ich die Kette ausgeliehen und verloren hatte. Dass ich das verdrängt haben könnte. So bin ich, nicht wahr?« Ich lache bitter auf. »Ich habe sogar dann ein schlechtes Gewissen, wenn ich absolut unschuldig bin!«

»Es tut mir leid«, murmelt Nele. »Ich … ich habe die Kette damals nur deshalb genommen, weil du so verrückt danach warst. Ich war eifersüchtig auf dich, wollte auch mal mit Mamas Lieblingsschmuckstück herumlaufen, wie sonst nur du es durftest, ihre Lieblingstochter.«

»Wie bitte?« Ich wende mich Nele zu, sehe sie schockiert an. »Das ist nicht dein Ernst! Ich war nicht ihre Lieblingstochter! Mama hat uns beide gleich geliebt, und das weißt du.«

Nele erwidert meinen Blick schweigend, und zum ersten Mal seit langer Zeit wirkt sie nicht überlegen und strotzend vor Selbstbewusstsein. Zum ersten Mal entdecke ich die Nele in ihr, die verletzlich sein kann. Irritiert blinzele ich. So kenne ich meine Schwester nicht, und das verunsichert mich.

»Doch, Amelie«, sagt Nele nun, so leise, dass ich mich näher zu ihr vorbeugen muss, um sie zu verstehen. »Du warst ihr Liebling. Natürlich hat sie mich auch geliebt, aber du … du warst ihr so ähnlich. Sie hat dich ganz einfach blind verstanden, und du sie. Diese innige Verbindung, diese … ich weiß nicht, nenn es Seelenverwandtschaft, die hatten wir beide nicht, sie und ich.«

Als mit einem Mal Tränen in den Augen meiner Schwester schimmern, schnappe ich fassungslos nach Luft, greife automatisch nach ihrer Hand.

»Nele!«, murmele ich betroffen. »Ich habe das wirklich nie so empfunden!«

»Nein«, lacht Nele heiser auf und wischt sich fast ärgerlich mit ihrer freien Hand über die Augen. »Das hast du nicht, weil du schon immer in dem Glauben durch die Welt gelaufen bist, dass du nicht gut genug seist. Du wärst niemals auf die Idee gekommen, dass du Mamas Liebling sein könntest!« Nun klingt sie fast verächtlich und entzieht ihre Hand meinen Fingern. Der kurze Moment, in dem sie mich in ihre Seele hat blicken lassen, ist vorbei.

»Auf jeden Fall habe ich an dem Abend, als ich auf Nico Grotes Party eingeladen war, Mamas Kette genommen, ohne sie zu fragen. Weil … weil ich Angst hatte, dass sie Nein sagen würde. Schließlich war ich nicht so verlässlich wie du, ich habe ständig Sachen verloren, sie hätte mir das Schmuckstück bestimmt nicht anvertraut.« Nele starrt zum Zeltdach empor, als würde sie den Abend noch einmal durchleben. »Ich habe keine Ahnung, wie es passiert ist. Leider habe ich an dem Abend zu viel getrunken, und dann habe ich mit Nico geknutscht und … na ja, als ich nach Mitternacht nach Hause kam und mir den Schlafanzug angezogen habe, war die Kette weg. Ich habe Nico am nächsten Tag angerufen, aber er hat sie nirgendwo im Haus gefunden. Dann bin ich mit dem Fahrrad die Strecke zu seinem Haus abgefahren, aber auch da war das Schmuckstück nirgends. Ich habe mich so geschämt und mich wahnsinnig über mich selbst geärgert … ich konnte es Mama nicht gestehen. Es dauerte ein paar Tage, bis sie gemerkt hat, dass die Kette nicht mehr in ihrer Schatulle lag, und bis dahin hatte ich mich so weit beruhigt, dass ich ein Pokerface aufsetzen und so tun konnte, als wüsste ich tatsächlich von nichts.«

Nele starrt immer noch ans Zeltdach hinauf, während sie dies zugibt. Ungläubig mustere ich sie von der Seite. Als ich nichts sage, fügt sie leise hinzu: »Ich wollte nicht, dass du dir deshalb Vorwürfe machst. Wahrscheinlich hätte ich mir denken sollen, dass dem so war. Du hast dich ja immer schon für alles verantwortlich gefühlt.«

Sie lacht auf und klingt wieder völlig wie meine zynische jüngere Schwester. Gekränkt verschränke ich die Arme vor der Brust und schweige, denn ich weiß wirklich nicht, was ich zu dem Ganzen sagen soll. Zum Glück muss ich das auch vorerst nicht, denn in diesem Moment geht im Saal das Licht aus, und die Bühne wird in Scheinwerferlicht getaucht. Applaus brandet um uns herum auf, und ich merke überrascht, wie sehr sich das Festzelt gefüllt hat. Alle Stuhlreihen sind besetzt, und Dutzende Menschen klatschen nun begeistert, als ein beleibter Herr auf die Bühne tritt und die Gäste zum Lunenburg Folk Harbour Festival begrüßt.

Kapitel 36

W enig später bin ich völlig verzaubert von den hellen Stimmen dreier rothaariger Schwestern aus Cape Breton, der Insel ganz im Norden von Nova Scotia, wo nicht nur die Landschaft an die rauen schottischen Highlands erinnern muss – nein, auch die Musik scheint einen starken Einfluss aus der »Alten Welt« zu haben. Die McKenzie Sisters, von denen die jüngste noch ein Teenager ist, singen eine herzzerreißend schöne Version von *The Water is Wide*, die mir Tränen in die Augen treibt. Nicht nur wegen der bezaubernden Stimmen, sondern auch weil ich dieses alte schottische Volkslied schon immer geliebt habe – und Mama ebenfalls, in Eva Cassidys Version, natürlich. Während die älteste Schwester die anderen bei den vorherigen Liedern virtuos auf der Geige begleitet hat, singen die drei nun a capella, und ihre glockenhellen Stimmen scheinen das ganze Konzertzelt auszufüllen.

»*There is a ship and she sails the sea*«, singen sie. »*She's loaded deep, as deep can be, but not* so *deep as my love for him, I know not if I sink or swim …*«

Oh, Callum, denke ich, während sich mein Herz mit einem Mal so schwer anfühlt, als sei es mit Blei gefüllt – als würde es tatsächlich auf den Meeresgrund sinken, unfähig zu schwimmen. Warum muss er unbedingt diesen verfluchten Atlantik in einem Segelboot überqueren – und das auch noch in beide Richtungen? Warum kann er nicht einfach hierbleiben, in Lunenburg – und ich, vielleicht könnte ich sogar bei ihm bleiben?

Nein, natürlich ist das eine völlig irre Idee. Aber ... ich will einfach nicht wahrhaben, dass wir uns schon übermorgen voneinander verabschieden müssen. Allein der Gedanke an diesen Abschied, der womöglich für immer sein könnte, erfüllt mich mit heftigem Schmerz. Denn wer weiß schon, ob ich Callum je wiedersehe? Nicht nur, dass ihm auf seiner Reise so viel zustoßen könnte, er für immer auf dem Meer bleiben könnte, ganz so wie die Männer, deren Namen auf den dunkelgrauen Granitplatten unten am Hafen von Lunenburg verewigt sind. Nein, selbst wenn er es heil nach Europa und wieder zurück auf den amerikanischen Kontinent schaffen sollte, ist es nicht gesagt, dass er und ich uns je wiedersehen. Bis er wieder hier in Kanada ankommt, werde ich längst zurück in meinem Bielefelder Alltag sein. In einem Alltag, der mir plötzlich noch trister vorkommt als zuvor.

»Give me a boat that can carry two«, singen die Schwestern, und eine Gänsehaut überzieht meine Arme. Als ich einen verstohlenen Blick unsere Stuhlreihe entlang werfe, merke ich, dass Nele und Papa ebenfalls sehr angetan sind von dem mitreißenden Gesang. Selbst Lars, der reichlich mürrisch wirkte, als er vorhin hier ankam, scheint gefesselt zu sein – bis er offenbar meinen Blick auf sich spürt. Er dreht den Kopf und sieht mich an, und der Ausdruck in seinen Augen lässt mich einen Moment lang die Schwestern auf der Bühne und sogar Callum vergessen. Ernst erwidere ich seinen Blick und frage mich stumm, wie das passieren konnte. Wie es passieren konnte, dass der Freund meiner Schwester Gefühle für mich entwickelt hat.

Tosender Applaus brandet auf, und ich reiße meinen Blick von Lars los und klatsche ebenfalls. Auf der Bühne verbeugen sich die drei Rothaarigen, während sich das Publikum von seinen Stühlen erhebt und lautstark nach einer Zugabe verlangt. Ich nutze die Gelegenheit und schiebe mich hastig an Nele, Lars und Papa vorbei, auf den Gang zu, der in der Mitte durch die zwei Blöcke mit Stuhlreihen führt. Ich brauche jetzt ein wenig frische Luft – und Callum. Ja, ich möchte jetzt dringend Callum sprechen.

»Wo gehst du hin?«, fragt mich Lars, als ich schon fast an ihm vorbei bin, und ich wispere hastig »Toilette«, ohne ihn anzusehen. Ich fliehe über den unebenen, grasbewachsenen Boden zwischen den Stuhlreihen hindurch, bis ich aus dem Konzertzelt trete und mich die kühle Abendluft empfängt. Eilig umrunde ich das große Zelt, während ich von innen höre, wie die Schwestern dem Wunsch des Publikums nachgeben und ein weiteres schottisches Volkslied anstimmen, dieses Mal wieder mit Geigen-Begleitung. Erneut klingt die Musik umwerfend, aber ich kann sie nicht mehr wirklich genießen, zu sehr toben die diversen, Angst machenden Gefühle in mir, einem Gewittersturm gleich.

Callum. Lars. Nele. Onkel Knuth. Und immer wieder Mama. Das ist mir alles zu viel.

Als ich am seitlichen Bühneneingang ankomme, erkenne ich zu meiner Erleichterung den rot gelockten Schlagzeuger der Seahawks, der mit dem Ehepaar plaudert, das vorhin als Erstes auf der Bühne war und mitreißende Balladen gesungen hat. Zögernd trete ich näher und überlege noch, ob ich den Schlagzeuger in seinem Gespräch unterbrechen und nach Callum fragen soll, als ich ihn plötzlich selbst entdecke: Er steht neben der Treppe, die zur Bühne hinaufführt, und hört gebannt der Zugabe der McKenzie Sisters zu. Er sieht so gut aus, in langen Bluejeans und einem schlichten weißen T-Shirt, das Haar im Nacken zusammengebunden, und mein Herz stolpert vor Aufregung und Glück. Erleichtert will ich auf ihn zugehen, aber in dem Moment brandet erneut Applaus im Konzertzelt auf, und auch Callum klatscht begeistert. Am Bühneneingang entsteht Bewegung, der Schlagzeuger verabschiedet sich von dem Ehepaar und geht auf Callum zu, und gleich darauf taucht der Bassist auf und klopft den anderen beiden kurz auf die Schultern, bevor er sich seinen E-Bass umhängt. Noch bevor ich die Treppe erreiche, erscheinen auf der obersten Stufe die drei rothaarigen Schönheiten und werden von Callum und den anderen Mitgliedern der Seahawks begeistert begrüßt und beglückwünscht. Ich sehe genau, wie Callum der ältesten Schwester, die so virtuos Geige spielen kann, charmant zulächelt, ihr irgendetwas Nettes sagen muss, denn sie lacht verlegen und läuft rot an – wie sonst ich. Eifersucht durchzuckt mich geradezu schmerzhaft, und ich verharre auf der Stelle, unfähig, weiterzugehen. Doch als die McKenzie-Schwestern den Treppenbereich verlassen haben, dreht sich Callum ein wenig zur Seite und sieht in meine Richtung. Unsere Blicke treffen sich, er beginnt zu strahlen und winkt mich zu sich heran, während ihm jemand seine E-Gitarre reicht. Zögernd gehe ich näher und spüre überdeutlich die Blicke der umstehenden Musiker und Bühnenarbeiter auf mir.

»Da bist du ja«, höre ich Callums vertraute, warme Stimme, die mein Innerstes ausfüllt und meine Gefühle noch stärker durcheinanderpurzeln lässt. Er zieht mich an sich und will mich küssen, aber direkt neben ihm steht der Schlagzeuger, und daher drehe ich Callum nur verlegen meine Wange entgegen. Ich merke, dass er ein wenig erstaunt ist, vielleicht sogar gekränkt, aber seine Lippen streifen meine Wange, und er murmelt in mein Ohr: »Ist alles okay?«

»Ich weiß nicht«, antworte ich heiser und sehe ernst zu ihm hoch. Der verwirrte Ausdruck auf seinem Gesicht sagt mir deutlich, dass er keine Ahnung hat, was los ist. Kurz kämpfe ich noch gegen den Impuls an, Callum mein Herz auszuschütten, aber er ist zu stark, dieser Impuls, und so bricht alles gewaltig aus mir hervor: »Wieso hast du mir nicht erzählt, dass wir in deinem Elternhaus wohnen, Callum? Du hast am Strand große Worte geschwungen, hast gesagt, dass ich mich vor all den Angst machenden Gefühlen verstecke, dass ich mich vor dem Leben verschließe … aber selbst meidest du dein Elternhaus, ja, verschweigst mir sogar, dass ich in deinem alten Bett schlafe?«

Callum zuckt zurück, als hätte ich ihn geohrfeigt. Ungläubig starrt er mich an, und der Ausdruck in seinen blauen Augen bricht mir fast das Herz. Mit einem Ohr höre ich, wie auf der Bühne die Scahawks angekündigt werden und wie der Moderator erklärt, dass sie ohne Knuth Ludwig auftreten müssen, weil dieser im Krankenhaus liege. Ein Raunen geht durchs Publikum, aber all das blende ich aus, ich sehe Callum an, und er erwidert meinen Blick, sagt aber nichts. Seine Lippen formen eine schmale Linie, während er mich anstarrt.

»Und außerdem«, fahre ich hastig fort, werde plötzlich richtig wütend, weil Callum nichts sagt. »Außerdem hast du mir verschwiegen, dass du nicht nur ein Boot von Europa nach Amerika segelst, sondern schon vorher eines in die entgegengesetzte Richtung! Du hast mir nicht gesagt, dass du schon übermorgen abreist! Findest du es fair, dass ich diese nicht ganz unwichtige Tatsache von Bonnie erfahren musste? Oder war genau das dein Plan, mich einfach schnell ins Bett zu kriegen, bevor du abhaust und mich nie wiedersehen musst?«

Diese Worte fühlen sich falsch an, und ich merke, dass sie Callum treffen. Ich sehe es in seinem Blick, aber ich kann sie nicht zurücknehmen, diese Worte, und ich komme mir tatsächlich betrogen vor, weil er mir all dies nicht selbst offenbart hat.

»Cal, wir müssen«, höre ich den Schlagzeuger drängen, und

auch der Bassist schiebt sich an uns vorbei und klopft Callum auffordernd auf die Schulter.

»Amelie«, murmelt Callum und reibt sich mit einer Hand über das Gesicht. »Ich kann dir das jetzt nicht erklären. Lass uns später in Ruhe reden, okay?«

Ernst sieht er mich an, und bei der Vorstellung, später von ihm zu hören, dass es stimmt, dass er bald abreist, und dass ich womöglich doch zu viel in unsere kurze Bettgeschichte hineininterpretiert habe, bekomme ich vor lauter Panik weiche Knie. Aber ich nicke nur, wie benommen, und Callum lächelt mich flüchtig an, irgendwie distanziert, finde ich. Der Vorwurf mit seinem Elternhaus hat ihn besonders getroffen, das habe ich genau gemerkt. Flüchtig will Reue in mir hochsteigen, Reue, weil ich ihn unmittelbar vor seinem Auftritt mit diesen Vorwürfen konfrontiert habe, aber ich konnte nicht anders. Es war, als hätten die Worte allein entschieden, ausgesprochen zu werden. Vermutlich habe ich einfach viel zu lange zu allem Möglichen in meinem Leben geschwiegen.

Ich lächele ebenfalls bemüht und sage mit schwacher Stimme: »Toi, toi, toi.«

Callum nickt mir ernst zu, ohne das sonst übliche fröhliche Grinsen, und dann dreht er sich um und eilt mit seiner E-Gitarre die Stufen zur Bühne hinauf. Ich höre, wie im Zelt Applaus aufbrandet, höre Callums Stimme, als er ins Mikrofon ruft: »Guten Abend, Lunenburg!« Er klingt ein wenig heiser, und ich merke, wie er sich diskret räuspert, bevor er fortfährt, mit festerer Stimme diesmal: »Wie ihr schon gehört habt, liegt unser Leadsänger Knuth leider im Krankenhaus. Auf diesem Wege senden wir ihm die besten Genesungswünsche – dieses Lied ist für dich, Knuth!«

Das Publikum jubelt und klatscht, während das Intro zu *Tougher than the rest* beginnt. Sofort muss ich wieder an den

Abend im Pub denken, an das erste Mal, als ich Callum habe singen hören. Als er dieses Lied für mich gesungen hat.

»Komm, Herzchen, stell dich hier hin, hier siehst du etwas«, sagt auf einmal jemand neben mir, und als ich den Blick hebe, steht die füllige Blondine neben mir, die mit ihrem Ehemann vorhin die Balladen gesungen hat. Sie lächelt mich freundlich an und deutet auf die Öffnung in der Zeltplane, direkt neben der Bühne. Ich will schon dankend abwinken und mich auf den Rückweg zu unserer Stuhlreihe machen, aber Callum hat begonnen, Springsteens Lied zu singen, und seine Stimme zieht mich wie immer in ihren Bann. Daher trete ich tatsächlich an die Öffnung in der Zeltplane heran, stelle mich neben die rothaarigen McKenzie-Schwestern, die sich dort auch aufgereiht haben, um den Seahawks zuzuhören. Als mein Blick auf die älteste der drei fällt, merke ich, wie sie verzückt an Callums Lippen hängt, und erneut flammt die Eifersucht in mir auf – dicht gefolgt von Zweifeln, die so heftig in mir hochzüngeln, dass ich nach Luft schnappen muss.

Was bilde ich mir eigentlich ein? Dass ich eine wichtige Rolle in Callums Leben spielen könnte, nur weil ich ein einziges Mal mit ihm im Bett war? Er hat mir nicht einmal anvertraut, dass das Haus, in dem ich seit nun fast einer Woche wohne, sein Elternhaus war! Und das nach alldem, was ich ihm aus meiner verkorksten Gefühlswelt offenbart habe!

Außerdem ist es ja offensichtlich, dass nicht nur ich ihn attraktiv finde. Dass er so ziemlich jede Frau haben könnte. Zum Beispiel diese bezaubernde rothaarige Sängerin aus Cape Breton. Die beiden würden so gut zusammenpassen, denke ich. Sie sind beide Musiker, während ich kaum einen geraden Ton singen kann. In dieser Beziehung komme ich leider gar nicht nach Papa. Und Callums Typ ist sie bestimmt, diese Sängerin. Er scheint ja auf rothaarige Frauen zu stehen, immerhin ist Morgan rotblond, und mein Haar hat auch einen rötlichen Schimmer. Und diese Sängerin hat ebenfalls reichlich Sommersprossen, die Callum zählen könnte.

Überhaupt, wer weiß schon, bei wie vielen Frauen Callum bereits Sommersprossen gezählt hat? Warum sollte ich in irgendeiner Weise etwas Besonderes für ihn gewesen sein? Er hat es, trotz aller Intimitäten, ja nicht einmal für nötig gehalten, sich heute bei mir zu melden – von den Tickets auf der Fußmatte mal abgesehen. Und, noch gravierender: Er hat es nicht für nötig gehalten, mich über seine unmittelbar bevorstehende Abreise zu informieren.

Himmel, was habe ich mir eigentlich eingebildet? Dass ich die ganz große Liebe gefunden habe? Hier, in Kanada? Im Urlaub? Und selbst wenn: Wie hätte das mit uns weitergehen sollen? Denn eigentlich ist es ja völlig unwesentlich, dass mir Callum seine Abreise verschwiegen hat, schließlich wusste er, dass ich selbst bald zurück nach Europa fliegen werde. Was für einen Unterschied hätte es also gemacht, wenn er übermorgen nicht in die Karibik reisen würde? Genau: gar keinen. Wir hätten vielleicht ein paar Tage mehr Zeit für Sex gehabt. Weiter nichts.

Diese nüchterne Erkenntnis schmerzt mich so sehr, dass ich Halt an einem Zeltpfeiler suchen muss. Das Springsteen-Stück ist zu Ende, und Applaus brandet auf. Auch ich klatsche automatisch, wie benommen. Obwohl ich weiß, dass es besser wäre, nun schleunigst zu gehen und mich nicht weiter zu quälen, bleibe ich regungslos neben dem Pfeiler stehen und starre zur Bühne hinauf. Callum tauscht gerade seine E-Gitarre gegen die akustische Gitarre aus, und in diesem Moment entdeckt er mich. Er schirmt seine Augen ein wenig gegen das Scheinwerferlicht ab und sieht zu mir herunter. Mit heftig wummerndem Herzen erwidere ich seinen Blick, während seine Finger über die Saiten der Gitarre streichen, die ersten Akkorde eines Liedes spielen, das ich ebenfalls nur zu gut kenne.

»*When the night has come, and the land is dark, and the moon is the only light we'll see …*«

Callums Stimme klingt weich und warm und durchflutet mich wie flüssiges Wachs. Unvermittelt sehe ich ihn wieder vor mir, wie er in der Sea Haven Residence dieses Lied gespielt und meinen Blick festgehalten hat, ganz so wie jetzt. Und ich sehe ihn nackt neben mir im Bett sitzen, die Gitarre im Schoß, spüre die Wärme seiner Haut an meiner, kann mich deutlich an das Funkeln in seinen Augen erinnern, als er den Song nur für mich gesungen hat.

»Verliebte Männer sind so leicht zu durchschauen«, höre ich seine Tante erneut sagen, und ich frage mich ratlos: Kann das stimmen? Ist Callum tatsächlich in mich verliebt? Himmel, wieso werde ich aus seinem Verhalten einfach nicht schlau?

Mit einem Mal ist da wieder die überwältigende Sehnsucht, die von mir Besitz ergreift, allen nagenden Zweifeln zum Trotz. Ich möchte wieder Callums Arme um mich spüren, möchte eng an seinen Körper gezogen werden, mich bei ihm geborgen fühlen. Möchte seine Hände auf mir spüren, diese starken und dennoch so sanften Hände, die jetzt die Saiten der Gitarre liebkosen, wie sie gestern noch mich liebkost haben. Ich schlucke und verstärke meinen Griff an der Zeltstange.

»Hey, ist alles okay bei dir?« Lars' gewisperte Worte, dicht an meinem Ohr, lassen mich vor Schreck fast aufschreien. Entgeistert drehe ich mich um, sehe ihn an.

»Ich … ja, es ist alles okay. Warum?«, flüstere ich ungeduldig. Was will Lars hier?

»Ich habe dich bei den Toilettenwagen gesucht«, höre ich ihn erneut dicht an meinem Ohr raunen, und beim Blick auf die Bühne merke ich, dass Callum uns beobachtet, während er die letzten Worte von *Stand by me* singt. Applaus brandet auf, und ich klatsche ebenfalls, darum bemüht, Lars' Präsenz neben mir auszublenden. Vergeblich, denn jetzt greift er nach meiner Hand, murmelt drängend in mein Ohr: »Ich habe gesehen, wie du dich mit Callum gestritten hast, bevor er auf die Bühne gegangen ist.«

»Wir haben uns gar nicht gestritten!«, widerspreche ich aufgebracht, während sich Callum beim Publikum für den Applaus bedankt und ein Stück von den Eagles ankündigt. Welches genau, bekomme ich nicht mit, weil Lars spöttisch nachhakt: »Ach nein?« Ich erkenne genau das sarkastische Aufblitzen in seinen Augen, hinter den Brillengläsern. »Nach Friede, Freude, Eierkuchen sah das aber nicht aus.«

»Was geht dich das denn überhaupt an, Lars?«

Kapitel 37

Ein paar Herzschläge lang starren wir uns schweigend an. Dann verstärkt Lars seinen Griff um meine Hand, und er macht eine Kopfbewegung, Richtung Zeltausgang. »Komm bitte mal mit, ich muss dringend mit dir reden.«

»Nein! Jetzt nicht, ich höre der Musik zu!«, herrsche ich ihn an und ernte erstaunte Blicke der McKenzie-Schwestern. Entschlossen entwinde ich meine Hand seinem Griff und verschränke meine Arme vor der Brust. Ich halte meinen Blick auf die Bühne gerichtet und ignoriere Lars, aber ich merke genau, dass er neben mir stehen bleibt. Sein Körper scheint mit jeder Pore pure Ungeduld zu verströmen, das kann ich geradezu überdeutlich fühlen, aber ich lasse mich jetzt nicht von ihm unter Druck setzen. Callum sieht noch zweimal zu mir herab – und zu Lars, das ist eindeutig, bevor er das Stück beendet und erneut tosenden Applaus erntet. Es folgen *The Downeaster Alexa* von Billy Joel und *Four Strong Winds*, was so etwas wie ein kanadisches Kultlied sein muss, zumindest singt das ganze Konzertzelt mit, auch die McKenzie-Schwestern, enthusiastisch und wunderschön. Mit jedem Lied steigert sich Lars' Ungeduld neben mir spürbar. Als sich Callum schließlich nach *Into the Mystic* von Van Morrison beim Publikum für den Applaus bedankt und mit seinen Bandkollegen die Bühne verlässt, sehe ich Lars an.

»Ich will jetzt nicht mit dir reden«, erkläre ich mit Nachdruck und versuche, mich an ihm vorbei Richtung Bühnenausgang zu schieben, zu Callum. Aber Lars hält mich fest. Wilde Entschlossenheit funkelt in seinen sonst so sanften Augen.

»Du kannst nicht ewig weglaufen, Amelie«, sagt er ruhig, und seine Worte gehen mir durch und durch, weil ich sie so oft schon selbst gedacht habe.

Nur mit einem Ohr bekomme ich die »Zugabe!«-Rufe des Publikums mit, und noch ehe ich es schaffe, Lars abzuschütteln und das Zelt zu verlassen, entsteht auf der Bühne erneut Bewegung und die Seahawks sind zurück, geben dem Wunsch des Publikums nach.

»Amelie«, sagt Lars und dreht mich so, dass ich ihn ansehen muss. »Hör endlich auf, diesen Musiker anzuhimmeln wie ein Teenager irgendeinen Boygroup-Star. Du wirst dir ja wohl nicht einreden, dass das mit diesem Typ da oben etwas Ernstes ist, oder?«

»Woher willst du das denn wissen?«, zische ich wütend, während Callum erneut zu singen beginnt, und sein Blick immer wieder zu mir herabflackert. Zu uns. Zu Lars und mir.

»Amelie. Du weißt, dass du mehr für mich empfindest als nur Freundschaft.«

Lars' Worte lassen mich die Band auf der Bühne für einen Moment vergessen. Erschrocken starre ich ihn an. »Wie … wie bitte?«

»Komm, lass uns draußen reden«, drängt Lars leise. »Bitte, Amelie. Lass mich nicht bei dieser Lautstärke sagen, was ich dir sagen muss.«

Wie benommen folge ich Lars aus dem Zelt, bis wir in der Nähe des Bühnenausgangs ankommen. Lars will mich weiterziehen, aber ich bleibe wie angewurzelt stehen, stoße kurzatmig hervor: »Bitte, Lars, hör auf damit. Ich … ich weiß wirklich nicht, was plötzlich in dich gefahren ist!«

Mit einem heiseren Lachen schüttelt Lars den Kopf und sagt: »Von ›plötzlich‹ kann keine Rede sein, Amelie.«

»Was meinst du damit?«

Er kommt einen Schritt näher, mustert mich ernst, bevor er erklärt: »Ich habe schon lange Zweifel daran, ob ich mich für die richtige Schwester entschieden habe.«

Seine Worte hallen dumpf in meinem Kopf wider, ohne dass ich sie wirklich begreifen kann.

»Amelie, wenn ich damals nicht Nele auf dieser Uniparty getroffen hätte … und wenn du mir an dem Abend nicht deutlich zu verstehen gegeben hättest, dass du mich nur als platonischen Freund gesehen hast … dann …« Lars holt tief Luft.

Platonischer Freund, hallt seine Stimme in meinem Kopf wider. Ist er das? Oder ist er mehr?

»Wenn du mir nur ein wenig Mut gemacht hättest, dann hätte ich mich womöglich schon damals für dich entschieden«, sagt Lars, und ich merke, dass ihm dieses Geständnis nicht leichtfällt. Er reibt sich mit einer Hand über das glatt rasierte Kinn, und ich starre ihn fassungslos an, immer noch unfähig zu reagieren.

»Du und ich, wir haben uns bei Peters & Hagemüller so gut verstanden, ich habe mich jeden Morgen wirklich darauf gefreut, dich zu sehen.« Er atmet tief durch. »Aber ich hatte immer Zweifel daran, ob du mehr von mir wolltest. Du warst so schüchtern und zurückhaltend, und ich fühlte mich irgendwie so … hilflos, weil ich unsere Freundschaft nicht zerstören wollte, verstehst du? Ich hatte Sorge, dass ich etwas Falsches tun oder sagen und dich damit in die Flucht schlagen würde. Du hast damals so verletzlich gewirkt, der Tod eurer Mutter war noch nicht lang her, und ich … ich wusste nicht, wie ich mit dir umgehen sollte, wie ich es vermeiden konnte, dir erneut wehzutun.«

Ich merke, wie ich anfange, am ganzen Körper zu zittern.

»Aber dann kam die Party, dann kam Nele«, fährt Lars mit rauer Stimme fort und macht noch einen Schritt auf mich zu, steht jetzt so dicht vor mir, dass ich sein Aftershave riechen kann. Ich habe es immer geliebt, diesen würzigen Duft, der mir so vertraut ist. Aber hier, in der kühlen Abendluft, die den Geruch von Meer mit sich bringt, wirkt dieses Männerparfüm irgendwie fehl am Platz. Und ich fühle mich auch fehl am Platz, so dicht vor Lars. Doch weggehen kann ich trotzdem nicht, meine Beine versagen mir den Dienst.

»Du kannst nicht immer nur wegrennen«, hat Lars eben gesagt, und er hat recht. Ich muss hierbleiben, muss mir das anhören. Denn ich habe jahrelang auf dieses Geständnis gewartet. Und nun muss ich es hören, denn wer weiß, vielleicht … vielleicht ist Lars doch der Richtige? Er ist hier, er steht dicht bei mir, er gesteht mir gerade seine Gefühle für mich. Habe ich diese Gefühle bisher wirklich übersehen? Gab es sie damals, bei Peters & Hagemüller, tatsächlich schon?

»Amelie … wenn Nele nicht so selbstbewusst auf mich zugekommen wäre, wenn sie nicht den ersten Schritt gemacht hätte … Und wenn du mir nicht gesagt hättest, dass es dir nichts ausmacht, dass ich mit deiner Schwester tanze … dann hätte ich es irgendwann vielleicht doch bei dir versucht.« Seine Hände umfassen mein Gesicht, er sieht mich eindringlich an. Stumm erwidere ich seinen Blick, unfähig zu sprechen.

»Aber dann war da Nele, und … deine Schwester ist wundervoll, Amelie, versteh mich nicht falsch. Ich habe … hatte … durchaus Gefühle für sie. Ich war glücklich mit ihr. Aber immer, wenn ich dich gesehen habe, dann habe ich diese nagenden Zweifel gespürt. Sie waren nur vage, zu Beginn, aber sie wurden immer stärker, mit jeder Beziehungskrise, die Nele und ich hatten, mit jedem Streit. Und vor allem habe ich gemerkt, wie du gelitten hast. Bevor das mit Nele anfing, da wusste ich wirklich nicht, ob du etwas für mich empfindest. Aber dann, als ich plötzlich der Freund deiner Schwester war ... Mein Gott, Amelie.« Er sieht mich an, ernst und intensiv, und ich erwidere seinen Blick atemlos, mein Gesicht zwischen seinen warmen Händen. »Du musst doch zugeben, dass du dich in mich verliebt hast. So sehr habe ich mich doch nicht getäuscht, oder?«

Lars sieht mich eindringlich an, wartet auf meine Antwort.

»Ich ...«, stoße ich hervor, während das Blut durch meinen Körper pulsiert, meinen Kopf heiß brennen lässt. »Nein, das hast du nicht. Aber ...«

Ich will mehr sagen, will erklären, dass ich tatsächlich eine ganze Weile lang heimlich in ihn verliebt war, ja. Aber jetzt ... jetzt merke ich, dass diese Gefühle längst nicht mehr die sind, die sie mal waren. Oder vielleicht waren sie überhaupt nie die, für die ich sie lange gehalten habe. Ich möchte Lars das sagen, möchte so viel erklären, aber zum einen versagt meine Stimme mir immer noch ihren Dienst, und zum anderen können meine Lippen keine Worte formen, weil Lars mich küsst.

Es ist wie in einem der unzähligen Träume, die ich jahrelang hatte: Ich bin in Lars' Armen, er hält mich fest, während sich sein Mund hungrig gegen meinen bewegt. Doch als sich seine Zunge entschlossen ihren Weg zwischen meinen Lippen hindurch sucht, merke ich, wie falsch sich dieser Traum anfühlt. Erschrocken versteife ich mich in seiner Umarmung, will ihm zu verstehen geben, dass ich nicht kann, nicht will.

Aber da höre ich schon eine Stimme, die mir das Blut in den Adern gefrieren lässt.

»Lars? Amelie?«

Mit einem Ruck löse ich mich von Lars und starre geradewegs in Neles vor Entsetzen weit aufgerissene Augen. Sie steht nur wenige Schritte von uns entfernt, nah beim Konzertzelt, und wirkt so bleich, als ob sie jeden Moment ohnmächtig zusammensacken könnte. »Was …? Lars, was …?«

Ihr Blick wandert ungläubig zwischen ihrem Freund und ihrer Schwester hin und her, und ich glaube für einen Moment, dass sich der Boden unter mir auftun wird, alles verschlingen wird: das Konzertzelt, die fröhlich um uns herumwuselnden Besucher, die Musiker.

Callum. Während mein Herz dröhnend in meinen Ohren pocht, drehe ich meinen Kopf, starre zum Bühnenausgang. Ich weiß plötzlich ganz genau, dass er dort steht. Und ich habe recht. Regungslos verharrt er am Fuß der Treppe, seine Gitarre in der Hand, die Lippen wieder zu dieser schmalen Linie gepresst, wie vorhin, als wir beide dort standen. Er sieht mich an, und selbst aus dieser Entfernung erkenne ich deutlich die Fassungslosigkeit in seinen Augen. Die rothaarige Geigenspielerin tritt neben ihn, will ihm offensichtlich zu seinem Auftritt gratulieren, aber er ignoriert sie. Er sieht nur mich an, und ich, starr vor Schreck, erwidere seinen Blick. Hilflos und mindestens genauso fassungslos wie er. Im nächsten Moment höre ich wieder Neles Stimme, ich merke, dass sie näher gekommen ist, dass sie Lars ungläubig fragt: »Kannst du mir bitte mal erklären, was das soll? Warum küsst du meine Schwester?«

Entsetzt sehe ich sie an, ich kann ihre Wut und ihre Abscheu spüren, sie tun mir körperlich weh. Scham und Selbstverachtung brechen wie eine Welle über mich herein, und wie durch eine Watteschicht hindurch höre ich Lars, der irgendeine lahme Erklärung stammelt, die mit »Nele, hör mal zu …« beginnt.

Den Rest bekomme ich nicht mit, weil ich mich erneut nach Callum umdrehe. Ich muss zu ihm gehen, muss ihm erklären, was sich hier gerade abgespielt hat, muss ihm klarmachen, dass es nicht so war, wie er vielleicht denkt. Aber auf dem platt getrampelten Gras vor dem Aufgang zur Bühne stehen nur die drei McKenzie-Schwestern, unterhalten sich mit dem Schlagzeuger der Seahawks. Callum ist verschwunden.

Geradezu panisch will ich loseilen, will ihn suchen, will ihm alles erklären. Nachdem ich Lars' Lippen auf meinen hatte, kann ich es nicht mehr abwarten, Callum zu küssen. Denn mir ist endgültig klar geworden, dass er es ist, den ich küssen will, und nur er. Sein Mund hat sich so viel besser angefühlt, in seinen Armen war ich zu Hause. Atemlos sehe ich mich um. Da ausgerechnet jetzt die Pause anfängt, strömen wahre Menschenmassen aus dem Konzertzelt, und ich recke verzweifelt meinen Kopf, versuche, Callum zu entdecken. Dann will ich einfach los, egal, in welche Richtung, Hauptsache, ihn suchen, als mich Neles geradezu hysterisches Kreischen erstarrt innehalten lässt: »Du hast dir einen tollen Zeitpunkt für deine Zweifel an unserer Beziehung ausgesucht, du Scheißkerl«, wirft sie Lars an den Kopf und schlägt voller Wut eine flache Hand gegen seine Brust, was er mit einem leisen Stöhnen kommentiert. »Ich bin nämlich schwanger!«

Starr vor Entsetzen sieht Lars meine Schwester an, eine gefühlte Ewigkeit lang, ohne sich zu einer freudigen Reaktion durchringen zu können – bis sich Nele mit einem Schluchzen abwendet und durch die Menschenmenge davonstürmt. Fassungslos sehe ich Lars an. »Willst du nicht hinter ihr her?«

Aber Lars starrt nun mich an, mit leerem Blick, und ich kann in diesem Blick so viele zerplatzte Träume und Hoffnungen sehen, dass es mich innerlich zerreißt. Dass er sich nicht freut, Vater zu werden, muss er niemandem gestehen, das liegt auf der Hand.

»Amelie«, sagt er leise und will mit seinen Fingern über meine Wange streichen, aber ich weiche entsetzt einen Schritt zurück.

»Lars! Hast du nicht gehört, was Nele gerade gesagt hat?«

Mit hängenden Schultern seufzt er tief auf und reibt sich mit einer Hand den Nacken, starrt gedankenverloren in die Richtung, in die Nele verschwunden ist. »Doch, habe ich«, sagt er dann leise. »Aber du hast hoffentlich auch gehört, was ich vorher zu dir gesagt habe, oder?« Er sieht mich an, jetzt wieder drängend, fast verzweifelt, und macht erneut einen Schritt auf mich zu. Ich hebe meine Hände in einer abwehrenden Geste und erwidere empört seinen Blick.

»Lars, Nele bekommt ein Kind von dir! Du solltest aufhören, so zu tun, als könntest du dich mir nichts, dir nichts für eine andere Frau entscheiden. Für … mich.« Ich atme tief durch, füge dann mit fester Stimme hinzu: »Und selbst wenn Nele nicht schwanger wäre – ich bin nicht in dich verliebt, Lars. Vielleicht war ich es mal. Aber ich bin es nicht mehr. Das gerade, das war ein Fehler, du hättest mich nicht küssen dürfen. Denn ich will nicht dich, Lars. Ich will Callum.«

Ernst sehe ich ihn an. Lars öffnet seinen Mund, schließt ihn wieder und zuckt hilflos mit den Schultern. Da nehme ich auf einmal eine Bewegung neben ihm wahr, sehe zu meinem Schrecken, dass Papa aufgetaucht ist – und seinem entsetzten Gesichtsausdruck zufolge hat er meine aufgebrachten Worte verstanden.

»Nele ist schwanger?«, fragt er und sieht Lars groß an, bevor sein Blick zu mir wandert, dann wieder zurück zu Lars und er heiser hinzufügt: »Und ihr zwei habt euch geküsst?«

Kapitel 38

Lars geht einfach. Er murmelt eine allgemeine Entschuldigung, wirft mir einen letzten gequälten Blick zu und geht dann davon, durch die Menschenmenge – aber in die Richtung, in die Nele nicht verschwunden ist.

Dieser verdammte Feigling!

»Papa«, sage ich und sehe meinen Vater verzweifelt an. »Nele hat gesehen, wie Lars mich geküsst hat. Er hat mich geküsst, nicht ich ihn, das musst du mir glauben! Ich will nichts von Lars, ich habe keine Gefühle für ihn – verflucht, ich habe gerade erst begriffen, dass ich Gefühle für Callum habe, und da muss Lars ankommen und mir gestehen, dass er mehr für mich empfindet als nur Freundschaft!« Die Worte drängen aufgeregt aus mir hervor, und ich reibe mir mit beiden Händen über mein glühendes Gesicht. »Und jetzt ist Nele abgehauen, und sie ist schwanger, und Lars geht ihr nicht hinterher und … Mensch, Papa, warum ist das bloß alles so ein schreckliches Chaos? Warum können wir keinen friedlichen Urlaub verbringen, wie normale Familien?«

»Das frage ich mich auch«, brummt Papa mit einem Kopfschütteln, aber dann spielt ein winziges Lächeln um seine Mundwinkel, und er fügt hinzu: »Aber wenn euch euer alter Vater in ein kanadisches Küstenstädtchen schleppt, ohne euch zu verraten, dass er seinen Zwillingsbruder wiedersehen will, von dem ihr gar nichts wusstet … na ja, das waren wohl nicht die besten Voraussetzungen für den friedlichen Urlaub einer normalen Familie, oder?«

Nun muss auch ich heiser auflachen, den Umständen zum Trotz. Papa aber wird rasch wieder ernst und sagt: »Geh du Nele hinterher, Amelie. Wenn Lars nicht die Größe hat, mach du es. Lass nicht zu, dass dieser Streit euch auseinandertreibt. Glaub mir, ich musste auf bittere Weise lernen, was es heißt, einen Bruder an den Stolz zu verlieren. Geh auf deine Schwester zu, erkläre ihr alles, rede mit ihr, höre ihr zu. Bitte, Amelie! Verliere deine Schwester nicht, so wie ich zwischenzeitlich meinen Bruder verloren habe.«

Zitternd hole ich Luft, dann beuge ich mich vor und küsse ihn auf die Wange. »Du hast recht«, wispere ich, bevor ich mich auch schon umdrehe und davoneile, Nele hinterher.

Ich haste über das platt getretene Gras und blicke mich suchend nach Nele um – und nach Callum. Beides vergeblich. Schließlich fasse ich einen Entschluss: Ich verlasse den abgesperrten Konzertbereich, eile den Hügel hinab, auf die Straße zu, die zurück zu unserem Ferienhaus führt.

Zu Callums Elternhaus. Du meine Güte, mir schwirrt nach dem heutigen Tag der Kopf!

Hoffentlich ist Nele wirklich in diese Richtung gegangen, denke ich besorgt, während ich beginne, gleichmäßigen Schrittes die York Street hinabzujoggen. Hoffentlich ist sie nicht doch noch auf dem Konzertgelände oder irgendwo in eine andere Straße abgebogen oder ... Doch, da vorn, da ist sie!

»Nele, warte!«

Meine Schwester zuckt bei meinen gebrüllten Worten merklich zusammen, doch sie läuft stur weiter, ohne sich umzudrehen, ohne anzuhalten. Ich renne schneller, erreiche sie keuchend, als sie fast vor dem Haus in Meeresgrün angekommen ist, in dem Callum mit seiner Familie gewohnt hat.

»Lass mich in Ruhe!«, herrscht mich Nele an, als ich nach ihrem Arm greife, und ihre Augen blitzen vor Verachtung. »Was fällt dir ein, mir zu folgen? Nachdem du meinen Freund geküsst hast?«

»Nele, bitte. Lars hat mich geküsst, nicht umgekehrt.«

»Ach ja, du machst es dir schön leicht!«, faucht sie, außer sich vor Zorn. Der Hass, der in ihren Augen aufflackert, lässt mich zurückweichen, geht mir durch und durch.

»Nele. Lass uns reden. Bitte.«

»Worüber? Dass du in Lars verknallt bist und er in dich? Ich will das nicht hören, Amelie! Ich will das nicht wissen!«

»Ich bin nicht in Lars verliebt!«, werfe ich verzweifelt ein und halte sie mit aller Kraft fest, denn ich habe das Gefühl, dass ich sie für immer verlieren werde, wenn sie jetzt weitergeht, hinein ins Haus, in ihr Zimmer hinauf, sich dort einschließt und mich ausschließt.

Nele sieht mich an, in ihrem Blick kämpfen Misstrauen und Wut, Zweifel und Fassungslosigkeit miteinander.

»Bitte«, wiederhole ich leise. »Lass uns in Ruhe reden.«

Zu meiner Überraschung nickt sie schließlich, den Blick auf unsere Füße gerichtet. Erleichtert hole ich tief Luft.

»Aber nicht hier. Lass uns raus aus der Stadt fahren«, sagt Nele, als ich in die Richtung unseres Hauses weitergehen will.

Erstaunt sehe ich sie an. »Um diese Uhrzeit?« Es ist kurz nach halb neun.

»Ja. Ich kann jetzt nicht im Ferienhaus sitzen und darauf warten, dass Papa und La…« Sie bricht ab, fährt sich mit einer Hand über die Augen. »Und in den Kneipen ist heute Abend bestimmt die Hölle los. Da können wir nicht ungestört reden.«

»Okay«, sage ich und nicke mit Nachdruck, während ich

mich flüchtig frage, ob Callum auch gerade dort ist, in einer der Kneipen, sich seinen Ärger über mich mit einem Bier forttrinkt. Die Sehnsucht nach ihm droht mich zu überwältigen, und ich muss mich sehr zusammenreißen, um mich nicht umzudrehen und wieder loszurennen, dieses Mal auf der Suche nach Callum. Aber Papas Worte hallen noch in meinem Kopf wider, mahnend und eindringlich: »Verliere deine Schwester nicht, so wie ich zwischenzeitlich meinen Bruder verloren habe!«

Also hole ich tief Luft und sage: »Du hast recht. Lass uns ein wenig rausfahren.«

»Nicht nur ein wenig«, wirft Nele entschlossen ein. »Ich möchte nach Peggy's Cove.« Erneut starre ich sie überrascht an. Peggy's Cove, der berühmte weiße Leuchtturm auf den dramatischen Felsen, liegt über eine Stunde mit dem Auto von Lunenburg entfernt. Bisher haben wir es nicht dorthin geschafft, aber Nele scheint wild entschlossen, das heute Nacht zu ändern. Zögernd denke ich erneut an Callum, bevor ich wieder Papas Worte höre und begreife, dass jetzt nicht der Zeitpunkt ist, um mich um meine Beziehung zu einem Mann zu kümmern – erst muss ich die Beziehung zu meiner Schwester retten.

»Okay«, willige ich ein und öffne die Fahrertür unseres Mietwagens.

Anderthalb Stunden später laufen wir Seite an Seite über von der Brandung glatt gewaschene Felsplateaus, auf den weißen Leuchtturm von Peggy's Cove zu. Um diese Uhrzeit ist es hier fast menschenleer, außer uns sitzen nur ein paar Leute auf den Felsen verteilt, sehen aufs Meer hinaus – die meisten von ihnen scheinen Liebespaare zu sein. Es ist auch wirklich ein sehr romantischer Ort, denke ich, während ich zur Spitze des alten Leuchtturms hinaufsehe. Tagsüber müssen sich wahre Touristenmassen auf den weitläufigen Felsplateaus tummeln, wie ich im Reiseführer gelesen habe – besonders bei chinesischen Reisegruppen soll Peggy's Cove sehr beliebt sein. Was für ein Glück, dass wir diesen malerischen Ort jetzt beinahe für uns haben, überlege ich, während mein Blick über den Atlantik gleitet. Das Meer erstreckt sich im letzten verglimmenden Licht des Tages in einem tiefen Violett vor uns, am Horizont verglüht ein Streifen in Orangerot, am Dunkelblau des Himmels leuchten erste Sterne. Donnernd rollt die Brandung an die dramatische Küste, spült schäumende Gischt um die schroffen Felsen. Ich muss an die Warnung im Reiseführer denken, nicht auf die dunklen Stellen der Felsen hinauszugehen, denn diese dunklen Stellen bedeuten Feuchtigkeit, sie können sehr glitschig sein und außerdem ohne Vorwarnung von gewaltigen Wellen überrollt werden. Wellen, die schon so manchen leichtsinnigen Touristen das Leben gekostet haben.

Unwillkürlich fällt mir auch die Legende wieder ein, von der ich ebenfalls im Reiseführer gelesen habe: dass um 1800 herum ein Segelschiff hier in der Nähe auf die Felsen gelaufen sein soll. Ein Mädchen namens Peggy war angeblich die einzige Überlebende, sie soll später einen Fischer dieser Küste geheiratet haben. Nach dieser Peggy wurde der Legende zufolge der Ort Peggy's Cove benannt. Eine Gänsehaut überzieht meine Arme, als ich auf den rauen Atlantik hinausstarre, wieder an Callum denken muss, der diese Wellen in einem Segelboot bezwingen will.

Oh, Callum.

Nein, ich darf jetzt nicht an ihn denken. Ich muss mich ganz auf Nele konzentrieren, so sehr es mich innerlich auch zerreißt. Callum muss warten.

»Vorsicht, nicht so weit«, sage ich besorgt und halte meine Schwester am Arm fest. Fast fürchte ich, dass sie lachen und mich abschütteln wird, dass sie weiter hinaus auf die Felsen gehen wird, auf die tosende Brandung zu, doch zu meiner Erleichterung nickt sie nur stumm und bleibt tatsächlich stehen. Gemeinsam starren wir schweigend auf das Meer hinaus. Auch im Auto haben weder Nele noch ich geredet, die Stille hing schwer zwischen uns, während ich unseren Mietwagen aus Lunenburg hinaus gelenkt habe. Nun schweigen wir immer noch, als wir uns Seite an Seite auf die Felsen setzen, die sich noch ein wenig warm von der Hitze dieses Sommertages anfühlen.

»Ich habe es immer schon geahnt«, sagt Nele schließlich tonlos, und ich muss mich näher zu ihr beugen, um sie über das Donnern der Brandung hinweg überhaupt zu verstehen. Nervös befeuchte ich meine Lippen, bevor ich nachhake: »Was hast du geahnt?«

»Dass du in Lars verliebt bist. Und er in dich.«

»Nele!« Schockiert sehe ich sie an, aber sie erwidert meinen Blick nicht, sondern starrt weiterhin hinaus auf die dunklen Atlantikwogen. »Nele, das ist nicht wahr! Also … ich war mal in Lars verliebt, ja. Aber ich bin es nicht mehr. Wirklich nicht.«

Nun sieht mich meine Schwester doch an, ihr Blick hängt ernst und traurig an mir. Betroffen greife ich nach ihrer Hand und bin überrascht, dass sie dies zulässt.

»Aber du warst es, als du ihn mir damals auf der Uniparty vorgestellt hast«, stellt sie fest, nüchtern und ruhig. Sprachlos mustere ich sie, sehe sie auf einmal wieder vor mir, an jenem verhängnisvollen Abend, mit ihrem bauchfreien Glitzertop und den engen weißen Jeans. Ich weiß noch, dass ich zunächst stolz auf meine hübsche jüngere Schwester war, als ich sie Lars vorgestellt habe. Bis ich bemerkt habe, wie er sie ansah. Und sie ihn.

»Du wusstest es?«, frage ich nun, ehrlich erstaunt. Jahrelang habe ich geglaubt, dass Nele einfach ahnungslos war, was meine Hoffnungen in puncto Lars betraf. Ich hatte ihr nur von dem netten Kollegen erzählt, mit dem ich befreundet war, der aber immer selbst in Beziehungen und daher wirklich nichts weiter als ein guter Freund war. Aber an dem Abend der Uniparty, da war Lars Single. Bis Nele aufgetaucht ist. Bis sie ihn auf der Tanzfläche geküsst hat.

Und sie hat gewusst, dass ich in ihn verliebt war? Nachdem ich sie jahrelang innerlich in Schutz genommen, mir eingeredet habe, dass sie noch nie viel von den Sorgen, Nöten und eben auch Gefühlen ihrer Mitmenschen mitbekommen hat?

»Ja«, sagt Nele nun, und ihre Finger drücken meine leicht. »Ich wusste es. Es war nicht zu übersehen, Amelie. Wie du von ihm gesprochen hast. Wie du ihn angehimmelt hast.«

»Und trotzdem hast du ihn geküsst.«

Ich muss diese Worte laut wiederholen, damit ich sie begreifen kann. Wie von selbst lösen sich meine Finger von denen meiner Schwester, ich rücke ein wenig zur Seite, um mehr Abstand zwischen uns zu bringen. Nele holt zitternd Luft.

»Amelie … ich war dumm, ich weiß. Jung, naiv und dumm. Ich habe Lars auf Anhieb gemocht. Sehr sogar. Sonst … sonst hätte ich das nicht getan. Ich hätte ihn nicht einfach nur geküsst, um ihn dir streitig zu machen. Zwar war ich immer eifersüchtig auf dich, habe dich immer als Konkurrentin betrachtet, aber ich hätte ihn nicht geküsst, ohne wirklich ernsthaft an ihm interessiert zu sein.«

Die Worte sprudeln nur so aus ihr hervor, sie wirkt geradezu verzweifelt, so ganz anders, als meine Schwester sonst ist. Verblüfft starre ich sie an.

»Du warst immer eifersüchtig … auf mich?«, hake ich fassungslos nach. Das kann nicht sein!

Doch Nele nickt, sieht mich ernst an. »Ja. Das musst du doch gemerkt haben.«

»Ich … nein! Warum … warum solltest du auf mich eifersüchtig gewesen sein? DU? Auf MICH?«

»Sag das nicht so! Verdammt, Amelie, ich habe nie verstanden, warum du selbst nicht siehst, wie … wie …« Nele ringt die Hände und sucht aufgebracht nach dem richtigen Wort, während ich sie verdattert mustere.

»Wie verkorkst und verschroben ich bin?«, helfe ich ihr trocken auf die Sprünge und ringe mir ein kleines Lächeln ab, aber Nele sieht mich geradezu wütend an und ruft: »Nein! Wie verdammt zauberhaft du bist, Amelie! So … sensibel, schüchtern und warmherzig, sodass dich einfach jeder lieb haben muss! Und dann deine vielen Sommersprossen, deine wilden Locken und zu allem Überfluss auch noch deine besondere Augenfarbe, dieses einzigartige Blaugrün mit den goldenen Sprenkeln, genau wie bei Mama!«

Neles Wangen sind hochrot geworden, wie sonst bei mir. Sie starrt mich vorwurfsvoll an, und ich frage mich, ob ich träume oder ob diese merkwürdige Aussprache am Leuchtturm von Peggy's Cove tatsächlich stattfindet.

»Du bist besonders, Amelie, auf positive Art, aber das konntest du selbst noch nie sehen! Andere allerdings schon. Mama vor allem. Und Lars. Der fand dich doch auch schon immer toll, selbst wenn er zwischendurch vielleicht dachte, ich würde besser zu ihm passen. Wenn er überhaupt je gedacht hat. Was weiß ich.« Sie schnaubt verächtlich, und ich schließe kurz meine Augen, als ich wieder Lars' Lippen auf meinen spüre.

»Ich … Nele«, krächze ich und räuspere mich. »Glaub mir, bis zu diesem Urlaub in Lunenburg hätte ich nie gedacht, dass Lars mehr für mich empfinden könnte. Und ich bin der Meinung, dass ihm selbst das vorher auch nicht bewusst war. Vielleicht ist es auch gar nicht so! Vielleicht denkt er nur, ich wäre die Richtige, weil es zwischen euch kriselt!«

»Hat er das gesagt?« Nele sieht mich mit schief gelegtem Kopf an. »Hat er gesagt, dass es zwischen uns kriselt?«

Betroffen nicke ich. Nele starrt wieder schweigend aufs Meer hinaus. »Er hat in letzter Zeit immer so unzufrieden mit allem gewirkt«, sagt sie schließlich leise. »Es war offensichtlich, dass er nicht mehr glücklich war, dass er versucht hat, von mir abzurücken. Aber je distanzierter er wurde, umso mehr habe ich geklammert. Dabei war ich nie der Klammer-Typ, ich habe immer jedem meiner Freunde seinen Freiraum gelassen, war immer sehr unabhängig. Aber bei Lars ... Ich weiß auch nicht. Wenn ich ehrlich bin, habe ich selbst nicht mehr die ganz großen Gefühle für ihn. Bei uns hat sich in den letzten Jahren so viel Routine in die Beziehung geschlichen, dass wir kaum noch ein echtes Liebespaar sind. Außerdem streiten wir permanent. Aber ...vielleicht liegt es an meinem Alter, dass ich trotzdem an unserer Beziehung festhalten wollte. Irgendwie habe ich Torschlusspanik bekommen, habe gedacht, wenn Lars jetzt Schluss macht, dann dauert es wieder ein paar Jahre, bis ich mit einem neuen Partner an dem Punkt angekommen bin, um über Hochzeit und Kinder zu sprechen. Ich möchte unbedingt Kinder haben, Amelie«, wispert sie. »Unbedingt. Vor einem halben Jahr, da habe ich zufällig diesen Artikel gelesen, wie sehr statistisch gesehen die Fruchtbarkeit der Frau ab dreißig mit jedem Lebensjahr sinkt, und da habe ich regelrecht Panik bekommen. Also habe ich Lars gesagt, dass ich unter allen Umständen ein Baby haben möchte, und zwar möglichst zügig, immerhin werde ich bald zweiunddreißig. Aber Lars hat nicht gerade begeistert reagiert. Und dann ... na ja, dann habe ich vor ein paar Wochen einfach die Pille abgesetzt, ohne ihm das zu sagen.«

Kapitel 39

Ungläubig starre ich Nele an. Sie erwidert meinen Blick beschämt, sieht dann wieder aufs Meer hinaus, über dem sich gerade der Vollmond aus einer Wolkenbank am Horizont empor schiebt.

»Ja. Ich weiß. Das ist ... unterste Schublade. Ich hätte das nicht machen sollen.« Sie holt tief Luft, legt eine Hand flach auf ihren Bauch. »Ich hätte ja auch nie gedacht, dass es so schnell funktionieren würde. Die ganzen letzten Tage über habe ich mich schon so komisch gefühlt, und ich weiß, dass ich noch zickiger war als sonst.«

Nele lacht auf und klingt dabei fast verlegen. Mir fällt wieder ein, wie blass sie wirkte, seit wir in Lunenburg sind, wie oft sie besonders morgens schlecht drauf war. Dass ihr der Wein nicht geschmeckt hat – klar, jetzt ergibt das alles einen Sinn!

»Erst habe ich es auf den Jetlag geschoben – auch, dass meine Regel nicht pünktlich kam. Aber dann habe ich mir den Test aus der Apotheke geholt und wäre heute Morgen fast vor Schreck vom Klo gefallen, als ich das Ergebnis gesehen habe.«

Nele sieht mich ernst an, doch dann überzieht ein leichtes Lächeln ihre Züge, und sie wirkt wieder wie das Mädchen, das sie mal war.

»Aber ich freue mich trotzdem«, gesteht sie, und ihre Augen schimmern plötzlich feucht. »Ich freue mich wahnsinnig. Und wenn Lars dieses Baby nicht will, dann werde ich es eben allein bekommen.«

Im nächsten Augenblick ziehe ich meine Schwester in meine Arme, ich halte sie ganz fest, wie ich es in den letzten Jahren nie getan habe, warum auch immer. Wir weinen und lachen gemeinsam, immer abwechselnd, bis wir beide einen Schluckauf bekommen.

Und dann reden wir. Ja, endlich finden all die Worte aus uns heraus, die wir jahrelang unausgesprochen mit uns herumgeschleppt haben. Ich erwähne, dass Lars mir Neles Probleme in der Schule verraten hat, und sie erzählt von den aufsässigen pubertären Schülern, von klagewütigen Eltern, von Handys im Klassenzimmer und fiesen Lehrer-Bewertungen im Internet. Aber sie macht gleichzeitig klar, dass das nicht der ausschlaggebende Grund für ihren dringenden Babywunsch war, sondern, wie sie mir eben erklärt hat, ihre Angst, dass es mit dem Wunschkind irgendwann nicht mehr klappen könnte. Wir reden auch über Papa und seinen Bruder, über all die Fragen, die wir immer noch haben.

Und wir reden über Mama. Endlich. Nachdem wir jahrelang dieses Thema vermieden haben, weil es zu viele schmerzhafte Erinnerungen mit sich zog, scheinen wir hier, am Fuße dieses Leuchtturms, endlich den Mut zu finden, das Unausgesprochene auszusprechen.

»Du hast eben, als du meintest, ich würde mich selbst im falschen Licht sehen, auch Mama erwähnt«, beginne ich leise, zaghaft. Nele nickt und erwidert meinen Blick ernst.

»Ja«, sagt sie ruhig. »Du warst ihr Liebling, Amelie. Das war doch sonnenklar.«

»War ich nicht!«, widerspreche ich heftig, erneut erschrocken über Neles nüchterne Feststellung. »Das ist doch Blödsinn, sie hat uns beide gleich lieb gehabt!«

»Mag sein«, erwidert meine Schwester. »Aber sie und du, ihr habt euch verstanden, ohne gewisse Dinge aussprechen zu müssen. Während ich mir oft wie ein ungehobelter Klotz vorkam, der ahnungslos durch unser Haus trampelte und nicht kapierte, warum schon wieder jemand gekränkt oder wütend auf mich war, habt ihr zwei euch nur ansehen müssen und alles war klar. Ich ... ich habe dich oft dafür gehasst, Amelie.«

Diese letzten Worte wispert Nele, leise und beschämt. Ich schlucke schwer. »Ich habe dich dafür gehasst, dass ihr euch so ähnlich wart. Ihr wart beide Künstler ... du bist es immer noch. Und ich war das nie. Ich habe immer alles gegeben, um Mama auch so nahezustehen. Als ich im Kindergarten war, habe ich einen ganzen Vormittag lang wie eine Irre immer wieder versucht, mit Wasserfarben ein Selbstporträt von mir zu malen, weil du das am Tag zuvor in der Schule gemacht hattest, und natürlich war dein Bild grandios und von Mama begeistert gelobt worden. Aber ich bekam es nicht hin. Nicht nur, weil ich jünger war, sondern auch, weil ich eben in dieser Beziehung wenig Talent hatte. Ich habe noch eine Zeit lang versucht, euch nachzueifern, aber mir war schon früh klar, dass ich im Malen und Zeichnen nie so gut werden würde wie Mama und du. Tja, dafür lagen mir Handball und Judo, also habe ich mich besonders angestrengt, um darin sehr gut zu werden. Aber ... immer, wenn Mama und du einen gemeinsamen Nachmittag in ihrem Atelier verbracht habt, sie an der Staffelei, du über deinen Schmuckprojekten ... dann hätte ich vor Wut heulen können. Die Musik von Eva Cassidy drang zu mir ins Kinderzimmer, gemischt mit eurem Lachen, und ich war außer mir vor Eifersucht.«

Aufgewühlt sehe ich Nele an und sage: »Aber ich hatte keine Ahnung, dass dich das so gewurmt hat! Und Mama hatte das auch nicht, ganz sicher!«

Nele zuckt mit den Schultern. »Ich habe ja auch mein Bestes gegeben, um meine Gefühle zu überspielen. Darin war ich wirklich gut.«

»Oh, Nele.« Betroffen lege ich einen Arm um ihre Schultern. »Das war mir nie klar. Wirklich nicht.«

»Ich weiß das. Denn wenn dir das klar gewesen wäre, hättest du etwas unternommen. So warst du schon immer.« Nele lächelt mich an. »Du konntest Ungerechtigkeit noch nie ertragen. Himmel, du hast ja sogar bei den Nachrichten geweint, wenn Bilder vom Krieg gezeigt wurden, oder bei Tierfilmen, wenn Tiere starben. Du hättest niemals jemandem absichtlich wehgetan.« Sie zögert und schluckt, bevor sie hinzufügt: »Wäre es umgekehrt gewesen mit dir und mir und Lars, hättest du ihn damals auf der Tanzfläche niemals geküsst.«

Ich starre sie stumm an und denke über ihre Worte nach. Stimmt das wirklich? Was wäre gewesen, wenn Lars mir schon früher seine Gefühle gestanden hätte? Zu einer Zeit, als ich Callum noch nicht kannte, als ich noch glaubte, Lars wäre der eine für mich. Hätte ich ihn dann abgewiesen, nur um meiner Schwester nicht wehzutun? Hätte ich wirklich diese Größe gehabt?

Ich kann es nicht mit Sicherheit sagen, und diese Erkenntnis schnürt mir das Herz zusammen. »Ich bin nicht so perfekt, wie du vielleicht glaubst, Nele«, sage ich mit einem heiseren Lachen. »Vor allem bin ich schuld an Mamas Tod.«

So, da sind sie, die Worte, die ich bis gestern nie aussprechen konnte. Aber erst habe ich Callum dieses ungeheure Geständnis gemacht, das mir seit Jahren auf dem Herzen lag – und jetzt Nele. Die schrecklichen Worte hängen in der Luft zwischen uns, werden von der kühlen Brise hin und her bewegt. Und es kommen noch mehr hinzu, als ich, überstürzt, bevor mich der Mut verlässt, alles erzähle: meine Wut auf Mama wegen Neles Julia-Kostüm. Unser Streit. Meine Vorwürfe.

»Aber Meli!« Nele rinnen Tränen über die Wangen, in ihrem Blick liegt all der Schmerz, den auch ich bei der Erinnerung an jenen furchtbaren Tag vor dreizehn Jahren empfinde, als unsere Welt zusammenbrach. Zusätzlich rührt es mich zutiefst, dass sie mich mit einem Mal wieder so nennt wie früher, als wir Kinder waren. Als wir uns als Schwestern noch näherstanden. Meli.

»Hast du das wirklich all diese Jahre über geglaubt? Dass du schuld bist?«

Sie nimmt mein Gesicht zwischen ihre Hände und sagt mit Nachdruck: »Meli, Mama hatte doch schon vorher geplant, dich zu überraschen – schon Tage vorher! Sie hat es mir gesagt! Ihre Entscheidung, dich bei deiner Prüfung abzuholen, hatte überhaupt nichts mit eurem Streit zu tun!«

Es ist schon weit nach Mitternacht, als ich unseren Mietwagen langsam durch die Straßen von Lunenburg lenke. Wir haben noch eine ganze Weile auf den mondbeschienenen Felsen gesessen und geredet, geweint, gelacht, uns im Arm gehalten. Auch jetzt, als mein Blick über die dunklen Häuserfassaden der kleinen Stadt gleitet, kann ich es nach wie vor nicht glauben, dass ich mir jahrelang Vorwürfe wegen Mamas Tod gemacht habe. Völlig grundlos. Die Erleichterung, die ich verspüre, ist nicht in Worte zu fassen.

»Darum konntest du nicht mehr als Goldschmiedin arbeiten, richtig?«, hat mich Nele vorhin ernst gefragt, und ich habe genickt. Sie hielt mich eine ganze Weile und ließ mich weinen, bis sie resolut erklärte: »Meli, du hast deinen eigentlichen Beruf – nein, deine Berufung! – lange genug aus deinem Leben verdrängt. Du musst versuchen, wieder als Goldschmiedin zu arbeiten, denn das war immer schon dein Traumjob!«

Ja, das war mein Traumjob, mein Lebenstraum, denke ich

nun und merke plötzlich, dass ich unser Auto wie von selbst durch die Lincoln Street gelenkt habe. Als ich das mintgrüne Haus erkenne, schlägt mein Herz schneller, und meine Hände umklammern das Lenkrad.

Wenn bei ihm Licht brennt, steige ich aus und rede mit ihm, fährt es mir durch den Kopf. Wenn alles dunkel ist, warte ich bis morgen.

Mein Herz hämmert laut in meinen Ohren, während das Auto langsam die Straße entlangrollt, an Bonnies Wool & Tea Shop vorbei. Wir erreichen das mintgrüne Haus, der Schmuckladen im Erdgeschoss liegt dunkel und still da – und auch im ersten Stock brennt kein Licht. Ich atme tief durch, schließe kurz die Augen, öffne sie dann wieder.

»Ist alles okay?«, höre ich Nele fragen.

Rasch nicke ich. »Ja, alles okay«, murmele ich und bin mir selbst nicht sicher, ob ich enttäuscht bin, weil ich Callum heute Nacht nicht mehr sehe, oder erleichtert, weil ich unsere Aussprache auf den Morgen verschieben kann.

Ich Feigling.

Aber wem würde es nützen, heute Nacht, müde und abgeschlagen, noch eine Diskussion anzufangen? Sicher schläft Callum längst tief und fest. Ich werde morgen früh als Erstes zu ihm gehen.

»Hey, Meli«, sagt Nele, als wir vor unserem Ferienhaus halten und der Motor verstummt.

»Ja?«

Im schwachen Licht, das die Straßenlaterne zu uns in den Wagen wirft, sieht mich meine Schwester ernst an. Dann zuckt ein Lächeln um ihre Lippen, und sie greift nach meiner Hand, drückt sie fest. »Das tat so gut. Mit dir zu sprechen. Endlich über alles zu reden. Ich bin wirklich froh, dass du meine Schwester bist.«

»Ach, Nele«, murmele ich und ziehe sie zum x-ten Mal in dieser denkwürdigen, aufwühlenden Nacht in meine Arme. »Ich bin auch froh, dich als Schwester zu haben.«

Als ich kurz darauf mein Zimmer unter dem Dach betrete, schließe ich leise die Tür hinter mir und sehe mich beinahe andächtig um. Das hier war also mal Callums Zimmer. Sein Kinderzimmer, später sein Jugendzimmer. Hier hat er gespielt, gelernt, geträumt. Vom Surfen, von Australien, von Morgan.

Als mein Blick auf die gerahmten Fotos des Segelbootes an der Wand fällt, trete ich näher heran, betrachte die Bilder genauer, denn mit einem Mal ahne ich, was für ein Boot das ist. Und, richtig: Wenn man ganz genau hinsieht, erkennt man auf einem der Fotos die geschwungene Schrift am Bug des Bootes: Gilly.

Gerührt lasse ich meine Finger über das Glas des Bilderrahmens gleiten, betrachte das hübsche Segelboot, das vom Ufer aus fotografiert worden ist, als es sich seinen Weg durch die Dünung bahnt. Das Boot, auf dem Callums Vater um die Hand seiner Mutter angehalten hat. Auf dem er angeblich gezeugt wurde. Das in der Einfahrt hinter dem mintgrünen Haus aufgedockt steht, weil Callum es nicht über das Herz bringt, es wieder zu Wasser zu lassen. Genau, wie er es anscheinend nach wie vor nicht schafft, dieses Haus zu betreten.

Mir fällt wieder der Ausdruck in seinen Augen ein, als ich ihn am Bühneneingang mit der Tatsache konfrontiert habe, dass er mir nichts zu diesem Haus gesagt hat. Zu seinem Elternhaus. Ich konnte ihm die Qual deutlich ansehen, der Schmerz lag roh und offen auf seinem Gesicht. Bei der Erinnerung krümme ich mich leicht zusammen, fahre mir mit einer Hand über die Augen, die sich trocken und gereizt anfühlen von den vielen Tränen, die ich heute Abend mal wieder vergossen habe. Langsam lasse ich mich auf die Bettkante sinken, streiche mit einer Hand über die Tagesdecke, frage mich, ob dieser Patchwork-Quilt damals auch schon auf seinem Bett lag.

Warum bloß musste ich Callum so kurz vor seinem Auftritt mit meinen Vorwürfen konfrontieren? Hätte ich damit nicht warten können? Wenn er bisher nicht in der Lage war, mir anzuvertrauen, dass er seine Kindheit und Jugend in diesem blaugrünen Haus verbracht hat, dann muss ihm dies nach wie vor wirklich sehr nahegehen. Warum also habe ich nicht meine Klappe gehalten und auf einen günstigeren Zeitpunkt gewartet? Und dann hat er auch noch gesehen, wie ich Lars geküsst habe. Nein, stopp – wie Lars mich geküsst hat. Himmel noch einmal, wenn ich Callum wäre, hätte ich die Nase voll von mir.

Angst durchzuckt mich. Was, wenn er nichts mehr von mir wissen will? Mit wild hämmerndem Herzen starre ich aus dem Fenster, auf das nächtliche Lunenburg hinaus.

Soll ich doch jetzt gleich zu ihm gehen, mich entschuldigen und alles erklären?

Aber nein, ich bin schließlich kein melodramatischer Teenie mehr, sondern eine erwachsene Frau Mitte dreißig, die wirklich nicht um ein Uhr nachts einen Mann aus dem Tiefschlaf reißen sollte, nur um ihm ihr bescheuertes Verhalten und das noch viel bescheuertere Verhalten des Freundes ihrer Schwester zu erklären! Nein, ich werde mich bis zum Morgen gedulden. Aber wieder einmal ärgere ich mich furchtbar darüber, dass Callum und ich keine Telefonnummern ausgetauscht haben. Wie gern würde ich ihm jetzt wenigstens eine Nachricht schicken, ihm schreiben, dass ich an ihn denke. Ein paar zärtliche Worte, die er morgens, beim Aufwachen, sofort lesen würde. Gequält stöhne ich auf. Dann ziehe ich die Vorhänge zu, versuche, in der Dunkelheit des Zimmers zur Ruhe zu kommen. Doch während ich erst in mein Nachthemd und dann unter die Decke schlüpfe, kreisen meine Gedanken erbarmungslos weiter, pausenlos, um alles, was heute geschehen ist.

Und ich frage mich, wie es Nele geht, ein Stockwerk tiefer. Liegt sie wach neben einem friedlich schlafenden Lars? Dass Lars zu Hause sein muss, ebenso wie Papa, haben wir festgestellt, als wir die Diele betreten und die Schuhe der beiden gesehen haben. Nele hat sich mit einem tapferen Lächeln von mir verabschiedet und mir versichert, dass es ihr gut gehe.

»Ich habe heute das schönste Geschenk bekommen«, hat sie mir auf der Treppe zugeraunt und mit glänzenden Augen eine Hand auf ihren Bauch gelegt. »Und dieses Geschenk kann mir niemand miesmachen, auch Lars nicht.«

Sorgenvoll frage ich mich, wie es zwischen meiner Schwester und Lars weitergehen wird. Ob sie das Baby wirklich allein bekommen und großziehen wird. Aber eines ist mir heute klar geworden, am nächtlichen Leuchtturm, als Nele mich im Arm gehalten und genau die richtigen tröstenden Worte gefunden hat, wie früher Mama: Selbst wenn sie meint, dass ich unserer Mutter so ähnlich bin, so steckt genauso viel von Mama in ihr. Und meine kleine Schwester wird auch selbst eine wunderbare Mutter sein.

Kapitel 40

Als ich am nächsten Morgen in meiner Joggingmontur vor Callums Wohnungstür stehe, klopfe ich vergeblich. Von drinnen kommt keine Antwort, und auch Skippers Bellen bleibt aus, was mir deutlich macht, dass wirklich niemand da sein kann. Es ist kühl heute Morgen, am Himmel hängen dunkle Wolken, der Wind bläst scharf vom Meer herüber, er zerrt an meinen Locken und an meinem dünnen T-Shirt. Enttäuscht wende ich mich ab, gehe langsam die Stufen der Außentreppe hinab, meine Arme fröstelnd um meinen Oberkörper geschlungen. Es ist noch früh, erst kurz nach halb acht, und ich bleibe ratlos auf dem Bürgersteig stehen und sehe mich um. Wo könnte Callum um diese Uhrzeit schon sein? Bonnie hat doch gesagt, dass er nicht mehr in die Werft geht, weil er bald abreisen wird. Schon morgen, um genau zu sein. Angstvoll schlucke ich bei dem Gedanken an unseren bevorstehenden Abschied, dann gehe ich zögernd die Straße entlang, ohne wirklich zu wissen, wohin ich will. Zum Joggen fehlt mir mit einem Mal die Energie. Alles in mir schreit nach Callum, die Sehnsucht macht mich fahrig und nervös. Immer wieder sehe ich mich um, hoffe darauf, dass plötzlich ein bellendes schwarzes Monster auf mich zugestürmt kommt, mir über das Gesicht leckt. Hoffe auf Callums Lachen, auf sein amüsiertes: »Aus, Skipper! Lass Amelie in Ruhe!«

Aber kein Hund stürmt auf mich zu, und kein Mann mit

zu langen, windzerzausten blonden Haaren kommt die Straße entlanggeschlendert, ein gut gelauntes Blitzen in den meerblauen Augen, ein sexy Lächeln in den Mundwinkeln.

Erst, als ich vor dem Seaview Coffee Shop angekommen bin, merke ich, wohin mich mein müder Körper wie von selbst gelotst hat. Ich habe kaum geschlafen in der letzten Nacht, zu aufgewühlt war ich von den Ereignissen des gestrigen Tages. Erleichtert öffne ich die Tür und betrete das heimelige Café, in dem heute Morgen mal wieder viel los ist. Jimmy begrüßt mich gut gelaunt wie eine alte Stammkundin, und ich nehme an dem kleinen Tisch am Fenster Platz und warte auf meinen Latte Macchiato.

»Oh, guten Morgen!«, höre ich da eine Stimme, die mir inzwischen auch schon recht vertraut ist, und merke, dass Callums Tante den Coffee Shop betreten hat und direkt auf meinen Fenstertisch zukommt. Fiona Simms trägt ein leuchtend gelbes Sommerkleid, das dem grauen Tag dort draußen vor dem Fenster die Meinung zu geigen scheint. Eine Kette, die aus vielen silbernen Blüten besteht, ruht auf ihrem Dekolleté, und an ihren Ohrläppchen baumeln zwei kleine Sonnenblumen-Anhänger, die anscheinend aus Fimo hergestellt worden sind, was ich bei einer Frau ihres Alters wunderbar erfrischend finde. Fiona scheint eine dieser lebensfrohen Personen zu sein, die sich nicht darum scheren, was andere denken. Davon zeugen auch ihre goldfarbenen Converse-Sneakers und der wilde Dutt, zu dem sie ihr blondes Haar heute hochtoupiert trägt. Der Anblick von Callums Tante zaubert mir das erste Lächeln dieses Tages auf mein Gesicht.

»Guten Morgen«, sage ich erleichtert, denn ihre Anwesenheit macht mir plötzlich klar, dass ich mich mal wieder viel zu sehr in meine Sorgen und Ängste hineingesteigert habe. Vielleicht weiß sie, wo Callum steckt, und ich kann gleich, wenn ich meinen Kaffee getrunken habe, zu ihm gehen.

»Wie geht es dir?«, erkundigt sich Fiona und lässt sich mir gegenüber auf einen Stuhl sinken. Jetzt erst wird mir bewusst, dass ihre blauen Augen, die mich so sehr an Callum erinnern, ungewohnt ernst wirken, ihrem sonnigen Outfit zum Trotz.

»Ähm ... es geht so«, gebe ich zu und nehme dankend den Latte Macchiato entgegen, den Jimmy mir bringt. Nachdem er kurz mit Fiona geflirtet und uns wieder allein an unserem Tisch gelassen hat, füge ich zögernd hinzu: »Ich wollte heute als Allererstes dringend Callum sprechen, weil wir ... also, es gab da gestern Abend ein Missverständnis, und ich muss ihm ein paar Dinge erklären. Aber als ich eben bei ihm war, hat er nicht aufgemacht. Du weißt nicht zufällig, wo er steckt?«

Fiona hat mir aufmerksam zugehört. Jetzt streckt sie ihre Hand aus und legt sie auf meine; ihre Finger, die von etlichen Silberringen verziert werden, drücken meine sanft. Eine böse Vorahnung beschleicht mich, kriecht durch meinen Körper in mir hinauf, umklammert mein Herz mit eisigem Griff. Plötzlich wird mir das Hundebellen bewusst, das von draußen zu hören ist, und ich begreife, welcher Hund das ist: Ein Blick aus dem Fenster bestätigt mir, dass Skipper draußen vor dem Coffee Shop an einer Laterne angeleint ist. Er sieht mich durch die Fensterscheibe an, vor lauter Schwanzwedeln wackelt sein gesamter massiger Hundekörper hin und her, während er mir freudig zu bellt. Ich schlucke und sehe wieder Fiona an. Dass Skipper hier ist, hätte ich sonst zum Anlass genommen, mich aufgeregt nach Callum umzusehen. Aber der Gesichtsausdruck seiner Tante hindert mich daran. Ängstlich starre ich sie an und weiß mit einem Mal, dass sie mir nichts Gutes zu sagen hat, noch bevor sie tief Luft holt und bedrückt erklärt: »Herzchen, Callum ist heute in aller Frühe abgereist.«

»Was? Aber ... wohin abgereist?« Ungläubig starre ich sie an, umklammere mit meiner Hand, die nicht von ihren Fingern umfasst wird, meine Kaffeetasse. Natürlich weiß ich die Antwort, bevor Fiona sie ausspricht: »In die Karibik.«

»Aber … jetzt schon? Er sollte doch erst … Bonnie meinte, er sollte erst morgen fliegen!«

Sichtlich bekümmert nickt Fiona und erwidert: »Ja, so war es ursprünglich geplant. Aber … Tja, er war gestern Abend völlig aufgewühlt, stand regelrecht neben sich. Als Mom und ich vom Folk Harbour Festival zurückkamen, hat er vor der Haustür auf uns gewartet, er hatte Skipper, dessen Hundespielzeug, das Futter und sein Schlafkissen dabei. Er meinte, er wolle in der Karibik noch zwei Tage Zeit zum Durchatmen haben, bevor die Vorbereitungen für die Atlantiküberquerung losgehen.«

Fiona sieht mich mit einem Seufzen an, zuckt mit den Schultern. »Weder Mom noch ich haben ihm das abgenommen, aber er wollte partout nicht damit rausrücken, was wirklich der Grund dafür war, dass er Hals über Kopf, mitten in der Nacht, seinen Hinflug auf die Bahamas umgebucht hat. Was das gekostet haben muss, darüber will ich gar nicht nachdenken. Er wirkte fast so wie damals, als meine Schwester, ihr Mann und Lauren gestorben sind. Von Wut und Trauer und Verzweiflung getrieben. Ich kann es kaum erklären. Wir konnten einfach nicht an ihn rankommen, sosehr wir es auch versucht haben, Mom und ich. Wir mussten ihm versprechen, gut auf Skipper aufzupassen, und dann ist er fort, wollte heute Morgen schon gegen fünf Uhr zum Flughafen fahren.«

Erschrocken starre ich auf meine Armbanduhr. Inzwischen ist es kurz nach acht.

»Wann geht sein Flug?«, frage ich, mein Mund trocken vor Panik.

Fiona wirft ebenfalls einen Blick auf meine Uhr, sieht mich ernst an. »Jetzt«, sagt sie leise. »Es tut mir leid, Herzchen.«

Ich presse meine Lippen fest aufeinander, um nicht loszuschreien und zu heulen, um nicht laut »Warum?« zu rufen.

Wie kann er bloß einfach so verschwinden? Mich zurücklassen, ohne noch einmal mit mir gesprochen zu haben? Warum hat er mir nicht die Chance gegeben, ihm alles zu erklären?

»Möchtest du mir erzählen, was zwischen euch vorgefallen ist?«, fragt Fiona, und ihre Finger streicheln sanft über meinen Handrücken. Mühsam beherrscht nicke ich.

»Komm«, sagt sie und steht auf. »Lass uns bei einem Spaziergang über alles sprechen. Jimmy, machst du mir meinen Kaffee bitte to go?«

Skipper scheint sofort zu merken, dass ich am Boden zerstört bin, denn er wirft mich nicht, wie sonst üblich, vor lauter Begeisterung fast um, sondern sieht mich mit schief gelegtem Kopf winselnd an, bevor er meine Hand ableckt. Gerührt kraule ich seinen Nacken, binde ihn von der Laterne los und halte seine Leine fest in meiner Hand, als ob ich Callum dadurch näher sein könnte.

Wir gehen zum Hafen hinunter, setzen uns dort auf eine Bank, sehen auf den Atlantik hinaus, der grau und aufgewühlt vor uns liegt. Zumindest hat der Wind etwas nachgelassen, sodass ich in meinem T-Shirt nicht länger friere.

Und während ein Reisebus auf den Parkplatz hinter uns rollt und eine Gruppe Touristen absetzt, beginne ich, Fiona alles zu erzählen. Ich erzähle ihr, dass ich erst durch Bonnie erfahren habe, dass wir in Callums Elternhaus wohnen, und dass er außerdem schon viel früher abreisen wollte, als mir klar war. Weder verschweige ich meine Vorwürfe, die am Bühneneingang aus mir hervorgebrochen sind, noch Lars' Kuss. Als Fiona hört, wie Callum uns beobachtet hat und dann davongegangen ist, holt sie tief Luft und lässt sie langsam entweichen. Bekümmert sieht sie mich von der Seite an und streicht mir eine Locke hinter das Ohr.

»Gräm dich nicht«, sagt sie schließlich sanft. »Klar hättest du dir einen besseren Zeitpunkt aussuchen können, um ihn auf sein Elternhaus anzusprechen. Aber wer von uns wartet schon immer auf den perfekten Zeitpunkt? Manchmal muss man dringend loswerden, was einem auf der Seele liegt, und das ist auch gut so.«

Als ich daran denke, wie lange ich meine Schuldgefühle wegen Mamas Tod mit mir herumgeschleppt habe, unfähig, darüber zu sprechen, nicke ich gequält.

»Ja«, flüstere ich. »Aber ich hätte … anders reagieren sollen.«

»Aber er auch«, meint Fiona mit Nachdruck. »Amelie, Callum ist ein erwachsener Mann. Er hätte nicht einfach weglaufen sollen, als er dich mit Lars gesehen hat. Himmel, ich wünschte wirklich, mein Neffe wäre auf euch zugestürmt und hätte Lars gesagt, dass er die Finger von dir lassen soll! Ihm muss doch klar gewesen sein, was du für ihn empfindest, das sieht man doch. Ich kenne dich kaum, und sogar ich sehe das. Er hätte das erst recht sehen müssen! Er hätte um dich kämpfen müssen anstatt abzuhauen.«

Mit einem mühsamen Schlucken nicke ich. »Ja«, wispere ich. »Das … das hätte ich mir auch gewünscht.«

»Aber man muss auch bedenken, dass Callum durch den Tod seiner Familie wirklich traumatisiert war«, fährt Fiona nun fort, und ihre Stimme klingt mit einem Mal viel weicher. Ich sehe sie an, erkenne den Schmerz in ihren Gesichtszügen. »Der Unfall und vor allem die Tatsache, dass er sich vorher mit seinen Eltern gezofft hatte, haben ihn damals völlig umgehauen, ihm den Boden unter den Füßen weggezogen. Damals dachten Mom und ich, Cal würde kaputtgehen, nie wieder der Alte werden. Wir haben alles getan, um ihn zu retten, haben ihn zur Therapie geschickt, waren Tag und Nacht für ihn da. Eine Zeit lang sah es so aus, als sei alles vergeblich. Aber dann tauchte Morgan wieder in seinem Leben auf, und er hat den Job in der Werft bekommen. Es war, als ob die Arbeit an den Booten ihn langsam heilen würde. Vermutlich hat er sich dadurch mit seinem Dad verbunden gefühlt, hatte das Gefühl, etwas wiedergutmachen zu können. Sein Vater hatte schließlich immer gehofft, dass Callum mal in seine Fußstapfen treten würde.«

Fiona lächelt mich traurig an. »Amelie, ich will Callums Verhalten gar nicht rechtfertigen. Man kann nicht Zeit seines Lebens jeden Fehler damit entschuldigen, dass man seine Familie früh verloren hat. Aber Cal – er hat wirkliche Verlustängste. Darum … darum hat er auch lange keine echte Beziehung zugelassen. Hat sich nicht verliebt. Klar, er hat Morgan geheiratet, aber wir alle wissen, dass die Gefühle der beiden füreinander zu dem Zeitpunkt eher freundschaftlich waren, fast geschwisterlich. Morgan hat ihm Halt gegeben, war für ihn nicht nur Ehefrau, sondern auch Kumpel und vielleicht sogar die Schwester, die er verloren hatte. Ich war so froh, als sich die beiden einvernehmlich getrennt haben, denn mir war völlig klar, dass Morgan nicht Callums große Liebe war. Aber die große Liebe, die wollte er auch gar nicht finden. Er hat sich nach der Scheidung hin und wieder in eine belanglose Affäre gestürzt, hatte mal diese, mal jene Freundin, von denen ich mir nie die Namen merken konnte, weil sie alle zwar hübsch, aber irgendwie austauschbar waren. Keine konnte seinem Herzen wirklich nahkommen. Denn sein Herz, das hat Callum in all diesen Jahren gründlich verschlossen. Es war zu sehr verletzt worden, verstehst du?«

Ich kann nur nicken, während meine Hände Skippers Nacken mit so viel Nachdruck kraulen, dass mich der Hund fast ratlos mustert.

»Bis du nach Lunenburg gekommen bist, Amelie.« Fiona sieht mich aus ihren blauen Augen an, und ich beiße mir auf die Unterlippe, um nicht laut loszuschluchzen und somit die Touristen zu verschrecken, die gerade mit ihren Selfiesticks auf der Pier hinausgehen, um Bilder von sich vor Lunenburgs bunten Häusern zu knipsen.

»Bei dir konnte er sein Herz anscheinend nicht länger verschließen. Ich habe es ihm gleich angesehen, als er dich zum ersten Mal erwähnt hat. Und Mom, sie hat es auch gemerkt, als sie euch beide in der Sea Haven Residence beobachtet hat. Wir haben so sehr gehofft, dass Callums Einsiedler-Phase endlich vorbei wäre.« Sie seufzt tief auf und streicht sich eine blonde Strähne aus der Stirn, bevor sie an ihrem Kaffee nippt. Ich kann immer noch nichts sagen, starre schweigend aufs Meer hinaus.

»Als er dich dann mit Lars gesehen hat, ist bei ihm vermutlich eine Sicherung durchgebrannt«, murmelt Fiona nachdenklich, fast zu sich selbst. »Du hast ihn vorher auf sein Elternhaus angesprochen, über das er immer noch nicht reden kann, das er nie betritt. Niemals. Zu weh tut ihm das alles nach wie vor. Und dann hat er Lars und dich beobachtet, und da brachen sicherlich die ganzen alten Verlustängste über ihn herein, wahrscheinlich war der Schmerz von damals wieder da, die Erinnerung an all das, was er verloren hat.«

»Ja«, krächze ich heiser. »Und dann ist er abgehauen. Das kann ich so gut verstehen, denn ich bin in den letzten Jahren auch so oft abgehauen, vor meinen Gefühlen und Ängsten weggelaufen.« Nachdenklich sehe ich auf meine türkisfarbenen Sportschuhe hinab. »Aber ich will das nicht mehr«, wispere ich. »Ich will nicht länger weglaufen. Und ich hätte Callum das so gern gezeigt. Dass ich bereit gewesen wäre, mich auf ihn einzulassen, ganz und gar.«

Fionas Hand greift wieder nach meiner, drückt sie sanft.

»Das kannst du doch immer noch«, sagt sie, und ich höre zu meinem Erstaunen das Lächeln in ihrer Stimme. Fragend sehe ich sie an.

»Warte hier auf ihn. Er kommt ja wieder.«

»Aber was, wenn nicht?«, frage ich, und die Panik schnürt mir regelrecht die Kehle zu. »Was, wenn ihm etwas passiert? Wenn er dort draußen auf dem Meer umkommt?«

Da ist sie auch bei mir wieder, die Verlustangst, die mich seit Mamas Tod begleitet. Mich ebenfalls so lange daran gehindert hat, mein Herz wirklich zu verschenken. Und jetzt habe ich es endlich getan, und dann das!

»Komm mal mit«, sagt Fiona plötzlich und steht auf. »Ich muss dir etwas zeigen.«

Kapitel 41

Als wir ein paar Straßen weiter vor einem dunkelblau gestrichenen Haus stehen bleiben, fällt mein Blick sofort auf die cremefarbene Tafel, die neben der Eingangstür an der holzgeschindelten Wand hängt: »Built by Edward Simms, Shipbuilder, ca. 1872« ist dort zu lesen. Ich habe solche Tafeln bereits an vielen der historischen Häuser in der Altstadt von Lunenburg gesehen. Fragend sehe ich Fiona an, die an mir vorbeigeht, die Stufen zur Haustür hinauf.

»Wohnst du hier?«

Sie nickt, während sie die Tür öffnet und Skipper bellend an ihr vorbeisaust, ins Haus hinein. »Ja, seit meiner Scheidung. Zusammen mit Mom. Dies ist mein Elternhaus – wie du sehen kannst, wurde es von einem meiner Vorfahren gebaut.«

»Und dieser Vorfahre war auch schon Bootsbauer? Wie Callum – und sein Vater?«

Fiona nickt lachend. »Ja, Cal hat das genetisch gesehen volle Kanne abbekommen – von beiden Seiten der Familie, denn dieser Edward Simms ist ja der Vorfahre meiner Schwester – seiner Mutter.«

»Richtig«, murmele ich, während ich Fiona zögernd die Stufen hinauffolge.

»Oh, hallo! So netter Besuch, wie schön!« Als wir ein gemütliches Wohnzimmer betreten, sieht Eloise von der Zeitung auf, die sie gerade am Esstisch gelesen hat. Sie strahlt mich an, und die Zuneigung in ihren Augen rührt mich. »Möchtest du einen Kaffee haben, Kind?«

»Danke, nicht nötig, ich hatte gerade einen«, erwidere ich höflich, doch Callums Großmutter ist schon aufgestanden und will mich trotz allem liebevoll Richtung Esstisch bugsieren.

»Aber ein Brötchen darf ich dir anbieten, oder? Ofenfrisch, habe ich selbst gebacken.«

»Oh, hmm, lecker!«, erwidere ich und schnuppere anerkennend. Ja, es duftet in der Tat köstlich nach frischem Brot.

»Warte, Mom, ich muss Amelie erst noch etwas zeigen«, widerspricht Fiona energisch und greift nach meiner Hand, zieht mich mit sich, ans andere Ende des Wohnzimmers. Dort, in einer heimeligen Sofaecke, hängen zahlreiche gerahmte Bilder an der Wand. Interessiert wandert mein Blick über die diversen Menschen, die in den Rahmen zu sehen sind: Ein Brautpaar in Schwarz-Weiß – das muss Eloise mit ihrem verstorbenen Ehemann sein. Zwei fröhlich in die Kamera lachende Mädchen, beide mit geflochtenen Zöpfen, den Zahnlücken nach zu urteilen im Grundschulalter – ich vermute, dass das Fiona und ihre Schwester Gilly sind. Bei einem weiteren Bild bin ich mir ganz sicher, dass es sich um Gilly handelt: Sie ist darauf als erwachsene Frau zu sehen, eine hellblonde Schönheit, die mich nicht nur wegen der 8oer-Jahre-Föhnfrisur an Farrah Fawcett aus *Drei Engel für Charlie* erinnert. Neben ihr steht ein dunkelblonder Mann mit Vollbart und Holzfällerhemd, auf dem Arm ein kleines Mädchen mit blonden Zöpfen und strahlendem Lächeln. Und vor den dreien steht Callum, etwa sechs Jahre alt, das blonde Haar so zerzaust, als sei er gerade vom Strand zurückgekommen, ein übermütiges Funkeln in den Augen, das ich nur zu gut kenne. Sehr lange starre ich dieses Familienbild an, bevor mein Blick langsam weiterwandert, über die älteren Fotos, in Schwarz-Weiß, die zum Teil nur ungenau zu erkennen sind: Auf einem Bild sind einige Männer an Deck eines Segelschiffs zu sehen, auf einem weiteren ein Mann, der neben einem am Boden liegenden Stamm steht, eine Säge in der Hand, im Hintergrund die vagen Umrisse eines Schiffsrumpfs. Dann noch ein leicht unscharfes Foto, dieses von einem Segelschiff, die Häuser Lunenburgs im Hintergrund. Inzwischen sind mir diese Häuser so vertraut, dass ich sie selbst in Schwarz-Weiß erkenne, ohne die üblichen kräftigen Farben.

»Ist das die *Bluenose*?«, frage ich und trete näher an das Foto heran, als ich mich daran erinnere, wie Callum in der Werft von diesem berühmten Zwei-Mast-Schoner erzählt hat.

»Ja«, antwortet Fiona. »Das ist sie. Die erste *Bluenose*, die 1920 hier in Lunenburg gebaut wurde. Da, auf dem Foto, siehst du Walter Simms, den Bruder von Callums Urgroßvater, der auch Bootsbauer war und am Bau der *Bluenose* mitgewirkt hat.« Staunend mustere ich den Mann mit der Säge in der Hand. »Und das da …« Fiona deutet auf einen Mann inmitten der Crew an Bord des Segelschiffs, »der mit der Wollmütze auf dem Kopf, das ist Angus Simms, Cals Urgroßvater. Er gehörte zur Crew der *Bluenose*, fuhr mit ihr raus zu den Grand Banks vor Neufundland, zum Fischen.«

»Die *Bluenose* wurde für die Fischerei genutzt?«, hake ich verdutzt nach und betrachte den so elegant wirkenden Schoner.

»Ja, das war ihre eigentliche Aufgabe«, bestätigt Eloise, die sich neben uns gestellt hat. »Aber berühmt wurde die *Bluenose*, weil sie Jahr für Jahr die Amerikaner schlug, beim legendären North Atlantic Fishermen's International Race, das jährlich zwischen Massachusetts und Nova Scotia ausgetragen wurde. Die *Bluenose* wurde kein einziges Mal besiegt. Leider ist sie später dann in der Karibik gesunken, aber das war schon Jahre nach ihrer Glanzzeit, und der Nachbau, die *Bluenose II*, durfte nie wieder an Rennen teilnehmen – man wollte die Legende nicht zerstören. Heutzutage fahren nur noch Touristen auf dem Schoner.«

Eloise lächelt mich an.

»Du fragst dich bestimmt, warum ich dich hergebracht habe«, bringt sich Fiona in Erinnerung. Sie deutet erneut auf das Bild von Callums Urgroßvater an Bord der *Bluenose*, und dann auf ein anderes Foto, dieses in Farbe, wenn auch leicht vergilbt: Ein Mann in gelbem Ölzeug ist darauf zu sehen, der einen gewaltigen Fisch an einem Haken hochhält, ein breites Grinsen auf dem Gesicht. Dieses Grinsen erinnert mich ein wenig an Callum – und ich erkenne, dass es sich um denselben Mann handelt, der auf dem Hochzeitsfoto neben Eloise steht.

»Nicht nur Cals Urgroßvater hat sich Zeit seines Lebens mehr auf dem Ozean als an Land aufgehalten, sondern auch sein Großvater, Douglas Simms. Mein Dad. Er war Fischer, wie so viele hier in Lunenburg – aber er ist natürlich nicht mehr mit einem Segelschiff bis zu den Grand Banks vor Neufundland gesegelt, diese Zeiten des Fischfangs waren da schon längst vorbei, nein: Dad hatte seinen eigenen Kutter, hat hier vor der Küste mit einer dreiköpfigen Crew Hummer und Kabeljau gefangen.«

Erstaunt betrachte ich den Mann im Ölzeug, und jetzt begreife ich auch, warum in der Diele ein besticktes Stück Stoff eingerahmt an der Wand hängt, mit den Worten: »*Lord, here we go, to Thee we trust our all, Thy sea is mighty, and our boats are small.*«

Fisherman's Prayer, stand unter diesen Zeilen, und mir wird klar, warum dieses Gebet in diesem Haus hängt.

Aber was all das mit meiner Sorge um Callum zu tun hat, das begreife ich noch nicht.

Fiona lächelt mich an. »Du verstehst vermutlich immer noch nicht, worauf ich hinauswill.« Sie macht eine weitere Handbewegung Richtung Ahnengalerie, legt mir dann einen Arm um die Schultern und sagt: »Außer meinem Großvater und Dad gab es noch zig Seeleute in unserer Familie. Ein Onkel meiner Mutter war ein berüchtigter ›Rum Runner‹, der mit seinem Schiff während der amerikanischen Prohibition Alkohol von Nova Scotia in die USA geschmuggelt hat, wie so einige Lunenburger damals. Es gab etliche Fischer in unserer Familie, und ein paar Kapitäne auf Segelschiffen. Und keiner dieser Männer ist je auf See geblieben. Sie alle sind nach Hause gekommen und an Land gestorben.«

Bewegt sehe ich Fiona an, dann Eloise, die nach meiner Hand greift und sie drückt.

»Das stimmt«, sagt sie leise. »Mein Douglas ist nachts neben mir im Bett eingeschlafen und nicht mehr aufgewacht. Jahrelang habe ich mich gegrämt, wenn er mit seinem Kutter draußen auf See war, ich hätte ihn auch einmal fast an einen Sturm verloren. Aber er kam immer zurück. Was ihn im Endeffekt umgebracht hat, war sein Hang zu fettem Essen. Das Herz hat nicht mehr mitgemacht.«

Sie schüttelt mit einem leisen Seufzer den Kopf und fügt dann sanft hinzu: »Aber sie hatten da draußen auf dem Meer alle eine Art siebten Sinn, die Seefahrer in unserer Familie. Und bei den MacKays war es auch so. Keine Verluste auf See.«

Ich muss an das Porträt von Callums Großvater väterlicherseits denken, Kapitän William MacKay. »William ist als alter Mann hier in Lunenburg gestorben«, hat mir Callum erzählt, als wir im Haus seiner Großmutter Beth waren. Kurz muss ich die Augen schließen, als ich an uns beide im Bett dieses Hauses am Hirtle's Beach denke. Himmel, ich vermisse Callum!

Mühsam schlucke ich und sehe Fiona und Eloise mit einem winzigen Lächeln an. »Dann wird Callum hoffentlich auch solches Glück haben wie seine Vorfahren«, sage ich bemüht tapfer.

»Ja, eine Portion Glück muss dabei sein – aber vor allem ist es Können, Amelie. Er kann das. Er konnte schon segeln, bevor seine Mitschüler Rad fahren lernten.« Fiona zeigt auf ein weiteres Bild, das gerahmt auf einem Beistelltischchen neben dem Sofa steht, weshalb ich es bisher nicht bemerkt habe: Wieder der blonde Junge mit dem windzerzausten Haar, höchstens vier Jahre alt, an Deck eines Segelbootes, eine Leine in der Hand, ein selbstbewusstes Lächeln auf dem Gesicht.

»Und darum wird er zurückkommen.« Fiona legt mir beide Hände auf die Schultern, während ich noch den kleinen Callum auf dem Foto anstarre. »Und du solltest hier auf ihn warten und euch beiden eine zweite Chance geben!«

»Na ja«, lache ich heiser auf, plötzlich verlegen, weil mich Eloise so aufmerksam mustert und sich offensichtlich fragt, wie viel zwischen ihrem Enkel und mir gelaufen sein mag. »Ein Problem gibt es da nur: Ewig lang darf ich mich als Touristin hier in Kanada bestimmt gar nicht aufhalten.«

»Aber als meine Angestellte schon.«

Überrascht reiße ich meine Augen auf und starre Fiona an. Nun lächelt sie breit, und ihr ganzes Gesicht wird von vielen tiefen Lachfältchen überzogen, die von einem Leben voll guter Laune zeugen. »Wie wäre es, meine Liebe, wenn du endlich wieder als Goldschmiedin arbeiten würdest – für mich?«

Der Asphalt unter meinen Laufschuhen schimmert feucht, als ich den Krankenhausparkplatz überquere. Vorhin, als es für Fiona Zeit wurde, ihren Laden aufzuschließen, und ich sie von ihrem Elternhaus zum Out of the Blue begleitet habe, sind wir von einem Regenschauer überrascht worden. Lachend und quietschend und von einem begeistert bellenden Skipper umtänzelt haben wir uns unter einen Dachvorsprung gerettet und den Regen abgewartet. Dann sind wir gemeinsam zum mintgrünen Haus in der Lincoln Street spaziert, wo wir uns bei einem heißen Tee in Fionas Laden weiter unterhalten haben.

Inzwischen ist die dichte Wolkendecke aufgerissen, warme Sonnenstrahlen fallen auf mein Gesicht und meine nackten Arme. Jetzt friere ich nicht mehr, nein: Eine wohlige Wärme erfüllt mich. Leise summend durchquere ich die Lobby der Klinik, steuere auf die Fahrstühle zu, drücke auf den Knopf. Um mich herum herrscht reger Betrieb, und unter normalen Umständen hätte ich mich beklommen gefragt, was all diese Leute ins Krankenhaus bringt, woran sie leiden.

Aber heute ist etwas anders. Heute hämmert mein Herz nicht wie verrückt, als ich den Lift betrete und in den vierten Stock hinauffahre. Als ich vorgestern und gestern hier war, meinen Onkel besucht habe, da war die Beklemmung noch mit von der Partie. Aber inzwischen hat sich etwas geändert. Kurz halte ich inne, als ich vor Zimmer Nr. 58 angekommen bin, meine Hand schon auf der Klinke. Es ist merkwürdig, überlege ich. Woran liegt es, dass die Panik nicht mehr Besitz von mir ergreift, sobald ich ein Krankenhaus betrete? Daran, dass ich mir nicht länger die Schuld an Mamas Unfalltod gebe? Daran, dass Nele und ich uns endlich all den seelischen Ballast von den Seelen geredet und gemeinsam geweint haben? Oder daran, dass hier mein Onkel liegt, von dem ich lange genug nichts wusste und den ich um alles in der Welt besuchen möchte, um ihm zu zeigen, dass er eine Familie hat, die ihn liebt? Ich kann es nicht genau sagen, wirklich nicht. Vielleicht ist es eine Mischung aus allem. Vielleicht ist es Lunenburg, das mich verändert hat.

Leise klopfe ich und öffne die Tür. Natürlich ist Papa schon da, er ist neuerdings fast permanent an der Seite seines Bruders. Knuth und er sehen mir sichtlich gut gelaunt entgegen, sie scheinen gerade über irgendetwas gelacht zu haben. Knuth kichert immer noch leise vor sich hin, als ich mich dem Bett nähere. Neben ihm liegt noch ein weiterer Patient, ein Mann mittleren Alters, der ebenfalls einen Schlaganfall hatte, wie ich gestern erfahren habe. Er schaut nur kurz von seinem Handy auf, als ich das Zimmer betrete, nickt mir zu und sieht dann wieder auf das Display.

»Hi, meine Liebe«, begrüßt mich Onkel Knuth und hebt seinen Arm, greift nach meiner Hand, drückt sie, fest und lang. Die Kraft, die von ihm ausgeht, beruhigt mich ungemein. Ja, er hatte einen Schlaganfall. Aber dieser Mann wird sich nicht so leicht davon unterkriegen lassen, wird mir klar. Genauso wenig wie sein Zwillingsbruder. Papa ist aufgestanden und hat einen zweiten Stuhl herangezogen. Wir setzen uns nebeneinander, und ich erkundige mich, wie es Knuth geht, höre mir geduldig seine Beschwerden über das unmögliche Krankenhausessen an, lache über Papas spöttische Bemerkungen und über den liebevollen Schlagabtausch der Brüder, der dann folgt. Mir wird klar, dass sie früher bereits so gewesen sein müssen und dass sie nun, nach einer langen Pause, langsam wieder in ihren alten Rhythmus zurückfinden, in ihr Verhaltensschema als Zwillinge, die sich mal in und auswendig kannten. Seit dem Schlaganfall, seit Papa Stunden bei seinem Bruder am Krankenbett verbracht hat, scheinen sie sich wieder sehr vertraut geworden zu sein. Papa hat mir gestern gesagt, dass Knuth und er sich ausführlich alles berichtet haben, was in den letzten Jahrzehnten beim anderen geschehen ist. Er wirkte um Jahre jünger, als er mit glänzenden Augen davon erzählt hat. Es ist, als ob ihn die Wiedervereinigung mit seinem Bruder geheilt hätte.

»Und, du warst joggen, mein Kind?«, fragt Knuth nun und mustert aufmerksam mein Sportoutfit. Zögernd gebe ich zu: »Ich wollte joggen, ja. Aber ... ich bin nicht weit gekommen.« Und dann bricht alles aus mir heraus. Zu meiner Erleichterung hat der Mann im Nachbarbett gerade ein Telefonat begonnen, und so erzähle ich Papa und Knuth ohne einen weiteren Zuhörer von Callum, von dem Missverständnis gestern Abend, von meinen Gefühlen für ihn. Von seiner überstürzten Abreise.

»Ach, dieser Vollidiot«, brummt Knuth und reibt sich mit einem Kopfschütteln über das Gesicht. »Ich verstehe diese jungen Leute heutzutage nicht. Wirklich nicht! Ist es denn so schwer, sich seine Gefühle einzugestehen?«

»Es kann ja nicht jeder so ein gefühlsduseliger Mensch sein wie du, der alles stehen und liegen lässt und wegen einer Frau überstürzt nach Kanada auswandert«, bemerkt Papa, aber er lächelt dabei. Knuth grinst ihn schelmisch an, wird dann jedoch wieder ernst, und beide Brüder mustern mich aufmerksam.

»Und jetzt?«, fragt mein Vater besorgt und greift nach meiner Hand. »Was hast du vor?«

Ja, denn dass ich etwas vorhabe, scheint offensichtlich zu sein. Papa kennt mich so gut wie niemand auf der Welt, und er weiß, dass ich anders hereingekommen wäre, wenn ich keinen Plan hätte. Doch den habe ich. Nun ja, es ist ein vager Plan, aber allein der Gedanke daran lässt mein Herz vor Aufregung schneller schlagen.

»Fiona hat mich gefragt, ob ich bei ihr im Laden als Goldschmiedin arbeiten möchte«, sprudelt es aus mir heraus, und Papas Augenbrauen schießen überrascht in die Höhe.

»Heiliger Strohsack!« Knuth setzt sich ein wenig aufrechter hin und starrt mich groß an, dann versetzt er der Matratze einen enthusiastischen Faustschlag und ruft: »Das ist die verdammt noch mal beste Idee, von der ich seit ewigen Zeiten gehört habe!«

»Ähm«, macht Papa und räuspert sich eine Spur irritiert, »aber … würdest du denn eine Arbeitsgenehmigung bekommen?«

Aufgeregt gebe ich wieder, was mir Fiona eben erzählt hat:

dass meine Chance, ein Visum zu bekommen, optimal ist, weil Fiona gut begründen kann, warum sie ausgerechnet mich einstellen möchte und keinen Kanadier.

»Die jungen Leute, die ziehen doch alle weg aus Lunenburg!«, hat sie mir eben, in ihrem Geschäft, über den Rand ihrer Teetasse hinweg geradezu empört gesagt. »Alle wollen unbedingt in die Städte, nach Halifax oder sogar nach Toronto oder Montreal! Das Leben in so einer kleinen Stadt am Meer, das ist für die jüngere Generation oft zu öde. Und dann kommt noch hinzu, dass ich hier kaum qualifizierte Bewerber habe! So eine Ausbildung zur Goldschmiedin, wie du sie in Deutschland gemacht hast, die gibt es hier nicht. Ich könnte nur jemanden einstellen, der frisch vom College kommt, aber noch nie einen Brenner in der Hand gehalten hat.«

»Fiona meint also, dass du deshalb eine gute Chance hast, ein Visum zu bekommen?«, hakt Papa skeptisch nach. Ich nicke und merke, dass mich Onkel Knuth mit funkelnden Augen mustert.

»So war das bei mir damals doch auch«, sagt er nun zu Papa. »Die haben damals Schreiner gesucht, und wir Deutschen mit unserer qualifizierten Ausbildung waren für die Kanadier wie ein Geschenk des Himmels. Deutsche Handwerker haben nun einmal einen exzellenten Ruf, unsere Berufsausbildung genießt weltweit Anerkennung.«

Ich nicke, bevor ich aufgeregt fortfahre: »Aber das ist noch nicht alles! Fiona sagte, ich könne meine Chance, die Arbeitserlaubnis zu bekommen, weiter erhöhen, indem ich dich als meinen Sponsor angebe.« Ich sehe Knuth an, und mein Onkel mustert mich überrascht.

»Ach? Das geht mittlerweile?«

»Ja. Wenn man einen Verwandten hat, der Kanadier ist, dann hilft das bei der Berücksichtigung, ein Visum zu bekommen. Und du bist ja zum Glück inzwischen Kanadier.«

Dass er nicht länger die deutsche Staatsbürgerschaft hat, sondern die kanadische, hat mir mein Onkel erst gestern erzählt, als ich ihn besucht habe. Ich strahle Knuth an, und er erwidert mein Lächeln, greift erneut nach meiner Hand und drückt sie fest. »Na, dann ist es ja wirklich ein Segen, dass ich damals so – wie sagtest du noch, alter Brummbär?« Er sieht Papa augenzwinkernd an und ahmt ihn nach, als er fortfährt: »›Dass ich damals wegen einer Frau so überstürzt nach Kanada ausgewandert bin‹!«

Papa erwidert sein neckendes Grinsen, aber ich merke, dass es nur halbherzig daherkommt. Augenblicklich werde ich ernst, frage rasch: »Du findest die Idee nicht gut?«

Mein Vater sieht mich an, und ich erkenne deutlich den Gefühlssturm in seinen Augen toben. Dann aber überzieht ein echtes Lächeln sein Gesicht, und er rückt seinen Stuhl näher an meinen heran, um einen Arm um meine Schultern legen und mich dicht an sich ziehen zu können.

»Doch, Amelie. Ich finde die Idee sogar hervorragend. Natürlich lässt niemand sein Kind gern auf einen anderen Kontinent ziehen. Vor allem dann nicht, wenn man schon seinen Zwilling hat ziehen lassen müssen.« Er wirft Knuth einen flüchtigen Blick zu, und ich merke, dass mein Onkel ihn gerührt erwidert. »Aber ich habe gemerkt, wie sehr du dich verändert hast, seit wir in Lunenburg angekommen sind. Du hast endlich aus deinem Schneckenhaus herausgefunden, in das du dich verkrochen hattest, seit Betty …« Er bricht ab und muss sich über die Augen wischen. »Und wenn es Lunenburg ist, das dich glücklich macht, und Callum, der irgendwann den Atlantik überquert haben und zu dir zurückkommen wird, dann bin ich der Letzte, der deinem Glück im Weg steht, mein Schatz.«

Kapitel 42

A ls ich das Taxi erkenne, das in unserer Einfahrt hält, stutze ich. Dann werden meine Schritte die York Street hinauf schneller – Nele wird doch nicht etwa abreisen? Nachdem sie und ich gestern endlich zueinandergefunden haben, uns nach all diesen distanzierten Jahren als Schwestern wiederentdeckt haben?

Aber es ist nicht Nele, die jetzt mit einem Koffer aus dem Haus kommt – sondern Lars. Und nur er, erkenne ich, während ich mich dem Taxi nähere. Der Fahrer macht sich gerade daran, das Gepäck im Kofferraum zu verstauen. Zögernd bleibe ich neben der Beifahrertür stehen, als Lars den Wagen umrundet und mich entdeckt. Sobald er mich sieht, zuckt er leicht zusammen, und ich frage mich, ob er gehofft hatte, mir nicht mehr zu begegnen, bevor er abreist. Heute Morgen habe ich das Haus so früh und leise verlassen, dass wir uns nicht gesehen haben.

Das letzte Mal, als wir voreinander standen, hatten wir uns gerade geküsst.

»Hi«, sagt er und fährt sich mit einer Hand durch sein Haar. Er sieht mich mit schiefgelegtem Kopf an, was ihn ein wenig wie einen schuldbewussten Schuljungen wirken lässt.

»Hi«, sage auch ich. »Du reist schon ab?«

Mit einem tiefen Seufzer schiebt sich Lars beide Hände in die Taschen seiner hellen Chino-Hose und nickt. »Ja.«

»Aber ... was ist mit Nele?« Und mit dem Baby, füge ich in Gedanken hinzu.

»Nele und ich ... wir haben uns getrennt.« Lars räuspert sich, und ich spüre, wie unwohl er sich bei diesen Worten fühlt.

»Aha«, murmele ich. Das überrascht mich nun wirklich nicht, nach all dem, was gestern geschehen ist. Trotzdem frage ich mich besorgt, wie es meiner Schwester geht. Gab es einen großen Streit, während Papa und ich bei Knuth im Krankenhaus saßen? Verschwindet Lars jetzt Hals über Kopf aus Lunenburg, haut ab und lässt meine schwangere Schwester heulend zurück?

Aber nach Hals über Kopf sieht das Ganze nicht aus. Lars scheint genau zu wissen, was ich denke, denn er erklärt: »Nele und ich haben uns in Ruhe ausgesprochen. Und wir haben es beide für das Beste gehalten, wenn ich heute abreise. Schließlich wäre das wirklich suboptimal, wenn wir alle weiter unter einem Dach wohnen würden, oder?«

Lars lächelt schwach, wird aber gleich wieder ernst, als er mich ansieht. »Es tut mir leid, Amelie. Ich wollte ... ich wollte dich gestern Abend nicht so ... überrumpeln.« Er seufzt gequält auf, fährt dann hastig fort: »Ich dachte wirklich ... ich hatte gehofft, dass du dasselbe empfindest wie ich. Dass wir zwei ...« Hilflos bricht er ab und rauft sich die Haare.

»Aber du hast Nele bei dem Ganzen vergessen«, erinnere ich ihn leise. »Du kannst nicht einfach die eine Schwester gegen die andere austauschen, auch nicht, wenn es bei euch gekriselt hat. Das macht man doch nicht!«

»Nein«, murmelt Lars und starrt betroffen auf seine Schuhe. »Ich weiß. Das war ... nicht okay. Aber ... es hat mich einfach umgehauen, dich auf einmal mit Callum zu sehen.« Er sieht mich an, und plötzlich drängen seine Worte heftig und mit Nachdruck aus ihm hervor: »In all diesen Jahren, da warst du immer Single, du hast dich nie für einen anderen Mann interessiert, und irgendwie habe ich deine stille Bewunderung genossen. Darum hat es mich plötzlich ganz schön gewurmt, dich mit Callum zu sehen. Und ... da habe ich erst mit voller Wucht gemerkt, dass ich all diese Jahre lang ein Idiot war. Dass ich dich früher auf die richtige Weise hätte sehen müssen. Nicht nur als platonische Freundin.«

»Tja«, sage ich und kann nicht verhindern, dass sich eine gewisse Bitterkeit in meine Stimme schleicht. »Das mit Callum hast du mir erfolgreich vermasselt, Lars, denn nicht nur Nele hat uns gestern Abend beim Küssen gesehen, sondern auch er. Und er ist heute in aller Früh Hals über Kopf abgereist. Auf die Bahamas.«

»Die Bahamas?«, fragt Lars ratlos. »Was will er denn da?«

»Ein Boot nach Europa segeln. Was sonst?« Mit einem sarkastischen Lachen sehe ich Lars an.

»Oh«, macht er betroffen. »Verdammt, Amelie, ich wollte dir das mit Callum nicht verderben.«

Mit hochgezogenen Augenbrauen mustere ich ihn. »Ach nein? Bist du dir da sicher?«

Lars zuckt mit den Schultern und lächelt schwach. »Na ja. Du hast recht, gestern Abend hätte ich noch alles drangesetzt, ihn und dich auseinanderzubringen.« Er seufzt leise. »Aber heute ... heute weiß ich ja, dass du nichts von mir willst. Nicht mehr.«

Langsam nicke ich, halte seinem ernsten Blick stand. »Ich kann nicht glauben, dass ich so blöd war«, sagt Lars heiser. »Dass ich zu spät dran bin.«

Ich kann nichts sagen, sehe ihn nur an. »Was – was ist denn jetzt mit Nele und dem Baby?«, frage ich schließlich, als ich unser stummes Starren nicht länger ertrage.

Lars stößt hörbar die Luft aus, ich spüre förmlich Frust und

Hilflosigkeit in ihm aufwallen. »Keine Ahnung. Sie hat mir gestanden, dass sie die Pille abgesetzt hatte, obwohl sie wusste, dass ich kein Kind bekommen will. Nicht jetzt. Nicht … mit ihr.« Er sieht mich gequält an, und mit einem Mal empfinde ich Mitleid mit Lars. Natürlich war das falsch von Nele.

»Aber ich werde trotzdem für das Baby da sein, auch wenn Nele und ich getrennte Wege gehen.« Beinahe trotzig sieht er mich an. »Ich bin nämlich kein Arsch. Ich würde niemals wollen, dass irgendwo ein Kind herumläuft, das mein Erbgut hat, aber seinen Vater nicht kennt. Natürlich werde ich da sein. Finanziell – und auch darüber hinaus.«

Spontan mache ich einen Schritt auf Lars zu und nehme ihn fest in den Arm. »Tut mir leid, dass unser Urlaub so enden muss«, murmele ich und spüre, wie mich seine Arme fest umschlingen und er sein Gesicht kurz in meine Locken presst. Dann lässt er mich los und grinst mich flüchtig an, dieses vertraute Lars-Grinsen, das ich so gut kenne – aber das in mir trotzdem keine Schmetterlinge mehr auslöst.

»Ja. Mir auch. Und mir tut's leid, dich als Freundin zu verlieren, Amelie. Denn du warst immer eine 1A-Freundin. Wirklich.«

»Lars, du wirst der Vater meiner Nichte oder meines Neffen sein. Glaub mir, wir bleiben in Kontakt.« Aufmunternd lächele ich ihn an. Dann füge ich sanft hinzu: »Keine Sorge, du wirst noch die Richtige finden. Und hoffentlich wird das Ganze unkomplizierter werden.«

»Ja«, bemerkt Lars trocken und lacht auf. »Das hoffe ich auch. Ich gehe nur noch mit Frauen aus, die keine Schwester haben.« Er zwinkert mir kurz zu, und für den Bruchteil einer Sekunde weiß ich wieder, warum ich so lange für ihn geschwärmt, von ihm geträumt habe.

»Los, du verpasst noch deinen Flieger«, sage ich heiser.

Lars nickt. »Mach es gut, fabelhafte Amelie.«

Bei diesem vertrauten Kosenamen horche ich beinahe besorgt in mich hinein, frage mich stumm, ob dieser Name mir noch etwas bedeutet … aber, nein, da ist kein freudiges Kribbeln mehr. Nur noch leichte Wehmut.

Mit einem letzten Lächeln steigt Lars ins Taxi, und ich sehe dem Wagen nach, wie er langsam die York Street entlangrollt und hinter der Hügelkuppe verschwindet.

Mein Herz hämmert nervös gegen meinen Brustkorb, als ich das Haus betrete. Wie verkraftet Nele Lars' plötzliche Abreise? Ist sie wirklich der Meinung, dass es so das Beste für alle ist, oder hat Lars sich das schöngeredet?

Als ich die Küche durchquere und in den Garten hinaussehe, liegt meine Schwester im Schatten des Ahornbaumes auf einem Liegestuhl und starrt in die Blätterkrone hinauf. Zwar wirkt sie ein wenig blass und sehr ernst, aber auch gefasst. Von Tränen ist nichts zu sehen.

»Hi«, sage ich und trete langsam in den sonnigen Garten hinaus.

Nele hebt den Kopf und sieht mir entgegen. »Ah, hallo. Hast du Lars noch gesehen?«

Zögernd erwidere ich ihren Blick, nicke.

»Ja. Wir haben uns gerade vor dem Haus verabschiedet.« Ich lasse mich auf das Ende des Liegestuhls sinken und mustere meine Schwester prüfend. »Wie geht es dir denn?«

Nele zuckt mit den Schultern und lächelt schief. »Mir ist kotzübel«, erklärt sie, und ich brauche ein paar Sekunden, bevor ich begreife, warum.

»Morgenübelkeit?«

»Ja.« Jetzt grinst sie plötzlich breit, und ihre Hand legt sich über ihren Bauch, der noch so unauffällig flach ist. »Mein Baby ist ganz eindeutig nach wie vor anwesend. Auch wenn man das von seinem Vater nicht behaupten kann.«

»Es tut mir so leid, Süße«, sage ich ernst.

»Ja«, seufzt Nele. »Mir auch. Aber, ganz ehrlich, es ist vermutlich besser so. Ein Kind hat doch noch nie eine kriselnde Beziehung gerettet. Dann lieber jetzt ein Ende mit Schrecken.«

»Und er hat mir eben versichert, dass er trotz allem für das Baby da sein wird«, bestätige ich.

»Ja. Hoffen wir, dass er es ernst meint«, brummt Nele. »Verübeln könnte ich es ihm nicht, wenn er sich verdünnisieren würde, schließlich habe ich die Entscheidung mit dem Baby allein getroffen. Ich erwarte nichts von Lars. Aber wenn er ein Teil unserer kleinen Familie sein will, hindere ich ihn natürlich nicht daran.«

»Wer weiß«, meldet sich da auf einmal Papa zu Wort. Überrascht sehe ich auf und merke, dass er ebenfalls den Garten betreten hat. Wir haben die Klinik vorhin gemeinsam verlassen, aber Papa wollte noch schnell etwas im Supermarkt besorgen, während ich schon vorgegangen bin – von der unbestimmten Sorge getrieben, dass Nele mich brauchen könnte, nach alldem, was gestern zwischen Lars und ihr vorgefallen ist. Und ich bin froh, dass ich auf mein Bauchgefühl gehört habe, denn so hatte ich wenigstens die Chance, mich von Lars zu verabschieden. Ich habe diesen Abschluss gebraucht, ist mir klar geworden.

Papa kommt näher, sein Blick verweilt gerührt auf Neles Bauch, bevor er seiner Jüngeren in die Augen sieht und, die Hände in die Hüften gestemmt, vor der Liege stehen bleibt. »Vielleicht wird Lars der stolzeste Papa aller Zeiten. Kinder verändern Leute, und oft merkt man erst, was einem gefehlt hat, wenn sie da sind.«

Nele nickt, und ihre Lippen zittern ein wenig, ihre Mundwinkel verziehen sich erst nach oben, dann aber doch nach unten. »Ich weiß auch nicht, warum, aber ich muss plötzlich ständig heulen!«, schnieft sie, und zu meiner Überraschung quellen tatsächlich Tränen aus ihren Augen.

»Na, wie schön, dass ich nicht mehr die einzige Heulsuse der Familie bin«, lache ich auf.

»Das sind die Hormone, Schätzchen«, sagt Papa und drückt Neles Hand. »Keine Sorge, wir drei, wir bekommen das schon hin, oder?«

Er sieht Nele und mich abwechselnd an, und gerührt nicke ich. Es sind Momente wie dieser, in denen Mama besonders fehlt. Ich spüre, dass das nicht nur mir so geht. Es steht meinem Vater und Nele deutlich auf die Gesichter geschrieben.

Da fällt mir wieder ein, wie mich Papa für den Bruchteil eines Augenblicks angesehen hat, als ich ihm eben, im Krankenhaus, von meinen Plänen erzählt habe. Und jetzt, als sich Nele Tränen von den Wangen wischt und Papa sie aufmunternd anlächelt, muss ich mir eingestehen, was ich eben nicht wahrhaben wollte: dass die tobenden Gefühle in Papas hellblauen Augen Angst und Schmerz waren. Weil er begriff, dass er, nachdem er schon einen Bruder an Lunenburg verloren hatte, auch noch eine Tochter verlieren könnte.

Und nun bin ich es, die begreift. Mit einem Schlag wird mir klar, dass meine Tagträumerei von einem Job im Out of the Blue illusorisch war. Habe ich wirklich ernsthaft darüber nachgedacht, Fionas Angebot anzunehmen?

Ja, als ich heute gemeinsam mit Callums Tante ihren Schmuckladen aufgeschlossen habe, da schien irgendwie alles möglich. Trotz der dicken grauen Wolken draußen am Himmel wirkte das kleine Geschäft hell und freundlich, den cremefarbenen Wänden mit den Akzenten in Blau und Türkis und dem fröhlichen Naturell der Besitzerin sei Dank. Überrascht stellte ich fest, dass Fiona ihren Arbeitsplatz direkt vorn im Laden hat, sodass ihr die Kunden beim Fertigen der Schmuckstücke zusehen können.

»Die Leute haben heutzutage ja gar keine Ahnung, dass immer noch viele Dinge von Hand gefertigt werden«, erklärte sie mir. »Einige würden bestimmt glauben, mein Schmuck käme aus irgendeiner Fabrik, wenn sie mich nicht hier am Arbeitstisch stehen und mit meinem Hammer auf Silber einschlagen sehen würden!« Während Fiona eine Kanne Tee für uns kochte, betrachtete ich all die Werkzeuge, die mir einst so vertraut gewesen waren – den Brenner, die Sägen, Feilen und Hammer –, und mein Herz begann immer aufgeregter gegen meine Rippen zu schlagen. Schmetterlingsflügel zuckten leicht in meinem Bauch, und ich konnte das in mir aufsteigende Glücksgefühl nicht ignorieren. Ich hatte es tatsächlich so sehr vermisst, in einer Goldschmiede zu sein, erkannte ich, und diese Erkenntnis machte mich sprachlos. Andächtig ging ich von Regal zu Regal, von Vitrine zu Vitrine, von Tisch zu Tisch und betrachtete die unterschiedlichen Schmuckstücke, die dort hübsch drapiert ausgestellt wurden. Fiona hatte eine ganze Reihe von Kettenanhängern, Ohrringen und Armbändern mit Meerglasstücken in ihrem Laden, und ich bewunderte die rund geschliffenen Scherben in den verschiedenen Blau- und Grüntönen. Doch Callums Tante hatte nicht nur Schmuck mit Meerglas im Angebot, sondern auch eine sehr schöne Kollektion mit Süßwasserperlen, außerdem einige Schmuckstücke mit Holzperlen, die allerdings durchweg in Blautönen gehalten waren, sodass all ihre Kreationen an das Meer erinnerten. Bei Fionas Schmuckstücken herrschte außerdem durchweg Silber als Edelmetall vor, denn Goldschmiede arbeiten nicht zwangsläufig mit Gold, wie viele Leute glauben. Jeder Goldschmied hat normalerweise sein Lieblingsmaterial, aus dem er Schmuck herstellt – das können außer Gold eben Silber sein, Kupfer, Messing, auch

Emaille oder Nicht-Metalle wie Filz und Holz, Edelsteine oder sogar Plastik. Genau wie Fiona habe ich immer am liebsten mit Silber gearbeitet – wohl auch, weil ich selbst so gern Silberschmuck trage. Nein, getragen habe, dachte ich vorhin, im Schmuckladen, umgeben von den schönen Kreationen, und ein wenig wehmütig fuhr meine Hand über mein Dekolleté, wo schon seit einer halben Ewigkeit kein kühles Silber mehr auf meiner Haut geruht hatte. Und zum ersten Mal seit Langem verspürte ich das dringende Bedürfnis, mir ein schönes Schmuckstück zu kaufen – oder, noch besser: das Schmuckstück selbst herzustellen, nach meinem eigenen Design.

Fiona war kein bisschen überrascht, als ich ihr meine heftigen Gefühle bei einer Tasse Tee gestand.

»Das wusste ich«, sagte sie mit einem zufriedenen Lächeln. »Das habe ich deutlich auf deinem Gesicht gesehen, jedes Mal, wenn du Schmuck betrachtet hast. Es ist offensichtlich, dass du zu dieser Arbeit berufen bist.«

Aber jetzt, als ich im sonnigen Garten Nele gegenübersitze, wird mir klar, dass meine Berufung zwar die Arbeit in einer Goldschmiede sein mag – aber ganz sicher nicht im Out of the Blue in Lunenburg, Nova Scotia. Denn wenn ich das Angebot von Callums Tante annehmen und als Goldschmiedin bei ihr beginnen würde, dann hieße das, dass ich meine Schwester im Stich ließe. Meine schwangere Schwester, die gerade von ihrem Freund verlassen wurde und deren Mutter schon so lange tot ist. Soll ich Nele wirklich sagen, dass sie nur Papa in der Nähe haben wird, wenn das Kind kommt, weil ich in Lunenburg Schmuck herstellen werde?

Nein, das geht gar nicht!

»Amelie, was ist mit dir?« Papa sieht mich besorgt an.

»Ach, nichts«, murmele ich und streiche mir eine Locke aus der Stirn. Mir fällt ein, dass ich Nele noch gar nichts von

Callums Abreise erzählt habe. Aber das kann ich jetzt auch nicht. Denn mir wird klar, was es heißt, wenn ich mich für Nele und ihr Baby entscheide: dass ich mich gegen Callum entscheide.

»Ich habe Kopfschmerzen«, lüge ich daher, um gerade nichts erklären zu müssen, und erhebe mich von der Liege. »Am besten lege ich mich ein bisschen hin. Bis später.«

»Wo ist denn eigentlich Lars?«, höre ich Papa noch fragen, während ich den sonnenbeschienenen Rasen überquere und ins Haus schlüpfe.

»Amelie?«

Neles Stimme vor meiner Zimmertür reißt mich aus unruhigem Schlaf. Ich muss tatsächlich eingenickt sein, stelle ich erschüttert fest, als ich mich in meinem Bett aufsetze. Es ist fast dunkel hier drinnen, denn ich habe die Vorhänge zugezogen, das helle Sonnenlicht ausgesperrt. Im Dunkeln wollte ich meinen Gedanken nachgehen, versuchen zu verarbeiten, was alles geschehen war. Ich wollte begreifen, dass Callum fort war. Dass ich ihn nicht wiedersehen würde. Dass er doch nichts weiter als eine Sommeraffäre gewesen war. Eine extrem kurze Sommeraffäre. Dieser Gedanke tat mir so weh, dass ich das Gefühl hatte, von innen zerrissen zu werden. Um nicht schon wieder in Tränen und Kummer zu zerfließen, versuchte ich, mich auf das Positive zu konzentrieren: Ich würde bald Tante werden. Und ich würde nicht mehr in meinen eintönigen Job bei Peters & Hagemüller zurückkehren. Nein, sobald wir wieder in Deutschland wären, würde ich mich bei Goldschmieden bewerben.

Und, wer weiß, vielleicht würde ich eines Tages doch noch einen eigenen kleinen Schmuckladen aufmachen, so wie das Out of the Blue. Nur leider nicht in Lunenburg.

»Amelie?« Meine Zimmertür geht auf, ich sehe Nele im Türrahmen auftauchen. »Hey, hast du geschlafen?«

»Mhm«, murmele ich schuldbewusst und ziehe die Vorhänge auf. Als das grelle Sonnenlicht das Zimmer unter der Dachschräge flutet, kneife ich gequält die Augen zusammen.

»Callum ist am Telefon.«

Kapitel 43

E rschrocken starre ich Nele an. Erst jetzt merke ich, dass sie mir ihr Smartphone entgegenhält.

»Er ... was? Warum ...?«

»Er hat versucht, dich anzurufen, aber du bist nicht an dein Handy gegangen.«

Mein Handy, denke ich ratlos. Wo ist das überhaupt? Ach, in meiner Handtasche, unten im Flur. »Aber er hat doch gar nicht meine Nummer?«

Und wieso hat er Neles Nummer? Hat sie ihm die gegeben?

»Doch«, sagt meine Schwester nun, hörbar ungeduldig. »Die hat er. Von Lars.« Sie macht ein paar Schritte durchs Zimmer und drückt mir ihr Telefon in die Hand.

»Von Lars? Aber ...?« Ratlos halte ich das Handy in meiner Hand, ohne es ans Ohr zu führen. Ein schneller Blick auf meine Armbanduhr zeigt mir, dass Lars seit etwas mehr als zwei Stunden fort ist. Wie hat er es geschafft, Callum in der Zwischenzeit meine und Neles Nummer zu geben?

»Jetzt sprich schon mit ihm, Himmel noch mal!« Nele stemmt ihre Hände in die Hüften und sieht mich streng an. »Wenn du schon nicht mit mir sprichst. Du hättest ruhig erzählen können, dass dieser Vollidiot abgehauen ist!« Meine Schwester bedenkt mich mit einem weiteren vorwurfsvollen Blick, bevor sie sich abwendet und sagt: »Vermassele das bloß nicht noch mehr, Schwesterherz!«

Ich weiß wirklich nicht, was ich daraufhin sagen soll, also führe ich nur stumm das Telefon an mein Ohr, starre die Dachschräge an, höre meinen eigenen Herzschlag überlaut.

»Amelie?« Callums Stimme klingt so verdammt vertraut, dass mich ohne Vorwarnung eine Welle aus Gefühlen überrollt.

»Ja«, erwidere ich heiser und versuche, meine wirren Gedanken zu ordnen. »Wo … wo bist du? Bist du etwa schon auf den Bahamas gelandet?«

Ich höre Callum leise schnauben, dann sagt er: »Nein, ich bin noch nicht einmal gestartet. Mein Flug hat mittlerweile sage und schreibe sieben Stunden Verspätung, weil die Maschine defekt ist und wir auf irgendein Ersatzteil warten.« Er macht eine kurze Pause, eine Pause, in der sich mein Herzschlag noch mehr beschleunigt.

Callum ist hier? In Nova Scotia? Er ist noch nicht abgeflogen? Hoffnung beginnt sich geradezu verzweifelt in mir aufzubäumen.

»Das hat man davon, wenn man Hals über Kopf und völlig unüberlegt seinen Flug umbucht.« Callums Stimme klingt ein wenig kratzig. Er räuspert sich, dann fügt er hinzu: »Ich sitze also schon länger hier am Gate herum, und gerade eben ist plötzlich Lars aufgetaucht. Sein Flug nach Deutschland soll vom Gate nebenan starten. Aber im Gegensatz zu meinem Flug ist seiner nach jetzigem Stand pünktlich.«

Fassungslos starre ich aus dem Fenster, über die sonnenbeschienenen Dächer der Nachbarschaft. Lars und Callum, an zwei nebeneinanderliegenden Gates am Flughafen? Mit krächzender Stimme hake ich nach: »Dann hat Lars dir meine Nummer gegeben?«

»Ja. Und, nachdem du nicht drangegangen bist, auch noch Neles. Warum zum Teufel ich mir vorher nie deine Telefonnummer habe geben lassen, begreife ich beim besten Willen nicht.«

Ich muss auflachen, doch im nächsten Moment werde ich wieder ernst, als Callum sagt: »Amelie, Lars hat mir gerade erzählt, was sich gestern Abend und heute Morgen alles bei euch abgespielt hat. Und ... er hat mir gesagt, dass du ihm klargemacht hast, dass du ... Also, dass du ...«

»Dass ich dich will und nicht ihn?« Ich wundere mich darüber, dass diese Worte so leicht aus mir herausfinden. Als ich Callums leises Lachen höre, wird mir heiß.

»Ja, so ungefähr«, erwidert er, und seine Stimme klingt plötzlich dunkler und vibriert in meinem Magen. Mein Atem geht schneller, als ich hastig sage: »Damit hat er völlig recht. Und ich verstehe nicht, warum du mir nichts von diesem ersten Segeltörn nach Europa erzählt hast – und wie du einfach so abhauen konntest!«

Callum schweigt, und ich warte atemlos, bis er endlich sagt: »Ich ... ich stand gestern Abend völlig neben mir, Amelie. Als du mich auf das Haus meiner Eltern angesprochen hast, da ist mir wieder bewusst geworden, wie ... Himmel, wie verkorkst ich nach all diesen Jahren immer noch bin! Ich konnte es dir wirklich nicht erzählen, verstehst du das? Es war, als würde jemand ein Messer in einer tiefen Wunde drehen, wenn ich auch nur an das Haus dachte. Zu wissen, dass du dort wohnst, dort Urlaub machst ... das hat mich am Anfang ganz schön geschockt.«

»Trotzdem hast du mich vom Pub aus nach Hause getragen, als ich betrunken war. Obwohl du wusstest, zu welchem Haus du mich bringen musstest.«

»Ja.« Ich höre Callum tief ein- und ausatmen. »Jahrelang hatte ich es nicht fertiggebracht, auch nur mit dem Auto durch die York Street zu fahren. Aber ich hätte dich an dem Abend niemals allein durch die Straßen wanken lassen. Darum habe ich mich zusammengerissen.«

»Sehr ehrenhaft von dir«, bemerke ich neckend und höre, dass Callum lächelt, als er fortfährt: »Ja, oder? Aber … na ja, darüber reden konnte ich eben doch nicht. Du merkst, ich selbst habe den Tod meiner Familie auch noch nicht völlig verarbeitet. Egal, wie sehr ich versuche, das Leben als Geschenk zu betrachten.«

»Das ist doch völlig normal«, murmele ich.

»Na, ich weiß nicht«, seufzt Callum. »Dads Boot die ganze Zeit aufgebockt hinter dem Laden meiner Tante zu lassen und mein Elternhaus nie mehr zu betreten – das ist schon extrem. Ich weiß das. Aber ich habe beides bisher erfolgreich verdrängt. Bis eine gewisse Joggerin mit meergrünen Augen in das Haus meiner Kindheit eingezogen ist und mich nach dem Boot gefragt hat.«

Ein Lächeln stiehlt sich auf mein Gesicht. Callum holt tief Luft, dann sagt er ernst: »Aber zurück zu gestern Abend – Amelie, ich war völlig aufgewühlt wegen dieser Sache mit meinem Elternhaus, und ich wollte dir so gern in Ruhe alles erklären – auch warum ich dir nicht gesagt habe, dass ich schon so bald abreisen würde. Weil ich nämlich Angst gehabt hatte, dass du mich dann abweisen würdest. Ich wollte uns beiden unbedingt eine Chance geben, ohne dass mein Abreisedatum wie ein Damoklesschwert über uns hängen würde. Wie gesagt, all das wollte ich dir nach dem Konzert erklären – aber als ich von der Bühne kam, habe ich Lars und dich gesehen, und mit einem Mal war mir klar, dass das mit uns nie etwas werden würde. Immerhin wusste ich, wie lange du schon von Lars geträumt hattest, und ich wusste auch, dass ich bald abreisen würde, und du wenig später ebenfalls – und zu allem Überfluss habe ich diesen Ausdruck auf Lars' Gesicht gesehen. Da war ich überzeugt, dass ich dich an ihn verloren hatte.«

Kurz muss ich meine Augen schließen, als ich an Lars'

Gesichtsausdruck vor dem Konzertzelt denke. »Du hättest mich trotzdem zur Rede stellen sollen«, sage ich heiser. »Dann hätte ich dir alles erklärt.«

»Ich weiß«, lacht Callum bitter auf. »Jetzt ist mir das klar, ja. Aber letzte Nacht, da war mir vieles nicht klar. Da habe ich nicht logisch denken können. Ich wollte nur weg. Weg von dir und von all diesem Gefühlsschlamassel.«

Ein paar Herzschläge lang schweigen wir beide. Dann spricht Callum mit einem Mal die Worte aus, auf die ich kaum zu hoffen gewagt habe: »Ich komme zurück. Jetzt.«

»Was?«, frage ich, völlig überrumpelt von dieser Aussage. Das ist nicht sein Ernst, oder? »Callum, das kannst du nicht machen!«

»Doch. Kann ich.« Trotz und Entschlossenheit schwingen in seiner Stimme mit, und ich höre, wie er sich mit dem Telefon in Bewegung setzt, stelle mir vor, wie er sich vom Gate entfernt.

»Callum!« Aufgeregt gehe ich mit langen Schritten in seinem alten Zimmer hin und her. »Stopp, bitte, Callum, hör mir zu.« Mit drängender Stimme versuche ich, mir Gehör zu verschaffen.

»Amelie, ich muss dich sehen«, sagt Callum, und er klingt beinahe verzweifelt. »Oder … willst du etwa nicht, dass ich zurück nach Lunenburg fahre?«

»Doch! Ich meine – nein.« Ich hole tief Luft, atme gequält aus. Am anderen Ende der Leitung wird es ganz still. »Callum«, sage ich so ruhig wie möglich, aber meine Stimme bebt, so aufgewühlt bin ich. »Du hast gerade erst für sicherlich viel Geld deinen Flug umgebucht.«

»Scheiß auf das Geld!«, flucht Callum aufgebracht.

»Hör mir zu. Dein Gepäck ist schon eingecheckt, sie müssten es wegen dir extra wieder aus der Maschine holen.«

»Die Maschine ist sowieso defekt, Amelie!«

»Du hast eine Atlantiküberquerung in einem Segelboot vor dir. Nein, sogar zwei!«

»Die kann ich absagen – zumindest die erste. Die finden in der Karibik sicher jemanden, der einspringt. Ich kann in ein paar Wochen nach Portugal fliegen, so, wie ich es ursprünglich geplant hatte.«

»Aber du segelst doch für dein Leben gern. Lass dir diese Chance nicht entgehen, Callum. Du willst das doch!«

»Längst nicht so sehr, wie ich dich will.« Callum klingt mit einem Mal ganz ruhig. Im Hintergrund höre ich eine Lautsprecherdurchsage, und er atmet tief ein und aus. »Die Frage ist nur: Was willst du, Amelie? Wenn du das eben ernst gemeint hast, dass du mich auch willst, warum zum Teufel versuchst du dann, mir auszureden, zurück nach Lunenburg zu kommen?«

Mit wild rasendem Herzen starre ich aus dem Fenster. »Weil es nicht fair wäre«, sage ich mit erstickter Stimme. »Es wäre nicht fair von mir, wenn ich dich das machen lassen würde. Ich will nicht, dass du wegen mir deine Pläne änderst. Dass du wegen mir auf deinen Traum verzichtest. Denn, wie du schon gesagt hast, in ein paar Tagen reise ich auch ab. Darum flieg auf die Bahamas, Callum, und bring dieses Boot nach Europa und das andere zurück in die Karibik. Lebe deinen Traum. Bitte.«

Als ich Callum zitternd nach Luft schnappen höre, weiß ich, dass er auch gegen Tränen ankämpft, und das lässt mich erst recht losschluchzen. Und mit einem Mal drängen all die Worte aus mir heraus, die ich eigentlich in mir verschließen wollte – aber anscheinend lassen sich neuerdings weder Gefühle noch Worte in mir einsperren, obwohl ich doch jahrelang so gut darin war. Doch die Zeiten scheinen endgültig vorbei zu sein.

»Verdammt, ich wünschte, es wäre anders, Callum, ich wünschte, du und ich, wir hätten eine Zukunft! Wirklich, ich könnte mir nichts Schöneres vorstellen! Und heute Morgen, da habe ich kurz geglaubt, das ginge, ich habe geglaubt, ich könnte hier in Lunenburg bleiben, auf dich warten. Deine Tante hat mir vorhin einen Job in ihrem Geschäft angeboten, und sie hat alles so gut durchdacht, hat sich sogar schon wegen der Arbeitserlaubnis Gedanken gemacht.« Ich höre, wie Callum tief Luft holt, doch ich rede rasch weiter, bevor er glaubt, dass das hier nach einem Happy End klingt. Denn das tut es nicht.

»Aber dann ist mir klar geworden, dass das nicht geht. Es geht einfach nicht, Callum.«

»Warum nicht?« Seine Stimme klingt rau und kratzig, und ich höre ihm an, dass er sich mühsam zusammenreißen muss, dass er am liebsten aus dem Flughafen stürmen und in das nächste Taxi springen und hierherfahren würde, um mich zur Raison zu bringen. »Weil Nele schwanger ist«, sage ich und werde mit einem Mal ruhig. Mir wird wieder deutlich bewusst, dass es hier nicht nur um Callum und mich geht. Nein, es geht um meine jüngere Schwester und ihr Baby. Und um Papa, den ich auch nicht einfach im Stich lassen kann, so wie sein Bruder es vor all diesen Jahren getan hat.

»Sie ist schwanger, und Lars ist, wie du ja weißt, abgereist, weil sie sich getrennt haben. Sie hat keinen Partner mehr, und wir haben keine Mutter mehr. Ich kann Nele nicht allein lassen. Nicht jetzt, mit einem Baby auf dem Weg und ohne Mann.«

Ich will noch hinzufügen, dass er das Lauren auch nicht hätte antun können, wenn sie noch am Leben wäre, aber in diesem Augenblick ertönt Neles Stimme, und ich fahre erschrocken zur Zimmertür herum, die immer noch halb offen steht.

»Sag mal, spinnst du?« Resolut schiebt Nele die Tür auf, betritt das Zimmer und sieht mich aufgebracht an. »Ich hatte doch eben ausdrücklich gesagt: ›Vermassele das nicht!‹ Und was machst du? Bist du von allen guten Geistern verlassen, Amelie? Du glaubst doch nicht im Ernst, dass ich es akzeptieren würde, dass du wegen meiner Familienplanung deine Träume aufgibst, oder?«

»Ähm, Nele«, sage ich verdattert, »das ist eigentlich ein Gespräch zwischen Callum und mir und …«

»Und du benimmst dich wie ein Vollpfosten!«, vollendet Nele ihren Beitrag in ihrer unvergleichlich charmanten Art und tippt sich zur Unterstreichung ihrer Worte gegen die Stirn.

»Da hat deine Schwester recht«, meldet sich zu allem Überfluss Papa zu Wort, und ich merke fassungslos, dass auch er auf der Treppe herumgelungert und mein Gespräch belauscht haben muss.

»Leute, habt ihr schon einmal etwas von Privatsphäre gehört?«, frage ich ungläubig.

»Und hast du schon einmal was von ›Jeder ist seines Glückes Schmied‹ gehört?«, fragt Nele und sieht mich mit einem herausfordernden Funkeln in den Augen an. »Ich bin schwanger, weil ich das so wollte. Das ist nicht deine Verantwortung, Amelie. Das ist meine. Und ich werde das schaffen. Du bist für dich selbst verantwortlich, für dein eigenes Glück. So rührend ich es auch finde, dass du dich um mich kümmern willst: Du brauchst das nicht zu tun. Ich bin ein großes Mädchen.« Sie lächelt mich breit an. »Du, meine Liebe, hast hier in Lunenburg zum ersten Mal seit Mamas Tod nicht mehr wie ein Blatt gewirkt, das ohne Widerstand vom Wind hin und her gewirbelt wird, sondern wie eine Blume, die endlich die Sonne wiedergefunden hat.« Nele macht eine kurze Pause, dann wechselt sie ins Englische – damit Callum am Telefon sie versteht, begreife ich. Laut und deutlich sagt sie: »Meli, du lebst endlich wieder. Und das verdankst du Lunenburg – und Callum. Das weißt du selbst doch auch, oder?«

Vor lauter Schluchzen kann ich nichts mehr sagen, sondern nur nicken.

»Sie hat genickt!«, ruft Nele triumphierend Richtung Handy, das ich immer noch fest an mein Ohr gepresst halte, während ich auf Callums Atemzüge lausche. Irgendwo in der Abflughalle des Flughafens von Halifax lacht Callum heiser in sein eigenes Telefon, bevor er sich die Nase schnäuzt. Dass er auch weint, ist glasklar. Im Hintergrund ertönt schon wieder eine Lautsprecherdurchsage.

»Hör zu«, sagt er hastig. »Die haben die Maschine tatsächlich startklar bekommen. Das war gerade mein zweiter Aufruf. Ich frage dich also noch einmal: Soll ich zurückkommen?«

Ich schließe die Augen, atme tief durch. Verdammt, natürlich möchte ich, dass er zurückkommt! Aber … mir fällt ein, was ich erst gestern erfahren habe: dass Papa damals aus Liebe zu Mama vom Land in die Stadt gezogen ist. »Mich hat es glücklich gemacht, deine Mutter glücklich zu sehen«, das waren seine Worte.

Und Callum macht das Segeln glücklich, ist mir endgültig klar geworden, als ich heute bei Fiona und Eloise das Bild von ihm als Kleinkind auf dem Segelboot gesehen habe. Es liegt ihm einfach in den Genen, was die Ahnengalerie eindrucksvoll verdeutlicht hat. Soll ich ihm diese Möglichkeit wirklich kaputt machen?

Unwillkürlich wandert mein Blick zu dem »Lunenburg Bump« in der Dachschräge, und mal wieder frage ich mich, welche Seemannsfrau wohl einst hier oben gesessen und nach dem Schiff ihres Mannes Ausschau gehalten hat. Ich muss an all die Frauen in Callums Familie denken, die teilweise über Jahrzehnte hinweg immer wieder gewartet und gebangt haben. Nein, das passt eigentlich nicht mehr in unser Zeitalter, dass die Frau zu Hause sitzt und tatenlos wartet und hofft.

Aber: Ich würde ja gar nicht tatenlos hier herumsitzen und darauf hoffen, dass Callum bald wieder hier wäre. Wenn all das mit der Arbeitserlaubnis wirklich klappen sollte, dann hätte ich mehr als genug damit zu tun, wieder in meinen alten Beruf als Goldschmiedin zurückzufinden. Zwar ist es auch dabei hoffentlich wie mit dem Fahrradfahren – und mit dem Segeln, vermute ich –, dass man es nicht verlernt, aber trotzdem bin ich völlig eingerostet, was meine Fingerfertigkeit betrifft. Und es wird dauern, bis ich mich hier in meinem neuen Alltag zurechtfinden werde, bis ich Fuß fasse, mich einlebe. Vielleicht ist es tatsächlich besser so, dass ich diesen Schritt allein meistere. Natürlich wäre es viel leichter mit Callum an meiner Seite. Und, ja, selbstverständlich auch viel schöner. Wenn ich allein an die Nächte denke … Rasch wende ich meinen Blick vom Bett ab und schließe kurz die Augen, um mich zu sammeln. Aber, einsame Nächte hin oder her, ich habe tatsächlich das Gefühl, dass es wichtig für mich ist, allein hier in Lunenburg anzukommen. Zeit für mich zu haben, bevor Callum zurückkehrt und ich mich endlich voll und ganz in diese Beziehung stürzen kann.

»Amelie?«, höre ich Callum nervös nachhaken. »Hast du mich verstanden? Soll ich zurückkommen?«

Mein Herzschlag, der gerade noch dem schnellen Flügelschlag eines Kolibris geglichen hat, beruhigt sich ein wenig, und ich straffe die Schultern. »Nein«, antworte ich ruhig, und ich merke, wie mich Papa und Nele ungläubig anstarren, höre Callum scharf einatmen.

»Nein?«, wiederholt er heiser.

»Nein. Ich würde niemals deine Pläne durchkreuzen. Du möchtest segeln, und das sollst du tun. So, wie deine Vorfahren es schon lange vor dir getan haben. Und wir zwei, wir haben hoffentlich noch sehr viel Zeit füreinander, denn ich …. ich werde hier sein, wenn du den Atlantik überquert hast und zurück nach Kanada kommst.«

Ich merke, wie Nele Papa ein High Five mit der flachen Hand gibt, bevor die beiden hastig mein Zimmer verlassen, plötzlich unerwartet diskret.

Mit rauer Stimme fragt Callum: »Bist du dir ganz sicher?«

»Und ob. Geh segeln, Callum. Ich warte auf dich.«

Callum schweigt, aber ich höre, wie er sich verstohlen die Nase putzt, und hoffe, dass es glückliche Tränen sind. Als ich das Lächeln in seiner Stimme höre, atme ich erleichtert auf: »Wenn das so ist, dann muss ich jetzt wirklich schnell auflegen, die werden am Gate nervös.« Er räuspert sich, fügt dann hastig hinzu: »Warte mal – wie lange darfst du als Touristin überhaupt im Land bleiben?«

»Ähm, ich habe keine Ahnung«, gebe ich zu und wische mir über die Augen. »Um die Formalitäten muss ich mich noch kümmern. Ich denke, ich werde erst einmal meinen gebuchten Rückflug antreten und mich in Deutschland um meine Kündigung und alles andere kümmern. Mal sehen, wie das mit der Arbeitserlaubnis klappt. Deine Tante will mir helfen, hat sie vorhin gesagt, als sie mir den Vorschlag gemacht hat.«

»Wenn das so ist und du im September in Europa sein wirst, dann könnten wir uns in Portugal treffen, wenn ich dort ankomme«, meint Callum, plötzlich enthusiastisch. »Ich müsste eine gute Woche Zeit haben, bevor wir die *Atlantic Queen* zurück nach Florida segeln. Vielleicht suchen wir uns in Lagos ein süßes Hotel und machen ein paar Tage Urlaub?«

»Das klingt sehr gut«, sage ich, und ein glückliches Lächeln stiehlt sich auf mein Gesicht. »Können wir zwischendurch skypen?«

»Nicht auf See, da haben wir nur ein Satellitentelefon für Notfälle, das ist leider viel zu teuer zum Plaudern.« Ich höre das Schmunzeln in Callums Stimme. »Wobei es natürlich durchaus ein Notfall ist, wenn ich dich vermisse.«

Nun muss ich breit grinsen. Im Hintergrund höre ich die Stimme einer Airline-Mitarbeiterin, der Callum wohl gerade sein Ticket zeigt. »Aber ich melde mich sofort heute Abend, wenn ich auf den Bahamas gelandet bin. Und bei unseren Zwischenstopps auf Bermuda und den Azoren können wir auch skypen. Ich maile dir nachher unsere Route mit den Daten, damit du Bescheid weißt, wann ich wo sein werde.«

»Das hört sich gut an«, lächele ich ins Telefon hinein.

»Finde ich auch«, höre ich ihn sagen und werde beim Klang seiner Stimme von Sehnsucht zerfressen. Kurz bin ich versucht, ihn zu bitten, doch zurückzukommen, aber ich presse energisch meine Lippen aufeinander und beschließe, stark zu sein.

»Und im November sehen wir uns in Lunenburg wieder, wenn ich das Boot in die Karibik gebracht habe und du dein Visum hast. Glaub mir, wenn sich Tante Fi etwas in den Kopf setzt, dann wird das auch was.«

»Heißt das, du verbringst den Winter doch nicht in der Karibik, um als Skipper auf Jachten zu arbeiten?«

»Verdammt, nein. Ich werde den Winter mit der schönsten Frau von Lunenburg verbringen. Und nicht nur den Winter.« Ich höre sein Lächeln und grinse selbst wie ein Honigkuchenpferd. Mit der glücklichsten Frau von Lunenburg, denke ich.

»Apropos Skipper: Bitte pass gut auf meinen Jungen auf, ja?«

»Nichts lieber als das«, versichere ich.

Mit rauer Stimme sagt Callum: »Ich vermisse dich jetzt schon wie wahnsinnig. Aber wir haben ja zunächst Portugal … und danach werde ich versuchen, besonders schnell zu dir zurück zu segeln, Amelie.«

Kapitel 44

D ie glockenhelle Stimme von Eva Cassidy erfüllt den Raum, singt *The Water is Wide*, während sich draußen vor dem Fenster die Dämmerung über Lunenburg senkt. Leise summe ich das vertraute Lied mit, das mich in der Vergangenheit oft so traurig gemacht hat, weil es mich unweigerlich an die wunderbaren und für immer verloren gegangenen Stunden erinnert hat, die Mama und ich in ihrem Atelier verbracht haben.

Genau wie damals bin ich auch nun wieder in meine kreative Schaffenswelt vertieft, und ich fühle mich Mama so nah wie seit Jahren nicht. Und daher habe ich (nach dem anfänglichen Schock, als Fiona mir erklärte, dass sie besonders gut zu Eva Cassidys engelsgleicher Stimme arbeiten könne) eingesehen, dass ich mich meinen Erinnerungen stellen muss. Dass ich sie zulassen muss – denn es sind ja zum großen Teil schöne Erinnerungen. Sosehr ich meine Mutter auch vermisse, so macht es mich dennoch glücklich, daran zu denken, wie sie gemeinsam mit Eva gesungen hat: »*The water is wide, I cannot get over, and neither have I wings to fly …*«.

Jetzt, als ich die Silberöse des letzten Kettenelements mithilfe meiner Zange sorgfältig zu biege und dabei dem vertrauten Lied lausche, habe ich das Gefühl, dass Mama hier bei mir ist. Fast glaube ich, sie vor mir zu sehen, mit ihrem farbbefleckten Overall, ihr rotbraunes Haar mithilfe eines wild gemusterten Tuchs zurückgebunden, verschmierte Farbe im Gesicht und an den schlanken Händen, ein glückliches Lächeln auf den Lippen. Ja, ich bin mir sicher, dass meine Mutter irgendwie bei mir ist. Und ich weiß, dass es sie glücklich macht, was sie sieht: Mich, die ich endlich nicht länger in einem tristen Großraumbüro vor einem Computerbildschirm sitze, sondern an einem Arbeitstisch stehe, der die typische halbrunde Ausbuchtung eines Goldschmiedearbeitsplatzes in der Tischplatte hat. Eine Gänsehaut überzieht meine Arme, als ich mich kurz in dem hell erleuchteten Raum umsehe und fast damit rechne, Mama zu erblicken, wie sie mir zulächelt.

»Give me a boat that can carry two ...«, singt Eva, und ich senke meinen Blick, konzentriere mich wieder auf das sorgfältige Auftragen des Silberlots und des Flussmittels, bevor ich meinen Brenner einschalte und mich daranmache, die Öse zuzulöten. Dies ist das letzte von insgesamt zwanzig ringförmigen Elementen, die ich aus 935er Silber geformt und Stück für Stück zu einer Halskette zusammengefügt habe. Keines der ringförmigen Elemente gleicht dem anderen völlig, alle sind ein wenig unterschiedlich groß, sind weder ganz rund noch vollkommen eben. Ich mag solchen Schmuck, der nicht glatt und perfekt ist, sondern leichte Dellen und Unebenheiten hat. So wie das Leben, das nicht immer glatt und perfekt verläuft.

In mir macht sich das übliche Glücksgefühl breit, als sich das Silber unter der Flamme rot zu verfärben beginnt und ich weiß, dass ich die zwei Enden des Rings nun fest zusammenlöte. Es ist ein gutes Gefühl. Mit einem versonnenen Lächeln schalte ich den Brenner aus und halte den Ring mit der Zange ins Abkühlbad. Diese Kette wird ein Geburtstagsgeschenk werden. Ron Gates, der Besitzer der Galerie zwei Häuser weiter, hat sie für seine Frau Nancy in Auftrag gegeben. Zufrieden lasse ich das abgekühlte Element und mit ihm gemeinsam die daran hängenden übrigen Silberringe auf meinen Arbeitstisch gleiten.

Nun muss ich die Kette noch in einem Säurebad reinigen, bevor ich die einzelnen Elemente am Amboss platt hämmern werde – wenn dann die Lötnähte nicht wieder aufgehen, weiß ich, dass ich sorgfältig gearbeitet habe, was bisher immer der Fall war. Zu guter Letzt wird noch der Verschluss angelötet, dann ist auch dieses Schmuckstück fertig.

Mein Blick fällt auf den Kettenanhänger, der am Rande meines Arbeitsplatzes liegt, und mal wieder geht mein Herz auf, als ich das Stück Meerglas in Meeresgrün betrachte, das von mir in Silber eingefasst wurde – ganz so, wie Fiona es vor über fünfunddreißig Jahren bei dem Stück Meerglas getan hat, das Papa als Kettenanhänger Mama geschenkt hat. Dieses Stück Meerglas auf meinem Arbeitsplatz ist dasjenige, das ich damals am Hirtle's Beach gefunden habe. An dem Tag, als ich zum ersten Mal mit Callum geschlafen habe. Und zum bisher einzigen Mal.

Seitdem habe ich noch zahlreiche Stücke Meerglas gefunden, bei meinen langen Spaziergängen entlang der Strände rund um Lunenburg, immer in Begleitung von Skipper und oft auch von Fiona oder Eloise, Onkel Knuth oder Bonnie. Inzwischen ist es Routine für mich, dieses Meerglas, das für mich ein völlig neues Material war, zu Schmuck zu verarbeiten. Mit einem leisen Summen lasse ich meinen Zeigefinger über die satinierte Oberfläche der blaugrünen Scherbe auf meinem Arbeitstisch gleiten und freue mich auf Neles Gesicht, wenn sie diese Kette, die uns für immer mit Mama verbinden wird, von mir zu Weihnachten bekommt.

Unwillkürlich lege ich eine Hand auf mein Dekolleté, wo ebenfalls ein kühles Stück Meerglas ruht, dieses in einem hellen Graublau, das ebenso selten zu finden ist wie Meeresgrün. Als ich die rund geschliffene Scherbe vor zwei Wochen entdeckt habe – wiederum am Hirtle's Beach –, wusste ich gleich, dass ich sie zu dem Schmuckstück verarbeiten musste, das mir zu Beginn meiner wilden Lovestory mit Lunenburg in den Sinn gekommen war: Dieses Meerglas-Stück hat eine leichte Wal-Form, und so habe ich es mit feinen Silberdrähten umwickelt, deren Enden tropfenförmig auslaufen. Nun hängt dieser Wal, von seiner grazilen Silberfontäne umgeben, um meinen Hals und begleitet mich durch meinen neuen Arbeitsalltag als Goldschmiedin.

Als ich nach meiner Tasse greifen will, in der mein Kräutertee längst kalt geworden ist, weil ich so in meine Arbeit vertieft war, sehe ich flüchtig auf die Wanduhr – es ist fast vier Uhr. Skipper scheint zu merken, dass sich der Arbeitstag langsam seinem Ende entgegen neigt und es bald Zeit für unseren Feierabendspaziergang ist. Er hebt seinen Kopf und sieht mich erwartungsvoll hechelnd an, die Zunge weit heraushängend, Vorfreude im Blick. Mit einem Grinsen will ich ihm klarmachen, dass er sich noch eine knappe Stunde gedulden muss, als mein Blick aus dem Fenster neben meinem Arbeitstisch fällt und ich den Atem anhalte: Draußen schweben dicke weiße Schneeflocken still zum Boden hinab. Verblüfft stelle ich fest, dass der Gehweg vor dem Haus bereits von einer dünnen weißen Puderzuckerschicht bedeckt wird.

»Fiona?« Ruckartig stelle ich meine Tasse ab. Erschrocken hebt Fiona den Kopf und sieht mich von ihrem eigenen Arbeitstisch auf der anderen Seite des Ladeneingangs aus an. Sie hat gerade konzentriert ein feines Loch in ein Stück Meerglas gebohrt – das funktioniert nur, wenn das Glas in einem Wasserbad liegt, sodass der Bohrer nicht zu heiß wird – und fragt besorgt: »Ist alles okay?«

»Es schneit!« Aufgeregt deute ich nach draußen und mache einen kleinen Hüpfer, was Skipper natürlich dazu animiert, mit einem begeisterten Jaulen aufzuspringen und auf mich zuzustürmen.

»Tatsächlich!« Fiona legt den Bohrer zur Seite und tritt dichter an das Schaufenster heran, sieht nach draußen. »Wunderschön, oder?«

»Ja! Mein erster kanadischer Schnee!« Wie verzaubert lasse ich meinen Blick über den zarten Puderzucker jenseits der Fensterscheibe gleiten.

»Beim ersten Schnee des Jahres fühle ich mich immer wie ein Kind«, sinniert Fiona mit einem verträumten Lächeln. »Gilly und ich, wir sind beim ersten Schnee sofort nach draußen gestürmt, egal zu welcher Tageszeit das war. Wir haben alles stehen und liegen lassen und sind im Schnee tanzen gegangen. Einmal sogar in Unterwäsche, weil wir gerade dabei gewesen waren, uns bettfertig zu machen. Da waren wir ungefähr fünf und neun. Wir haben ganz schönen Ärger von Mama bekommen. Aber das war es wert!« Ein wehmütiges Lächeln überzieht ihre Züge, wie immer, wenn sie von ihrer älteren Schwester spricht, die sie zu früh verloren hat. Dann aber sieht sie mich an, scheint die Wehmut energisch fortzuwischen und sagt: »Los, geh raus, Liebes! Ich muss das hier noch fertig machen, aber du, du hast doch mit der Kette für Ron noch Zeit. Mach Feierabend und genieße deinen ersten kanadischen Schnee.« Mit einem leisen Schnauben fügt sie hinzu: »Glaube mir, bis Februar bist du über den Zauber hinweg. Dann willst du nur noch mit warmen Füßen von A nach B kommen und wünschst dir den Frühling herbei. Aber egal. Im November ist er noch schön, der Schnee!«

Fröhlich zwinkert sie mir zu, bevor sie sich wieder ihrem Stück Meerglas zuwendet. »Na los, ihr beiden! Geht im Schnee tanzen!«

Das lassen Skipper und ich uns nicht zweimal sagen.

»Danke dir, Fi«, sage ich vergnügt, während ich meinen Arbeitsplatz mit wenigen Handgriffen aufräume. Ich habe mein eigenes Werkzeug aus Deutschland mitgebracht, schließlich haben Papa und Mama mir damals, für meine Ausbildung, meine eigene Goldschmiede-Grundausstattung geschenkt, und die hält für gewöhnlich ein Leben lang. In den vielen Regalfächern, die sich die Wand neben meinem Arbeitstisch entlangziehen, haben also mein Kugelhammer und die Blechschere, Ringfeile und Pinzetten, Rundzange, Kettenzange und Parallelzange, meine Lötkreuzpinzette, die Goldschmiedesäge, diverse Polierstähle, Ringriegel und Ringspiel, Seitenschneider und Nadelfeilen ihren Platz gefunden. Zufrieden werfe ich einen letzten Blick auf die fast fertige Kette für Ron Gates' Frau und knipse dann die Leuchte über meinem Tisch aus.

Mit geradezu kindlicher Vorfreude, in den Schnee hinaus zu dürfen, schlüpfe ich in meinen Mantel und wickele mir den dicken Wollschal ein paamal um den Hals, bis mein Kinn und meine Unterlippe ebenfalls dahinter verschwunden sind. Bei meinem Anblick lacht Fiona auf. Der Ausdruck in ihren meerblauen Augen erinnert mich einen Moment lang mal wieder so stark an ihren Neffen, dass ich die Luft anhalte und sie dann langsam entweichen lasse. Ich konzentriere mich darauf, Skipper gründlich den Nacken zu kraulen, um nicht schon wieder von Sehnsucht zerfressen zu werden.

Nicht mehr lang, sage ich mir, wie so oft. Nun dauert es wirklich nicht mehr lang.

»Ich wünsche dir einen wunderschönen Feierabend, meine Liebe.« Fiona zwinkert mir zu, bevor sie das Stück Meerglas auf ihren Arbeitsplatz legt und nach dem feinen Silberdraht greift, mit dem sie die Scherbe umwickeln wird, wie ich weiß, da ich ihre Skizze gesehen habe.

»Danke dir«, erwidere ich und frage mich, ob es nur der Schnee ist, der meine Chefin so vergnügt macht. Oder hat es Jimmy vom Seaview Coffee Shop endlich geschafft, sie zu einem

Date zu überreden? Seit ich für Fiona arbeite, haben sie und ich so manchen Feierabend bei gutem Essen und langen Gesprächen verbracht, und dabei habe ich einiges aus dem erstaunlich regen Dating-Leben meiner Chefin erfahren. Trotz ihrer sechsundfünfzig Jahre geht Fiona regelmäßig aus – gemeinsam mit ihren Freundinnen fährt sie oft am Wochenende nach Halifax, um dort etwas essen oder ins Kino oder auch tanzen zu gehen. Ich weiß, dass es in den letzten Jahren den ein oder anderen Mann in ihrem Leben gab, aber etwas Ernstes war wohl nie dabei.

»Hast du heute noch was vor?«, erkundige ich mich unschuldig und mache die Leine an Skippers Halsband fest.

»Mhm«, murmelt Fiona, ohne aufzusehen. »Ein Date mit Ben & Jerry und Doc MacDreamy von Grey's Anatomy.« Nun sieht sie doch kurz auf und grinst mich breit an. Ich muss lachen. Aha, also hat Jimmy doch noch keinen Erfolg bei ihr gehabt.

»Mach nicht mehr so lange, Fi. Kommst du wirklich allein zurecht?« Zögernd stülpe ich mir meine Wollmütze über die Locken. Nun wirft mir meine Chefin einen geradezu empörten Blick zu.

»Also, Herzchen, so glücklich ich auch darüber bin, dass du endlich dein Visum hast und hier arbeiten darfst: Sehe ich etwa so aus, als käme ich jemals nicht allein zurecht?« Amüsiert schüttele ich den Kopf. »Na siehst du. Also geht endlich. Los, raus mit euch!«

Lachend gehorche ich, verlasse mit Skipper die behagliche Wärme des Out of the Blue.

Draußen empfangen mich die beißende Kälte dieses Novembernachmittags und die sanfte Stille, die frisch gefallener Schnee mit sich bringt. Es ist windstill, und die hellgrauen Wolken, die dicke Flocken auf uns herabrieseln lassen, haben am Horizont ein Loch, durch das rotgolden die Strahlen der tief stehenden Abendsonne über die Dächer von Lunenburg fallen. Die Schneeflocken tanzen lautlos um mich herum, streifen sacht mein Gesicht, küssen meine Lippen.

Übermütig zieht Skipper an der Leine und jagt den Flocken hinterher, und so verfalle ich in einen lockeren Laufschritt, vorsichtig, um auf der frischen weißen Schicht, die die Gehwege bedeckt, nicht auszurutschen.

Als wir an Bonnies Geschäft vorbeikommen, winkt sie uns von drinnen fröhlich zu, in jeder Hand ein rotes Wollknäuel. Ihr heimelig erleuchtetes Schaufenster wird von wunderschönen Wollprodukten bevölkert: Da sind farbenfroh gestrickte Teekannen- und Tassen-Wärmer, Stulpen, Socken und Handschuhe mit winterlichem Muster, gehäkelte Teddybären und Puppen und kuschelige Rollkragenpullover mit Norweger-Muster. Einen dieser Pullover, in tollen Blautönen, habe ich neulich bei ihr gekauft, und ich trage ihn auch heute, er hält mich unter meinem Mantel wunderbar warm. Um Bonnie richtig zulächeln zu können, zupfe ich den Schal von meinen Lippen fort. Diesen Schal habe ich selbst gestrickt, denn ja, ich habe mich tatsächlich für Bonnies abendlichen Strickkurs angemeldet. Außer diesem Schal und der dazu passenden Bommelmütze – beide kunterbunt geringelt –, bin ich gestern mit dem ersten von zwei warmen Socken fertig geworden, die ich gut gebrauchen kann, obwohl mir Skipper abends auf dem Sofa oft genug die Füße wärmt.

Ja, Skipper ist bei mir eingezogen. Als ich wieder in Lunenburg angekommen bin, hat er sich vor lauter Freude, mich zu sehen, förmlich überschlagen, und da meinte Fiona: »Bitte, Liebes, nimm du den Hund. Er hat sich noch nie auch nur halb so sehr gefreut, wenn ich durch die Tür gekommen bin. Anscheinend hat sich nicht nur sein Herrchen hoffnungslos in dich verliebt.«

Und so bilden Skipper und ich nun eine Art Wohngemeinschaft und teilen uns nicht nur ein Haus, sondern vor allem eine große Sehnsucht: Callum endlich wieder bei uns zu haben.

Ich kann Bonnie gerade noch gut gelaunt zuwinken, bevor mich Skipper auch schon übermütig weiterzieht. Aber da morgen Abend schon wieder der Strickkurs stattfindet und wir danach üblicherweise in das Singing Sailor Pub gehen, um bei einem Seafood Chowder zu plaudern, ist das nicht weiter schlimm. Bonnie ist in den letzten Wochen eine enge Freundin geworden – vielleicht die beste, die ich je hatte. Ihr fröhliches, zuversichtliches Naturell hat mich ebenso über den ein oder anderen Blues, weil ich Callum vermisst habe, hinweggetröstet wie Fionas sonniges Gemüt. Die beiden sind zu zwei wesentlichen Pfeilern in meinem neuen kanadischen Alltag geworden. Und natürlich Onkel Knuth, der sich zum Glück wieder vollständig von seinem Schlaganfall erholt hat, aber, ebenso wie Papa, seitdem Medikamente nehmen muss. Ich sehe Knuth regelmäßig, mindestens zweimal pro Woche essen wir gemeinsam zu Abend. Entweder lädt er mich in sein Haus ein, oder er kommt zu mir, in das meeresgrüne Haus in der York Street.

Kapitel 45

Es war Fiona, die mir vorgeschlagen hat, dass ich in dem Haus bleiben sollte, das Papa ursprünglich nur für unseren Urlaub im August gemietet hatte. In Callums Elternhaus.

Nachdem Papa, Nele und ich wenige Tage nach Callums Abreise Lunenburg ebenfalls verlassen hatten, waren zunächst noch andere Touristen in das meeresgrüne Haus eingezogen, die schon lange vorher diese Buchung gemacht hatten. Aber noch während ich in Deutschland dabei war, meine Habseligkeiten in Koffer zu packen, und während sowohl Fiona als auch ich nach meiner Kündigung bei Peters & Hagemüller an meinem Visumsantrag gearbeitet haben, markierte Callums Tante das Haus für den Rest des Jahres in sämtlichen Internet-Buchungsportalen als »ausgebucht«. Und so kam es, dass ich, als ich Anfang Oktober, mit reichlich Übergepäck und tatsächlich mit einem Arbeitsvisum in der Tasche, nach Lunenburg zurückkehrte, erneut in das meeresgrüne Haus einzog.

Zuerst war ich mir nicht sicher gewesen, ob Callum das wirklich recht war. Aber ich konnte ihn per Skype fragen, als er Mitte September, nach der ersten längeren Etappe der Reise von der Karibik nach Portugal, die Azoren erreicht und die Möglichkeit hatte, mit mir zu skypen.

»Natürlich bin ich einverstanden!«, sagte Callum mit Nachdruck, und ich hatte beim vertrauten Anblick seines Lächelns Tränen in den Augen. »Der Gedanke, dass das Haus still und leer die kalte Jahreszeit verbringt, bis im nächsten Sommer wieder Touristen kommen, hat mich schon immer gequält. Ich bin echt froh, dass du nun dort leben wirst, Amelie. Zusammen mit meinem verrückten Hund.«

Und so war es beschlossene Sache, und ich zog in das Haus in der York Street ein, in dem Callum aufgewachsen war. Für mich, die ich so lange bei Papa unter dem Dach gewohnt hatte, war das ein wirklich großer Schritt, schließlich hatte ich noch nie ganz allein gelebt. Wäre ich ohne Skipper gewesen, hätte ich mich sicherlich schrecklich einsam gefühlt und bestimmt auch oft Angst gehabt, wenn es irgendwo im Haus knackte, wie es bei alten Holzhäusern oft vorkommt. Aber gemeinsam mit meinem treuen Gefährten, der mich kaum allein auf die Toilette gehen ließ, fühlte ich mich stets geborgen und beschützt. Wenn abends ein Herbststurm um das Haus tobte und die hölzernen Wände unter den Böen ächzten, kuschelte sich Skipper eng an mich und legte seine Schnauze auf mein Knie, als wolle er mir versichern, dass er es niemals zulassen würde, dass mir etwas zustoßen könnte.

Fiona hatte mich gewarnt, dass Lunenburg nicht immer so zauberhaft schön sein würde wie im Sommer. Sie, die die Sonne und die langen Sommertage liebte, litt stets darunter, wenn es kühler wurde und die Gänse und Kolibris gen Süden aufbrachen. Ich hingegen fand es umwerfend schön, als ich im Oktober miterleben durfte, wie sich die Wälder rund um Lunenburg in ein Farbenspiel aus leuchtendem Rot und goldenem Gelb verwandelten, bevor der kälter werdende Wind schließlich begann, die farbenprächtigen Blätter von den Ästen und Zweigen zu fegen. Aber, obwohl ich den Farbenrausch des Indian Summer genossen hatte, konnte ich den November kaum erwarten, denn der November bedeutet, dass Callum bald hier sein wird. Außerdem liebe ich Lunenburg einfach bei jedem Wetter – auch, wenn ich morgens vom Nebelhorn geweckt werde und die Häuser meiner Nachbarschaft von einer grauen Suppe verschluckt worden sind, wie es in den letzten Tagen häufig der Fall gewesen ist.

»*When the fog horn blows, you know I will be coming home*«, singe ich leise Van Morrisons Liedtext vor mich hin und lächele glücklich bei der Vorstellung, dass Callum nun tatsächlich bald hier sein wird. Nur er fehlt mir hier, im schönsten Ort der Welt, zu meinem Glück – und natürlich Papa und Nele. Bevor wir uns Anfang Oktober in Deutschland tränenreich voneinander verabschiedet haben, habe ich den beiden das Versprechen abgenommen, dass sie mich an Weihnachten in Lunenburg besuchen werden – und ich musste nicht lange betteln. Nele und ich, wir sind uns seit unserem denkwürdigen Sommerurlaub so nah wie noch nie. Vielleicht liegt es daran, dass Nele wegen ihrer Schwangerschaft Mama ganz besonders vermisst, auf jeden Fall scheine ich als ihre ältere Schwester mit einem Mal eine wichtige Rolle in ihrem Leben zu spielen – und diese Rolle genieße ich in vollen Zügen. Bei Neles erster gynäkologischer Untersuchung nach unserer Rückkehr aus Kanada war ich dabei, und wir haben gemeinsam gerührt auf den Ultraschallbildschirm gestarrt, wo Neles Baby zu sehen war und optisch noch sehr an eine winzige Schildkröte erinnerte. Seit ich in Lunenburg wohne, skypen wir mindestens zweimal pro Woche und tauschen uns über alles aus, was uns bewegt: Nele erzählt von jeder Entwicklung der »Schildkröte« und zeigt mir alle Strampler, die sie kauft, und ich berichte detailliert von meinem neuen kanadischen Alltag mit seinen vielen Höhen, aber natürlich auch der ein oder anderen Tiefe. Wir geben uns gegenseitig Ratschläge und trösten uns, wenn wir traurig sind. Mehr als einmal hat Nele in den letzten Wochen bei unseren Skype-Gesprächen sehnsüchtig geseufzt und verkündet, dass sie die Tage bis zu ihrem Abflug nach Kanada kurz vor Weihnachten zähle. Da sie es hier im letzten Sommer zwar schön fand, aber auch nicht unbedingt so verliebt in Lunenburg war wie ich, vermute ich ganz stark, dass sie tatsächlich in erster Linie Sehnsucht nach ihrer älteren Schwester hat. Diese Erkenntnis lässt mich immer wieder staunen.

Auch Papa kann es kaum erwarten, wieder nach Lunenburg zu kommen. Um mich zu sehen, um seinen Zwillingsbruder zu sehen – und ich habe den Verdacht, dass er sich außerdem sehr darauf freut, Fiona wiederzusehen. Meine Chefin und Papa haben sich in unseren letzten Urlaubstagen im August auffällig gut verstanden.

Die dünne Schneeschicht knirscht leicht unter meinen Füßen, als ich die inzwischen so vertrauten Hügel Lunenburgs bewältige und Richtung York Street gehe. Skipper zieht an seiner Leine wie ein Irrer, er scheint von den dicken weißen Flocken, die auf uns herabrieseln, relativ unbeeindruckt zu sein, will anscheinend einfach nur Bewegung bekommen, rennen, ein paar Möwen jagen. Während ich dem aufgeregten Hund die Bürgersteige entlang folge, freue ich mich wie ein Kind über die Weihnachtsdekoration, die buchstäblich über Nacht die Halloween-Dekoration abgelöst hat. Kürbisse wurden gegen Kränze aus Tannengrün ausgetauscht, Hexen auf Besen haben Weihnachtsmännern in Rentierschlitten Platz gemacht, und neben dem Eingang des Seaview Coffee Shop steht eine riesige Plastikmöwe mit roter Weihnachtsmannmütze, was die echten Möwen ziemlich irritiert. Aber, obwohl alles bereits in festlicher Vorfreude auf die Weihnachtszeit zu sein scheint, so halten sich die Lunenburger mit der Festbeleuchtung noch sehr zurück, und das hat seinen Grund: Wie Fiona mir erklärt hat, findet am dritten Novemberwochenende am Hafen, im Rahmen des Weihnachtsmarktes »Christmas by the Sea«, das feierliche und von Jung und Alt sehnsüchtig erwartete »Lighting of the Vessels« statt. Große Segelschiffe und kleine Jollen, elegante Jachten und jede Menge Fischkutter werden gleichzeitig die Lichterketten einschalten, die entlang ihrer Masten, Decks und Aufbauten gespannt wurden. Es muss ein atemberaubendes Spektakel sein, das den Startschuss für die festliche Beleuchtung der Häuser Lunenburgs und den offiziellen Beginn der Vorweihnachtszeit bedeutet.

In den nächsten Wochen soll außerdem der Weihnachtsbaum feierlich verabschiedet werden, der aus einer Baumschule außerhalb des Ortes stammt und per LKW seine Reise nach New York antreten wird, um vor dem Rockefeller Center in aller Pracht zu erstrahlen. Dass dies nicht der erste Weihnachtsbaum aus Lunenburg sein wird, der in Manhattan von aller Welt bewundert werden darf, ist eines der vielen Dinge, die ich in den letzten Wochen dazugelernt habe: Lunenburg gilt tatsächlich als die »Weihnachtsbaumhauptstadt« der Welt, weil in den Wäldern um uns herum die schönsten Exemplare gezüchtet werden.

Während ich dem aufgeregt an der Leine zerrenden Skipper folge und hin und wieder meinen Schal tiefer schiebe, um meinen Atem in kleinen Wölkchen in die kalte Luft entweichen zu lassen, wandern meine Gedanken fort von Lunenburgs Vorweihnachtszauber und hin zu Callum.

Es ist nun genau drei Monate her, seit wir uns das letzte Mal berühren konnten und uns nicht nur an einem Computerbildschirm sehnsüchtig angelächelt haben. Zwölf Wochen und einen Tag, um ganz genau zu sein – denn leider hat unser Treffen in Portugal doch nicht geklappt. Schon auf den Azoren hat mir Callum niedergeschlagen von der Flaute erzählt, die sie während der letzten drei Tage vor dem Einlaufen in Horta zur Nutzung des Dieselmotors gezwungen hatte, weshalb sie länger

445

als geplant gebraucht hatten, um die Inselgruppe im Atlantik zu erreichen. Und dann hatte der Dieselmotor auch noch begonnen, Aussetzer zu haben, und musste in Horta repariert werden. Dadurch kam es also zu weiteren Verzögerungen, und ich habe Callum auf dem Bildschirm meines Laptops deutlich angemerkt, dass ihn diese Verzögerungen dünnhäutig und schlecht gelaunt machten. Als ich vorsichtig nachhakte, was mit ihm los sei, sagte er heftig: »Ich vermisse dich, Amelie, das ist los! Und ich wünschte wirklich, ich müsste hier nicht herumsitzen und Däumchen drehen und darauf warten, dass die den blöden Dieselmotor wieder ordentlich zum Laufen bringen! Denn jeder Tag, den wir länger hierbleiben, fehlt mir am Ende in Portugal.«

Da verstand ich, worauf er hinauswollte, und musterte ihn betroffen. Er saß in einem kleinen Straßencafé in Horta, im Hintergrund konnte ich den Hafen mit sicher Hunderten Segelbooten erkennen, den blauen Himmel, strahlenden Sonnenschein. Aber Callums Laune war alles andere als strahlend, und er erklärte mir zerknirscht, warum: Durch die Verzögerung mit dem ersten Boot würde er voraussichtlich nur einen Tag vor dem anvisierten Auslauftermin des zweiten Boots in Portugal eintreffen. Und das Auslaufen dieses zweiten Boots, der *Atlantic Queen*, die nach Florida gesegelt werden sollte, konnte nicht verschoben werden, weil Ernie, der Millionär, pünktlich zum Geburtstag seiner Frau in Key West sein wollte.

»Es wird also keine Zeit mehr bleiben für einen romantischen Kurzurlaub mit dir, in einem netten kleinen Hotel in Lagos.« Callum holte tief Luft und sah mich mit so viel ehrlichem Bedauern an, dass ich unwillkürlich lächeln musste. Nicht, weil es mich in irgendeiner Weise fröhlich stimmte, dass wir uns doch nicht in Portugal würden treffen können – im Gegenteil! –, sondern einfach, weil es mich so verdammt glücklich machte zu sehen, wie sehr er mich vermisste.

»Was gibt es denn da zu lächeln?«, brummte Callum, aber ich konnte genau erkennen, dass auch um seine Mundwinkel ein winziges Lächeln spielte, sich seine verhärteten Gesichtszüge ein wenig entspannten. Vermutlich hatte er mit Tränen meinerseits gerechnet, nicht mit einem Lächeln.

»Ich freue mich, dass du mich noch nicht vergessen und gegen irgendeine Azoren-Schönheit eingetauscht hast«, antwortete ich und musste nun breit grinsen, als ich Callum heiser auflachen hörte.

»Klar, so hatte ich das eigentlich geplant. Dich mir nichts, dir nichts gegen die erstbeste Frau auszutauschen, die mir hier über den Weg läuft. Fast hätte ich das schon auf den Bahamas getan. Und auf Bermuda.« Er sah mich mit hochgezogenen Augenbrauen an, blickte dann über den Bildschirm seines Laptops hinweg und sagte: »Warte mal, ich muss gerade der Frau da hinterher, bin gleich wieder da.«

Und er stand auf und verschwand kurz, was mich albern kichern ließ. Im nächsten Moment tauchte er wieder auf, ließ sich mit einem theatralischen Seufzer zurück auf seinen Café-Stuhl sinken und bemerkte: »Sie ist verheiratet. Zu blöd.«

»Wie witzig«, meinte ich trocken, musste aber tatsächlich immer weiter kichern, sodass mich auch Callum schließlich breit anlächelte.

»Nicht so witzig wie du«, erwiderte er und fügte dann hinzu: »Auf jeden Fall weiß ich jetzt, dass du nicht wirklich unglücklich darüber bist, mich nicht in Portugal treffen zu können.« Mit einem Mal wurde er wieder ernst, musterte mich eingehend.

Auch mir verging das Kichern, und ich erwiderte heftig: »Callum, das stimmt überhaupt nicht. Die Vorstellung von dir und mir in Portugal hat mich in den letzten Tagen wirklich glücklich gemacht. Aber ...« Ich holte tief Luft und sah mich in meiner chaotischen kleinen Dachwohnung in Bielefeld um. »Ich stecke hier mitten in der Auflösung meines bisherigen Lebens. Siehst du das Chaos?« Ich hielt die Kamera so, dass er die auf dem Boden aufgeklappten Koffer erkennen konnte, die ich mit Sachen für mein neues kanadisches Leben zu füllen begonnen hatte. »Portugal mit dir wäre ein Traum gewesen – aber, ehrlich gesagt, kann ich mir den Flug eh nicht leisten. Ich brauche meine mageren Ersparnisse für das Ticket nach Kanada und für meinen Neustart in Lunenburg.«

»Apropos: Im Haus wohnst du diesmal natürlich umsonst, das ist hoffentlich klar«, sagte Callum.

»Quatsch, ich werde dieselbe Miete zahlen, die sonst die Touristen …«

»Amelie! Wenn du nicht sofort mit diesem Blödsinn aufhörst, steige ich ins nächste Flugzeug und komme direkt nach Deutschland.« Bei Callums heftigen Worten erschauderte ich leicht und musste mir auf die Unterlippe beißen, um nicht hervorzustoßen: »Ja, bitte mach das!«

Einer von uns musste jetzt eindeutig einen kühlen Kopf bewahren, und an Callums aufgewühlt funkelnden Augen merkte ich, dass er nicht derjenige war.

»Gut, von mir aus zahle ich keine Miete«, lenkte ich ein und sah ihn ruhig an. »Hör zu, was ich eigentlich sagen wollte: Vielleicht ist es besser so, wenn ich mir das Geld für den Kurztrip nach Portugal spare und lieber in mein Kanada-Abenteuer investiere. Denn natürlich könnte ich trotzdem nach Lagos fliegen, dich ganz kurz sehen, immerhin einen Tag lang, und dir beim Auslaufen mit der *Atlantic Queen* hinterherwinken. Aber meinst du, dass du überhaupt den Kopf frei hättest, um Zeit mit mir zu verbringen?«

Callum starrte mich auf dem Bildschirm an, dann senkte er den Blick und seufzte leise. »Nein. Das ist es ja.« Er fuhr sich mit einer Hand durch sein Haar, sah mich wieder an, und das Glühen in seinen blauen Augen ließ mich schlucken.

»Versteh mich nicht falsch, im Moment würde ich alles dafür geben, auch nur eine Stunde mit dir zu haben.« Er atmete tief durch, und sein Blick versetzte nicht nur mein Herz, sondern auch meinen restlichen Körper in allerhöchste Aufregung. »Ehrlich gesagt würde ich schon alles dafür geben, dich wenigstens irgendwo ungestört zu sprechen, alleine, nicht in einem blöden Straßencafé.«

Genau in diesem Moment stürmten ein paar Kinder lachend an Callums Tisch vorbei, gefolgt von zwei bellenden Hunden, und im Hintergrund hupte ein Auto. Callum sah mich verzweifelt an, halb gespielt, halb ernsthaft. Gerührt umfasste ich meinen Laptop fester, als könne ich dadurch Callum berühren, als würde er so meine Nähe spüren.

»Ich weiß«, murmelte ich. »Mir geht das auch so.«

Unwillkürlich musste ich an all die Nächte denken, in denen ich wach lag und mich nach Callum sehnte. Ich wünschte auch, dass er nicht immer nur im W-LAN-Bereich eines Cafés oder einer Bar mit mir skypen könnte. Dass wir uns wirklich mal nur zu zweit unterhalten könnten, ohne dass die Leute um ihn herum alles mitbekamen – besonders, seit seine Kopfhörer zwischen den Bahamas und Bermuda ins Wasser gefallen waren und er noch keine neuen hatte besorgen können. Oft kam es sogar vor, dass seine Mitsegler gut gelaunt über seine Schulter sahen, mich grüßten und ebenfalls mit mir plauderten, denn inzwischen kannte ich die drei recht gut.

Natürlich liebte ich unsere Skype-Gespräche trotz allem, ich konnte nicht genug davon bekommen, Callum auf dem Bildschirm zu sehen, ihm von meinem Alltag zu berichten und ihm zuzuhören, wenn er von seiner Reise erzählte: von den kleinen und großen Abenteuern, wie einem gut überstandenen Gewittersturm oder von dem Wal, der plötzlich seinen Kopf aus dem Wasser gestreckt und die Crew neugierig gemustert hatte, bevor er still wieder in den Atlantik abgetaucht war und alle erleichtert aufgeatmet hatten, weil der Koloss das Boot nicht aus Versehen zum Kentern gebracht hatte. Callums begeisterte Berichte von dem leuchtenden Plankton, das er bei einer seiner Nachtwachen neben dem Boot hatte treiben sehen, hatten mich ebenso verzaubert wie sein Schwärmen von dem schönsten Sternenhimmel, den er jemals erlebt hatte. Und als er mir von den geradezu feengleichen Quallen erzählt hatte, die mit langen, silbrig schimmernden Tentakeln neben dem Boot hergeschwommen waren, hatte ich sogar eine neue Schmuck-Idee gehabt: Die Ohranhänger, die ich aus runden weißen Meerglas-Stücken entworfen habe, an denen feine Silberketten wie Tentakel herabhängen, sind im Out of the Blue seit Kurzem ein echter Verkaufsschlager.

Aber es gab auch die Momente wie in dem Straßencafé auf den Azoren, wenn wir uns ansahen und jeweils im Blick des anderen lesen konnten, dass wir nicht über Quallen und Sternenhimmel oder über kaputte Dieselmotoren plaudern wollten. Wir wollten so viel mehr, aber in der fehlenden Intimität des Cafés war dies nicht möglich.

Callum seufzte schwer und sagte heiser: »Wie gesagt, ich würde alles für ein bisschen Zweisamkeit geben. Aber ich weiß auch, dass es dir gegenüber unfair wäre, wenn du extra nach Lagos fliegen würdest. Ich habe überhaupt keine Ahnung, wie ich es anstellen soll, so schnell, ohne wirkliche Pause, vom einen Boot zum nächsten zu wechseln und einfach weiterzusegeln, als hätte ich nicht gerade schon einmal den Atlantik überquert.« Erneut seufzte er gequält auf. »Es ist wohl besser so, wenn du nicht kommst. Wenn wir … wenn wir uns bis November gedulden.«

Bis November. Wir sahen uns auf dem Bildschirm an, Callum auf den Azoren, ich in Bielefeld, und es war klar, dass ihn die Aussicht auf die folgenden Wochen ohne mich genauso wahnsinnig machte wie mich die Aussicht, weiterhin ohne ihn zu sein.

»Verdammt, diese Idee, den Atlantik in beide Richtungen zu überqueren, war die dümmste, die ich seit Langem hatte!«, fluchte Callum im Straßencafé in Horta und raufte sich die Haare. Obwohl mein ganzer Körper vor Sehnsucht brannte, musste ich lachen.

»Na ja, vielleicht hast du dann ja fürs Erste genug von Atlantiküberquerungen und bleibst eine Weile bei mir.«

Callum ließ die Hände sinken und sah mich ernst an. »Eine Weile?«, wiederholte er ungläubig. »Eine Weile?«

Unsicher lachte ich auf und wusste erst nicht recht, was er mir sagen wollte, bis er sich vorbeugte, ernst in die Kamera starrte und sagte: »Amelie, ich habe nicht vor, dich jemals wieder allein zu lassen.«

Bei der Erinnerung an seine Worte und seinen Blick erschaudere ich auch jetzt wieder wohlig, als ich Skipper die verschneiten Gehwege entlang folge.

»Aber wolltest du nicht im Frühjahr mit Ernie und der Crew das Boot von Florida wieder bis zurück nach Lunenburg segeln?«, erkundigte ich mich zaghaft, während Callum in Horta auflachte.

»Wollte ich mal, ja. Aber da kannte ich dich noch nicht. Die anderen müssen das ohne mich machen. Ich werde in Lunenburg an der Pier stehen und ihnen beim Einlaufen zuwinken. Zusammen mit dir, hoffe ich.«

Das klang für mich nach einem hervorragenden Plan.

Vorgestern ist Callums Boot endlich auf St. Lucia in der Karibik angekommen, und als ich sein Gesicht, nach sechzehn Tagen des Bangens, zum ersten Mal wieder bei Skype sehen konnte, habe ich geheult vor Freude. In den letzten zwei Wochen hatte ich immer nur hoffen können, dass es ihm gut ging, seit er die vorletzte große Etappe mit der *Atlantic Queen* – von den Kapverdischen Inseln vor Westafrika bis zu den British Virgin Islands in der Karibik – begonnen hatte. Dieses Bangen hat mich ziemlich mitgenommen, obwohl Fiona, Knuth und Bonnie alles gegeben haben, um mich aufzubauen und mir Mut zuzusprechen. Die drei hatten in den letzten Wochen immer ein offenes Ohr für mich, wenn ich Callum vermisst habe. Ich vertraute ihnen sogar an, dass ich nachts manchmal schweißgebadet aus dem Schlaf hochschreckte, weil ich in meinem Traum gesehen hatte, wie das Segelboot auf den Weiten des Atlantiks von Monsterwellen überrollt und in die dunkle Tiefe des Meeres hinabgerissen wurde. Auch Papa und Nele hörten mir bei Skype oder am Telefon zu, wenn ich von Ängsten geplagt wurde, und sie redeten auf mich ein und untersagten es mir irgendwann, weiterhin panisch im Internet die Wetterlage auf dem Atlantik zu verfolgen, damit ich mir nicht ständig das Schlimmste ausmalte. Die Vorstellung, dass Callum und seine Mitsegler dort draußen, auf der Weite des Ozeans, den Elementen in ihrem Boot schutzlos ausgeliefert waren, machte mich eine Zeit lang fast krank, auch wenn mir Eloise immer wieder versicherte, dass alles gut gehen würde, dass Callum heil zurückkehren würde, wie ihr Douglas es auch immer wieder getan hatte.

Es war wirklich gut, dass mich die neue Umgebung, der neue Job, die lieben Menschen und der verrückte Hund ablenkten und dafür sorgten, dass ich nicht nur an Callum denken konnte.

Aber nun dauert es wirklich nicht mehr lang, bis er hier sein wird, bete ich mir mal wieder vor und blicke meinen Atemwölkchen in der klaren Abendluft hinterher. Heute schon sollte sein Boot wieder ablegen, die letzte Etappe der langen Reise in Angriff nehmen, von St. Lucia bis nach Key West in Florida. Wenn alles glattgeht, wird Callum in neun Tagen dort ankommen und in zehn Tagen hier sein.

In zehn Tagen!

Mein Herz stolpert vor Vorfreude, und gleichzeitig zerreißt mich die Sehnsucht mal wieder, weil ich nicht weiß, wie ich es weitere neun Nächte ohne Callum aushalten soll. Mit einem tiefen Seufzer drehe ich mein Gesicht himmelwärts und genieße die feuchte Kühle der Flocken auf meiner Nase, auf meinen Augenlidern, auf meiner Stirn.

Im nächsten Moment schießt Skipper so plötzlich mit einem Bellen davon, dass die Leine meinen kalten Fingern entgleitet. Erschrocken reiße ich meine Augen auf, sehe ihm nach, schreie: »Skipper, spinnst du? Stopp! Bei Fuß!«

Aber Skipper hört nicht, sondern stürmt wie ein schwarzer Blitz den Hügel hinauf, unserer Straße entgegen. Er fegt um eine Ecke, die Leine fliegt geradezu hinter ihm her, und entgleitet so meinem Blick. Wütend fange auch ich an zu laufen. Dieser Hund, sicherlich jagt er mal wieder einen armen Vogel! Mein Atem wird in kleinen Wölkchen in die Luft gewirbelt, während ich den Hügel hinaufkeuche, in die York Street einbiege und Skipper suche. »Skipper!«, schreie ich immer wieder. »Skipper!«

Hoffentlich ist er einfach nur nach Hause gerannt, hämmert es in meinem Kopf, und ich laufe noch schneller, versuche, auf dem frischen Schnee nicht auszurutschen. Das hat er noch nie gemacht, er ist noch nie richtig abgehauen! Wenn er sonst einem Tier hinterhergestürmt ist, hat er sich immer von meinem Rufen zur Raison bringen lassen, hat immer kehrtgemacht, zwar widerstrebend, aber immerhin. Er ist stets zu mir zurückgekommen. Aber jetzt, jetzt ist er tatsächlich wie vom

Erdboden verschluckt. Angst beginnt in mir zu pulsieren, während ich an den hell erleuchteten Häusern meiner Nachbarschaft vorbeijogge, besorgt in die dämmerigen Gärten blicke. Was, wenn er nicht wiederauftaucht? Was sage ich Callum bei seiner Rückkehr? Wie erkläre ich ihm, dass ich seinen geliebten Hund verloren habe?

Unsinn, sage ich mir im Stillen mit Nachdruck und ringe nach Luft, schiebe den Schal weiter nach unten. Ein Ungetüm von einem Hund wie Skipper geht nun wirklich nicht einfach so verloren!

Schon taucht das meeresgrüne Haus am Straßenrand auf, und ich hoffe so sehr, dass Skipper dort auf mich wartet, dass mir erst auffällt, was ich sofort hätte merken müssen, als ich fast die Einfahrt erreicht habe: Im Erdgeschoss brennt Licht.

Kapitel 46

Wie erstarrt bleibe ich auf dem Gehweg stehen und lasse meinen Blick verwirrt von Fenster zu Fenster wandern. Ja, im Wohnzimmer ist eindeutig die Stehlampe neben dem Sofa eingeschaltet, und auch die Küche ist hell erleuchtet. Aber ... ich habe doch heute Morgen wie immer alle Lampen ausgemacht ... oder nicht? Und ... wo zum Teufel steckt dieser Hund? Ich höre ihn bellen, aber ... ist er etwa im Haus? Wie ist er da reingekommen?

Ratlos mache ich zwei weitere Schritte auf den Eingang zu, als die Haustür aufgeht und Skipper herausgeschossen kommt. Ich bin einen Augenblick lang so verwirrt, dass ich ihm einfach nur verdattert entgegensehe und mich frage, was hier vor sich geht und was in dieses Tier gefahren ist.

Und dann sehe ich ihn. Callum steht in der geöffneten Tür seines Elternhauses. Natürlich erkenne ich ihn sofort, obwohl er so anders aussieht: Dass sein Haar heller ist als im August, nach Wochen auf dem Meer, von Sonne und vom Salzwasser gebleicht, das habe ich bei unseren Skype-Gesprächen ja schon gesehen – aber nun ist es außerdem kürzer, viel kürzer, wenn auch genauso verwuschelt wie eh und je. Callum ist braun gebrannt, und ich sehe ihn zum ersten Mal in meinem Leben in einem Wollpullover. Er sieht mir entgegen, und ein Lächeln beginnt, sein Gesicht zu erhellen, während ich noch versuche zu verstehen, was hier gerade geschieht. Skipper springt bellend um mich herum, und ich bemühe mich, nicht den Halt zu verlieren, unfähig, mich zu rühren oder meinen Blick von Callum loszureißen. Mein Mund öffnet und schließt sich, ohne dass ein Laut herauskommt. Dann fange ich plötzlich an zu rennen, und Callum läuft ebenfalls los, springt auf Socken die schneebedeckten Stufen herab, und im nächsten Augenblick reißt er mich so heftig in seine Arme, dass mir buchstäblich die Luft wegbleibt. Ich umklammere seinen Oberkörper wie eine Ertrinkende, presse mein Gesicht gegen seinen Hals, gegen seine warme Haut, die tröstlich nach Callum riecht, ein so vertrauter Duft, auch nach all diesen Wochen der Trennung. Unter meiner kalten Wange spüre ich seinen Puls heftig pochen, kralle mich mit beiden Händen in seinem Pullover fest.

»Du bist hier«, stoße ich hervor, während Callum meine Mütze vom Kopf zieht und sein Gesicht in meinen Locken vergräbt. »Du bist hier!«

Ich drehe meinen Kopf, sehe ihn ungläubig an. Er erwidert meinen Blick mit einem gut gelaunten Funkeln in den Augen, die Lachfältchen scheinen ein wenig tiefer geworden zu sein, wegen Wind und Wetter auf dem Atlantik, vermute ich. Seine Bräune lässt das Blau seiner Augen noch mehr leuchten, und das wiederum lässt mein Herz heftig gegen meinen Brustkorb hämmern. Eine plötzliche Befangenheit ergreift mich, ich spüre verlegene Hitze in mein eben noch so kaltes Gesicht kriechen. Es ist so lange her, seit ich ihm in Fleisch und Blut gegenübergestanden habe, und mit einem Mal wird mir klar, wie kurz wir uns eigentlich kannten, bevor sich unsere Wege zwischenzeitlich getrennt haben. Zwar fühlt es sich absolut richtig an, wieder in seinen Armen zu sein, aber dennoch ist es fast so, als würden seine Arme mich zum ersten Mal halten. Am Computerbildschirm, auf sicherer Distanz, sind wir uns in den letzten Monaten so vertraut geworden, aber jetzt, hier, so dicht vor ihm, fühle ich mich plötzlich fast hilflos und ein wenig ängstlich. Aber gleichzeitig auch euphorisch und weiterhin fassungslos, weshalb ich wirklich durcheinander bin und nur immer wieder stammeln kann: »Du bist hier!« Mein Gehirn kann das noch nicht verarbeiten.

»Ich bin hier«, bestätigt Callum mit einem amüsierten Lächeln, lässt seine Finger, die noch rauer und schwieliger geworden sind, sacht über meine Wange gleiten und mich dabei erschaudern.

»Aber … wie kann es sein … warum bist du schon hier?«

»Ich habe dir doch gesagt, dass ich versuchen werde, besonders schnell zu dir zurückzusegeln«, sagt Callum mit rauer Stimme und lächelt verschmitzt. »Und wenn ich etwas verspreche, dann halte ich mich auch daran.«

Dann, als die Fragezeichen auf meinem Gesicht anscheinend immer größer werden, fügt er ruhig hinzu: »Ich habe die *Atlantic Queen* schon auf St. Lucia verlassen und mich ins nächste Flugzeug nach Halifax gesetzt.«

Ich reiße meine Augen weit auf und hake nach: »Und … das ging einfach so? Ist Ernie nicht sauer?«

Callum schüttelt mit einem Lächeln den Kopf. »Nein, Ernie und sein Sohn haben in den letzten Wochen so viel Segel-Erfahrung gesammelt, dass sie auf der letzten Etappe nach Florida gut und gern auf mich verzichten können. Und Scott ist ja auch noch mit von der Partie. Es sprach also nichts dagegen, dass ich früher von Bord gehe. Außerdem …« Seine Finger weben sich langsam durch meine Locken, und sein Blick hängt voller Zärtlichkeit an mir, sodass ich meinen Griff in seinen Pullover verstärken muss, um nicht in die Knie zu gehen. »Außerdem haben die drei wohl genug gehabt von meinem verliebten Geschwafel von einer zauberhaften Frau namens Amelie, die in Lunenburg auf mich wartet. Kurz vor den British Virgin Islands hat Ernie gemeint, ich solle bloß ins nächste Flugzeug steigen, denn er hätte Sorge, dass ich sonst noch den Verstand verlieren würde vor lauter Sehnsucht nach dir.«

Callum grinst mich breit an, während mein Herz immer heftiger hämmert. »Aber vermutlich habe ich den eh längst verloren«, murmelt er und lässt mich leise auflachen. Dann kommt mir ein Gedanke, und ich frage atemlos: »Warte … wusste Fiona, dass du heute schon ankommst?«

Mir fällt wieder ein, wie meine Chefin vor sich hin gegrinst hat, als sie mich eben energisch dazu gedrängt hat, Feierabend zu machen und den Schnee zu genießen. Von wegen Schnee!

»Ja«, schmunzelt Callum. »Sie wusste es. Ich habe sie von St. Lucia aus angerufen und informiert, sobald ich meinen Flug gebucht hatte.«

»Und mich hast du angerufen und so getan, als würdest du dich auf die nächste Segeletappe nach Key West vorbereiten und nicht für deinen Abflug!« Empört schlage ich ihm vor die Brust, aber Callum hält meine Hand lachend fest, umschlingt meine kalten Finger mit seinen warmen.

»Ich wollte dich überraschen«, erklärt er leise und zieht mich noch enger an sich heran. Mein Atem geht schneller, als ich murmele: »Na, das ist dir gelungen. Ich hätte fast einen Herzinfarkt bekommen. Hey, und wie hast du die Schlüssel fürs Haus bekommen?«

»Fiona hat doch einen Ersatzschlüssel. Den hat sie heute Morgen unter der Fußmatte deponiert.«

»Ha! Und sie hat behauptet, heute Morgen kurz zur Post gehen zu müssen!« Mit einem Kopfschütteln lache ich auf, bevor ich hinzufüge: »Jetzt weiß ich auch, warum Skipper wie ein Irrer losgestürmt ist – der Hund hat schon drei Straßen vor mir gewusst, dass du zurück bist.«

»Skipper ist halt doch die treuere Seele«, grinst Callum, und ich schnappe empört nach Luft.

»Von wegen«, murmele ich und löse meine Finger aus seinem Griff, fahre prüfend durch seine blonden Haarsträhnen.

»Dein Haar ist so kurz«, bemerke ich, bevor ich meine Hand wieder sinken lasse, mit meinen Fingerkuppen sacht über die blonden Bartstoppeln auf Callums Wange streichele. Ich merke, dass auch er leicht erschaudert, was mich irrsinnig glücklich macht. Callum fährt sich ebenfalls mit einer Hand über den Kopf, als hätte er vergessen, dass sein Haar nicht mehr so lang ist wie zuvor.

»Hmm, ja. Auf dem Weg zum Flughafen bin ich auf St. Lucia noch schnell zu einem Barbier gegangen und habe ihn gebeten, mir einen Kurzhaarschnitt zu verpassen. Weil du dich immer über mein zu langes Haar beschwert hast, und das war in den letzten drei Monaten noch sehr viel länger geworden, glaub mir.«

Seine Worte durchzucken mich geradezu schmerzhaft, und ich sehe ihn an, fast erschrocken, obwohl er mich gelassen anlächelt. »Callum«, sage ich leise und lasse meine Finger erneut durch seine Strähnen gleiten, die sich zum Glück trotz allem nicht richtig bändigen lassen, immer noch wirken, als seien sie gerade vom Wind durchgepustet worden. So, wie ich es bei ihm mag. »Das hättest du wirklich nicht tun müssen, nicht wegen mir! Denn ich … ich liebe dich so, wie du bist. Ob nun mit kurzem oder langem Haar, das ist völlig egal.«

»Hättest du mir das nicht vorher sagen können?«, murmelt Callum und starrt mich geradezu überwältigt an, bevor er mein Gesicht zwischen seine Hände nimmt und sagt: »Amelie, ich liebe dich nämlich auch.«

Im nächsten Moment sind Callums warme Lippen auf meinen kalten, und die letzte Befangenheit fällt von mir ab. Mit einem Schlag ist es so, als hätten wir erst gestern in der Dusche seiner Großmutter gestanden und uns gegenseitig das Salzwasser abgewaschen. Es ist, als wären wir nie getrennt gewesen, als hätten wir in den letzten drei Monaten jede Stunde zusammen verbracht, uns nicht nur alle paar Tage oder sogar alle paar Wochen bei Skype gesprochen. Geradezu gierig inhaliere ich Callums Nähe, ich klammere mich an ihn und erwidere seinen Kuss, als gäbe es kein Morgen. Wir küssen uns wie zwei Ertrinkende, die endlich gerettet worden sind, halten uns eng umschlungen, werden von Schneeflocken und von Skipper umtanzt, bis der Hund es schafft, uns umzuwerfen. Überrascht kreische ich auf, als ich rücklings auf das schneebedeckte Gras neben dem Gehweg falle und Callum, der auf seinen Socken nicht genügend Halt findet, mit mir reiße. Lachend landet er über mir, in seinen blauen Augen funkeln Übermut und Lust, und im nächsten Moment küssen wir uns schon wieder. Geradezu automatisch umschlingen meine Beine Callums Hüften, ziehen ihn enger an mich, während meine Hände wie von selbst unter seinen Wollpullover gleiten und über seine warme Haut streicheln. Er stöhnt leise auf und löst seinen Mund von mir, sieht mich schwer atmend an, und erst, als ich ein paar Schneeflocken an seinen Wimpern hängen sehe, wird mir wieder bewusst, wo wir uns befinden: halb in der Einfahrt, halb auf der Rasenfläche des Vorgartens. Zwar wird es rasch dunkler, das letzte Tageslicht schwindet zusehends, aber trotz allem dürften wir den Nachbarn in den umliegenden Häusern ein nicht ganz jugendfreies Schauspiel liefern. Just in diesem Moment hören wir jemanden rufen: »*Oh, Callum, welcome back!*«, und als ich hastig meine Hände unter seinem Pullover hervorziehe und den Kopf hebe, sehe ich Hannah Carmichael von nebenan, die immer so nett mit mir plaudert, wenn wir zufällig gleichzeitig unsere Briefkästen leeren.

»Hi, Mrs. Carmichael!« Callum richtet sich auf und winkt unbefangen seiner Nachbarin zu, während ich die Röte in meinem Gesicht pulsieren fühle. Als sich die ältere Dame mit einem wissenden Lächeln ihrem Haus zuwendet, sieht Callum auf mich herab und meint mit einem langsamen Schmunzeln: »Vielleicht sollten wir reingehen.«

»Absolut«, bestätige ich, nach Atem ringend, und lasse mir in die Höhe helfen. Erst jetzt merke ich, dass meine Rückseite kalt und nass vom Schnee ist, und auch Callum wischt sich Flocken von der Kleidung und aus seinem Haar. Dann sieht er mich ernst an und meint: »Ich glaube, es ist höchste Zeit für eine heiße Dusche.«

Bei dem Gedanken an seine Hände auf meinem nackten Körper stockt mir der Atem, und ich nicke rasch, denn sagen kann ich jetzt nichts. Skipper bellt laut und freudig auf, aber Callum beugt sich lachend zu ihm hinab und krault ihm mit beiden Händen den Nacken. »Sorry, Junge, du wirst nicht mit in die Dusche kommen. Aber du bekommst nachher auch noch deine Kuscheleinheiten, das verspreche ich dir.«

Mit diesen Worten greift Callum nach meiner Hand und zieht mich mit sich, den schneebedeckten Weg entlang, auf die Stufen zu, die zum meeresgrünen Haus hinaufführen.

Kapitel 47

S obald die Eingangstür hinter uns zufällt, schiebt er mich von innen dagegen und küsst mich erneut, droht mich endgültig um den kümmerlichen Rest meines Verstandes zu bringen.

»Du solltest wirklich schleunigst aus deinen nassen Sachen herauskommen«, murmelt er schwer atmend gegen meine Lippen, während seine Hände ungeduldig an den Knöpfen meines Mantels herumnesteln. Da ich ganz seiner Meinung bin, helfe ich ihm bereitwillig, schäle mich aus dem feuchten Wollstoff, während Callum schon nach dem Saum meines Pullovers greift und ihn nach oben zerrt, sodass ich rasch die Arme hebe und ihn über meinen Kopf ziehen lasse. »Verdammt, ich habe dich so vermisst«, raunt Callum gegen meinen Hals, bevor sich seine Lippen tiefer arbeiten, während seine Hände schon mein Unterhemd aus dem Bund meiner Jeans zerren.

»Ich dich auch«, stöhne ich auf und vergrabe meine Hände in seinem Pullover, schiebe diesen dann ebenfalls ungeduldig nach oben, ziehe ihn über Callums Kopf. Ich starre seine braun gebrannten Arme an, die darunter zum Vorschein kommen, beeile mich, ihm auch noch sein T-Shirt auszuziehen, sodass ich mit meinen Händen über seine nackte Brust fahren kann. Erneut versucht Skipper, sich mit einem aufgeregten Winseln zwischen uns zu schieben, er will ganz offensichtlich ebenfalls ein wenig Aufmerksamkeit bekommen. Callum, der gerade meinen BH öffnen wollte, sieht seinen Hund mit einem amüsierten Augenrollen an und meint: »Skipper, bei aller Liebe, wenn du nicht willst, dass dein Herrchen den Verstand verliert, dann lass ihn jetzt bitte hier weitermachen.«

Bei seinen Worten und Skippers sehnsüchtigem Blick muss ich kichern, aber im nächsten Moment quietsche ich überrascht auf, als mich Callum hochhebt und wie einen Sack Reis über seine Schulter hievt, bevor er entschlossen auf die Treppe zu steuert. Flüchtig durchzuckt mich der Gedanke, dass er zum ersten Mal seit Jahren in seinem Elternhaus ist, dass dies einen wirklichen Meilenstein für ihn darstellt – aber jetzt ist nicht der Moment, um das anzusprechen, denn auch ich fühle mich, als würde ich den Verstand verlieren, wenn wir nicht möglichst schnell da weitermachen können, wo wir gerade aufgehört haben. Skipper springt bellend hinter uns die Stufen hinauf und versucht, mein Gesicht abzulecken, während ich kopfüber in den ersten Stock und Richtung Badezimmer getragen werde.

»Wir beeilen uns, mein Freund«, sagt Callum entschuldigend zu seinem Hund, als er mich im Badezimmer abgesetzt hat, die Tür zuschiebt und abschließt, damit Skipper nicht hinter uns in den Raum stürmen kann.

»Der Arme«, sage ich mitleidig und starre auf die geschlossene Badezimmertür, hinter der ein Winseln ertönt.

Callum sieht mich mit hochgezogenen Augenbrauen an, während er seine Jeans aufknöpft und auf seine Füße hinabgleiten lässt. »Heißt das, du möchtest jetzt lieber Zeit mit Skipper verbringen?«

Mit verschränkten Armen grinse ich ihn herausfordernd an. »Weißt du, Skipper und ich, wir sind in den letzten Monaten wirklich gute Freunde geworden, Callum MacKay. Und du, du bequemst dich, endlich von See zurückzukommen, und erwartest, hier einfach wieder die erste Geige spielen zu dürfen? Du drängst dich mir nichts, dir nichts zwischen deinen Hund und mich und …«

Ich verliere den Faden, weil Callum auch seine Boxershorts auszieht.

»Hmm, ich verstehe«, murmelt er und kommt näher, sein Gesichtsausdruck ernst, ein herausforderndes Funkeln in seinen Augen. »Skipper und du, ihr steht euch anscheinend inzwischen wirklich nah.«

Ich kann nur nicken, weil er jetzt vor mir angekommen ist, mit ein paar raschen Handbewegungen meine Jeans öffnet und herunterzieht. »Freut mich, das zu hören«, sagt Callum heiser, und ehe ich weiß, wie mir geschieht, ist auch mein BH offen und fliegt auf den gekachelten Badezimmerboden. »Aber so ungern ich eure Zweisamkeit auch störe«, fügt er leise hinzu, zieht mich noch näher an sich heran und schiebt ohne Umschweife meinen Slip nach unten, »… in der nächsten Stunde gehörst du nur mir.« Seine Worte lassen mich erschaudern. »Und mein Hund«, fährt Callum mit rauer Stimme fort, »… sosehr ich ihn auch liebe, bleibt vor dieser Tür und lässt mich das mit dir machen, was ich seit zwölf Wochen und einem Tag mit dir machen will.«

Unter normalen Umständen würde ich nun darüber staunen, dass Callum ebenfalls die Tage gezählt hat, die wir getrennt waren. Ich wäre vermutlich gerührt oder würde albern kichern, von einem irren Glücksgefühl erfüllt. Aber ich komme gar nicht dazu, diesen Gedanken weiter zu verfolgen, denn Callum schiebt mich rücklings in die Duschkabine. Und als im nächsten Moment nicht nur das warme Wasser über meinen Körper rinnt, sondern auch Callums Lippen über jeden Quadratzentimeter meiner Haut wandern, kann ich mich nur noch hilflos an den Armaturen festklammern und versuchen, nicht allzu laut zu stöhnen, damit Skipper im Flur keine Angst um mich bekommt.

Wenigstens gibt es in dieser Duschkabine keine Duschstange, die ich herunterreißen könnte.

Wir verlassen das Badezimmer vorerst nicht, liegen eine gute Stunde später schließlich eng umschlungen auf dem Duschvorleger. Vor der Tür scheint Skipper aufgegeben zu haben. Entweder ist er eingeschlafen, oder er hat sich beleidigt verzogen, um irgendwo Löcher in eine meiner Socken zu beißen, wie er es schon einmal gemacht hat, als ich ihm nicht genügend Beachtung geschenkt habe. Aber meine Socken sind mir gerade völlig egal, und bei Skipper werde ich später mit besonders vielen Streicheleinheiten alles wiedergutmachen. Die Luft im Badezimmer wird von feuchtem Wasserdampf erfüllt, es ist warm wie in einer Sauna. Callums Hand fährt in trägen Kreisen über meinen Rücken, seine Fingerkuppen fühlen sich rau an, aber gleichzeitig zärtlich und so gut, dass ich schon wieder eine Gänsehaut bekomme. Ich hebe den Kopf, stütze mein Kinn auf eine Hand, mustere ihn nachdenklich. Callums Blick gleitet kurz zu meiner Brust, bevor er mir in die Augen sieht und mit einem langsamen Schmunzeln fragt: »Alles okay?«

»Alles bestens«, nicke ich und muss lachen.

Er grinst ebenfalls und macht Anstalten, meinen Kopf zu sich herabzuziehen, um mich erneut zu küssen, aber ich greife sanft nach seiner Hand und halte sie fest. Fragend mustert er mich, und ich stoße rasch hervor, bevor ich schon wieder auf andere Gedanken komme: »Ist es nicht … sehr schwer für dich, wieder hier zu sein? In diesem Haus?«

Callum erwidert meinen Blick ernst, richtet sich ein wenig auf, stützt sich auf seine Unterarme. Ich setze mich ebenfalls auf, wickele ein achtlos auf den Boden gepfeffertes Handtuch um mich und hoffe, dass ich ihm jetzt nicht die Laune verdorben habe. Aber Callum seufzt nur leise und sieht sich im

Badezimmer um, bevor er ruhig erwidert: »Doch, es ist schwer. Verdammt schwer. Ich habe die ganze Fahrt vom Flughafen hierher mit mir gerungen. Ob ich dich wirklich hier überraschen oder doch lieber zum Laden kommen sollte. Aber irgendwie … irgendwie hatte ich plötzlich diesen Drang, hierherzukommen. Jetzt, nachdem du schon so viele Wochen in diesem Haus gewohnt hast, in meinem Elternhaus, da hat es sich so falsch angefühlt, diese Räume nicht mehr zu betreten.« Ernst mustert er mich, fährt leise fort: »Also habe ich mir einen Ruck gegeben und mich vom Taxi direkt hier absetzen lassen. Ich … ich habe einen Rundgang gemacht und alle Zimmer begrüßt. Nach all diesen Jahren war das ganz schön heftig. So viele Erinnerungen. So viele Bilder, die plötzlich wiederauftauchten.« Er lächelt mich beinahe verlegen an.

»Aber es waren ja zum großen Teil schöne Erinnerungen. Und ich weiß, dass ich die zulassen muss. Dass ich nicht alles in mir vergraben darf. Also habe ich mir die Zimmer angesehen und an meine Familie gedacht. Was … natürlich schon hart war. Aber zum Glück … zum Glück habe ich nicht nur meine Eltern und Lauren gesehen, als ich von Raum zu Raum gewandert bin.« Er schluckt und blinzelt ein paar Tränen fort, und ich lege ihm betroffen eine Hand auf die Wange, lasse meine Finger sacht über seine Bartstoppeln gleiten.

Ein wenig heiser fährt er fort: »Ich habe auch dich gesehen, Amelie. Du warst in allen Räumen präsent. Deine Schuhe in der Diele, dein Strickzeug auf dem Sofa im Wohnzimmer, die verschiedenen Teesorten aus Bonnies Laden in der Küche. Du scheinst eine treue Kundin geworden zu sein.« Er lächelt mich an, und ich nicke mit einem Schmunzeln. »Deine Kosmetika hier im Badezimmer, dein Schmuck auf der Kommode im Schlafzimmer, dein Nachthemd auf dem Kopfkissen. Halt mich jetzt bitte nicht für einen perversen Stalker, aber ich habe mich vorhin auf das Bett gelegt und den Geruch deines Nachthemdes inhaliert, weil ich es kaum noch ausgehalten habe, bis du endlich nach Hause gekommen bist.«

Überrascht lache ich auf, erwidere gespielt streng: »Also wirklich, Mr. MacKay, das gibt mir jetzt doch zu denken.«

»Ich bin halt süchtig nach dir«, murmelt Callum und zieht mich näher an sich heran, lässt seine Hand über meinen Hals wandern, küsst mich zärtlich auf die Lippen. Ich unterdrücke ein Stöhnen und zwinge mich dazu, weiter zuzuhören. »Auf jeden Fall warst du überall, deine Wärme und dein Leben, es war nicht länger das Haus einer toten Familie. Und darum verschwand meine Panik plötzlich. Dieses beklemmende Gefühl, das ich hatte, wenn ich auch nur in der Nähe unseres Hauses war, es war plötzlich fort. Ich konnte es einfach nicht mehr erwarten, bis du nach Hause kommen würdest. Bis ich in diesen Räumen das mit dir machen könnte, was wir gerade getan haben. Bis hier endlich wieder Liebe einziehen würde.«

»Wir sollten das gleich noch einmal machen«, flüstere ich, überwältigt von Callums Worten und von seiner Nähe, und ich ziehe sein Gesicht näher zu mir heran.

»Das ist eine gute Idee«, wispert Callum gegen meine Lippen, während seine Finger mein Handtuch fortziehen.

Und dann lassen wir Skipper noch eine Weile warten.

Epilog

Wie jedes Mal, wenn wir in den Hafen zurückkommen, kann ich auch heute meinen Blick kaum von dem Anblick Lunenburgs losreißen, als sich unser Boot mit leise tuckerndem Dieselmotor seinen Weg durch die seichte Dünung bahnt: In der tief stehenden Sonne leuchten die Häuser von Adams & Knickle an der rechten Seite des Hafens und die Gebäude des Fisheries Museum of the Atlantic an der linken in ihrem markanten Feuerrot, während die Häuser, die sich zwischen diesen roten Farbklecksen wie bunte Perlen an einer Kette an der Wasserfront entlangziehen, in fröhlichem Blau, Violett, Gelb und Grün dafür sorgen, dass man dieses Städtchen einfach in sein Herz schließen muss. So wie ich es getan habe, als ich vor ziemlich genau einem Jahr zum ersten Mal hier war.

Als wir an einem schmucken Holzboot vorbeifahren, das in der Hafenbucht vor Anker liegt, lasse ich meinen Blick andächtig vom Heck bis zum Bug und über den Namen wandern, der dort in geschwungenen Lettern zu lesen ist: *Atlantic Queen*. Vor gut zwei Wochen ist das Boot, mit dem Callum letztes Jahr bis in die Karibik gesegelt ist, in seinen Heimathafen Lunenburg eingelaufen. Und wie versprochen standen Callum und ich, in der Gesellschaft etlicher anderer Lunenburger, an der Pier und winkten Ernie Monroe und seiner Crew entgegen.

Zufrieden schließe ich für einen Moment die Augen, genieße die frische Brise des späten Nachmittags auf meinem Gesicht, die nach den heißen Sonnenstunden draußen auf dem Meer eine willkommene Abwechslung bietet. Der Duft von Salzwasser und Seetang mischt sich mit dem Geruch des Dieselmotors. Draußen, auf dem offenen Meer, herrschte heute wunderbares Segelwetter, sodass wir den Motor nicht einschalten mussten, sondern nur still mit dem Wind über das tiefblaue Wasser gleiten konnten. Jetzt sind die Segel eingeholt, und wir nähern uns langsam unserem Liegeplatz am Pier. Als eine raue Zunge quer über mein Gesicht leckt, lache ich auf, öffne meine Augen.

»Ja, Skipper, ich hab dich auch lieb«, murmele ich und kraule dem Hund zärtlich den Nacken, während er den Kopf dreht und mit weit heraushängender Zunge Lunenburg entgegensieht. Wir sitzen Seite an Seite im Bug des Bootes, auf dem honigbraun glänzenden Holz des Decks, das noch die Wärme der vergangenen Sonnenstunden abstrahlt. Als sich das Boot langsam dem Hafen nähert, hängt mein Blick ehrfürchtig an dem Segelschiff, das an der benachbarten Pier liegt und dafür sorgt, dass sich zahlreiche Touristen auf den Planken versammelt haben und Fotos knipsen: Die *Bluenose II* ist gestern majestätisch in ihren Heimathafen eingelaufen und hat heute für wahre Besucheranstürme im Hafen gesorgt. Wie immer, wenn das bekannteste Kind der Stadt in Lunenburg anlegt, sind noch mehr Touristen hier als an gewöhnlichen Sommertagen.

Und außerdem beginnt ja heute auch das Lunenburg Folk Harbour Festival.

Besorgt werfe ich einen Blick auf meine Armbanduhr, sehe dann über meine Schulter nach hinten. »Wir müssen uns beeilen, es ist schon fast fünf Uhr!«

»Ich weiß«, erwidert Callum, der am Ruder sitzt und mir gelassen zulächelt. »Es ist nicht meine Schuld, dass wir etwas länger vor Anker gelegen haben als ursprünglich geplant.«

Die vertraute Röte kriecht in meine Wangen, als ich an unsere Pause in einer abgelegenen Bucht denke. Zum Glück hat Skipper das Ganze verschlafen.

»Ach, das war meine Schuld?« Ich wische mir eine Locke aus den Augen und sehe Callum mit hochgezogenen Augenbrauen an. Mit einem leisen Lachen räumt er ein: »Okay, sagen wir, dein Bikini war schuld.«

»Gut zu wissen, dann muss der das nächste Mal zu Hause bleiben«, erwidere ich amüsiert.

»Auf keinen Fall!« Callum zwinkert mir zu, bevor er von der Bank aufsteht und konzentriert über meinen Kopf hinwegsieht, um das Boot an der Pier heranzulenken. Vorsichtig stehe auch ich auf, laufe barfuß über das Deck, greife nach einer der Leinen zum Festmachen des Boots an der Pier. Zwar glaube ich nicht, dass ich mich jemals ohne Callum in einem Segelboot auf den Atlantik hinaustrauen werde, aber die meisten Handgriffe an Bord beherrsche ich inzwischen ganz gut, sodass ich bei unseren regelmäßigen Ausflügen aufs Wasser eine echte Hilfe geworden bin.

»Aus dir ist eine waschechte Seglerin geworden«, sagt Callum voller Stolz, als wir das Boot mit vereinten Kräften festgemacht haben und ich erfolgreich den Seemannsknoten anwenden konnte, den er mir bei unserem letzten Segelausflug vor ein paar Tagen beigebracht hat.

»Aber glaub bloß nicht, dass ich jemals in so einem Boot den Atlantik überqueren werde«, erkläre ich mit Nachdruck, während ich nach meiner Korbtasche greife, die neben einem Poller auf der Pier steht. Callum schüttelt schmunzelnd den Kopf und zieht mich an sich heran. Zärtlich küsst er meinen Mund, und ich inhaliere genüsslich seinen Duft von Salzwasser und Sonnenmilch.

»Das sollst du auch gar nicht«, murmelt Callum gegen meine

Lippen, und seine Finger spielen in meinem Nacken mit den Schnüren meines Bikinioberteils. »Weder du noch ich segeln über den Atlantik. Das brauche ich nicht mehr. Mir gefällt es hier nämlich verdammt gut.«

»Callum, ich warne dich«, erwidere ich heiser, als ich merke, dass er den Knoten in meinem Nacken fast gelöst hat, und schiebe ihn mit strengem Blick von mir fort. »Wir müssen uns wirklich beeilen, wenn wir nicht zu spät kommen wollen!«

»Wir könnten ganz kurz noch einmal unter Deck verschwinden«, grinst Callum und versucht, nach meiner Hand zu greifen. »Glaub mir, wir brauchen bestimmt nicht lang.«

Lachend tippe ich mir an die Stirn und mache ein paar Schritte der Pier entlang.

»Los, komm schon!«, fordere ich ihn auf, während Skipper bellend vorausspringt, einer Möwe hinterher.

»Ich sage ja, dein Bikini ist schuld«, höre ich Callum, und im nächsten Moment schlingt er von hinten seine Arme um mich und hält mich fest, was mich albern kichern lässt. Ich winde mich in seiner Umarmung und spüre die amüsierten Blicke einiger Touristen auf mir, als er mich seitlich auf den Hals küsst und mir ins Ohr flüstert: »Aber heute Nacht entkommst du mir nicht, das kann ich dir versprechen.«

Atemlos löse ich mich von Callum und schlage ihn verlegen gegen die Brust, während er mir mit einem bedeutungsschweren Blick die Korbtasche abnimmt und dann mit langen Schritten seinem Hund folgt. Mein Herz hämmert heftig gegen meinen Brustkorb, als ich ihn vor mir her der Pier entlanggehen sehe, in T-Shirt und Badeshorts, das blonde Haar von Wind und Salzwasser zerzaust. Es ist wieder ein wenig länger geworden, weil ich erkannt habe, dass ich genau das an ihm liebe. Nein, er hat keinen akkuraten Kurzhaarschnitt, und das ist auch gut so.

Bevor ich Callum und Skipper folge, werfe ich einen Blick zurück auf das Boot, das friedlich auf den leichten Wellen schaukelt und auf den nächsten Ausflug zu warten scheint. Es ist keines der Boote, die Callum in der Werft für Kunden baut und dann zur Probe segelt. Nein, es ist die *Gilly*.

Ich muss daran denken, wie Callum, Knuth und ich die schmucke Segeljacht Ende April, als das Wetter endlich einen Ausflug auf den Atlantik hinaus zuließ, zum ersten Mal seit dem Tod von Callums Eltern zu Wasser gelassen haben. Fiona und Eloise waren auch dabei, sie wischten sich Tränen von den Wangen, als das Boot, auf dem ihre Tochter und Schwester so viele glückliche Stunden mit ihrer Familie verbracht hatte, wieder Wasser unter den Kiel bekam.

»Es wurde auch Zeit«, murmelte Eloise und sah mich gerührt an. »Kindchen, du hast Callum geholfen, endlich zu heilen. Ich bin so froh, dass du in seinem Leben aufgetaucht bist, denn du hast ihn wirklich gerettet.«

Und er mich, dachte ich und drückte gerührt Eloises runzelige Hand, während ich die *Gilly* betrachtete. Ich hatte den Eindruck, dass das Boot regelrecht ausgelassen auf den Wellen schaukelte, ganz so, als hätte es während all dieser Jahre in der Einfahrt des mintgrünen Hauses nur auf diesen Augenblick gewartet. Dann machten wir gemeinsam einen ersten Segeltörn mit dem Boot: Eloise und Fiona, Knuth, Callum und ich. Callum war zunächst noch sehr angespannt, aber sobald sich die Segel zum ersten Mal seit Jahren wieder blähten und das Boot seines Vaters still und elegant über das dunkelblaue Wasser glitt, sah ich genau, dass er Tränen in den Augen hatte – und ein glückliches Lächeln auf den Lippen. Das Boot, auf dem sein Vater seiner Mutter einen Heiratsantrag gemacht hatte und auf dem er angeblich gezeugt worden war, durfte endlich wieder segeln.

Unwillkürlich sehe ich auf meine Hand hinab, und mein Herz schlägt einmal mehr wild und ausgelassen vor lauter Glück, als mir der Ring entgegenfunkelt.

Heute Nachmittag, in der abgelegenen Bucht, als wir uns – nach unserer »Pause« an Deck – im kühlen Meerwasser erfrischt hatten und nass zurück an Bord der *Gilly* kletterten, lag auf meinem zusammengerollten Handtuch ein Schmuckkästchen. Ratlos sah ich Callum an, der mit einem schiefen Lächeln fragte: »Willst du nicht reinschauen?«

Nervös klappte ich den Deckel der Schatulle auf. Daraus funkelte mir ein Solitär-Ring mit einem Diamanten im Brillantschliff in einer Krappenfassung entgegen. Er war klassisch und wunderschön, und ich konnte nur fassungslos auf diesen Ring hinabstarren und merkte erst, dass Callum, tropfnass wie er war, vor mir auf dem Deck auf ein Knie gegangen war, als Skipper begann, ihm das Gesicht abzulecken.

»Aus, Junge, jetzt bitte nicht«, bat er lachend und schob seinen Hund liebevoll zur Seite, während ich versuchte, mich zu sammeln. Als er zu mir hochsah und ich, trotz der tiefen Lachfältchen, so viel Ernsthaftigkeit in seinen blauen Augen sah, blieb mir zwei Herzschläge lang die Luft weg.

»Amelie«, begann er und räusperte sich umständlich, »möchtest du meine …?«

»Ja!«, rief ich und sank lachend auf meine Knie, umschlang ihn mit beiden Armen, sorgfältig darauf bedacht, das Schmuckkästchen nicht zu verlieren. An meinem Ohr hörte ich Callum leise lachen.

»Danke, dass ich ausreden durfte«, bemerkte er und schob mich leicht von sich fort, grinste mich amüsiert an. Dann jedoch wurde er ernst, nahm mir das Kästchen aus der Hand und erklärte mit rauer Stimme: »Das hier war der Verlobungsring meiner Mutter.«

Meine Augen wurden feucht, mein Finger zitterte leicht, genau wie Callums Hand, als er mir den Ring vorsichtig über meine salzwasserverklebte Haut schob.

»Callum«, flüsterte ich und betrachtete ehrfürchtig den Diamanten, der in der Nachmittagssonne funkelte. »Aber ... Bist du dir sicher ... willst du wirklich, dass ich diesen Ring trage?«

»Wer sonst sollte ihn tragen, wenn nicht du?« Callum sah mich ernst an, und in seinem Blick lag so viel Liebe, dass ich kurz die Fassung verlor und anfing zu heulen, sodass sich Skipper besorgt zwischen Callum und mich gedrängt und mir winselnd die Tränen abgeleckt hat.

»Ist schon gut!«, lachte ich auf und kraulte den Hund, als mir ein Gedanke kam. Zögernd sah ich Callum an, überlegte, wie ich unverfänglich nachhaken könnte, aber als mein Blick erneut zum Diamanten an meinem Ringfinger hinabglitt, erriet Callum bereits, was mir auf dem Herzen lag.

»Nein, Morgan hat diesen Ring nie getragen«, sagte er leise, und ich starrte ihn groß an, zu gleichen Teilen verblüfft darüber, dass er meine unausgesprochene Frage erraten hatte – und dass er seiner ersten Frau diesen Ring nicht gegeben hatte. »Ich konnte das nicht. Es war damals zu kurz nach Moms Tod. Und außerdem ... außerdem fühlte es sich einfach nicht so richtig an wie jetzt, bei dir.«

Überwältigt schlang ich erneut meine Arme um seinen Hals und flüsterte ihm die Worte zu, die mich seit einem Jahr wie auf Wolken durch meinen Alltag tragen: »Ich liebe dich, Callum MacKay.«

Wir haben gerade noch genügend Zeit, um zu duschen und uns umzuziehen, bevor wir nun eilig das Haus verlassen. Skipper muss daheimbleiben, was er mit einem empörten Jaulen kommentiert, als wir die Eingangstür abschließen. Während wir auf den Gehweg hinaustreten, sehe ich mich noch einmal um, betrachte das meeresgrüne Haus, das mir in der tief stehenden Abendsonne zuzulächeln scheint. Es ist mir ein echtes Zuhause geworden, denke ich und lasse meinen Blick liebevoll über die blühenden Büsche neben der Eingangstreppe gleiten, über die Schnitzereien an den Fensterrahmen und hinauf zum »Lunenburg Bump«, hinter dem Callums altes Zimmer liegt, wo ich im letzten Sommer und auch im Herbst, als ich noch allein hier war, geschlafen habe. Inzwischen sind Callum und ich in den »Master Bedroom« umgezogen, wie das Elternschlafzimmer mit angrenzendem Badezimmer genannt wird, in dem im letzten Sommer Nele und Lars gewohnt hatten. Ich war überrascht, als Callum dies kurz vor Weihnachten vorgeschlagen hat, immerhin hatten in dem Zimmer jahrelang seine Eltern geschlafen. Doch gleichzeitig war ich wirklich froh, dass wir ein Stockwerk tiefer zogen, denn das große Schlafzimmer bietet wesentlich mehr Schrankraum als das Zimmer unter den Dachschrägen. Callum hat sich schrittweise den Spuren seiner Vergangenheit in dem meeresgrünen Haus gestellt, und je länger wir gemeinsam in den Räumen leben, sie mit unseren eigenen Erinnerungen füllen, mit unserem Alltag, mit unserer Liebe, umso selbstverständlicher wird es für ihn, wieder im Haus seiner Kindheit zu wohnen.

»Hey, Amelie, bist du festgewachsen?«, reißt mich Neles ungeduldige Stimme aus meinen Gedanken. Schuldbewusst drehe ich mich zu ihr um, laufe los.

»Sorry!«, sage ich hastig und hole mit langen Schritten auf. »Soll ich schieben?«

»Wenn du möchtest.« Meine Schwester zwinkert mir zu und wirft einen bedeutsamen Blick auf meine linke Hand, an der sich der Ring zwar noch ziemlich ungewohnt, aber auch so verdammt gut anfühlt. »Bonnie und ich haben eine Wette abgeschlossen, wann du selbst schwanger wirst. Sie glaubt, dass ihr es bis nach eurer Hochzeit durchhaltet. Ich glaube das nicht.«

»Nele!« Ich werfe ihr einen empörten Blick zu, bevor ich sie energisch zur Seite schiebe und selbst den Griff des Kinderwagens umfasse, in dem meine kleine Nichte friedlich schläft.

»Ich glaube das auch nicht«, bemerkt Callum und beugt sich vor, um mir einen dicken Kuss auf den Mund zu drücken und bei der Gelegenheit einen verliebten Blick in den Wagen zu werfen. Er ist völlig vernarrt in Neles Baby – so sehr, dass ich fast eifersüchtig auf einen Säugling werden könnte. Aber auch nur fast, schließlich bin ich selbst verrückt danach, die Kleine halten zu dürfen, sie zu wickeln, ihren Kinderwagen zu schieben.

»Ihr seid unmöglich«, brumme ich – aber dann wird mir wieder bewusst, was vorhin an Deck der *Gilly* passiert ist – und dass ich vorgestern vergessen habe, meine Pille zu nehmen. Als ich Callum deutlich darauf hingewiesen habe, während er begann, mein Bikini-Oberteil zu öffnen, lachte er allerdings nur unbekümmert und meinte: »Umso besser, ich finde sowieso, dass du dir die Verhütung sparen kannst.«

Verstohlen lege ich eine Hand auf meinen Bauch und frage mich, ob wir es tatsächlich an Deck der *Gilly* geschafft haben sollten, ein Baby zu zeugen. Aber nein, so schnell wie bei Nele geht das bei mir sicher nicht, immerhin bin ich fünfunddreißig, und meine Eizellen sind sicher nicht mehr die fittesten. Oder doch? Flüchtig mustere ich meine Nichte und versuche, meine mit einem Schlag heftig aufkeimende Hoffnung in Schach zu halten, während ich mich an Nele wende und amüsiert sage: »Ich bin gerade mal seit ein paar Stunden verlobt, wir haben noch nicht einmal über ein Hochzeitsdatum geredet, und Bonnie und du, ihr spekuliert schon, wann ich schwanger werde!«

Dann stutze ich und werfe Callum einen strengen Blick zu.

»Warte mal – heißt das, dass meine Schwester und Bonnie schon wussten, dass du mir einen Antrag machen würdest?«

»Natürlich wussten wir das«, grinst Nele frech. »Und nicht nur wir. Halb Lunenburg fragt sich gerade, ob du Ja gesagt hast!«

»Wie bitte?«

Callum hebt lachend die Hände und erwidert: »Deine Schwester übertreibt völlig, glaub mir. So, ich muss jetzt wirklich los, Knuth bekommt sonst Zustände. Ich sehe euch im Zelt!«

»Und ob«, bemerke ich trocken, »glaub mir, darüber reden wir noch, Mister.« Dann rufe ich ihm noch ein »Viel Erfolg!« hinterher, während Callum in einen leichten Laufschritt fällt, hügelaufwärts joggt, dem Festzelt entgegen.

»Vorsicht, Augen auf, da kommt ein Schlagloch«, warnt mich Nele. »Hör auf, deinem Verlobten hinterherzuschmachten, ihr seht euch gleich wieder.«

»Ich weiß«, grinse ich und lenke den Kinderwagen vorsichtig um das Schlagloch herum.

Meine Nichte ist jetzt fast drei Monate alt und das süßeste Baby dieses Planten, da bin ich mir völlig sicher. Sie hat zwar einen recht kahlen Kopf, so wie Nele als Säugling, aber dafür große dunkle Augen mit dichten schwarzen Wimpern wie ihr Papa. Lars hält sich zum Glück an sein Versprechen vom letzten Sommer und ist seit der Geburt für seine Tochter da. Es könnte kaum einen stolzeren Vater geben, hat mir Nele neulich gerührt anvertraut. An den Wochenenden und manchmal auch nach Feierabend holt Lars seine Tochter zu Spaziergängen ab, wechselt in Neles Wohnung ihre Windeln, trägt sie geduldig durch die Gegend, wenn sie brüllt, oder betrachtet sie einfach nur verliebt, während sie schläft. Man sollte fast meinen, dass die drei wieder eine vollständige kleine Familie werden könnten – aber Lars ist seit einem halben Jahr mit einer Kollegin zusammen und scheint wirklich glücklich zu sein. Unser Wiedersehen bei der Geburt meiner Nichte war erst ziemlich merkwürdig, aber nach und nach hat sich unser Verhältnis wieder normalisiert, fast zurück zu der ungezwungenen platonischen Freundschaft, die wir mal hatten. Zu meiner Erleichterung scheint er nicht länger in mich verliebt zu sein – beziehungsweise nicht länger zu glauben, in mich verliebt zu sein. Hin und wieder frage ich mich noch ratlos, was das mal war, mit Lars und mir. Ob ich Lars wirklich nur als meinen Traummann angesehen habe, solange er unerreichbar war – erst wegen seiner diversen Ex-Freundinnen, dann wegen Nele –, und ob Lars tatsächlich erst dann angefangen hat, mich mit anderen Augen zu sehen, als Callum in mein Leben trat. Ich vermute, ich werde es nie wirklich erfahren – schließlich sind Gefühle oft einfach zu komplex und verwirrend, um sie konkret begreifen und in eine bestimmte Schublade einordnen zu können.

Aber manchmal sind sie auch sehr eindeutig und lassen keinen Interpretationsspielraum zu. Wie bei Callum und mir.

Zum Glück ist nicht nur Lars neu liiert, sondern auch Nele: Sie hat sich ausgerechnet in den Anästhesisten verliebt, der bei der Geburt im Kreißsaal war. So etwas passiert natürlich nur meiner Schwester. Wer sonst lernt seinen Traummann unter solchen Umständen kennen – halb nackt, schweißgebadet, vor Schmerzen schreiend? Ja, ich kann genau sagen, dass es im Kreißsaal so aussah, weil ich nämlich dabei war. Pünktlich zu Neles Entbindungstermin bin ich im Frühjahr nach Deutschland geflogen, und als sich meine Nichte eine Woche nach ihrem errechneten Geburtsdatum endlich dazu bequemt hat, auf die Welt kommen zu wollen, war ich an Neles Seite. In einem Krankenhaus, und das ganz ohne Angstattacken, immerhin musste ich mich darauf konzentrieren, für meine kleine Schwester da zu sein. Es war das erste Mal, dass ich ein Krankenhaus nicht als einen Ort erlebt habe, wo Trauer und Angst vorherrschten, wo Leben endete – sondern als einen Ort, wo Hoffnung pulsierte, Vorfreude, trotz all der Schmerzen. Wo Leben begann.

Während Papa und Lars draußen auf dem Flur warteten, habe ich über Stunden Neles Hand gehalten und im Stillen gehofft, dass sie mir nicht sämtliche Finger brechen und meine Karriere als Goldschmiedin beenden würde. Der Anästhesist, Dr. Bastian Keller, erlöste Nele zwar irgendwann mithilfe einer Rückenmarksspritze von den größten Wehenschmerzen, aber sie hielt meine Hand weiterhin fest umklammert, bis ihr Baby endlich da war. Ich hatte die Ehre, die Nabelschnur durchzuschneiden, was mich mal wieder in Tränen zerfließen ließ – erst recht, als Nele stolz auf das rot verschrumpelte Neugeborene auf ihrer Brust hinabsah und mir verriet, wie es heißen sollte: Betty Amelie Ludwig.

Lars verbrachte den ganzen ersten Lebenstag seiner Tochter an ihrer Seite in Neles Krankenzimmer und wechselte die erste volle Windel ihres und seines Lebens. Und als er fort war, kam Dr. Keller vorbei, um zu sehen, wie es der Patientin ging, die ihre Schwester und nicht den Vater ihres Babys im Kreißsaal dabeigehabt hatte. Nele erzählte mir später mit glänzenden Augen von ihrer langen Unterhaltung mit dem sympathischen Arzt, von dem sie bereits in Erfahrung gebracht hatte, dass er Anfang vierzig, geschieden und kinderlos war.

Inzwischen sind Nele und Bastian offiziell ein Paar, und meine Schwester kann kaum aufhören, von ihm zu schwärmen. Seit sie vor ein paar Tagen in Begleitung von Betty und Papa in Lunenburg angekommen ist, telefoniert sie stundenlang mit ihm, wann immer es die Zeitverschiebung und seine Krankenhausschichten zulassen. Nächste Woche wird auch Bastian endlich Urlaub bekommen und meiner Schwester hinterherfliegen, sodass sie gemeinsam Nova Scotia erkunden können. Während Nele und Betty jetzt noch in einem unserer zwei Gästezimmer im meeresgrünen Haus wohnen, werden sie bald mit Bastian einen Mietwagen nehmen und die malerische Atlantikküste hinauffahren, bis auf die Insel Cape Breton mit ihrer an Schottland erinnernden Landschaft. Nele freut sich wie ein Kind auf diesen Urlaub, und ich freue mich von ganzem Herzen mit ihr.

Seit sie Mutter und in Elternzeit ist, wirkt sie tatsächlich wie ein anderer Mensch – nicht mehr wie der zickige Teenie oder die besserwisserische Lehrerin, sondern irgendwie in sich ruhender, gereifter. Ob sie nach ihren zwei Jahren Elternzeit wieder ans Gymnasium zurückkehren wird, ist noch offen: Während ihrer Schwangerschaft hat Nele begonnen, darüber nachzudenken, Ausländern – vor allem Flüchtlingskindern – Deutschunterricht zu geben. Natürlich wäre das ein ganz anderes Feld als der Gymnasialunterricht, aber besonders seit Bettys Geburt verspürt Nele anscheinend diesen Drang, benachteiligten Kindern zu helfen.

»Hast du die Tickets?«, fragt meine Schwester, als wir das Konzertgelände erreichen, und ich nicke und wühle die Karten aus meiner Tasche hervor. Die anderen Festivalbesucher schauen verzückt in den Kinderwagen, während wir uns vorsichtig einen Weg durch die Menge bahnen, über weiches Gras, an zahlreichen Verkaufsständen vorbei. Im Gewühl erkenne ich Bonnie, die sich bei einem großen dunkelhaarigen Mann eingehakt hat – das ist Kyle. Er ist nicht nur der Inhaber der *Saltwater Distillery* am Hafen, einer Mikro-Brauerei für Rum, Gin & Co., sondern neuerdings auch Nr. 1 in Bonnies Herz. Ich erhasche ihren Blick, und sie winkt mir wild grinsend zu, hält ihre linke Hand in die Höhe und deutet mit hochgezogenen Augenbrauen fragend auf mich. Lachend nicke ich, schwenke meine Hand hin und her, sodass der Diamant in der tief stehenden Sonne glitzert, und rolle meine Augen himmelwärts, als Bonnie mit einem Quietschen ihrem Kyle um den Hals fällt, was diesen verblüfft nach Luft schnappen lässt.

»Da vorn, da sind Fiona und Eloise!«, verkündet Nele in diesem Moment, und ich bedeute Bonnie mit Gesten, dass wir uns später unterhalten werden, während ich meiner Schwester folge. Auf dem Weg ins Zelt hinein entdecke ich Callums Ex-Frau, die sich mit ihrem Mann im Schlepptau durch die Menge aus Konzertbesuchern kämpft. Als Morgans Blick meinem begegnet, lächelt sie mir breit zu und nickt freundlich, wie immer, wenn wir uns zufällig in Lunenburg über den Weg laufen. Hin und wieder haben wir in den letzten Monaten mal geplaudert, im Supermarkt zum Beispiel, als wir uns in der Gemüseabteilung begegnet sind, oder neulich, als wir uns beim Joggen am Strand gesehen haben. Auch Morgan ist eine begeisterte Läuferin, und sie hat mich gefragt, ob wir nicht mal zusammen joggen gehen wollen. Bisher haben wir uns nicht konkret verabredet, aber vielleicht kommt das noch.

Ja, natürlich jogge ich weiterhin, denn ganz ohne meine türkisfarbenen Laufschuhe und Springsteens Stimme in meinen Ohren kann ich mir mein Leben nur schwer vorstellen. Aber ich laufe vor nichts und niemandem mehr davon – und völlig allein bin ich bei meinen Joggingrunden auch nicht länger, denn Skipper rast stets mit begeistert heraushängender Zunge neben mir her.

»Oh, hi, Amelie!«, höre ich kurz nach dem Zelteingang eine Frauenstimme und drehe mich überrascht um. Es ist Katie, die Inhaberin des Eiscreme-Ladens, wo ich in den letzten Monaten viel zu viele Kalorien zu mir genommen habe. Gut gelaunt deutet sie auf ihre Ohrläppchen, an denen hölzerne Miniaturbojen mit blauen und gelben Querstreifen baumeln. Nachdem mir die Idee für diese Art Ohrringe schon im letzten Sommer im

Seaview Coffee Shop gekommen ist, habe ich sie vor ein paar Monaten endlich in die Tat umgesetzt: Callum hat mir Holzreste aus der Werft mitgebracht, und ich habe begonnen, kleine Bojen in den unterschiedlichsten Farbkombinationen zu zaubern, die seitdem ein echter Verkaufsschlager geworden sind.

»Hi, Katie! Wow, die stehen dir wirklich gut!«

»Danke dir, das sind jetzt meine Lieblingsohrringe! Meine Freundin aus Toronto möchte die auch unbedingt haben, hast du noch welche im Laden? Dann komme ich morgen gleich vorbei!«

»Klar, und ich mache auch bald neue«, grinse ich, weil ich mich immer wieder freue wie eine Schneekönigin, wenn mein Schmuck gern getragen wird. Ich winke Katie zu und folge dann rasch meiner Schwester, bevor ich sie aus dem Blick verliere. Nur wenige Meter weiter werde ich allerdings schon wieder aufgehalten, diesmal sind es etliche Senioren aus der Sea Haven Residence, die in Begleitung zweier Pflegerinnen eine komplette Stuhlreihe belegen.

»Amelie!«, ruft John Cleveland mir sehr laut zu und winkt begeistert, wie immer, wenn er mich sieht. Als ich ihn und seine Begleiter fröhlich begrüße, fragt Patty Kuschowsky hoffnungsvoll: »Sehen wir uns am Donnerstag?«

»Aber ja«, versichere ich. »Natürlich sehen wir uns!«

Alle zwei Wochen übernehme ich nun den Bastelkreis in der Seniorenresidenz, an den anderen beiden Donnerstagen macht das nach wie vor Karen, die sich längst von ihrem Inlineskating-Unfall erholt hat.

Wie vereinbart haben Fiona und ihre Mutter Plätze ganz außen in einer Klappstuhlreihe, nahe der hochgeschlagenen Plane des Zeltes für uns freigehalten, sodass Nele den Kinderwagen draußen auf der Rasenfläche abstellen und von ihrem Stuhl aus gut im Blick behalten kann. Im Zelt selbst wäre die Musik für Betty zu laut.

»Hi, ihr drei!«, begrüßt mich Fiona gut gelaunt, und sofort wandert ihr Blick zu meiner linken Hand.

»Ja«, sage ich geduldig und kann mir ein Strahlen nicht verkneifen. »Ich habe Ja gesagt.«

»Hurraa!«, jubelt Fiona und erntet erstaunte Blicke der um uns herumsitzenden Festivalbesucher. Eloise greift nach meiner Hand, mustert stumm den Ring ihrer verstorbenen Tochter, und einen bangen Moment lang frage ich mich, ob es ihr recht ist, dass ich ihn trage. Ob sie Bescheid wusste. Callum hat sie doch hoffentlich auch in dieses Detail eingeweiht, wenn er schon mit allen über den Antrag gesprochen hat? Aber jetzt sieht mich Eloise gerührt an, wischt sich eine Träne von der Wange und zieht mich fest in ihre Arme.

»Mein liebes Kind«, murmelt sie und umhüllt mich mit ihrem Duft von Pfefferminz und Kampfer, »was bist du doch für ein Geschenk des Himmels.«

Als mich auch Fiona umarmt und mir alles Glück dieser Welt mit Callum wünscht, werden bereits die Lichter im Zelt gedimmt, und Applaus brandet auf. Der Moderator betritt die Bühne und begrüßt das Publikum gut gelaunt zum Lunenburg Folk Harbour Festival. Ich habe mich kaum bequem auf meinen Klappstuhl setzen können (diesmal habe ich ein Sitzkissen dabei, dies ist schließlich nicht mein erstes Festival!) und suche mit meinem Blick noch Nele, die draußen am Kinderwagen steht, weil Betty unruhig wird, als auch schon der erste Act angekündigt wird: *And now, Lunenburg, please welcome the Seahawks!*

Das Zelt beginnt zu brodeln, als das begeisterte Publikum klatscht und johlt. Die Scheinwerfer malen gleißend helle Kreise auf die Bühne, als Knuth die seitlichen Treppenstufen hinaufkommt, dicht gefolgt von Papa. Ich jubele laut und klatsche so heftig, dass meine Handflächen schmerzen. Neben mir steckt Fiona ihre Zeigefinger zwischen ihre rot bemalten Lippen und pfeift laut und vernehmlich. Ich merke, dass Papas Blick suchend über die Köpfe im Publikum wandert, er schirmt die Augen gegen das Scheinwerferlicht ab und entdeckt uns schließlich – kein Wunder, schließlich ist Fiona von ihrem Stuhl aufgesprungen und winkt mit beiden Armen wie eine Windmühle. Mit einem leicht verlegenen Lächeln winkt Papa zurück und nimmt seinen Platz an einem der drei Mikrofonständer ein.

Fiona und er sind seit Weihnachten ein Paar. Meine Chefin hat die Gelegenheit beim Schopfe gepackt, als sie Papa am Heiligen Abend unter einem Mistelzweig in unserem meeresgrünen Haus abgepasst und geküsst hat. Mir war zunächst ein wenig mulmig bei der Vorstellung von den beiden als Paar. Nicht nur, weil ich Papa weiterhin als Mamas Ehemann gesehen habe – immerhin hatte er in all den Jahren seit ihrem Tod nie eine Freundin gehabt! –, sondern auch, weil ich mich fragte, wie mein Verhältnis zu Fiona werden würde, wenn sie quasi meine Stiefmutter wäre. Und, noch schlimmer: wie wir weiterhin zusammenarbeiten würden, wenn es zwischen meinem Vater und ihr nicht funktionieren sollte. Aber all meine Sorgen waren bisher unbegründet, denn Papa und Fiona sind mindestens so himmelhochjauchzend verknallt wie Callum und ich, und bisher läuft ihre Beziehung harmonisch und rund. Fiona hat ihn im Frühjahr sogar in Deutschland besucht, und seit Papa auch Nele glücklich verliebt weiß, hat er sich entschlossen, den ganzen Sommer in Lunenburg zu verbringen. Ich frage mich, ob er in Zukunft noch länger bleiben wird. Ob er einen Weg finden wird, eine Aufenthaltsgenehmigung zu bekommen, denn nicht nur Fiona zieht ihn nach Lunenburg, sondern natürlich auch ich – und sein Zwillingsbruder. Knuth und er wirken wieder wie die unzertrennlichen, abenteuerlustigen Jungs, die sie früher gewesen sein müssen, wenn sie heutzutage gemeinsam in

Lunenburg unterwegs sind. Papa begleitet Knuth regelmäßig in die Sea Haven Residence, um Rose vorzusingen, und er übernimmt neuerdings sogar immer öfter die Liederkreise mit den Senioren. Nicht nur er blüht hier in Lunenburg sichtlich auf – nein, ich habe auch deutlich gemerkt, dass Papas Gegenwart einen großen Teil des Ballasts von Knuths Schultern gehoben hat. Es ist offensichtlich, dass sich mein Onkel nicht mehr so allein fühlt, mit einer Frau, die ihn nicht länger erkennt. Nun hat er nicht nur mich, seine Nichte, hier in der Stadt, sondern auch immer mal wieder seinen Bruder, mit dem er über Anekdoten aus der Vergangenheit lachen kann und mit dem er gemeinsam an verschiedenen Holzprojekten zu schreinern begonnen hat, wie zum Beispiel an der Wiege, die sie eigens für Bettys Besuch angefertigt haben.

Ja, im Moment halten wohl nur Nele und Betty Papa davon ab, für immer nach Lunenburg zu ziehen. Aber wer weiß, was die Zukunft so bringt. Ich freue mich inzwischen auf jeden Fall wie eine Schneekönigin darüber, dass mein Vater auf seine alten Tage zurück zu Knuth und noch dazu sein zweites Glück in der Liebe gefunden hat – und selbst Jimmy vom Seaview Coffee Shop hat eingesehen, dass er bei Fiona keine Chance hat, und sich mittlerweile mit einer anderen Frau getröstet, die auch viel besser zu ihm passt, wie ich finde.

Fiona und ich, wir sind weiterhin das Dreamteam des Out of the Blue, und neulich hat sie sogar zum ersten Mal angedeutet, dass sie sich vorstellen könnte, in nicht allzu ferner Zukunft in den Ruhestand zu gehen und das Geschäft an »eine würdige Nachfolgerin« zu übergeben. Ihr Zwinkern in meine Richtung war fast überflüssig, denn ich hatte den Hinweis sehr wohl verstanden. Zwar kann ich mir nichts Schöneres vorstellen, als eines Tages tatsächlich meinen eigenen Laden führen zu dürfen, aber vorerst bin ich wirklich froh, Fiona an meiner

Seite zu haben, denn ihr jahrzehntelanger Erfahrungsschatz als Geschäftsfrau in Lunenburg ist für mich ungeheuer wichtig. Außerdem macht die Arbeit mit ihr einfach Spaß, und es kommt nicht selten vor, dass Kunden den Laden betreten und uns verdutzt mustern, weil wir vor lauter Lachen tränenüberströmt an unseren zwei Arbeitstischen im Verkaufsraum stehen.

Als jetzt Callum und die anderen beiden Bandmitglieder die Bühne im Konzertzelt betreten, klatsche ich besonders laut und spüre vor lauter Aufregung heiße Röte in mir hochsteigen. Auch Callum sieht zu uns herüber, er hat seine wild winkende Tante ebenfalls entdeckt. Sein Lächeln trifft mich wie immer mitten ins Herz, und mein Finger streicht fast ungläubig über den kühlen Diamanten an meiner linken Hand.

Dann spielen Onkel Knuth und Callum die ersten Akkorde auf ihren akustischen Gitarren, und erneut brandet Jubel auf, als die Zuhörer das Lied erkennen. Schließlich treten Callum und mein Onkel ebenfalls an die Mikrofonständer heran, und als alle drei – Papa, sein Zwillingsbruder und mein Schatz – beginnen, Van Morrisons *Into the Mystic* zu singen, läuft mir ein Schauer über den Rücken, und ich bekomme eine Gänsehaut.

»*We were born before the wind* ...«, singen sie, und die Zuschauer stimmen begeistert mit ein. »*Hawk now hear the sailors cry, smell the sea and feel the sky* ...«

Fast glaube ich, wieder die frische Meeresbrise auf meinem Gesicht zu fühlen, wieder den Duft von Salzwasser in der Nase zu haben, die *Gilly* sanft über den Atlantik gleiten zu spüren.

Papas Stimme klingt genauso sonor und voll wie die seines Bruders, und gemeinsam mit Callum singen die drei so unfassbar schön, dass nicht nur mir Tränen in die Augen steigen, wie mir ein flüchtiger Blick die Stuhlreihe entlang zeigt.

»*And magnificently we will float, into the Mystic*«, singen sie, und Callum sucht meinen Blick und hält ihn zärtlich fest. Erst, als er bei seinem Gitarrensolo auf die Saiten seines Instruments hinabschaut, sehe ich Nele an, die in der Abenddämmerung vor dem Zelt steht. Sie hält Betty im Arm, das Köpfchen ruht an ihrer Schulter, eine Babyfaust umschließt den Glas-Anhänger in Meeresgrün, der wie immer, seit ich Nele das Schmuckstück zu Weihnachten geschenkt habe, an einer Silberkette um ihren Hals liegt. Sanft wiegt sie ihre Tochter hin und her, während ihr Blick meinen findet. Wir lächeln uns an, und wieder einmal danke ich dem Himmel dafür, dass ich hier, in Lunenburg, nicht nur meiner großen Liebe begegnet bin, dass nicht nur mein Vater und sein Bruder wieder zueinandergefunden haben, sondern auch meine Schwester und ich.

ENDE

Pattys Nova Scotia Seafood Chowder

(ergibt 4–5 Portionen)

Kleine Anmerkung:
Außerhalb von Nova Scotia ist es sicherlich nicht einfach, all die Muscheln und den Hummer zu bekommen, aber man kann beliebig variieren und z. B. statt Hummer mehr Fisch nehmen – oder wie wären Garnelen? Der Fantasie sind keine Grenzen gesetzt!

Für Pattys Originalrezept braucht man Folgendes:
90 g Hummerfleisch · 90 g Jakobsmuscheln · 90 g Lachsfilet · 90 g Heilbuttfilet · 12 Miesmuscheln · 12 Venusmuscheln · 3 EL Butter · 1 mittelgroße Zwiebel, in Stückchen · 1 Karotte, in Stückchen · 1 Stange Sellerie, in Stückchen · 2 große geschälte Kartoffeln, in Stückchen · 1 Zweig Thymian · 5 Zweige Dill, gehackt · 180 g Schlagsahne · 480 ml Milch · 80 ml Weißwein · 3 TL Maisstärke (optional)

Zubereitung:
Über mittlerer Hitze wird zunächst **1 EL Butter** in einem großen Topf geschmolzen. **Karotte**, **Sellerie** und **Zwiebel** hinzufügen. Bei geschlossenem Deckel andünsten, bis die Zwiebelstückchen glasig sind, dann den **Thymianzweig** und, falls eine dickere Konsistenz gewünscht wird, auch die **Maisstärke**

dazugeben. Mit **Weißwein** ablöschen, dann **Sahne** und **Milch** hinzugeben. Über niedriger Hitze 10 Minuten köcheln lassen. Die **Kartoffelstückchen** dazugeben und kochen, bis sie fast gar sind (mit Gabel testen).

2 EL **Butter** bei mittlerer Hitze in einem zweiten Topf schmelzen lassen, **Fisch** und **Meeresfrüchte** hinzugeben, garen. Sobald sich die Muschelschalen geöffnet haben, alles in den Topf mit der Suppe umfüllen. **Dill** hinzufügen und mit **Salz** und **Pfeffer** abschmecken.

Guten Appetit!

Danke

Auch dieses Mal danke ich meinen wunderbaren Eltern, denn ohne ihre Abenteuerlust und Liebe zu Kanada hätte es mich vielleicht nie nach Nova Scotia verschlagen, und weder dieser Roman noch *Sommer in Atlantikblau* wären entstanden. Danke, ihr zwei, für die langen Sommer im Holzhaus am See, mit Schwimmen, Kanu fahren und durch den Wald stromern, aber eben ohne Fernsehen, Internet und andere Kinder. Ohne die Langeweile, die sich zwangsläufig zwischendurch einstellte, wäre meine Fantasie wohl nie so stark beflügelt worden, und ich hätte vielleicht nicht angefangen, schon mit sechs Jahren »Romane« zu schreiben – und wäre womöglich nie Schriftstellerin geworden. Und dir, Papa, noch einen besonderen Dank für deine nautischen Experten-Tipps beim Überarbeiten dieses Romans!

Durch unsere wunderbaren Kanada-Sommer habe ich mich bereits früh in das malerische Städtchen Lunenburg verliebt, und diese Liebe wurde noch vertieft, als ich 1996 vier Monate lang dort leben und im benachbarten Bridgewater zur Highschool gehen durfte. Daher an dieser Stelle ein großes Dankeschön an meine damalige Gastmutter und gute Freundin, Margareta Schirra, und an ihre Tochter Anna, die mir, dem Einzelkind, wie eine Schwester wurde. Einen Dank sende ich außerdem gen Hundehimmel an die liebevoll-verrückte Hundesippe, die damals das Leben im schönen Haus in Lunenburgs York Street aufmischte! Dankeschön ebenfalls an unseren kanadischen Freund Dave Tomsett, auf dessen Segelboot *Til Then* ich als Teenager die Küste Nova Scotias vom Wasser aus erleben durfte.

Danken möchte ich natürlich auch wieder meiner Agentin Conny Heindl von der Agentur Gerald Drews für ihren Glauben an mich und meine Bücher und dem Team vom Heyne Verlag, allen voran meiner Lektorin Michelle Stöger. Michelle, schade, dass du den Verlag verlassen hast und dieser Roman somit den Abschluss unserer Zusammenarbeit darstellt! Mit Silja Maehl wurde die Entstehung dieses Romans dann zum Glück nahtlos hervorragend weiterbetreut, darum geht auch an meine neue Heyne-Lektorin ein ganz herzlicher Dank. Ein riesiges »Danke« natürlich auch an Dr. Diana Mantel, die wieder einmal eine großartige Leistung beim Redigieren dieses Romans geleistet hat. Diana, du bist meistens meine erste Leserin, und bei jedem neuen Projekt warte ich gespannt auf dein Urteil und deine Meinung, die mir wahnsinnig wichtig sind!

Von Herzen danke ich meinen wunderbaren, wilden Töchtern, Emilia und Matilda, die mich immer wieder staunend daran teilhaben lassen, wie komplex und kompliziert Schwesternliebe sein kann. Und ein »Grazie« geht an den Anästhesisten, der bei der ziemlich überstürzten Geburt meiner jüngeren Tochter in einem römischen Krankenhaus geduldig meine Hand gehalten hat, während meine Mutter die andere hielt. Mein Mann Marco hatte es nicht rechtzeitig in den Kreißsaal geschafft – aber dennoch bin ich natürlich bei ihm geblieben und nicht beim Anästhesisten …

Und das hat viele gute Gründe: Marco, *mille grazie* für all die vergangenen Jahre zwischen Alltag und Abenteuern, mit Kinderkram und Chaos, aber auch viel Lachen und Lebensfreude. Für deine Geduld und Unterstützung bei meinen Buchprojekten bin ich dir immer wieder dankbar – vor allem, weil du dich im Sommer 2019 klaglos mit den Kindern und mir in unseren Mietwagen gesetzt und die 750 Kilometer vom kanadischen Nova Scotia bis nach Bar Harbor im amerikanischen Maine gefahren bist, damit ich dort für einen Roman recherchieren konnte.

Aber das ist eine neue Geschichte.

Sara Gazzini

Verliebt. Verlobt. Florenz.

978-3-453-42381-7

HEYNE ‹

Annette Lies

Wenn die Zeiten stürmisch sind, ist Freundschaft vielleicht die einzige Therapie

978-3-453-41891-2

Leseprobe unter **www.heyne.de**

Emma Sternberg

»Fluffig, luftig und leicht wie ein entspannter Tag am Strand.« *Gala*

978-3-453-42163-9

978-3-453-42211-7

Leseprobe unter **www.heyne.de**

HEYNE ‹